Horst Bosetzky

Otto mit dem Pfeil im Kopf

Horst Bosetzky

Otto mit dem Pfeil im Kopf

Phantastische Geschichten um die Entstehung von Berlin und Brandenburg

Jaron Verlag

1. Auflage 2015

www.jaron-verlag.de
Umschlaggestaltung: Bauer+Möhring, Berlin, unter Verwendung einer historischen Abbildung der Universitätsbibliothek Heidelberg (Markgraf Otto IV. von Brandenburg, Manessische Handschrift, um 1300)
Satz und Layout: Pinkuin Satz und Datentechnik, Berlin
Druck und Bindung: CPI books GmbH, Leck

ISBN 978-3-89773-790-7

Inhalt

zu diesem Buch

Die fabelhaften – teilweise auch weiblichen – Helden unserer Mittelalter-Novellen sind klassische Abenteurer: stark, intelligent, einfallsreich, witzig und schön. Sie kommen aus allen Ständen und Schichten Europas und erfreuen uns in den unterschiedlichsten Rollen, sind sich aber von ihrem grundsätzlichen Fühlen und Denken her immer sehr ähnlich: edel, hilfreich und gut, aber auch listig, humorvoll und mit einer gehörigen Chuzpe ausgestattet. Sie betreten immer dann die Szene, wenn in unseren Breiten ein besonderes historisches Ereignis stattfindet.

Jeder Novelle liegt eine wichtige geschichtliche Begebenheit zugrunde, womit die vergnügten und kurzweiligen Erzählungen um unsere fabelhaften Figuren zu einer lehrreichen und packenden Geschichtsstunde werden. So manches historische Detail, das bis heute unerforscht ist, wird erst durch sie anschaulich. In der Regel entschärfen und lösen die Helden Konflikte, fördern das Gute, bekämpfen das Böse und greifen mit ihren Taten entscheidend in die geschichtsträchtigen Geschehnisse ein. Mit ihnen an der Hand werden die Ursprünge der Mark Brandenburg und der Stadt Berlin auf höchst vergnügliche Weise wieder lebendig. Die Fakten stimmen, und alle Großen der Welt, mit denen sich unsere Protagonisten auseinandersetzen, haben wirklich gelebt, das übrige Personal aber ist frei erfunden.

Zur besseren Orientierung gibt es am Anfang einer jeden Geschichte einen kurzen historischen Überblick und am Schluss eine »Besetzungsliste«.

Die hier versammelten acht Mittelalter-Novellen erschienen zum größeren Teil bereits in Einzelbänden. Das Interesse unserer geschätzten Leserschaft ermunterte uns, sie in bearbeiteter Form neu herauszubringen und durch zwei noch unveröffentlichte Geschichten zu ergänzen.

Horst Bosetzky, im Sommer 2015

ANNO 1157

DIE EROBERUNG DER BRANDENBURG

Im Jahre 1157 wird Ritter Ulric von Huysburg in die Nordmark geschickt, das Land zwischen Elbe und Oder, das die Germanen in den Zeiten der Völkerwanderung verlassen haben und in dem sich verschiedene Stämme der Slawen angesiedelt haben: an der Havel die Heveller und an der Spree die Sprewanen. Es gibt nur wenige Burgen und Dörfer, alles ist noch die berühmte unberührte Wildnis. Markgraf der Nordmark ist zwar formell Albrecht der Bär, ein Fürst aus dem Hause Askanien, aber viele wollen ihm die Herrschaft streitig machen, vor allem der Sprewanenfürst Jaxa von Cöpenick, ein Vasall der polnischen Piasten.

Eine Entscheidungsschlacht steht an, für Ulric von Huysburg gibt es viel zu tun, und die Liebe kommt ihm auch noch dazwischen.

eins

Ulric von Huysburg kam aus dem Harzvorland, wo er auf der Burg Falkenstein einige Tage bei einem Freund zu Gast gewesen war. An einem schönen Frühlingsmorgen ritt er mit seinen beiden Knappen Cuntz und Bogdan-Otto an der Nuthe entlang, meist auf schmalen Pfaden am westlichen Ufer, manchmal auch im seichten Wasser des Flüsschens. Ihr Ziel war Spandow, wo die Askanier dabei waren, auf dem Gelände älterer slawischer Wälle eine feste Burg anzulegen und damit ein Gegengewicht zu Cöpenick zu schaffen, wo der Sprewanenfürst Jaxa residierte. Die Sonne wärmte alle mit ihren schon kraftvollen Strahlen, doch es spross noch kein Grün an den Zweigen, und der Boden war aufgeweicht vom gerade weggetauten Schnee.

Cuntz, der eine Weile in Italien gelebt hatte, fluchte vor sich hin: »Ach, Varus, warum hat die kultivierte Welt aus deiner Niederlage nichts gelernt und sich damals nicht geschworen, ein für alle Mal auf dieses Dreckland aus Morast und Urwald zu verzichten!«

Bogdan-Otto protestierte: »Ich sage dich, die Weiterrrkeit von die Askanierrr tut lügen zwischen die Fluxe Elbe und Odra!« Er war ein Heveller, ein Slawe also, der zum Christentum übergetreten war, und glaubte, der Segen für sein Land komme ausschließlich von Papst und Kaiser. Mit der deutschen Sprache hatte er noch immer seine Schwierigkeiten.

Ulric stimmte ihm zu, denn seinem Geschichtsbild zufolge hatten nur jene Königreiche und Herzogtümer, die auf Expansion angelegt waren, eine Chance, auf Dauer zu bestehen. Andere Länder erobern, andere Völker für sich arbeiten lassen – das war das gängige Rezept. Und die Askanier, die Welfen und die Wettiner hatten das begriffen.

Seine Knappen wollten dieses Thema nicht vertiefen, sie redeten lieber von den schönen Frauen, die es auf den Burgen gab, und Cuntz, der ein begabter Minnesänger war, ließ sich animieren, ein paar Verse zu singen:

Ich wirbe umbe allez, daz ein man
ze wereltlichen fröiden iemer haben sol:
daz ist ein wîp, der ich enkan
nâch ir vil grôzem werdekeit gesprechen wol.

Bogdan-Otto winkte ab. »Immerrr, wenn ich eine Frau belegen will, schlägt sie mirrr ab. Eine Hevellerrr wille ich nücht, trrrompetet die Weiber. Von wegen Frrröiden!«

Cuntz riet ihm, es einmal in den großen Städten zu versuchen, wo man sich die körperliche Liebe kaufen konnte, und schwärmte von den Flötenmädchen, die es im alten Griechenland gegeben hatte. »Das waren die *aulétides*, von *aulos*, die Flöte. Sie unterhielten die Männer zuerst mit ihrem Flötenspiel, bevor sie mit deren Flöte spielten.«

Er wollte das gerade sich und Bogdan-Otto weiter ausmalen, als von jenseits der Nuthe ein Pfeil herangeflogen kam, seinen Rücken durchbohrte und ihm im Herzen steckenblieb. Er schrie auf, stürzte vom Pferd und verstarb noch im selben Augenblick.

Ulric von Huysburg, der seinen Knappen vorangeritten war, fuhr herum, begriff, was geschehen war, und hatte nur noch einen Gedanken: den feigen Todesschützen zu fassen und seiner gerechten Strafe zuzuführen. »Los, Bogdan-Otto, mir nach!«

Damit gab er seinem Pferd die Sporen, sprengte in die flachen Wasser der Nuthe und jagte zum anderen Ufer hinüber. Was anfangs wie ein Kinderspiel erschien, wurde schnell zu einem schwer lösbaren Problem, denn bald verfingen sich die Hufe ihrer Tiere im dick verfilzten Unterholz, und sie mussten absitzen, um sich mit ihren Schwertern einen Weg zu bahnen. Der Schütze, der mit Sicherheit zu Fuß gekommen war, hatte es da wesentlich leichter. Ulric glaubte aber, dass er sich noch immer in der Nähe versteckt hielt, um seine nächsten Pfeile abzuschießen. Gute Zielscheiben boten sie ja.

»Vorsicht!«, rief Ulric von Huysburg. »Nicht auf die Lichtung!«

Bogdan-Otto zügelte sein Pferd. »Eherrr wir wünschen zu finden eine Haarrrnadel im Haufen Mist wie den Pfeilscheißerrr hierrr in die Dickicht.«

»Eine Stecknadel im Heuhaufen«, korrigierte ihn Ulric, der wusste, dass eine Integration der Slawen ins Heilige Römische Reich nur gelingen konnte, wenn sie die deutsche Sprache perfekt beherrschten. »Aber du hast recht, es ist vergebene Liebesmüh. Doch …« Er stockte und sah nach links und rechts. »Dies hier scheint eine Art Straße zu sein.«

»Eherrr was, wo sich Wild verrrwechselt«, befand Bogdan-Otto.

»Wo ist da der Unterschied?«, brummte Ulric von Huysburg. »Östlich der Elbe gibt es keine Straßen. Euer Pech, dass es die Römer nicht bis hierher geschafft haben.«

»Ritterrrn wir auf dieses Pfad hoch nach Spandow?«, wollte Bogdan-Otto wissen.

»Nein«, entschied Ulric, »wir müssen Cuntz ordentlich begraben.«

Der Slawe hob den Kopf, um besser hören zu können. »Was hat sich da verwieherrrt vor uns? Eine Pfärrrde?«

»Das wird der Gaul sein, auf dem Cuntz geritten ist.«

»Nein, hierrr auf unsrrrige Seite von die Flux.«

»Dann los, lass uns nachsehen, wer da unterwegs ist.« Ulric lenkte seinen Rappen in die angegebene Richtung. »Aber aufgepasst, vielleicht haben wir es mit einem ganzen Trupp von Sprewanen zu tun.«

Nach knapp drei Minuten trafen sie auf eine Kolonne, bestehend aus einem Frachtwagen und drei Packtieren. Ein paar Männer sprangen sofort ins Gebüsch, als sie den askanischen Ritter mit seinem Knappen hinter sich bemerkten, nur der Händler selbst, der auf dem Kutschbock des Frachtwagens saß, entschloss sich standzuhalten. Wahrscheinlich hätte er sich bei seinem Alter auch den Knöchel gebrochen, wäre er auf die Erde gesprungen.

»Bande Mörderrr ihrrriges!«, schrie Bogdan-Otto den Fliehenden hinterher.

Ulric von Huysburg hielt auf Höhe des Händlers und fragte ihn nach seinem Namen und woher er käme.

»Nebojša aus Jutribuc.«

»Aha, Jüterbog.« Ulric erinnerte sich daran, dass der Magdeburger Erzbischof Wichmann gerade ansetzte, die Stadt zu erobern, um von dort aus die Kreise der Askanier nachhaltig zu stören. Von Jüterbog aus konnte man den Fernhandel kontrollieren und hatte damit viele Trümpfe in der Hand. »Und wohin willst du?«

»Nach Poztupimi, Herr.«

»Potsdam, hm. Und auf dem Wege dorthin schwärmen deine Leute aus und schießen mit ihren Pfeilen auf askanische Ritter!«

»Nein, Herr«, beteuerte Nebojša, »wir sind friedliche Leute.«

»Und was sehe ich da an dem Lastpferd hängen? Einen Bogen! Wahrscheinlich ist es der, von dessen Sehne der Pfeil geschnellt ist, der meinen Knappen getötet hat.«

»Ich weiß von nichts«, versicherte der Händler.

»Lüge nicht so frech!« Ulric zog sein Schwert und drückte dessen Spitze so fest auf den Adamsapfel des Slawen, dass es blutete. »Wer war es? Hast du den Auftrag dazu gegeben?«

»Nein, Herr!«

Ulric mochte den Slawen, ohne sagen zu können, warum. Auch war er keiner, der jemanden ohne Gerichtsverhandlung und Schuldanerkenntnis dem Henker übergeben hätte. Hier allerdings war weit und breit kein Richter.

»Mach kurrrzes Prrrotest mit dieses Mann!«, drängte Bogdan-Otto. »Sonst trrrifft dich nächste Feile von seine Knächte.«

»Nein«, entschied Ulric. »Ich, Ulric von Huysburg, schenke dir das Leben, Nebojša, was auch immer hier geschehen ist! Ziehe dahin und siehe zu, dass die Deinen ehrliche Menschen werden!« Damit riss er sein Pferd herum und ritt zurück in Richtung Nuthe.

Bogdan-Otto folgte ihm schimpfend. »Wie sagen du immerrr? Jede gütige Handlung gäht sich nach hinten los.«

Ulric stöhnte auf. »Jede gute Tat rächt sich einmal! Das ist aber totaler Unsinn, denn im Lukas-Evangelium steht geschrieben: *Und wie ihr wollt, dass euch die Leute tun sollen, also tut ihnen auch. Tue ich Gutes, wird auch mir Gutes getan.*«

»Wenn ich das ins Ohrrr nehme, hätte ich lieberrrs bleiben sollen eine Heide«, murmelte Bogdan-Otto.

Nach einigem Hin und Her fanden sie ihre eigene Fährte wieder und auf ihr zur Nuthe zurück. Jetzt galt es, Cuntz auf angemessene Art und

Weise zu begraben. Ulric hieß den Knappen Bogdan-Otto, sein Schwert zu nehmen und es als Spaten zu benutzen.

»Das entehrrrt meine Schwerrrt«, reimte Bogdan-Otto.

Ulric lachte. »Dann nimm meines!«

So versuchte es also der Knappe mit dem Schwert seines Herrn, während Ulric selbst seine Lanze benutzte, um eine Grube auszuheben, die tief genug war, um Cuntz' Leichnam davor zu bewahren, von Bären, Wölfen und Luchsen gefressen zu werden. Sie schufteten im Schweiße ihres Angesichts, immer in Gefahr, vom nächsten Pfeil erwischt zu werden. Aber Ulric hatte ihre beiden Pferde so angebunden, dass sie einen lebenden Wall zwischen dem Grab und der Nuthe bildeten. Nachdem sie ihre Hände als Schaufeln eingesetzt hatten, war es endlich so weit, dass sie den armen Cuntz in die Grube hinablassen konnten.

Sie sahen auf den Toten hinab und falteten die Hände.

Ulric von Huysburg sprach die letzten Worte: »Dein Leben war kurz, und du wärst ein gefeierter Sänger geworden, aber *wer sein Leben erhalten will, der wird's verlieren; wer aber sein Leben verliert um meinetwillen, der wird's finden*. So steht es bei Markus. Und du, lieber Cuntz, bist gestorben, weil du die Worte des Herrn ins Land zwischen Elbe und Oder tragen wolltest. Der Herr segne und behüte dich, Friede deiner Asche!«

Während nun Bogdan-Otto die aufgeworfene Erde in die Grube schob und einen Grabhügel aufhäufte, zimmerte Ulric mit Hilfe seines Schwertes und seines Dolches ein Kreuz und schnitzte den Namen *Cuntz* und die beiden Jahreszahlen ins weiche Holz: ** 1134 † 1157*.

Als das erledigt war, setzten sie schweigend und in gedrückter Stimmung ihren Ritt nach Spandow fort.

Im Refektorium des Benediktinerklosters zu Ballenstedt saß im Frühjahr 1157 Albrecht der Bär mit seinen Söhnen und Töchtern beisammen, um Rat zu halten.

»Wir sind umgeben von Feinden«, klagte er. »In Magdeburg hat der Erzbischof großen Hunger auf neue Ländereien, in Braunschweig ist es Heinrich der Löwe, in Meißen der Markgraf, in Thüringen der Landgraf, in Polen sind es die Piasten und in Böhmen die Přemysliden …«

»Was höre ich da?«, rief Gertrud, die seit 1153 mit einem Přemysliden verheiratet war. »Mein Mann wird die Kreise seines Schwiegervaters ganz sicher nicht stören. Und außerdem will er im nächsten Jahr mit dem Barbarossa nach Italien ziehen.«

»Ja, auf deine Töchter kannst du bauen!«, stimmte Hedwig ihr bei. Sie hatte mit fünfzehn Jahren Otto den Reichen aus dem Geschlecht der Wettiner zum Manne genommen. »Wenn Otto Markgraf wird, und das ist in Kürze der Fall, dann werde ich ihn schon davon abzuhalten wissen, einem Askanier in die Quere zu kommen.«

Albrechts Sohn Otto mischte sich ein: »Schön wär's! Die Wettiner drängen zur Ostsee, und daran kann sie auch keine Hedwig von Ballenstedt hindern. Unser Vater möge noch lange leben, aber eines Tages werde ich seine Lasten zu tragen haben, und da weiß ich schon, was auf mich zukommen wird.«

Sein Bruder Siegfried, der vor zehn Jahren ins Kloster Unser Lieben Frauen in Magdeburg eingetreten war und seine Zukunft als Geistlicher sah, ging beschwichtigend dazwischen. »*Alles, was ihr bittet im Gebet, wenn ihr es glaubet, werdet ihr's empfangen.*«

»Na fein«, murmelte Albrecht, »dann bete ich nachher, dass sich meine Nordmark in den nächsten Jahren von ihrer Größe her mindestens verdoppelt, wenn nicht gar verdreifacht.«

»Wie schön, dass sie uns wenigstens noch die magerste Sau im kaiserlichen Stall gegönnt haben«, sagte Otto.

Bernhard war noch zu jung, als dass er sich zu Wort gemeldet hätte, und Dietrich wie Adalbert hatten sich längst damit abgefunden, über die Region hinaus keine Bedeutung zu haben. Sie sollten Graf von Werben beziehungsweise von Ballenstedt werden.

Im Weiteren drehte sich das Gespräch um Familiäres, vor allem darum, wann die beiden Töchter wohl ihr erstes Kind zur Welt bringen würden. Alle hätten darauf schwören können, dass es im Jahre 1158 sein würde.

»Auf alle Fälle sollte sich vor dem nächsten Kreuzzug Nachwuchs einstellen«, lästerte Siegfried. »Denn wenn eure Männer da mit nach Süden ziehen, dann …«

»Morgen brechen wir nach Spandow auf«, verkündete Albrecht. Es sei an der Zeit, sich mehr um den östlichsten Außenposten der Askanier zu kümmern.

Im 4. Jahrtausend v. Chr. hatten sich im Gebiet um Spree und Havel Kulturen mit Ackerbau und Viehzucht herausgebildet, seit dem 6. Jahrhundert v. Chr. siedelten sich verstärkt Germanen an, nach alten Quellen waren es die Semnonen, die zu den Sueben gehörten, und die Burgunden. Im 4. und 5. Jahrhundert n. Chr. verließen sie – bis auf einige Restgruppen – das Land der späteren Mark Brandenburg und wanderten Richtung Oberrhein und Schwaben. Ab dem 6. Jahrhundert strömten dann Slawenstämme in die Gegend um die Lausitz und um das Jahr 720 auch in den Berliner Raum. Sie übernahmen die alten germanischen Standorte, siedelten sich aber auch in noch unbewohnten Landstrichen an. Etwa seit dem 7. Jahrhundert wurde das Havelland von den slawischen Hevellern besiedelt. Einer ihrer wichtigsten Orte war Spandow, wo sie am Zusammenfluss von Havel und Spree einen Burgwall errichteten. Aus dieser Anlage war bis Ende des 10. Jahrhunderts eine befestigte Burganlage entstanden, die nun zu einem wichtigen Stützpunkt der Askanier ausgebaut werden sollte.

Ulric von Huysburg und Bogdan-Otto hatten sich mühsam ihren Weg durch Sumpf und Heide gebahnt und hofften, noch im Laufe des Nachmittags in Spandow anzukommen.

»Wenn sie wenigstens schon einen Kirchturm hätten, an dem man sich orientieren könnte«, klagte Ulric von Huysburg.

»Na szczęście, na dłuższą metę tylko w stanie«, sagte Bogdan-Otto.

Ulric musste nur kurz überlegen, dann hatte er es übersetzt: »Glück hat auf Dauer nur der Tüchtige.«

Und Glück hatten sie in der Tat, denn als sie am Spreeufer angekommen waren, fanden sie ein Floß aus Kiefernstämmen, das tragfähig genug war, sie und ihre beiden Pferde zum Zeltlager der Askanier zu bringen. Das Wappen des Grafen von Ballenstedt grüßte herüber.

Als sie auf der Burgwallinsel an Land gegangen waren und ihre Pferde am Zügel führten, kam ihnen ein Mann entgegen, der Ulric auf den ersten Blick herzlich unsympathisch war. Alle Ritter, die nichts weiter waren als ein aufgeblasenes Etwas, die hasste er.

»Was wollt Ihr hier?«, herrschte der Mann Ulric von Huysburg an.

»Den Markgrafen sprechen.«

»Und wer seid Ihr?«

»Ulric von Huysburg. Vom Himmel geschickt, die Nordmark sichern zu helfen. Und mit wem habe ich die Ehre?«

»Du kennst mich nicht?«

Diese Arroganz reizte Ulric nun doch. »Nein. Etwa Gottfried von Bouillon?« Das war eine Beleidigung, denn der große Heerführer des Ersten Kreuzzugs war schon im Jahre 1100 in Jerusalem verstorben.

Der askanische Verwalter Spandows riss seinen Dolch aus dem Gürtel. »Du wagst es?«

»Ja.« Im Nu hatte Ulric mit einem Tritt seines rechten Fußes dem anderen die Waffe aus der Hand geschlagen und sie wieder aufgefangen, nachdem sie in hohem Bogen durch die Luft gesegelt war. »Wenn ich dir nicht deinen fetten Bauch aufschlitzen soll, dann nenne mir doch bitte deinen Namen, damit ich dich höflich anreden kann.«

»Wiprecht von Wandsleben«, presste der andere hervor.

Ulric dachte an Wanze, unterdrückte aber eine entsprechende Äußerung, um Wiprecht nicht weiter gegen sich aufzubringen. Schließlich waren sie Waffenbrüder und sollten alle Kraft einsetzen, ihr gemeinsames Ziel zu erreichen: In den Staub mit allen Feinden Albrechts!

Wiprecht wies ihnen ein kleines Zelt zu, und sie versuchten, es sich so bequem wie möglich zu machen.

Kaum hatten sie sich auf ihren notdürftig zusammengezimmerten Feldbetten ausgestreckt, erhob sich draußen im Lager ein solcher Lärm, dass sie sofort wieder hochfuhren.

»Wirrrd sicher sein diese Jaxa!«, rief Bogdan-Otto. »Errr attackierrrt uns an.«

Ulric von Huysburg steckte seinen Kopf aus dem Zelt. »Nein, Albrecht kommt mit seinem Tross.«

Der Knappe lachte. »Und … hat seine Beerrren dabei?«

»Nein, weder Erd- noch Himbären, sondern nur Speisenträger, Kämmerer, Mundschenk, Marschall und Koch.« Auch Ulric wusste nicht, warum man Albrecht den Beinamen Bär gegeben hatte. In seinem Wappen gab es keinen Bären, und bärenstark schien er auch nicht gerade zu sein. Vielleicht hatte man ein Gegenstück zu Heinrich dem Löwen gebraucht. Und besser noch Albrecht der Bär als Karl der Dicke oder gar Arnulf der Böse, wie zwei andere Herrscher hießen.

Ulric wartete ab, bis sich die Aufregung nach Albrechts Erscheinen etwas gelegt hatte, dann trat er aus dem Zelt, um sich dem Markgrafen der Nordmark vorzustellen.

»Ulric von Huysburg. Der Himmel schickt mich, Euch zu dienen«, begann er und berichtete dann kurz von seinem Leben und seinen Taten.

»Sei mir willkommen unter meinem Banner!«, rief Albrecht und hieß ihn, Platz zu nehmen an der Tafel, die gerade ins Zelt getragen wurde. Während man mit Freuden aß und trank, wurde reihum von dem erzählt, was man in den letzten Jahren erlebt hatte. So lernte Ulric von Huysburg sie alle kennen: Hancz von Crüchern, Eberlin von Mölz, Ottin von Strenznau und viele mehr.

Als sie mit ihren Berichten am Ende waren, ging der Blick des Markgrafen zu Ulric hinüber. »Nun, Ulric von Huysburg, was hast du an Berichtenswertem erlebt?«

Ulric erzählte aus den Jahren, als er in den Diensten von Roger II. gestanden hatte, einem Normannen, der sich Weihnachten 1130 in Palermo zum König von Sizilien erhoben hatte. »1146 war ich dabei, wie Roger Tunis eroberte und damit die Herrschaft über das zentrale Mittelmeer errang. Es gab wunderbare Leute an seinem Hof, so den arabischen Kartographen Al-Idrisi, der für ihn eine silberne Weltkarte erschuf. Das Schönste aber war sein großer Harem …«

Diese Mitteilung wurde mit großem Jubel begrüßt und von vielen neiderfüllten Kommentaren begleitet.

Nachdem alle etwas zur Unterhaltung der Runde beigetragen hatten, kam Albrecht auf den Grund seines Besuchs in Spandow zu sprechen. »Dass das Haus Askanien ringsum nicht gerade von Freunden umgeben ist, dürfte euch allen bekannt sein«, begann er. »Über die Rolle von Kaiser Friedrich I. rätseln wir noch. Als Markgraf der Nordmark hat mich Barbarossa noch nicht in Frage gestellt, aber wer weiß …«

»Könnt Ihr nicht Erzbischof Wichmann von Magdeburg für uns gewinnen?«, fragte einer der Ritter.

»Ich werde es versuchen, er hängt aber eng mit Barbarossa zusammen.« Albrecht stieß einen tiefen Seufzer aus. »Sorgen bereiten mir auch die Piasten. Ob sie nicht diesen Jaxa von Cöpenick in Marsch setzen, die Brandenburg zurückzuerobern? Ich habe keinerlei Kunde von ihren Absichten.«

Ulric hob den Arm. »Ich beherrsche die slawischen Sprachen und erkläre hiermit meine Bereitschaft, mich, getarnt als Obotrit, in die Burg Cöpenick zu begeben, um etwas von Jaxas Plänen zu erfahren.«

»Sich als Kundschafter in Jaxas Lager zu schleichen hat bis jetzt jeden das Leben gekostet!«, rief Wiprecht von Wandsleben. Ihm war unschwer anzusehen, dass er sich dieses Schicksal auch für Ulric von Huysburg erhoffte.

Ulric lachte. »Ich fürchte mich nicht.«

»So etwas höre ich gerne«, erklärte Albrecht der Bär. »Und wenn du für mich nach Cöpenick reitest, wäre ich dir ewig zu großem Dank verpflichtet.«

ZWEI

Auf der Halbinsel Cöpenick hatte es schon in der Bronzezeit eine Burg gegeben, und in der Mitte des 12. Jahrhunderts befand sich hier die Hauptburg und größte Ansiedlung des slawischen Stammes der Sprewanen unter ihrem Fürsten Jaxa von Cöpenick. Die Sprewanen hatten im Zuge der Völkerwanderung um 720 den Berliner Raum erreicht und sich im dünnbesiedelten Gebiet an der Spree niedergelassen. Die wenigen verbliebenen Germanen waren mehr oder minder in der slawischen Bevölkerung aufgegangen. Ulric von Huysburg wollte sich in Cöpenick als Stammesmitglied der Obotriten ausgeben, die im westlichen Mecklenburg siedelten und 955 den Krieg gegen Otto I. verloren hatten, aber knapp dreißig Jahre später die deutsche Herrschaft wieder hatten abschütteln können. Seitdem hatten im Obotritenland mal christliche, mal heidnische Fürsten geherrscht, und seit 1131 war Niklot König der Obotriten. Aber Heinrich der Löwe, der Sachsenherzog, war im Begriff, in einem neuen Wendenkreuzzug das Land der Obotriten zu erobern.

Dies alles und noch mehr hatte sich Ulric eingeprägt, und er hatte auch die Sprache der Obotriten so weit erlernt, dass er sich als ein Sohn des Königs Niklot ausgeben konnte, als Wertislaw. Wollte er als Obotrit gelten, gebot es die Logik, dass er sich Cöpenick in weitem Bogen von Norden her näherte. Er war allein unterwegs, denn Bogdan-Otto hatte ein unbekanntes Fieber außer Gefecht gesetzt – abgesehen davon, dass sein Begleiter seine Mission wohl eher gefährdet denn gefördert hätte.

Auf dem Plateau des Barnims war Ulric auf ein Flüsschen gestoßen, dessen Wasser nach Süden hin flossen und von dem er vermutete, dass es irgendwo in der Nähe Cöpenicks in die Spree mündete. Dass es den Namen Wuhle trug, wusste er nicht. Den Dörfern, die am Wege lagen, wich er ein jedes Mal aus, wenngleich er den Frauen, die er aus der Ferne sah, gern etwas näher gekommen wäre, denn schon zu lange hatte er keine mehr besessen. So sang er denn auch voller Sehnsucht ein Minnelied, das er bei den Askaniern gehört hatte:

Dû bist mîn, ich bin dîn:
des solt dû gewis sîn.
dû bist beslozzen
in mînem herzen:
verlorn ist daz slüzzelîn:
dû muost ouch immer drinne sîn.

Endlich konnte er die Cöpenicker Burg am Horizont entdecken. Sie lag auf einer Insel in der Dahme, und zwar kurz vor deren Einmündung in die Spree. Eine schmale hölzerne Brücke stellte die Verbindung mit der Siedlung Cöpenick dar, die auf einer weiteren Insel angelegt war, während es am Ostufer der Dahme eine alte slawische Fischersiedlung gab, *vicus Kytz*, in der auch viele Bedienstete der Burg untergebracht waren.

Ulric von Huysburg wurde auf seinem Weg zur Burg nur wenig bestaunt. Offenbar hielt man ihn für einen polnischen Ritter, und die waren in dieser Gegend nicht gerade selten. Er hielt auf die Burgwache zu und zügelte sein Pferd, um mit den Posten zu verhandeln, deren über Kreuz gehaltene Lanzen den Schlagbaum ersetzten. Beide waren auffällige Burschen. Der eine hatte eine Hasenscharte, der andere eine schiefe Nase.

»Wer bist du? Was willst du?«, scholl es Ulric wenig freundlich entgegen.

Er gab sich hochmütig, denn Hochmut schien ihm die beste Strategie zu sein. »Was fragt ihr, seht ihr nicht, wer ich bin? Wertislaw, der Sohn von Niklot, dem König der Obotriten! Mein Vater schickt mich, mit Jaxa wegen eines Bündnisses zu verhandeln.«

Die beiden Posten berieten sich erst einmal. »Können wir das glauben, Bohuměr?«, fragte der mit der schiefen Nase.

»Ich weiß nicht so recht«, antwortete der mit der Hasenscharte.

Die beiden Posten musterten ihn mit dem größtmöglichen Misstrauen. Ulric von Huysburg erschrak. Hatte sein bestes Slawisch in ihren Ohren nur geklungen wie eine Ansammlung von Phantasielauten? Sollte er vergeblich tagelang mit Bogdan-Otto geübt haben?

Nein, die beiden Sprewanen hatten ihn wohl verstanden. Aber dass ein Königssohn ohne Tross durch die Lande zog, das erschien ihnen verwunderlich.

Ulric stöhnte auf, als er ihre Bedenken vernommen hatte. »Meine Begleiter sind alle ums Leben gekommen, als wir beim Übergang über den Rhin von einer Gruppe der Zamzizi angegriffen wurden. Ich bin der Einzige, der entkommen konnte.«

Das war mit derartig großer Schauspielkunst vorgetragen worden, dass ihm die beiden Posten Glauben schenkten und ihn in die Burg führten, wo sie einen Knecht anwiesen, sein Pferd zu versorgen und ihn zu Jaxa zu führen.

Er möge warten, hieß es vor dessen »Palast«. Ulric von Huysburg nutzte die Zeit, sich unauffällig umzusehen. Auf dem Rand des Brunnens lag eine Münze. Sie zeigte Jaxa mit Palmenzweig und Doppelkreuz, also mit christlichen Symbolen. Ulric machte sich noch einmal klar, dass Jaxa erstens Christ war und zweitens polnischer Fürst, ein Vasall der Piasten. Deren Königreich befand sich zwar in der Krise, man war aber noch immer darauf aus, nach Westen zu expandieren.

Ulric setzte sich auf den Brunnenrand, schloss die Augen und genoss die Frühlingssonne. Als er Stimmen hörte, öffnete er sie wieder. Zwei Frauen kamen aus einem der Nebengebäude, hölzerne Eimer in der Hand. Offenbar wollten sie Wasser holen, schreckten aber zurück, als sie ihn, einen Fremden, sahen.

Er sprang auf, schnellte ein paar Meter zurück und machte eine einladende Handbewegung. »Bitte sehr, die Damen, tretet doch näher, vor mir braucht niemand Angst zu haben.«

Die beiden Frauen berieten sich kurz.

»Miluša, geh du voran«, hörte er die Ältere flüstern.

Ulric von Huysburg war im Nu entflammt. Es erschien ihm, als würde das Blut heiß durch seinen Körper strömen, und wäre sein Gemächt nicht so eng eingeschnürt gewesen, hätte er seine Erektion nicht verbergen können. Miluša. Eine Schönheit wie sie in einem Sprewanennest zu finden, hätte er nicht für möglich gehalten. Sie tat zwar schüchtern, doch als sich ihre Blicke trafen, zögerte sie eine Sekunde zu lange, den ihren zu senken. Ulric wusste, das konnte was werden, aber hier in der engen Burg gab es mit Sicherheit kein Plätzchen, wo man ungestört der Minne frönen konnte. Wenn er sie nun auf sein Pferd hob und mit ihr davonsprengte? Sein Pflichtbewusstsein verbot es ihm. Aber vielleicht gab es doch noch eine Möglichkeit?

»Du bist die Tochter des Fürsten?«, fragte er.

Sie lächelte. »Weiß man's?«

Die Ältere verbot ihr, so zu reden. »Das lass nicht deinen guten Vater hören.« Sie fixierte Ulric von Huysburg. »Wer seid Ihr eigentlich, wo kommt Ihr her?«

Ulric verbeugte sich. »Ich bin Wertislaw, ein Sohn Niklots.«

Miluša staunte. »Du bist von den Obotriten zu uns an die Spree gekommen?«

Er nickte. »So ist es.«

In diesem Augenblick kam ein grimmig dreinschauender Slawe aus der Waffenkammer und herrschte Miluša und ihre Begleiterin an, sie mögen hier nicht müßig herumstehen, sondern endlich Wasser holen und sich wieder in die Küche begeben.

»Ja, Radogost, ja!«

Ulric von Huysburg hatte einen sicheren Instinkt in solchen Angelegenheiten und wusste sofort, dass er in diesem Radogost keinen Freund fürs Leben finden würde. Offenbar sah der Miluša als seine Beute an und wollte sie sich von keinem entreißen lassen.

Endlich wurde er zu Jaxa geführt. Dessen Residenz war ein großer Blockbau, über dessen Tür eine Art Banner angebracht war, das einen Palmzweig und ein Doppelkreuz zeigte.

Der Sprewanenfürst empfing ihn freundlich und mit ausgesuchter Höflichkeit. »Sei mir herzlich willkommen! Wenn dein Vater an ein Bündnis aller Slawenstämme gegen Heinrich den Löwen und Albrecht den Bären, aber auch die Wettiner denkt, dann hat er Großes im Sinne. Bolesław IV. wird uns jede Unterstützung zuteilwerden lassen.«

»Der Kraushaarige«, murmelte Ulric von Huysburg. Wenn der Fürst so genannt wurde, hatte er es weit besser als sein Vater, denn Bolesław III. hatte den Beinamen Schiefmund getragen.

Jaxa bat Ulric von Huysburg, von dem zu berichten, was sich oben im Obotritenland in letzter Zeit ereignet hatte.

»Da hätten wir vor allem die Auseinandersetzungen mit den Wagriern, gefürchteten Piraten, die unter anderem die dänischen Inseln drangsaliert haben. Und nun erwartet mein Vater einen Angriff der Dänen und der Sachsen auf unser Reich.«

Dann kam er auf Heinrich den Löwen zu sprechen. Ulric von Huysburg wusste genau, dass der Welfe und Albrecht der Bär alles daransetzen würden, ihre Herrschaftsgebiete auszudehnen und sich weite slawische Gebiete anzueignen. Hatte Jaxa das Format, den beiden Männern standzuhalten?

Immer wieder musterte Ulric den Sprewanenfürsten. Sein Gesicht war lang und asketisch. Ein sauber gestutzter dunkler Bart umrahmte den Mund und bedeckte das Kinn. Die dunkelbraunen Augen blickten ernst. An diesem Mann war nichts Weichliches zu entdecken. War er wirklich ein geborener Sprewane? Oder war er, wie manche munkelten, vielmehr ein gewisser Jaxa von Miechow, ein Pole, den die Piasten nach Cöpenick geschickt hatten, um die Burg gegen Askanier und Wettiner zu halten? Ulric wagte es, dem anderen diese Frage zu stellen.

Jaxa lächelte. »Nehmt an, was Ihr annehmen wollt. Geben wir den späteren Geschichtsschreibern eine harte Nuss zu knacken.«

Nun, listig schien dieser Mann auch noch zu sein. Und damit doppelt gefährlich. War er wirklich dieser Jaxa von Miechow, hatte er sicher den geheimen Auftrag, nach Westen zu ziehen. Doch auch wenn er ein autochthoner Sprewane war, blieb ihm nichts anderes übrig. Aber hatte dieser Mann wirklich Mut, Kraft und Feuer genug, die Brandenburg anzugreifen und die Askanier in ihre Stammlande zurückzutreiben? Da war sich Ulric nicht sicher. Zu neugierig durfte er nicht wirken, das wäre verräterisch gewesen, dennoch kam er auf die Nachfolge Pribislaw-Heinrichs zu sprechen.

»Ihr seid verwandt mit ihm, und da …«

Wieder hielt sich Jaxa bedeckt. »Heute ist heute, und morgen ist morgen, warten wir's ab.«

»Und wann erfahre ich, ob Ihr an eine Unterstützung meines Vaters denkt?« Das war eine Frage, mit der er hoffte, Jaxa aufs Glatteis zu führen. Denn für beide Unternehmungen, die Obotriten zu unterstützen und den Askaniern die Brandenburg zu entreißen, fehlten ihm vermutlich die Kräfte.

Aber Jaxa ließ sich nicht aus der Reserve locken. »Wir werden sehen, ich muss alles erst mit meinen Beratern besprechen.« Damit erhob er sich, um Ulric von Huysburg anzuzeigen, dass er ihr Gespräch für beendet hielt. »Ihr werdet ja einige Tage bei uns bleiben und rechtzeitig erfahren, was wir beschlossen haben.« Dann winkte er einen Knappen herbei. »Führe unseren Gast zu seiner Lagerstatt!«

Die befand sich in einer Art Gästehaus im hinteren Bereich der Burg. Ulric streckte sich auf seinen Fellen aus und sang Verse des provenzalischen Troubadours Bernart de Ventadorn: *»Non es meravelha* *s'eu chan / Chantars no pot gaire valer …«* Dabei träumte er von Miluša.

Der Gedanke an sie ließ ihn aufspringen. Vielleicht ergab sich eine Gelegenheit, sie allein in einem verborgenen Winkel zu treffen … Er verließ das Gästehaus und schlenderte an den Wällen entlang. Nein, das Glück war nicht auf seiner Seite, er bekam sie nicht zu Gesicht. Gelangweilt ging er auf die hölzerne Brücke zu, die Burg und Siedlung miteinander verband.

In Cöpenick gab es überwiegend sogenannte Flechtwandhäuser, deren Dächer mit Reisig gedeckt waren. Oben hatte man Öffnungen für den Dunstabzug gelassen, Fenster konnte Ulric keine entdecken. Daneben hatte man Blockbauten errichtet, deren Grundriss erheblich größer angelegt war und die jeweils Platz für zwei Zimmer boten. Einige wiesen auch Fenster auf. Ein paar Handwerker saßen im Freien und brachten Beile, Scheren und Schlüssel in Ordnung.

Vor einem Lehmofen sah er Miluša stehen, wie sie ein hölzernes Brett mit dampfenden Brotlaiben aus der Öffnung zog und ihm dabei ihr Gesäß entgegenstreckte.

»Herr«, murmelte Ulric von Huysburg, »ich will ein Jahr meines Lebens drangeben, wenn ich der auch nur einmal beiwohnen darf.«

Sich ihr zu nähern, wagte er nicht, denn sofort wäre dieser Armleuchter von Radogost zur Stelle gewesen. Zwar hätte er den mit einem einzigen Fausthieb für mindestens zehn Minuten ins Land der Träume schicken können, doch dann wäre es mit seiner Mission zu Ende gewesen. Also entfernte er sich und tat, als interessierten ihn Miluša wie auch Radogost nicht im Allergeringsten. Am besten, er sah sich ein wenig in der Gegend um, teils aus Interesse, teils um im Falle eines Falles schnell den besten Fluchtweg zu finden.

Die Posten nahmen keine Notiz von ihm. Von der Brücke ging eine Leiter zu einem kleinen Steg hinunter, an dem ein klobig gebautes Ruderboot festgebunden war, kein Einbaum mehr, wie ihn die Slawen früher gebaut hatten, sondern ein geklinkerter Kahn. Ulric fragte die Sprewanen, ob er ihn für eine kleine Fahrt benutzen könne. Man hatte nichts dagegen. So stieg er ein und ruderte ein Stückchen die Dahme hinab, um dann in die Spree einzubiegen. Das war ziemlich anstrengend, denn sein Boot hatte keinen Kiel, sondern unten eine mächtige Sohle aus Eichenholz. Ein paar Fischer hockten in ihren Kähnen und waren zu träge, den Kopf zu heben und ihm hinterherzublicken. Ulric fehlte jemand, mit dem er sich unterhalten konnte. Er wünschte sich an den Hof der Staufer. Barbarossa war ja nicht nur deutscher König, sondern seit 1155 auch Kaiser des Heiligen Römischen Reiches und plante große Feldzüge. In Rom, Mailand und Besançon hatte er sich aufgehalten, und das waren schon Orte von anderem Format als Cöpenick.

Langsam brach die Dämmerung herein, Ulric beendete seinen Ausflug mit dem Ruderboot und warf sich wieder auf seine Felle, noch missmutiger als zuvor. Es drängte ihn, endlich etwas zu unternehmen. Die Sache war klar: Wenn Jaxa ihm nicht verraten würde, ob er gegen Albrecht Front machen wollte oder nicht, dann blieb ihm nur, ihn zu belauschen, wenn er mit seinem Gefolge alles besprach.

Ulric erhob sich, warf sich das sackartige graubraune Gewand über die Schultern, wie es die Slawen für modisch hielten, steckte sich einen kurzen Dolch in den Gürtel und öffnete vorsichtig die Tür seiner … nun ja, seiner Hütte. Draußen war es mehr als finster. Wer sich nach Sonnenuntergang im Innern der Burg bewegte, tat dies nicht ohne Fackel. Ulric schloss die Augen, damit sie sich an die Dunkelheit gewöhnten und er die Umrisse der einzelnen Gebäude erkennen konnte. Nachdem dies geschehen war, schlich er sich zu Jaxas »Palast«, dem mächtigsten der Blockbauten. Laute Stimmen drangen nach draußen, man war bei dem, was landläufig als Palaver bezeichnet wurde. Ulric konnte es recht sein. Das Fenster stand offen, ein Vorhang verhinderte aber, dass er erkennen konnte, wer was sagte. Nur ab und an sah er einen Schatten auf dem Vorhangstoff, aber eine Gestalt oder ein Profil war nicht zu erkennen, dazu war das Licht, das die brennenden Öllampen und Kienspäne spendeten, viel zu schwach. Ulric lauschte. Jetzt hatte ganz offenbar Jaxa das Wort ergriffen, dessen Stimme und Tonfall kannte er ja.

»Die Brandenburg muss wieder unser werden! Das Hevellerland ist altes Slawenland. Zurück mit Albrecht hinter die Elbe!«

Es kam ein Einwand. »So recht du hast, so müssen wir doch anerkennen, dass wir die Askanier in der Burg niemals mit unseren geringen Kräften in die Knie zwingen können.«

»Das wohl nicht«, entgegnete Jaxa. »Aber wir haben Geld aus Polen zur Verfügung, viel Geld, und damit werden sich etliche von Albrechts Gefolgsleuten sicherlich umstimmen lassen. Außerdem haben wir, sind wir erst Herren des Landes, das Pribislaw gehörte, viele Lehen zu vergeben, Pfründe, und auch damit wird sich mancher locken lassen.«

»Wen willst du also zur Brandenburg schicken?«, fragte jemand.

»Einen gut getarnten Mann, vielleicht kommt er als Mönch, vielleicht als Händler. Da müssen wir sehen, wer sich findet.«

Jetzt wurden Rufe laut, man solle aufhören zu debattieren, denn es sei schon längst Zeit für das Abendessen.

Ulric von Huysburg hatte genug gehört, und er machte, dass er schnell wieder zu seinem Lager kam, denn es war fest damit zu rechnen, dass man ihn zur Tafel bat. Auf halbem Weg zu seiner Hütte glaubte er, Schritte hinter sich zu hören. Er blieb stehen, zog seinen Dolch aus dem Gürtel und lauschte. Nichts. Er musste sich getäuscht haben. Sekunden später lag er wieder auf seinen Fellen und dachte nach. Eigentlich hätte er jetzt aufbrechen und zur Brandenburg reiten können, denn er hatte ja herausgebracht, was er hatte herausbringen wollen, doch mit seinem Verschwinden hätte er Jaxa nur gewarnt und dazu gebracht, seine Pläne zu ändern. Nein, er musste sich ganz offiziell von ihm verabschieden. Außerdem wäre es selbstmörderisch gewesen, in dieser sumpfigen Gegend ohne Weg und Steg durch die Nacht zu reiten. Also streckte er sich aus und suchte sich zu entspannen. Bald war er in leichten Schlummer gefallen.

Eine knappe Stunde mochte vergangen sein, als ein Knappe ihn weckte. Fürst Jaxa habe den Wunsch geäußert, er, Wertislaw, möge neben ihm sitzen und speisen.

Ulric richtete sich auf, sagte, dies sei eine hohe Ehre für ihn, und folgte dem jungen Slawen. An Jaxas Tafel hatte sich dessen gesamter Hofstaat versammelt. Ulric schätzte, dass es fast zwei Dutzend Männer waren. Er begrüßte den Sprewanenfürsten höflich und mit allem nötigen Respekt, doch als er dann neben ihm saß und in die Runde schaute, hätte er vor Schrecken fast aufgeschrien, denn der ältere Mann schräg gegenüber war kein anderer als Nebojša, der Händler, dem er an der Nuthe das Leben geschenkt hatte. Wenn der jetzt aufsprang, zu ihm lief, ihn umarmte und rief, dass er diesem großmütigen Manne hier so viel verdanke, dann …

»Ein Hoch auf Ulric von Huysburg!«

Ulric wusste nicht, ob Nebojša es wirklich schon ausgerufen hatte oder ob er sich nur einbildete, es gehört zu haben, er straffte sich jedoch, um im Ernstfall in den nächsten Sekunden gegen alle Gefolgsleute Jaxas kämpfen zu können. Blitzschnell hatte er einen Plan gefasst: Ich reiße mein Messer vom Tisch, halte es Jaxa an die Kehle und fordere ein Pferd und freien Abzug. Das mochte gelingen, aber …

Doch Nebojša schwieg, als sich ihre Blicke getroffen hatten. Entweder der Händler hatte ihn nicht als Ulric von Huysburg erkannt – oder aber er war klug genug zu schweigen.

Ulric fiel es schwer, jetzt leichthin mit Jaxa zu plaudern, zumal ihm Radogost Blicke sandte, die mit feindselig viel zu schwach beschrieben waren. Sie waren wie Pfeile.

Jaxa kam auf die Wettiner zu sprechen, von denen Ulric nur wenig wusste. »Gegen die vor allem will ich mich in Zukunft wenden, nicht gegen die Askanier, die erscheinen mir harmloser zu sein, zumal Heinrich der Löwe diesem Albrecht dem Bären in allem überlegen ist.«

»Ja«, sprang Radogost ihm bei, »wenn ich mir vorstelle, dass in einem Zwinger ein Bär und ein Löwe miteinander kämpfen, dann würde ich meinen Kopf auf den Sieg des Löwen verwetten.«

»Was haben denn die Wettiner für ein Tier in ihrem Wappen?«, fragte einer.

»Kein Tier, nur grüne Blätter!«, lachte ein anderer.

Ulric war froh, dass sie nun auf Dinge zu sprechen kamen, die weniger verfänglich waren, zum Beispiel, ob es noch einen dritten Kreuzzug nach Palästina geben würde und ob bestimmten Edelsteinen, die Hildegard von Bingen in ihrer medizinischen Schrift *Physica* aufgeführt hatte, wirkliche Heilkraft zugeschrieben werden könne.

»Ihre Wirkung ist ganz unzweifelhaft«, sagte Ulric. »Wenn ich schwermütig bin, weil ich kein Geld habe und mir der Schuldturm droht, dann bekomme ich sofort ein sonniges Gemüt, sobald mir jemand einen Haufen Diamanten schenkt.«

»Darin erkennt man den Mann des Nordens!«, rief Jaxa. »Ich hebe meinen Becher auf das Wohl des Sohnes Niklots!«

Doch auf Ulric von Huysburgs Platz stand gar kein Becher, den er seinerseits ergreifen konnte.

»Los, schafft einen köstlichen Trunk herbei!«, rief Jaxa.

Ein Knappe brachte ihn.

»Auf das Wohl des Herrschers über alle Sprewanen! Auf dass er eines Tages alle Slawenstämme einigen werde und Albrecht, Heinrich und die Wettiner allesamt zum Teufel jage!«

Dies wurde mit großem Beifall aufgenommen, und Ulric von Huysburg leerte seinen Becher in einem einzigen Zug, so wie es Sitte war.

Ein paar Atemzüge später wurde ihm schwindlig und schwarz vor Augen. Er konnte gerade noch die Tischkante fassen, um Halt zu finden. Doch es nutzte nichts, er verlor das Bewusstsein und schlug lang hin.

Irgendwann in dieser Nacht kam er wieder zu sich und nahm wahr, dass er an Händen und Füßen gefesselt in einem Kellerloch lag.

Drei

Die Heveller hatten auf der Brandenburger Dominsel ihre zentrale Burg angelegt. 928/29 war sie von König Heinrich I. erobert worden, und Otto I. hatte 948 das Bistum Brandenburg errichtet. Im Slawenaufstand 983 war die Burg von den Hevellern zurückerobert worden, und Anfang des 12. Jahrhunderts war sie in den Fokus des Römischen Reiches geraten, des *sacrum Romanum imperium*, das darauf aus war, das Gebiet zwischen Elbe und Oder seinem imperialen Machtbereich einzugliedern. Wie bei allen Großreichen gab es an den Außengrenzen abgestufte politische Beziehungen zu den fremden Völkern und Stämmen sowie »Durchmischungen« der Ethnien und Kulturen. Im Bereich der Nordmark hatte man es mit drei slawischen Größen zu tun: mit

Wirikind von Havelberg, Pribislaw-Heinrich von Brandenburg und Jaxa von Cöpenick – alle drei Christen. Wirikind konnte seine Erbfolge nicht regeln und spielte in den Jahren ab 1150 keine Rolle mehr, und Jaxa hatte sich auf die Seite der Polen geschlagen.

Anders Pribislaw-Heinrich, der um 1075 auf die Welt gekommen war und sich den Deutschen verbunden fühlte. Schon Meinfried, sein Vater, war Christ gewesen, und Pribislaw-Heinrich hatte als Kind die christliche Taufe empfangen. Seinem Volk aber passte das alles nicht so recht, es hielt mehrheitlich lieber an seinen »heidnischen Bräuchen« fest und sah es gar nicht gern, dass ihr Fürst Unterkönig und Vasall des Heiligen Römischen Reiches geworden war. Er war kinderlos geblieben, und um sicherzugehen, dass nach seinem Tode nicht wieder ein heidnischer Fürst das Land regierte, setzte er Markgraf Albrecht als seinen Erben ein und wurde Taufpate Ottos, dem er bei dieser Gelegenheit den Landstrich schenkte, den man die Zauche nannte. Als er 1150 an Altersschwäche gestorben war, hielt Petrissa, seine Gattin, die Nachricht seines Todes so lange zurück, bis Albrecht auf die Brandenburg geeilt war, um sie gleichsam in erblicher Thronfolge in Besitz zu nehmen.

In der Stadt und auf der Burg Brandenburg lebten Deutsche – in der Hauptsache Anhaltiner und Sachsen – und Slawen vergleichsweise friedlich zusammen. Die Besatzung der Burg war auf einen Angriff der Sprewanen gut vorbereitet, denn Lynhardt von Schleibnitz herrschte hier mit harter Hand und ließ seine Leute nahezu täglich üben, so auch die Bogenschützen auf den Mauern und Wällen.

»Die Sehne spannen! Zielen! Und Schuss!«

Auf dem Vorfeld waren Strohballen zu Rittern und Lanzenträgern geformt worden, und in diese Zielscheiben bohrten sich nun die Pfeile – zum Teil jedenfalls.

Der Ritter Ottin von Strenznau hatte in einiger Entfernung Posten bezogen und kam nun herangeritten, um die Trefferzahl nach oben zu melden. »Nur knapp die Hälfte aller Pfeile hat ihr Ziel gefunden.«

»Zu wenig!«, befand Lynhardt von Schleibnitz. »Auf ein Neues!«

»Ruhe!«, schrie Mertin von Freckleben, einer der Kämmerer Albrechts. »Aua!« Er war gerade dabei, sich von einem Bedienten die Läuse aus dem Haar kämmen zu lassen. »Wenn ich so viele Brakteaten im Säckel hätte wie Läuse auf dem Kopf, dann könnte ich jubeln.« Brakteaten waren neumodische, aus dünnem Blech einseitig geprägte Münzen, die unter dem Bild des Fürsten oder Königs das Jahr zeigten, in dem sie in Umlauf gebracht worden waren. Mertin von Freckleben galt als geldgieriger Mann, wurde aber von Albrecht geschätzt, weil er das askanische Vermögen nicht verschwendete.

Während Lynhardt von Schleibnitz sich mühte, die Kampfkraft der Burgbesatzung zu erhöhen, hatte sich seine holde Gattin einen gewissen Mickel ins Bett geholt, einen Jäger aus der Umgebung, der die Küche mit Hase, Wildschwein, Hirsch und Reh belieferte. Alle, bis auf ihren Mann, wussten von ihren nymphomanen Anwandlungen, und man nannte sie überall nur »Adelhayt von Leibschlitz«.

Einmal schon hatte Mickel sein Bestes gegeben, doch Adelhayt war immer noch heiß und knetete sein Glied, um es wiederauferstehen zu lassen.

Diese Bemühungen beobachtete heimlich Zlata. Sie war als Beiköchin auf der Burg beschäftigt und hatte gesehen, wie Mickel ein am Morgen erlegtes Reh angeschleppt hatte. Bei jedem seiner Besuche machte sie ihm schöne Augen, und er hatte ihr auch schon zu verstehen gegeben, dass sie sich Hoffnungen machen könne. Und nun das! Tief verletzt schlich sich Zlata weg vom Fenster und überlegte, wie sie sich für Mickels Untreue rächen konnte. Was sie ihm gönnte, war eine gehörige Tracht Prügel, und die bekam er bestimmt verabreicht, wenn Lynhardt von Schleibnitz ihn bei seinem Tun erwischte. Also schlich sie sich zum Burgverwalter und flüsterte ihm ins Ohr, dass er doch schnell mal ins Schlafgemach seiner Gattin schauen möge.

Lynhardt von Schleibnitz lief sofort los, um sein Weib in flagranti zu erwischen, und stürzte genau in dem Augenblick in ihr Schlafgemach, als Mickel stöhnend und keuchend auf den nächsten Höhepunkt seiner Geliebten hinarbeitete und mit seinen Gedanken bei der Bärenjagd war, um seinen Erguss hinauszuzögern. So hörte er den Ritter nicht kommen und fiel aus allen Wolken, als der furchtbar schrie und ihn grob an der Schulter packte, um ihn von seiner Frau zu reißen.

»Was machst du da?«

Mickel sprang auf und hatte keine Zeit für eine Antwort – er musste zugleich seine Blöße bedecken und seine Hände nach oben reißen, um seinen Kopf zu schützen, denn Lynhardt von Schleibnitz war drauf und dran, ihn mit einem schnell gegriffenen hölzernen Hocker zu erschlagen.

»Tu es nicht!«, schrie seine Frau. »Du machst uns alle unglücklich.«

Mickel konnte den ersten Schlag abwehren und verschaffte sich etwas Luft, indem er Schleibnitz in die Hoden trat. Der war auf diese wenig ritterliche Art des Zweikampfes nicht vorbereitet und sank jammernd zu Boden. Der Jäger nutzte die Gelegenheit, sprang über den Gehörnten hinweg und rannte in Richtung Tor.

Überraschend schnell hatte sich Lynhardt von Schleibnitz wieder aufgerafft. Er stürzte zum Fenster und schrie, man möge Mickel festhalten, er sei ein Dieb und Mörder. Das tat seine Wirkung, und Mickel war schnell eingekreist. Er war sich sicher, dass sie ihn hängen würden, wenn sie ihn zu fassen bekamen. In seiner Not schlüpfte er in die offene Tür zum Weinkeller und schaffte es gerade noch, von innen den Riegel vorzuschieben und die Treppe hinunterzulaufen.

Es würde ein paar Minuten dauern, bis sie die Tür mit einer Axt aufgebrochen hatten. Er war allein, es brannten aber ein paar Kienspäne an der Wand. Der Kellermeister musste gerade noch im Keller zu tun gehabt haben.

Mickel betete zu Triglaw. Und der alte Slawengott ließ den Seinen nicht im Stich. Denn er ließ ihn an das denken, was sein Vater, der lange auf der Brandenburg gedient hatte, ihm des Öfteren erzählt hatte: dass nämlich vom Weinkeller aus ein geheimer Gang zum Ufer der Havel hinunterführte. Mickel begann die Wände abzuklopfen, ob es wohl irgendwo hohl klang.

Wer von Cöpenick aus zur Brandenburg reisen wollte, brauchte im Jahre 1157 mehrere Tage dafür, man hatte unberührte märkische Urwälder und Sümpfe zu durchqueren, wie sie nur ein Urstromtal zu bieten hatte. Jedenfalls kam Jaxa äußerst langsam voran, denn sein kleines Heer bestand nur zum geringeren Teil aus Reitern, in der Mehrzahl aber aus polnischen Bogenschützen und Lanzenträgern, die zu Fuß unterwegs waren.

Jaxa und Radogost ritten an der Spitze des Zuges und waren nicht bei allerbester Laune, da es seit Stunden regnete.

»Wenn es so weitergeht, versinken wir alle noch im Schlamm«, sagte Radogost.

Jaxa reagierte unwirsch. »Du weißt doch selber, dass wir nicht länger warten konnten. Die Welfen, die Askanier, die Sachsen, die Wettiner – alle sind sie gierig, neues Land in Besitz zu nehmen, unser Land, Slawenland.«

Radogost drehte sich nach hinten. »Mit diesem Haufen, mit dem wir gen Westen ziehen, wirst du ihnen keine Angst einjagen. Mit dem können wir die Brandenburg nie und nimmer zurückerobern.«

»Damit könntest du recht haben – aber warten wir's ab. Die Erinnerung an 983 sollte uns zuversichtlich stimmen.«

In diesem Jahre hatte es den sogenannten Slawenaufstand gegeben. Heinrich I. und Otto I. hatten mit ihren Kriegszügen bis 955 die Elb- und Ostsee-Slawen unterworfen und von Magdeburg aus christianisiert. Als aber ein Streit um die Nachfolge des Kaisers und des Magdeburger Erzbischofs entbrannt war, hatten die Liutizen und Obotriten die Schwächung des Reiches genutzt und dessen politische und kirchliche Vertreter vertrieben. Die Bischofssitze Brandenburg und Havelberg waren besetzt, das Kloster Kalbe geplündert worden. Für die nächsten 150 Jahre hatte die Expansion des Heiligen Römischen Reiches nach Osten ein Ende gefunden.

»Hast du schon einen Plan?«, fragte Radogost den Fürsten.

Jaxa lachte. »*Nein, denn mach nur einen Plan, sei nur ein großes Licht! Und mach dann noch 'nen zweiten Plan, geh'n tun sie beide nicht.*«

Wortlos ritten sie weiter, mit Rücksicht auf ihre Fußtruppen nur im Schritt. Um den Burgwall von Poztupimi machten sie einen weiten Bogen, denn den Hevellern trauten sie nicht. Die Landkarte, die sie in den Händen hielten, war die Kohlezeichnung eines Mönchs, und auf der war die Seenkette südlich Potsdams nur als ein etwas größerer Teich eingezeichnet, so dass sie lange brauchten, um auf Höhe des heutigen

Ferch wieder Richtung Westen reiten zu können. Jetzt ging es weithin über trockenes Gelände, und erst die Sümpfe um den Rietzer See machten ihnen wieder zu schaffen. Als sie auch dieses Hindernis glücklich überwunden hatten, kamen sie auf eine höher gelegene Waldfläche und rasteten dort, wo heute auf den Karten der Galgenberg verzeichnet ist. Von hier aus waren Burg und Siedlung Brandenburg zwar noch nicht zu sehen, aber schon zu erahnen.

Sie hatten sich gerade auf dem Boden ausgestreckt und sich über ihre kargen Vorräte hergemacht, da waren in ihrer Nähe Schritte zu vernehmen.

Radogost sprang auf und griff sich eine der herumliegenden Lanzen. »Halt! Wer da?«

Aus dem Gebüsch trat ein Slawe, der erklärte, er sei der Jäger Mickel aus einem der Dörfer nebenan und aus der Brandenburg geflohen, weil man dort gedroht habe, ihn aufzuhängen. »Und hätte ich den geheimen Gang nicht gefunden, der vom Weinkeller der Burg bis ans Havelufer führt, dann würde ich jetzt am Galgen baumeln.«

Jaxa begriff schnell, dass dieser Mann ein Geschenk des Himmels war. »Bei mir bist du gut aufgehoben«, versicherte er dem Bedrohten. »Und du sollst der oberste Jäger meines Hofes werden, wenn ich erst Herr über die neue Mark geworden bin, die es geben wird, die Mark Brandenburg.«

Mickel fiel ihm zu Füßen und dankte ihm.

»Nichts zu danken.« Jaxa hob Mickel vom Boden auf und ließ den Mundschenk zwei Becher seines besten Weines holen. »Komm, labe dich und erzähle uns, was es auf der Brandenburg an Neuigkeiten gibt.«

»Albrechts Verwalter ist jetzt der Ritter Lynhardt von Schleibnitz, ein Fettsack, der so dumm ist, dass ihn die Schweine beißen.«

Jaxa hörte das gern. »Also werden wir auf wenig Gegenwehr stoßen, wenn wir die Brandenburg erstürmen?«

»Das wohl nicht, denn es gibt wackere Kämpfer. Unter den Rittern ist einer, der Hayntz von Helsungen, der wird sich nicht ergeben, bis dass der letzte Pfeil verschossen ist. Und die Askanier haben wesentlich mehr Männer auf der Burg, als ich hier in Eurem Lager sehe.« Da fiel Mickel noch etwas ein, das er bis jetzt vergessen hatte. »Ah ja, und außerdem hat Albrecht einen Ritter zu Euch nach Cöpenick geschickt, den Ulric von Huysburg. Der sollte sich als Sohn des Obotritenfürsten Niklot ausgeben und bei Euch einschleichen, um von Euren Plänen zu erfahren.« Er sah sich um. »Wo steckt er denn?«

Jaxa lachte. »Bei uns in Cöpenick im Verlies.«

»Das ist gut so.«

Nachdem er von Mickel alles erfahren hatte, was ihm wichtig schien, setzte sich der Sprewanenfürst mit Radogost zusammen, um ihm mitzuteilen, dass er nun doch einen Plan entwickelt habe. »Du kleidest dich um und reitest als Askanier durch die Tore der Brandenburg, als der Ritter Ulric von Huysburg.« Er gab weiter, was er von Mickel erfahren hatte. »Du erzählst vom Leben in Cöpenick, wiegst diesen Lynhardt von Schleibnitz, der ein Schwachkopf sein soll, in Sicherheit und machst ihm klar, dass die Sprewanen nicht daran denken, die Brandenburg anzugreifen. Ich sei mit den Meinen gerade nach Norden zu den Obotriten aufgebrochen, um Niklot gegen Heinrich den Löwen beizustehen.« Dann zog er einen Beutel mit Goldstücken aus seinem Wams. »Und hiermit versuchst du, so viele Askanier wie möglich zu kaufen.«

Radogost grinste. »Gut. Und wer mir widersteht, der bekommt denselben Trunk aufgetischt wie dieser komische Ulric von Huysburg.«

Jaxa nickte. »Wenn das erledigt ist, dann lässt du vom Wall oben eine Fanfare ertönen. Das ist für mich das Zeichen loszuschlagen. Eine kleine Schar lasse ich das Tor stürmen. Aber das nur zum Schein, um die zu binden, die vielleicht nichts von deinem Schlaftrunk genossen haben, aus welchem Grund auch immer. Während des Gefechts am Burgtor komme ich mit meiner Schar durch den geheimen Gang, dessen Eingang uns dieser Mickel zeigen wird, und besetze die Burg. Kein Tropfen Blut wird fließen, denn die Christen haben uns ja gelehrt: Du sollst nicht töten.«

Ulric von Huysburg versuchte, den Ratten, die um ihn herumwuselten, klarzumachen, dass er noch am Leben war. Dazu schnellte er mit seinem Körper, sofern es die Hände, die hinter seinem Rücken zusammengebunden waren, und die ebenfalls gefesselten Füße zuließen, mal nach links, mal nach rechts. »Wartet doch, ihr verdammten Viecher, bis ich tot bin und in Verwesung übergehe, dann schmecke ich euch viel besser!«

Dass er in seinem Cöpenicker Gefängnis ein jämmerliches Bild abgab, wie er da nicht gegen edle Ritter kämpfte, sondern gegen abgemagerte Ratten, war ihm schon bewusst. Aber sosehr Ulric auch an seinen Fesseln zog und zerrte, sie hielten ihm stand.

So ergab er sich auch an diesem Tage wieder in sein Schicksal und schloss die Augen, um seine Gabe zu nutzen, große Ereignisse der Weltgeschichte in Gedanken so zu erleben, als wäre er selbst dabei gewesen.

Da wurde der Deckel über seinem Kellerloch angehoben, und ein Knecht kam die Leiter heruntergestiegen, um ihn mit einem ekligen Hirsebrei zu füttern und ihm schales Wasser einzuflößen.

»Was soll mit mir geschehen?«, brachte Ulric hervor, als alles seine Speiseröhre passiert hatte.

»Ihr werdet aufgehoben.«

Ulric kniff die Augen zusammen. »Um eurem Triglaw geopfert zu werden?«

»Nein, wir sind Christen wie ihr.«

»Was dann?«

»Ganz einfach: Wenn Albrecht beim Kampf um die Brandenburg einen von unseren Leuten gefangen nehmen sollte, dann sollt Ihr gegen den ausgetauscht werden.«

Damit war ihr Dialog beendet, und der Sprewane kletterte wieder nach oben. Dass Jaxa auf dem Weg zur Brandenburg war, hatte sich Ulric denken können. Albrecht aber war auf diesen Angriff in keinster Weise vorbereitet. Er würde ganz sicher seine, Ulrics, Rückkehr aus Cöpenick abwarten, ehe er eine ausreichend große Heerschar um sich sammelte, um die Brandenburg gegen Jaxa zu verteidigen. Die vorhandene Besatzung reichte bestenfalls aus, einem etwaigen Angriff einiger aufständischer Heveller standzuhalten.

Diese Überlegungen brachten Ulric dahin, seine Bemühungen zu verdoppeln. Nach einer Viertelstunde hatte er es geschafft, sich aufzurichten und auf dem Gesäß Millimeter um Millimeter nach hinten zu rutschen, bis er an der Wand seines Verlieses angekommen war. Bald hatte er einen etwas hervorstehenden scharfkantigen Stein ertastet, und an dem rieb er nun die Stricke, die seine Hände zusammenhielten. Es war mehr als mühsam, aber es gelang ihm dennoch, Faser für Faser zu durchtrennen. Endlich hatte er die Hände frei! In Fetzen hing ihm die Haut an den Knöcheln herab, und es dauerte eine Weile, bis er alles Blut abgeleckt hatte. Die Füße freizubekommen war dagegen ein Kinderspiel, denn in seiner Hose hatte er ein kleines Messer eingenäht. Bald waren auch die Fußfesseln zerschnitten. Er wollte sich erheben, aber die Beine knickten ihm weg, und er musste sich an der Leiter festhalten. Es dauerte eine Weile, bis das Blut wieder durch die Adern strömte.

Was nun? Sollte er warten, bis der Knecht wieder zu ihm herabstieg, um ihn zu füttern, und ihn dann überwältigen? Oder sollte er nach oben steigen und zusehen, ob es eine Gelegenheit gab, sein Pferd aus dem Stall zu holen und davonzusprengen? Er schwankte lange, entschied sich dann aber für die zweite Möglichkeit.

Sprosse für Sprosse stieg er die Leiter nach oben, bis sein Kopf gegen die hölzerne Klappe stieß, die sein Verlies abdeckte. Er drückte sie ein wenig nach oben. Alles war dunkel, es schien später Abend oder Nacht zu sein. Nirgendwo brannte ein Kienspan. Ulric hob den Deckel vollends an und legte ihn nach hinten ab. Nun war es ein Leichtes, aus dem Verlies zu steigen. Er sah nicht das Allergeringste, aber sein Geruchssinn sagte ihm, dass er sich in einem Kornspeicher befand. Er wartete einen Augenblick und hoffte auf eine Eingebung. Die kam nicht, dafür aber ging knarrend eine Tür auf, und in der erschien der Knecht, der ihn bisher »betreut« hatte, einen Krug in der einen und eine Art Fackel in der anderen Hand. Ulric von Huysburg bückte sich und schlüpfte hinter ein paar aufgestapelte Säcke. Der Knecht kam vorbei, und mit einem wohlgezielten Faustschlag gegen die Schläfe hatte Ulric dieses Problem gelöst. Ehe der Mann wieder zu sich kam, war er schon längst über alle Berge. Der Krug fiel zwar auf den Boden und zerschellte, aber es war offenbar niemand da, der es gehört hätte. Ulric stülpte sich die Kappe des Slawen über den Kopf und warf sich seinen Umhang über die Schultern, dann nahm er den noch brennenden Kienspan vom Boden auf und schlich sich Richtung Tür.

Als Ulric von Huysburg im Freien angekommen war, bemerkte er, dass es doch noch nicht so spät war, wie er angenommen hatte. Noch nicht alle waren schlafen gegangen. Eine Magd kam ihm entgegen.

»Na, Vuk, hast du deinen Ritter gut versorgt?«

»*Tak, przestać robić swój obowiązek*«, brummte er, das Gesicht zur Seite gewendet.

Es funktionierte, und er machte sich auf die Suche nach dem Stall, in den man sein Pferd gebracht hatte. Eine Minute später hätte er auf dessen Rücken gesessen, wenn er nicht gegen eine junge Frau geprallt wäre.

»Miluša!«

Er umfing sie, und sie ließ es geschehen. Bald hatte er ihren Mund gefunden und mit seiner Zunge ihre Lippen geöffnet. Er war so entflammt, dass er vergaß, wo er war.

»Ich will dich ganz und für immer!«, flüsterte er und biss ihr ins Ohrläppchen. »Du bist die große Liebe meines Lebens!«

Schreie rissen ihn in die Wirklichkeit zurück. Irgendjemand musste diesen Vuk gefunden haben.

»Flieh, Liebster, flieh!«, hauchte Miluša.

Ulric von Huysburg riss sich los von ihr und rannte in die Richtung, in der er sein Pferd vermutete. Sein Instinkt ließ ihn nicht im Stich. Hinzu kam, dass in diesem Augenblick der Mond durch die Wolken brach. Die Stalltür stand offen, sein Hengst begrüßte ihn mit freudigem Wiehern. Schnell hatte er ihn losgebunden und sich auf seinen Rücken geschwungen.

Im Jahre 1157 dauerte es in den östlichen Grenzregionen des Heiligen Römischen Reiches sehr lange, bis die Menschen im Orte A das erfuhren, was sich in B und C ereignet hatte, und so hatte Albrecht der Bär, als er auf dem Weg nach Althaldensleben war, nicht die geringste Ahnung davon, was sich in Cöpenick und auf der Brandenburg ereignet hatte. Im Prinzip wusste er, dass seine Zukunft im Osten lag, jenseits der Linie, die von der Havel und der Nuthe gebildet wurde, und er hätte sich mehr um die Brandenburg kümmern müssen. Doch sein Gefühl stand ihm dabei im Wege, sein Hass auf alle Welfen und insbesondere auf Heinrich den Löwen. Der hatte ihm Sachsen genommen, das Gebiet, das Jahrhunderte später als Niedersachsen bezeichnet wurde.

»Dieser Mistkerl möge alsbald verrecken!«, rief Albrecht, als ihm im Gespräch mit Hancz von Crüchern die ganze Geschichte noch einmal bewusst geworden war.

Seit fünf, sechs Jahren gab es zwischen ihm und Heinrich dem Löwen immer wieder kleinere Waffengänge und Gefechte, und man zog regelmäßig aus, Siedlungen und Burgen der anderen Seite zu verwüsten. Diesmal sollte es die Burgwartfeste Althaldensleben sein.

Sie erreichten die Ohre am späten Vormittag und beschlossen, hier noch ein wenig zu lagern und Kraft zu schöpfen, bevor sie sich zum Angriff formierten.

»Wenn wir den Fluss hier aufstauen, können wir die ganze Stadt Haldensleben unter Wasser setzen und im Nu erobern«, sagte Hancz von Crüchern.

Albrecht lachte. »Eine gute Idee – aber das Wasser würde wohl nur dann bis zur Burg ansteigen, wenn es wieder mal eine Sintflut gibt, diesmal hier bei uns und nicht am Berge Ararat.«

Dann zogen sie zur Burg, die Bogenschützen vorn hinter dem Fahnenträger, dann Albrecht mit seinen Rittern und den Fußsoldaten. Über eine Nachhut verfügten sie nicht.

Die Besatzung von Althaldensleben bestand nur aus wenigen Mann, nicht mehr als zwei Dutzend, das hatten sie schon herausgefunden, und so schrie Hancz von Crüchern nach oben, man solle sich ergeben. »Freier Abzug sei euch garantiert!«

Die Antwort bestand aus einem Hagel von Pfeilen, mehrere Askanier sanken zu Boden.

Aufs Äußerste gereizt ließ Albrecht zum Sturm auf Althaldensleben blasen, doch ihr Angriff wurde abgeschlagen. Auch beim zweiten und beim dritten Anlauf schafften sie es nicht, die Burgwartfeste zu erobern.

»Wie sollen wir da Jaxa standhalten, wenn wir uns schon hier eine blutige Nase holen?«, klagte Hancz von Crüchern.

Radogost hatte im Gästezimmer der Brandenburg prächtig geschlafen und konnte sich am nächsten Morgen ausgeruht ans Werk machen, das heißt alles vorbereiten, was Jaxa die Eroberung der Brandenburg ermöglichte, ohne dass viel Blut vergossen werden musste. Ein Knappe trat ein und bat ihn, das Frühstück gemeinsam mit Lynhardt von Schleibnitz einzunehmen.

»Aber gern, ich bin in wenigen Augenblicken zur Stelle.«

Albrechts Burgverwalter hatte Radogost den Ritter Ulric von Huysburg sofort abgenommen. Zum einen war er ohnehin nicht sonderlich helle, zum anderen fiel es Radogost nicht schwer, die Rolle eines deutschen Ritters so perfekt zu spielen, dass auch andere auf ihn hereingefallen wären. Bei den polnischen Fürsten hatte er gelernt, sich höfisch zu benehmen, und die deutsche Sprache beherrschte er so gut, weil er ein paar Jahre bei den Wettinern zugebracht hatte.

»Was gibt es Neues in der Welt?«, fragte Lynhardt von Schleibnitz, als sie sich an einer kleinen Tafel niedergelassen hatten und auf ihre Mehlsuppe warteten.

Radogost gab sich weltmännisch. »Der Kaiser und der Papst bekriegen sich mächtig, und auf dem Reichstag von Besançon werden die Fetzen fliegen.«

Lynhardt von Schleibnitz winkte ab. »Das ist mir doch reichlich egal. Wichtig für mich ist nur, dass wir mit diesem Slawenpack endlich fertig werden.«

Radogost hatte Mühe, ruhig zu bleiben. Seine rechte Hand krampfte sich derart um seinen Becher, dass er befürchten musste, den Verdacht des Burgverwalters zu wecken, so einfältig der auch schien. Darum lachte er schrill und setzte noch einen drauf: »Das kann ja kein Zufall sein, dass wir im Deutschen für Slawe und Sklave fast dasselbe Wort haben. Und daran sollten wir uns halten und die Slawen zu unseren Sklaven machen.«

»Ganz meiner Meinung!«, rief Lynhardt von Schleibnitz und wollte schon zu einer längeren Suada ausholen, als ihm einfiel, dass er vergessen hatte, nach dem Wichtigsten zu fragen. »Du warst doch, hört man, auf der Cöpenicker Burg, um für den Markgrafen herauszubringen, ob dieser Jaxa irgendwann nach Westen ziehen will.«

»Das hat er nicht vor. Ich habe ihn mehrmals belauschen können. Sein Interesse richtet sich gen Süden, den Meißenern und den Thüringern will er an den Kragen.«

Radogost hätte dem Burgverwalter noch einige weitere Ammenmärchen aufgetischt, da erschien ein anderer askanischer Ritter in der Tür und grüßte kurz, ehe er sich wieder entfernte.

»Wer war denn das?«, fragte Radogost.

»Der Mertin von Freckleben.« Der Burgverwalter beugte sich vor, damit die Mägde in der Nähe nicht mithören konnten. »Der ist so geldgierig, dass man ihn schon nicht mehr in die Kirche lässt, weil man Angst hat, dass er den Opferstock aufbricht und plündert.«

Diese Mitteilung war für Radogost Gold wert, und er hatte Mühe, sich seine Freude nicht anmerken zu lassen. Nachdem ihr Mahl beendet war und Lynhardt von Schleibnitz sich auf den Abtritt zurückgezogen hatte, machte er sich sofort auf die Suche nach Mertin von Freckleben. Der Erste, den er fragte, war ein hochaufgeschossener Mann, der vor der Rüstkammer saß und Schach mit sich selber spielte. Das war Hayntz von Helsungen, mit dem er schon am Abend zuvor ein paar Worte gewechselt hatte.

»Wie schaffst du es, dir nicht selbst zu verraten, was Weiß im Schilde führt, wenn du mit deinen schwarzen Figuren vorrückst?«

Hayntz von Helsungen grinste. »Wo andere nur ein Gehirn im Kopf haben, da habe ich zwei – und das eine weiß nicht, was das andere denkt.«

»Wie auch immer – ein jedes Mal, wenn du spielst, bist du der Gewinner.«

»Und zugleich auch der Verlierer. Man müsste einmal die Herren Platon, Sokrates und Aristoteles fragen, wie das von der Philosophie her zu bewerten wäre.« Er fixierte Radogost. »Ulric von Huysburg, es heißt, du seist ein vortrefflicher Schachspieler.«

Radogost zuckte zusammen, denn er kannte nicht einmal den Unterschied zwischen einem Läufer und einem Springer. »Heute Abend gerne und stundenlang, jetzt aber nicht, wo ich mich noch halb im Tiefschlaf befinde.«

»Komm, setz dich einen Augenblick zu mir, ich wollte dich kurz etwas fragen …«

Radogost war misstrauisch geworden, konnte aber die Einladung schlecht ausschlagen. »Ja, bitte?«

»Du erinnerst dich doch noch an Cuntz …«

Der Sprewane geriet ins Schwitzen. »An welchen Cuntz?«

»Na, deinen Knappen, den sie an der Nuthe aus dem Hinterhalt erschossen haben. Das war mein Neffe!«

Radogost stöhnte auf. »Gott, ja … schrecklich!« Er war bleich geworden, und seine Lippen zitterten vor Erregung, denn er war es selber, der Cuntz getötet hatte. Eigentlich hatte er Ulric von Huysburg treffen wollen, aber im Augenblick des Abschusses hatte ihn ein auffliegender Vogel erschreckt, und der Pfeil hatte sein vorgesehenes Ziel verfehlt.

Hayntz von Helsungen tat der andere leid. »Entschuldige bitte, dass ich das alles wieder aufgerührt habe.«

Radogost schloss die Augen. »Wir haben deinen Neffen am Ufer des Flusses ehrenvoll bestattet und ein Kreuz auf seinen Grabhügel gesteckt.« Das hatte er vom anderen Flussufer aus beobachtet. »Es war furchtbar, und es schmerzt auch jetzt noch. Mein herzliches Beileid!«

»Das habe ich *dir* auszusprechen!«, rief Hayntz von Helsungen.

Sie redeten noch eine Weile über die Sprewanen und Heveller, dann verabschiedete sich Radogost unter dem Vorwand, nach seinem Pferd sehen zu müssen, und suchte weiter nach Mertin von Freckleben. Er fand ihn in der Nähe der Küche, wo er mit einer Schar von Mägden scherzte, und fragte ihn, ob er einen Augenblick stören dürfe.

»Eigentlich habe ich keine Zeit …« Als die Mädchen davongerannt waren, nahm er sich aber Zeit für Radogost. »Ulric von Huysburg. Ich habe schon von dir gehört. Du warst in Cöpenick, um Jaxa auszuforschen. Was plant er denn so?«

»Er plant eine ganze Menge …« Radogost machte eine kleine Pause, um die Spannung zu erhöhen. »Vor allem will er viel Geld einsetzen.«

»Viel Geld?« Mertin von Frecklebens Körper spannte sich.

»Ja, wer von Albrecht abfällt und zu ihm überläuft, der soll reich belohnt werden, mit Gold wie mit Lehen, die viel Geld einbringen.«

In Mertin von Freckleben begann es zu arbeiten. »Wie stellt er sich das im Einzelnen vor?«

»Dass sich der, der für ihn ist, im Kampf zurückhält, wenn er zum Sturm auf die Brandenburg bläst.«

Mertin von Freckleben lachte. »Ach, du bist nur gekommen, um unsere Treue zu Albrecht zu prüfen.«

Radogost musste jetzt Farbe bekennen, auch wenn das Risiko hoch war. »Ich bin schon zu Jaxa übergelaufen«, flüsterte er und griff in sein Wams, um seinen Geldbeutel hervorzuholen. »Der hier ist für dich, wenn du auch ...«

Mertin von Freckleben sah sich nach allen Seiten um, dann griff er zu.

Radogost konnte triumphieren. »Und wenn du noch jemanden weißt, der die Zeichen der Zeit erkennt ...«

Innerhalb der nächsten Stunde hatte er noch zwei weitere Ritter Albrechts bestochen. Das reichte aber nicht, denn die Deutschen und Slawen, die zum Markgrafen hielten, waren noch immer weitaus in der Überzahl, und Jaxa hätte sich bei einem Angriff auf die Burg nur eine blutige Nase geholt. Radogost musste also zu einem anderen Mittel greifen, und das war der Sud aus giftigen Kräutern, der schon den echten Ulric von Huysburg in Cöpenick außer Gefecht gesetzt hatte. Es galt jetzt, einen günstigen Augenblick abzupassen, sich in die Küche zu schleichen und die betäubende Essenz in alle Krüge und Kannen zu schütten, die beim Mittagsmahl auf die Tafel kommen sollten.

Hayntz von Helsungen krümmte sich auf seinem Lager. Seine Schmerzen wurden immer schlimmer. Dabei hatte er am Mittagsmahl der anderen gar nicht teilgenommen und nichts gegessen und getrunken. Es musste wieder einmal die Galle sein. Er sprang auf, um in die Küche zu laufen und sich einen am Feuer erwärmten Stein zu holen und auf den Leib zu legen.

Nach ein paar Schritten auf dem Burghof hielt er inne, erschrocken und verdutzt, denn überall lagen Ritter, Knappen, Mägde und Knechte wie tot auf dem Boden. Er entdeckte auch Lynhardt von Schleibnitz.

Schnell entschlossen kniete er neben ihm nieder und legte ihm das rechte Ohr auf die Brust. Gott sei Dank, er atmete noch, schlief aber so fest, dass er auch nach heftigem Schütteln nicht aufwachte. Rätselhaft … Grübelnd stand Hayntz von Helsungen da. Dann aber begriff er schlagartig, was hier geschehen war, denn oben auf der Krone des Walls erblickte er den Mann, der sich für den Ritter Ulric von Huysburg ausgegeben hatte, und der setzte eine Fanfare an die Lippen und blies ein Signal. Das konnte nur Männern gelten, die unten standen und warteten, die Burg anzugreifen. *Slawen, Jaxa!*, schoss es ihm durch den Kopf. Dann war der Mann mit der Fanfare ein Verräter! Außer sich vor Wut griff Hayntz von Helsungen nach einer herumliegenden Lanze und zielte auf den Rücken des Betrügers. Der Wurf gelang, die Lanze bohrte sich in den Rücken des Mannes. Er stürzte zu Boden.

»Ein Überfall!«, schrie Hayntz von Helsungen. »Alle Mann auf die Mauern und ans Tor!«

Doch was sich um ihn scharte, war nur ein kläglicher Haufen – ein paar Männer, die aus den verschiedensten Gründen das Mahl versäumt hatten. Mertin von Freckleben war der einzige Ritter unter ihnen.

Einer der Knappen ergriff das Wort. »Wenn das Jaxa ist, dann sollten wir uns ergeben, er macht uns sonst mit seinen Polen alle nieder.«

»Richtig!«, ließ sich Mertin von Freckleben vernehmen.

Hayntz von Helsungen durchschaute in diesem Augenblick das Spiel, das hier getrieben wurde: Der falsche Ulric von Huysburg hatte einen Teil der Ritter gekauft und den Rest der Burgbesetzung mit einem Kräutertrunk betäubt. Er musste einer von Jaxas engsten Vertrauten sein, und erfuhr der Sprewanenfürst, wer ihn getötet hatte, dann würde es keine Gnade geben.

Hayntz von Helsungen stürzte davon. In dieser Sekunde wusste er noch nicht, was er tun würde: sich in sein Schwert stürzen, sich Jaxa zum Kampfe stellen oder sich irgendwo auf der Burg verstecken und abwarten, bis Albrecht kam.

VIER

Phöbus liebt, und begehrt der gesehenen
Daphne Vereinigung;
Was er begehrt, das hofft er; ihn täuscht sein
eignes Orakel.
Wie nach genommener Ähre die
nichtige Stoppel verbrannt wird;
Wie von der Fackel der Zaun aufflammt, die der Wanderer sorglos
Näherte, oder vielleicht in dämmernder Frühe hinwegwarf:
Also entbrannt' in Flamme der Gott;
durch Mark und Gebeine
Lodert er auf, und nährt unfruchtbare
Liebe mit Hoffnung.

Ulric von Huysburg befand sich wieder in seinem Rattenloch und suchte sich mit den Versen Ovids zu trösten, *Metamorphosen I, Daphne*. Wobei er für Phöbus stand und Miluša für Daphne. Sein Fluchtversuch war gescheitert. Ihn hatten die Lanzen der Slawen nicht verwundet, aber sein Pferd hatten sie von den Beinen geholt, und dann waren sie über ihn hergefallen. Gegen zehn kräftige Männer hatte auch er keine Chance, zumal er ohne Waffen war.

Und hätte er ahnen können, welch jammervolles Bild Albrecht und seine Schar vor Althaldensleben abgegeben hatten, er wäre noch niedergeschlagener gewesen.

Ein neuer Tag war angebrochen, und viel Hoffnung, befreit zu werden, hatte er nicht, denn nun umschlang eine eiserne Spange seinen rechten Fuß, und er war an einen in die Wand eingelassenen Haken angekettet. Hoffnungslosigkeit hatte sich seiner bemächtigt, und so schaute er kaum auf, als die hölzerne Klappe über ihm angehoben wurde.

»Heh!«, tönte es von oben herab.

»Hier gibt es keinen Heh, sondern nur einen Ulric von Huysburg«, antwortete er müde.

»Du gibst jetzt also offen zu, kein Obotrite zu sein?«

Ulric lachte. »Was ist da noch zuzugeben? Ihr ahnt es doch längst.«

»Wir wissen es, Nebojša hat es uns gesagt.«

»Wer bist du eigentlich?«

»Ciril, der Mann, der Jaxa hier vertritt, während er …«

Ulric von Huysberg lachte. »… zur Brandenburg reitet.«

»Radogost hat dich beobachtet, als du unsere Versammlung belauscht hast. Und er wusste auch, dass du ein Askanier bist, Ulric von Huysburg, denn …«

Ulric wurde nun schlagartig so einiges klar, und er vollendete den angefangenen Satz. »… denn er hat mich und meine beiden Knappen vom anderen Ufer der Nuthe aus beobachtet und dann Cuntz mit seinem Pfeil getötet.«

Ciril bestätigte ihm seine Vermutung: »Ja, so war es.«

»Und nun?«, fragte Ulric von Huysburg.

»Nun … Nebojša und seine Tochter Miluša sind voller Dankbarkeit, weil du Nebojša an der Nuthe großmütig das Leben geschenkt hast, und sie haben mich angefleht, dir die Freiheit zu schenken. Und ich erfülle gern ihren Wunsch. Ein Pferd können wir dir nicht verschaffen, wir werden dir aber eines unserer Boote geben, damit kannst du nach Spandow und Brandenburg gelangen.«

»Ich danke dir, Ciril!«, rief Ulric von Huysburg. »Und darf ich Miluša noch einmal sehen?«

»Nein!«

Eine halbe Stunde später saß Ulric von Huysburg in einem schmalen geklinkerten Boot, das keinen Kiel hatte und sich mithilfe der beiden klobigen Ruder nur schwer steuern ließ. So glücklich er war, dass er nun als freier Mann zu neuen Abenteuern eilen konnte, so schwer war ihm ums Herz, weil Miluša nicht an seiner Seite war. Er warf einen letzten Blick zurück auf die Wälle der Cöpenicker Burg, dann schickte er die Bitte gen Himmel, dass er Miluša bald in seine Arme schließen könne.

Die Spree war kein reißender Strom, sondern eher ein gemütliches Flüsschen. Doch nachdem sie die Wasser der Dahme in sich aufgenommen hatte, war die Strömung immerhin so stark, dass Ulric kaum zu rudern brauchte und dennoch mit beachtlicher Geschwindigkeit in Richtung Westen getragen wurde. Der Himmel war so blau, als würde er sich mitten auf der Peloponnes befinden, und die Sonne brannte ihm mit solch mediterraner Kraft auf Stirn und Nase und die unbedeckten Arme, dass er fürchten musste, sich die Haut zu verbrennen. Die Monotonie der Landschaft ließ ihn schläfrig werden. Wälder mit verfilztem Dickicht wechselten sich ab mit offener Heide, aber es gab nichts, an dem das Auge mit Freude hängengeblieben wäre. Nirgendwo waren Menschen zu entdecken, nirgendwo gerodete Flächen und bestellte Felder. Wenn Albrecht davon sprach, dass es hier bald blühende Landschaften geben würde, dann war das wohl kaum ernst zu nehmen.

Da Ulric sein Gefährt auch mit den kräftigsten Ruderschlägen nur unwesentlich beschleunigen konnte, gab er seine Bemühungen nach einiger Zeit auf, zog die Blätter ein und streckte sich lang aus, um ein wenig zu schlafen. Die Strömung würde ihn schon in der Flussmitte halten.

Das ging auch eine Weile gut, dann aber stieß sein Boot gegen einen umgestürzten Baum, der sich vom Ufer losgerissen hatte und sich mit anderem Treibholz zusammen im Sand einer Untiefe verhakt hatte. Ulric ging über Bord, und es brauchte eine Weile, bis er prustend wieder auftauchte. Als er sich einigermaßen orientiert hatte, war sein Boot schon außerhalb seiner Reichweite, es hatte die Barre überwunden und trieb ohne ihn weiter in Richtung Havel. Ulric schickte ihm ein paar kräftige Flüche hinterher.

Irgendwoher kam Gelächter. Sollten ihn die alten Flussgötter der Slawen verhöhnen? Nein, am nördlichen Ufer standen Menschen und winkten ihm zu. Erst jetzt bemerkte er, dass hier das Land auf beiden Seiten der Spree gerodet war. Auch konnte er mehrere Holzhäuser und Hütten unterschiedlicher Größe ausmachen. Offensichtlich gab es hier eine Furt, und eine solche lud ja immer Menschen ein, an ihr zu siedeln.

Er schwamm ans Ufer und staunte, dass die Männer und Frauen, die sich dort versammelt hatten, keine der slawischen Idiome benutzten, sondern eine Sprache, wie sie bei den germanischen Völkern Mitteleuropas üblich gewesen war. Sein Althochdeutsch – *Diutschin sprechin Diutschin liute in Diutischemi lande* – verstanden sie kaum, und auch er hatte große Mühe, richtig zu deuten, was sie ihm mitteilen wollten.

Langsam aber verstand Ulric von Huysburg die Zusammenhänge: Er hatte es mit Semnonen zu tun, die hier die Zeiten überdauert hatten. *Vetustissimos se nobilissimosque Sueborum Semnones memorant* – »Als die ältesten und vornehmsten Sueben betrachten sich die Semnonen.« So stand es bei Tacitus in seiner *Germania*. Seit dem dritten Jahrhundert hatten sie ihre Heimat an Havel und Spree aufgegeben, um in Richtung Oberrhein zu ziehen, und waren schließlich in den Alamannen aufgegangen. Nur wenige Kranke, Schwache, Unentschlossene waren zurückgeblieben – und nach neunhundert Jahren Inzucht waren die meisten von ihnen, wie Ulric schnell feststellte, auch im übertragenen Sinne zurückgeblieben, geistig vor allem. Viele waren missgestaltet und wiesen alle möglichen Gebrechen auf. Die einen hinkten, die anderen hatten verkürzte Arme. Irgendwie erinnerten sie Ulric an Urmenschen. Aber sie waren friedfertig und gastfreundlich. Ihr Gaufürst hieß nicht Imbecill oder Debilian, wie Ulric vermutet hätte, sondern Linus und war ein vergleichsweise verständiger Mann.

»Wir harren hier aus, und die Slawen aus den Dörfern ringsum haben uns auch in Ruhe gelassen«, erzählte er Ulric von Huysburg, nachdem dieser sich als Ritter vorgestellt und von seiner Flucht aus Cöpenick berichtet hatte. »Aber der Lauf des Flusses hat sich in den letzten Jahren verändert, und hier hat sich eine Furt gebildet. Die haben nun Händler aus dem Norden und dem Süden entdeckt und nutzen sie, um den Weg abzukürzen. Das hat auch Jaxa gemerkt, und bald wird er uns vertreiben.«

»Ich werde Albrecht dem Bären von euch berichten«, versprach ihm Ulric von Huysburg, »und er wird sehen, wie er euch schützen kann. Aber sagt, welchen Namen trägt denn eure Siedlung?«

»Keinen«, kam die Antwort von Berbelin, der Frau des Gaufürsten, die zu ihnen getreten war.

Ulric lachte. »Na, dann müssen wir schnell einen finden. Was schlagt ihr denn vor?«

»Semnonennest«, sagte Linus.

»Spreefurt«, schlug seine Frau vor.

Ulric fand beides nicht überzeugend. »Wie wäre es denn mit *euren* Namen?«

»Linusrode, Linusleben …«

»Berbelinenburg, Berbelinendorf …«

»Nehmt lieber einen Ortsnamen, in dem ihr beide vorkommt: Linus und Berbelin. *Linber* … Zugegeben, das klingt blöd. Vielleicht eher umgekehrt: *Berlin.*«

»Gut, Berlin also.«

Sie freuten sich und bewirteten Ulric von Huysburg mit allem, was sie in ihren Vorratskammern hatten. Gern hätten sie ihm auch ein Pferd gegeben, doch sie besaßen keines. So blieb ihm nur zu versuchen, Spandow zu Fuß zu erreichen.

»Der Weg ist nicht weit, aber sehr gefährlich, denn hier am Ufer wimmelt es von giftigen Schlangen.«

Ulric nahm Abschied von seinen liebenswerten Berliner Schrumpfgermanen und machte sich auf den Weg nach Spandow, das er gegen Abend zu erreichen hoffte. Doch das Wetter machte ihm einen Strich durch die Rechnung. Erst sah es so aus, als würde das Gewitter vorüberziehen, dann brach es mit einer solchen Urgewalt über ihn herein, dass er zu beten begann: *Eile, Herr, mir zu helfen! Gott, hilf mir; denn das Wasser geht mir bis an die Seele. Ich versinke in tiefem Schlamm, da kein Grund ist; ich bin im tiefen Wasser, und die Flut will mich ersäufen.* Wer auch immer den 69. Psalm geschrieben hatte, er musste Ähnliches durchgemacht haben. Gewaltige Blitze schlugen links und rechts von Ulric von Huysburg in die Bäume ein und spalteten die Stämme, und ein sintflutartiger Regen setzte ein.

Als alles vorüber war und er es wagen konnte, seinen Weg fortzusetzen, war das Flüsschen, das er nach ein paar Schritten erreichte, die Panke, zu einem reißenden Strom geworden, den er nicht mehr überwinden konnte, ohne Gefahr zu laufen, dass er mitgerissen wurde und ertrank. So blieb ihm nichts übrig, als erst einmal nach Norden zu laufen und einen nicht unbeträchtlichen Umweg in Kauf zu nehmen.

Irgendwann wusste er nicht mehr, wo er war, und hatte das Gefühl, nur noch im Kreis herumzulaufen. An der Sonne konnte er sich nicht orientieren, denn der Himmel blieb dunkel und verhangen, und das Moos an den Baumstämmen wuchs ringsum, so dass sich eine Wetterseite nicht erkennen ließ. Als es Abend wurde, war er der Verzweiflung nahe. Schön, zu verdursten brauchte er nicht, und zum Essen gab es genügend Beeren und andere wilde Früchte, aber er war kein Urmensch und meinte, dass er sich den Tod holen würde, wenn er völlig durchnässt im Freien übernachten musste.

Auf einer Lichtung angekommen, blieb er stehen und begann zu schnüffeln, wie ein Tier, das Witterung aufnahm. Es hing Rauch in der Luft, und er glaubte, Stimmen zu hören. War er auf seinem Irrweg doch in die Nähe Spandows gelangt? Oder lag vor ihm eine slawische Siedlung? Nun, die Zeiten waren so, dass man im Feindesland immer mit dem Schlimmsten rechnen musste, also ging er nicht offen auf die Leute zu, die da versammelt waren, sondern schlich sich an.

Was er vorfand, war kein Dorf, sondern nur ein Lagerplatz. Am Feuer, das wegen des nassen Holzes nicht richtig brennen wollte, erkannte er etwa zwanzig Männer. Sie sprachen laut miteinander – wen sollten sie auch fürchten? Das war Polabisch, und wenn er es richtig deutete, dann waren es Wilzen, die er vor sich hatte. Sie mussten von Havelberg oder von Demmin gekommen sein. Derjenige, der das große Wort führte, hieß Milegost, wie Ulric von Huysburg bald herausfand, sein Gesprächspartner Cealadrag, ein Dritter Liub.

»Was machen wir mit ihm?«, fragte Cealadrag.

»Wir bringen ihn nach Havelberg und versuchen, ein möglichst hohes Lösegeld für ihn zu bekommen«, antwortete Milegost.

Liub winkte ab. »Seine Leute treffen wir doch nicht in Havelberg, die sitzen doch in Italien oder weiß ich wo.«

»Unsinn!«, rief Milegost. »Ahmad at-Tawil ist ein berühmter Mann, und für den wird ihnen kein Weg zu weit sein.«

Jetzt erst bemerkte Ulric von Huysburg, dass am Rande des Lagers ein Mann lag und von einem Wilzen bewacht wurde, obwohl man ihn offensichtlich gefesselt hatte. Araber waren in der Nordmark sicherlich selten, aber Ulric erinnerte sich daran, einen Reisebericht gelesen zu haben, den der arabische Gesandte Ibrahim ibn Jakub um 973 geschrieben hatte. Einzelne Passagen hatte er sogar noch im Kopf:

Im Allgemeinen sind die Slawen unverzagt und streitlustig; und wenn sie nicht untereinander uneins wären, infolge der mannigfaltigen Verzweigung ihrer Stämme und Zersplitterungen ihrer Geschlechter, so würde sich kein Volk auf Erden mit ihnen messen können. Die von ihnen bewohnten Länder sind die fruchtbarsten und reichsten von allen, und sie legen sich mit Eifer auf den Ackerbau und andere Zweige von Betriebsamkeit dazu, worin sie alle nordischen Völker übertreffen. Ihre Waren gehen zu Lande und über See zu den Russen und nach Constantinopel … In dem ganzen Norden ist Hungersnot nicht die Folge vom Ausbleiben des Regens und von anhaltender Dürre, sondern vom Überflusse an Regen und von anhaltend hohem Wasserstande. Regenmangel gilt bei ihnen nicht für schädlich, indem sie der Feuchtigkeit des Bodens und der großen Kälte halber deswegen keine Sorge hegen. Sie säen in zwei Jahreszeiten, im Sommer und im Frühling, und ernten zweimal. Dasjenige, was sie am meisten bauen, ist Hirse. Die Kälte ist bei ihnen der Gesundheit zuträglich, auch wenn sie heftig ist, die Wärme dagegen schädlich. Sie können in die Langobardischen Lande nicht reisen wegen der Hitze, welche dort groß ist und die Slawen umbringt … Ihr Wein und kräftiger Trank wird aus Honig bereitet.

Ahmad at-Tawil hatte wohl Ibrahim ibn Jakub nacheifern wollen und war dabei in die Hände der Wilzen gefallen. Ulric von Huysburg war seit jeher ein Bewunderer der arabischen Kultur, und so zögerte er keinen Augenblick sich vorzunehmen, diesen Ahmad at-Tawil zu befreien. Da er sich ein paar Monate in Bagdad aufgehalten hatte, konnte er sich auf Arabisch leidlich verständigen.

Er wartete so lange, bis sich die Wilzen zum Schlafen auf ihren Fellen ausgestreckt hatten und das Feuer nur noch glimmte. Einer Schlange gleich kroch er durch das Unterholz und schlich sich von hinten an den Wächter heran. Jetzt hatte die Nässe etwas Gutes, denn es gab kein trockenes Laub, das rascheln konnte. So gelangte er relativ lautlos in die Nähe des Wächters, und der tat ihm auch noch den Gefallen sich hinzusetzen. Ulric brauchte also nicht einmal aufzuspringen, um ihn mit einem gezielten Hieb gegen die rechte Schläfe für ein paar Minuten ruhigzustellen, er konnte das im Knien erledigen. Ahmad at-Tawil fuhr auf und schien nicht recht zu begreifen, was hier geschah.

»Pst!«, machte Ulric und fügte dann auf Arabisch hinzu: »فإن علينا الفرار جاء اجراء أني كنت في الذهاب, – Komm, ich binde dich los, dann fliehen wir!«

Schnell hatte er dem bewusstlosen Wilzen das Messer aus dem Gürtel gezogen und die Stricke durchtrennt, mit denen man Ahmad at-Tawil gefesselt hatte. Der Araber kam aber nicht so schnell wieder auf die Beine, wie Ulric angenommen hatte, denn durch das lange Liegen waren seine Muskeln erheblich erschlafft und das Blut nicht mehr richtig durch die Adern geströmt. Es ging nicht anders, Ulric musste ihn unter den Achseln packen, hochhieven und versuchen, ihn in den Wald zu schleppen. Wenigstens ein paar hundert Schritte weit, dahin, wo sie die Nacht über in Sicherheit waren. Doch er musste Ahmad at-Tawil ein wenig den Brustkorb eingequetscht haben, denn der Araber begann zu schnaufen und zu husten. Das konnte natürlich bei den Wilzen nicht unbemerkt bleiben, und sofort sprangen einige von ihnen auf und suchten sich zu orientieren. Schnell begriffen sie, was geschehen war.

Laute Rufe ertönten: »*Nasze więźniów jest uszedł. Go!* – Unser Gefangener ist entflohen. Ihm nach!«

Eng umschlungen standen Ulric von Huysburg und Ahmad at-Tawil hinter einer mächtigen Eiche, noch ganz in der Nähe des Lagers. So wärmten sie sich, und ein wenig homoerotisch war die Sache auch noch. Die Wilzen huschten an ihnen vorbei und suchten sie an anderer Stelle. Bald gaben sie auf, und Ulric und Ahmad at-Tawil konnten sich vorsichtig vom Lager entfernen.

»Wir müssen in Spandow sein, wenn der Tag beginnt«, sagte Ulric. »Dort sind wir sicher. Aber sie werden alles daransetzen, uns vorher einzufangen.«

Wiprecht von Wandsleben hatte seine Lanze in den märkischen Sand gesteckt, saß bequem auf dem Stubben einer vor kurzem gefällten Kiefer und sah zu, wie sich Bogdan-Otto mühte, einen angespitzten hölzernen Pfahl in den Boden zu treiben. Immer wieder hob der seinen schweren Vorschlaghammer und ließ ihn niederkrachen. Der Schweiß rann ihm in Bächen Brust und Rücken hinunter, und er fluchte in einem fort. Erschöpft hielt er inne.

»Weiter!« Wiprecht von Wandsleben klatschte in die Hände. »Keine Müdigkeit vorschützen!«

Bogdan-Otto hielt ihm sein Werkzeug hin. »Hierrr, bitte, kannst du weiterrr schlagen ein auf das Phallus.«

Der Ritter verzog das Gesicht vor gefühltem Schmerz. »O nein, das lieber nicht! Aber auch nicht auf den Pfahl, denn ich darf mich nicht überanstrengen ... Mein Herz!«

Bogdan-Otto murrte weiter: »Bin ich nu das Knabe von meine Ulric – oderrr was?«

»Das schon, aber erstens hat der Markgraf befohlen, dass alle in Spandow Hand anlegen sollen, damit hier so schnell wie möglich eine feste Askanierburg entsteht, und zweitens wird dein Ulric von Huysburg längst von Jaxa geköpft worden sein.«

»Da irrtumst du dich abba, derrr ist unbesiegbarrrr.«

Ulric von Huysburg lag währenddessen im Dickicht hinter Wiprecht von Wandsleben und lauschte diesem Dialog mit großem Vergnügen. Er hatte es geschafft, Spandow zu erreichen, ohne von giftigen Schlangen gebissen oder feindlichen Sprewanen erschlagen zu werden. Ahmad at-Tawil war in der Siedlung Spandow zurückgeblieben, um sich in einer Art Herberge von den Strapazen und dem Schrecken der letzten Tage zu erholen.

Wiprecht von Wandsleben warf mit Feldsteinen nach Bogdan-Otto. »Schneller, du Dumpfmeier, sonst werd ich dir Beine machen!«

Dass sein Intimfeind seinen Knappen so drangsalierte, ärgerte Ulric von Huysburg, und so kam er auf die Idee, Wiprecht von Wandsleben einen kleinen Streich zu spielen, bevor er sich zu erkennen gab. Beim Anschleichen hatte er einen längeren Strick entdeckt, und mit dem nun wollte er die Beine des Ritters am Baumstamm festbinden, ohne dass der es merkte. Sobald Bogdan-Otto seine Arbeit wiederaufnahm, konnte es gelingen, denn dann machte er einen gehörigen Lärm.

Ulric brauchte etwa zehn Minuten, dann war es geschafft. Der Strick war auf Höhe des Schienbeins eng um die Füße Wiprechts geschlungen und hinter dem Baumstumpf fest verknotet.

Ulric kroch geschickt und geräuschlos wie eine Schlange ein paar Meter zurück ins Unterholz und schlich dann in weitem Bogen um die Lichtung herum, auf der Wiprecht und Bogdan-Otto agierten. Als er auf der anderen Seite angelangt war, sprang er aus dem Gebüsch. »Hallo, da bin ich wieder!«

Sein Knappe fuhr herum, erkannte ihn, kam angelaufen und fiel ihm jubelnd um den Hals.

Als Wiprecht von Wandsleben aufstehen wollte, um Ulric zu begrüßen, schlug er lang hin.

»Oh!«, rief Ulric von Huysburg. »Ein bisschen Respekt hatte ich mir ja ausgebeten, aber das muss doch nicht gleich in einer solchen Demutsgeste münden.«

Wiprecht von Wandsleben rappelte sich schnell wieder auf und schimpfte auf die Schlingpflanzen, die ihn immer wieder stolpern ließen. Bogdan-Otto konnte ein Grinsen nicht unterdrücken und half ihm, Sand und Gras vom Gewand zu klopfen, dies allerdings mit solchem Einsatz, dass es mehr danach aussah, als würde er dem Ritter Schläge versetzen.

»Danke, danke, es reicht!«, rief der dann auch.

Ulric reichte ihm die Hand. »Schön, dich noch in Spandow anzutreffen. Gib mir bitte etwas zu essen und zu trinken, und verschaffe mir dann zwei Pferde, damit Bogdan-Otto und ich Albrecht entgegenreiten können. Ich weiß alles über Jaxas Pläne und muss dem Markgrafen so schnell wie möglich Bericht erstatten.«

»Der wird schon selber wissen, dass Jaxa nicht kommt, um mit ihm ein paar Partien Schach zu spielen«, brummte Wiprecht von Wandsleben. »Und was die Pferde betrifft, so gibt es im Lager zurzeit nur eines – nämlich meines, und das bekommt ihr nicht.« Es war an einem langen Seil angebunden und graste in der Nähe eines der alten slawischen Wälle.

Wiprecht entfernte sich in Richtung der Zelte, um Weisung zu geben, den Ankömmling zu verköstigen. Ulric blieb noch einen Augenblick stehen, um Bogdan-Otto etwas ins Ohr zu flüstern. Der grinste abermals und nickte dann.

Nachdem Ulric von Huysburg in einem der Zelte ausgiebig getrunken und gegessen hatte, machte er sich daran, draußen umherzuschlendern. Dabei erweckte er den Eindruck, als sei er erschöpft und unschlüssig. Wiprecht von Wandsleben hockte wieder auf seinem Baumstamm und verfolgte ihn mit misstrauischen Blicken. Ulric suchte Deckung hinter ein paar Büschen und kam schließlich in die Nähe des grasenden Pferdes, das aufgezäumt war. Als Wiprecht dann einen Augenblick nicht aufpasste, weil er angreifende Mücken abzuwehren hatte, schlug Ulric zu. Er schwang sich auf den Rücken des Pferdes, krallte sich mit beiden Händen in die Mähne und stieß ihm die Hacken in die Flanken. Das Tier machte einen solchen Satz nach vorn, dass der Strick förmlich zerfetzt wurde. Ulric bekam nun die Zügel zu fassen und hielt auf seinen Knappen zu.

»Bogdan-Otto, los, hinter mir aufs Pferd!«

Der Knappe schaffte es und umschlang Ulric.

»Halt, ihr Strauchdiebe!«, schrie Wiprecht von Wandsleben und war derart außer sich vor Wut, dass er nach seiner Lanze griff, um sie den beiden hinterher zu schleudern. Doch Bogdan-Otto hatte deren Ende an einer Wurzel festgebunden …

Jaxa war nach der Eroberung der Brandenburg klug vorgegangen und hatte darauf verzichtet, Rache an denen zu üben, die ihm Widerstand geleistet hatten.

»Ich bin Christ wie ihr und verspreche dem, der mit mir geht, eine glückliche Zukunft. Wer aber meint, zu Albrecht halten zu müssen, den werde ich nicht daran hindern, die Brandenburg zu verlassen und ihm entgegenzuziehen.«

Diese Worte hatten ihre Wirkung nicht verfehlt, und die allermeisten hatten sich für Jaxa entschieden. Zu den Ausnahmen gehörte Lynhardt von Schleibnitz. Er hatte von Radogosts Schlaftrunk nur gekostet, war bald wieder zu sich gekommen und hatte zusammen mit Hayntz von Helsungen und einigen anderen Front gegen Jaxa gemacht, war aber bald schwer an der Schulter verletzt worden. So war er mit seinen Knappen und seiner liebestollen Adelhayt nach Hause geritten, um sich auszukurieren.

Nur einen hatte Jaxa nicht ziehen lassen, und das war Hayntz von Helsungen. Der steckte im Verlies der Brandenburg. Jaxa wollte ihn hängen lassen, weil er ihm vorwarf, Radogost, den wertvollsten seiner Getreuen, nicht im Kampf getötet, sondern heimtückisch ermordet zu haben. Sie wollten ihn an diesem Morgen mit allen Ehren unten am Fuß der Burg bestatten.

Jaxa saß mit Česćimér zusammen, einem seiner älteren und bewährten Gefolgsleute, der an die Stelle Radogosts getreten war.

Der Sprewanenfürst suchte nach der besten Strategie. »Was meinst du, wird Albrecht die Brandenburg angreifen oder warten, bis wir gen Westen vorrücken, um uns dann in offener Schlacht zu begegnen?«

Česćimér kraulte sich den Bart und zupfte sich einzelne Haare heraus, als ließe sich von denen etwas ablesen. »Ich weiß nicht … Er wird schwanken wie wir. Im Rücken hat er Heinrich den Löwen, und vor der Brust hat er uns. Wen soll er zuerst erledigen? Wartet er ab, so muss er damit rechnen, dass wir vorrücken und ihn sozusagen Heinrich in die Arme treiben.«

Jaxa nickte. »Ja, er wird Angst haben, dass der Raum für ihn zu eng wird, dass er zwischen uns und Heinrich zerrieben wird. Also wird er sich nach Osten wenden und versuchen, die Brandenburg zurückzuerobern. Dann gibt es zwei Möglichkeiten: Entweder siegt er, und wir müssen uns wieder nach Cöpenick zurückziehen – oder aber wir siegen, und dann werde ich ihm großmütig anbieten, ein Vasall der Piasten zu werden und mit mir gemeinsam gegen Heinrich zu ziehen.«

Sein Berater stimmte ihm zu. »Siegen wir, so werden wir den Großteil seiner Ritter für uns gewinnen können, denn die werden sich nicht anders verhalten als dieser Mertin von Freckleben.«

Jaxa lachte. »Pst, er geht gerade an unserem Fenster vorbei.« Er wartete einen Augenblick, bis er fortfuhr. »An sich ist er ja eine ärmliche Kreatur. Aber wer würde sich nicht kaufen lassen? Der mit dem größten Geldbeutel regiert nun mal die Welt.«

»Das alleine reicht aber nicht«, wandte Česćimér ein. »Es braucht auch Fürsten und Könige, die nichts anderes wollen als die Macht und die Männer wie Radogost im Gefolge haben: einfallsreich und skrupellos.«

»Du sagst es! Und darum ist meine Trauer um ihn auch grenzenlos.«

Damit gingen sie hinaus in den Burghof, wo sich der Trauerzug langsam formierte.

Zu zweit auf einem schlecht gepflegten Pferd konnten sie nur im Schritt reiten, zumal ohne Sattel. Ulric von Huysburg hatte sich entschieden, nicht dem Lauf der Havel zu folgen, sondern erst einmal Richtung Westen zu reiten, wo die Böden sandig waren und man ganz gut durch Wald und Heide kam. Das ging einige Stunden so, und Bogdan-Otto, der hinten, wo der Rücken des Pferdes breiter wurde, seine Beine weit auseinanderspreizen musste, fing schon an zu schimpfen.

»Gott, derrr Gerrächte, werrrd ich nie wiederrr gehen können zu Füßen, weil Beine meinige sich aushaken aus die Hüftenknochen.«

»Man kann auch auf Händen laufen«, suchte Ulric ihn zu trösten. »Bei der nächsten Rast zeige ich dir mal, wie es geht.«

Das tat er dann auch, aber als es Bogdan-Otto versuchte, kippte er nach hinten weg und hätte sich womöglich das Genick gebrochen, wenn Ulric ihn nicht aufgefangen hätte.

Bogdan-Otto setzte sich ins Gras und schnupperte. »Rrriecht sich nach Wasserrr!«

Ulric überlegte. »Es kann sein, dass wir schon auf Höhe des Beetzsees sind und nach Süden abbiegen müssen.«

Sein Knappe lauschte. »Das is sich Getrrrampel von viele Rrrösserrr.«

»Sollte das Albrecht sein?« Ulric überlegte. »Aber das ist doch schwer möglich, denn wir müssen davon ausgehen, dass Jaxa die Brandenburg erobert hat und Albrecht noch irgendwo westlich von ihr steckt.«

»Vielleicht hat es sich gegeben schon Kampf und errr is sich Besiegerrr«, meinte Bogdan-Otto.

»Wir werden sehen.«

Da sie gänzlich unbewaffnet waren, blieb ihnen, sollten ihnen Feinde entgegenkommen, nur die Flucht. Darum schwangen sie sich wieder auf ihr Pferd und ritten an den Rand der Lichtung, auf der sie sich gelagert hatten, um schnell im Wald verschwinden zu können.

Und in der Tat erblickten sie nach kurzer Zeit drei Reiter am anderen Ende der Lichtung.

Ulric erkannte einen von ihnen. »Das ist doch Mertin von Freckleben, das sind Askanier!«

Sie ritten aufeinander zu und begrüßten sich als alte Freunde.

Mertin von Freckleben sah Ulric von Huysburg fragend an. »Du bist aus Cöpenick zurück und hast alles mit heiler Haut überstanden?«

»Ja. Und ich habe herausgefunden, dass Jaxa die Brandenburg erobern will. Wenn er sich beeilt hat, müsste er schon hier sein.«

»Nein, das ist er nicht. Wer weiß, was oder wer ihn aufgehalten hat. Wie auch immer – kommt ihr beide erst einmal mit uns, damit ihr euch auf der Brandenburg erholen könnt und wieder voll bei Kräften seid, wenn uns Jaxa angreift.«

Albrecht der Bär näherte sich mit seiner Schar der Brandenburg von Südwesten her und wollte am Breitlingsee Rast machen, um kurz vor dem Ziel noch einmal die Pferde zu tränken und Kraft zu schöpfen. Er hatte sich nach der Schlappe vor Althaldensleben durch Ritter des Magdeburger Bischofs Wichmann verstärkt und hoffte, mit ihnen zusammen Jaxa standhalten zu können.

Neben Albrecht ritt sein Ältester, Otto. Er war immerhin schon 29 Jahre alt, hatte seinen eigenen Kopf und war mit dem Vorgehen seines Vaters nicht immer einverstanden. So auch jetzt. »Du hättest eher gegen Jaxa Front machen sollen. Das ist wie beim Schach: Wer den ersten Zug hat, befindet sich immer im Vorteil. Angriff ist die beste Verteidigung.«

»Ach ja.« Albrecht ging auf die Sechzig zu und verspürte wenig Lust, sich von einem Jüngeren belehren zu lassen. »Heinrichs Land ist wertvolles Land, und viele reiche Städte gibt es da. Aber zwischen Elbe und Oder haben wir nur Sand und Sumpf, und die Städte heißen Sankt Armut und Sankt Elend.«

Otto ließ sich nicht beirren. »Aber dieses Land ist unsere Zukunft wie unser Schicksal. Gegen die Sachsen und die Bayern und den Kaiser kommen wir ohnehin nicht an. Und wenn wir nicht aufpassen, verlieren wir das, was wir haben, auch noch an die Polen. Die Piasten sollte man nicht unterschätzen, und dieser Jaxa ist mit allen Wassern gewaschen.«

Albrecht konnte nicht umhin, ihm recht zu geben: »Nun gut. In ein paar Stunden haben wir die Brandenburg erreicht, und wenn wir dort nach dem Rechten gesehen haben, dann geht es nach einem Tag Ruhepause gleich weiter nach Spandow.«

»Gut.« Otto war aber noch nicht ganz zufrieden mit dieser Auskunft. »Und wann erstürmen wir Cöpenick?«

»Dann, wenn wir genug Männer zusammengezogen haben.«

Albrecht rief Hancz von Crüchern, Eberlin von Mölz und Ottin von Strenznau zu sich, um deren Meinung einzuholen. Nach längerer Beratung hielt man es für das Beste, Jaxa aus der Burg Cöpenick herauszulocken und ihm in offener Feldschlacht gegenüberzutreten.

»Gut.« Albrecht bedankte sich bei seinen Männern. »Die letzte Entscheidung kann ich aber erst treffen, wenn Ulric von Huysburg aus Cöpenick zurück ist und uns sagen kann, welches Jaxas Pläne sind.«

Damit saßen sie auf und ritten weiter Richtung Brandenburg. Sie freuten sich schon auf einen kühlen Trunk und ein deftiges Mahl, aber auch ein weiches Lager. Doch als sie am Fuße der Burg angekommen waren, empfing sie kein Jubel, sondern ein Hagel von Pfeilen, und oben auf dem Wall erschien der Sprewanenfürst.

»Albrecht, geh nach Braunschweig und werde Vasall Heinrichs des Löwen«, höhnte er. »Die Nordmark gehört nun mir.«

Ulric von Huysburg ritt an der Seite Mertin von Frecklebens in Richtung der Brandenburg. Er war zufrieden, dass er seine Mission glücklich zu Ende gebracht hatte. Seine Gedanken waren bei Miluša. In Gefahr sah er sie nicht. Wenn die Askanier die Burg Cöpenick stürmten, war sie mit ihrem Vater längst weitergezogen.

Bogdan-Otto saß noch immer hinter ihm auf dem Pferd und fühlte sich zunehmend unwohler. »Wenn uns ansehen Leute von Burrrg, sie werrrden sich lachen aus überrr mirrr, möcht ich lieberrr ab von Pferrrd.«

Ulric schmunzelte. »Gut.« Er zügelte sein Pferd, damit sein Knappe abspringen konnte, und ritt dann so langsam weiter, dass Bogdan-Otto ihnen nicht hinterherhecheln musste.

»Wir haben es ja gleich geschafft«, sagte Mertin von Freckleben.

»Was gibt's denn Neues bei euch?«, fragte Ulric. »Was macht zum Beispiel der wackere Lynhardt von Schleibnitz?«

»Der? Der ist mit seiner Adelhayt in sein Dorf zurückgekehrt, weil … seine Bauern da nicht richtig parieren wollen.«

Ulric grinste. »Und weil er da nicht fürchten muss, dass Adelhayt andauernd in Versuchung gerät.«

»Ach ja …« Mertin von Freckleben stöhnte genüsslich.

»Und was macht mein alter Freund Hayntz von Helsungen?«, wollte Ulric weiter wissen.

Mertin von Freckleben lachte. »Der? Der genießt die letzten Stunden seines Lebens.«

Ulric stutzte. »Wieso denn das, ist er krank?«

»Krank … äh … Ja, ja, der Schlagfluss hat ihn erwischt.«

Ulric fand das verwunderlich, denn Hayntz von Helsungen war für ihn stets ein Ausbund an Lebenskraft gewesen und hatte nie kränklich gewirkt. Merkwürdig also … Aber es kam ja immer wieder vor, dass Eichen mit einem herrlichen Stamm innen hohl waren.

Sie ritten weiter. Als die ersten Hütten Brandenburgs schon in Sichtweite waren, kam ihnen ein Mann entgegen, der sie freundlich grüßte.

Mertin von Freckleben winkte zurück. »Wie geht es dir, Bohuměr?«

Ulric schloss für einen Moment die Augen, um besser nachdenken zu können und ein ganz bestimmtes Bild vor sich zu haben: Wo hatte er den Namen Bohuměr schon einmal gehört? Wo hatte er diesen Mann mit der Hasenscharte schon einmal gesehen? Plötzlich war es ihm klar: Er war ihm auf der Burg Cöpenick begegnet, als er in seiner Rolle als

Obotrite über die Brücke gekommen war und die Posten ihn aufgehalten hatten. Es begann in ihm zu arbeiten: Wie kam dieser Bohuměr nach Brandenburg? Und wie konnte es sein, dass Mertin von Freckleben ihn freundschaftlich begrüßte? Darauf gab es logischerweise nur eine Antwort: Jaxa hatte die Brandenburg schon in Besitz genommen, und Mertin von Freckleben war zu ihm übergelaufen. Und nun war er im Begriff, ihn, den askanischen Ritter Ulric von Huysburg, in die Falle zu locken.

Was tun? Ulric überlegte. Hatten sie erst einmal die Burg erreicht, waren er und sein Knappe verloren. Also musste er die Entscheidung vorher fällen. Doch wie? Bogdan-Otto und er verfügten über keinerlei Waffen, und beim Kampf Mann gegen Mann waren sie unterlegen. War es Selbstmord, mit bloßen Händen gegen drei Männer anzutreten, die Schwerter und Lanzen zur Verfügung hatten?

»Geht's nicht etwas schneller?«, rief Mertin von Freckleben. Er schien Verdacht geschöpft zu haben.

Ulric von Huysburg musste handeln.

fünf

Albrecht der Bär, der Graf der Nordmark, lagerte mit seiner Schar auf dem westlichen Zipfel der Dominsel. Für ihn, seinen Sohn Otto und die Ritter waren Zelte aufgeschlagen worden, das gemeine Fußvolk hatte sich Hütten aus Ästen, Stroh und Buschwerk gebaut. Man hatte die Burg unmittelbar vor sich, war aber vor den Pfeilen und Lanzen Jaxas sicher, denn so weit trugen diese Waffen nicht. Andererseits war es unmöglich, die Brandenburg zu stürmen, obwohl sie keine hohen steinernen Mauern aufwies wie etwa die Festungen in Italien oder Palästina, sondern nichts anderes war als eine Ringwallanlage aus mächtigen Palisaden und einigen Gebäuden aus Holz und Lehm in ihrer Mitte. Albrecht lief mit seinen Getreuen in sicherer Entfernung um die Burg herum und suchte nach Möglichkeiten, Jaxa beizukommen.

»Die Naturgesetze sind gegen uns«, klagte Eberlin von Mölz. »Wer etwas von oben nach unten wirft, ist immer im Vorteil gegenüber dem, der etwas von unten nach oben werfen muss. Sie können uns zum Beispiel heißes Öl auf die Köpfe kippen, wenn wir zum Sturm ansetzen.«

»Es bleibt uns nur, sie auszuhungern«, schlug Ottin von Strenznau vor und verwies auf König Heinrich I., der im strengen Winter 928/29 die Brandenburg durch Aushungern erobert hatte.

Otto schüttelte den Kopf. »Das geht nicht, wir haben erst Anfang Juni, und bis es Winter wird, können wir hier nicht ausharren, dazu fehlen uns die Mittel. Und wenn wir alle unsere Kräfte hier an der Brandenburg binden, wird Heinrich der Löwe das ausnutzen und uns das wegnehmen, was wir schon lange haben.«

Sein Vater gab ihm recht. »So ist es, innerhalb der nächsten drei Wochen muss hier an der Havel die Entscheidung gefallen sein.«

»Aber wie sollen wir Jaxa besiegen?«, stellte Hancz von Crüchern die entscheidende Frage. »Ich sehe keine Möglichkeit, die Burg zu stürmen, ohne so viele Männer zu verlieren, dass es ein Pyrrhussieg wird.«

»Ein was?«, fragte Ottin von Strenznau.

»Ein Sieg, bei dem wir letztendlich die Verlierer sind, denn er wird uns so viele Männer kosten, dass wir zu schwach sind, den Feinden standzuhalten, von denen wir ringsum umgeben sind. Der Ausdruck geht auf König Pyrrhus von Epirus zurück, der 279 vor Christus in der Schlacht bei Asculum die Römer geschlagen hat und nachher ausgerufen haben soll: *Noch so ein Sieg, und wir sind verloren!* Nun, die Geschichte wiederholt sich zwar nie, aber …«

Weiter kam er nicht, denn drüben am anderen Ufer der Havel wurden Rufe laut, und zwei Männer winkten herüber.

»Hier steht Ulric von Huysburg mit seinem Knappen und einem Gefangenen, einem Verräter! Kommt, und holt uns mit Booten und Flößen zu euch ins Lager!«

Eine halbe Stunde später saß Ulric von Huysburg dem Fürsten der Nordmark gegenüber und erstattete Albrecht Bericht über das, was er in Cöpenick und auf seinem Ritt zur Brandenburg erlebt hatte.

»Bei der Begegnung mit Mertin von Freckleben sind mir dann einige

Ungereimtheiten aufgefallen«, schloss er. »Und mir ist es plötzlich wie Schuppen von den Augen gefallen: Jaxa musste die Burg erobert haben und er zu ihm übergelaufen sein. Als ich ihn zur Rede stellte, ist es zum Kampf gekommen. Bogdan-Otto hat seine Knappen in die Flucht geschlagen, und ich habe ihn selbst überwältigen können.«

Mertin von Freckleben wurde verhört und bestätigte, was Ulric vermutet hatte. Um sein Leben zu retten, plauderte er alles aus, was er über Jaxa, die Sprewanen und die Polen wusste, auch, dass Hayntz von Helsungen Widerstand geleistet hatte, nun im Verlies steckte und irgendwann geköpft werden sollte.

»Schafft mir diesen Mann aus den Augen!«, rief Albrecht. »Was machen wir mit ihm?«

»Am nächsten Baum aufhängen!«, rief Hancz von Crüchern.

»Nicht ohne Gerichtsverhandlung«, wandte Albrecht ein.

»Es kann ja kein anderes Urteil geben als seinen Tod«, sagte Ottin von Strenznau.

Ulric von Huysburg dachte weiter. »Als Toter nutzt er uns wenig, aber als Lebender schon – wenn wir ihn gegen Hayntz von Helsungen tauschen.«

Dieser Vorschlag wurde nach kurzer Beratung angenommen, und Ulric von Huysburg wurde ausersehen, den Parlamentär zu spielen und die Verhandlungen mit Jaxa aufzunehmen.

Er beschaffte sich eine passende Rüstung, Schwert und Lanze und ritt dann auf das Burgtor zu, eine weiße Fahne schwingend.

»Ich möchte Jaxa sprechen!«, rief er zum Wall hinauf. »Sagt ihm, hier stünde Ulric von Huysburg, den er von Cöpenick her gut kennt.«

Das verfehlte seine Wirkung nicht, und wenig später erschien Jaxa oben auf dem Wall. »Was gibt es?«, fragte er, im wahrsten Sinne des Wortes von oben herab. »Will Albrecht zum Kaiser reiten und Barbarossa bitten, mir feierlich den Titel Markgraf von Brandenburg zu verleihen?«

Ulric lachte. »Den will er wohl gern selber haben.«

»Aber *ich* bin nun der Herr der Brandenburg!«, rief Jaxa.

»Das lässt sich nicht leugnen. Und Ihr habt Hayntz von Helsungen in Eurer Gewalt. Wir aber haben Mertin von Freckleben, und Albrecht schickt mich nun, einen Austausch der beiden anzuregen.«

Jaxa überlegte nicht lange. »Nun gut, als Herr über Brandenburg will ich kein böses Blut, sondern Frieden.«

Ulric stieß nach: »Wenn Ihr das wollt, dann zieht Euch zurück nach Cöpenick, Albrecht wird Euch freies Geleit gewähren.«

»Das ist doch lächerlich! Albrecht soll sich zurückziehen, nach Ballenstedt und auf die Burg Anhalt, dies hier ist mein Land!«

Damit hielt Jaxa ihre Unterredung für beendet, der Austausch der beiden Ritter kam aber ohne jeden Zwischenfall zustande.

Am Abend saßen die Askanier abermals zur Beratung beieinander. Alsbald stellte sich heraus, dass es zwei Parteien gab: Die einen rieten zum sofortigen Angriff, die anderen plädierten für Abwarten.

»Mit unseren spärlichen Mitteln können wir die Brandenburg nicht zurückerobern«, stellte Hancz von Crüchern fest. »Uns bleibt nichts anderes übrig, als Jaxa auszuhungern.« Und er fügte mit einem Blick auf Otto noch hinzu: »Obwohl es noch nicht Winter geworden ist.«

»Die Zeit haben wir nicht«, gab Hayntz von Helsungen zu bedenken. »Soweit ich die Sprewanen belauscht habe, rechnen sie damit, dass die Piasten sie unterstützen und dass die Polen ein größeres Heer gen Westen in Marsch setzen werden.«

Ulric gab ihm recht, die Askanier hatten Bolesław IV. den Kraushaarigen ebenso zu fürchten wie Heinrich den Löwen, und einen Zweifrontenkrieg konnten sie nicht bestehen. »Die Zeit spielt gegen uns, und wir müssen die Brandenburg so schnell wie möglich zurückerobern, um klare Verhältnisse zu schaffen, das heißt den Kaiser zwingen, Albrecht unwiderruflich und sozusagen ehern zum Markgrafen von Brandenburg zu machen.«

»Schön und gut«, sagte Ottin von Strenznau, »aber Hancz hat es doch eben klar und deutlich gesagt, dass wir nicht imstande sind, die Brandenburg zu erobern.«

»Doch, das sind wir!«, widersprach ihm Ulric von Huysburg. »Gebt mir zehn Tage Zeit und eine Handvoll kräftiger Männer, die mit Axt und Säge umgehen können, dann baue ich euch einen Tribok. Von ihm aus schießen wir dann Brandfackeln und Kugeln in die Burg und zwingen Jaxa damit, entweder zu kapitulieren oder aber sich uns in offener Schlacht zu stellen.«

Sein Vorschlag wurde angenommen, und am nächsten Morgen begann man, Bäume zu fällen und Balken zurechtzuhauen, aber auch in den umliegenden Siedlungen nach Seilen und Stricken zu suchen, denn ein Tribok funktionierte durch die Torsion gebündelter Seile, die am Standrahmen befestigt waren. In ihnen steckte ein Wurfarm, und zog man den nach unten, geschah dies gegen die Kraft der verdrehten Seile. Beim Schuss wollten sich die Seile wieder entspannen, der Wurfarm knallte gegen einen Prellbalken und schleuderte die Munition, die in einem ausgehöhlten Ende lag, mehrere hundert Meter weit, je nach Gewicht der Geschosse. Statt steinerner Kugeln konnte man mit dem Tribok auch brennende Fackeln verschießen, was besonders gegen Burgen, deren Befestigungen in der Hauptsache aus Holz bestanden, ein geeignetes Mittel war.

Am 11. Juni 1157 war es dann so weit: Der Tribok war einsatzbereit, und man katapultierte eine Brandfackel nach der anderen über den Ringwall. Da es seit geraumer Zeit nicht geregnet hatte, züngelten schnell überall die Flammen empor, und schließlich brannte auch das mit Stroh gedeckte Dach des Haupthauses. Obwohl Jaxas Leute alle Kräfte aufboten – ihr Löschwasser oben auf der Burg reichte nicht aus, die Feuer zu ersticken.

»Hurra!«, schrie Eberlin von Mölz. »Wir räuchern sie aus!«

Jaxa musste einsehen, dass er keine Chance hatte, die Burg länger zu halten. »Wir formieren uns, brechen aus dem Burgtor und fallen über Albrechts Männer her! Auf!«

Die Askanier warteten schon, und unten am Ufer der Havel begann die Schlacht, die über die Zukunft des Landes zwischen Elbe und Oder entscheiden sollte. Die Berittenen kämpften Mann gegen Mann und spalteten sich mit ihren Schwertern Schilder und Köpfe, und die Pfeile der Bogenschützen durchbohrten manche Brust. Hayntz von Helsungen war es, der Mertin von Freckleben erschlug, und auch die anderen Überläufer konnten ihr Leben nicht retten.

Viele der Verwundeten sprangen in die Havel, um ihre Wunden zu kühlen, und deren Wasser färbten sich rot. Und die verwundeten und sterbenden Askanier klagten:

nû sehet, wie unser lachen
mit weinenne erlischet.
unser süezze ist gemischet
mit bitterer gallen.
unsere bluome der muoz vallen,
sô er aller grüenest wænet sîn.

Ulric von Huysburg vermied es, Menschen zu töten, er war nur darauf aus, mit seinem Schild die askanischen Freunde zu schützen.

Albrecht der Bär hob für eine Sekunde sein Visier, um Ausschau nach Jaxa zu halten. Da kam der Pfeil geflogen, der gedacht war, ihn zu töten. Und er wäre dem Askanierfürsten ins rechte Auge gefahren und hätte sein Gehirn zerstört, wenn ihn nicht Ulric geistesgegenwärtig mit dem Rande seines Schildes abgefangen hätte.

»In den Staub mit allen Feinden Brandenburgs!«, schrie Albrecht daraufhin und gab seinem Pferd die Sporen, um auf Jaxa einzudringen und ihm den Schädel zu spalten.

Doch Ulric fiel ihm in die Zügel. »Überlasse ihn mir, ich habe mit ihm noch eine Rechnung zu begleichen.«

Ulric kämpfte nun alles nieder, was sich ihm entgegenstellte, bis er dem Sprewanen Auge in Auge gegenüberstand. Ihre Schwerter fuhren gegeneinander, dass die Funken stoben, doch bald erlahmte Jaxas Arm, und er konnte nicht verhindern, dass ihm sein Schwert aus der Hand geschlagen wurde. Und keiner seiner Männer war in der Nähe, ihn zu retten, oder konnte den Kordon der Askanier durchstoßen. Was blieb ihm, als ein letztes Gebet zum Himmel zu schicken und den Tod zu erwarten?

Doch Ulric tat nur so, als würde er zum Todesstoß ausholen, er lenkte sein Pferd dicht neben das des Sprewanen und flüsterte ihm zu, dass er fliehen möge. »Und grüße mir Cöpenick!«

Jaxa sprengte davon, und ehe ihn Albrecht, Ottin und die anderen askanischen Ritter daran hindern konnten, lenkte er sein Pferd in die Havel und schwamm zum östlichen Ufer hinüber.

Albrecht der Bär war wieder Herr der Brandenburg, und Ulric von Huysburg konnte sich anderen Abenteuern zuwenden. Nein, etwas war noch zu erledigen …

Anfang Oktober 1157 stand Besançon im Mittelpunkt der europäischen Politik, denn Kaiser Friedrich I., auch Barbarossa genannt, hatte zu einem Hof- oder Reichstag ins Königreich Burgund gerufen, das 1032/34 an das Heilige Römische Reich gefallen war.

Auch Ulric von Huysburg war an den Fluss Doubs geeilt, um die Interessen seines Fürsten zu vertreten. Bevor er jedoch mit dem Kaiser sprechen konnte, kam es zu einem Schauspiel, wie er es noch nicht gesehen hatte, und er genoss es, denn ein Skandal war allemal das Süßeste.

Es begann damit, dass Kardinal Roland, der päpstliche Legat, eine Rede hielt, und zwar auf Latein, was nur wenige der Anwesenden verstanden. Es fiel auch das Wort *beneficium*, was der Reichskanzler Rainald von Dassel, einer der engsten Vertrauten Friedrichs, mit »Lehen« übersetzte, und das führte dazu, dass ein Teil der deutschen Fürsten rot sah, denn sie verstanden das so, als sei das Kaisertum als Lehen und der Kaiser Friedrich I. als bloßer Lehnsmann des Papstes definiert worden, und das empfanden sie als skandalös und so nicht hinnehmbar. Es kam zu tumultartigen Szenen, und der bayerische Pfalzgraf Otto von Wittelsbach wollte mit dem Schwert auf den Abgesandten des Papstes eindringen.

»Halt, so nicht!«, rief der Kaiser und fiel dem Bayern in den Arm.

»Ich habe mit *beneficium* nicht Lehen, sondern Wohltat gemeint!«, schrie der Legat.

So blieb er erst einmal körperlich unversehrt, aber die Sache war damit noch lange nicht erledigt. Denn bei der Durchsuchung seines Gepäcks fand man Papiere, die auf Versuche Roms schließen ließen, die Kirchenhoheit des Kaisers zugunsten des Papstes zu unterlaufen. Man beschloss, Druck auf den Papst Hadrian IV. auszuüben, und es wurde von einem zweiten Zug nach Italien gesprochen.

Der Kaiser hatte keine Zeit für Ulric von Huysburg, und der war schon ziemlich verzweifelt, als ihm eines Abends in einer Schenke jemand auf die Schulter klopfte. »مرحبا ، يا عزيزي ، كيف حالك؟ – Hallo, mein Lieber, wie geht es dir?«

Ulric von Huysburg fuhr herum und erkannte Ahmad at-Tawil, den Mann, den er im Lager der Wilzen befreit hatte. Sie freuten sich über das Wiedersehen, und Ulric schilderte dem Araber seine Schwierigkeiten, zum Kaiser vorgelassen zu werden.

Ahmad at-Tawil schmunzelte. »Jede gute Tat rächt sich einmal. Manchmal aber kann es auch anders kommen. Ich sehe Barbarossa heute und werde einmal ein ernstes Wörtchen mit ihm reden.«

So saß denn Ulric von Huysburg am 3. Oktober beim Kaiser und informierte ihn über das, was sich im Sommer dieses Jahres in der Nordmark zugetragen hatte. »Ihr könnt diesen Teil Eures Reiches nur dauerhaft sichern, wenn Ihr eine Mark Brandenburg schafft und Albrecht den Bären zum Markgrafen macht.«

Der Kaiser sah das ein und ließ noch am selben Tage eine dementsprechende Urkunde ausfertigen. *Adelbertus Die gratia marchio in Brandenborch* war darin zu lesen.

Ulric dankte dem Kaiser und machte sich auf, Besançon näher zu erkunden. Als er über den Marktplatz schlenderte, entdeckte er dort den Händler Nebojša aus Jutribuc.

»Wo ist Miluša?«, fragte er, nachdem er den Slawen begrüßt hatte.

»Sie steht hinter Euch.«

Ulric von Huysburg fuhr herum, und wenig später konnte er die Dame seines Herzens in den Armen halten.

Dû bist mîn, ich bin dîn:
des solt dû gewis sîn.
dû bist beslozzen
in mînem herzen:
verlorn ist daz slüzzelîn:
dû muost ouch immer drinne sîn.

Wahrheit und Dichtung

Wahr an dieser Geschichte – und in jedem Geschichtsbuch nachzulesen – sind die Entscheidungsschlacht um die Brandenburg und der Sieg von Albrecht dem Bär im Jahre 1157, der als Geburtsstunde der Mark Brandenburg betrachtet wird.

Historisches Personal

Personen

Pribislaw-Heinrich (um 1122–1150), Hevellerfürst

Petrissa, seine Frau

Albrecht I., auch Albrecht der Bär (um 1100–1170), Askanierfürst und Markgraf von Brandenburg

Otto I. (um 1130–1184), Albrechts Sohn und Nachfolger

Siegfried, Adalbert, Dietrich, Bernhard, Hedwig und Gertrud, weitere Söhne und Töchter Albrechts

Otto der Reiche (1125–1190), Markgraf von Meißen, Schwiegersohn Albrechts

Jaxa von Cöpenick, Sprewanenfürst

Heinrich der Löwe (1129/30–1195), Welfenfürst

Wichmann (1116–1192), Erzbischof von Magdeburg

Friedrich I., auch Barbarossa (1122–1190), deutscher Kaiser

Bolesław III. Schiefmund und Bolesław IV. der Kraushaarige, polnische Fürsten

Niklot, Fürst der Obotriten

Wertislaw, sein Sohn

Herrscherhäuser und Stämme

Askanier, ostsächsisches Fürstengeschlecht, dessen Name sich von dem latinisierten Namen *Ascharia* ihres Sitzes in Aschersleben ableitet

Sprewanen, slawischer Stamm im Gebiet der Spree

Heveller, slawischer Stamm an der mittleren Havel
Obotriten, elbslawischer Stamm
Zamzizi, slawischer Stamm nördlich Berlins
Welfen, ein ursprünglich fränkisches Fürstengeschlecht
Piasten, polnische Herrscherdynastie
Wettiner, Fürstengeschlecht auf dem Gebiet des heutigen Freistaates Sachsen
Liutizen, Wilzen, slawische Stämme

Fiktives Personal

Im Umfeld von Albrecht dem Bär
Ulric von Huysburg, Ritter
Lynhardt von Schleibnitz, Ritter
Adelhayt, seine Gemahlin
Mertin von Freckleben, Ritter
Hayntz von Helsungen, Ritter
Wiprecht von Wandsleben, Ritter
Hancz von Crüchern, Ritter
Eberlin von Mölz, Ritter
Ottin von Strenznau, Ritter
Cuntz, Knappe bei Ulric von Huysburg
Bogdan-Otto, Knappe bei Ulric von Huysburg
Zlata, Beiköchin auf Burg Brandenburg

Im Umfeld von Jaxa
Radogost, Ritter
Ciril, Ritter
Česćimér, Gefolgsmann Jaxas
Bohuměr, Wachposten
Nebojša, Sprewane und Kaufmann
Miluša, seine Tochter
Vuk, Knecht

Sonstige

Mickel, Jäger im Bereich der Brandenburg
Ahmad at-Tawil, arabischer Historiker
Berbelin und Linus, Urberliner
Milegost, Cealadrag und Liub, Wilzen

anno 1190

Mord im Kloster Lehnin

Im Jahre 1190 betritt der liebestolle venezianische Händler Ricario Accorsi die Szenerie und schafft sich mit seiner Fähigkeit, allein durch seine Blicke Frauen zu verführen, beileibe nicht nur Freunde. Aus Magdeburg, wohin seine Geschäfte ihn führten, muss er Hals über Kopf fliehen. Verkleidet als Mönch, findet er Unterschlupf im Zisterzienserkloster Lehnin. Dort bekommt er es mit slawischen Verschwörern zu tun, die den Deutschen in der Region um Potsdam den Garaus zu machen versuchen. Fast noch bedrohlicher jedoch ist sein sündhaftes Liebesleben, das eine Katastrophe auszulösen droht, mit der die Politik des Markgrafen Otto II. nachhaltig gefährdet wird.

Als es auch noch einen mysteriösen Mord aufzuklären gilt, fragen wir uns bang, auf was sich Ricario Accorsi da eingelassen hat.

eins

Ricario Accorsi schlenderte durch Magdeburg und war auf der Suche nach einem weiblichen Wesen, dem er sich nähern konnte, ohne sogleich verprügelt oder gar totgeschlagen zu werden. Jeder Frau zwischen fünfzehn und fünfzig, der er beim Gang über den Markt begegnete, blickte er tief in die Augen, um das Feuer zu entzünden, das sie vielleicht irgendwann in seine Arme trieb. An seiner Kleidung konnten sie unschwer erkennen, dass er Italiener war, und alle wussten, dass die Männer aus dem Süden phantastische Liebhaber sein konnten. Er war groß gewachsen und ein ungewöhnlich schöner Mann – das Erste mochte von seinem lombardischen Vater herrühren, das Zweite hatte er seiner römischen Mutter zu verdanken.

»Das ist der Ricario«, wurde hinter ihm geflüstert.

»Mein Gott!«

Er glaubte, ein unstillbares Begehren aus den Stimmen der beiden Mägde herauszuhören, die ihm da begegnet waren. Offensichtlich hatte sich schon herumgesprochen, welch einzigartiger Liebhaber er war. Das hing nicht nur damit zusammen, dass er seinen Ovid auswendig kannte und jede Frau allein mit seinen heißen Worten in einen Liebesrausch versetzen konnte, sondern auch mit seiner Veranlagung, problemlos einer Frau mehrmals hintereinander zur Erfüllung zu verhelfen. Das war Folge einer leichten und keineswegs schmerzhaften Form des Priapismus. Profaner ausgedrückt: Die Schwellkörper seines Penis blieben um einiges länger mit Blut gefüllt, als das bei anderen Männern der Fall war. Manche sprachen von einer Satyriasis und meinten das, was im Lichte der heutigen Medizin wohl als Sexsucht oder Hypersexualität bezeichnet werden würde. Wie auch immer man es nennen will – Ricario Accorsi erlebte seinen extrem gesteigerten Drang nach sexueller Befriedigung keinesfalls als Krankheit, sondern fand es wunderbar, dass die Sexualität seine Gedanken und sein Verhalten im Alltag weitgehend bestimmte. Was ihm an Zeit und Kraft verblieb, reichte allemal, um ein erfolgreicher Händler zu sein.

Die beginnende Frühjahrsmesse hatte ihn in den Norden geführt. Seit 1035 war Magdeburg Messestadt und besaß das Recht, Handelsausstellungen und Konventionen abzuhalten. Zu den kundgetanen Terminen reisten Händler aus vielen Ländern in die Domstadt an der Elbe, um Geschäfte zu machen.

Nun, wer aus dem stolzen Venedig kam, der damals größten Stadt des Abendlandes, dem musste Magdeburg als besseres Dorf erscheinen, obwohl sich vor allem seine Kirchenbauten durchaus sehen lassen konnten. Ricario Accorsi saß gern unten am Fluss und sah den Schiffern wie den Fischern zu, obwohl die Elbe ganz etwas anderes war als bei ihm zu Hause der Canal Grande. Aber lange konnte er sich diesem Vergnügen nicht hingeben, denn eigentlich war er an seinem Marktstand unabkömmlich, weil seine Leute weder das Deutsche noch eine der slawischen Sprachen beherrschten. Das konnte nur er. Also machte er sich wieder auf. Was er verkaufte, waren Gewürze, die er in Alexandrien erstanden und auf dem eigenen Schiff nach Venedig gebracht hatte. Es handelte sich vor allem um Gewürznelken, Muskatnüsse, Pfeffer und Ingwer aus Indien und Indonesien. Auf chinesischen und malaiischen Booten waren die Köstlichkeiten nach Ceylon transportiert worden, und von dort hatten sie persische und ägyptische Kaufleute durch das Rote Meer nach Alexandrien bringen lassen. Was Ricario Accorsi in Magdeburg ankaufte, waren Bernstein, Wolle, Holz und Pelze.

Als Ricario auf dem Marktplatz angekommen war, sah er seine Leute mit einem einheimischen Kaufmann verhandeln, der ihm als Peter Drackstedt vorgestellt wurde. Er bot den Venezianern wertvolle Pelze an, die er aus Russland, Polen und dem Baltikum bezogen hatte.

Beredt pries er seine Ware an. »Für einen Zobelpelz mag es in Italien zu warm sein, aber welch hoher Herr würde nicht gern ein Stück Zobel auf seinem Kragen tragen!«

Ricario Accorsi prüfte die guten Stücke und murmelte dabei: »Der Begriff Zobel, *martes zibellina* im Lateinischen, kommt aus dem Russischen: Соболь, *Sobol* …«

Drackstedt war beeindruckt. Einen solch gebildeten Menschen, noch dazu aus einer der Metropolen der Welt, hätte er gern zu Gast an seiner

Tafel gesehen. Vielleicht würde das sogar den Erzbischof, wenigstens aber Männer aus dessen Umfeld anlocken. Er zögerte noch ein wenig. Als sie dann aber handelseinig geworden waren, wagte er es, den Signore Ricario Accorsi zu einem sonntäglichen Festmahl zu laden.

»Aber mit Freuden!«, rief Ricario, denn im Hause des Kaufmanns speiste man allemal feudaler als in seiner kargen Herberge.

So fand er sich denn zu festgesetzter Stunde pünktlich im Hause des Kaufmanns ein. Drackstedt begrüßte ihn mit respektvollen Worten, führte ihn durch sein Anwesen und hielt ihm einen kleinen Vortrag über die Geschichte Magdeburgs.

»Wir werden 805 erstmals im Diedenhofer Kapitular Karls des Großen als Magadoburg erwähnt und waren danach Kaiserpfalz. 968, auf der Synode von Ravenna, wurde Magdeburg zum Erzbistum erhoben. Dazu gehörten die Bistümer Brandenburg, Havelberg und Meißen …«

Aber da hörte Ricario schon nicht mehr richtig zu, denn in einer der vielen Türen war Katharina Drackstedt erschienen, die Gemahlin des Kaufmanns, und ihr Anblick verschlug ihm fast die Sprache. *Die oder keine! Die muss ich heute noch haben! Für die gehe ich über Leichen! In deren Schoß muss ich eindringen – und koste es mein Leben!*

Er hatte Mühe, sich auf die Frage zu konzentrieren, um deren Beantwortung der Kaufmann ihn gebeten hatte. »Ein Doge, ja … Das Wort kommt aus dem Lateinischen: *dux* ist der Führer, Anführer, Fürst. Früher war ein Doge bei uns unumschränkter Alleinherrscher, seit rund fünfzig Jahren hat man ihm aber den Großen Rat zur Seite gestellt. Im Augenblick ist der vierzigste Doge an der Macht: Orio Mastropiero, ein alter Freund von mir.«

Dabei aber vermochte er nicht, sich auf sein wunderbares Venedig zu konzentrieren, denn zu sehr hingen seine Blicke an Katharina, und alle seine Gedanken kreisten um die Frage, wie er sie in diesem engen und offenbar sehr sittenstrengen Magdeburg wohl erobern konnte. Das ging eigentlich nur, wenn die Initiative von ihr ausging, denn allein sie kannte die Örtlichkeiten, an denen man sich vereinigen konnte, ohne erschlagen oder vor ein Gericht gezerrt zu werden. Also musste er sie mit seinen Blicken bannen und in ihr eine mächtige Glut entfachen.

Am Tisch nahmen nun noch andere Männer Platz, Magdeburger Honoratioren, aber auch der askanische Ritter Jacopp von Colno, ein Freund des Hauses, und als Letzter betrat der Bruder des Kaufmanns den Raum, Lennhart Drackstedt. Während sie speisten, bemerkte Ricario Accorsi, dass dieser Lennhart an der Gunst Katharinas zumindest ebenso stark interessiert war wie er selbst und sie ebenfalls mit seinen Blicken verschlang. Dem Ehemann stand die Eifersucht ins Gesicht geschrieben.

Die Gespräche kreisten um Themen wie den Dritten Kreuzzug, die Gründung des Deutschen Ordens durch Kaufleute aus Lübeck und Bremen, den Burggrafen von Regensburg, der sich als Minnesänger einen Namen gemacht hatte, und die Wirkung des Magdeburger Stadtrechts, das Erzbischof Wichmann geschaffen hatte.

An alledem war Ricario Accorsi nicht übermäßig interessiert, und gefragt, was ihn bewegen würde, erzählte er, wie seine Landsleute 828 in Alexandria die Gebeine des Evangelisten Markus gestohlen und nach Venedig gebracht hatten. »Zu seinen Ehren ist dann bei uns der Markusdom erbaut worden.«

Peter Drackstedt lachte. »Dann werden wir bald einmal nach Fulda ziehen, um aus der Sturmi-Basilika die Gebeine des Heiligen Bonifatius zu stehlen – für unseren neuen Dom.«

Ricario fand Katharinas Ehemann gar nicht einmal so unsympathisch, und er tat ihm auch irgendwie leid, aber sein Trieb war nun einmal stärker als sein christliches Gewissen.

Als die Tafel aufgehoben wurde und sich die Gäste vom Hausherrn und seiner Gattin verabschiedeten, trat Katharina ganz dicht an Ricario heran und flüsterte ihm, unhörbar für die anderen, ins Ohr: »Morgen früh um acht im Beichtstuhl …«

Und da saß sie dann auf seinem Schoß. Während seine Hände sie zu streicheln begannen, zitierte er aus Ovids *Liebe mich*:

Du hast mein Herz entzündet,
Nun Flamme, liebe mich!

Die Örtlichkeit ließ nichts anderes zu, als dass sie auf ihm saß. Da sie in dieser Stellung ihrem Manne noch nie beigewohnt hatte, war ihre Erregung umso größer. Mit geöffneten Schenkeln saß sie auf seinen Knien. Gesicht an Gesicht, seine Zunge in ihrem Mund, schaukelten sie sich mit rhythmischen Bewegungen immer weiter auf, bis sich dann in einem ekstatischen Schrei alles entlud.

Otto der Große hatte das Erzbistum Magdeburg großzügig mit Landzuweisungen, königlichen Einkünften und nutzbaren Rechten ausgestattet und dafür gesorgt, dass die Stadt eine herausragende Stellung im Reich zugewiesen bekam. Die Leute sollten ihn als würdigen Nachfolger der römischen Kaiser wahrnehmen, und so ließ er prächtige Kirchenbauten errichten. Der erste Magdeburger Dom war eine dreischiffige, kreuzförmige Basilika mit Ostquerhaus, Ostkrypta und großem Atrium im Westen. Nördlich davon erhob sich bald ein zweiter, nahezu gleich großer und äußerst reich ausgestatteter Sakralbau, der mit der Domkirche eine Doppelkirchenanlage bildete. Der Slawenaufstand von 983 hatte zwar die Expansion über die Elbe hinaus nach Osten gebremst. Nun aber war man unter dem klugen und tatkräftigen Erzbischof Wichmann wieder auf dem Vormarsch und versuchte, Richtung Oder neue Klöster zu gründen und deutsche Bauern anzusiedeln.

Heute hatte Wichmann Pater Vigilius, einen Visitator des Papstes, und den venezianischen Kaufmann Ricario Accorsi zu einem italienischen Abend in seine Privatgemächer geladen.

Ricario war dieser Einladung gern gefolgt und konnte, als er Wichmann zum ersten Mal von nahem sah, seine Verwunderung nicht ganz verbergen, denn dem Würdenträger fehlte ein Ohr.

Der Erzbischof kannte die Reaktion seiner Gäste und erklärte lächelnd die Zusammenhänge. »Vor fast zweieinhalb Jahrzehnten, genau gesagt im Jahre 1164, habe ich eine Wallfahrt nach Palästina unternommen, bin dort für einige Zeit in sarazenische Gefangenschaft geraten und habe im Kampf mit meinen Wächtern ein Ohr verloren. Aber …«, er machte eine Geste, als wollte er seiner Gemeinde den Segen spenden, »… zum Glück hat der Herr mir zwei Ohren geschenkt, und die Ohrläppchen sind ja doch nur mehr oder minder eine Zierde unseres Kopfes. Der Verlust eines Auges wäre viel tragischer.«

Pater Vigilius hatte dem noch das hinzuzufügen, was der Erzbischof in seiner Bescheidenheit verschwiegen hatte: »Und zurückgekehrt nach Deutschland, schenkte er dem Kloster Gottesgnade in Calbe Reliquien der beiden Heiligen Viktor und Pontianus.«

»Da bitte ich um Erklärungen«, sagte Ricario Accorsi mit einiger Ironie, »denn als Kaufmann kenne ich nur Hermes, den Schutzgott des Verkehrs, der Reisenden und der Kaufleute …«

»… sowie der Diebe und der Magie!«, fiel ihm Pater Vigilius donnernd ins Wort. »Und als Christ verbitte ich mir das, denn wie lautet das erste Gebot: *Du sollst keine anderen Götter haben neben mir!*«

Ricario zuckte regelrecht zusammen. So sympathisch ihm der Erzbischof war, so sehr rangierte der römische Visitator bei ihm in der Kategorie Kotzbrocken.

Wichmann suchte, dem Gespräch die Schärfe zu nehmen, indem er Ricario Accorsi mit sanfter Stimme die gewünschte Auskunft gab. »Der heilige Viktor I. kam wohl aus Nordafrika und war Bischof von Rom von 189 bis zu seinem Tod im Jahre 199. Er hat die Kirche, die damals noch stark vom Griechentum geprägt war, latinisiert. Und Pontianus war von 230 bis 235 Bischof von Rom. Während seines Pontifikats kam das Schisma des Hippolytus zu seinem Ende. Kaiser Maximinus Thrax schickte Pontianus und noch weitere Kirchenführer, so auch den Gegenpapst Hippolytus, ins Exil nach Sardinien und sperrte sie dort in ein Bergwerk ein, was Pontianus zum Märtyrerpapst werden ließ.«

Die Erwähnung des Namen Hippolytus entzündete in Pater Vigilius ein weiteres Feuer, und er begann noch heftiger zu eifern. »Hippolyt! Ich denke da an seine Schrift *Refutatio omnium haeresium – Widerlegung aller Häresien*, in der er mit seinem Feind Kalixt I. abrechnet. Dieser Kalixt soll in der Hölle schmoren!«

»Warum denn das?«, fragte Ricario in aller Unschuld.

»Unzucht, Mord und Abfall vom Glauben galten bis dato als unverzeihliche Todsünden. Kalixt jedoch erlaubt eine zweite Buße für Sünden der Fleischeslust. Für mich aber gehören alle geköpft und verbrannt, die Unzucht treiben.«

Ricario schluckte vernehmlich ...

Peter Drackstedt war schon auf die vierzig zugegangen, als er 1173 die 16-jährige Katharina, die Tochter eines Glockengießers, zum Traualtar geführt hatte. Jetzt war er 54 Jahre alt, aber noch immer von beachtlicher Potenz. Doch seit einiger Zeit weigerte sich seine Frau, ihm zu Willen zu sein. Mal litt sie unter unerträglichem Kopfschmerz, wenn er sie bedrängte, mal hatte sie am Bett eines erkrankten Kindes zu wachen, mal war sie unpässlich. Als er mit seinem Freund Jacopp von Colno, dem askanischen Ritter, darüber redete, lachte der nur bitter.

»Ich bin nicht unter ihren Verehrern. Leider.« Das bezog sich darauf, dass ihm bei einem kleinen Gefecht ein Lanzenstich die Manneskraft geraubt hatte.

Das »Leider« ließ Peter Drackstedt rot anlaufen. »Musst du mir auch noch unter die Nase reiben, dass von drei Männern in Magdeburg zwei Katharina den Hof machen?«

»Sie ist nun einmal äußerst begehrenswert«, gab Jacopp von Colno zu bedenken.

Peter Drackstedt schlug so kräftig mit der Faust auf den Tisch, dass der Rotwein aus seinem Becher schwappte. »Aber sie gehört keinem anderen als mir!«

Jacopp von Colno suchte ihn zu beruhigen. »Sie weiß, dass Wollust und Unkeuschheit zu den sieben Todsünden gehören, und wird ihr Seelenheil nicht gefährden wollen.«

»Aber so abweisend, wie sie sich mir gegenüber verhält, da muss ich doch annehmen, dass sie heimlich mit einem anderen das Lager teilt.«

»Und wer könnte das sein?«

Peter Drackstedt stöhnte auf. »Manchmal denke ich, dass es Lennhart ist, mein eigener Bruder. Seit er Witwer ist, da ...« Er verstummte, denn draußen auf der Diele war eine männliche Stimme zu hören – und das helle Lachen seiner Frau. »Da kommt er, und ich sehe direkt vor mir, wie Katharina ihn umarmt.«

Lennhart kam kurz danach ins Zimmer und begrüßte seinen Bruder so herzlich, dass man glauben konnte, sie seien ein Herz und eine Seele. Doch Jacopp von Colno zweifelte schon lange an der Echtheit dieser Gefühle. Lennhart war an die zehn Jahre jünger als Peter und das genaue Gegenteil seines Bruders: War der übergewichtig und träge und konnte sich nie zu einer Entscheidung durchringen, so war er schlank und rank, dynamisch und immer schnell bei der Sache.

Kaum hatte Lennhart Platz genommen, da stritten sie auch schon heftig über die Frage, ob sie eine Handelsniederlassung in Spandow, das wuchs und gedieh, errichten sollten oder nicht.

»Ja!«, rief Lennhart Drackstedt. »Der frühe Vogel fängt den Wurm.«

»Nein!«, kam es von Peter Drackstedt. »Bevor Markgraf Otto das Land nicht richtig vorangebracht hat, lohnt es sich nicht.«

Jacopp von Colno war die ewigen Streitereien leid und begab sich erst einmal auf den Abtritt. Der lag auf dem Hof des Anwesens, und auf dem Weg dorthin traf er Katharina.

»Du siehst gut aus heute«, sagte er und hatte auch eine Vermutung, woran das wohl liegen mochte, verschwieg sie aber wohlweislich.

Katharina konnte nicht verhindern, ein wenig rot zu werden. »Das wird am Sommer liegen, den wir nun langsam bekommen.«

»Oder daran, dass Peter auf der Messe so gute Geschäfte gemacht hat? Mit diesem Kaufmann aus Venedig … Wie heißt er noch einmal?«

»Ich weiß nicht, von wem du redest.«

»Ricario Accorsi, jetzt hab ich's wieder.«

Katharina zuckte mit den Schultern. »Keine Ahnung.«

Jacopp von Colno glaubte ihr nicht. Er war Menschenkenner genug, um zu wissen, dass sie ihren Mann nicht mehr liebte – wenn sie das überhaupt jemals getan hatte –, sondern nur noch hasste. Gott, da braute sich etwas zusammen! Ihn schauderte.

Ricario Accorsi streifte durch die Stadt, um irgendwo einen Blick auf Katharina zu erhaschen. Inzwischen war er süchtig nach ihrem Körper. »Du bist ja krank!«, tönte es in ihm. Ja, sicher, aber er genoss diese Krankheit mehr, als dass er unter ihr litt.

»Hallo, Signor Accorsi!«

Ricario fuhr herum und erkannte Veytt von Gonna, einen Zisterzienser, den er in Morimond kennengelernt hatte. Der war jetzt, wie er Ricario Accorsi erzählte, als Pater Immediat des Klosters Lehnin nach Deutschland gekommen.

»Bei uns herrscht das Filiationsprinzip, das heißt, ich als Abt des Mutterklosters Morimond sehe in unseren Tochtergründungen in Deutschland nach dem Rechten, denn jede Abtei bleibt gegenüber ihrem Mutterkloster in der Verantwortung.«

Ricario nickte. »Gut – aber warum bist du nicht in Lehnin, sondern hier in Magdeburg?«

Veytt von Gonna grinste. »Weil Magdeburg zumindest ein wenig wie eine Stadt wirkt. Lehnin aber ist eine Hölle an Ödnis und Langeweile.«

Ricario kam ihm mit einem Wort aus dem Brief des Paulus an die Philipper: »*Freuet euch in dem Herrn allewege* … also auch in Nestern wie Lehnin.«

»Ich war lange genug in Lehnin. Jetzt gilt es, für das kommende Jahrhundert zu planen, das heißt weiter nach Osten vorzudringen und die Slawen zu missionieren. Wir müssen Klöster nördlich und nordöstlich von Lehnin bauen, zum Fürstentum Rügen und Herzogtum Pommern hin und an der Oder. Noch sind nicht alle Heveller, Zamzizi, Rezanen, Ploni, Sprewanen, Selpoli und Lusizi Christen geworden. Viel Arbeit liegt also noch vor uns, und der Herr gebe, dass der Markgraf endlich für klare Verhältnisse bei sich zu Hause sorgt. Ich treffe ihn Anfang nächster Woche in der Stadt Brandenburg.«

Die Brandenburg war am 11. Juni 1157 von Albrecht dem Bär erobert worden. Nun stand der Dom St. Peter und Paul auf dem Fundament der alten Burg, während die Markgrafen am Südrand der neu entstehenden Stadt Brandenburg eine Residenz errichtet hatten. Und hierher hatte Otto II. seine Vertrauten gerufen, um die politische Lage zu erörtern. Die konnte sich schnell verändern, nachdem sich in Deutschland die Kunde vom Tod des Kaisers Barbarossa verbreitet hatte. Er war während des Dritten Kreuzzuges bei der Überquerung des Flusses Saleph ertrunken. Die Frage stellte sich, wer wohl sein Nachfolger werden würde und was die Askanier von diesem erwarten könnten.

»Na, sicher setzt man seinem Sohn die Kaiserkrone auf, Heinrich VI.«, erklärte Jacopp von Colno. »Doch was haben wir Askanier von den Staufern schon zu erwarten? Nichts! Ich vermute aber, dass Heinrich eher nach Italien blickt und uns hier in Brandenburg in Ruhe lassen wird.«

Einer der Ritter lachte laut. »Wenn er nicht vorher in die Grube fährt!«

Das war eine Anspielung auf den sogenannten Erfurter Latrinensturz, der sich am 26. Juli 1184 ereignet hatte. An diesem Tage hatte Heinrich mit großem Gefolge im zweiten Stockwerk der Dompropstei des Marienstiftes zu Rate gesessen, als der morsche Boden des Geschosses plötzlich unter der außergewöhnlichen Last zusammengebrochen war. Die meisten Anwesenden stürzten in die Tiefe und schlugen auf dem Fußboden des ersten Geschosses auf. Der hielt dem Aufprall nicht stand, so dass viele der Herabstürzenden noch tiefer fielen – und zwar in die darunterliegende Abtrittsgrube. Dort ertranken oder erstickten einige von ihnen, andere wurden durch nachfallende Balken und Steine erschlagen oder verletzt. An die sechzig Tote gab es, Heinrich aber überlebte den Unfall.

»Eigentlich hätte er nun Heinrich der Stinkende heißen müssen«, sagte Jacopp von Colno, der den Staufern nicht gut gesonnen war, hatte doch Konrad III. im Jahre 1142 dem askanischen Fürsten Albrecht der Bär das Herzogtum Sachsen weggenommen und an Heinrich den Löwen gegeben.

Nun wurde ernsthaft darüber diskutiert, wie die Herrschaft der Askanier über die alte Nordmark zu festigen war. Im Nordosten hatten sie die Welfen mit Heinrich dem Löwen, im Norden den dänischen König Knud VI. und im Süden die Wettiner zu fürchten, und inmitten ihres eigenen Territoriums gab es viele Einsprengsel, in denen andere deutsche oder slawische Fürsten das Sagen hatten. So zum Beispiel der Magdeburger Erzbischof, dem Albrecht der Bär für seine Waffenhilfe gegen den

Slawenfürsten Jaxa von Cöpenick Potsdam und Spandow mitsamt dem jeweiligen Umland geschenkt hatte.

»Mein Land ist ein einziger Flickenteppich!«, klagte denn auch Otto II. »Und die Frage ist, wie wir alle Ländereien unter einen Hut bringen können.«

»Durch unsere Waffen!«, rief einer.

Otto II. winkte ab. »Dafür sind wir zu schwach. Und was die Lehnsüberlagerungen betrifft, da spielt der Kaiser nicht mit.«

»Setzen wir auf die Zeit und die Zisterzienser!«, sagte Jacopp von Colno.

Als Ricario Accorsi einige Zeit später des Abends am Ufer der Elbe spazieren ging, um sich von einer weiteren intimen und sehr heftigen Begegnung mit Katharina Drackstedt zu erholen, kam urplötzlich von Westen her ein gewaltiges Gewitter herangezogen und überraschte ihn. Wohin sollte er fliehen, wo sich verstecken? In der Nähe von Bäumen war es zu gefährlich, und blieb er stehen, wo er war – im Sand zwischen Wasser und Wiesen –, überragte er alles und zog die Blitze nur so auf sich. Also warf er sich zu Boden. Das Inferno brach los: Erst gab es einen sintflutartigen Regen, dann prasselten Hagelkörner so groß wie Taubeneier auf ihn nieder. Und überall schlugen Blitze krachend in die umstehenden Weiden und Erlen ein.

Der 11. Psalm schoss ihm durch den Kopf: *Der Herr prüft den Gerechten; seine Seele haßt den Gottlosen und die gerne freveln. Es wird regnen lassen über die Gottlosen Blitze, Feuer und Schwefel* … Und der Beischlaf mit Katharina war ganz sicher eine frevelhafte Tat. Um verschont zu bleiben von der Strafe Gottes, gelobte er, am nächsten Morgen in die Kirche zu gehen und alle seine Sünden zu büßen.

Und das tat er dann auch. Zu früher Stunde betrat er den Dom. Vielleicht wartete in einem der Beichtstühle schon ein Priester auf ihn. Sonst wollte er nur vor das Kreuz treten, niederknien und den Herrn um Vergebung seiner Sünden bitten. Nur wenig Sonnenlicht drang durch die schmalen Fenster. Ein unangenehmer Geruch von modrigem Schimmelpilz und billigem Weihrauch stieg ihm in die Nase, als er durch den Mittelgang schritt, und er musste heftig niesen. Mit Blick auf den Gekreuzigten murmelte er eine Entschuldigung. Dabei stieß er auf etwas Weiches. Er hielt es im ersten Moment für den Körper einer schlafenden Katze, die sich in den Dom geschlichen hatte, dann aber, als die vermeintliche Katze nicht aufsprang und die Flucht ergriff, schrie er auf, denn nun hatte er gemerkt, dass er auf den Fuß eines Menschen getreten war. Zwischen den Kirchenbänken lag er. Auf dem Rücken.

»Das ist doch Peter Drackstedt!«

Um dessen Kopf herum hatte sich eine große Blutlache gebildet. Offenbar war er mit einem harten Gegenstand, einem Knüppel oder einer Keule, niedergestreckt worden. Ricario schien es, als würde er noch ein wenig atmen, und er beugte sich nieder, um dem Manne zu helfen. Von Ärzten aus dem Morgenland, die er in Italien getroffen hatte, wusste er, dass es manchmal half, das Herz zu massieren, um einen Menschen ins Leben zurückzuholen. Also begann er damit.

Plötzlich wurde er am Gewand nach hinten gerissen. Er fuhr herum und erkannte Jacopp von Colno.

»Mörder!«, schrie der askanische Ritter. »Wache! Fasst ihn!«

ZWEI

Um die Bedeutung des Klosters Lehnin für die Askanier zu begreifen, müssen wir ins Jahr 1180 zurückgehen. Zu dieser Zeit war Otto I., Sohn von Albrecht dem Bär, Markgraf von Brandenburg und bemüht, das Werk seines Vaters fortzusetzen.

Otto war im weiten Land zwischen Brandenburg und Spandow unterwegs, genauer gesagt in der Zauche, und schlief, ermattet von der Jagd, unter einer Eiche ein, einem Baum, der den Slawen heilig war. Da plagte ihn ein Albtraum. Immer wieder drang eine grimmige weiße Hirschkuh auf ihn ein, Kopf und Geweih voran, und wollte ihn aufspießen. Ottos Versuche, sie mit seinem Jagdspieß abzuwehren, blieben vergeblich. In seiner Not begann er zu beten: »Auf, Herr, und hilf mir, mein Gott!« Darauf löste sich die Traumerscheinung auf wie eine Nebelbank bei Wind und Sonne.

Als der Markgraf seinen Begleitern von diesem Traum erzählte, wussten sie ihn sofort zu deuten. »Die Hirschkuh steht für den Satan«, sagte Hancz von Crüchern, ein alter Haudegen, der schon Albrecht dem Bär gedient hatte. »Und der Satan schnaubt vor Wut und erzittert in seinem Ingrimm, weil ihr, dein Vater wie du, im Lande Brandenburg schon so Großes vollbracht habt und noch mehr vollbringen werdet, dass der Herr der Finsternis fürchtet, seine Herrschaft zu verlieren.«

Jacopp von Colno sah die Sache nicht ganz so mystisch. »Ich glaube eher, dass wir die Hirschkuh als Sinnbild für die heidnischen Slawenstämme nehmen sollten, die hier noch immer so reichlich siedeln.«

»Dann sollten wir an dieser Stelle eine Burg zu Ehren unseres Christengottes errichten!«, rief einer. »Gegen all die heidnischen Gottheiten!«

Otto I. schaute zum Himmel hinauf. »Wenn schon eine Burg, dann eine Burg Gottes, also ein Kloster. Von ihm aus sollen das Licht des Glaubens sowie die gute Sitte und ehrbarer Fleiß ausgehen über das ganze Heidenland. Die Zisterzienser sollen das Land ringsum als mein Lehen erhalten.«

»Und wie nennen wir den Ort?«, fragte Hancz von Crüchern.

Der Markgraf überlegte nicht lange. »Lehnin, weil es ein Lehen ist!«

Jacopp von Colno hielt das für bedenklich. »Bei den Slawen heißt die Hirschkuh Jelenin oder auch Lanye, und es geht doch schlecht an, dass ein deutscher Markgraf einer Klosterstiftung, die sich gegen die heidnischen Slawen wendet, ausgerechnet einen Namen gibt, von dem man annehmen könnte, er stamme aus dem Slawischen.«

Otto I. lachte. »Warum nicht? Damit werden die Slawen ohne Arg sein und uns keinen Widerstand entgegensetzen.«

Um die Machtverhältnisse klarzustellen, fällte man die slawische Eiche, so wie der heilige Bonifatius einst die Donar-Eiche gefällt hatte.

Diese Szene hatte der Zisterzienserabt Sibold vor Augen, als er im Sommer 1190 die Altarstufen der Klosterkirche betrat, in der ein verkieselter Eichenblock eingelassen war – ein Teil des Baumes, den Ottos Leute vor zehn Jahren gefällt hatten. Vor sieben Jahren war Sibold dem Ruf von Otto I. gefolgt und aus dem Harzvorland in die Mark gekommen, aus dem Kloster Sittichenbach nahe Eisleben. Die dortigen Mönche schuldeten Albrecht dem Bär Dank für früher erwiesene Freundlichkeit.

»Herr, hättest du dem Markgrafen die weiße Hirschkuh nicht an einem besseren Orte schicken können!«, hatten die Ministerialen am askanischen Hof schon wiederholt geklagt, denn das Land um den Lehniner Klostersee bestand weithin aus tiefen, unwegsamen Sümpfen. Die Slawen siedelten auf der kargen, aber wenigstens begehbaren Hochfläche ringsum oder an Seen mit schönen sandigen Ufern. Die Zisterzienser aber hatten vom Benediktinerorden die Maxime *ora et labora* übernommen, und das Leben konnte für sie gar nicht hart genug sein, um Gott zu zeigen, wie sehr man ihm verpflichtet war. Und wenn einer den Tod jeden Tag vor Augen hatte, dann tröstete er sich damit, dass niemand tiefer fallen konnte als in die Hand Gottes. So suchten sie denn mit dem Spaten in der rechten und dem Kreuz in der linken Hand, den Slawen zeitgemäße Methoden des Ackerbaus wie auch den christlichen Glauben nahezubringen.

»Herr«, betete Sibold, »wir flehen dich an, verschone uns mit weiteren heftigen Gewittern, die das mühsam gerodete Land unter Wasser setzen und unsere Ernte vernichten!«

Dabei baute er auf das, was im Matthäus-Evangelium geschrieben stand, 21. Kapitel, Vers 22: *Und alles, was ihr bittet im Gebet, wenn ihr glaubet, werdet ihr's empfangen.*

Pater Hilarius wartete schon auf ihn, um mit ihm den Ablauf des Tages zu besprechen und aktuelle Probleme zu erörtern. »Die Slawen in Nahmitz wollen uns nicht fischen lassen, weder im Netzener See noch im Klostersee«, klagte er. »Und da ist einer gekommen, der nennt sich Darko und will sie gegen uns aufhetzen. Er sagt, der Markgraf habe ihnen vor langer Zeit schon die Fischerei- und Mühlenrechte übertragen – und nicht uns. Otto sollte uns ein paar Leute schicken, die hier für Ordnung sorgen.«

»Ich will keinen Streit und erst recht keinen Gebrauch von Schwertern, Pfeilen und Lanzen!«, rief Sibold, der jedem Konflikt herzlich abhold war. »Mit Liebe wollen wir die Heiden bekehren. Darum bitte ich den Herrn.«

Veytt von Gonna hatte sich im Hause eines Ackerbürgers einquartiert und schlich nun im Morgengrauen über den Hof, in den Händen einen Becher mit frischem Wasser und einen Teller mit Brot und Speck. Bevor er das Scheunentor aufzog, sah er sich nach allen Seiten um, ob ihn auch niemand beobachtete. Nein, alles lag noch in tiefem Schlaf. Diese Vorsicht musste er walten lassen, denn erfuhr man, dass er Ricario Accorsi bei sich versteckt hatte, verfiel auch er der Ächtung, da ganz Magdeburg den Venezianer für den Mörder des Kaufmanns Peter Drackstedt hielt.

Ricario Accorsi war den Häschern entkommen und hatte sich zu Veytt von Gonna geflüchtet, dem er bei Gott und seiner Ehre immer wieder hatte schwören müssen, Drackstedt nicht getötet, sondern nur als Erster dessen Leichnam entdeckt zu haben. Er fuhr hoch, als er den Zisterzienser kommen hörte.

»*Buongiorno, Signore.* Hier, bitte labt Euch!«

Ricario bedankte sich und machte sich über das her, was auf dem Teller lag.

»Du musst weg aus Magdeburg«, begann Veytt von Gonna die Unterhaltung. »Sie werden die Reichsacht über dich verhängen, so dass dich jedermann ohne Strafe töten kann.«

Ricario fuhr auf. »Ich bin aber unschuldig!«

»Pst!« Veytt von Gonna legte den Finger auf den Mund. »Die Magdeburger sind ohne Ausnahme von deiner Schuld überzeugt. Du hättest sonst nicht die Flucht ergriffen, argumentieren sie.«

»Ich habe die Flucht nur ergriffen, weil ich mir sicher war, dass sie mich für den Mörder Drackstedts halten und köpfen würden …« Noch konnte keiner beweisen, dass er es mehrmals mit Katharina Drackstedt getrieben hatte, aber man tuschelte schon. Und bei einem hochnotpeinlichen Verhör würde Katharina wohl ein Geständnis ablegen.

Veytt von Gonna musste diesen Zusammenhang ahnen, da er von der Triebhaftigkeit des Freundes wusste, vermied das Thema Frauen aber.

»Jedenfalls musst du noch heute aus Magdeburg verschwinden, denn irgendwann wird man sich daran erinnern, dass wir befreundet sind, und die richtigen Schlüsse ziehen.«

Ricario stöhnte auf. »Wie soll ich denn aus Magdeburg rauskommen? An den Toren wird mich doch selbst der dümmste Posten erkennen und dingfest machen!«

Veytt von Gonna überlegte eine Weile. »Ich habe eine Idee. Gestern ist eine Schar von Zisterziensern nach Magdeburg gekommen, und die wollen heute weiter zum Kloster Kamp am Niederrhein. Unter die könntest du dich mischen …«

»Ich in meinem Gewand?«

»Nein, ich verschaffe dir eine Ordenstracht.«

Nach einer Stunde brachte er sie dann. Sie bestand aus einer weißen Tunika mit schwarzem Gürtel und einem Überwurf mit Kapuze, genannt Skapulier.

Ricario hatte zwar keinen Spiegel zur Verfügung, empfand sich aber in dieser Verkleidung eher als Narr denn als Mönch.

Veytt von Gonna musste schmunzeln, so arg und dramatisch alles auch war. »Sehr schön! Das Schönste aber kommt noch.«

Ricario Accorsi erschrak. »Was denn?«

»Ich muss dir noch eine Tonsur schneiden.«

»Mein Gott, nein!«

Der Zisterzienser blieb hart. »Doch! Ohne Tonsur wirst du nicht wie ein Mönch wirken.«

Ricario Accorsi ergab sich seinem Schicksal, denn eine andere Chance, dem Henker zu entgehen, hatte er nicht.

»Wunderbar«, fand Veytt von Gonna, als er sein Rasiermesser wieder absetzte. »Nun muss es dir nur noch gelingen, dich bis zum nächsten unsrer Klöster durchzuschlagen – und das wäre Lehnin.« Er beschrieb ihm den Weg dorthin.

»Das hatte ich mir schon immer gewünscht: eine Woche lang ohne Essen und Trinken durch Sumpf und Heide wandern zu dürfen«, sagte Ricario ironisch. »Vielleicht gibt es auch noch ein paar reißende Ströme, durch die ich schwimmen muss …«

»Das kann dir nur dann widerfahren, wenn du dich total verläufst und am Ufer des Rheins landest.«

»Und wie soll ich nun heißen?«, fragte Ricario Accorsi. »Bruder Ricario?«

»Nein, das klingt zu verdächtig. Es sollte ein Name sein, der zu einem frommen Menschen passt. Am besten nennst du dich nach einem unsrer verstorbenen Päpste.«

Ricario Accorsi überlegte. »Anaklet, Evaristus, Telesphorus, Hyginus, Eleutherus, Zephyrinus ... Nein, diese Namen kann man sich ja kaum merken. Hast du nicht einen einfacheren für mich?«

»Dann nimm doch am besten Lando«, schlug Veytt von Gonna vor.

»Wie?« Ricario Accorsi glaubte sich verhört zu haben.

»Lando, ganz richtig! Der war im Jahre 913 unser Papst und ist insofern einmalig.«

So wie ich, dachte Ricario Accorsi.

Darko saß in seiner Hütte, die etwas außerhalb von Poztupimi gelegen war, dem heutigen Potsdam. Im Ort selbst war er nicht gern gesehen, denn während er nicht anders konnte, als immer nur Hass zu predigen, wollten die Slawen in ihrer überwiegenden Mehrheit in Frieden mit den Deutschen leben. Es gab allerdings einige, die seine Gesellschaft nicht scheuten, ja die sogar zu ihm kamen. Sie erbaten sich von ihm Hilfe in allerlei Lebenslagen und beteten mit ihm die alten Götter an, deren Bilder Darko an den Wänden hängen hatte. An deren Spitze stand Svarog, der Gottvater und Schöpfer allen Lebens, Gott des Lichtes und des Feuers, der Himmelsschmied. Neben ihm, aber ein Stückchen tiefer, hingen Svarozic, sein Sohn, der Sonnengott, Vermittler des göttlichen Lebens auf der Erde und Spender des Guten, und Perun, der Gott des Gewitters und des Krieges. Dessen Hilfe erflehte Darko besonders oft.

Während er über seinen Plänen brütete, kamen vom Havelufer immer wieder alte Männer und Frauen zu ihm herauf, die seiner Hilfe bedurften.

Bohuměr, ein Fischer, klagte über einen Karbunkel, der sich auf seiner linken Gesäßbacke gebildet hatte und ihn daran hinderte, längere Zeit in seinem Kahn zu sitzen.

»Zieh die Hose runter«, sagte Darko. »Ich öffne den Karbunkel mit den Krallen eines Fischotters, dann heilt er bald.«

Cveta, eine Magd, wollte, dass er ihre Warze an der linken Hand behandelte, die immer größer wurde. Er berührte diese mit einem gefundenen Knochen und stach zusätzlich noch kreuzweise vier spitze Kienspäne hinein, um ihre Verbindung zum Körper zu kappen.

Tješimir, ein Bauer, sorgte sich um sein Vieh, das andauernd krank wurde.

»Stell einen schwarzen Ziegenbock in den Stall!«, rief ihm Darko zu. »Der zieht die Krankheiten ab.«

So ging es den halben Vormittag über, bis sich endlich sein engster Vertrauter bei ihm blicken ließ, der Bäcker Jarosław.

Sie setzten sich ans Ufer und waren bald bei ihrem Lieblingsthema angelangt: der Vertreibung aller Fremden aus dem Slawenland zwischen Elbe und Oder.

Als hätte er Cato den Älteren gehört, erhob Darko bei jedem ihrer Treffen seine Forderung: »Im Übrigen bin ich der Meinung, dass das Kloster Lehnin zerstört werden muss!«

Auch in Jarosław brannte dieser verzehrende Hass. »Ja, die Deutschen müssen weg, die Askanier müssen weg, die Zisterzienser müssen weg!«, rief er. »Zum Teufel mit allen!«

Dann berauschten sie sich an vergangenen Geschehnissen.

»Weißt du noch, am 29. Juni 983 ...« Da war der große Slawenaufstand losgebrochen, und man hatte die Besatzung von Havelberg getötet und den dortigen Bischofssitz zerstört.

»Ja, und drei Tage später haben die Unsrigen die Brandenburg überfallen, und das Blut der Askanier und ihrer Priester ist in Strömen geflossen. Dann haben wir auf dem Harlunger Berg einen Tempel für unseren Triglaw errichtet.«

»Das ist leider schon lange her«, seufzte Darko. »Aber vor elf Jahren war ich selber dabei, als wir in Jutriboc den Rizzo erschlagen haben, den

Abt aus Zinna. Du siehst also, man muss nur den Mut haben, das Böse aus der Welt zu schaffen.«

Jarosław war recht skeptisch. »Es sind zu viele, und gegen ihre Waffen sind wir ohne Chance.«

Darko wusste das und plädierte für etwas, das man einige Jahrhunderte später eine Guerilla-Taktik nennen sollte. »Wir müssen sie mit Nadelstichen treffen und langsam mürbe machen. Sie müssen dieses Land hier zu hassen beginnen und nur noch den einen Wunsch haben: Weg von hier, bevor wir alle vor die Hunde gehen! Und was meinst du, wie schnell die Zisterzienser wieder in ihr Mutterkloster zurück wollen, wenn sie Woche für Woche einen von ihnen tot im Wald auffinden!«

»Und wie willst du das bewerkstelligen?«

»Ganz einfach! So nämlich …« Darko holte eine Keule aus dem Schrank, um die er oben einen dicken Wolllappen gewickelt hatte. »Damit kriegen die Mönche einen über den Schädel gezogen. Sie haben ja ihre Kapuze über den Kopf gestreift, und deshalb wird wohl die Kopfhaut nicht aufplatzen. Dann können wir …«, er zog eine Art Dreizack hervor, dem aber das Mittelteil fehlte, »… dem Toten diese Gabel ins Bein stechen. Das sieht dann aus wie ein Schlangenbiss.«

Jarosław war begeistert von dieser Aussicht. »Eine großartige Idee! So wird keiner uns verdächtigen.«

Ricario Accorsi hatte die Karte der Mark Brandenburg so weit im Kopf, dass er in etwa wusste, wie er zu laufen hatte: erst Richtung Nordost, dann Ost – also immer hinein in die aufgehende Sonne. Es wurde langsam Hochsommer, und da war es kein großes Problem, in den Wäldern einen Schlafplatz zu finden. Nur im Morgengrauen, wenn sich der Tau auf Gesicht und Hände legte, fror er etwas, zumal ihm eine Decke fehlte. Fand er aber weiches Moos und trug er genügend dünne Äste und trockene Gräser zusammen, so ergab das ein halbwegs komfortables Nachtlager. Richtig satt wurde er zwar nie, aber es gab so viele Beeren und wilde Früchte zu essen, dass er nicht verhungerte. Und verdursten musste er auch nicht, da er regelmäßig an Bächen vorbeikam. Was ihn aber mächtig störte, war seine Ordenstracht. Zum einen behinderte sie ihn beim Laufen, und zum anderen war sie ihm viel zu auffällig. Er konnte sicher sein, dass der Erzbischof seine Heidereiter ausschickte, ihn einzufangen, und die hätten schon blind sein müssen, ihn nicht zu entdecken, wenn er über ein Feld oder eine Lichtung lief. Grün und grau wären die richtigen Farben gewesen, so wie sie die Meisen und die Grünlinge zeigten, nicht aber das Schwarzweiß einer Elster.

Einmal, als ihm zu heiß geworden war, stieg er in einen Pfuhl, um sich zu erfrischen. Als sich die Frösche gestört fühlten und lauthals gegen sein Geplansche protestierten, trug er ihnen Ovid vor. »Nun hört mal schön zu, das ist aus den *Metamorphosen VI, Die Frösche*.«

In die Fluten zu springen,
Freut sie und bald ganz unter den Pfuhl zu tauchen die Glieder,
Bald zu erheben das Haupt, und bald auf der Fläche zu schwimmen;
Oft sich über dem Bord zu sonnen am Sumpf, und hinab dann
Wieder zu plumpsen in kühlende Flut. Noch jetzo beständig
Gellt von Zank die schmähliche Zung'; und der Schande nicht achtend,
Ob sie die Flut auch bedeckt, auch bedeckt noch schimpfen sie kecklich.
Selber der Ruf tönt rauh, und es schwillt der geblähete Hals auf,
Und viel weiter noch sperrt den gedehneten Rachen die Schmähung.
Schulter und Haupt sind gesellt, und scheinen den Hals zu verdrängen,
Grünlich gefärbt ist der Rücken, der groß vorragende Bauch weiß.
Jugendlich hüpfen herum im morastigen Sumpfe die Fröschlein.

Das gefiel den Tieren, und sie hörten auf mit ihrem Gequake, von dem er befürchten musste, dass es seine Häscher aufhorchen ließ.

Auf diese Weise wurde Ricario zwar nicht gerade eins mit der Natur, kam aber gut mit allem zurecht und konnte hoffen, Lehnin am Abend des zweiten Tages zu erreichen. Bis jetzt war er keinem Menschen begegnet, was in diesem mehr als dünn besiedelten Landstrich auch nicht anders zu erwarten war. Plötzlich merkte er auf: Da brannte etwas, irgendwo vor ihm! Da es kein Gewitter gegeben hatte, konnte kein Blitz etwas entzündet haben, es mussten also Menschen ein Feuer angefacht haben. Waren es Jäger oder Fischer, die sich etwas brieten? Es gab aber auch noch eine andere Möglichkeit: Der Rauch kam aus der Küche des Klosters, und dann konnte er nicht weiter als eine Stunde von dessen Mauern entfernt sein.

Voller Vorfreude beschleunigte er seine Schritte und zerriss sich dabei vollends das Gewand. Egal, bald gab es neue Kleider für ihn. Als er vor sich eine kleine Rodung sah, hörte er, wie sich ganz in der Nähe zwei Männer etwas zuriefen.

»Jest to człowiek.«

»A mnicha.«

»Do niego!«

So viel verstand er von den slawischen Sprachen, dass er eines im Nu begriff: Da waren zwei, die ihm an den Kragen wollten. Schnell bückte er sich nach dem dicksten Ast, den er finden konnte, und sprang auf die Lichtung hinaus, um die Angreifer zu erwarten. Doch aus dem Unterholz kam nur ein Mann, der die Hände hob, um anzuzeigen, dass er nichts Böses im Sinne hatte. Aber das war nur eine Finte, und fast wäre Ricario Accorsi auf sie hereingefallen. War es sein Instinkt, war es das Knacken eines Astes hinter ihm – wie auch immer, in letzter Sekunde fuhr er herum und sah gerade noch, wie ein zweiter Mann mit einer Keule ausholte, die oben mit einem Wolllappen umwickelt war. Zum Glück war er behende, und so konnte sich Ricario noch rechtzeitig um die eigene Achse drehen und die Keule mit beiden Händen abfangen. Zugleich rammte er dem Angreifer sein rechtes Knie mit derartiger Gewalt ins Gemächt, dass der sofort niederstürzte und sich schreiend auf dem Boden wälzte. Schon aber war sein Kumpan herangeeilt, um sich nach der Keule zu bücken. Ricario blieb nichts anderes, als ihm mit dem Fuß so gegen das Kinn zu treten, dass er nach hinten flog und in den nächsten Minuten genug damit zu tun hatte, sich um seinen gebrochenen Kiefer zu kümmern. Ricario Accorsi huschte zum Waldesrand und ward nicht mehr gesehen.

Sosehr ihn sein Sieg erfreute, so sehr fluchte er über seine zerrissene Kleidung. Er war es gewohnt, immer das Beste zu tragen, was es in Italien, Spanien und Frankreich zu kaufen gab, denn je eleganter er gewandet war, umso leichteres Spiel hatte er bei seinen Eroberungen. Als er an die Frauen dachte, die er zuletzt gehabt hatte, Katharina Drackstedt allen voran, verspürte er sofort eine Erektion, die sich sehen lassen konnte. Erst in diesem Augenblick wurde ihm mit großem Schrecken gewahr, dass Lehnin kein Nonnenkloster, sondern nur von Männern bewohnt war. Dieser Gedanke war für ihn so entsetzlich, dass er vergaß, darauf zu achten, wo er hintrat – und übersah deshalb eine ausgewachsene Kreuzotter, die sich vor ihm durchs Gras schlängelte … Und die zögerte nicht lange, ihm ihre Giftzähne in die nackte Wade zu schlagen.

»Herr, unser Gott, ausgelöscht wurde hier ein Leben von fremder Hand – durch furchtbare Gewalt. Herr, wir sind fassungslos, können nicht begreifen, was Menschen dazu treibt, einen anderen Menschen zu töten. Nur zu rasch geht uns in einer Stunde wie dieser der Satz über die Lippen: ›Wie kann Gott das zulassen?‹ Doch dabei vergessen wir nur zu schnell, dass nicht du, Herr, das Böse vollbringst, sondern wir selbst. Wir Menschen sind es, die einander dieses Schreckliche antun.«

Der Erzbischof selbst war es, der die Trauerrede hielt, und alle Verwandten und Freunde Peter Drackstedts waren erfüllt vom Rachegedanken, obwohl Wichmann mahnte, dass dieser nicht alles andere übertönen dürfe. Und schon nachdem man den Kaufmann zu Grabe getragen hatte und beim Leichenschmaus beieinandersaß, entwickelte Lennhart Drackstedt Pläne, wie man den Mörder seines Bruders endlich zu fassen bekommen konnte.

»Ich werde nicht eher ruhen, bis der Henker seine Arbeit getan hat!«, rief er. »Dieser Venezianer muss am Galgen hängen!«

Pater Vigilius versuchte, besänftigend auf ihn einzuwirken. »Lennhart, bist du dir denn wirklich sicher, dass es dieser Ricario Accorsi war, der …«

»Ja, ich habe doch mit ihm an ein und derselben Tafel gespeist und ihm über Stunden ins Gesicht gesehen.«

Pater Vigilius ließ dennoch nicht ab, die anderen zu ermahnen, nicht unbesonnen zu reagieren. »Bedenket aber, was in Matthäus 7 geschrieben steht: *Richtet nicht, auf dass ihr nicht gerichtet werdet. Denn mit welcherlei Gericht ihr richtet, werdet ihr gerichtet werden; und mit welcherlei Maß ihr messet, wird euch gemessen werden.*«

»Unsinn!«, entfuhr es Jacopp von Colno, und er vermied nur mit Mühe das Wort Paffengewäsch. »Mein Freund Peter ist durch Mörderhand gestorben. Warum also sollen wir alle hier am Tisch diesen Mörder nicht richten dürfen, da wir allesamt doch keine Mörder sind!«

Katharina Drackstedt blickte sich verstohlen in der Runde um, denn sie war sich sicher, dass der Mörder ihres Mannes nicht Ricario Accorsi hieß, sondern hier mit ihr beim Leichenschmaus saß. Aber selbstverständlich schwieg sie.

»Wie wahrscheinlich ist es denn, dass sich der Mörder noch in Magdeburg versteckt hält?«, fragte ein Vetter des Verstorbenen.

»Das ist sehr wahrscheinlich«, antwortete Lennhart Drackstedt, »denn die Posten an den Toren hatten strenge Weisung, jeden genauestens zu überprüfen, der nach dem Mord Magdeburg verlassen wollte.«

»Das stimmt«, meinte ein anderer Verwandter, einer aus dem Rheinland, »aber zwischen der Tat und ihrer Entdeckung wird doch einige Zeit vergangen sein, und die wird der Mann genutzt haben, die Stadt zu verlassen.«

Lennhart Drackstedt reagierte etwas unwirsch. »Nein doch!« Und er murmelte noch, dass der andere wohl nicht aus Köln käme, sondern aus dem Mustopf.

Jacopp von Colno wiederholte, was eigentlich alle hätten wissen müssen: »Ich habe diesen Mann doch selbst gesehen, Sekunden nach der Tat, und bin sofort zum nächsten Nachtwächter gelaufen, um Alarm geben zu lassen. Wie soll der Mörder da entkommen sein?«

Lennhart Drackstedt bildete nun kleine Trupps aus Freunden und Verwandten der Drackstedts, die alsbald auszogen, jeden Winkel der Stadt an der Elbe zu durchkämmen. Doch ihr Bemühen war vergeblich. Was sie weiterbrachte, war ein Zufall. Am Tor, das zur Brücke auf die Elbinsel vor Magdeburg führte, unterhielten sich zwei Posten darüber, ob es eher ein Glück oder ein Unglück sei, als Mönch zu leben.

»Na, die sieben Zisterzienser, die wir neulich reingelassen haben, die haben mir einen sehr glücklichen Eindruck gemacht.«

»Wieso sieben?«, fragte der andere. »Es waren doch acht.«

»Wieso acht? Ich kann doch noch bis sieben zählen!«

»Und ich bis acht! Und ich schwöre beim Allmächtigen, dass ich acht aus der Stadt gelassen habe!«

Sie stritten sich so laut, dass Jacopp von Colno, der in der Nähe war, das mitbekam, und sofort hatte er das Rätsel gelöst.

»Wenn sieben Zisterzienser nach Magdeburg gekommen sind und es acht wieder verlassen haben«, erklärte er wenig später Lennhart Drackstedt, »dann wird der achte kein anderer gewesen sein als der Mörder deines Bruders. Er wird sich eine Ordenstracht verschafft und sich unter die Mönche gemischt haben.«

»Wie sollte das möglich gewesen sein?«

Jacopp von Colno überlegte. »Fragen wir doch einmal Veytt von Gonna!«

Sie taten es, und der Zisterzienser bestätigte ihnen, dass sich sieben seiner Glaubensbrüder bei ihm eingefunden hatten.

»Aber acht haben Magdeburg verlassen!«, rief Lennhart Drackstedt. »Und wir vermuten, dass dieser achte der Mörder meines Bruders war, nämlich der Händler Ricario Accorsi aus Venedig.«

Jacopp von Colno musterte Veytt von Gonna mit einem Blick, der nichts Gutes verhieß. »Wie ist denn zu erklären, dass dieser Mann zu einer Ordenstracht der Zisterzienser kam?«

Veytt von Gonna zuckte die Schultern. »Sie führen immer Ersatz bei sich, und er wird ihnen vorgegaukelt haben, dass er einer von ihnen ist. Ein paar Sätze Latein, ein Psalm, bestimmte Kenntnisse … Manchmal reicht nur wenig aus, andere zu täuschen.«

»Wo sind Eure Ordensbrüder denn hin?«, wollte Lennhart Drackstedt wissen.

»Nach Braunschweig wollten sie, Heinrich den Löwen zu neuen Klostergründungen in seinen Landen zu bewegen.«

»Dann auf nach Braunschweig!«, rief Jacopp von Colno.

Ricario Accorsi saß auf einem umgestürzten Baum und kühlte seine Wunde. Wenn der Biss einer Kreuzotter tödlich war, dann hatte er nicht mehr lange zu leben. Starb er hier im märkischen Urwald, würde ihn nie jemand finden – höchstens sein Skelett, wenn hier einmal gerodet wurde.

Denn dass sich die Wölfe sogleich an seiner Leiche gütlich tun würden, stand außer Frage. Er hatte nur noch eine Chance: Er musste es bis ins Kloster schaffen und hoffen, dass die Mönche ein Gegengift kannten.

Also rappelte er sich wieder auf und lief in die Richtung, in der er Lehnin vermutete. Und er schien sich nicht geirrt zu haben, denn nach ein paar Minuten stieß er auf einen Trampelpfad und eine Viertelstunde später sogar auf einen schmalen Weg. Die Fußspuren im Sand waren noch frisch, das ließ ihn weiter hoffen. Dann hörte er Stimmen, und nach weiteren hundert Schritten war er wirklich am Ziel. Man brachte ihn zum Abt.

Sibold empfing ihn mit freudiger Umarmung. »Herzlich willkommen, Bruder! Wie lautet dein Name, was führt dich her zu uns?«

»Mein Name ist Lando, ich komme aus Italien, aus dem Kloster Acquafredda, das in der Nähe des Comer Sees gelegen ist. Mein Freund und Gönner Veytt von Gonna aus Magdeburg hat mich zu Euch geschickt.«

»Wie schön!«, rief der Abt.

Ricario merkte, dass ihm der Name Veytt von Gonna alle Türen öffnete und ihm Fragen nach seiner Herkunft und seinen bisherigen Aktivitäten im Orden ersparte – vorerst jedenfalls. Später, wenn sie merkten, dass er von vielen ihrer Regeln keine Ahnung hatte, kamen bestimmt Zweifel. Um abzulenken, sprach er schnell von seinem Schlangenbiss.

»Das passiert hier öfter«, verriet ihm der Abt. »Und um das Schlimmste zu verhindern, haben wir unseren Hilarius.«

Der war ein lebensfroher, kugelrunder Mann, der alle Krankheiten kannte, die ein Mensch haben konnte, und der in einem kleinen Garten Kräuter zog, um Übel wirkungsvoll zu heilen.

»Keine Angst«, sagte er, als er Ricario Accorsis Bein betrachtet hatte, »du müsstest schon von fünf Kreuzottern gleichzeitig gebissen werden, um vom Herrn heimgeholt zu werden in die Ewigkeit.«

»Aber die Bissstelle schwillt langsam an und sieht schon bläulich aus«, klagte Ricario. »Auch kriege ich immer schwerer Luft, und mein Herz schmerzt zunehmend.«

»Ach, das gibt sich wieder!«, rief Hilarius. »Ich trage einen Brei aus

Kräutern auf deine Wunde auf und verbinde sie dann. Danach trinkst du einen Schluck Wein, um ruhiger zu werden.«

In der Tat ging es ihm bald wieder besser, und der Abt holte ihn ab, um ihm seinen Schlafplatz zuzuweisen.

»Ruhe dich nun etwas aus, Bruder Lando, denn um zwei Uhr in der Nacht werden wir, wie du weißt, von der Glocke zur *vigil* geweckt.«

Ricario Accorsi bedankte sich und streckte sich auf seinem Strohsack aus. Nacheinander kamen die Lehniner Mönche herein.

Mein Gott, dachte Ricario Accorsi, so viele Männer! Wenn ich doch nur der Männerliebe anhängen würde! Und ein bisschen hatte er Angst, dass seine Triebe früher oder später umgelenkt werden könnten und er dann sexuell mit dem feisten Hilarius verkehrte. Um diese Ängste abzuwehren, dachte er umso intensiver an die Frauen, die er am heftigsten geliebt hatte, vor allem aber an Katharina.

Kurz vor der *vigil* schreckte er hoch. Gott, ein Samenerguss!

Drei

Braunschweig verdankte seine Existenz einer Furt durch die Oker. Auf beiden Seiten des Flusses, so erzählte man sich, seien schon im 9. Jahrhundert die Siedlungen Brunswik und Dankwarderode entstanden. Die erste Urkunde über die Existenz Braunschweigs ist allerdings erst 1031 ausgefertigt worden. Als Gründer der Stadt galt der Graf Brun oder auch Bruno. Von den Brunonen ging die Stadt Braunschweig wie das gesamte Herzogtum Sachsen 1142 an Heinrich den Löwen über, der die Stadt zu seiner Residenz ausbaute.

Als Jacopp von Colno und einige andere Magdeburger auf Braunschweig zuritten, waren sie nicht unbedingt von guten Gefühlen erfüllt. Erzbischof Wichmann hatte zwar nie richtig Krieg gegen die Welfen geführt, sich aber zu oft mit den Askaniern zusammengetan – etwa bei der Rückeroberung der Brandenburg im Jahre 1157. Sie konnten also nicht erwarten, dass Heinrich sie mit offenen Armen empfangen würde.

Doch Jacopp von Colno kannte einige seiner Lehnsmänner ganz gut, so dass sie doch auf Hilfe hofften, wenn sich der Mörder Peter Drackstedts, verkleidet als Zisterzienser, in Braunschweig aufhalten sollte.

»Heinrich hat sich schon immer als etwas Besseres empfunden«, urteilte Jacopp von Colno, »so als würde er weit über anderen Reichsfürsten stehen. Am liebsten hätte er es wohl gehabt, wenn er denselben Status erhalten hätte wie der König von Böhmen.«

Lennhart Drackstedt lachte. »Wie muss er den Kaiser geärgert haben, dass der ihn sogar in die Verbannung geschickt hat!«

»Ja, nachdem er den Kaiser nicht unterstützen wollte, als der gegen die Lombardei in den Krieg gezogen ist.«

1182 war Heinrich der Löwe ins Exil gegangen, unter anderem nach England. Seine Frau war in Braunschweig geblieben, und nach deren Tod war er vorzeitig zurückgekehrt, um seinen Frieden mit dem Kaiser zu schließen.

So erreichten sie Braunschweig und wurden auch zum Fürsten vorgelassen. Als sie ihre Bitte vorgetragen hatten, gab sich Heinrich der Löwe aber ziemlich abschätzig.

»Zisterzienser also … Reitet doch selber nach Ritdageshusen, da steht das Kloster auf dem Land, das ich ihnen geschenkt habe. Wann war das?« Sein Blick ging in die Richtung seines Gefolges.

»Im Jahre 1146!«, rief ihm einer der Seinen zu.

Heinrich nickte. »Hat jemand von euch eine Schar Zisterzienser in Braunschweig gesehen?«

»Nein.«

»Dann schaut also selber in Ritdageshusen nach«, sagte er zu seinen Gästen. »Oder noch besser, ihr fragt die Askanier und Otto II., die haben doch die Zisterzienser vor ihren Karren gespannt.«

Damit waren die Magdeburger entlassen. Aber immerhin war Heinrich so gnädig, ihnen hinterherzurufen, sie mögen den Erzbischof doch bitte von ihm grüßen lassen.

Was blieb ihnen, als nach Ritdageshusen zu reiten? Man verriet ihnen, dass es nur einen Steinwurf östlich von Braunschweig zu finden war, und zwar an einem Flüsschen namens Wabe.

Dort angekommen, wandten sie sich an den Abt. »Wir suchen acht Zisterzienser, die in Magdeburg losgezogen sind und nach Braunschweig wollten.«

»Warum sucht ihr die?«, wollte der Abt wissen.

»Weil …«, Jacopp von Colno zögerte ein wenig mit der Antwort, »… weil sich unter sie ein Mann gemischt hat, der ein Mordbube ist.«

»Tut mir leid, hier ist niemand angekommen. Da müsst ihr wohl woanders suchen.«

Für einen Lebemann wie Ricario Accorsi war der Alltag in Lehnin sehr gewöhnungsbedürftig. Nun hatte er zwar als venezianischer Kaufmann auch arbeiten müssen, aber nicht gerade hart, und den größten Teil des Tages und der Nacht war er auf Genüsse aller Art fixiert gewesen – nicht zuletzt erotische Genüsse. Im Kloster aber … O Gott! Schnell hatte Ricario begriffen, dass sich im Kloster alles um das *opus dei* drehte, das Gotteslob. Die Zisterzienser waren dem *ora et labora* des heiligen Benedikt von Nursia verpflichtet und sollten mit dem Psalm 119, Vers 164, zu Gott sprechen: *Ich lobe dich des Tages siebenmal* … Auch mitten in der Nacht hatte man aufzustehen, um ihm zu danken. Das entsprach dem Vers 62 des 119. Psalms: *Zur Mitternacht stehe ich auf, dir zu danken* … 150 Psalmen hatten innerhalb einer Woche gebetet zu werden.

Der heilige Benedikt hatte die täglichen Stundengebete in Horen eingeteilt. Die erste Hore trug den Namen *vigil* oder *matutin* und fand zwischen Mitternacht und frühem Morgen statt. Sie wurde mit einem Psalm eröffnet, danach folgten ein Hymnus und eine oder zwei *nocturni*. Die *nocturni* bestanden aus Psalmen und einer Lesung.

»Te deum laudamus«, sang Ricario Accorsi am Ende – mit voller Inbrunst, um ja nicht aufzufallen.

Bei Tagesanbruch ging es weiter mit dem Morgengebet, *laudes* genannt. Dann kamen *prim*, *terz*, *sext*, *non* und schließlich *vesper*. Die *vesper*, das zentrale Abendgebet, bestand aus Psalmen, Hymnen, dem Vaterunser, einer Schriftlesung, Fürbitten und dem Magnifikat. Nun glaubte Ricario Accorsi, genug gelitten zu haben, doch es folgte noch die *komplet*, die letzte Hore, als Nachtgebet. Sie enthielt ein Bußgebet, einen

Hymnus, Psalmen, eine Lesung, einen Antwortgesang, einen Lobgesang, ein Oratorium und den Segen. Dann begann die nächtliche Ruhe.

»Gott sei Dank!«, murmelte Ricario Accorsi.

Neben den gemeinsamen Stundengebeten und der gemeinsamen Messe standen die individuellen Gebete der Mönche, denn die Bibel sagte im ersten Brief des Paulus an die Thessalonicher (5, 17): *Betet ohne Unterlaß!* Die individuellen Gebete beinhalteten neben der *lectio*, dem Lesen biblischer Texte, auch die *meditadio*, das Nachdenken über das Gelesene, und die *oratio*, die Hinwendung zu Gott im Gebet. Diese Gebete konnten die Mönche entweder in der eigenen Klosterzelle oder im Kreuzgang abhalten. Hier hatte Ricario Accorsi Gelegenheit, nur so zu tun, als ob.

Zwischen den Horen wurde studiert und gearbeitet, denn Müßiggang galt als Feind der Seele. Das Studium der Heiligen Schrift war für Ricario Accorsi nicht gerade ein Genuss, aber längst nicht so schrecklich wie die körperliche Arbeit auf den Feldern und in den Sümpfen. Die Klöster sollten, so der Wille der Markgrafen, Vorbilder für die weithin slawische Bauernschaft ringsum in den Dörfern sein. Mit dem Gott der Christen, so die Botschaft, kommt für euch das bessere Leben. Die Zisterzienser legten Sümpfe trocken und ließen sie zu fruchtbaren Äckern werden. Sie bauten Mühlen, sie versuchten sich im Anbau von Wein, und sie züchteten Schweine, Rinder, Ziegen und Pferde. Zudem fingen sie Fische und stellten Bienenkörbe auf. Das diente nicht nur der Selbstversorgung, langfristig wollte man auch Handel treiben mit Getreide, Fisch, Molkereiprodukten, Honig, Bienenwachs und Leder und die Städte beliefern, die sich im Raum zwischen Elbe und Oder entwickeln würden.

Die schwersten Arbeiten wurden in der Regel nicht von den Chormönchen verrichtet, sondern von den Laienbrüdern mit verringerten Gebetspflichten, den *conversi*. Ricario Accorsi war jedoch in die Sümpfe geschickt worden, um Buße zu tun für seine sündigen Gedanken. Denn Bruder Honorius, der den Strohsack neben ihm belegt hatte, war zum Abt geeilt, um vom Samengeruch im Schlafsaal und Accorsis Selbstbefleckung zu berichten.

Zwei Tage hielt Ricario die Arbeit auf den Feldern aus, dann eilte er zum Abt, damit der ihm eine andere Aufgabe zuteilte.

»Mit meinem Bein, das durch den Schlangenbiss stark in Mitleidenschaft gezogen worden ist, und einem Rücken, der schon schmerzt, wenn ich Schwereres hebe als einen Becher mit verdünntem Wein, kann ich nicht länger mit dem Spaten meine Arbeit verrichten«, begann er. »Und außerdem glaube ich, ohne dass mich jemand der Eitelkeit bezichtigen kann, in einer anderen Funktion unserem Orden besser dienen zu können. Darum …« Er machte eine kleine Pause und senkte das Haupt, um seine Demut anzuzeigen. »Wenn ich mir ein offenes Wort erlauben darf …«

»Ja, Lando, sprich!«

»Danke! Unser Mutterkloster wie auch der Markgraf wünschen, dass wir die Heiden missionieren. Aber diese Missionsarbeit liegt, das habe ich schon in Erfahrung bringen können, in Lehnin ziemlich im Argen.«

Sibold seufzte. »Ja, zugegeben, mein Sohn, aber ich …« Er verlor irgendwie den Faden, denn alles an Ricario Accorsi reizte ihn: seine schöne Gestalt, sein edles Gesicht, die wohlklingende Sprache, seine erlesenen Gedanken. Er war auch ins Kloster gegangen, weil er Männer liebte, und er spürte genau, dass dieser Italiener, dieser Lando ihm gefährlich werden konnte. *Herr, gib mir die Kraft, dass ich dieser Versuchung widerstehen kann!* Es fiel ihm auch auf, dass Lando und er etwa gleichen Alters waren und äußerlich einander ähnelten, fast wie Zwillingsbrüder. Das verwirrte ihn zusätzlich.

»Ist etwas mit Euch?«, fragte Ricario, dem nicht entgangen war, dass der Abt bleich geworden war und dass seine Hände zitterten.

»Nein, nein, nur die Hitze heute …« Sibold wischte sich den Schweiß von der Stirn. »Du bist die Hitze gewohnt, du als Italiener …«

»Allerdings, aber auch die Kühle …« Ricario Accorsi lächelte. »Denn der Name unseres Ortes, Santa Maria di Acquafredda, weist auf eine kalte Quelle hin, mit deren Hilfe wir uns stets erfrischen konnten.«

»Erzähle mir etwas von deinem Kloster, liebster Lando«, säuselte Sibold.

Für Ricario war es eine gänzlich neue Erfahrung, von einem Mann begehrt zu werden, und er wusste, dass er fortan auf der Hut sein musste.

»Ja, was soll ich groß zum Kloster Acquafredda sagen? Gestiftet hat es im Juli 1142 Azzo Peregrino, der Herr der Isola Comacina, der einzigen Insel im Comer See. Neun Jahre später ist mit dem Bau einer Kirche begonnen worden.«

»Nun, auch Lehnin ist eine Insel«, merkte Sibold an. »Eine Insel der Zivilisation, eine Insel des Christentums …«

Ricario nickte. »Ja, und von dieser Insel aus müssen wir das Land erobern – für unseren Herrn Jesus Christus und die Kultur des Abendlandes. Das geht nur, wenn wir zu den Menschen gehen, zu den slawischen Fischern und Bauern, und vor Ort liebevoll mit ihnen reden.«

Der Abt war begeistert. »Das ist es, was ich immer sage: Man kann die Menschen nur mit Liebe gewinnen!«

»In den Dingen der Liebe kenne ich mich aus«, entfuhr es Ricario Accorsi, doch zum Glück war Sibold zu einfältig, um den Doppelsinn seiner Worte zu bemerken. »Und vor allem muss man mit den Slawen in ihrer Sprache reden – und nicht auf Deutsch oder gar Latein. Und da stelle ich mich gern in den Dienst der guten Sache, denn ich kenne die Dialekte der Heveller, der Sprewanen und der Lutizen.«

»So?« Sibold sah ihn skeptisch an. »Wenn ich dich um ein Beispiel bitten dürfte, liebster Lando: Was heißt denn ›Vater unser im Himmel‹?«

Ricario überlegte kurz und sagte dann: *»Ojciec nasz na niebie.«*

»Sehr gut, mein liebster Lando. So ziehe denn dahin und versuche, die Heiden zu bekehren!«

Das ließ sich Ricario Accorsi nicht zweimal sagen, schon am nächsten Morgen zog er los. Als Erstes lief er zum nächstgelegenen See, um ein wenig zu schwimmen und sich dabei gründlich zu reinigen, denn mochten die Frauen ringsum auch keine wohlriechenden Männer gewohnt sein, einem Kerl, der in seinen Kleidern schlafen musste und daher einen unangenehmen Geruch verbreitete, gingen auch sie mit Sicherheit aus dem Wege.

Ricarios Verführungskünste verfingen nicht bei jeder Frau – leider –, aber doch bei vielen. Es war immer wieder ungeheuer prickelnd zu erleben, wie leicht ihr Liebesfeuer zu entfachen war.

So streifte er durch das Dorf Nahmitz und suchte nach einer passenden Gelegenheit. Sie bot sich schneller, als er zu hoffen gewagt hatte, denn im Garten eines etwas abgelegenen Gehöftes stand eine junge Frau, blond und drall, und bückte sich, um Brombeeren zu pflücken. Dabei streckte sie ihm ihr Gesäß derart aufreizend entgegen, dass er an sich halten musste, um sich nicht sofort auf sie zu stürzen.

»*Jesteś piękna!*«, rief er aus.

Die junge Slawin fuhr herum. Dass ihr jemand Komplimente machte und sie wunderschön fand, war sie gewohnt, aber dies aus dem Mund eines keuschen Mönches zu hören, war mehr als erstaunlich. Sie starrte ihn an.

Und genau dieser Blickkontakt war es, den er brauchte, um sie in seinen Bann zu schlagen. Wie in Trance kam sie zu ihm an den Zaun.

»Ich gäbe alles auf der Welt dafür, deinen Namen zu kennen«, flüsterte er.

»Duša …«

»Der Himmel hat mich auf die Erde geschickt, um die Menschen glücklich zu machen«, begann Ricario Accorsi, »und ganz besonders dich, Duša …«

Es dauerte keine Viertelstunde, dann lag er mit ihr im Heu.

Die Deutschen müssen weg, die Askanier müssen weg, die Zisterzienser müssen weg! Zum Teufel mit allen! Darko konnte an nichts anderes mehr denken, seit ihm bei jedem Bissen der gebrochene Kiefer schmerzte. Er war inzwischen abgeheilt, aber ein wenig schief geblieben, was ihn recht dämonisch aussehen ließ. Aber das konnte ihm nur recht sein.

Tod diesem Lando! Dass der Zisterzienser, der nicht bereit gewesen war, sich ermorden zu lassen, diesen Namen trug, hatte er schnell herausgebracht.

Jarosław trat in seine Hütte, und sie berieten kurz, was sie als Nächstes unternehmen konnten, um ihrem großen Ziel näher zu kommen.

»Allein sind wir nicht schlagkräftig genug«, sagte der Bäcker aus Nahmitz. »Wir sollten uns nach Verbündeten umsehen.«

Darko nickte. »Da hast du recht, aber woher nehmen und nicht stehlen?« Von den Sprewanen nebenan und den Stämmen der Milzener und Lusizi in der Lausitz war nichts Gescheites zu erwarten, und die Polen schienen nach Jaxas Ende jegliches Interesse an der Mark Brandenburg verloren zu haben und verbrauchten ihre Kräfte in internen Machtkämpfen.

»Was sollen wir dann tun?«, fragte Jarosław.

»Wir müssen ein Zeichen setzen, wir müssen den Unseren zeigen, dass der Kampf weitergeht. Und darum schleichen wir uns diese Nacht ins Kloster Lehnin und stecken den Altar in Brand. Christus am Kreuz … Das ist alles aus trockenem Holz und wird wunderbar brennen.«

Jarosław hatte leichte Bedenken. »Meine Frau wird schimpfen …«

»Hör mir auf mit Duša!«, rief Darko. »Ich glaube, die haben sie auch schon zum Christentum bekehrt …«

Und er sprach zu ihnen: Gehet hin in alle Welt und predigt das Evangelium aller Kreatur. Wer da glaubet und getauft wird, der wird selig werden; wer aber nicht glaubt, der wird verdammt werden.

Abt Sibold las noch um Mitternacht mit Hingabe in der Heiligen Schrift und hatte am 16. Kapitel des Markus-Evangeliums seine ganz besondere Freude. Da erhob sich draußen im Hof des Klosters ein Riesengeschrei.

»Feurio! Auf zum Löschen, schnell!«

Sibold stürzte nach draußen und sah Rauch und Flammen aus der Klosterkirche schlagen. Alles, was aus Holz war, das Gestühl wie der Altar, war in Brand geraten. Und obwohl Mönche und Laienbrüder im Nu eine Kette gebildet hatten und die Eimer, die im Klostersee gefüllt wurden, von Hand zu Hand gingen, war nichts mehr zu retten – ihre Kirche brannte völlig aus. Da blieb ihnen nichts, als sich ihre Tränen zu trocknen und sich mit Hiob 1, Vers 21 zu trösten: *Der Herr hat's gegeben, der Herr hat's genommen; der Name des Herrn sei gelobt!*

Am Morgen begann der Abt, die Sache zu untersuchen, denn man glaubte, dass einer der Mönche oder Konversen nach dem Abendgottesdienst vergessen hatte, eine Kerze zu löschen. Doch alle wiesen diesen Verdacht weit von sich. Bis zum Mittag war dann alles aufgeklärt, denn Bruder Hilarius fand in einem Balken des Kornspeichers ein Bekenntnis eingeritzt: *Svarazic war hier!*

Ricario Accorsi wusste, wer das war. »Svarazic ist ein slawischer Feuergott. Das Wort bedeutet eigentlich: heiß, sengend. Dargestellt wird er mit Helm, Schwert und einem schwarzen Büffelkopf auf der Brust. Ihm wurden auch Menschenopfer dargebracht.«

Sibold war besorgt. »Ist denn jemand von uns ums Leben gekommen?«

Man sah sich um und zählte durch. »Nein, Gott sei Dank nicht.«

Pater Hilarius seufzte. »Svarazic wird ja kaum persönlich hier gewesen sein …«

Ricario Accorsi widersprach ihm: »Möglicherweise doch, denn er bedient sich manchmal auch eines Blitzes.«

Da aber niemand ein Gewitter wahrgenommen hatte, schied diese Möglichkeit aus, und man einigte sich darauf, dass das Feuer von Menschenhand gelegt worden war.

»Und zwar von einem Slawen.« Pater Hilarius war mächtig verärgert. »Der Markgraf schickt uns ins Slawenland, damit wir für ihn die Drecksarbeit erledigen sollen – und hockt derweilen auf seinen Burgen und macht sich ein schönes Leben. Soll er doch endlich Verwalter in den Dörfern installieren, die sich um die Leute dort kümmern und für Ruhe und Ordnung sorgen!«

»Nicht so heftig, Bruder!«, mahnte ihn der Abt. »Wir sind zuvörderst hier, um den Menschen das Christentum zu bringen. Und wir machen uns den Markgrafen zunutze, nicht er sich uns.«

»Trotzdem kann er uns mehr Unterstützung zuteilwerden lassen«, beharrte der Pater.

Der Abt nickte, und um seinen Frieden zu haben, schickte er Ricario Accorsi, den er für einen sehr gewandten Diplomaten hielt, zu Otto II., um mit ihm Verhandlungen aufzunehmen.

Niemand wusste genau, wo sich der Markgraf im Augenblick aufhielt, man vermutete ihn aber auf der Brandenburg. Ricario Accorsi machte sich gleich am nächsten Morgen nach der Vigil auf den Weg.

Die Strecke war bequem bis zum frühen Abend zu schaffen, Ricario konnte sich sogar noch zwischendurch im Rietzer See erfrischen. Auf der Burg begrüßte man ihn mit allem nötigen Respekt, doch der Markgraf war zu erschöpft von der Jagd und dem sich anschließenden Gelage und konnte ihn erst am nächsten Morgen empfangen. Eine Magd bekam die Weisung, Ricario Accorsi eine angemessene Schlafstätte zuzuweisen, und der ließ sich die Chance nicht entgehen, Fronicka, so lautete ihr Name, tief in die Augen zu sehen. Und da sein Blick besser wirkte als jedes bekannte Aphrodisiakum, teilte sie alsbald sein Lager.

Die Wonnen, die er ihr bereitete, sollten ihm womöglich das Leben retten, denn als er sich am nächsten Morgen erhob und aus dem Fenster seiner Kammer schaute, sah er Lennhart Drackstedt und Jacopp von Colno in den Burghof reiten. Ohne Zweifel waren sie gekommen, seinen Kopf zu fordern. Ricario sah sie vor den Markgrafen treten.

»Hält sich hier auf der Brandenburg ein venezianischer Händler namens Ricario Accorsi verborgen?«

»Wieso?«

»Er hat meinen Bruder Peter ermordet und als Zisterzienser verkleidet die Flucht ergriffen.«

»Hier hat gestern Abend in der Tat ein Mönch namens Lando vorgesprochen. Ich werde ihn suchen lassen.«

Ehe es so weit war, musste Ricario handeln. Und da Fronicka heiß in ihn verliebt war, ließ sie sich bereitwillig auf das ein, was er von ihr verlangte.

»Ich fessele und knebele dich jetzt, so dass später kein Verdacht auf dich fallen wird, und verlasse dann in deinen Kleidern die Burg.«

»Aber du hast keine langen Haare und keine Brüste«, wandte sie ein.

»Meine Tonsur werde ich mit deiner Haube bedecken, und für das andere reicht dieses Kissen hier.«

Nun, Verkleidung und Mummenschanz war er vom Carnevale di Venezia gewohnt, und so hielten ihn, als er nach zehn Minuten seine Kammer verließ, alle für echt. Aber gerade das schien ihm zum Verhängnis zu werden, denn als er auf das Burgtor zuhielt, lief er einem Küchenmeister in die Arme, und der schnauzte ihn kräftig an und holte schon zu einer Ohrfeige aus.

»Fronicka, jetzt reicht es mir! Anstatt unserem Markgrafen die Speisen aufzutragen, willst du dich wieder aus dem Staube machen! Los, ab mit dir in die Küche!«

Was blieb Ricario Accorsi anderes übrig, als dem Folge zu leisten? Hätte er sich quergestellt und zu fliehen versucht, hätten ihn die Wachen am Burgtor gepackt und zum Verhör geschleift.

Also fügte er sich in sein Schicksal und servierte Otto II. und seinen Gästen das Mahl. Lennhart Drackstedt streifte er beim Servieren der Suppe den rechten Oberarm, und in seiner Aufregung verschüttete er einen Teil. Doch der Magdeburger merkte nichts davon.

Ricario schwitzte so stark, wie er noch nie in seinem Leben geschwitzt hatte. Den Markgrafen hatte er nicht zu fürchten, sehr wohl aber Jacopp von Colno. Denn der musterte ihn – das heißt die Magd, als die er verkleidet war – mit solch unverhohlener Geilheit, dass ihm angst und bange wurde. Und als das vermeintliche Weib neben dem Ritter stand, um ihm vorzulegen, fuhr ihm dessen Hand unter die Röcke. Doch was sie dort entdeckte, fühlte sich ganz und gar nicht weiblich an …

»Das ist das Aus!«, fuhr es Ricario Accorsi durch den Kopf.

Katharina Drackstedt saß am Fenster und starrte in den grauen Himmel, aus dem seit Stunden feiner Nieselregen fiel. Wer an ihrem Haus vorbeikam und zu ihr hinaufschaute, hatte den Eindruck, dass die Trauer um ihren ermordeten Ehemann ihr Leben furchtbar überschattete. Doch dieser Eindruck täuschte gewaltig. Sie hatte ihn nie geliebt und hätte dem Herrn gern gedankt, dass er sie von ihm erlöst hatte, wenn das nicht zutiefst unchristlich gewesen wäre.

Was sie in Wahrheit bedrückte, war die Frage nach dem Schicksal ihres Liebhabers. Sie war sich sicher, dass Ricario verkleidet als Zisterzienser aus Magdeburg geflohen war. Aber wie konnte so ein feiner und an die Genüsse des Lebens gewöhnter Mensch wie er mit dem kargen Dasein eines Mönches klarkommen? Vermutlich litt er sehr.

Und etwas anderes beschäftigte sie fortwährend: Wer hatte ihren Mann erschlagen? Ricario war es nicht gewesen, dafür hätte sie ihre Hand ins Feuer gelegt. War es ein Unbekannter gewesen? Oder aber ihr Schwager?

Kaum hatte sie an ihn gedacht, stand Lennhart Drackstedt auch schon hinter ihr und legte ihr seinen Arm um die Schulter.

»Es versetzt mir jedes Mal einen Stich ins Herz, wenn ich dich so leiden sehe«, beteuerte er.

»Danke«, flüsterte sie.

Er streichelte ihre Schultern, und sie nahm die Wärme seiner Hände dankend an. Doch allmählich glitten seine Finger immer weiter in Richtung ihrer Brüste, und aus dem Trost wurde Gier.

Sie sprang auf und schlug seine Hände zur Seite. »Lennhart, lass das! Mir ist mein Trauerjahr heilig!«

Damit schlüpfte sie an ihm vorbei und sprang aus dem Zimmer. Aber so richtig sicher vor ihm konnte sie nur sein, wenn sie auf die Straße lief. Also schnappte sie sich einen Korb und rief ihrer Magd zu, dass sie schnell einmal auf den Markt ginge.

Auf dem Weg dorthin fiel ihr ein, dass Veytt von Gonna als einer der oberen Zisterzienser möglicherweise wusste, wo Ricario steckte. Sie kannte seinen Aufenthaltsort in Magdeburg und stand nach zehn Minuten vor dem Haus, in dem er sich eingemietet hatte.

Veytt von Gonna begrüßte sie höflich, doch als er von ihrem Begehr erfuhr, verfinsterte sich sein Gesicht. »Schickt Euch Euer Schwager?«

»Nein, ich komme von mir aus, weil ich …« Sie seufzte und schlug die Augen nieder. »Ich weiß: Das sechste Gebot.«

»*Du sollst nicht Unkeuschheit treiben. Du sollst nicht die Ehe brechen*«, murmelte Veytt von Gonna unwillkürlich.

»Ich bereue es auch, aber ich bin nur eine schwache Frau, und der Herr hat mir nicht die Kraft gegeben, Ricario zu widerstehen.«

Veytt von Gonna winkte ab. »Ich bin nicht Euer Beichtvater. Macht das mit Eurem Gewissen ab und tut Buße.«

Katharina Drackstedt setzte sich, ohne dass er sie aufgefordert hatte, auf die Bank, die an der Hauswand stand. »Was mich vor allem bedrückt, ist dieses: Ob ich nicht mit meinem Tun den Mord an meinem Manne heraufbeschworen habe?«

Veytt von Gonna ließ sich neben ihr nieder. »Das setzt voraus, dass Ricario Euren Mann erschlagen hat – doch das stelle ich mit allem Nachdruck in Abrede! Er hat ihn gefunden, als er schon längst tot war. Ein anderer muss es gewesen sein. Aber wer?«

Katharina Drackstedt schaute dem Zisterzienser prüfend ins Gesicht, bevor sie sagte: »Ist es eine neue Sünde, wenn ich jetzt einen Verdacht äußere?«

»Das müsst Ihr nicht, denn ich weiß auch so, wen Ihr meint: Euren Schwager Lennhart. Der würde, so scheint es mir, liebend gern an die Stelle seines Bruders treten.«

Als Ricario Accorsi eine Stunde vor Lehnin auf einen abseits vom Dorfe gelegenen Bauernhof stieß, konnte er endlich seine Frauenkleider ablegen und unbemerkt in Hemd und Hose schlüpfen, die zum Trocknen auf der Leine hingen.

Immer wenn er an sein Abenteuer auf der Brandenburg dachte, musste er schmunzeln. Allein die Kleider dieser wunderbaren Fronicka auf seiner Haut zu spüren hatte ihn erregt, und so hatte Jacopp von Colno etwas recht Hartes zu fassen bekommen. Er war zwar zusammengezuckt, hatte sich aber gerade noch beherrschen und einen Schrei des Erstaunens unterdrücken können. Andernfalls hätte er sich auch als Schürzenjäger bloßgestellt. Ricario Accorsi hatte die Verwirrung des askanischen Ritters genutzt und sofort die Burg verlassen, bevor irgendwelche Untersuchungen angestellt werden konnten. Die Wachen am Tor hatten ihn passieren lassen, da die Mägde öfter in die Siedlung liefen.

Nun stand er vor dem Abt und musste ihm Rechenschaft ablegen.

»Zum Markgrafen Otto konnte ich leider nicht vordringen, weil man mich vorher überfallen und meiner Ordenstracht beraubt hat.«

Er schmückte dies so geschickt aus, dass der Abt ihm Glauben schenkte und ihn anwies, erst etwas beim Dreschen des Korns zu helfen und dann nach Nahmitz zu gehen, um mit dem Dorfältesten, das sei ein gewisser Miloš, über die Fischereirechte zu verhandeln.

»Er bestreitet, dass wir sie vom Markgrafen erhalten haben, und beansprucht sie weiterhin für seine Slawen.«

Ricario Accorsi bedankte sich für das Vertrauen, das ihm entgegengebracht wurde, eilte zur Tenne und griff zum Dreschflegel. Nachdem er eine Viertelstunde lang seine Pflicht getan hatte, trollte er sich und schlenderte in Richtung Nahmitz. Dabei hatte er aber mehr Duša im Kopf als den Dorfältesten. Der Druck seiner Lenden war wieder einmal so stark, dass alles in ihm nach einem sexuellen Erlebnis schrie. Doch Duša war nicht zu Hause. Ricario fluchte in allen Sprachen, die ihm zur Verfügung standen. Was blieb ihm weiter übrig, als nach dem Haus des Dorfältesten zu suchen und mit ihm über die strittigen Fischereirechte zu reden? Unterwegs traf er eine junge Slawin, die er fragte, wo denn Miloš zu finden sei.

»Wartet, ich führe Euch zu ihm.«

»Wie heißt du?«

»Božena.«

Nun war diese Božena nicht mit der Duša zu vergleichen, was die weiblichen Attribute anging, doch sie war Weib genug, seine Begierde von neuem anzufachen. Er sah ihr tief in die Augen und suchte, sie auf diese Weise willfährig zu machen, wie es ihm auf der Burg bei Fronicka gelungen war.

Eine halbe Stunde später lagen sie im Heu, und er kam auf seine Kosten. Sie aber noch viel mehr, denn von der alten römischen Liebeskunst verstanden die Nahmitzer Burschen nicht das Geringste, ihnen ging es nur um den eigenen Lustgewinn und nicht um den ihrer Geliebten. So erstaunte es Ricario nicht sonderlich, als Božena ihm verriet, dass ihre Freundin Duša ihr schon von seinen Fertigkeiten berichtet hatte.

Völlig entspannt konnte Ricario dann mit Miloš über die Fischereirechte verhandeln und einen Kompromiss schließen, mit dem die Zisterzienser mehr als zufrieden sein durften.

So kehrte er frohgemut ins Kloster zurück. Doch seine Stimmung schlug augenblicklich um, als er Pater Vigilius erblickte, der gekommen war, den Abt und seine Mönche und Laienbrüder mit seiner Visitation zu beglücken. Schnell schlüpfte er hinter eine Eiche. Dieser Vigilius war in seinen Augen nicht nur widerlich, sondern er konnte auch seiner Rolle als Mönch schnell ein Ende bereiten, und so hörte er ihn schon rufen: »Dieser Mann ist falsch! Das ist kein Zisterzienser, sondern ein Kaufmann aus Venedig – und er hat in Magdeburg den Händler Peter Drackstedt ermordet!«

VIER

Darko schrie auf. Er hatte schon die ganze Nacht über schlecht geschlafen, und nun hockte ein Mahr auf seiner Brust, um ihm das Blut aus der Halsschlagader zu saugen. Der Hausgeist entstand aus der Seele eines verstorbenen Ahnen oder eines lebenden Menschen, dessen Seele ihn nachts verließ. Darkos Meinung nach konnte er sich nur aus der Seele dieses dreimal verfluchten Lando gebildet haben. Er schlug wild um sich, um den Hausgeist zu vertreiben. Dann setzte er sich auf die Bettkante und beschuldigte Domovoj, den Schutzgeist seiner Hütte, nicht sorgsam genug über ihn gewacht zu haben. Aber wahrscheinlich hatten diese verdammten Christen ihn mit ihrem Kreuz außer Gefecht gesetzt. Deren Kirche niederzubrennen hatte wohl nicht viel gebracht. Man war erst gerettet, wenn man alle erschlagen hatte.

Gerade stieg im Osten die Sonne über den Bäumen empor, und Darko beeilte sich, nach draußen zu kommen, um zu Dahzbog zu beten, der ansetzte, mit seinem diamantenen Streitwagen über den Himmel zu ziehen.

»Lass diesen Tag einen reichen Tag für mich werden!«

Über den Wassern der Havel hörte er es wispern. Das waren die Wassernymphen, die Geister ertrunkener Mädchen. Fingen sie schrill an zu lachen, konnte dieses Gelächter einen Menschen töten. Er wagte es schon gar nicht mehr, ein Bad zu nehmen, weil er befürchten musste, dass sie ihn in die Tiefe rissen. Schnell lief er in seine Hütte zurück.

Als es Tag geworden war, klopfte Jarosław an seine Tür, und sie liefen von Poztupimi nach Nahmitz, um die Fischer gegen die Zisterzienser aufzuwiegeln. Und Darko hatte schon einen Plan.

»Man muss die Mönche in eine Falle locken. Und das geht so: Miloš, der Dorfälteste, geht ins Kloster und sagt, in Nahmitz möchten sie sich alle taufen lassen. Dann ziehen die Mönche los, und an einer geeigneten Stelle fallen wir über sie her, erschlagen sie und machen ihr Kloster dem Erdboden gleich.«

Jarosław hörte das zwar mit Begeisterung, konnte aber seine Bedenken nicht ganz verhehlen. »Und wenn der Markgraf nun seine Ritter ausschickt, die Zisterzienser zu rächen?«

»Wenn wir bis auf den letzten Mann alle erledigen, wer soll es ihm dann melden? Niemand!«

»Sie schicken doch immer einen, der nach dem Rechten sehen soll …«

»Den Visitator meinst du.« Darko lachte. »Der ist gerade da, wie ich gehört habe, und so schnell werden sie keinen neuen finden. Außerdem werden wir mit der Unterstützung unserer Brüder im Norden, Osten und Süden rechnen können, der polnischen Piasten vor allem. Es muss gewagt werden!«

Ricario Accorsi konnte aufatmen. Pater Vigilius hatte sich schnell einen Eindruck vom Zustand des Klosters verschafft und war nach Magdeburg zurückgekehrt, ohne ihn als Ricario Accorsi zu erkennen. So weit, so gut – doch was nun? Lange war für ihn das Leben in Lehnin nicht mehr zu ertragen. Kaum hatte er die Terz, den vierten Gottesdienst, hinter sich gebracht, folgte schon der Mittagsgottesdienst, die Sext. Dass deren Name ihn an ganz etwas anderes erinnerte, versteht sich …

Gemeinsam mit den anderen Ordensbrüdern wusch er sich am Brunnen die Hände, dann begab man sich zum Mittagessen ins Refektorium. Jeder trat still an den ihm zugewiesenen Platz. Der Abt läutete, und der 51. Psalm wurde in aller Stille gebetet: *Gott, sei mir gnädig nach deiner Güte und tilge meine Sünde nach deiner großen Barmherzigkeit. Wasche mich wohl von meiner Missetat und reinige mich von meiner Sünde. Denn ich erkenne meine Missetat, und meine Sünde ist immer vor mir.*

Ricario Accorsi hatte den Eindruck, dies alles sei auf ihn gemünzt. Verdammt noch mal, dachte er, was soll der Mist, ich habe diesen Peter Drackstedt nicht ermordet!

Schaffe in mir, Gott, ein reines Herz und gib mir einen neuen, gewissen Geist. Errette mich von den Blutschulden …

Gott, das war ja nicht mehr auszuhalten! Ricario machte drei Kreuze, als der 51. Psalm zu Ende gebetet war und alle »*Benedicite*« riefen. Es folgten das Gloria und das Kyrie eleison, den Schluss bildete ein halblautes Vaterunser. Nachdem der Wochenpriester »Wir flehen, Herr, segne deine Gaben!« gerufen hatte, bekreuzigten sich alle und nahmen Platz. Ricario löffelte den faden Erbsenbrei ohne jeden Appetit in sich hinein. Was sie zu trinken bekamen, konnte ihn ebenso wenig erfreuen: Es war viel Wasser mit ein wenig Weingeschmack. Sprechen durfte man während des Mittagsmahls nicht. Wer es dennoch tat, musste sofort aufstehen und bekam, wenn er Pech hatte, auch noch eins mit der Rute übergezogen. Auf der Kanzel des Speisesaals stand Pater Hilarius und las mit lauter und eifernder Stimme aus der Bibel: »*Es ist Trauern besser denn Lachen; denn durch Trauern wird das Herz gebessert. Das Herz des Weisen ist im Klagehause, und das Herz der Narren im Hause der Freude.*«

Diese Worte des Predigers Salomo (7,3 und 4) ließen Ricario leise aufstöhnen. Wie gerne wäre er in diesem Augenblick in einem Freudenhaus gewesen! Oder wenigstens im Bett von Jasna, die er vor Tagen beim Nahmitzer Dorfältesten gesehen hatte und die ihm seither nicht mehr aus dem Sinn ging. Er hatte ein paar Worte mit ihr gewechselt und versucht, sie mit seinen Blicken zu besiegen, war aber gescheitert. Aber gerade das regte ihn besonders an.

Endlich schwang der Abt die Glocke, um das Ende der mittäglichen Zusammenkunft zu verkünden. Alle erhoben sich nun und sprachen den Dankvers. Dann zog man unter Absingen eines Psalms, diesmal des 119., paarweise zu einem Dankgebet in die Kirche, das heißt in die Brandruine.

Siehe, ich liebe deine Befehle;
Herr, erquicke mich nach deiner Gnade.
Dein Wort ist nichts denn Wahrheit; alle Rechte
deiner Gerechtigkeit währen ewiglich.
Ich bin wie ein verirrtes und
verlorenes Schaf …

Das nun, fand Ricario, passte wiederum ganz gut zu ihm. Nun zog man in Reih und Glied zum Schlafsaal, damit jeder ein wenig ruhen konnte. Aber kaum war er eingenickt, kam schon wieder das Zeichen zum Aufstehen, und alle eilten zur Brunnenkapelle, um sich die Augen auszuwaschen. Dann rief die Glocke zur Non, die in der Kirchenruine mit Gebet, Hymnen, Psalmen und Lesungen aus der Bibel gefeiert wurde. Anschließend ging es wieder ins Refektorium, wo unter allerlei Zeremonien das Bibere eingenommen wurde, etwas Wasser mit ein paar Tropfen Wein.

Bis zur Vesper folgte nun dem vielen *ora* das *labora*, und Ricario konnte ins Dorf Nahmitz eilen, um sich wieder der Missionierung der Slawen zu widmen – insbesondere der Slawinnen.

»Mit Liebe!«, rief ihm Sibold hinterher.

»Aber ja!«

Heute wollte er Jasna erobern. Er musste sich ans Haus des Dorfältesten anschleichen, sie beobachten und einen günstigen Augenblick abwarten. Und den fand er, als er sie im Garten des elterlichen Anwesens eine Ziege melken sah. Er stellte sich vor, wie sie statt der Zitzen des Tieres seinen Penis knetete, und dies erregte ihn so sehr, dass es kein Halten mehr für ihn gab. Er trat an ihre Seite, um seine Blicke in ihren Augen zu versenken und sie sich willig zu machen. Doch bei Jasna versagte sein Zauber. Sie sprang auf, versetzte ihm eine saftige Ohrfeige und schrie, er, der verdorbene Christenlümmel, möge sich davonmachen, sonst hole sie ihren Bruder, der ihn auf der Stelle entmannen würde.

»Lass dich bloß in Nahmitz nicht mehr sehen, du, du elender …« Wonach sie suchte, war der Begriff Macho – doch der sollte wackeren Frauen wie ihr erst rund 800 Jahre später zur Verfügung stehen.

Was blieb Ricario anderes übrig, als sich davonzustehlen! Diese Niederlage schmerzte ihn tief. Er fühlte sich, als wäre er gerade kastriert worden. Schnell begriff er, dass es in Nahmitz für ihn in absehbarer Zeit nichts mehr zu holen gab. Aber das Kloster Lehnin war ja nicht nur für diese Ortschaft zuständig, sondern auch noch für die Dörfer Göritz, Rädel, Cistecal, Schwina und Kolpin. Da bot sich Rädel an, das eine Wegstunde südlich von Lehnin zu finden war, gleich hinter dem Gohlitzsee.

Dort stieß er auf Wojćisława, die liebestolle Witwe eines Bauern, dem ein Tritt seines Ochsen die Manneskraft genommen hatte. Ihre Lustschreie waren so laut, dass sie eine Nachbarin anlockten, die zuerst glaubte, Erste Hilfe leisten zu müssen. Ein Blick durch das Fenster zeigte ihr jedoch, dass dies nicht nötig war. Gebannt verfolgte sie das Schauspiel und war so begeistert von allem, dass sie sogleich ihrer Schwester Bericht erstattete.

Zwei Tage später wusste auch Darko Bescheid, und der konnte nicht anders, als auszurufen: »Dieser Lando muss sterben! Tod und Verderben allen Deutschen und allen Zisterziensern!«

Das Kloster Lehnin war, wie bereits gesagt, für die Askanier von herausragender Bedeutung. Markgraf Otto I. hatte es gegründet, und er war auch, verstorben am 7. März 1184, hier beigesetzt worden. Im Betkirchlein noch, da zu dieser Zeit der Bau der Klosterkirche erst in den Anfängen steckte. Otto II., sein Sohn und der Enkel von Albrecht dem Bär, wollte nun, dass auch alle weiteren Markgrafen aus seinem Hause hier ihre letzte Ruhe finden sollten, angefangen mit ihm selbst. So zog es ihn immer wieder nach Lehnin, um dort nach dem Rechten zu sehen.

Als Ricario Accorsi von der Ankunft des Markgrafen erfuhr, wurde er ein wenig blass, denn es war anzunehmen, dass Otto II. von Lennhart Drackstedt gebeten worden war, den Zisterzienser, den er für den Mörder seines Bruders hielt und mit einiger Sicherheit im Kloster Lehnin vermutete, dingfest zu machen und seiner irdischen Gerechtigkeit zuzuführen. Zwar hatte der Markgraf ihn nie zu Gesicht bekommen, aber er brauchte ja nur den Abt nach einem Bruder zu fragen, der italienischer Herkunft war und erst vor kurzem zu ihm und seiner Gemeinschaft gestoßen war.

Da gab es für Ricario nur zwei Möglichkeiten: die Flucht aus dem Kloster und die Vorwärtsverteidigung. In der grünen Ödnis der Mark herumzuirren, scheute er. Ihm blieb also nur, Otto II. entgegenzugehen und mit ihm zu reden, bevor man zuschlagen konnte. Aber kaum hatte er dieses Vorgehen ins Auge gefasst, kamen ihm auch schon Bedenken. Wenn nun Jacopp von Colno an Ottos Seite ritt und sofort Alarm schlug?

Es konnte aber genauso gut sein, dass Veytt von Gonna den Markgrafen begleitete, und dann war dieses Vorpreschen eigentlich überflüssig, weil der Freund sicherlich schon alles klargestellt hatte. Oder? Ricario kam zu keinem Entschluss, bis die Sext kurz bevorstand. Mechanisch memorierte er noch einmal den 118. Psalm, den sie heute beten sollten:

Danket dem Herrn; denn er ist freundlich,
und seine Güte währet ewiglich.
Der Herr züchtigt mich wohl; aber er gibt mich
dem Tode nicht.
Ich danke dir, dass du mich bemütigst und hilfst mir.
O Herr, hilf! O Herr, laß wohl gelingen!

In diesem Augenblick kam Otto II. mit seinem Gefolge in den Innenhof geritten. Ricario Accorsi erschrak über alle Maßen, denn nicht nur Jacopp von Colno sah er an seiner Seite, sondern auch Lennhart Drackstedt. Zweierlei schoss ihm in diesem Augenblick durch den Kopf. Das eine: Katharina ist jetzt allein zu Hause, und ich kann sie noch einmal haben! Das Zweite: Du musst jetzt nach Magdeburg und selber den Mörder Peter Drackstedts finden! Vielleicht gelang es ihm, sich unbemerkt davonzustehlen …

Veytt von Gonna war mit seinen Gedanken im Kloster Lehnin. Wenn Jacopp von Colno und Lennhart Drackstedt den Abt fragten, welcher Bruder in letzter Zeit zu ihnen gestoßen war, und der Markgraf dabei auch noch Druck ausübte, hatte sein Freund Ricario keine Chance mehr. Nur er hätte das Schlimmste verhindern können, doch eine schwere Magen-Darm-Erkrankung hatte ihn daran gehindert, im Tross des Markgrafen nach Lehnin zu reiten. So blieb ihm nichts anderes, als zu beten. Er begann mit den Klageliedern Jeremias 3, 31 und 32: *Denn der Herr verstößt nicht ewiglich; sondern er betrübt wohl, und erbarmt sich wieder nach seiner großen Güte. – So bitte ich dich, o Herr, nimm dich auch unseres Bruders Lando an, der unschuldig ist und zu Unrecht verfolgt wird!*

Ricario Accorsi hatte es mit viel Glück und Geschick geschafft, seinen Häschern zu entkommen und sich auf den Weg nach Magdeburg zu machen. Als Zisterzienser konnte er es nicht wagen, die Stadt zu betreten, denn er war ja vogelfrei. Manch einer würde ihn erkennen und sofort festnehmen lassen, also musste eine andere Verkleidung her. Und da bot es sich an, nach Rädel zu laufen und die Witwe Wojćisława zu bitten, ihm alte Kleider ihres verstorbenen Mannes zu überlassen und die Ordenstracht bis zu seiner Rückkehr in Verwahrung zu nehmen. Das gelang auch ohne Probleme, und er erreichte die Stadt an der Elbe nach einem Fußmarsch von 24 Stunden am späten Nachmittag des folgenden Tages. Übernachtet hatte er in einer Feldscheune.

Sein erster Gang führte ihn zu Katharina Drackstedt. Da ihr Schwager garantiert nicht zu Hause war, brauchte er sich nicht sonderlich vorzusehen. Als unauffälliges Bäuerlein, einen Korb mit Äpfeln in der Hand, klopfte er an die Tür des Drackstedt'schen Hauses. Ein Knecht erschien.

»Was willst du hier?«, herrschte er Ricario Accorsi an. »Wir haben alles, wir brauchen nichts!«

»*Die Füchse haben Gruben, und die Vögel unter dem Himmel haben Nester; aber des Menschen Sohn hat nichts, wo er sein Haupt hinlege.*« Ricario erschrak. Da hatte er das Mönchsein doch tatsächlich schon so verinnerlicht, dass er spontan mit Matthäus 8, Vers 20 geantwortet hatte!

Der Knecht starrte ihn an. »Bist du blöd?«

Nun reagierte Ricario auf profane Art. »Blöd schon, aber nicht so blöd wie du!« Damit griff er in seinen Korb, nahm einen Apfel heraus und warf ihn dem Knecht mit einiger Wucht an den Kopf. »Da! Damit dein Gehirn wieder in Ordnung kommt!«

Der Knecht schrie auf, und da er sich in seiner Ehre gekränkt fühlte, bückte er sich, hob einen Erdklumpen auf und feuerte ihn in Richtung Ricario Accorsi – jedoch ohne den zu treffen. Dessen Gelächter machte ihn noch wütender, und so griff er nach einem herumliegenden Knüppel, um damit auf Ricario loszugehen. Der wich geschickt aus, so dass der Knecht ihn verfehlte und seitlich an ihm vorbeischoss. Pech für ihn, dass ihm dabei Ricarios schnell vorgestrecktes Bein im Wege war. Er stürzte lang hin und fluchte so laut, dass damit Katharina Drackstedt auf den Plan gerufen wurde.

»Jochen, bist du blöd geworden?!«, schrie sie ihm zu. »Wie oft habe ich dir schon gesagt, dass du …« Hier brach sie ab, denn in diesem Augenblick hatte sie Ricario erkannt. Sie erfasste die Situation blitzschnell und reagierte kühl und gelassen. »Jochen, lass ihn zufrieden, das ist der Mathes aus Plötzky. Ich habe ihn bestellt, weil ich seine Äpfel mal probieren möchte. Komm herein, Mathes!«

Wenig später lag Katharina in seinen Armen und war glücklich, dass er noch lebte und sie ihn wiedersehen durfte.

»Mein Ricario!«

»Du hast nie an meiner Unschuld gezweifelt?«, fragte er.

»Nein, keinen Augenblick, und ich habe gebetet, dass mein Schwager und Jacopp von Colno dich nicht finden.«

Ricario seufzte. »Es war knapp, aber der Himmel hat es gut mit mir gemeint.« Er erzählte ihr vom Leben in Lehnin und wie er beim Eintreffen des Markgrafen und derer, die ihn jagten, knapp entkommen war. »Und eines ist mir dabei klargeworden: dass es nicht reicht, mich irgendwo zu verstecken, um heil aus der ganzen Sache herauszukommen. Nein, ich muss es selbst in die Hand nehmen und den Mörder deines Mannes suchen. *Denn Recht muss doch Recht bleiben … Wer steht bei mir wider die Bosheiten? Wer tritt zu mir wider die Übeltäter?* 94. Psalm, Verse 15 und 16.«

Katharina Drackstedt lächelte. »Du hast in Lehnin eine Menge gelernt.«

»Ja, notgedrungen.«

»Du musst dich auch wieder um deine Geschäfte kümmern, oder?«

»Nein, das ist nicht so dringend, da meine Kompagnons schon den Ruin zu verhindern wissen.« Während er dies sprach, fiel sein Blick auf den Tisch, wo Papiere aller Art ausgebreitet waren. »Oh, suchst du bestimmte Unterlagen?«

»Nein, ich gehe nur alles durch, was mein Mann hinterlassen hat, um zu sehen, was wichtig ist und was weggeworfen werden kann.«

Ricario Accorsi war zu neugierig, nicht den einen oder anderen Brief und Zettel in die Hand zu nehmen – was sie ihm auch nicht verwehrte, denn Ricario war ja ebenfalls Kaufmann und konnte vielleicht Verträge finden, mit denen sie noch zu größeren Einkünften kommen konnte. Je mehr Gold sie in der geheimen Truhe liegen hatte, desto eher konnte sie sich dem Werben ihres Schwagers entziehen.

»Was den Mörder meines Mannes betrifft«, sagte sie leise zu Ricario, »komme ich, je länger ich darüber nachdenke, zu dem Schluss, dass Lennhart es gewesen ist. Vielleicht auch Jacopp von Colno. Oder beide zusammen. Die Jagd nach dir inszenieren sie nur, um von sich selbst abzulenken.«

Ricario nickte. »Genau das denke ich auch.« Er stockte, als er ein Stück Pergament in der Hand hielt, das mit merkwürdigen Zeichen bedeckt war. »Was ist denn das hier?«

»Das stammt von meinem Mann, aber ich kann es nicht lesen.«

»Das ist ja die Kurzschrift, die *Nova Ars Notaria*, die dieser Johannes von Tilbury entwickelt hat, ein gelehrter Mönch aus England.«

»Peter hat mir gesagt, es sei eine Geheimschrift. Da könnte er Dinge aufschreiben, die nicht für jedermanns Augen bestimmt sind.« Sie sah Ricario an. »Du kannst es aber entschlüsseln?«

Ricario lächelte. »Ich glaube schon …« Das Lächeln verging ihm aber, als er den Text von Peter Drackstedt entschlüsselt hatte.

Schon lange ist mir dieser Pater Vigilius suspekt gewesen. Er sagte, er sei in Florenz geboren worden und dort aufgewachsen, doch ich habe mit Kaufleuten aus Florenz gesprochen: Da kennt ihn niemand. Auch im Umkreis des Papstes ist er völlig unbekannt, wie man mir versichert hat. Ich war schon überzeugt davon, dass er ein ganz anderer ist, da flüstert mir heute ein Kaufmann aus Köln zu, dass er in diesem Vigilius mit Sicherheit den Baumeister Hermo Hückes wiedererkannt hat, der in seiner Heimatstadt mehrere Männer ermordet haben soll. Ich werde das weiterverfolgen …

»Und das wird ihm das Leben gekostet haben«, sagte Ricario Accorsi nach einiger Zeit, als sie sich von diesem Schock erholt hatten. »Dein Mann muss nahe daran gewesen sein, ihn zu überführen – da hat der falsche Pater zugeschlagen.«

Otto II. war mit seinem Gefolge auf dem Rückweg vom Kloster Lehnin. Man wollte gemeinsam nach Magdeburg reiten, weil der Markgraf einige politische Dinge mit dem Erzbischof zu besprechen hatte. Alle saßen missmutig im Sattel. Otto II. machte sich Sorgen, weil er in Lehnin den Eindruck gewonnen hatte, dass die Slawen ringsum kräftig murrten. Vielleicht war ja sogar ein neuer Aufstand zu befürchten, zumindest aber ein Versuch, die Zisterzienser dahin zu bringen, ihr Kloster wieder aufzugeben. Dass man ihre Kirche in Brand gesteckt hatte, war ein schlimmes Zeichen. Jacopp von Colno und Lennhart Drackstedt verfluchten Gott und die Welt, weil ihnen Lando alias Ricario Accorsi so knapp durch die Lappen gegangen war. Ihre Dialoge variierten über Stunden nur unwesentlich.

»Ein unerträglicher Gedanke, dass der Mörder meines Bruders noch immer nicht am Galgen hängt!«

»Wenn einer mit dem Teufel im Bunde ist, dann …«

Mehrere Mönche und Laienbrüder des Klosters Lehnin schwärmten, kaum war die Terz beendet, nach allen Seiten aus, um Lando zu suchen, der am Abend als verschwunden gemeldet worden war. Er war bei allen sehr beliebt, lauschten sie doch seinen Erzählungen aus Italien und der weiten Welt immer gern.

Auch Abt Sibold wollte nicht zurückstehen und hatte verkündet, im Klosterdorfe Prützke nach dem Vermissten fragen zu wollen. Als Begleiter hatte er Pater Hilarius ausgewählt. Beide marschierten nun nach Westen und unterhielten sich dabei über dieses und jenes, knieten aber auch öfter nieder, um zu beten, so zum Beispiel den 130. Psalm, der *Aus tiefer Not* hieß:

Herr, höre meine Stimme, lass deine Ohren merken
auf die Stimme meines Flehens.
So du willst, Herr, Sünden zurechnen,
Herr, wer wird bestehen?
Ich harre des Herrn; meine Seele harret, und
ich hoffe auf sein Wort.

Sibold fügte hinzu, dass der Herr sich des Bruders Lando erbarmen möge. »Irgendetwas ist mir an diesem Menschen von Anfang an eigenartig erschienen …«

»So ganz sattelfest im Glauben ist er wohl nicht«, fügte Hilarius hinzu. »Auch bei unseren Ritualen war er des Öfteren etwas unsicher und hat immer erst geschaut, wie es die anderen machen.«

»Also könnten der Markgraf und seine Begleiter recht haben, dass er gar kein echter Zisterzienser ist, sondern den Bruder Lando nur gespielt hat, damit sie ihn in Magdeburg nicht als Mörder aufs Schafott schaffen …«

»Ich weiß nicht …« Hilarius seufzte. »Man kann zwar keinem Menschen ins Herz sehen, aber Lando mag alles andere sein, aber nie und nimmer ein Mörder.«

So kamen sie nach Prützke. Aber sosehr sie auch nach Lando suchten und die Leute nach ihm fragten, es brachte nichts. Es blieb ihnen nichts anderes, als nach Lehnin zurückzukehren.

Diesmal wählten sie den Weg über Nahmitz, wo sie gegen Mittag eintrafen und in der brütenden Hitze mächtig schwitzten. Der Abt trat in das Haus eines slawischen Fischers, um einen kühlen Trunk zu erbitten. Doch kaum war man seiner ansichtig geworden, stob alles auseinander, Frau wie Kinder, und lief schreiend davon. Die Kinder versteckten sich in Küche und Kammer, während die Frau des Hauses ängstlich unter einen Backtrog kroch, der nichts anderes war als ein ausgehöhlter Eichenstamm und zum Austrocknen vor dem Hause lag.

Sibold war von dem langen Fußmarsch derart erschöpft, dass er sich nichtsahnend mit dem Rücken auf den umgestülpten Backtrog legte, ihn gleichsam als Bettgestell benutzend.

Die Kinder kamen nun langsam aus ihren Verstecken hervor und liefen zum See hinunter, wo ihr Vater gemeinsam mit anderen Fischersleuten bei der Arbeit war.

»Vater, schnell nach Hause!«, riefen die Kinder von Radomér schon von weitem. »Der Abt liegt auf der Mutter!«

Die Männer hatten sofort ein ganz bestimmtes Bild vor Augen, zumal sie ein gewisser Darko davon unterrichtet hatte, dass sich ein Zisterzienser in ihrer Abwesenheit über ihre Frauen und Töchter hermachte. Also stürzten sie blind vor Zorn und Eifersucht zum Haus von Radomér. Der allgemeine Groll, den sie gegen alles Deutsche hegten, brach sich jetzt Bahn. Mit wildem Geschrei stürzten alle ins Dorf, umstellten das Haus und setzten an, den Abt zu erschlagen. Doch Sibold gelang es noch, durch ihre Reihen hindurchzuschlüpfen und in den nahen Wald zu flüchten – Hilarius dicht hinter ihm. Da der Abt wusste, dass die Meute ihn alsbald einholen würde, zog er es vor, auf eine Eiche zu klettern und sich in deren dichtem Blattwerk zu verbergen, während Hilarius zum Kloster lief, um von dort Hilfe zu holen.

Sibold saß nun oben im Geäst und betete leise den 152. und den 153. Psalm: »*Siehe mein Elend und errette mich; hilf mir aus, denn ich vergesse deines Gesetzes nicht. Führe meine Sache und erlöse mich; erquicke mich durch dein Wort.*«

Und das Gebet schien zu wirken, denn die Nahmitzer Slawen entdeckten ihn nicht und glaubten schon, der Christengott hätte ihn wie einen Engel zum Himmel auffliegen lassen. Sie waren bereits im Begriff, die Jagd auf Sibold aufzugeben und zu ihrem Ort zurückzukehren, da klirrte es in ihrer Nähe ganz gewaltig. Und da weder Fauna noch Flora ein solches Geräusch jemals zustande bringen konnten, eilten sie hin, um zu sehen, was es da gegeben hatte. Dabei stolperte Dušas Mann über ein riesiges Schlüsselbund. Er hob es auf und staunte.

»Das kann doch aus keinem Nest gefallen sein!«

»Doch, eine Elster wird es irgendwo gestohlen haben«, meinte sein Nebenmann.

Ein anderer, der oft im Kloster gewesen war, um mit Sibold zu verhandeln, rief nach kurzem Überlegen aus, dass er diese gewaltigen Schlüssel schon einmal gesehen habe. »Das sind die vom Abt, die haben bei ihm am Gürtel gehangen.«

Da starrten alle nach oben, und bald darauf hatten sie Sibold entdeckt.

»Komm herunter, du Schänder unserer Frauen!«, schrie der Dorfälteste, und es wurden Forderungen laut, ihn an Ort und Stelle zu kastrieren.

In diesem Augenblick waren die Mönche, die Hilarius alarmiert hatte, zur Stelle und beschworen das tobende Volk, von seinem Vorhaben um Gottes willen abzulassen.

»Unser Abt hat es immer gut mit euch gemeint!«, rief der Mönch Honorius. »Seine Botschaft ist die Liebe.«

»Ja, er liebt mit seinem Pinsel!«, höhnte einer. »Runter mit dem Schwein! Schlagt es tot!«

Der Säckelmeister des Klosters suchte mit den Slawen zu verhandeln. »Ich biete euch eine Belohnung, wenn ihr von ihm ablasst.«

»Wir wollen seinen Tod, nichts anderes!«

»Seid doch vernünftig«, ließ sich der Abt von oben vernehmen. »Ich verspreche euch bei Gott den Erlass des Zehnten, und ich verspreche euch Feld und Heide, so viel ihr wollt und bebauen könnt.«

Doch die Nahmitzer wollten nichts als ihre Rache, und es liefen einige zurück ins Dorf, um alles herbeizuschaffen, was sie an Beilen, Äxten und Sägen in ihren Schuppen liegen hatten. Damit machten sie sich daran, die Eiche zu fällen, auf die sich der Abt geflüchtet hatte. Die mutigsten der Mönche wollten sie noch daran hindern, doch sie waren ja im Kampfe überhaupt nicht geübt und dazu völlig waffenlos, so dass sie bald blutend am Boden lagen.

»Aufgepasst!« Die ersten Äxte wurden geschwungen, und ihre scharf geschliffenen Blätter drangen tief ins Holz. Eine Eiche zu fällen war keine Kleinigkeit, aber die Männer gingen mit solch einem Feuereifer ans Werk, dass am schnellen Erfolg ihrer Bemühungen nicht zu zweifeln war.

Da ging Sibold nur noch durch den Kopf, was im Evangelium des Markus im 15. Kapitel, Vers 33 geschrieben stand: *Eli, Eli, lama asabthani? Mein Gott, mein Gott, warum hast du mich verlassen?*

Und es kam, wie es kommen musste: Die Eiche fiel – und die Slawen erschlugen Sibold auf der Stelle.

Die Zeit im Kloster Lehnin, so kurz sie auch gewesen war, hatte Ricario Accorsi derart geprägt, dass er auch bei seiner Suche nach Pater Vigilius alias Hermo Hückes betete. Diesmal den 68. Psalm: »*Gelobet sei der Herr täglich. Gott legt uns eine Last auf; aber er hilft uns auch. Ja, Gott wird den Kopf seiner Feinde zerschmettern!*«

Katharina, die neben ihm stand, lächelte zufrieden. »So gefällst du mir.«

»Ich wäre dem Herrn noch dankbarer, wenn er mir verraten hätte, wo wir den falschen Pater finden können.«

»Solche Kleinigkeiten überlässt er uns Menschen, nach dem Motto ›Hilf dir selbst, dann hilft dir Gott‹, und deshalb würde ich vorschlagen, dass wir erst einmal zu Veytt von Gonna gehen und den zu Rate ziehen.«

Ricario Accorsi fand, dass das eine gute Idee war, und so machten sie sich auf den Weg. Und sie hatten Glück, der Pater Immediat des Klosters Lehnin war zu Hause.

Erst auf den zweiten Blick erkannte er, dass Ricario Accorsi diesmal im Gewande eines armen Bäuerleins gekommen war. Er war entsetzt. »Sich in dieser Gestalt in die Höhle des Löwen zu wagen erscheint mir doch ein wenig zu verwegen, mein Lieber!«

»Wieso redest du von der Höhle des Löwen? Hat Heinrich inzwischen vom Kaiser auch Magdeburg als Lehen bekommen?« An der Seite Katharinas wollte Ricario besonders geistreich erscheinen.

Veytt von Gonna schlug sich mit der Hand vor die Stirn. »Die Reichsacht ist über dich verhängt, und du bist vogelfrei!«

»Mag ja sein, aber ich habe inzwischen hieb- und stichfeste Beweise für meine Unschuld.« Und er erzählte Veytt von Gonna alles, was er im Hause Peter Drackstedts herausgefunden hatte.

Katharina Drackstedt konnte es bestätigen. »Ich schwöre bei Gott und allem, was mir heilig ist, dass es genau so ist, wie Ricario es eben dargelegt hat.«

»Ich will es auch gerne glauben.« Veytt von Gonna bekannte, diesem Pater Vigilius nie so recht getraut zu haben. »Bei seinem Anblick hatte ich immer ein merkwürdiges Gefühl …«

»Was unternehmen wir nun?« Katharina Drackstedt wurde schon ungeduldig.

»Wie jeder Mensch hat er einen Anspruch auf rechtliches Gehör«, erklärte Veytt von Gonna. »Wir werden also zu ihm gehen und von ihm verlangen, dass er uns Rede und Antwort steht.«

»Und wo finden wir ihn?«, wollte Ricario Accorsi wissen.

Veytt von Gonna überlegte. »Zu dieser späten Nachmittagsstunde müsste er beim Erzbischof sein. Wichmann wollte ihn heute empfangen.«

»Dann auf ins erzbischöfliche Palais!«

Da Veytt von Gonna den Wachen wohlbekannt war und beim Erzbischof hohes Ansehen genoss, fanden er und seine Begleitung Einlass, ohne lange nach dem Grund ihres Besuches befragt zu werden. »Nur zu, Hochwürdiger Pater, auch wenn sich Seine Exzellenz der Hochwürdigste Herr Bischof gerade in einer Unterredung befindet.«

Sie hatten Glück, denn kaum waren sie eingetreten, kam ihnen der Erzbischof entgegen, an seiner Seite der vorgebliche Pater Vigilius.

Veytt von Gonna wandte sich ohne Umschweife an Wichmann. »Eure Erzbischöfliche Gnaden, wir sind gekommen, um Anklage gegen den Mann an Eurer Seite zu erheben.«

»Was?«

»Er ist nicht der, der er vorgibt zu sein!«, rief Ricario Accorsi. »Sondern ein Schwindler, nämlich der Kölner Baumeister Hermo Hückes, der in seiner Heimatstadt mehrere Morde begangen hat!«

»Und der hier im Dom meinen Mann erschlagen hat«, fügte Katharina Drackstedt hinzu.

»Die Beweise sind erdrückend«, sagte Veytt von Gonna. »Ich schwöre es bei Gott dem Allmächtigen!«

»Das kann doch nicht wahr sein!«, rief der Erzbischof und war in höchstem Maße irritiert, denn der Mann neben ihm grinste nur und sprach von einem Scherz.

Doch das war eine Finte, denn in diesem Augenblick hatte Hermo Hückes ein dolchartiges Messer aus seinem Gewand gerissen und, ehe es jemand verhindern konnte, seine Spitze Katharina Drackstedt an die Kehle gesetzt. »Ich verlange freien Abzug, sonst …«

Alles erstarrte. Wichmann, Veytt von Gonna und Ricario Accorsi wussten, dass sie in diesem Augenblick machtlos waren gegen den Kölner.

Ricario sah die namenlose Angst in den Augen seiner Geliebten und zögerte keinen Augenblick, das zu tun, was zu tun war. Er hob beide Arme und fixierte Hückes. »Schont Katharina und nehmt mich, wenn Ihr noch ein bisschen Ehre im Leibe habt!«, stieß er hervor. »Mein Ehrenwort: Ich verhelfe Euch bei Gott zur Flucht aus Magdeburg.«

»Gut …« Hückes ließ wirklich von Katharina Drackstedt ab, die Veytt von Gonna in die Arme sank, und kitzelte mit seiner Messerspitze nun Ricario Accorsis Adamsapfel. »Ich will ein Pferd und eine Stunde Vorsprung.«

»Ihr sollt es haben.« Wichmann gab seine Weisungen. Es lag ihm viel daran, das Leben des Italieners zu retten, denn er vermutete, dass der eng mit dem Papst verbunden war.

Als ein Pferd gebracht wurde, entschied sich Hückes anders, denn er war kein guter Reiter, und wenn er Ricario Accorsi vor sich sitzen hatte, kamen sie nur langsam voran. »Ich will ein Boot für uns beide.« Trug sie die Strömung die Elbe hinab, waren sie schneller als die Reiter, die sie am unwegsamen Ufer verfolgen würden.

»Beschafft ihm ein Boot und haltet es unten an der Brücke bereit!«, befahl der Erzbischof.

So bewegte sich in den nächsten Minuten eine merkwürdige Prozession durch die Straßen Magdeburgs hinunter zum Elbufer. Vorneweg gingen Hückes und Ricario Accorsi, hinter ihnen die Wachen des Erzbischofs und eine Schar neugieriger Bürger. Wichmann, Veytt von Gonna und Katharina Drackstedt waren zurückgeblieben.

Der Erzbischof sollte am nächsten Sonntag bei seiner Predigt mehrmals sagen, dass die Wege des Herrn unbegreiflich waren. Denn in dem Augenblick, da Hückes und Ricario Accorsi das bereitliegende Boot erreicht hatten, erschienen oben am Ufer Otto II., Jacopp von Colno und Lennhart Drackstedt, die eben aus Lehnin angekommen waren und von Katharina Drackstedt erfahren hatten, was sich in den letzten Minuten Ungeheuerliches ereignet hatte.

»Dieses Monster darf uns nicht entkommen!«, schrie Lennhart Drackstedt und wandte sich an Jacopp von Colno, der neben ihm ritt. »Deine Lanze ist unfehlbar, los, jage sie dem Mörder meines Bruders in den Wanst!«

Und der Ritter konnte nicht anders, als dem Wunsche seines Freundes zu folgen. Otto II. wollte ihn noch zurückhalten, da er fürchtete, mit dem Magdeburgischen Recht in Kollision zu geraten – doch zu spät.

Die Lanze flog in Richtung Boot, doch Hückes war geistesgegenwärtig genug, sich auf den Boden des Bootes zu werfen. So bohrte sich das Geschoss nur ins Holz. Aber dem Kölner war das Messer aus der Hand gefallen, und ehe er es wieder an sich nehmen konnte, hatte Ricario Accorsi die Lanze herausgezogen und sie dem anderen in die rechte Schulter gejagt. Jetzt kenterten sie, und damit war die Sache entschieden. Man zog den falschen Pater aus dem Fluss und brachte ihn ins Verlies, während Ricario unter dem Jubel der Menge ans Ufer kletterte, wo Katharina Drackstedt auf ihn wartete.

fünf

Der Mensch, vom Weibe geboren, lebt kurze Zeit und ist voller Unruhe, geht auf wie eine Blume und fällt ab, flieht wie ein Schatten und bleibt nicht. Mein Odem ist schwach, und meine Tage sind abgekürzt; das Grab ist da.

Die Stimmung war so schwermütig, dass man in der Terz aus dem Buche Hiob las. Den Tod ihres Abtes konnten die Mönche und Laienbrüder des Klosters Lehnin nicht verwinden. Nachdem sie ihn zu Grabe getragen hatten, war die überwiegende Mehrheit der Meinung, dass es das Beste sei, den exponierten Standpunkt im Slawengebiet aufzugeben und sich nach Westen zurückzuziehen. Man begann schon, seine Habseligkeiten zusammenzupacken.

Hilarius war einer der wenigen, die zum Bleiben rieten, und er setzte dabei alle seine Überredungskünste ein. »Mir ist im Traume die Jungfrau Maria erschienen und hat mir zugerufen: *Redeatis! Nihil deerit vobis!* – Kehret um, es soll euch an nichts mangeln!«

Die anderen aber ließen sich dadurch nicht umstimmen.

Darko fühlte ganz deutlich, dass die Festung Lehnin sturmreif war. Er hatte eine Schar aufrührerischer Slawen westlich von Poztupimi zusammengezogen, um zur Tat zu schreiten. Man diskutierte aber noch.

»Wir dürfen den Markgrafen nicht unnütz reizen«, sagte der Dorfälteste von Nahmitz, der Starosta. »Wenn er mit seinen Rittern anrückt, dann ...«

»... bleibt uns immer noch die Flucht in die Wälder«, sagte Jarosław. »Und bald werden sie wieder verschwunden sein.«

»Und mit ihnen dieser dreimal verdammte Christengott!«, rief Darko. »Abgaben werden wir an alle Herren entrichten müssen, ob es nun die Askanier, die Wettiner oder die Piasten sind, aber unsere Götter und unsere Art zu leben sollen sie uns lassen. Es lebe alles Slawische!«

Da stimmten alle jubelnd mit ein, und sie träumten von einem slawischen Großreich, das sich zwischen der Elbe im Westen, dem Don im Osten, der Ostsee im Norden und dem Mittel- und dem Schwarzen Meer im Süden erstreckten und mächtiger sein sollte als das römische Imperium.

Ricario Accorsi hätte nun, nachdem sich seine Unschuld im Falle Peter Drackstedt herausgestellt hatte, nach Venedig zurückkehren können, doch es trieb ihn, noch einmal nach Lehnin zu reiten. Nicht nur, um Abschied zu nehmen von den Menschen, die er in der kurzen Zeit seines Verweilens im Kloster liebgewonnen hatte, sondern auch, um Buße zu tun, denn ihn plagte das schlechte Gewissen. Welch große Schuld hatte er doch auf sich geladen! Immer wieder hatte er im Sinn, was im 5. Buch Mose, Verse 22 bis 25 stand:

Wenn jemand gefunden wird, der bei einem Weibe schläft, die einen Ehemann hat, so sollen sie beide sterben, der Mann und das Weib, bei dem er geschlafen hat ...
Wenn eine Dirne jemand verlobt ist, und ein Mann kriegt sie in der Stadt und schläft bei ihr, sollt ihr sie beide zu der Stadt Tor ausführen und sollt sie beide steinigen, dass sie sterben ...

»Dass ich die Frauen und Töchter der Slawen verführt habe, war Wasser auf die Mühlen dieses Darko«, erklärte er Veytt von Gonna, der neben ihm ritt. »Wäre ich niemals in Lehnin gewesen, würde der Abt Sibold noch leben, und die Zisterzienser würden sich nicht anschicken, das Land um Poztupimi wieder zu verlassen.«

Der Pater Immediat des Klosters Lehnin mochte dem nicht widersprechen. »Ja, so sehe ich es auch. Hätte ich geahnt, was ich damit anrichte, dir Lehnin als Zuflucht anzubieten, dann hätte ich eine andere Lösung gesucht.«

»Ich, Ricario Accorsi, will große Teile meines Vermögens einsetzen, um Lehnin zu retten, ja mehr noch, um ein weiteres Kloster in der Mark Brandenburg zu begründen.«

»Ob das als Buße reicht?«, murmelte Veytt von Gonna.

»Wer weiß das schon«, entgegnete Ricario und versuchte sich daran zu erinnern, was er bei den Stundengebeten zu dieser Frage gehört hatte:

Darum spreche ich mich schuldig und tue Buße in Staub und Asche. (Hiob 42, 6)
Also wird auch Freude sein im Himmel über einen Sünder, der Buße tut, mehr als über neunundneunzig Gerechte, die keine Buße brauchen! (Lukas 15, 7)
Darum tue Buße für diese deine Bosheit und bitte den Herrn, ob dir vergeben werden möchte die Tücke deines Herzens. (Apostelgeschichte 8, 22)
Welche ich liebhabe, die strafe und züchtige ich. So mache dich auf und tue Buße! (Offenbarung 3, 19)

Dies alles trug Ricario Accorsi im Herzen, als sie auf Lehnin zuhielten. Sie spornten ihre Tiere zu schnellerer Gangart an, denn von Osten her zog ein schweres Gewitter heran. Vor schwarzen Wolkenbergen zuckten schon die ersten Blitze, und dumpfes Donnergrollen drang zu ihnen. Doch bevor die ersten Windböen durch die Wipfel fuhren und ihnen der Regen ins Gesicht peitschte, erreichten sie den Klosterhof und saßen ab. Ein großes Willkommen gab es nicht, alles war wie gelähmt. Man war auf dem Weg zum Mittagsmahl, blieb aber stehen, um die beiden Reiter anzustarren.

Ricario Accorsi ging zu Pater Hilarius, um ihm über alles Bericht zu erstatten: von der Sekunde an, da er den Kaufmann Peter Drackstedt im Magdeburger Dom erschlagen aufgefunden hatte, bis zu dieser Stunde. Dabei verschwieg er auch nicht, dass er in die Dörfer ringsum nicht nur mit dem Ziel gezogen war, das Christentum zu verbreiten, sondern vor allem, um die Frauen und Töchter der Bauern und Fischer zu verführen.

Ricario schloss die Augen. »Wenn ich doch nur alles rückgängig machen könnte und …«

Weiter kam er nicht, denn ich diesem Moment stürmte Darko mit seiner Schar in den Klosterhof.

»Dieser Platz gehört Svarog, unserem Gott!«, schrie er den Mönchen und den Laienbrüdern zu. »Hier wird alles dem Erdboden gleichgemacht! Wer von euch nicht verschwindet, den erschlagen wir!«

Die Zisterzienser flüchteten sich in den Schatten ihrer alten Betkirche und wussten weder ein noch aus. Ohne ihren Abt waren sie völlig hilflos.

Da löste sich Ricario Accorsi aus der Reihe der Mönche und stellte sich Darko entgegen. »Die Zisterzienser hier sind alle ohne Schuld! Ich, Ricario Accorsi, Kaufmann aus Venedig, war es, der in der Rolle des Mönches Lando in eure Dörfer gegangen bin und eure Frauen besprungen habe. Nehmt mein Leben und verschont das Kloster und seine Brüder!«

Die Slawen jubelten, denn eigentlich störte sie das Kloster nicht, es sorgte eher dafür, dass sie besser leben konnten als jemals zuvor, und ein Gott war mehr oder minder wie der andere. Ihnen ging es vor allem darum, dass sie über ihre Frauen wieder allein verfügen konnten.

Darko erkannte dies und wusste auch, dass dieser Lando der Einzige war, den er zu fürchten hatte und der seine Pläne noch durchkreuzen konnte. Das Kloster und die Zisterzienser mussten verschwinden, davon würde er niemals ablassen. Er kam jedoch viel leichter zum Ziel, wenn Lando tot war.

»Gut«, rief er also, »beschließen wir den Tauschhandel: Lando gibt sich den Tod – und damit haben wir Genugtuung und ziehen wieder ab.«

»Schwöre es bei Gott«, forderte Ricario Accorsi.

»Ich schwöre es bei Gott«, sagte Darko.

Veytt von Gonna sprang noch vom Pferd, um zu verhindern, dass Ricario Accorsi sich selbst opferte – doch er kam zu spät. Schon hatte sich Ricario ein schnell aus dem Gürtel gerissenes Messer ins Herz gestoßen. Er war auf der Stelle tot. Im selben Augenblick begann ein Unwetter.

Darko jubelte. »Derjenige, der uns noch an unserem Vorhaben hätte hindern können, liegt hier am Boden. Los, ihr verdammten Zisterzienser, macht, dass ihr unser Land verlasst!«

»Du hast doch bei Gott geschworen, dass ihr euch zurückzieht, wenn sich Lando opfert!«, rief Hilarius.

Darko lachte. »Ja, meinem Gott habe ich's geschworen, nicht eurem. Und meiner billigt mein Tun!«

In diesem Augenblick fuhr ein fürchterlicher Blitz vom Himmel, schlug in die Eiche hinter Darko ein und tötete den Mann auf der Stelle.

Alle Slawen wussten nun, dass ein christlicher *deus ex machina* den Tod des Italieners gerächt hatte, und ließen sich ausnahmslos von Hilarius taufen.

Wahrheit und Dichtung

Wahr an dieser Geschichte – und in jedem Geschichtsbuch nachzulesen – ist die Ermordung von Sibold, dem Abt des vom askanischen Markgrafen Otto I. begründeten Klosters Lehnin, um das Jahr 1190.

Historisches Personal

Personen

Albrecht I., genannt Albrecht der Bär (1100–1170), Askanierfürst, ab 1157 Markgraf von Brandenburg

Otto I. (1128–1184), ab 1170 Markgraf von Brandenburg

Otto II. (nach 1147–1205), ab 1184 Markgraf von Brandenburg
Heinrich der Löwe (um 1129/30–1195), Welfenfürst
Wichmann (1116–1192), Erzbischof von Magdeburg
Friedrich I., genannt Barbarossa (um 1122–1190), ab 1152 römisch-deutscher König und ab 1155 Kaiser des Heiligen Römischen Reiches
Heinrich VI. (1165–1197), ab 1169 römisch-deutscher König, ab 1191 Kaiser
Knud VI. (1162/63–1202), dänischer König
Sibold, Abt des Zisterzienserklosters Lehnin
Jaxa von Cöpenick, Sprewanenfürst
Kalixt I., Bischof von Rom von 217 bis 222
Hyppolitus, Heiliger (um 170–235), »Gegenpapst«
Rizzo, Abt des Klosters Zinna

Herrscherhäuser und Stämme
Askanier, ostsächsisches Fürstengeschlecht, dessen Name sich von der latinisierten Form *Ascharia* ihres Sitzes in Aschersleben ableitet
Welfen, ein ursprünglich fränkisches Fürstengeschlecht
Piasten, polnische Herrscherdynastie
Wettiner, Fürstengeschlecht auf dem Gebiet des heutigen Freistaates Sachsen
Sprewanen, slawischer Stamm im Gebiet der Spree
Heveller, slawischer Stamm an der mittleren Havel
Obotriten, elbslawischer Stamm
Zamzizi, Rezanen, Ploni, Selpoli, Lusizi und Milzener, weitere slawische Stämme

Fiktives Personal

Im Umfeld von Otto II.
Jacopp von Colno, Ritter
Fronicka, Magd

In Magdeburg
Ricario Accorsi, Venezianischer Kaufmann
Peter Drackstedt, Kaufmann
Katharina Drackstedt, seine Frau
Lennhart Drackstedt, sein Bruder
Jochen, ihr Knecht
Pater Vigilius, Visitator des Papstes
Veytt von Gonna, Pater Immediat des Klosters Lehnin

Bei den Zisterziensern
Pater Hilarius
Honorius

Bei den Slawen
Darko, Fundamentalist und Verschwörer
Jarosław, Bäcker und Vertrauter Darkos
Duša, seine Frau
Bohumér, Fischer
Božena, eine junge Slawin
Tješimir, Bauer
Miloš, Dorfältester von Nahmitz
Jasna, seine Tochter
Radomĕr, Fischer in Prützke
Cveta, Magd
Wojćisława, Witwe in Rädel

Sonstige
Hermo Hückes, Baumeister aus Köln

anno 1245

kampf um den teltow

Im Jahre 1245 ist der Teltow-Krieg in vollem Gange. Die Askanier und die Wettiner haben beide das gleiche Ziel: Sie wollen die Hochebenen Teltow und Barnim für sich gewinnen und sich dadurch einen Zugang zur Oder und letztendlich zur Ostsee schaffen.

Das Glück steht bald auf der Seite der Askanier: Unter Otto III. und Johann I., den beiden Markgrafen Brandenburgs, erobern sie die Burg Cöpenick. So rückt ein kleines Dorf, das an der Spree zwischen Cöpenick und Spandow gelegen ist, in den Mittelpunkt: Cölln/Berlin wird zum neuen Knotenpunkt der Handelswege.

Derweil gehen die unerbittlichen Kriege zwischen Askaniern und Wettinern weiter. In dieser Zeit reist die verführerische Ministerialentochter Elisabeth von Zauchwitz, die mit ihrer koketten Art die Männer allüberall in ihren Bann zieht, mit ihrem Vater Merckel von Zauchwitz nach Meißen. Der soll dort im Auftrag der askanischen Herrscher mit dem wettinischen Markgrafen Heinrich III., der Erlauchte genannt, verhandeln.

Elisabeth würde sich langweilen, wäre da nicht der starke Ritter Hug von Cochstedt, dem sie fortweg schöne Augen macht – mit Erfolg. Doch sie genießt nicht nur ihr Leben, sondern weiß ihre Kräfte auch für die Askanier einzusetzen: Ein ums andere Mal gelingt es ihr, mit ihrer mutigen und gewitzten Art die Askanier vor einem wettinischen Angriff zu bewahren.

Doch die Wettiner machen den Askaniern weiter das Leben schwer, und bald ist eine Entscheidungsschlacht nicht mehr zu verhindern. Zu deren Ausgang aber trägt die reizvolle Elisabeth von Zauchwitz mit ihren ganz persönlichen Waffen wesentlich bei …

eins

Elisabeth von Zauchwitz spazierte durch einen paradiesischen Garten, der von einer weißgekalkten Mauer umschlossen war. Plötzlich wurde sie von einer fröhlichen Gesellschaft umringt, in deren Mitte Amor tanzte und sang. Als sie weiterging, wurde sie von ihm verfolgt. Sie kam zu einem Brunnen, in dessen Wasser sich eine wunderschöne Rose spiegelte. Sie drehte sich um und entdeckte die Rose an einem üppigen Busch. Beim Versuch, sie zu pflücken, wurde sie von Amors Pfeil getroffen. Sie schrie auf …

Ihr Vater kam in ihre Kemenate gestürzt. »Was ist, mein Kind?«

Elisabeth richtete sich auf und rieb sich den Schlaf aus den Augen. »Nichts, ich habe nur geträumt.«

»War es ein Alptraum?«

»Nein, eher das Gegenteil …« Sie erzählte ihm, was sie eben noch für die Wirklichkeit gehalten hatte.

Ihr Vater lachte. »Ich hätte dir wohl besser ein anderes Buch aus Frankreich mitbringen sollen als den *Roman de la Rose*.«

»Er ist wunderbar, nur hätte ich gestern Abend nicht drin lesen sollen, bis mir die Augen zugefallen sind.«

Ihr Vater lachte. »Wir werden sehen, was das alles zu bedeuten hat …«

Elisabeth begab sich zur Morgentoilette, soweit in dem beengten Wohnturm ihres Vaters eine solche möglich war. Ihre Mutter war schon seit Jahren verstorben, ihr Vater war der askanische Ministeriale Merckel von Zauchwitz, seit einiger Zeit zu Hause im Dorfe Britz. Am Hofe der Markgrafen Johann I. und Otto III. hatte er das Amt eines Beraters inne, doch musste er wie jeder normale Ritter auch in allen Kriegen mitkämpfen. In welche Gegenden Europas es Merckel von Zauchwitz auch verschlug, seine Tochter Elisabeth war immer an seiner Seite, denn sie beherrschte viele Sprachen und verstand es, auch die hartnäckigsten Männer zu Kompromissen zu bewegen.

»Welche neuen Aufgaben harren unser?«, fragte Elisabeth, als sie gemeinsam am Frühstückstisch saßen.

Merckel von Zauchwitz stöhnte auf. »Ach Tochter, es geht wohl in den nächsten Tagen gegen Cöpenick.«

Elisabeth nickte. Sie kannte die Zusammenhänge. 1220 war Albrecht II., der Enkel von Albrecht dem Bär, gestorben, und 1231 hatten seine Söhne Johann I. und Otto III. ihre Schwertleite erhalten und waren im Alter von nur achtzehn beziehungsweise sechzehn Jahren offiziell Markgrafen von Brandenburg geworden. Es war ein schweres Erbe, das sie da angetreten hatten, denn Brandenburg war ringsum von Feinden umgeben, als da waren der Erzbischof von Magdeburg, der Markgraf von Meißen, die Pommernherzöge und die polnischen Piasten. Dazu kam der Stauferkaiser Friedrich II. Zwei Kriege waren im Gange. Im sogenannten Magdeburger Krieg zog Johann I. gegen Bischof Rudolf von Halberstadt, der im Verein mit dem Magdeburger Erzbischof den Askaniern die Altmark entreißen wollte. Beim Krieg im Teltow hingegen, wo Otto III. die askanischen Truppen befehligte, ging es gegen die Wettiner, die den Raum zwischen Meißen und der Ostsee für sich zu erobern suchten. Einer ihrer wesentlichen Vorposten war die Burg Cöpenick, aus der sie 1178 die Slawen vertrieben hatten.

»Wenn Cöpenick unser wird, dann schieben wir den Expansionsgelüsten der Wettiner sozusagen einen Riegel vor«, erklärte Merckel von Zauchwitz.

»Ich reite mit!«, rief seine Tochter.

»Nein, du bist eine Frau!«

Sie lachte. »Wenn du als Ritter ins Feld ziehst, dann bin ich dein Knappe. Entsprechende Kleidung haben wir ja noch zur Genüge auf dem Speicher liegen.«

Elisabeth von Zauchwitz stieg in den Speicher des Wohnturms hinauf, um sich zusammenzusuchen, was sie alles brauchte. Als sie den Fensterladen geöffnet hatte und aus der Dachluke schaute, sah sie unten einen Ritter lauern. Trotz der Entfernung erkannte sie ihn auf der Stelle. »Gott, dieser Craft von Wimmelsrode!«

Der verfolgte Merckels Tochter schon seit Monaten und hatte nur noch eines im Sinn: ihr beizuwohnen. Nun war Elisabeth durchaus keine Jungfrau mehr – obwohl ihr Vater bis vor kurzem noch darauf geschworen hätte –, doch diesen Craft von Wimmelsrode fand sie einfach nur widerlich. Fett war er, roch mächtig nach Schweiß und redete pausenlos dummes Zeug. Außerdem atmete er schon schwer, wenn er nur ein paar Meter in seinem Watschelgang zurücklegte, so dass es auch mit seiner Manneskraft nicht weit her sein konnte.

»Die ganze Nacht habe ich geträumt von dir, du schönste aller schönen Frauen!«, rief er zu Elisabeth hinauf. »Darf ich eintreten?«

»Nein, mein Vater und ich machen uns noch heute Vormittag auf den Weg ins Lager von Otto, um ihm gegen die Halberstädter zu helfen.« Sie hoffte, dass er auf diese kleine Finte hereinfallen würde.

»Oh! Darf ich Euch meine Begleitung andienen?«

»Nein, mein Vater duldet das nicht! Meine Keuschheit geht ihm über alles.« Sie zog den Fensterladen wieder zu, dass es nur so krachte.

Als Merckel von Zauchwitz und seine schöne Tochter am Vormittag Richtung Cöpenick ritten, war von Craft von Wimmelsrode nichts mehr zu sehen. Sie saßen keine Stunde im Sattel, da waren sie bereits am Ziel. Die Askanier hatten ihr Feldlager westlich der Burg im Dreieck zwischen Spree und Dahme errichtet.

Um ihre Ankunft anzuzeigen, betraten Vater und Tochter das Zelt des Markgrafen. Dort war gerade eine heftige Diskussion im Gange.

»Meiner Meinung nach wäre es besser gewesen, wir hätten für diesen Feldzug den Winter abgewartet«, sagte Hug von Cochstedt, ein hochgewachsener und eindrucksvoller Mann. »Im Winter wäre hier alles zugefroren, und wir würden nicht bei jedem Schritt im Sumpf versinken.«

»Und Mücken gäbe es auch keine«, fügte Seytz von Ulzig hinzu, der schon wieder wie wild um sich schlug.

Otto III. rang die Hände. »Wir müssen Heinrich dem Erlauchten jetzt zeigen, wer hier der Herr im Hause ist!«

Auch der dritte Ritter am Tische des Markgrafen, Hartmann von Horla, war ein Bedenkenträger. »Unser Trupp ist viel zu klein, um Cöpenick zu stürmen.«

Wieder verzog der Markgraf das Gesicht. »Es geht nicht anders, denn hätten wir mehr Männer vor Ort, könnten wir sie nicht ernähren. Die

Gegend hier gibt zu wenig her. Das ist auch der Grund, warum wir nicht ewig hier lagern können, um die Wettiner auf ihrer Burg auszuhungern.«

»Burg!«, höhnte Seytz von Ulzig. »Ein paar Palisaden, ein Erdwall, ein paar Holzhütten.«

»Eben das ist doch das Wunderbare!«, rief Otto III. »Wir brauchen nur alles in Brand zu schießen, um die Gegner auf das freie Feld zu locken – und dann geht es Mann gegen Mann.«

»Und da kann es nur einen Sieger geben!«, rief Hug von Cochstedt. »In den Staub mit allen Feinden Brandenburgs!«

Das imponierte Elisabeth von Zauchwitz, und sie wünschte sich nichts sehnlicher, als in Hug von Cochstedts Armen zu liegen. Doch leider schien er nicht bemerkt zu haben, dass sich unter ihrer Knappenkleidung ein höchst ansehnliches Weib verbarg.

Seytz von Ulzig referierte nun über die Lage der Burg und der Siedlung Cöpenick. »Beide finden wir auf einer langgestreckten Insel in der Dahme. Am rechten Ufer gibt es nur einen kleinen slawischen Fischerkietz, der uns aber gleichgültig sein sollte. Eine Brücke existiert nicht, die Insel mit der Burg ist nur durch drei Furten erreichbar, wovon zwei uns nicht weiter zu interessieren brauchen, denn sie führen auf nicht bewohnte Inseln in der Spree. Die dritte Furt aber führt ans östliche Ufer der Dahme, also dorthin, wo wir Stellung beziehen werden.«

»Gut.« Der Markgraf zeichnete nun mit einem Stöckchen seinen Schlachtplan in den märkischen Sand. »Wir gruppieren einige unserer Leute an den beiden ersten Furten, und zwar so, dass es nach einer gewaltigen Heeresmacht aussieht. Von da aus feuern wir auch unsere Brandpfeile. Die Wettiner werden dann, bevor der Rauch sie vergiftet, durch die dritte Furt reiten – genau in unsere Arme.«

»So leicht wird uns das Siegen nicht fallen«, merkte Hartmann von Horla an. »Denn die Schar Heinrichs wird angeführt von keinem Geringeren als Burcklin von Blattersleben – und das ist ein wahrer Hüne.«

Hug von Cochstedt lachte. »Dann wird es hier bei Cöpenick bald ein Hünengrab geben!«

Die anderen stimmten in das Gelächter ein. Doch als am nächsten Morgen die Schlacht begann, verging ihnen das Lachen, denn die

Wettiner waren deutlich stärker als erwartet. Das merkten die Askanier schnell, nachdem sie die Burg in Brand geschossen hatten und deren Besatzung wie vorausgesehen durch die dritte Furt geritten kam. Hug von Cochstedt, Seytz von Ulzig, Merckel von Zauchwitz, Hartmann von Horla, der Markgraf selbst und viele andere Ritter und Fußsoldaten empfingen Heinrich und seine Schar mit einem Hagel von Lanzen und Pfeilen, ohne aber größeren Schaden anzurichten, denn deren Schilde waren von hoher Qualität, und Burcklin von Blattersleben fing vieles ab, was seinem Herrn bedrohlich werden konnte. Die Wettiner drängten bald mit solcher Wucht aus dem Flaschenhals der Furt, dass die Askanier sie nicht aufzuhalten vermochten. Otto III. konnte nicht verhindern, dass die anderen das Ufer gewannen, und sammelte seine Leute erst einmal am Rande eines Ackers, um sich mit ihnen zu beraten. Auch der Feind gönnte sich eine Pause und formierte sich neu.

Elisabeth von Zauchwitz hatte bis zu diesem Zeitpunkt am Rande des Zeltlagers gewartet und das Geschehen aus der Ferne verfolgt. Nun aber konnte sie sich nicht mehr zurückhalten: Sie zwängte sich in die Rüstung eines besonders gefürchteten askanischen Ritters, der wegen eines Schwächeanfalls nicht am Kampfe teilnehmen konnte, lieh sich auch dessen Waffen aus und schwang sich auf sein Pferd.

»Concz von Rotha scheint sein Unwohlsein überwunden zu haben!«, bemerkten einige voller Erstaunen, ohne zu ahnen, dass sich Elisabeth von Zauchwitzs hübsches Gesicht hinter dem herabgelassenen Visier verbarg.

Nun wurde auf beiden Seiten zum Sturm geblasen, und die beiden Heerscharen prallten aufeinander. Im Nu war alles ineinander verkeilt. Der Kampf wogte hin und her, mal war die eine Seite im Vorteil, mal die andere, und da auf der Wettiner Seite Burcklin von Blattersleben stark genug war, Hug von Cochstedts Attacken standzuhalten, lief alles auf ein Patt hinaus. Dann aber waren die Askanier vom Pech verfolgt, denn als Hartmann von Horla dem Freund gegen Burcklin von Blattersleben beistehen wollte, führte er sein Schwert so ungeschickt, dass er Hug von Cochstedt fast den rechten Arm abschlug. Jedenfalls entglitt dem das Schwert, und er musste zurückweichen, um sein Leben zu retten.

»Der Sieg ist unser!«, schrie Burcklin von Blattersleben und bahnte sich einen Weg durch die Kämpfenden, um Otto III. gefangen zu nehmen. Die Askanier waren ratlos, denn unter ihnen war außer Hug von Cochstedt niemand, der es mit dem grimmen Wettiner hätte aufnehmen können.

Das war Elisabeths Stunde. Schnell entschlossen stellte sie sich Burcklin von Blattersleben in den Weg.

»Lass es, du bist dem Tod geweiht!«, schrie Merckel von Zauchwitz, der auf dem Pferd des Concz von Rotha seine Tochter zu erkennen meinte.

Doch Elisabeth ließ sich nicht aufhalten. Zwar war sie in ihrer Bewegungsfreiheit etwas eingeschränkt, da die geliehene Rüstung keine Aussparungen für ihre Brüste hatte, doch mit ihrer weiblichen Intuition erkannte sie schnell, dass der Wettiner zwar ungemein kräftig, aber nicht einer der Hellsten war. Vielleicht wäre aber auch jeder andere Ritter in ihre Falle getappt.

Als sich nämlich ihre Schwerter zum ersten Mal gekreuzt hatten, rief sie ihm mit ihrer weichen, weiblichen Stimme etwas zu, das ihn erstarren ließ: »Maria, die Mutter Gottes, spricht zu dir: Kehre um, o Burcklin, und reite zurück nach Meißen, sonst bist du des Teufels!«

Und ehe sich der Wettiner Recke von diesem Schrecken erholt hatte, war ihm Elisabeths Lanze mit solcher Wucht gegen den Panzer geflogen, dass es ihn aus dem Sattel warf und das askanische Fußvolk ihn überwältigen konnte.

Damit war das Gefecht entschieden. Die Wettiner gaben die Burg Cöpenick verloren und zogen sich zurück.

Das Gegenstück zu Cöpenick war Spandow, das nach dem Tod des Heveller-Fürsten Pribislaw-Heinrich im Jahre 1150 rechtmäßig an die Askanier gekommen war. Albrecht der Bär hatte begonnen, den alten slawischen Burgwall am Zusammenfluss von Havel und Spree zu einer befestigten Burganlage auszubauen. Neben der Burg war eine Siedlung entstanden, der man 1232 das Stadtrecht erteilt hatte.

Seit etwa dieser Zeit lebte auch der Kaufmann Lorenntz Tümmler, der aus Bremen in die Mark gekommen war, in Spandow, um von hier aus seinem Handelshaus die Wege nach Osten zu öffnen. Er hatte große Pläne.

»Wenn Cöpenick jetzt in askanischer Hand ist, dann wird es zwischen Cöpenick und Spandow bald regen Handel geben, zumal sie beide am selben Fluss gelegen sind«, erklärte er seiner Frau. »Und das wird dazu führen, dass das Nest, das zwischen beiden liegt, an Bedeutung zunehmen wird.«

»Hör mir auf mit diesem Berlin!«, rief seine Frau Brid.

Er korrigierte sie: »Du meinst Cölln. Cölln deswegen, weil sich da viele Menschen aus Cöln angesiedelt haben. Vom Rhein an die Spree. Warum sollten wir dann nicht auch von der Weser an die Spree gehen?«

»Nicht mit mir!« Die Idee ihres Mannes, sich in Berlin oder Cölln selbständig zu machen, schätzte sie gar nicht. »Und sei dir da mal nicht zu sicher – die Wettiner sind noch lange nicht geschlagen! Sie sollen sich immer noch in der Gegend um Cöpenick herumtreiben und nur eines im Sinn haben, nämlich alles Land zwischen Meißen und der Ostsee für sich zu erobern.«

»Mich kümmert es nicht, wer zwischen Elbe und Oder die Herrschaft innehat«, argumentierte Lorenntz Tümmler. »Die Askanier, die Welfen, die Magdeburger, die Pommern, die Piasten oder die Wettiner – unsere Waren brauchen sie alle, und nur der Handel kann ihre leeren Kassen füllen.«

»Ich möchte, dass wir lieber nach Venedig reisen oder nach Florenz – dorthin, wo die Kultur zu Hause ist!«, erwiderte Brid.

Lorenntz Tümmler lachte. »Warum nicht gleich ins Heilige Land?«

Elisabeth von Zauchwitz war mit der brandenburgischen Geschichte gut vertraut und wusste, dass Johann I. und Otto III. ihre Versuche, ihren Einflussbereich zu vergrößern, am liebsten lautlos betrieben. Sie ließen sich von ihren Schwiegervätern – das waren der Dänenkönig Waldemar und König Wenzel I. von Böhmen – gerne Ländereien schenken, erbten aber auch einmal hier und dort ein Fleckchen Land. Nur im Notfall griffen sie zu kriegerischen Mitteln, wie beim Kampf mit den Wettinern um den Ostteltow und den Ostbarnim. In diesem Falle hatten sie bei Beginn des Streits auf den Erzbischof von Magdeburg als Vermittler gesetzt, der aber hatte einseitig Partei für die Wettiner ergriffen und außerdem noch den Bischof von Halberstadt gegen die Askanier aufgehetzt. Die Brandenburger hatten also zurzeit einen Zweifrontenkrieg zu führen: Im Osten der Mark gegen die Wettiner und im Westen gegen die beiden Kirchenfürsten, Erzbischof Wilbrand von Magdeburg und Bischof Rudolf I. von Halberstadt.

»Was für ein Glück, dass wir in diesen Jahren gleich zwei Markgrafen haben!«, spottete Hug von Cochstedt, als man in Tangermünde zur Beratung beisammensaß. In der Tat hatten sich die beiden Brüder die Sache aufgeteilt: Otto III. kämpfte an der Front im Osten und Johann I. an der im Westen.

Elisabeth von Zauchwitz war mit ihrem Vater nach Tangermünde gekommen und langweilte sich den lieben langen Tag über, während Merckel von Zauchwitz zu den Getreuen gehörte, die von den beiden Markgrafen in die Residenz gerufen worden waren. Dabei wurde er von den Rittern geradezu hofiert, denn Seytz von Ulzig, Hartmann von Horla, Concz von Rotha und insbesondere Hug von Cochstedt strebten nach der Gunst seiner Tochter und erhofften sich seinen Segen bei ihren Versuchen, die verführerische junge Frau ins eigene Bett zu bekommen.

Elisabeth war wenig erpicht auf einen schlechten Ruf und hielt sich deswegen mit Liebeleien sehr zurück, auch wenn sie heimlich davon träumte, Hug von Cochstedt näherzukommen … Doch wer ihr plötzlich am Elbufer auflauerte, war nicht etwa Hug, sondern Craft von Wimmelsrode.

»Gott!«, rief Elisabeth, als der Widerling plötzlich vor ihr stand. »Müsst Ihr mir denn überallhin folgen?«

»Ja – und zwar bis ans Ende der Welt, wenn es sein muss. Denn ich lechze nach Vereinigung!«

Elisabeth von Zauchwitz lachte. »Ihr möchtet Euch mit dem Wasser der Elbe vereinigen? Das lässt sich ohne weiteres arrangieren.« Damit versetzte sie dem liebesdurstigen Ritter einen so kräftigen Stoß mit dem Ellenbogen, dass er in den Fluss fiel.

Diese kleine Szene hatte Hug von Cochstedt verfolgt, der eine Beratungspause nutzte, um allein mit sich und seinen Gedanken an der Elbe spazieren zu gehen. »Springt Ihr mit allen Männern so um, die Euch einmal tiefer in die Augen sehen möchten?«, fragte er.

Elisabeth von Zauchwitz lächelte ihm kokett zu. »Geschenkt bekommt bei mir keiner etwas, meine Gunst muss man sich erst redlich verdienen.«

»Gut«, rief Hug von Cochstedt, »dann zeigt mir den märkischen Minotaurus, und ich will ihn gern für Euch erlegen!«

Sie gab sich schnippisch. »Es würde mir schon reichen, wenn Ihr Euch bei der bevorstehenden Schlacht gegen die Halberstädter etwas geschickter anstellt als bei der gegen die Wettiner.«

Hug von Cochstedt verdrehte die Augen. »Was kann ich dafür, dass mir dieser Tölpel Hartmann von hinten das Schwert aus der Hand schlägt?«

»Einem Manne mit mehr Fortune wäre dies nicht passiert.«

»Was kann ich denn tun, um Euch diesen Fauxpas vergessen zu machen?«

»Wie gesagt, gebt gegen die Halberstädter den Helden und nicht wieder den Ritter von der traurigen Gestalt!«

Hug von Cochstedt schwor es ihr. »Seid Ihr mit Eurem Vater denn dabei, wenn wir gegen den Pfaffen in den Krieg ziehen?«

»Aber gewiss!«

Am nächsten Morgen zog Johann I. mit seinen Truppen und dem gesamten Tross in Richtung Osterburg und stieß im Tal der Biese auf Bischof Rudolf I. Es entwickelte sich im Nu eine Schlacht mit vielen Toten und Verwundeten. Elisabeth von Zauchwitz bangte um das Leben ihres Vaters wie das des Ritters, der schon lange ihr Herz erobert hatte. Und Hug von Cochstedt war es dann auch, der einen Halberstädter nach dem anderen aus dem Wege räumte und schließlich den Bischof zur Aufgabe zwang.

Rudolf I., dessen Pferd von einer Lanze getötet worden war, floh zu Fuß in Richtung des Wäldchens, an dessen Rand Elisabeth Posten bezogen hatte. Als der Bischof an ihr vorbeigehen wollte, glaubte er, mit einer Frau leichtes Spiel zu haben, und versuchte, sie zur Seite zu stoßen.

Doch sie war geschickter, packte ihn von hinten und schlang ihm den rechten Arm so um den Hals, dass ihm bald die Luft wegblieb. »Hiergeblieben, Eure Exzellenz!«

Da war auch schon Hug von Cochstedt herbeigeeilt. »Danke für Eure mutige Hilfe!« Während seine Knappen den Bischof abführten, drängte er sich an Elisabeth. »Nun, habe ich zu Eurer Zufriedenheit erfüllt, was Ihr mir aufgetragen hattet?«

»Zweifellos.«

»Und der Lohn, edle Dame?«

»Kommt heute um Mitternacht in mein Zelt.«

Hug von Cochstedt war pünktlich zur Stelle, und schon bald wälzten sie sich, gierig ineinander verschlungen, auf Elisabeths Lager.

Seit die Herzöge aus dem Geschlecht der Greifen das Sagen hatten, war aus Pommern-Stettin ein achtenswerter Staat geworden und Barnim I. ein ernsthafter Gegner für Welfen, Askanier, Wettiner, Dänen und die polnischen Piasten. Zum Zentrum seiner Macht hatte sich der Handels- und Hafenplatz Stettin entwickelt, nachdem die Odermündung jahrhundertelang hart umkämpft gewesen war. Lange Zeit war Stettin Teil des polnischen Königreichs gewesen, dann hatte Bischof Otto von Bamberg zwischen 1124 und 1129 zweimal versucht, die Slawen zu missionieren, ehe 1173 die Dänen die Burg Stettin erobert hatten. Bis 1227 hatten sie Pommern beherrscht – so lange, bis mit Barnim I. der Stern der Greifen so richtig aufgegangen war. Nun wehte der rote Greif über dem Land, ein mythischer riesenhafter Vogel mit Adlerkopf und Löwenleib, also stark und schnell gleichermaßen. Seine vier Beine waren zottig behaart und mit scharfen Vogelkrallen versehen.

Das Herzogtum Pommern bestand aus mehreren Teilen. Da waren in erster Linie Pommern-Stettin, wo Barnim I. den Ton angab, und Pommern-Demmin mit Wartislaw III. als Herrscher. Ferner gab es in Hinterpommern noch die Herrschaft Schlawe-Stolp, die sich die in Pomerellen herrschenden Samboriden gerne einverleibt hätten. Auch das Bistum Cammin war ein selbständiges Gebilde.

Was die beiden maßgebenden Pommernherzöge ganz besonders vergrätzte, war die Tatsache, dass Kaiser Friedrich II. den Brandenburgern 1231 die Lehnshoheit über das Territorium der Greifen bestätigt hatte. So hatten sie ein offenes Ohr für die Pläne, die Klaß von Katscho gegen die Askanier schmiedete – ein Ritter, den man verwegen nennen konnte, aber auch bösartig, skrupellos und hinterhältig.

»Die Askanier sind hungrige Raubtiere«, legte Klaß von Katscho los. »Und wenn sie erst den Magdeburger und den Halberstädter Pfaffen gefressen haben, dann befördern sie den Erlauchten aus Meißen mit einem Tritt in den Hintern aus ihrer Nordmark hinaus und nehmen ihm noch Stücke seines Landes weg. Und dann? Dann ist der Bär so stark, dass er auch den Vogel Greif zerfleischen kann. Wollt ihr warten, bis es so weit ist?«

»Wir sind nicht stark genug, es mit Otto und mit Johann aufzunehmen«, sagte Barnim I.

»Außerdem sollten wir eher nach Norden blicken und nicht so sehr nach Süden«, ergänzte Wartislaw III. »Rügen soll unser werden!«

Die Insel Rügen war samt Hiddensee seit 1168 in dänischer Hand, nachdem der Dänenkönig Waldemar I. und der Bischof Absalon von Roskilde die Ranen, den letzten freien Stamm der Ostslawen, besiegt, lehnsabhängig gemacht und bald darauf christianisiert hatten.

»Gewiss«, höhnte Klaß von Katscho, »wenn uns die Askanier aus Pommern herausdrängen, dann suchen wir auf Rügen Zuflucht! Nein, so weit darf es nicht kommen. Wir müssen alles tun, um die Askanier zu schwächen!«

»Und wie willst du das anstellen?«, fragten die beiden Greifenherzöge wie aus einem Mund.

Klaß von Katscho grinste. »Mir wird schon etwas einfallen …«

Merckel von Zauchwitz hatte von den beiden Markgrafen den Auftrag erhalten, sich ganz besonders um die askanischen Siedlungen auf den beiden Plateaus zu kümmern, die seit langem die Namen Barnim und

Teltow trugen, als da waren Eberswalde, Freienwalde, Bernau, Spandow, Berlin/Cölln, Hönow, Altlandsberg, Strausberg, Potsdam, Cöpenick, Rüdersdorf, Fürstenwalde, Mittenwalde, Kloster Zinna, Jüterbog und Baruth. So war er viel unterwegs, die Tochter immer an seiner Seite.

Elisabeth von Zauchwitz war froh, als sie endlich wieder in Spandow waren, wo sie auf ein Wiedersehen mit Hug von Cochstedt hoffen konnte. Als ihr Vater mit einigen Rittern auf der Jagd war, lief sie einen halben Tag durch Burg und Stadt, um nach dem Geliebten Ausschau zu halten. Dabei steckte sie wiederum in den Kleidern eines Knappen, denn als Frau allein unterwegs zu sein war ein Ding der Unmöglichkeit.

Nach einer Stunde war sie nahe daran, ihre Suche aufzugeben. Doch da stand er plötzlich! Auf dem Marktplatz hatte sie ihn entdeckt, und nun verschwand er in einer der Gassen, die zur Havel hinunterführten. Sie folgte ihm unauffällig. Als sie nur noch ein paar Schritte entfernt von ihm war, merkte sie, dass sie sich geirrt hatte. Der Mann vor ihr hatte zwar eine gewisse Ähnlichkeit mit Hug von Cochstedt, jedoch einen anderen Schritt, viel weicher und schleichender.

Hinter Elisabeth ging eine Haustür auf, sie fuhr herum. Ein Händler stand da und musterte den vermeintlichen Knappen mit bösem Blick. Es war Lorenntz Tümmler, dem sie bei einem Bankett der Markgrafen begegnet war, damals allerdings unverkennbar als Elisabeth von Zauchwitz.

»Gehört Ihr zu dem da?« Tümmler zeigte auf den Mann, den Elisabeth von Zauchwitz verfolgt hatte.

»Nein. Wieso?«

»Das ist ein gewisser Moritz von Wippra, einer aus Meißen. Der schleicht hier herum und hat bestimmt nichts Gutes im Sinn.« Damit zog sich Tümmler wieder in seine vier Wände zurück.

Da Elisabeth von Zauchwitz nichts Besseres zu tun hatte, folgte sie dem Meißener in einigem Abstand. Und es sollte sich lohnen, denn der Mann steuerte nach einigen Umwegen auf den Bullengraben zu, in dessen Nähe die Markgrafen ein Holzhaus für ihren Ministerialen hatten errichten lassen, in dem in diesen Tagen Merckel von Zauchwitz Quartier genommen hatte. Elisabeth war gespannt. Wollte dieser Moritz von Wippra nur ihren Vater treffen, um etwas Diplomatisches mit ihm zu bereden, oder … Vieles war denkbar, wenn das stimmte, was Lorenntz Tümmler von ihm behauptete.

Es war ungewöhnlich heiß an diesem Nachmittag, und die meisten Spandower blieben lieber zu Hause, als draußen in der Sonne zu schwitzen. Alles war ausgedörrt, und wer jetzt einen Brand entfachte, hatte alle Chancen, die ganze Siedlung in Schutt und Asche zu legen. Elisabeth blieb dem anderen dicht auf den Fersen, nutzte aber jeden Baum, jeden Strauch und jede Mauer, um nicht entdeckt zu werden.

Und richtig, Moritz von Wippra machte halt, als er das askanische Amtshaus erreicht hatte, klopfte gegen die Tür und rief: »Hallo, ist da wer?« Als keine Antwort kam, schaute er durch die Fenster und drückte eines auf, das er unverschlossen vorgefunden hatte. Ein schneller Blick nach allen Seiten, dann war er eingestiegen.

Elisabeth von Zauchwitz war entsetzt. Im Kampf um Brandenburg schien vielen alles recht zu sein, aber dass sich die Meißener nun dazu herabließen, in das Haus eines Ministerialen einzubrechen, konnte sie kaum fassen. Doch nun musste sie handeln. Also schlich sie sich an das Fenster, durch das Moritz von Wippra ins Haus eingedrungen war, und nahm denselben Weg. Der Meißener war gerade dabei, die Urkunden durchzusehen, die auf dem Tisch lagen, und war so vertieft in seine Tätigkeit, dass er Elisabeth nicht bemerkte. Als er alle Papiere durchgesehen hatte, legte er sie auf einen Haufen und machte Anstalten, sie anzuzünden. Da war sie bereits hinter ihm und streckte ihn mit einem Faustschlag zu Boden.

Was nun? Elisabeth hatte kein Interesse, ihren Vater zum Mittelpunkt des allgemeinen Interesses werden zu lassen. Seine Art war es, im Stillen zu wirken. Also schleifte sie Moritz von Wippra durch die Hintertür ins Freie. Aus Rache zog sie den Meißener aus und zerrte den Bewusstlosen auf den Misthaufen, ohne sich dabei selbst zu beschmutzen. Die Kleidungsstücke des wettinischen Ritters wanderten in den fauligen Bullengraben.

Elisabeth war zufrieden und entfernte sich in Richtung des Spandower Marktes. Nach ein paar Schritten kam ihr Agnes, die Zauchwitz'sche

Magd, entgegen, die sie aber nicht als Elisabeth erkannte. Wenig später hörte sie das Mädchen schreien.

»Hilfe, hier liegt ein nackter Mann auf dem Misthaufen!«

Luboš Otwocks Vater, ein Sprewane, war im Jahre 1156 in Cöpenick auf die Welt gekommen, als Burg und Siedlung noch zu Polen gehört hatten, und auch der legendäre Sprewanenfürst Jaxa von Cöpenick war ein Lehnsmann der Piasten gewesen. 1209, als die Wettiner die Burg in Besitz genommen hatten, war die Familie Otwock nach Osten gezogen und hatte sich in Gniezno, zu deutsch Gnesen, niedergelassen. Die Stadt war seit dem Jahr 1000 Sitz des ältesten polnischen Erzbistums und zudem Krönungsstadt der polnischen Könige. Man erzählte sich, dass Lech, der Stammesfürst der Polanen, hier das Nest eines weißen Adlers gefunden und darauf beschlossen hatte, an diesem Ort die Hauptstadt Polens zu gründen. So wurde der weiße Adler später zum polnischen Wappentier.

Herzog von Schlesien, Polen und Krakau war im Jahre 1240 Henryk II. Pobożny, auch bekannt als Heinrich II. oder Heinrich der Fromme. Schon als junger Mann war er 1222/23 an der Seite seines Vaters gegen die baltischen Prußen in den Krieg gezogen. Und auch jetzt hieß es aufzurüsten, denn um seine Position als Senior-Herzog von Polen zu sichern, galt es, gegen den Herzog Barnim von Pommern zu kämpfen. Außerdem waren die Markgrafen von Brandenburg und der Magdeburger Erzbischof darauf aus, ihm Burg und Land Lebus zu entreißen.

Henryk II. trieb es wieder einmal nach Trebnitz, wo seine Mutter, die später heiliggesprochene Hedwig von Schlesien, Jadwiga Śląska, in einer von ihr und ihrem Mann gegründeten Zisterzienserinnenabtei ihren Lebensabend verbrachte. Sie hatte die Kirche unterstützt und den Armen geholfen. Aus Solidarität mit denen war sie immer barfuß gegangen, selbst im Winter. Ihr Beichtvater sollte sie aufgefordert haben, Schuhe zu tragen, was sie dann auch getan hatte – in den Händen.

Henryk II. musste lächeln, als er Honn von Lotzen, einem Gast aus Meißen, davon erzählte, doch mit seiner heiteren Stimmung war es vorbei, als man ihm meldete, Luboš Otwock, einer seiner gemeinen Ritter, wolle ihn sprechen.

Der Herzog stöhnte auf. »Das passt mir nun wirklich nicht! Ich verabscheue den Kerl recht eigentlich, wie ich alle Eiferer zum Teufel wünsche!«

Honn von Lotzen lächelte. »Nun, nun …«

Henryk II. wusste, dass er seinem Beinamen »der Fromme« gerecht werden musste. Im 101. Psalm hieß es nämlich: *Ich handle vorsichtig und redlich bei denen, die mir zugehören, und wandle treulich in meinem Hause … Meine Augen sehen nach den Treuen im Lande …* Also sagte er: »Gut, soll er eintreten!«

Honn von Lotzen erhob sich. »Ich brauche nicht dabei zu sein, wenn er wieder mit seiner alten Leier kommt, ich muss nämlich für unsere gemeinsame Reise nach Trebnitz noch einiges vorbereiten.«

»Geh du nur.«

Wenig später war Luboš Otwock eingetreten und hatte sich vor dem Herzog devot verbeugt.

»Luboš, was ist dein Anliegen?«

»Cöpenick muss wieder unser werden!«, rief Luboš Otwock.

Henryk II. reagierte milde und antwortete ihm mit einem der Sprüche Salomos: »*Verrücke nicht die vorigen Grenzen, die deine Väter gemacht haben.*«

»Die Wettiner haben uns Cöpenick geraubt, und jetzt sitzen die Askanier dort. Wir müssen uns zurückholen, was sie uns geraubt haben. Wer nicht wächst, wird untergehen!«

Auch jetzt blieb sich Henryk II. selber treu. »Im Buche Hiob steht geschrieben: *Der Herr hat's gegeben, der hat's genommen; der Name des Herrn sei gelobt!*«

»Ein Priester kann so sprechen, aber kein Herzog und König.«

Henryk II. lächelte. »Als solcher sage ich dir: Gib mir Geld, viel Geld und ein großes Heer, dann ziehe ich sofort in den Krieg gegen alle, die Polen bedrohen. Aber ich habe beides nur in so geringem Maße, dass es nicht einmal gegen die Pommern reicht. Und nach mir … ach, da ist Polen ohnehin verloren!«

Luboš Otwock sprang auf. »Dann nehme ich eben alles in die eigene Hand. Noch ist Polen *nicht* verloren!«

Der Herzog verzichtete darauf zu murmeln, dass Gottes Segen mit ihm sei, denn er fürchtete, dass das, was dieser Mann an Untaten begehen würde, angetan sein konnte, seinen Ruf wie den Polens erheblich zu schädigen. Aber aufzuhalten war dieser Luboš nicht.

ZWEI

Berlin und Cölln hatten als Marktflecken schon im letzten Viertel des 12. Jahrhunderts existiert, so dass Johann I. und Otto III. nicht als ihre Gründerväter gelten konnten. Beide aber hatten entscheidenden Anteil an deren Aufstieg, verliehen ihnen um 1240 das Stadtrecht und versahen sie mit verschiedenen Privilegien. Solange in Cöpenick slawische Fürsten herrschten, die in das polnische Königreich eingebunden waren, und sich im Anschluss daran die konkurrierenden Wettiner dort breitmachten, mussten die Askanier versuchen, einen eigenen Knotenpunkt für die bestehenden Handelswege zu schaffen, einen Gegenpol zu Cöpenick. Dazu bot es sich an, die breite Furt zu nutzen, die etwa in der Mitte zwischen Spandow und Cöpenick durch die Spreearme führte, und den Übergang mit einem Dorf an jedem Ufer zu sichern. Für die Siedlung am südlichen Ufer, auf der Seite des Teltow also, war die Namensgebung leicht zu finden, weil hier viele Menschen aus dem Rheinland sesshaft geworden waren. Das Dorf am nördlichen Ufer zum Barnim hin hatte es in dieser Hinsicht schwerer, und der Ortsname Berlin bürgerte sich erst später ein. Er entstand aus *brl-*, was Morast oder Sumpf bedeutet, und dem für Ortsnamen typischen Suffix *-in*. Dem Namen nach ist Berlin also der »Ort im Sumpf«. Nicht etwa slawische Fischer gaben der Doppelstadt das Gepräge, sondern vielmehr Fernhandelskaufleute, die ihre Häuser am Spreeufer errichtet hatten, an der Breiten Straße, wo auch die Schiffe anlegen konnten. Da Nikolaus der Schutzheilige der Kaufleute war, wurde alsbald eine ihm geweihte Kirche errichtet, die zum ersten Mittelpunkt Berlins werden sollte. In Cölln kam die Petrikirche hinzu.

Lorenntz Tümmler hatte es wahr gemacht und war nach Berlin gezogen. Sein Haus stand am Mühlendamm, der an die Stelle der alten Furt getreten war. Für die seit 1220 betriebenen Wassermühlen diente der Mühlendamm als Wehranlage und Mühlenstau. Die sechs Korn-, Walk- und Schneidemühlen lagen quer durch den Fluss, nur ein Mittelstück zur Schiffspassage wurde freigehalten. Lorenntz Tümmler hatte sich vor allem dem Handel mit Bauholz und Roggen gewidmet. Holz fiel ringsum in großen Mengen an, da die Markgrafen überall die Wälder roden ließen, um Bauern aus dem westlichen Teilen der Mark und anderen deutschen Teilstaaten hier anzusiedeln. Die bauten dann in der Regel Roggen an, den Lorenntz Tümmler auf- und mit Gewinn weiterverkaufte.

Er spazierte über den Mühlendamm und genoss das muntere Treiben. Verglichen mit Bremen, seiner Geburtsstadt, oder Brügge, wo er eine Weile gelebt hatte, ging es an der Zpriawa – der Spree – noch immer recht dörflich zu. Aber er fühlte deutlich, dass hier etwas im Entstehen war, zumindest der zentrale Ort der Mark. Wie mochte es hier in tausend Jahren aussehen? Ob Berlin da so groß geworden war wie Mailand, das er im letzten Jahr besucht hatte? 12 500 Häuser gab es dort, 200 Kirchen, 10 Hospitäler, 300 Bäckereien, mehr als 400 Metzger, 150 Herbergen, 80 Schmieden – und an die 1000 Tavernen.

»Na, wie jehtet Sie?«

Semno war neben ihm aufgetaucht, ein Urberliner, der zurückgeblieben war, als die Sueben wie auch die Semnonen nach Süden gezogen waren. Weil Semno außerordentlich klein geraten war, nannten sie ihn den »Schrumpfgermanen«. Er war ein Nichtsnutz, dessen eigentümlicher Dialekt für einen Ortsfremden nur schwer zu verstehen war.

»Danke für die gütige Nachfrage«, sagte Lorenntz Tümmler. »Und dir?«

Semno lachte. »Ick hab's jut, ick bin doof. Blöd is aba uff alle Fälle, det hier imma neue Deppen wie der da ufftauchen, die ick noch nie jesehn habe.«

»Mehr als zehn Kinder kann eine Frau ja kaum kriegen, und wenn Berlin richtig wachsen will, geht das nur, wenn Leute von auswärts zuziehen.« Lorenntz Tümmler drehte sich ein wenig zur Seite, um zu erkennen, wen der Schrumpfgermane da als Deppen bezeichnet hatte. »Das ist ein polnischer Kollege von mir, der Luboš Otwock.«

»Und wat will der Nichtsnutz hier?«

»Roggen kaufen.«

»Det jloobste doch selba nich.«

Von der Cöllnischen Seite, von der Petrikirche her kam Pfarrer Simeon auf sie zu, und Semno suchte flugs das Weite.

»Du Galgenstrick, du!«, rief der Pfarrer und drohte ihm mit erhobener Faust.

Lorenntz Tümmler musste schmunzeln. »Ist er nicht auch ein Kind Gottes?«

»Ja, aber eher eines von Wotan.«

»Was gibt es Neues, Herr Pfarrer?«

Simeon stöhnte auf. »Die Wettiner wollen keine Ruhe geben, und es geht das Gerücht, dass sie gegen Strausberg ziehen werden. Manchmal könnte man an der Menschheit verzweifeln, und ich kann nur mit Blick zum Herrn ausrufen: *Lehre uns bedenken, dass wir sterben müssen, auf dass wir klug werden.*«

Zwischen 1180 und 1190 hatte der wettinische Markgraf die slawische Fürstenburg Cöpenick erobert und war mit seinen Rittern weiter nach Nordosten bis zum unteren Oderbruch vorgedrungen. Die neugewonnene Landschaft erhielt den Namen Barnim, und man holte deutsche und sorbische Bauern in das Land und gründete eine Reihe von Dörfern. Am hohen Ostufer des Straussees wurde eine markgräfliche Burg errichtet, von der aus ein Vogt die juristischen, fiskalischen und militärischen Dinge regeln sollte. Die Ritter der Burgbesatzung erhielten Höfe im Vorgelände, und die Dienstleute wurden unterhalb der Burg am Seeufer angesiedelt, im Kietz. Schließlich entstand im Schutz der Burg ein Rastplatz für fahrende Kaufleute, aus dem sich um die Nikolaikirche herum ein Marktort entwickelte, der nach der Burg benannt wurde: Struzberg, später dann Strausberg.

In den Jahren 1238/39 hatten Johann I. und Otto III. den Barnim in Besitz genommen, und Merckel von Zauchwitz war nun unterwegs, um in Strausberg nach dem Rechten zu sehen. Seine Tochter Elisabeth ritt wie immer an seiner Seite. Man hatte für sie eine Art Sänfte auf ihr Pferd gebunden, da es für ein Weib höchst unschicklich war, sich der Umwelt mit gespreizten Schenkeln zu zeigen.

Sie kamen die Straße von Cöpenick nach Wriezen entlang, wobei die Straße nicht mehr war als ein etwas breiterer Sandweg, auf dem man andauernd Pfützen und größeren Feldsteinen auszuweichen hatte.

»Gott«, rief Merckel von Zauchwitz immer wieder aus, »wenn ich daran denke, was die alten Römer für wundervolle Straßen hatten!«

Elisabeth lachte. »Pech für uns, dass der Arminius die Römer am Teutoburger Wald abgeschlachtet hat, bevor sie ihren Limes an die Oder verlegen konnten. Ich habe gehört, dass sie unser Kaiserreich bald Sacrum Romanum Imperium nennen wollen, dann haben wir wenigstens etwas Römisches.«

Als sie in der Ferne bereits die Strausberger Burg ausmachen konnten, kam ihnen ein einzelner Reiter entgegen, und Elisabeth von Zauchwitz spottete schon, dass dies das Empfangskomitee sein würde. Doch dann verging ihr das Lachen, denn es war kein anderer als Craft von Wimmelsrode, der sie da als Erster begrüßen wollte.

»Teufel, wann kommt denn endlich einer und erlöst mich von diesem Menschen?«, fluchte Elisabeth leise vor sich hin.

»Bitte?«, fragte Merckel von Zauchwitz. »Hast du etwas gesagt, Elisabeth?«

»Nein, nur dass ich entzückt bin, meinem alten Verehrer wieder begegnen zu dürfen.«

Als Craft von Wimmelsrode vor ihnen angekommen war, sprang er vom Pferd, reichte Elisabeth von Zauchwitz einen bunten Kranz aus Blumen und begann, ein Minnelied zu singen:

Wenn die Blumen aus dem Grase dringen
Nehmt, Jungfrau, diesen Kranz.
Selige Stunde, wo ich dich gefunden …
Man rühmt an Euch viel Gutes laut
Welch wundervoll geschaff'nes Weib …

Schöpferin von allem Würd'gen, immer
Stets hab' so ich sie gepriesen
Ich armer, freudenleerer Mann. Wer gab dir, Minne, die Gewalt …
Wer sagt, dass Minne Sünde sei …

Elisabeth bedankte sich artig und fragte mit leicht spöttischem Unterton, ob er das selbst gedichtet habe.

»Nein«, bekannte Craft von Wimmelsrode, »es stammt von Walther von der Vogelweide.«

»Das dachte ich mir. Aber wer mich erringen will, der muss schon etwas vollbringen, das eines Herakles würdig wäre.«

»Was verlangt Ihr von mir?«, hakte Craft von Wimmelsrode nach.

»Ich werde es mir überlegen …«

Bald hatten sie Strausberg erreicht und ritten in den Burghof hinein, wo sie vom Vogt und seinen Leuten empfangen wurden. Die Tafel im Freien war reich gedenkt, und sie ließen sich nieder, um sich an den Speisen und am Wein gütlich zu tun. Die Stimmung hätte friedlicher nicht sein können.

Der Priester des Ortes, den man ebenfalls zu Tische gebeten hatte, zitierte aus dem 1. Buch Mose, 27. Kapitel, Vers 19: »*Steh auf, setze dich und iß von meinem Wildpret, auf dass mich deine Seele segne.*« Und dann fügte er hinzu: »Komm, Herr Jesus, sei unser Gast und segne, was du uns bescheret hast. Amen!«

Doch kaum hatten sie den ersten Bissen im Mund, da erhob sich in der Stadt unter ihnen gewaltiger Lärm. Äxte fuhren in hölzerne Türen, Schreie drangen zu ihnen nach oben.

»Die Wettiner sind gekommen, die Stadt zu verwüsten!«, schrie Merckel von Zauchwitz. »Los, wir müssen sie vertreiben!«

Der Vogt hielt ihn zurück. »Das wäre unser Tod, denn wir sind viel zu schwach dazu und haben nur wenige Mannen hier oben.«

»Dann muss es eben eine Frau erledigen«, sagte Elisabeth von Zauchwitz.

Merckel von Zauchwitz hielt sie zurück. »Bist du verrückt geworden? Dafür gebe ich mein Kind nicht her!«

»Nicht mit Waffen will ich sie in die Flucht schlagen«, erklärte ihm Elisabeth, »sondern mit einer List. Schnell, holt mir aus der Küche Asche, ein wenig Teig und einen Spiegel!«

»Was wollt Ihr damit?«

Elisabeth gab dem Vogt einen kleinen Schubs. »Fragt nicht lange, es eilt!«

Als er ihr das Gewünschte gebracht hatte, versuchte sie, ihr Gesicht mit dem Teig und der Asche wie das einer Leprakranken aussehen zu lassen. Das gelang ihr so vortrefflich, dass man schon auf der Burg aufschreiend vor ihr zurückwich. Das gab Elisabeth Kraft und Mut, den Burghügel hinunter zu rennen und auf den wettinischen Haufen zuzuhalten.

»Weichet«, schrie sie, »sonst seid ihr des Todes! Seht mich an, der Aussatz wütet in Strausberg. Hinweg, sonst werdet ihr euch alle anstecken!«

Zu den nördlichsten Vorposten der Askanier gehörte Putlitz in der Prignitz. Schon im Jahre 946 tauchte eine slawische Burg mit dem Namen Pochlustin in den Urkunden auf, und als Kaiser Otto I. das Bistum Havelberg begründete, war er so großzügig, es mit der Burg und dem Burgbezirk Putlitz auszustatten. 1179, nach dem Sieg über die Wenden und der Landnahme durch die Deutschen, wurde der Ritter Johannes Gans aus der Altmark mit der Burg Putlitz und den angrenzenden Ländereien belehnt. Bis zur Reformation war der Bischof von Havelberg Territorial- und Oberlehnsherr der Herrschaft Putlitz, der damit der Status einer Mediatstadt zukam. Der Ritter Johann Gans zu Putlitz war eng mit dem Enkel von Albrecht dem Bär, dem Markgrafen Otto II., verbunden, stiftete das Zisterzienserinnenkloster Marienfließ und trug viel zur Sicherung der askanischen Grenzen gegen die Mecklenburger und Schweriner Grafen bei.

Im Spätsommer 1240 nun spielte sich auf dem Vorfeld der Putlitzer Burg eine Szene ab, die den Beobachtern noch lange in Erinnerung bleiben sollte.

Da sprengte von Norden her eine Schar pommerscher Reiter heran, auf den ersten Blick zu erkennen an ihrem Wappen mit dem roten Vogel

Greif, und machte Jagd auf einen Ritter, der – und das war das Verwunderliche – ebenfalls die Farben Pommerns trug. Oben auf der Burg schrie man sich zu, was das wohl solle, begriff dann aber schnell, dass man den Verfolgten töten wollte, bevor er sich in den Burghof flüchten konnte, denn unzählige Lanzen flogen hinter ihm her. Eine traf ihn auch im Rücken, war aber zu schwach geworfen, als dass sie den eisernen Panzer durchdrungen hätte. Die nächste aber traf das Pferd des Gejagten. Das bäumte sich auf und war nahe daran, ihn abzuwerfen.

»Los, rettet den Mann!«, schrie der Herr auf Putlitz den Seinen zu, und schon saßen sie im Sattel und sprengten aus dem Tor.

Sie fanden den Gejagten wie leblos am Boden liegend und schafften es mit Geschrei und wüsten Drohungen, dass die pommerschen Reiter von dem verfolgten Ritter abließen und Richtung Norden verschwanden.

»Wer bist du?«, fragte man den Pommern, nachdem man herausgefunden hatte, dass noch Leben in ihm war.

»Klaß von Katscho«, brachte er hervor.

»Und warum wollten die Deinen dich töten?«

»Barnim hat das angeordnet, weil …«, er stockte, »… weil ich sein Weib … Dann ist es zu einem Zweikampf gekommen, bei dem ich ihn niedergestreckt habe, und als sie mich ins Verlies werfen wollten, da bin ich …«

Man lachte und verstand ihn. Nachdem er sich wieder berappelt hatte, half man ihm auf und brachte ihn auf die Burg, wo ihn der Edle Herr Gans zu Putlitz gebührend empfing. Hier durfte der pommersche Ritter seine Wunden auskurieren, Prellungen vor allem und Hautabschürfungen.

»Mein Wunsch ist es, von nun an treu und redlich den beiden Markgrafen Brandenburgs zu dienen«, erklärte Klaß von Katscho, als er wieder zu Kräften gekommen war. »Man führe mich zu ihnen!«

Diesem Wunsch kam man gerne nach und brachte ihn nach Spandow, wo es ihm ein Leichtes war, das Vertrauen von Johann I. und Otto III. zu gewinnen, denn reisende Kaufleute hatten inzwischen berichtet, dass es in Stettin zwischen Barnim I. und seinem Ritter Klaß von Katscho einen heftigen Zwist gegeben hatte. Da die Askanier wegen des Krieges mit den Wettinern jeden Mann gebrauchen konnten, nahmen sie den Pommern gern in ihre Reihen auf.

Klaß von Katscho konnte zufrieden sein. Sein Täuschungsmanöver war gelungen, die Askanier waren tatsächlich auf ihn hereingefallen.

Die Brandenburg war am 11. Juni 1157 von Albrecht dem Bär, dem Großvater der Markgrafen Johann I. und Otto III., im Kampf gegen den Slawenfürsten Jaxa von Cöpenick erobert worden, und dieser Tag galt auch als die Geburtsstunde der Mark Brandenburg. Allerdings waren Burg und Ort an der Havel nie das Zentrum des Landes geworden, obwohl man auf den Fundamenten der alten Burg den mächtigen Dom St. Peter und Paul errichtet hatte. Nun aber geriet die Stadt Brandenburg noch einmal in den Mittelpunkt brandenburgischer Geschichte, denn der Magdeburger Bischof Wilbrand von Käfernburg hatte mit Wettiner Hilfe ein neues Heer gebildet und Richtung Osten geführt. Er wollte Brandenburg erobern und dann auf Spandow vorrücken.

Um dies zu verhindern, war Johann I. herbeigeeilt. Mit seiner kleinen Schar lagerte er östlich der Stadt, während der Erzbischof westlich von Brandenburg am Breitlingsee seine Zelte aufgeschlagen hatte.

Im Lager des askanischen Markgrafen herrschte eine sehr gedrückte Stimmung, denn man war viel zu schwach, um Wilbrand Widerstand leisten zu können.

»Uns bleibt nur, die Magdeburger auf die Art und Weise zu vernichten, wie es Arminius mit den Legionen des Varus gelungen ist«, schlug Seytz von Ulzig vor. »Wir locken sie in einen Sumpf.«

Hug von Cochstedt lachte. »Nur gibt es hier in der Nähe keinen geeigneten Sumpf.«

»Soll ich noch einmal zu Wilbrand gehen und anregen, dass wir uns zu einer neuen Verhandlungsrunde zusammensetzen?«, fragte Merckel von Zauchwitz.

Hartmann von Horla winkte ab. »Das würde er nur als Zeichen unserer Schwäche werten und umso ungestümer angreifen.«

Johann I. war der Verzweiflung nahe. »Rufe ich meinen Bruder zur

Brandenburg, entblößen wir die Gegend um Berlin und Cölln, und die Wettiner können dort noch weiter an Land gewinnen.«

Elisabeth von Zauchwitz, die still in einer Ecke saß und sich ihrer Handarbeit widmete, hörte dies alles mit an. Sie hatte im Laufe des Abends mehr Wein getrunken, als ihr zuträglich war, und so kam sie nun auf eine verrückte Idee, den Askaniern zum Siege zu verhelfen: Sie wollte sich als Friedensengel verkleiden und dem Bischof im Schlafe erscheinen, um ihn zur Umkehr zu bewegen.

Nachdem sich alle zum Schlafe ausgestreckt hatten, schlich sich Elisabeth von Zauchwitz davon, bastelte sich im Zimmer ihrer Wirtsleute zuerst eine Art Heiligenschein und dann zwei Flügel, griff sich ein Bettlaken und machte sich auf zu einer kleinen Nachtwanderung. Der Mond schien so hell, dass ihr die Orientierung keine Mühe bereitete. Schwerer war es jedoch, ins Lager der Magdeburger einzudringen und bis zum Zelt des Bischofs zu kommen. Dazu musste sie sich etwas einfallen lassen. Und das tat sie dann auch: Erst zerbrach sie mit lautem Krachen einige trockene Äste, dann ahmte sie das Knurren eines Bären nach, der gerade aus dem Harzvorland gekommen sein mochte, und schlich sich, als die Wachen Alarm geschlagen hatten, wie eine Schlange durch das Unterholz. Vor dem Zelt des Bischofs war niemand mehr postiert, und so konnte sie sich, ohne entdeckt zu werden, aufrichten und als Engel verkleiden. Sekunden später war sie in das Zelt des Bischofs geschlüpft.

Wilbrand von Käfernburg schlief tief und fest. Vor dem Zubettgehen musste er kräftig gespeist haben, denn auf seinem Nachttisch stand noch eine Platte mit den Resten von Rührei und Speck. Das schien ihm zu fad gewesen zu sein, so dass er nach einer Schale mit Salz und einer mit Pfeffer verlangt hatte.

Elisabeth von Zauchwitz versuchte nun, mit spitzem Mund Sphärentöne zu erzeugen, und damit gelang es ihr tatsächlich, den Bischof aus dem Schlaf zu reißen. Wilbrand fuhr in die Höhe und suchte zu begreifen, was da in tiefer Nacht vor seinen Augen geschah.

»Ich bin der Geist Gottes«, wisperte Elisabeth von Zauchwitz. »Ich bin der Friedensengel und rufe dir zu: *Jesus Christus spricht: Selig sind, die Frieden stiften; denn sie werden Gottes Kinder heißen.* Also ziehe dahin in Frieden und lasse Johann I. und die Seinen in Ruhe!«

Zwar erschrak Wilbrand von Käfernburg gehörig, als er den Friedensengel vor seinem Lager stehen sah, doch als durch und durch vernünftiger Mensch durchschaute er den Sendboten Gottes und rief ohne Zögern den stärksten seiner Ritter herbei, Sewolt von Schletta. Und der kam stracks herbeigeeilt, sein Schwert in der Hand.

Elisabeth von Zauchwitz begriff sofort, dass sie – waffenlos wie sie war – gegen die beiden Männer keine Chance hatte. Doch sich ergeben und die Flucht ergreifen kam für sie nicht in Frage. So griff sie sich geistesgegenwärtig die Schale mit dem feingemahlenen Pfeffer, die auf dem Nachttisch Wilbrands stand, fasste hinein und schleuderte erst dem Ritter und dann dem Bischof eine volle Ladung ins Gesicht. Beide schrien auf und stürzten, in der Furcht zu erblinden, nach draußen, um sich im See die Augen auszuwaschen.

Die Pfefferattacke hatte zweierlei zur Folge: Zum einen konnte Elisabeth von Zauchwitz das Zelt des Bischofs ohne Blessuren verlassen, und zum anderen waren Wilbrand und sein Heerführer bei der Schlacht, die im Morgengrauen entbrannte, noch immer in einem solchen Maße sehbehindert, dass sie schnell den Überblick verloren und widersprüchliche Befehle gaben. So war ihre Niederlage unvermeidlich, und es blieb ihnen nach einer halben Stunde nichts anderes übrig, als zum Rückzug zu blasen.

Nachdem die Halberstädter Fehde und der Magdeburger Krieg mit den gewonnenen Schlachten an der Biese und vor der Brandenburg erst einmal überstanden waren, konnten sich die Askanier wieder auf den Raum zwischen Havel und Oder und den Krieg mit den Wettinern konzentrieren, die – wie der abgeschlagene Angriff auf Strausberg gezeigt hatte – keine Ruhe geben wollten. Hönow im Nordosten von Berlin und Cölln war mit seinem Turmhügel noch immer ein fester Stützpunkt der Wettiner, und auch die Dörfer ringsum – Hellersdorf, Blumberg, Altlandsberg und Falkenberg – gehörten zum Herrschaftsbereich des Meißener Markgrafen.

Je näher der Entscheidungskampf um den Barnim und den Teltow rückte, desto wichtiger wurde für Johann I. und Otto III. die Doppelstadt an der Spree, und Berlin/Cölln war dabei, das bisherige askanische Machtzentrum in der Region, die Burg und Residenz Spandow, an strategischem Gewicht zu übertreffen. Wer immer die Siedlungen begründet hatte – Askanier, Wettiner, die Erzbischöfe von Magdeburg, der Templerorden oder die Herzöge von Schlesien –, im Großraum Berlin gab es nun auch genügend Dörfer, um eine größere Stadt ausreichend mit Lebensmitteln zu versorgen. Die zunehmende Bedeutung von Berlin und Cölln spiegelte sich auch darin wider, dass die beiden Markgrafen an der Ausfallstraße nach Oderberg einen Hof angelegt hatten, von dem aus sie den Kampf gegen die Wettiner besser koordinieren konnten als von Tangermünde und Spandow aus. Hier fand im Spätsommer 1240 eine Beratung statt, zu der neben den engsten Gefolgsleuten Ottos III. auch der Berliner Dorfschulze, der Pfarrer von St. Petri und der Kaufmann Lorenntz Tümmler gebeten worden waren.

»Ich bin kein Hellseher«, sagte Lorenntz Tümmler, »aber alles auf diesem Erdball wird wachsen, aus Dörfern werden Städte werden, und aus Städten …« Er zögerte und fügte dann hinzu: »Berlin wird einmal so groß werden, dass es von Spandow bis Cöpenick reicht.«

»Ein schrecklicher Gedanke!«, rief der Dorfschulze. »Ich kämpfe jetzt schon um jeden Baum, den sie mir fällen wollen, und die Spree wird langsam eine einzige Kloake. Das ist doch furchtbar, dass immer mehr Menschen hier herumlaufen!«

Der Pfarrer von St. Petri sah ihn böse an. »*Der Herr sagt: Seid fruchtbar und mehret euch und füllet die Erde und machet sie euch untertan.*«

Als er das Wort »untertan« vernahm, erwachte Otto III. aus dem leichten Schlummer, in den er gefallen war, und ergriff wieder das Wort: »Je mehr Untertanen wir haben, desto besser geht es uns, was die Bede betrifft.« Das war die landesherrliche Steuer.

»Arbeite und Bede«, stöhnte der Dorfschulze.

»Je mehr Menschen, desto mehr Handel«, sagte Lorenntz Tümmler. »Und je mehr Handel, desto mehr Menschen, denn jeder Mensch verbraucht etwas, und das muss erzeugt und herangeschafft werden.«

»Und alles muss geregelt und verwaltet werden«, sagte Merckel von Zauchwitz. »Das schafft auch bei uns Ministerialen Arbeit.«

»Ich ahne Schreckliches!«, rief der Dorfschulze.

Nachdem man eine Stunde lang in dieser Manier geredet hatte, stand Hug von Cochstedt auf und machte sich auf die Suche nach Elisabeth von Zauchwitz, die sicherlich mit ihrem Vater nach Berlin gekommen war.

Und tatsächlich fand er sie auf dem Mühlendamm, wo sie in der Sonne stand und mit dem übergelaufenen Pommern sprach, diesem Klaß von Katscho. Der kam ihr näher, als es schicklich war. Als Elisabeth sich entfernt hatte und außer Blickweite war, ging er auf den Pommern zu, um ihn zur Rede zu stellen.

»Du kannst mir gar nichts verbieten!«, antwortete dieser auf Hug von Cochstedts Drohung.

»Doch, das kann ich!«

Daraufhin gab es einen erregten Wortwechsel, dem sich eine kleine Rangelei anschloss, die damit endete, dass Hug von Cochstedt den anderen in die Spree warf.

»Den dürftest du dir zum Todfeind gemacht haben«, sagte Seytz von Ulzig, der die Szene verfolgt hatte.

Lebus war eine uralte Siedlung auf einem Bergrücken am linken Oderufer. Nach Abzug der Germanen hatten die nachrückenden Slawen vom Stamm der Leubuzzi hier ihre Hauptburg angelegt, die aber um 925 nach internen Streitigkeiten zerfiel. Schätzungsweise siebzig Jahre später wurde Lebus von den polnischen Piasten in Besitz genommen und wiederaufgebaut, da sich hier weit und breit die beste Furt durch die Oder fand und sich deshalb auch verschiedene Handelswege kreuzten. Bolesław III., Schiefmund genannt, hatte Lebus 1125 als Suffraganbistum gegründet, das dem Erzbistums Gnesen zugeordnet war, und eine Kathedralkirche errichten lassen, die dem heiligen Adalbert von Prag gewidmet war. Lebus war seit 1138 im Besitz der schlesischen Piasten und hatte von Heinrich I. auch das Stadtrecht verliehen bekommen.

Die Askanier hatten schon lange ein Auge auf Lebus geworfen, denn die Stadt wie das Land Lebus erschienen ihnen das ideale Einfallstor in das Land jenseits der Oder zu sein, die *Terra Transoderana*. Johann I. und Otto III. waren sogar bereit, mit ihrem Erzfeind Wilbrand in Magdeburg einen Pakt zu schließen, um die Piasten mit vereinten Kräften nach Schlesien zurückzudrängen und Lebus erst einmal als Kondominium zu verwalten.

Um zu sehen, wie die Dinge standen, schickte man Merckel von Zauchwitz im Frühjahr 1241 nach Lebus. Als Begleiter wurde ihm Hug von Cochstedt zugeteilt, was Elisabeth nur recht sein konnte, denn Gelegenheiten für ein Schäferstündchen gab es auf Reisen immer.

Elisabeth und Hug waren ein ideales Paar, und als der Ritter einmal davon sprach, dass er sich durchaus vorstellen könne, sie einmal zum Traualtar zu führen, antwortete sie ihm mit heißen Küssen.

Bischof von Lebus war seit 1133 ein gewisser Bernhard, ein geborener Spanier, den man in Rom zum Bischof geweiht hatte und der in den Norden gegangen war, um die heidnischen Pomoranen zu missionieren, dabei unterstützt von Bolesław III. Bernhard entstammte einem Einsiedlerorden und war von daher kein sehr gesprächiger Mensch. Da er zudem mit seinem ärmlichen und demütigen Auftreten bei den Heiden keinen sonderlichen Eindruck machen konnte, setzte man ihn in Wollin, wo sich ein heidnisches Heiligtum befand, in einen Kahn und empfahl ihm, besser den Fischen im Meer und den Vögeln am Himmel zu predigen. So kehrte er unverrichteter Dinge zu Bolesław III. zurück, der ihm wohlgesonnen war und ihn zum Lebuser Bischof machte.

Bernhard war ein friedfertiger Mensch und hoffte, den Konflikt um sein Bistum dadurch zu lösen, dass er die Askanier, die Wettiner und die Schlesier an einen Tisch brachte. Wer miteinander aß und trank, so meinte er, der schlug und stach nicht aufeinander ein.

So saßen an diesem Abend Merckel von Zauchwitz, Hug von Cochstedt und Klaß von Katscho von der askanischen, Honn von Lotzen und Moritz von Wippra von der wettinischen Seite und Luboš Otwock als Vertreter der polnischen Piasten an seiner Tafel.

Bevor die Suppe aufgetragen wurde, setzte der Bischof zu einer kurzen Predigt an: »Senken wir alle, die wir hier fröhlich versammelt sind, das in unsere Herzen, was in der Bergpredigt geschrieben steht, Matthäus 5, Vers 9: *Selig sind die Friedfertigen; denn sie werden Gottes Kinder heißen.* Die Welt ist voll von Kriegen, und bald wird auch der Hunnensturm über uns hereinbrechen. Auch darum sollten wir Christen den Schulterschluss üben. Friedfertigkeit ist nicht die Fähigkeit, allen Konflikten aus dem Weg zu gehen, sondern die Bereitschaft, immer wieder Harmonie und Versöhnung herzustellen. So steht es im Briefe des Paulus an die Epheser geschrieben: *Lasset die Sonne nicht über eurem Zorn untergehen!*«

Danach wurde gemeinsam gebetet, und anschließend hatten alle einen solchen Heißhunger, dass sie die Bärlauchsuppe, die auch wirklich köstlich war, in großen Portionen vertilgten.

Doch kaum war die letzte Schüssel geleert, schrie Hug von Cochstedt plötzlich auf und fasste sich an die Kehle. Er rang um Luft, lief blaurot an und fiel vom Stuhl, ehe ihn jemand auffangen konnte. Röchelnd lag er da, und bevor der Bischof mit der Letzten Ölung zur Stelle war, hatte der Herr ihn heimgeholt in die Ewigkeit.

Allen war klar, dass er keines natürlichen Todes gestorben war, sondern dass ihm jemand unbemerkt Gift ins Essen getan hatte.

Um 1240 gab es nur eine Weltmacht, und das waren die Mongolen. Von China bis nach Polen dehnte sich ihr Riesenreich, denn Dschingis Khans Kavallerie hatte niemand standhalten können. Und noch war der Mongolensturm nicht abgeebbt, gerade hatte man unter Batu Khan den größten Teil Russlands erobert und war nach dem Fall Kiews zur Eroberung des Abendlandes aufgebrochen. Im Winter 1240/41 hatte man Sandomierz und Krakau zerstört. Batu teilte nun seine Armee. Er selbst zog mit dem Hauptheer nach Süden, eine Heeressäule unter den Prinzen Baidar und Orda zog nach Nordwesten. Auf dem Weg zur Oder gab es nur noch ein Hindernis zu überwinden: Schlesien. Fiel Schlesien, dann würden die Askanier wie die Wettiner alle ihre hochfahrenden Pläne vergessen können.

Heinrich II., auch Heinrich der Fromme genannt, 49 Jahre alt, war es nun, der das Schicksal weiter Teile des Heiligen Römischen Reiches in den Händen hielt. Was er aufzubieten hatte, war nicht viel. Da waren die Reste der polnischen Truppen, die Sandomierz und Krakau überlebt hatten, und Ritter aus den schlesischen Geschlechtern Nostiz, Prittwitz, Seydlitz, Strachwitz, Zedlitz und Rothkirch. Dazu kamen einige Dutzend Ordensritter der Johanniter, Templer und Deutschordenskrieger, einige Österreicher, die Herzog Friedrich II. geschickt hatte, und Abenteurer wie etwa der wettinische Held Honn von Lotzen. Das Fußvolk bildeten bewaffnete Zivilisten, darunter Stadtbürger aus Liegnitz, Bauern aus der Umgebung und Bergknappen aus den Minen des nahe gelegenen Goldberg.

Heinrich der Fromme saß nun am Vorabend der Schlacht auf der Liegnitzer Burg mit seinen Getreuen beisammen und beriet die Lage.

»Der Kaiser treibt sich in Italien herum und kümmert sich einen Dreck um uns!«, schimpfte einer der Schlesier.

Honn von Lotzen ergriff das Wort. »Ich habe gehört, dass das Heer der Hunnen zehntausend Krieger zählen soll, wir aber können kaum viertausend Mann aufbieten. Wäre es da nicht klüger, den Mongolen nach Süden auszuweichen, wo König Wenzel von Böhmen mit den Seinen steht? Sein Heer ist immerhin fünftausend Köpfe stark.«

»Nein«, rief Heinrich der Fromme, »denn das würde bedeuten, den Mongolen den Weg an die Oder freizugeben und den Tod Tausender unserer Bürger und Bauern in Kauf zu nehmen! Was wir hier führen, ist ein heiliger Kreuzzug, und ich werde Weisung geben, dass sich all meine Kämpfer ein Kreuz an ihrer Kleidung befestigen.«

»Unser Fußvolk ist unsere Schwachstelle!«, rief einer aus der Familie Seydlitz.

Der Herzog konnte nur seufzen. »Was soll ich machen? Es ist keine Zeit mehr, sie üben zu lassen. Ich werde ihnen ein paar gepanzerte Männer zur Seite stellen, mehr ist nicht möglich.«

Der Morgen des 9. April 1241 zog herauf. Heinrich der Fromme eilte mit allen Polen, Deutschen, Böhmen und anderen Christen zur Messe.

»*Selig sind die Toten, die in dem Herrn sterben von nun an. Ja, der Geist spricht, dass sie ruhen von ihrer Arbeit; denn ihre Werke folgen ihnen nach.*«

Honn von Lotzen packte ein kalter Schauder. Der Priester, der hier aus der Offenbarung des Johannes zitiert hatte, schien davon auszugehen, dass sie in der bevorstehenden Schlacht alle sterben würden. Wie in Trance erlebte er die nächste Stunde. Auf der Wahlstatt, einer südlich von Liegnitz gelegenen Anhöhe zwischen den Flüssen Katzbach und Weidelache, formierten sich die beiden Heere. Das christliche Heer war in zwei Reihen aufgestellt: Vorn im Zentrum stand das Fußvolk, links und rechts flankiert von den polnischen Reitern und den Ordensrittern. Dahinter war die schlesische Ritterschaft postiert, verstärkt durch deutsche und böhmische Ritter, unter ihnen auch Honn von Lotzen.

Das Mongolenheer füllte die Landschaft bis zum Horizont. Überall wehte die Blutfahne des mongolischen Kriegsgottes. Honn von Lotzen hatte im Kopf, was die polnischen Reiter am Abend von den Schlachten bei Sandomierz und Krakau berichtet hatten: dass die Mongolen zuerst angriffen, und zwar unter wildem Kriegsgeschrei. Stießen sie auf hartnäckigen Widerstand, zogen sie sich erst einmal zurück, um später neue Angriffe zu starten. Ihre Pferde seien ungeheuer schnell und wendig, und die Treffsicherheit ihrer Bogenschützen sei phantastisch. Zwei Arten von Bögen besäßen sie: kurze mit leichten Pfeilen für weitreichende Schüsse und Langbögen mit schweren, breitspitzigen Pfeilen für den Nahkampf.

»Gott«, murmelte Honn von Lotzen, »und dagegen setzen wir nun unsere Liegnitzer Nachtwächter mit ihren Spießen.«

Heinrich der Fromme hatte seine Taktik dem Verhalten der Mongolen angepasst und setzte auf den Überraschungseffekt. So ließ er schon zum Angriff blasen, bevor sich die Mongolen den Nachtschlaf aus den Augen gerieben hatten. Und seine vordersten Männer schafften es wirklich, die mongolische Vorhut zu überrennen und sie in die Flucht zu schlagen.

Honn von Lotzen zügelte sein Pferd, das zunehmend unruhiger wurde, und wandte sich an seinen Nebenmann, den Herzog Friedrich II. von Österreich. »Sollte es heute das Wunder von Liegnitz geben?«

Friedrich vermochte ihm nicht zu antworten, denn was er da vor sich auf dem Schlachtfeld sah, verschlug ihm glatt die Sprache.

»Jajedzleggmedochgleiamarsch!« Die Mongolen sprengten in vollem Galopp heran und brüllten dabei aus Leibeskräften in polnischer Sprache: *»Ratujcie sje! Ratujcie sje!«* Das hieß »Rettet euch!« und versetzte die

Polen, die Sandomierz und Krakau mit Müh und Not überlebt hatten, derart in Panik, dass sie schreiend vom Schlachtfeld liefen.

»Auf, im Namen Gottes!«, rief Heinrich der Fromme nun, schwang sein Langschwert und führte seine Reiter ins Gefecht.

Auch Honn von Lotzen und der Österreicher gaben ihren Pferden die Sporen. Sie stürmten in den mongolischen Pfeilregen hinein und versuchten, als es nun Mann gegen Mann ging, im dichten Gewühl neben Heinrich zu bleiben. Es begann ein furchtbares Gemetzel, auf beiden Seiten gab es ungeheure Verluste, und die Pferde derer, die noch am Leben waren, trampelten auf den Toten herum.

Noch war nichts entschieden, da traf Heinrich, der – hoch in den Bügeln stehend – gerade mit beiden Händen sein Langschwert hob, eine Lanze in die linke Achselhöhle. Sterbend fiel er vom Pferd.

Das war das Zeichen für die Seinen, die Schlacht verloren zu geben und nur noch alles daranzusetzen, das eigene Leben zu retten. Honn von Lotzen war vom Pferd gesprungen, um Heinrichs Leichnam zu bergen und den Mongolen zu entreißen, doch vergeblich – ein Pfeil traf ihn ins Handgelenk.

Die Mongolen trennten nun Heinrichs Kopf vom Rumpf, spießten ihn auf eine Lanze und trugen ihn als Zeichen ihres Triumphs vor die Tore von Liegnitz.

»Das ist das Ende der gesamten christlichen Welt«, sagte Honn von Lotzen zu Friedrich, der, verwundet wie er, neben ihm am Boden lag. »Sie werden gleich kommen und uns abschlachten.«

»Sei's, wie's sei, stirbt die Kuah, bleibt's Hei.«

Drei

Es geschah in Aschersleben … Im Frühjahr des Jahres 1242 hatten sich die askanischen Markgrafen mit ihrem Gefolge auf der Burg Aschersleben verabredet, um das weitere Vorgehen im Konflikt mit den Wettinern zu besprechen. Sie versammelten sich gern an diesem Ort, denn hier waren ihre Wurzeln, leitete sich doch der Name ihres Fürstengeschlechts von der lateinisierten Form des Ortsnamens ab, von *Ascharia*. Die suebische Adelsfamilie Beringer, der ihre Ahnen entstammten, hatte hier um das Jahr 1000 Fuß gefasst. Doch die Sache mit Aschersleben war nicht einfach, denn die Stadt bestand aus zwei voneinander unabhängigen Stadtteilen, der Bischofsstadt mit der romanischen Stephanikirche und der Grafenstadt der Askanier. Erstere war im Besitz des Halberstädter Bischofs, den man nicht zu den Freunden der Familie zählen konnte.

Während die Männer sich die Köpfe heißredeten, weil die einen für Verhandlungen mit den Meißenern waren, die anderen aber für schnelle militärische Schläge, ging Elisabeth von Zauchwitz auf der Burg spazieren und genoss den Ausblick über das weite Land jenseits der Wipper. Aber so richtig froh konnte sie auch an diesem Vormittag nicht werden, denn einer fehlte bei der heutigen Versammlung: Hug von Cochstedt. Noch immer war nicht ans Licht gekommen, wer ihn im letzten Jahr in Lebus vergiftet hatte. Irgendwer musste das Gift während des Auftragens der Bärlauchsuppe mit einem Taschenspielertrick in seine Schüssel geschmuggelt haben – aber wer könnte das gewesen sein? Die Köchinnen, Mägde und Knechte waren vielfach verhört worden, doch sie schienen alle jenseits jeden Verdachtes zu sein. Und von den anwesenden Gästen hatten sicherlich viele ein Motiv, den kraftvollsten Ritter der Askanier auszuschalten, auch für den Lebuser Bischof hätte nicht ein jeder seine Hand ins Feuer gelegt, doch keiner von ihnen war bei der Tat beobachtet worden. Die Sache war also hochgradig mysteriös, und selbst Elisabeths ausgeprägter Spürsinn hatte bislang nicht ausgereicht, den Fall zu klären.

Da hörte Elisabeth Schritte hinter sich. Sie fuhr herum, denn vielleicht galt der nächste Anschlag ihr. Doch es war nur Sophia, die Gattin von Johann I. Man pflegte schon lange gesellschaftlichen Umgang miteinander, und die Markgräfin, gerade erst 25 Jahre alt geworden, erzählte immer wieder gern vom abenteuerlichen Leben ihres Vaters, des Königs von Dänemark, der letztes Jahr gestorben war und als Waldemar der Sieger in die Geschichte eingehen sollte.

»Mecklenburg, Pommern und Pommerellen hat er erobert«, schwärmte sie. »Lübeck und Hamburg mussten seine Schutzhoheit anerkennen, das Bistum Reval hat er gegründet, in die norwegischen und schwedischen Thronkriege hat er eingegriffen und schließlich auch Schwerin besetzt. Das wollte Heinrich von Schwerin nicht länger hinnehmen und hat daraufhin meinen Vater und einen meiner Brüder von der Insel Lyø entführt.«

Elisabeth von Zauchwitz gab einen Laut des Erstaunens von sich. »Wie denn das?«

»Sie waren unbewacht und hatten sich nach der Jagd zum Ausruhen ins Gras gelegt. Man hat sie beide auf ein Schiff geschleppt, an die deutsche Küste gebracht und an verschiedenen Orten versteckt, auch hier bei Euch in der Mark Brandenburg, in Lenzen.«

Elisabeth war neugierig geworden. »Und wie sind sie wieder freigekommen?«

Sophia seufzte. »Ach, das war bitter. Mein Vater musste 45 000 Mark an Silber zahlen, außerdem war er gezwungen, auf Schwerin, Holstein und alle anderen deutschen Gebiete zu verzichten – bis auf Rügen. Da war es aus mit aller Herrlichkeit.«

Elisabeth von Zauchwitz äußerte ein paar Worte des Bedauerns, war aber schon gar nicht mehr bei der Sache. Ganz ungewohnte Gefühle hatten sie erfasst: Es drängte sie, Sophia zu berühren …

Die Wettiner hatten ihren Stammsitz auf der Burg Wettin bei Halle an der Saale. 1032 waren sie Markgrafen der Lausitz und 1089 Markgrafen von Meißen geworden. Die Keimzelle der Stadt Meißen war die Burganlage, die Heinrich I. um 929 gegründet hatte. Im Laufe der Zeit bekam der Meißener Burgberg mit dem Dom, dem Palais des Markgrafen, dem des Burggrafen und dem Bischofsschloss den Charakter einer Reichsburg.

Heinrich III., als der Erlauchte in die Geschichtsbücher eingegangen, war um 1215 als Sohn Dietrichs des Bedrängten und seiner Frau Jutta von Thüringen auf die Welt gekommen. Nach dem Tod seines Vaters wurde er 1221 Markgraf von Meißen, allerdings unter der Vormundschaft eines Oheims. Zuerst war dies der Landgraf Ludwig IV. von Thüringen, später der Herzog Albrecht I. von Sachsen. 1230 wurde Heinrich III. für mündig erklärt und 1234 mit Constanze, der Tochter des Herzogs Leopold VI. von Österreich, vermählt. Sein großer Traum war es, aus der Niederlausitz heraus in den herrschaftsfreien Raum östlich Berlins einzudringen und zur Ostsee vorzustoßen.

Heinrich der Erlauchte hatte die engsten Vertrauten in sein Palais gerufen, um mit ihnen die Lage zu beraten. Gekommen waren Seyfried von Stauda, Dietz von Pinkowitz, Caspar von Groitzsch, Moritz von Wippra und Honn von Lotzen. Bevor er selbst das Wort ergriff und von seinen Verhandlungen mit dem Kaiser berichtete, hörte er sich an, was seine Männer an Neuigkeiten mitgebracht hatten, wobei er sein besonderes Interesse für das Geschehen am askanischen Hofe und an der Schlacht bei Liegnitz bekundete.

Moritz von Wippra war bemüht, allem Gesagten eine ungeheure Wichtigkeit beizumessen, wobei er seine Bekanntschaft mit den Wassern der Havel natürlich verschwieg. »Ich darf noch einmal auf ein Faktum hinweisen, das den Sieg unserer Sache um ein Vielfaches wahrscheinlicher werden lässt, nämlich den Tod des askanischen Achilles, wie man Hug von Cochstedt in einem Nachruf bezeichnet hat.«

Heinrich der Erlauchte verzog das Gesicht. »Wenn beim Schachspiel der Turm meines Gegners vom Brett verschwindet, weil ich mir einen genialen Zug ausgedacht habe, erfüllt das mein Herz mit Freude, aber wenn jemand heimtückisch vergiftet wird, dann packt mich der Ekel.«

Honn von Lotzen richtete seinen Blick auf Moritz von Wippra. »Warst du es, der …«

»Diese Frage überhöre ich!«, unterbrach der ihn. »Ansonsten ist zu vermelden, dass die Askanier ihr Augenmerk zunehmend auf dieses Drecksnest richten, bei dem sie sich nicht einmal auf den Namen einigen können: Berlin oder Cölln oder beides zusammen. Aber im Vergleich mit dem richtigen Cöln ist ihr Kuhdorf an der Spree nur eine Parodie. Trotzdem sollten wir es lieber heute als morgen dem Erdboden gleichmachen, denn man weiß nie, ob aus einem schwächlichen Welpen nicht doch einmal ein mächtiger Köter wird, der uns beißen kann.«

Der Herzog dankte ihm und erteilte Honn von Lotzen das Wort.

Man sei noch nicht ausreichend über die Schlacht bei Liegnitz informiert worden.

»Nun, wir haben zwar eine Niederlage hinzunehmen gehabt, aber dennoch gesiegt, so widersprüchlich das klingen mag, denn auch die Hunnen haben viele Krieger verloren und hatten nicht mehr die Kraft, Liegnitz einzunehmen. Batu Khan ist dann mit seinen Truppen zur Hauptmacht nach Ungarn gezogen, und als Ende 1241 der Großkhan Ögödei gestorben ist, hatten die mongolischen Anführer erst einmal genug zu tun, einen neuen Herrscher zu wählen.«

Heinrich III. dankte Honn von Lotzen für seinen Heldenmut und kam dann auf seine Parteinahme für den Kaiser zu sprechen. »Vom Papst habe ich nicht viel zu erwarten gehabt, aber Friedrich II. hat mir die Eventualbelehnung mit Thüringen versprochen, und außerdem wird sich seine Tochter Margaretha mit Albrecht verloben, meinem erstgeborenen Sohn.«

Das löste eine gewisse Heiterkeit aus, denn Albrecht war gerade zwei geworden, und Margaretha von Staufen war nur drei Jahre älter.

Das letzte Thema war der Fortgang des Teltow-Krieges und das Verhältnis zu den Askaniern. Moritz von Wippra eröffnete die Diskussion. »Im Übrigen bin ich der Meinung, dass das Haus Askanien zerstört werden muss!«

»So leicht wird sich das nicht einrichten lassen«, sagte Seyfried von Stauda. »In Cöpenick haben wir uns auch blutige Nasen geholt.«

»Wie wäre es mit Helene?«, fragte Dietz von Pinkowitz, der stets zu Scherzen neigte.

»Wer ist Helene?«

»Die gerade geborene Tochter von Johann I.« Und als man sich von ihm mehr Ernsthaftigkeit erbat, fügte er hinzu, dass ihre Mutter immerhin Sophia von Dänemark sei. »Vielleicht können wir durch sie einen Pakt mit den Dänen schließen und dann die Askanier in die Zange nehmen.«

Der Herzog sah ihn tadelnd an. »Dass das unlogisch ist, siehst du wohl selber ein.«

»Was ist in der Politik schon logisch?«

»Logisch ist zum Beispiel, dass wir mit den Askaniern erst einmal reden, bevor wir wieder gegen sie ins Feld ziehen«, sagte Honn von Lotzen. »Ich habe gehört, dass man mit diesem Merckel von Zauchwitz ganz vernünftig verhandeln kann.«

Diesmal war es Caspar von Groitzsch, der für den Lacher sorgte. »Du willst den ja nur nach Meißen locken, weil er immer mit seiner Tochter unterwegs ist – und die ist bekanntlich eine Art märkische Aphrodite.«

Heinrich III. klatschte in die Hände. »Wenn dem so ist, dann holt mir Merckel von Zauchwitz so schnell wie möglich nach Meißen!«

Die Zauche, eine südlich von Potsdam und dem Kloster Lehnin gelegene Sand- und Heidefläche, war neben dem Havelland der erste Besitz der Askanier in Brandenburg. Der christianisierte Hevellerfürst Pribislaw-Heinrich, der Albrecht dem Bär eng verbunden gewesen war, hatte sie Otto I., Albrechts erstem Sohn, zur Taufe geschenkt. Obwohl Zauchwitz, wo man bei Verwandten zu Besuch gewesen war, schon fast an sächsisches Gebiet grenzte, war man nach Meißen zu Pferde fast einen ganzen Tag unterwegs. Mit von der Partie waren Klaß von Katscho und Seytz von Ulzig.

Elisabeth von Zauchwitz saß etwas missmutig in ihrer Sänfte. Merckels Tochter zu sein war nicht gerade das, was einen Menschen in die Geschichte eingehen ließ. In der Welt drehte sich alles nur um die Männer, die Herren der Schöpfung, die überall herrschten.

Vor ihr ritt ihr Vater und hing so unglücklich auf seinem Gaul, dass er sie an einen Mehlsack erinnerte, den man in den Sattel gehoben hatte. Merckel von Zauchwitz war nicht einmal ein Herrscher, sondern nur der Handlanger eines Herrschers – im Falle Brandenburgs sogar zweier herrschender Herren. Ministerialer war er, das klang wenigstens nach etwas, und sie konnte zufrieden sein, dass er nicht Bauer oder Latrinenreiniger war.

Ihre Gedanken eilten voraus nach Meißen, denn dort wartete Heinrich III. auf sie und ihren Vater. Es gab so viele Heinriche in der europäischen Geschichte, dass man sie, um sie auseinanderhalten zu können, nicht nur durchnummerieren, sondern ihnen möglichst auch noch einen Beinamen verpassen musste. Da fielen Elisabeth von Zauchwitz einige ein, so Heinrich der Bärtige, Heinrich der Widerspenstige, Heinrich der Schwarze, Heinrich der Heilige, Heinrich der Zänker, Heinrich der Blonde – und eben auch Heinrich der Erlauchte, eigentlich Heinrich III., der Markgraf von Meißen. Dazu kam eine unübersehbare Anzahl von kirchlichen Herrschern, die den Namen Heinrich trugen. Elisabeth von Zauchwitz grauste vor so vielen Heinrichen. Aber es war nur allzu einleuchtend, dass so viele Männer Heinrich hießen, denn der Name setzte sich aus *heim* für Haus und *rîhhi* für mächtig zusammen, und damit bedeutete Heinrich so viel wie »Hausherr« oder »der Herr im Haus«. Weibliche Formen von Heinrich waren Henrike und Henriette, aber Herrscherinnen gab es noch keine, die etwa Henriette die Vollbusige hätten heißen können.

Der Pfad war jetzt breit genug, dass ihr Vater neben ihr reiten konnte, doch viel miteinander zu reden hatten sie nicht. Er wollte sich nicht in ihr reichhaltiges Liebesleben einmischen, und sie interessierte sich nicht übermäßig für die juristischen Feinheiten des Lehnswesens. Wieder einmal versuchte sich Merckel von Zauchwitz in drögen Definitionen: »Bei einem Afterlehen vergibt der Lehensnehmer gewisse Teile seines Lehens an Dritte, und ein Beutellehen ist ein ursprüngliches Ritterlehen, das später an Bauern verliehen wurde. Ein …«

»Genug«, rief Elisabeth, »sonst gehe ich noch freiwillig ins Kloster Lehnin!«

»Das ist kein Nonnenkloster.«

Irgendwann – nach einer kleinen Ewigkeit, so schien es Elisabeth von Zauchwitz – stießen sie auf die Elbe, und wenig später hatten sie Meißen erreicht.

»Das sieht ja hier in Sachsen alles schon recht eindrucksvoll aus«, musste sich Merckel von Zauchwitz eingestehen.

»Ja, dagegen ist die Mark Brandenburg nur ein …«

»Wir hätten schon viel mehr erreicht, wenn wir eine Insel wären!«, fiel Seytz von Ulzig ihr ins Wort, der den Dialog von Vater und Tochter verfolgt hatte. »Ringsum nur ein Meer, das so wild und stürmisch ist, dass keine feindlichen Schiffe es zu bezwingen vermögen. Dann könnten wir alle unsere Kräfte darauf verwenden, unser Land zum reichsten und mächtigsten der Erde zu machen.«

Klaß von Katscho lachte. »Dann auf, lasst uns die Insel Rügen erobern und die Mark Brandenburg dorthin verlagern!«

Hermo, ihr Pferdeknecht, setzte noch einen drauf: »Und auf Meißen können wir dann scheißen!«

Merckel von Zauchwitz schaute angewidert. »Das ist nicht mein Niveau.«

Die Meißener empfingen sie höflich, aber mit spürbarer Zurückhaltung, schließlich kamen sie aus Feindesland. Man brachte sie in einer Art Gästehaus am Elbufer unter und sagte ihnen, Heinrich III. würde sie am nächsten Morgen in seinem Palais empfangen. Und die Askanier mögen doch bitte auch die Tochter ihres Parlamentärs mitbringen, damit die Markgräfin Constantia jemanden zum Plaudern habe.

Zur festgesetzten Stunde kam dann Heinrich der Erlauchte auf Elisabeth zu und fragte: »Elisabeth von Zauchwitz?«

»Ja, die bin ich.«

»Ich freue mich sehr, Euch kennenzulernen.«

»Die Freude ist ganz meinerseits.«

Elisabeth von Zauchwitz sah Heinrich tief in die Augen und brauchte nicht lange zu warten, da war das Liebesfeuer auch schon entzündet.

Margareta von Götzendorf war seit nahezu dreißig Jahren Kammerzofe der Markgräfin von Meißen, und sie liebte ihre Constantia über alles. Sie konnte sich noch genau an ihre Geburt erinnern, vor allem aber an den Tag und die Nacht ihrer Hochzeit …

Wien im Frühjahr des Jahres 1234. Heinrich III., Markgraf von Meißen und der Ostmark, war an die Donau gekommen, um Constantia, die Tochter des verstorbenen Herzogs Leopold von Österreich, die ihm noch als Unmündigem versprochen worden war, zu ehelichen. Angereist kam er über Prag, wo sich der Böhmen-König Wenzel I. dem Zug anschloss. Am 30. April begannen die Hochzeitsfeierlichkeiten auf dem Dorfanger von Stadlau bei Wien, und am 3. Mai 1234 gab Friedrich II., Herzog von Österreich und der Steiermark, seine Schwester Constantia dem Markgrafen Heinrich von Meißen zur Frau. Anwesend waren auch die Herzogin Theresa, die Mutter der Braut, und viele weltliche und geistliche Fürsten.

Das alles hatte Margareta von Götzendorf als wunderbar in Erinnerung, dann aber sollte etwas geschehen, was es in der Weltgeschichte noch nicht gegeben hatte …

Gerade war Heinrich III. in das Gemach eingetreten, das man ihm und seiner Gattin festlich hergerichtet hatte, um sich zum ersten Mal den Freuden des Ehebettes hinzugeben, da stürzt sein Schwager Friedrich der Streitbare, ein ebenso hitziger wie machthungriger Mann, in den Raum, ein Schwert in der Hand, und schreit die Nackten an: »Ich gestatte euch nicht, euch zu erheben, bis ihr mir alle Rechte und Güter, die ich wegen der Heirat gezwungenermaßen an euch zu übergeben hatte, wieder in meine Hände zurückgelegt habt!« Dem Markgrafen blieb in dieser Zwangslage – Friedrich hatte durch seine Dienstleute ein Entkommen unmöglich gemacht – nichts weiter übrig, als dem Schwager nachzugeben und auf alle seine Güter in Österreich feierlich zu verzichten.

Danach hatten Heinrich und Constantia eine glückliche Zeit gehabt. 1240 war ihnen der erste Sohn geboren worden, Albrecht, und vor kurzem erst der zweite, Dietrich. Heinrich liebte seine schöne Österreicherin noch immer wie am ersten Tag, aber Margareta von Götzendorf hatte wohl gemerkt, dass er in letzter Zeit etwas unruhig wurde, weil er seiner Frau nach der Niederkunft so schnell nicht wieder bewohnen konnte. Vielleicht hätte er sich noch beherrschen können, wenn nun nicht gerade in diesem Augenblick die Versuchung in Gestalt dieser Elisabeth von Zauchwitz nach Meißen gekommen wäre. Margareta hatte furchtbare Angst um das Glück ihrer Herrin und war zu allem bereit, um den zu befürchtenden Ehebruch des Markgrafen zu verhindern. Darüber musste sie mit jemandem reden, und das konnte kein anderer sein als Moritz von Wippra, mit dem sie schon öfter das Bett geteilt hatte.

»Du musst dir etwas einfallen lassen, dieses Weib beiseitezuschaffen!«

Moritz von Wippra grinste. »Du kannst ja der Köchin zur Hand gehen, und wenn man ein wenig von unseren Maiglöckchen in die Bärlauchsuppe mischt …«

»Nicht so arg!«, rief Margareta von Götzendorf. »Die Dosis muss ja nicht gleich tödlich sein, es reicht, wenn wir sie so lange außer Gefecht setzen, wie dieses Miststück hier in Meißen ist.«

»Gut, ich besorge dir die Essenz.«

Am Abend beim großen Festmahl zu Ehren der askanischen Delegation wurde die Bärlauchsuppe auch wirklich aufgetragen, und Elisabeth von Zauchwitz begann mit großem Behagen zu essen.

Wenig später klagte Dietz von Pinkowitz über heftiges Leibweh und brach am Tisch zusammen.

»Wie konnte das geschehen?«, zischte Moritz von Wippra der Margareta von Götzendorf ins Ohr.

»In der Küche muss jemand die Teller verwechselt haben …«

»Dann lassen wir uns eben etwas anderes einfallen!«

Die Verhandlungen zwischen den Askaniern und den Wettinern kamen nicht recht voran, denn keine Seite wollte auch nur einen Quadratkilometer eroberten Landes wieder hergeben, so dass man sich erst einmal auf den nächsten Morgen vertagte und Merckel von Zauchwitz und seine Delegation zu einer Bootsfahrt auf die Elbe einlud. Als man an Bord gehen wollte, stellte sich heraus, dass Heinrich III. noch fehlte.

»Da Johann I. und Otto III. nicht mit von der Partie sind, würde das Schiff auf der Seite Heinrichs des Erlauchten so viel Übergewicht haben, dass wir kentern würden«, spottete Dietz von Pinkowitz, der sich von seinem Zusammenbruch schnell wieder erholt hatte. Als nämlich Moritz von Wippra bemerkt hatte, dass der Falsche dabei war, die präparierte Suppe zu essen, hatte er ihm schnell und unbemerkt ein Gegengift verabreicht.

Die Segel blähten sich im Sommerwind, und so kamen sie sogar flussaufwärts gut voran. Elisabeth von Zauchwitz genoss die Fahrt. So schöne Hochufer wie hier gab es in der Mark Brandenburg nicht. Außer an ihrem Rande, an der Oder, etwa bei Lebus. Der Gedanke an Lebus stimmte sie nachdenklich, denn dort war Hug von Cochstedt vergiftet worden – und womöglich war Dietz von Pinkowitz auch zusammengebrochen, weil man ihm Gift ins Essen geschüttet hatte. Warum aber gerade er? Elisabeth von Zauchwitz nutzte eine günstige Gelegenheit und setzte sich in seine Nähe, um ein wenig mit ihm zu plaudern.

»Ihr habt da eine ordentliche Wunde«, begann sie. »Stammt die von gestern, als Ihr vom Stuhl gefallen seid?«

Dietz von Pinkowitz lachte. »Besser vom Stuhl gefallen als vom Fleische! Nein, das ist ein Andenken an Balga.«

»Wie, Eure Geliebte hat mit dem Messer auf Euch eingestochen?«

»Was Frauen immer gleich denken!«, rief Dietz von Pinkowitz. »Nein, Balga ist eine Burg in Pruzzen.«

Elisabeth von Zauchwitz spielte das kleine Dummchen. »Ah, in den Abruzzen! Davon habe ich schon öfter reden gehört, von unseren Italienfahrern.«

»Nein, die Pruzzen sind ein baltischer Volksstamm«, belehrte sie Dietz von Pinkowitz. »Ihr Siedlungsgebiet zieht sich von der unteren Weichsel bis zur Memel hinauf, und Balga liegt auf einer Anhöhe am Frischen Haff.«

»Und was hat Meißen da zu suchen gehabt?«

»Wir waren beim Kreuzzug gegen die Pruzzen dabei, 1237. Balga haben wir nicht einnehmen können, aber wenigstens ein bisschen Pruzzisch habe ich gelernt: *Kaīls rikīse! Tu ni jāu laban asei tēwelise / ik kwaitēi pōiti, ni kwaitēi peningā dōiti.*«

Elisabeth von Zauchwitz staunte. »Ja, ich verstehe. Da geht es um den langen Laban aus der Bibel.«

»Nein, das heißt übersetzt: Zum Wohl, Herr. Du bist kein guter Kumpan / wenn du trinken, aber nicht Geld geben willst.«

»Sehr schön, das werde ich gleich lernen, denn falls die Pruzzen einmal zur Brandenburg kommen sollten, dann habe ich den anderen eine Menge voraus.«

Dietz von Pinkowitz lächelte. »Na, da seht Ihr einmal, wie sehr Meißen andere nach vorne bringen kann. Und darum solltet Ihr Euren Vater auch dahin bringen, den beiden brandenburgischen Markgrafen die Vereinigung mit Meißen vorzuschlagen, als Lehnsherren von Heinrich III. Dann sind wir alle erlaucht, wenn der Bär mit dem Lauch zusammenkommt – es lebe der Bärlauch!«

Danach wurde Dietz von Pinkowitz zum Kapitän gerufen, denn der sah von Osten her ein Gewitter heranziehen und bat um den Befehl, umkehren zu dürfen.

Elisabeth von Zauchwitz ging nach vorn, wo niemand war, und beugte sich hinunter, um sich daran zu erfreuen, wie der scharf geschnittene Bug das Wasser zerteilte und sanfte Wellen ans Ufer schickte.

Da bekam sie einen Schlag ins Genick und wurde über Bord gestoßen.

Alles war in Fluss, die Welt wurde immer komplizierter. Kaiser Friedrich II., ein hochgebildeter Mann, liebte Italien und insbesondere Sizilien und hatte Deutschland 1220 seinem Sohn Heinrich VII. überlassen. Doch der sagte sich von ihm los, und nach einigem kriegerischen Hin und Her konnte Friedrich II. den Aufstand gegen ihn niederschlagen und die Fürsten bewegen, einen anderen Sohn, nämlich Konrad IV., zum römisch-deutschen König zu wählen. Das geschah im Jahre 1237, zu diesem Zeitpunkt war Konrad nicht einmal zehn Jahre alt, so dass ihm drei Reichsprokuratoren zur Seite gestellt werden mussten, als da waren Siegfried III., der Erzbischof von Mainz, Heinrich Raspe IV., der Landgraf von Thüringen, und König Wenzel I. von Böhmen.

Im Jahre 1242 war Konrad IV. immerhin schon vierzehn Jahre alt und begann nun langsam, aktiv in die Reichspolitik einzugreifen und bei den Fürsten um Unterstützung für seinen Vater zu werben. Der hatte die auch bitter nötig, denn ein neuer Bannfluch des Papstes hatte ihn getroffen, und in Italien gab es viel zu tun, weil Gregor IX. im August 1241 gestorben war und sich die Wahl eines neuen Papstes noch immer hinzog. Viel diplomatische Arbeit war zu leisten, damit ein kaiserfreundlicher Mann gekürt wurde.

Honn von Lotzen dachte an all dies, als er mit einigen Knappen auf dem Weg von Meißen zum Mainzer Erzbischof war, wo er Konrad IV. zu treffen hoffte.

»Du bist mein allerbester Mann«, hatte Heinrich der Erlauchte zu ihm gesagt. »Und ich schicke dich zum König, damit er sich in der Fehde mit den Askaniern auf unsere Seite schlägt. Denn die Fortsetzung des Krieges mit denen scheint ja unvermeidlich zu sein.«

Da mochte er recht haben, denn Merckel von Zauchwitz hatte Meißen voller Zorn verlassen, nachdem man seine Tochter in mörderischer Absicht in den Elbfluss gestoßen hatte. Glücklicherweise hatte sich Honn von Lotzen sofort ins Wasser gestürzt und Elisabeth gerettet.

In Meißen verzehrte sich Heinrich der Erlauchte nach der schönen Elisabeth von Zauchwitz, und Honn von Lotzen war sich sicher, dass ihn der nicht zuletzt deshalb nach Mainz geschickt hatte, um sich eines gefährlichen Nebenbuhlers zu entledigen.

Trunken von der Liebe sang Honn von Lotzen die Verse von Albrecht von Johannsdorf:

Die erste Liebe, die mein Herz gewann
Wie sich Minne hebt, das weiß ich wohl
Die Freude hat gekrönet mich
Weiß' und rothe Rosen, blaue Blumen, grünes Gras
Säh' ich Jemand, der mir sagte, dass er bei ihr war
Gott weiß, dass nimmermehr mein Herz sie ließ.

Elisabeth von Zauchwitz und ihr Vater waren heimgekehrt in die askanischen Lande und nach Spandow geritten, wo Johann I. und Otto III. gerade angekommen waren, um Hof zu halten. Kaum hatten sie sich in ihrer Havelresidenz häuslich eingerichtet, ließen sie schon nach Merckel von Zauchwitz rufen, um von den Ergebnissen seiner Meißener Mission in Kenntnis gesetzt zu werden.

»Nun«, begann der Diplomat, »es gibt dort zwei Parteien: Die eine präferiert einen Ausgleich mit uns, die andere setzt auf Krieg, weil sie den Kaiser hinter sich glaubt, zumindest aber Konrad IV., bei dem sie gerade antichambriert.«

Elisabeth stand am Fenster des hölzernen Hauses, in dem man tagte, und sah und hörte, wie ihr Vater Bericht erstattete. Es machte ihr Spaß, die Männer zu beobachten. Wie wichtig sie sich alle nahmen! Dabei war der Einzige in der markgräflichen Schar, der wirklich Format gehabt hatte, nicht mehr unter ihnen – Hug von Cochstedt. Erst redete Seytz von Ulzig, dann kam Hartmann von Horla an die Reihe, aber beide waren wenig originell und lausige Rhetoriker. Erst mit Klaß von Katscho kam Feuer in die Debatte.

»Die Meißener müssen aus dem Feld geschlagen werden, wenn Brandenburg eine deutsche Großmacht werden soll! Wir können sie besiegen, denn sie haben nur einen Krieger in ihren Reihen, den wir zu fürchten haben: Honn von Lotzen. Aber den werde ich auf mich nehmen!«

Elisabeth staunte. Aber nicht über die Rede des Pommern, sondern über die strahlenden Augen des Mannes, dessen Nachstellungen sie sich kaum erwehren konnte: Craft von Wimmelsrode. Wie der den anderen anhimmelte!

Jetzt ergriff Craft von Wimmelsrode selbst das Wort, und da suchte sie lieber das Weite und ging ein wenig spazieren. Von den Wällen der Burg hatte man einen schönen Blick auf die Havel und zur Stadt Spandow hinüber. Als sie ein Stückchen gegangen war, den Wall hinunter und durch ein kleines Gebüsch zur Uferwiese hin, wurde es einsam.

Plötzlich sah sie jemanden auf einem Findling sitzen. Ein paar Schritte weiter, erkannte sie, dass es Sophia, die Markgräfin, war. Ihr Anblick raubte Elisabeth geradezu den Atem. Verse von Walther von der Vogelweide schossen ihr durch den Kopf.

under der linden an der heide,
dâ unser zweier bette was,
dâ mugt ir vinden
schône beide gebrochen bluomen unde gras.
vor dem walde in einem tal –
tandaradei!
schône sanc die nachtigal.
ich kam gegangen zuo der ouwe,
dô was mîn friedel komen ê.
da wart ich enpfangen hêre frouwe,

daz ich bin sælic iemer mê.
kuster mich? wol tûsenstunt!
tandaradei!
seht, wie rôt mir ist der munt.

Leise singend näherte sie sich Sophia und trat hinter sie, um ihr sanft über die Schultern zu streichen. Die Markgräfin drehte sich um, erkannte Elisabeth von Zauchwitz und lächelte.

»Nur weiter so, Elisabeth. Ich habe ja gerade mein fünftes Kind zur Welt gebracht, meine Helene, und ich fürchte meinen Mann im Bett. Aber du bist so zärtlich …«

VIER

Das Jahr 1245 sollte die Entscheidung im Machtkampf zwischen den Askaniern und den Wettinern bringen. Johann I. und Otto III. hatten ihr Hauptquartier in der Nähe von Poztumini aufgeschlagen und gingen daran, Reiter und Fußtruppen zusammenzuziehen, um nach Süden zu marschieren.

Merckel von Zauchwitz und seine Tochter wohnten bei einer Kaufmannsfamilie in der Stadt, wo Elisabeth einmal mehr von lähmender Langeweile und Liebeskummer geplagt war. Hug von Cochstedt war tot, Sophia lebte weit weg in Tangermünde, und die beiden Männer, die sie derzeit am meisten begehrte – Honn von Lotzen und Heinrich III. – saßen in Meißen und bereiteten sich auf die anstehenden Schlachten vor.

Elisabeth hielt es in dem engen Zimmer, das ihr von ihrem Vater zugewiesen worden war, nicht mehr aus und machte sich auf, ein wenig am Ufer der Havel spazieren zu gehen. Für eine Frau jüngeren Alters war das ebenso unüblich wie unschicklich, aber eine Elisabeth von Zauchwitz scherte das wenig. Zuerst hatte sie die Havel für die Spree gehalten. Die entsprang bei Budyšin, bei Bautzen also, das wusste sie, denn nach der Hochzeit Ottos III. mit der Tochter des böhmischen Königs Wenzel I. im Jahre 1243 war die Oberlausitz als Pfandbesitz zu den Askaniern gekommen. Was sie an Bautzen interessierte, war aber seine Nähe zu Meißen. Beide lagen nur einen halben Tagesritt voneinander entfernt.

Sie erschrak, denn aus einem Gebüsch kam unverhofft ein Mann auf sie zugeeilt. Sie erkannte Craft von Wimmelsrode. Und da geschah das Wunder: Hatte sie sich bisher immer vor ihm geekelt, so begehrte sie ihn an diesem Tage. Es stimmte schon, dass die Wege des Herrn unergründlich waren.

»Gott zum Gruße, schöne Frau!«, rief Craft von Wimmelsrode.

Sie lief ihm ein Stückchen entgegen. »Willkommen, mein Lieber!«

»Oh …« Craft von Wimmelsrode, der so oft brüsk von ihr abgewiesen worden war, erschrak bei dieser unerwartet stürmischen Begrüßung. »Ich bin verwirrt, ich zögere …«

Elisabeth von Zauchwitz gab sich so kokett wie möglich. »Das braucht Ihr nicht, Ihr findet heute ein offenes Türchen vor …«

»Nun ja …« Er bemühte sich, ihr nicht näher zu kommen, als ihre Arme reichten.

Sie merkte es. »Ich bin kein Untier, das Euch verschlingen will, sondern ein Weib, das danach lechzt, von Euch genommen zu werden! Und ich werde Euch Wonnen bescheren, von denen Ihr nicht einmal zu träumen gewagt habt.«

Craft von Wimmelsrode seufzte. »Das ehrt mich, aber inzwischen ist in meinem Leben etwas geschehen, das mich jetzt zum Rückzug drängt.«

Und damit drehte er sich um und lief Elisabeth von Zauchwitz davon.

Luboš Otwock hatte mit Ingrimm den offenbar unaufhaltsamen Aufstieg der Askanier verfolgt, und sein Hass gegen dieses Fürstenhaus hatte sich ins Unermessliche gesteigert. Besser wäre es gewesen, in Ruhe abzuwarten, bis sich Askanier und Wettiner gegenseitig zerfleischt hatten, aber er war blind geworden für solche Überlegungen und hatte nur noch eines im Sinn: die Markgrafen Johann I. und Otto III. zu töten. Mit diesem Ziel vor Augen war er, getarnt als Kaufmann, nach Cöpenick gekommen, wo wegen der bevorstehenden Schlacht mit den Meißenern ein ziemlicher Trubel herrschte und er keine sonderliche Aufmerksamkeit erregte. Er hatte sich immer wieder auf den Burgen und in den Städten der Askanier aufgehalten und mit diesem und jenem bei einem Becher Wein geplaudert und dabei mit feinem Gespür herausgefunden, dass der Ritter Klaß von Katscho offenbar dieselben Absichten hatte wie er. Öfter schon hatte er versucht, offen mit ihm über alles zu reden und eine gemeinsame Aktion zu planen, doch dazu war es leider nie gekommen.

An diesem Abend, als er Klaß von Katscho in einer Cöpenicker Schenke sitzen sah, wollte er einen neuen Anlauf nehmen. Er begrüßte den Pommern, und sie tranken zusammen. Bald kam er zur Sache.

»Es scheint mir, dass Ihr das Haus Askanien nicht sonderlich liebt.«

Klaß von Katscho starrte in seinen Becher. »Wieso?«

Luboš Otwock beschloss, mit offenen Karten zu spielen. »Weil Ihr nur in die askanischen Dienste getreten seid, um Johann und Otto zu schaden und Pommerns Sache zu fördern.«

Klaß von Katscho starrte den anderen an, blieb aber äußerlich gelassen. »Habt Ihr Beweise dafür?«

Luboš Otwock hielt den Blicken stand. »Ich weiß es.«

»Wenn es stimmte, dann müsstet Ihr um Euer Leben fürchten, weil mir in diesem Falle gar nichts anderes übrigbliebe, als Euch zu töten, ehe Ihr zu den Markgrafen laufen könnt.«

»Dieses Wagnis will ich gerne eingehen.«

Klaß von Katscho erhob sich. »Gut, dann werden wir sehen, wie der Würfel fällt.« Damit warf er dem Wirt eine Münze zu und verließ die Schenke.

Auch Luboš Otwock blieb nicht mehr lange. Er hatte an diesem Abend noch einiges vor. So wollte er auf einem abgelegenen Gelände vor den Toren der Stadt das Bogenschießen üben. In dessen Technik hatte er es schon zu einiger Meisterschaft gebracht, doch wenn er auf Johann I. zielte, durfte sein Pfeil das Ziel um keine Fingerbreite verfehlen. Er hatte alles schon bestens eruiert. Es gab eine Stelle, da konnte er den Cöpenicker Burgwall unbeobachtet erklimmen und den Markgrafen erwischen, wenn der am Sonntagmorgen von seinem Wohnhaus zur Betkapelle ging.

Am Sonntagmorgen war das Ankleiden eine mühsame Sache, doch schließlich hatte sich Elisabeth von Zauchwitz mit Hilfe ihrer Magd so weit hergerichtet, dass sie sich an die Öffentlichkeit wagen konnte.

Ihr Vater saß schon am Frühstückstisch. Merckel von Zauchwitz litt noch immer unter dem Misserfolg seiner diplomatischen Mission in Meißen. »Jetzt wird es ja Krieg geben«, sagte er zu seiner Tochter. »Und ich verabscheue Kriege. Zur Besiedelung der Mark Brandenburg brauchen wir jeden Mann, und jetzt, wenn es gegen die Wettiner geht, werden wieder viele unserer Besten fallen.« Er machte eine kleine Pause, wagte dann aber doch, das hinzuzufügen, was ihn am meisten bedrückte: »Und womöglich auch mein potentieller Schwiegersohn …«

Elisabeth von Zauchwitz errötete, reagierte aber dennoch ziemlich schlagfertig. »Der, den ich mir ausgesucht hatte, ist ja durch Mörderhand gestorben. Und nach Hug von Cochstedt kommt so leicht keiner mehr.«

Ihr Vater war ein Menschenkenner, so dass er nur lächeln konnte. »Und wie ist es mit dem, der dich aus der Elbe gezogen hast, als du wegen deiner schweren Kleider fast ertrunken wärst?«

Elisabeth tat so, als würde sie lange nach dem Namen suchen müssen. »Du meinst diesen, diesen …«

»Honn von Lotzen, genau.«

Sie winkte ab. »Das ist erstens ein Wettiner, und zweitens hat ihn der Erlauchte gerade in die Wüste geschickt.«

Es wurde nun Zeit für die Morgenandacht, und beide machten sich auf zur Betkapelle. Nachdem sie ein paar Schritte getan hatten, kreuzte sich ihr Weg mit dem des Markgrafen. Johann I. begrüßte sie freundlich, und man plauderte über Persönliches, über das derzeitige Wohlergehen, über die Träume der letzten Nacht und die Pläne für den Tag.

Elisabeth von Zauchwitz musterte den morgendlichen Himmel. Noch schien die Sonne, aber von der Oder her zog Regen heran. Ein paar Krähen strichen über den Wall und suchten nach Küchenabfällen.

Plötzlich aber begannen sie zu zetern – so, als wollten sie ihr etwas sagen. Sie blickte einen Augenblick länger zu ihnen hinauf, als sie es normalerweise getan hätte … und sah eine Pfeilspitze in der Sonne blinken. Reaktionsschnell stieß sie Johann I., der dicht neben ihr ging, zu Boden und warf sich schützend über ihn.

Der Pfeil sirrte eine Handbreit über sie hinweg und bohrte sich tief ins Holz eines Türpfostens.

Schreie gellten durch die Burganlage, es wurde Alarm gegeben, und aus allen Häusern, Hütten und Zelten stürzten die Männer ins Freie.

»Jemand wollte Johann ermorden!«, schrie Elisabeth von Zauchwitz. »Los, fangt ihn!«

Mit ihren schweren und langen Kleidern war es ihr unmöglich, sich selbst an der Jagd nach dem Heckenschützen zu beteiligen.

Luboš Otwock hatte seine Flucht gut vorbereitet und im Schilf am Ufer der Dahme ein Boot versteckt. In dieses sprang er nun und stieß es mit dem Ruder in die Mitte des Flusses, wo es von der Strömung mitgerissen wurde. Die Pfeile und Lanzen, die ihm die askanischen Ritter hinterher schickten, klatschten wirkungslos ins Wasser.

Doch er hatte die Rechnung ohne Johann I. gemacht. Der schwang sich auf sein bewährtes Schlachtross, sprengte durch das Burgtor, ritt am Ufer entlang, bis er die Spitze der Insel erreicht hatte, und trieb dann sein Pferd in den Fluss. Das konnte so gut schwimmen, dass sie bis in die Mitte der Dahme kamen und der Markgraf den flüchtenden Schützen mit seiner Lanze erwischen konnte. Er holte aus und traf.

Eine Stunde später hatten seine Leute Luboš Otwock geborgen und auf die Burg geschafft. Er lag im Sterben, und man holte den Priester, der ihn aufforderte, alle seine Sünden zu gestehen und Reue zu zeigen.

»Ja«, hauchte Luboš Otwock, »ich habe den Pfeil auf Johann abgeschossen und … ich … habe Hug von Cochstedt Gift ins Essen getan.«

Mittenwalde lag einen Tagesritt von Berlin und Cölln entfernt auf dem Höhenrücken des Teltow und war, nachdem die Wettiner Cöpenick verloren hatten, deren Herrschaftszentrum.

Lorenntz Tümmler war nach Mittenwalde gekommen, um ein paar Geschäfte abzuwickeln, ehe es zu Kampfhandlungen zwischen den verfeindeten Markgrafen kam. Zuerst verhandelte er mit Brum Teitelbaum, einem Kaufmann aus der Meißener Judensiedlung im Triebischtal. Der wollte sein Geschäft in Mittenwalde aufgeben und hatte ein paar Möbel zu verkaufen.

»Nu, 's wer'n die Askanier wohl siegen und Mittenwalde übernehmen. Und was dann? Wie wer'n se umgehen mit uns? Ich geh nach Meißen, da hab ich auch das Elend, da muss ich meinen Judenhut tragen und darf in keene Zunft, darf keene Waffen tragen und keen Land besitzen, aber se lassen mich wenigstens am Läb'n.«

Sein nächster Gesprächspartner war Erhardt, ein Ackerbürger, dem er eine Wagenladung Roggen abkaufen wollte. Der regte sich mächtig auf, als Lorenntz Tümmler den verlangten Preis nicht zahlen wollte. »Ihr drückt den Preis, weil Ihr wisst, dass ich verkaufen muss! In ein paar Tagen, wenn der Krieg beginnt, wird mein Acker verwüstet sein.«

Die Askanier hatten ihr Lager inzwischen nördlich von Mittenwalde aufgeschlagen und fieberten der Entscheidungsschlacht entgegen. Merckel von Zauchwitz war mit deren logistischer Vorbereitung vollauf beschäftigt, und seine Tochter hatte viel Zeit für sich.

Wenn Elisabeth von Zauchwitz alles richtig einschätzte, dann stand die Sache der Askanier gar nicht so gut, denn Ritter wie Seytz von Ulzig, Hartmann von Horla und Craft von Wimmelsrode waren eher von trauriger denn von furchteinflößender Gestalt, und bei Klaß von Katscho hatte sie so ihre Bedenken. Dass der Mann aus Pommern im Ernstfall wirklich sein Leben für den Sieg Johanns einsetzen würde, schien ihr wenig wahrscheinlich. Der Markgraf allein konnte es nicht richten, ein Mann wie Hug von Cochstedt fehlte ihm an allen Ecken und Enden. Es kam also darauf an, die Wettiner zu schwächen. Und da dachte Elisabeth von Zauchwitz nicht an Gift und an schmutzige Intrigen, sondern an die klassischen Waffen einer Frau. Aber in Frauenkleidern kam sie niemals in die Nähe Heinrichs III., das würde die grässliche Margareta von Götzendorf ebenso verhindern wie Moritz von Wippra, der Ritter auf Seiten der Meißener. Sie musste sich also etwas einfallen lassen.

Da die Wettiner Herren in Mittenwalde waren, hatten sie kein besonderes Feldlager einrichten müssen. Der Markgraf hatte sich im Hause des Stadtvogtes einquartiert und sich von seinen Leuten erbeten, allein gelassen zu werden. Weil ihm der morgige Tag den Tod bringen konnte, wollte er heute noch einmal über sein Leben nachdenken und sich an alle Höhen und Tiefen erinnern. Da waren vor allem der Tod seines Vaters Dietrich der Bedrängte, der Feldzug gegen die Pruzzen und seine Ehe mit Constantia, die ihm zwei Söhne geschenkt hatte, bevor sie vor zwei Jahren plötzlich verstorben war. Seine Zukunft sah nicht gerade rosig aus: Seinen Anspruch auf das Gebiet zwischen Mittenwalde, Cöpenick, Hönow und Strausberg im Westen und der Oder im Osten machten ihm die Askanier streitig, und nach seinem Landbesitz in Sachsen, Thüringen und Hessen gierte der Herzog Heinrich II. von Lothringen und Brabant.

Um sich von seinem politischen Elend abzulenken, dachte er an die Frau, die ihn nicht mehr losließ, seit er sie zum ersten Mal erblickt hatte: Elisabeth von Zauchwitz. Das Feuer in ihm loderte immer stärker, je ferner sie ihm war. Warum kam sie nicht zu ihm und erhörte ihn? Er war doch schließlich ein stattlicher Mann und wurde überall als tapfer, edel, kunstsinnig und freigebig gerühmt. Er galt auch als hervorragender Minnesänger, und als er nun ganz intensiv an Elisabeth dachte, schrieb er ein Gedicht und gab ihm den Titel *Minneleid*:

So mußten denn die schönen Sommertage
Ganz ohne Freude wiederum mir scheiden!
Was hilft es, daß ich Liebeskummer klage
Dem Weibe, die mich läßt in Liebesleiden?
Doch muss ihr minniglicher Schein
Vor allen Frauen
In meinem Herzen heut' und immer sein.
O wollte sie nur huldreich auf mich schauen!

Will die Erhabne, dass ich je mich freue,
So muss ihr rother Mund mir gütlich lachen

Aus vollem Herzen und in steter Treue:
Nur das kann frei von allem Leid mich machen.
Geschieht das nicht, o weh der Noth!
So muß verschwinden
Der hohe Muth und jede Lust ist todt.
O möcht' ich bald doch ihre Gnade finden!

Als sie zuerst vor meinem Blicke stand:
Da sah' ich Feuer sprühn von ihrem Munde,
Und in mein Herze flog der helle Brand:
Das flammt nun schon so manche lange Stunde,
Und nimmermehr werd' ich gesund
Von meinen Wunden,
Wenn sie nicht heilt ihr rosenrother Mund:
Ihr Kuß allein, sonst Nichts, kann mich gesunden.

So weit war er gekommen, als seine Ritter an die Tür klopften, um mit ihm die morgige Schlachtordnung und die in Frage kommenden Strategien zu besprechen.

Elisabeth von Zauchwitz hatte sich, als Knappe verkleidet und im Schutze der Dunkelheit, aus dem Feldlager der Askanier geschlichen. Nun lief sie durch Wald und Feld Richtung Mittenwalde.

Trotz der späten Stunde herrschte in den engen Gassen des Städtchens noch immer reger Betrieb, und niemand schenkte ihr besondere Aufmerksamkeit. Jeder, ob er nun zu den Reitern oder dem Fußvolk gehörte, war mit sich selbst beschäftigt, denn nur der Herr allein wusste, ob man am nächsten Abend noch lebte oder unter den Toten zu finden sein würde, die auf dem Schlachtfeld lagen und auf ihre Bestattung warteten.

Ganz offen fragte sie nach der Unterkunft Heinrichs III.: »Ich bin ein Bote des Kaisers und habe Eurem Markgrafen etwas auszurichten. Wo kann ich ihn finden?«

Bereitwillig wies man dem vermeintlichen Knappen den Weg.

Da kamen ihr Margareta von Götzendorf und Moritz von Wippra entgegen. O Gott! Schnell schlüpfte sie in einen Hauseingang. Ihr Herz schlug so laut, dass sie fürchtete, es würde sie verraten. Doch die beiden gingen schwatzend vorüber, ohne sie zu bemerken.

Dann hatte sie das Haus des Stadtvogts erreicht. Gerade zogen die letzten Ritter ab, mit denen sich der Markgraf beraten hatte. Nun war Heinrich allein und öffnete das Fenster, um frische Luft hereinzulassen.

Schon hatte sich Elisabeth von Zauchwitz über die Brüstung geschwungen, und als sie mitten im Zimmer stand, riss sie sich ihr Wams vom Körper und rief: »Hier bin ich!«

fünf

Als am Morgen vor der Schlacht bei Mittenwalde einer der Wettiner Knappen versuchte, den Markgrafen wachzurütteln, misslang ihm dies trotz all seiner Bemühungen. »Gott der Gerechte, er ist uns in dieser Nacht verstorben!«, schrie er voller Schrecken. Von allen Seiten stürmten Ritter, Bediente und Bürger herbei und spähten durch das offene Fenster. Heinrich der Erlauchte rührte sich noch immer nicht. »Versucht es mit einem Eimer kalten Wassers!«, rief einer. Ein Bader sprang in die Kammer und legte sein rechtes Ohr auf die freigelegte Brust des Fürsten. »Er atmet noch!«, schrie er. Heinrich III. fuhr hoch, blinzelte in die Menge und realisierte mühsam, wer er war und wo er war. »Entfernt euch!«, schrie er sie an. »Alle! Und schließt das Fenster, zum Teufel!«

Mühsam richtete er sich auf, als man ihn endlich allein gelassen hatte, und schaffte es stöhnend, sich auf die Bettkante zu setzen und die Beine auf den Boden zu stellen. Schwach wie ein Greis fühlte er sich. Diese Elisabeth von Zauchwitz hatte alle Kraft aus ihm gesogen, und mit ihren Künsten hatte sie es geschafft, ihn immer neu anzuspornen. Doch nun schmerzte ihm alles. Der Gedanke, in diesem Zustand auf sein Pferd steigen zu müssen, jagte ihm Angst und Schrecken ein.

»Zur Schlacht! Zur Schlacht!«, tönte es draußen.

Sein Knappe stand in der Tür. »Herr, ich flehe Euch an, ihr müsst endlich …«

Heinrich der Erlauchte war unfähig, irgendeinen Entschluss zu fassen. »Holt mir Honn von Lotzen herbei!«, rief er endlich. Der war von seiner Reise zu Konrad IV. zurückgekehrt und als Rivale um die Gunst der Elisabeth von Zauchwitz nicht mehr zu fürchten.

»Honn von Lotzen ist verschwunden.«

»Wie?«

»Moritz von Wippra will gesehen haben, wie er fortgeritten ist.«

Heinrich der Erlauchte schaffte es endlich, aufzustehen und zum Stuhl zu schlurfen, auf dem seine Kleider lagen. »Er wird rekognoszieren.«

»Was wird er machen?«

»Egal! Schafft mir meine Rüstung her!«

Über dem Lager der Askanier lag eine eigentümliche Spannung. Man hatte gebetet, und man konnte der eigenen Kraft und seinem Schwert vertrauen, aber nur der Herr wusste, wie die Lanzen und die Pfeile fliegen würden. Johann I. und Otto III. saßen noch einmal mit ihren Rittern beisammen, um festzulegen, wie man sich unter Berücksichtigung des Geländes am besten formierte.

Craft von Wimmelsrode und Klaß von Katscho saßen nebeneinander, und wenn sie sich unbeobachtet wähnten, dann fanden ihre Hände zueinander. In der Nacht waren sie ein Paar geworden, hatten sich ewige Treue geschworen und wollten, sofern sie den Tag überlebten, zusammen auf ein Lehnsgut nach Pommern ziehen.

Auch Elisabeth von Zauchwitz war erschöpft – wenn auch nicht ganz so stark wie Heinrich – und hatte Mühe, sich auf das Kommende zu konzentrieren. Nun, sie hatte fürwahr schon ihr Letztes gegeben, um der Sache Askaniens zum Siege zu verhelfen – doch reichte das? Sie war sich da nicht sicher, denn gerade wurde gemeldet, der Ritter Seytz von Ulzig sei von einer rätselhaften Krankheit niedergeworfen worden.

»Wieder einer weniger«, raunte man sich zu, und Elisabeth erfuhr mit

Schrecken, dass man bei dem allgemeinen Mangel an kampferprobten Männern auch ihren Vater dazu gebracht hatte, seine Rüstung anzulegen und mit in die Schlacht zu ziehen. Da gab es kein Zögern mehr für Elisabeth, und sie eilte zum Haus, in dem man Seytz von Ulzig untergebracht hatte, um auf dem Schlachtfeld dessen Stelle einzunehmen. Das ließ sich in dem allgemeinen Durcheinander auch problemlos arrangieren, und Elisabeth von Zauchwitz schwang sich auf das Pferd, um zur Sammelstelle der askanischen Truppe zu reiten, die auf einem Acker westlich der Stadt gelegen war. Auf dem Weg dorthin kam sie an zwei Reitern vorbei, die ihre Visiere aufgeklappt hatten und aufgeregt miteinander diskutierten. Das waren ihr Vater und – o weh! – kein anderer als Honn von Lotzen.

»Ergebt Euch!«, rief Merckel von Zauchwitz. »Ich werde Euch gefangen setzen lassen.«

»Nein, nicht!«, beschwor ihn Honn von Lotzen. »Ich bin in friedlicher Absicht in Euer Lager gekommen. Mehr noch, ich will fürderhin mein Leben für Brandenburg geben und mit Euch gegen die Meißener kämpfen!«

Merckel von Zauchwitz konnte es kaum fassen. »Wie kommt Ihr dazu?«

»Es ist die tiefe Liebe zu Eurer Tochter, die mich zu diesem Schritt bewogen hat. Sie soll für alle Ewigkeit ganz die Meine sein!« Und er fügte noch einige Verse des berühmten Minnesängers Albrecht von Johannsdorf hinzu: »*Vrowe, ich enmac ir niht enbern! / sô wil ich in tûsent jâren niemer iuch gewern!*«

Elisabeth hörte es ebenso mit Freude wie mit Entsetzen. Mit Honn von Lotzen im Lotterbett zu liegen war sicherlich eine wonnige Sache – aber für alle Ewigkeit? Bis dass der Tod Euch scheidet … Vielleicht tat er das schon in der nächsten Stunde.

Auf, Herr, und hilf mir, mein Gott! Denn du schlägst alle meine Feinde auf den Backen und zerschmetterst der Gottlosen Zähne. Es war üblich, am Tag der Schlacht morgens erst noch die Messe zu lesen, und der 8. Vers des 3. Psalms war von befeuernder Wirkung. Dann formierte man sich.

An der Spitze des Heeres ritt der Fahnenträger, ihm folgten drei Abteilungen oder »Haufen«. Vorne befand sich die Vorhut aus Bogen- und Armbrustschützen, in der Mitte kamen die Ritter und Fußsoldaten, und am Ende marschierte die Nachhut. Die Ritter wurden von ihren Knappen und Waffenknechten begleitet, die aber nur ins Kampfgeschehen direkt eingreifen durften, wenn ihr Herr stürzte oder in Lebensgefahr schwebte. Die Unterscheidung der Kämpfenden war schwer, da man noch keine verschiedenfarbigen Uniformen trug. Deshalb wurden, um zu wissen, wen man schonen und wen töten musste, die Wappenbilder der Kämpfenden auf dem Schild, der Schabracke, auf der Lanze, am Waffenkleid und eventuell noch am Helm angebracht.

Mit Schlachtgesang und Kriegsgeschrei ging es in den Kampf, begleitet von Pauken, Trommeln, Hörnern und Posaunen. Das Fußvolk hatte den Angriff zu beginnen, die Ritter kamen erst dahinter.

Elisabeth von Zauchwitz hielt sich erst einmal zurück, und man hätte den vermeintlichen Ritter fast für einen Schlachtenbummler halten können. Doch sie verstand sich als Eingreifreserve.

Die beiden Kriegsscharen stießen aufeinander und durchdrangen einander im Nu. Im dichten Knäuel von Menschen- und Pferdeleibern begann ein fürchterliches Hauen und Stechen. Pfeile, Lanzen und Schwerter fanden ihr Ziel, und manch einer sank tödlich getroffen zu Boden, während andere Kämpfer Schreie des Triumphs ausstießen. Die Ritter beider Seiten maßen sich in Zweikämpfen. Elisabeth von Zauchwitz erkannte Moritz von Wippra im wilden Getümmel, wie Hartmann von Horla auf ihn eindrang. Krachend fuhren ihre Schwerter gegeneinander. Immer wieder. Bis der Askanier dem Wettiner den Kopf vom Rumpfe schlug. Craft von Wimmelsrode war zu schwach, um auf Dauer den wütenden Attacken des Feindes standzuhalten, und Elisabeth von Zauchwitz wollte ihrem Pferd schon die Sporen geben, um ihm beizustehen, da war Klaß von Katscho zur Stelle, rettete den Freund und beschützte ihn mit seiner Kraft auch in den nächsten Minuten. Dann waren trotz des allgemeinen Getöses Schreie der Wettiner zu hören.

»Da ist Honn von Lotzen, der Verräter! Auf ihn, tötet ihn!«

Und mit Heinrich dem Erlauchten an der Spitze bahnte man sich einen Weg durch die Kämpfenden, um mit dem Überläufer abzurechnen. Jetzt war für Elisabeth der Moment gekommen, da sie eingreifen musste. Und wie ein Blitz fuhr sie zwischen die beiden, schlug erst Honn von Lotzen das Schwert aus der Hand und stieß ihn vom Pferd und wandte sich dann dem Markgrafen zu. Heinrich der Erlauchte konnte Elisabeth von Zauchwitz unter der Rüstung nicht erkennen, sondern hielt sie für Seytz von Ulzig und vermochte nicht recht zu verstehen, warum der zuerst den eigenen Mann aus dem Wege geräumt hatte. Vielleicht um den Sieg über die Wettiner allein für sich in Anspruch zu nehmen? Wie dem auch sei – er hob sein Schwert, um den Askanier zu attackieren. Ringsum unterbrach man die Kampfhandlungen, um diesen Zweikampf zu verfolgen, denn man wusste, dass mit ihm die Schlacht bei Mittenwalde entschieden wurde.

Und Elisabeth von Zauchwitz hatte es leicht, denn die Liebesnacht mit ihr hatte Heinrich den Erlauchten so geschwächt, dass er recht eigentlich kein Gegner, sondern nur ein Spielball war. So dauerte es keine Minute, bis der Meißener sich abwandte, um sein Leben zu retten – und mit ihm ergriff sein ganzes Heer die Flucht.

»In den Staub mit allen Feinden Brandenburgs!«, schallte es siegestrunken über das Schlachtfeld.

Wahrheit und Dichtung

Wahr an dieser Geschichte – und in jedem Geschichtsbuch nachzulesen – ist der Teltow-Krieg zwischen den Markgrafen von Brandenburg, Johann I. und Otto III., und dem Markgrafen von Meißen, Heinrich der Erlauchte, um das Jahr 1245.

Historisches Personal

Otto III., genannt Otto der Fromme (1215–1267), Markgraf von Brandenburg

Johann I. (um 1213–1266), Markgraf von Brandenburg

Sophia von Dänemark (1217–1247), seine Frau

Heinrich III., genannt Heinrich der Erlauchte (um 1215–1288), Markgraf von Meißen

Constantia von Österreich (1212–1243), seine Gemahlin

Barnim I. (um 1210–1278), Herzog von Pommern

Heinrich II., genannt Heinrich der Fromme, auch Henryk II. (1196/1207–1241), Herzog von Schlesien, Polen und Krakau

Wenzel I. (um 1205–1253), König von Böhmen

Batu Khan (1205–1255), mongolischer Herrscher

Friedrich II., genannt Friedrich der Streitbare (1211–1246), Herzog von Österreich

Friedrich II. (1194–1250), deutsch-römischer Kaiser

Konrad IV. (1228–1254), deutsch-römischer Kaiser

Waldemar II., genannt Waldemar der Sieger (1170–1241), Herzog von Schleswig und König von Dänemark

Wilbrand von Käfernburg (um 1180–1253), Erzbischof von Magdeburg

Simeon, Berliner Pfarrer

Fiktives Personal

Im Umfeld der askanischen Markgrafen Otto III. und Johann I.

Merckel von Zauchwitz, Ministerialer

Elisabeth von Zauchwitz, seine Tochter

Seytz von Ulzig, Ritter

Hartmann von Horla, Ritter

Craft von Wimmelsrode, Ritter

Hug von Cochstedt, Ritter

Agnes, Magd

Hermo, Pferdeknecht

Im Umfeld der Wettiner
Honn von Lotzen, Ritter
Caspar von Groitzsch, Ritter
Seyfried von Stauda, Ritter
Dietz von Pinkowitz, Ritter
Burcklin von Blattersleben, Ritter
Concz von Rotha, Ritter
Moritz von Wippra, Ritter
Margareta von Götzendorf, Kammerzofe der Markgräfin

Sonstige
Sewolt von Schletta, Ritter im Gefolge des Erzbischofs von Magdeburg
Klaß von Katscho, Ritter aus Pommern
Luboš Otwock, Gefolgsmann Heinrichs des Frommen
Lorenntz Tümmler, Kaufmann
Brid, seine Frau
Semno, Urberliner
Brum Teitelbaum, jüdischer Kaufmann
Erhardt, Ackerbürger

anno 1280

otto mit dem pfeil im kopf

In der Zeit um 1280 weitet sich das Interesse der weltlichen Landesherren auf die Macht in den geistlichen Fürstentümern aus. So versuchen die in Brandenburg herrschenden Askanier, das Erzbistum Magdeburg unter ihre Kontrolle zu bringen. Als es dem Markgrafen Otto IV. nicht gelingt, seinen jüngeren Bruder Erich von Brandenburg dort als Erzbischof durchzusetzen, erhebt er schwere Vorwürfe gegen die Magdeburger: Sie hätten das Wahlergebnis manipuliert. Er verkündet Magdeburg eine Fehde, um Erichs Erfolg mit militärischen Mitteln zu erzwingen.

Bei Frohse kommt es schließlich zur blutigen Schlacht. Doch Ottos Truppen unterliegen den kampfeslustigen Magdeburgern, und unzählige Ritter – darunter der Markgraf selbst – werden gefangen genommen.

In dieser Zeit kommt der Medicus Giovanni da Cacciola mit zwei Freunden aus seiner Heimatstadt Salerno nach Magdeburg. Giovanni verspürt bald Mitleid mit Otto, den die Magdeburger in einen Käfig gesperrt haben. Sein Versuch, diesen mit Hilfe von explosivem Schwarzpulver zu sprengen, misslingt jedoch gründlich.

Als Heiler aber macht der clevere Giovanni da Cacciola schon bald Furore in der Region. Erst operiert er erfolgreich einen askanischen Ritter, der mit dem Schädel auf einen Felsblock geschlagen ist, dann rettet er der Kaufmannstocher Berblin, die zu ersticken droht, das Leben – was ihm die brennende Liebe des schönen Mädchens einträgt.

Sein medizinisches Können spricht sich herum, und da scheint der Medicus genau der rechte Mann, um Otto IV. aus einer misslichen Lage zu befreien: Dem askanischen Markgrafen, der nach seiner Freilassung den Krieg gegen die Magdeburger siegesgewiss fortgesetzt hat und bei Staßfurt erneut geschlagen wurde, steckt seit dieser Schlacht ein gegnerischer Pfeil im Kopf. Ob Giovanni da Cacciola den Herrscher Brandenburgs vor dem sicheren Tod retten kann? Da der Medicus seinen eigenen Künsten nicht recht traut, erprobt er seine Methode erst einmal an einem Schwein …

eins

Giovanni da Cacciola schlenderte über den Markt von Salerno und langweilte sich. Hätte in diesem Augenblick jemand zum nächsten Kreuzzug aufgerufen, er wäre mitgezogen ins Heilige Land, nach Tunis oder Ägypten. Die Sache des Christentums kümmerte ihn wenig, er wollte nur aus der Enge seiner Heimatstadt heraus und möglichst viel erleben. Seit er sein Medizinstudium abgeschlossen hatte, war sein Wandertrieb nicht mehr zu bändigen. Merkwürdigerweise zog es ihn dabei in den Norden. Warum das so war, wusste er nicht zu sagen, es hieß aber, er stamme von den Langobarden ab, und die hatten an der unteren Elbe gesessen und waren eng verwandt mit den Sueben und Semnonen. Vielleicht drängte es ihn, seine Wurzeln zu finden. Er stellte sich gerade vor, durch die Gassen Cölns zu wandeln, da wurde er von einem Mann mittleren Alters angestoßen.

»Gott, wozu haben Menschen Augen!«, rief Giovanni da Cacciola.

Der Mann lächelte, bevor er sich entschuldigte. »Das ist es ja gerade, die Augen!«

»Wie darf ich das verstehen?« Sofort war in Giovanni die ärztliche Neugierde erwacht.

Der Mann suchte einen Augenblick nach den passenden Worten. »Ich sehe des Öfteren alles doppelt und weiß dann nicht, was Wirklichkeit ist und was mein Kopf mir vorgaukelt.«

»Oh, interessant …« Giovanni konnte diesen Ausruf nicht unterdrücken.

»Seid Ihr Arzt?«, fragte der Mann.

»Ja.«

»Aber ohne Honorar wollt Ihr keine Diagnose stellen, ich verstehe.«

Der Medicus überlegte einen Augenblick. »Doch … Ich würde Euch sogar noch Geld dazugeben, wenn ich sehen könnte, was sich hinter Euren Augen abspielt.«

»Hinter meinen Augen?«

Giovanni nickte. »Ja, in Eurem Kopf, Eurem Gehirn.«

Der Mann schüttelte sich. »Ihr wollt meinen Schädel öffnen?«

»Richtig, aufklappen wie eine Schatulle.«

»Das ist ja abscheulich!«, rief der Mann und entfernte sich mit schnellen Schritten.

Der Medicus sah ihm bedauernd hinterher. Er vermutete, dass im Kopfe des Mannes ein Tumor wuchs, der auf den Sehnerv drückte, und er hätte Jahre seines Lebens dafür gegeben, diese Geschwulst zu sehen und zu sezieren. Sein Wissensdrang war unermesslich, und wenn man den Menschen helfen wollte, musste man genau wissen, was in ihren Körpern vorging.

Lange stand Giovanni da, in Gedanken versunken, bis ihm jemand von hinten freundschaftlich auf die Schulter schlug. »Hallo! Sei gegrüßt, mein Sohn!«

»Oh, du bist es! Na, was sag ich da, ein Giovanni kommt selten allein.«

Wen er da getroffen hatte, war kein Geringerer als der berühmte Giovanni da Procida, der 1210 in Salerno das Licht der Welt erblickt und später die Schola Medica Salernitana besucht hatte. Bald aber war ihm die Profession des Arztes zu langweilig geworden, und er hatte sich als Gesandter im Dienste der Staufer versucht. Kaiser Friedrich II. hatte ihm die Erziehung seines nichtehelichen Sohnes Manfred übertragen, und mit dem war er 1266 in die Schlacht bei Benevent gezogen, in der Manfred von Sizilien sein Königreich an Karl von Anjou verloren hatte.

»Und warum haben wir damals in der Schlacht bei Benevent den Kürzeren gezogen?«

Weil Giovanni da Procida diese Frage ein jedes Mal stellte, hatte der Medicus keine Mühe, sie zu beantworten. »Weil die Franzosen entdeckt hatten, dass die Rüstung der Deutschen zwar undurchdringlich war, aber die Achselhöhlen nicht schützen konnte, wenn der Arm zum Schlag gehoben wurde.«

»Richtig! Und weißt du was?«

Giovanni da Cacciola schüttelte den Kopf. »Nein, woher?«

»Ich stehe jetzt im Dienste von Peter III. von Aragón.«

»Ah!«, rief der Medicus. »Und da der die Tochter deines geliebten

Manfred geheiratet hat, plant ihr jetzt einen Feldzug gegen Karl von Anjou und wollt ihm Sizilien wieder abnehmen?«

»So ist es, und ich soll alle Höfe im Norden Europas besuchen, um für die Sache der Staufer zu werben. Willst du mich in den Norden begleiten?«

»Aber gerne!« Giovanni da Cacciola grinste. »Falls du mal einen Arzt benötigen solltest …«

»Gut!« Giovanni da Procida umarmte ihn. »In einer Woche brechen wir auf.«

Salerno, südlich von Neapel gelegen, hatte eine bewegte Geschichte hinter sich. Ursprünglich eine Siedlung der Etrusker, war es 194 v. Chr. römische Kolonie geworden, im 9. Jahrhundert n. Chr. von den Langobarden erobert worden und 1077 unter die Herrschaft des normannischen Herzogs Robert Guiscard geraten. Die Normannen hatten Salerno eine wirtschaftliche Blüte beschert, die Schola Medica Salernitana hatte die Stadt zum Nabel der medizinischen Welt gemacht.

Fragte man Giovanni da Cacciola, was ihm an seiner Heimatstadt Salerno am meisten gefiele, dann gab er mit Sicherheit zur Antwort: »Das Tyrrhenische Meer!«

Sein Bruder Lucius hatte schon gelästert, der Medicus liebe dieses Meer so sehr, dass er eines Tages mit Freuden darin ertrinken werde.

Das kümmerte Giovanni nicht weiter, denn er war ein vorzüglicher Schwimmer, und so machte er sich auch an diesem Morgen auf zum Strand.

In seiner Begleitung befand sich sein Freund Barnabas von Brokstedt, der aus Barby kam, einem Städtchen an der mittleren Elbe. Sie unterhielten sich in der deutschen Sprache, die Giovanni ebenso geläufig war wie das Italienische.

»Ich mag das tyrannische Meer nicht so recht«, erklärte Barnabas von Brokstedt. »Der Name flößt mir Angst und Schrecken ein.«

Der Medicus lachte. »Er leitet sich von der griechischen Bezeichnung für die Etrusker ab, die im Altgriechischen *Tyrrhenoi* hießen.«

»Dennoch ist mir die Elbe lieber. Schließlich hat Heraklit gesagt:

›Man kann nicht zweimal in denselben Fluss steigen‹ – und nicht: ›Man kann nicht zweimal in dasselbe Meer steigen.‹« Er stutzte. »Warum eigentlich nicht?«

»Weil es heißt ›Alles fließt‹, *panta rhei*, und nicht ›Alles meert‹.«

»Aber bei uns an der Schola mären sich doch pausenlos alle aus.«

»Wie?« Giovanni hatte das Wort noch nie gehört.

»Ausmären bedeutet schwafeln«, erklärte ihm Barnabas von Brokstedt.

Giovanni da Cacciola hatte an der Schola Medica Salernitana Medizin studiert, und dies mit einigem Erfolg. Barnabas von Brokstedt hingegen studierte Philosophie, Theologie und Recht – alles mit heißem Bemühen, aber ohne zu einem Ende zu kommen.

»Warum sollte ich mich auch beeilen?«, erklärte er immer wieder. »In der Bergpredigt heißt es doch: *Selig sind, die da geistlich arm sind; denn das Himmelreich ist ihr.*«

Giovanni verdrehte die Augen. »Geistig ist doch etwas anderes als geistlich!«

Barnabas von Brokstedt nickte. »So ist es. In der Alltagssprache heißt geistlich so viel wie fromm oder religiös. Geistig dagegen bezieht sich auf den Geist im Sinne von Intellekt. Aber danach ist doch Unsinn, was in der Bibel steht – denn warum sollten gerade die in den Himmel kommen, die keinen richtigen Bezug zur Kirche haben?«

»Vielleicht brauchen wir eine neue Übersetzung der Bibel. Wenn du gerade mal einen Nachmittag nichts anderes zu tun hast, lieber Barny …« Weil ihm der Name Barnabas zu umständlich war, nannte Giovanni den Freund meist Barny.

»Barny klingt fast so wie Barby«, sagte Barnabas von Brokstedt. »Und in Barby an der Elbe bin ich auf die Welt gekommen und aufgewachsen, bis meine Eltern nach Magdeburg gegangen sind, was ein paar Stunden flussabwärts gelegen ist.«

Der Medicus lachte. »Bald wird es ein Wiedersehen mit deiner alten Heimat geben … Falls du dich wirklich dazu durchringen kannst, gemeinsam mit Giovanni da Procida und mir gen Norden zu ziehen.«

»Klar, mit dir an die Elbe, du Elbgermane!«

Sie erreichten den Strand, der zu dieser frühen Stunde noch menschenleer war, zogen sich die Schuhe aus und liefen ein Stückchen in Richtung des Hafens. Giovannis Blicke schweiften in die Ferne, nach Sizilien und nach Afrika hinüber, während Barnabas von Brokstedt den Boden nach Muscheln und seltenen Steinen absuchte. Plötzlich schrie er auf. »Da liegt ja einer!«

Der Medicus fuhr zusammen. Dann schrie er noch lauter als sein Freund, denn vor ihnen lag ein Mensch mit gespaltenem Schädel – es war der Mann, dem er vor einigen Tagen auf dem Marktplatz begegnet war und bei dem er einen Tumor hinter den Augen vermutet hatte. Jemand hatte ihn mit einem Schwert oder einer Axt erschlagen.

Es war ein so entsetzlicher Anblick, wie das Gehirn herausquoll, dass sich Barnabas von Brokstedt auf der Stelle erbrach.

Giovanni da Cacciola aber beugte sich zu dem Toten hinunter, um das Innere seines geöffneten Schädels näher zu untersuchen. In Ermangelung chirurgischer Instrumente musste er sich eines Stöckchens bedienen, um die Region hinter den Augen freizulegen. »Tatsächlich, es ist ein Tumor!«, rief Giovanni. »Ich hatte also recht.«

Auf dem Alten Markt in Magdeburg hatten sich am 7. Januar des Jahres 1278 bei ziemlicher Kälte Hunderte von Bürgern versammelt, um zu hören, was ihnen Erzbischof Günther von Schwalenberg zu verkünden hatte. Gekommen war auch Bartholomäus von Brokstedt, Vater von Barnabas von Brokstedt und Ratsherr seines Zeichens, mit seiner Frau Ännlin.

»Wenn ich nur wüsste, warum alle so aufgeregt sind!«, staunte die.

Bartholomäus von Brokstedt holte tief Luft. »Weil uns Otto IV., der Markgraf von Brandenburg, die Fehde verkündet hat.«

»Warum denn das?«

»Weil er seinen Bruder Erich unbedingt zum Nachfolger unseres verstorbenen Erzbischofs machen wollte. Die Brandenburger haben aber die Wahl verloren, und Burchard von Querfurt wurde zum neuen Erzbischof gewählt.«

Ännlin verstand nun gar nichts mehr. »Unser Erzbischof ist doch der … Günther von Schwalbenberg?«

»Schwalenberg, ja. Aber nur, weil sich Magdeburg und Otto IV. auf ihn geeinigt haben und Burchard geopfert wurde.«

»Na, dann ist doch alles gut«, fand Ännlin.

»Ja, denkste!«

Ein Nachbar, ein Küfer, postierte sich neben ihnen und lenkte das Gespräch auf Persönliches. »Wie geht es denn unserem Schutzheiligen, dem Barnabas?«

Bartholomäus von Brokstedt konterte mit einer alten Bauernregel: »Er wird bald wieder nach Hause kommen, denn wie es so schön heißt: Mit seiner Sens' der Barnabas / kommt her und schneidet ab das Gras.«

Der Nachbar lachte. »Wenn er mit einer Sense kommt, kann er ja gleich mitmachen, wenn wir in den Krieg gegen die Brandenburger ziehen.«

»Wenn doch nur endlich Frieden wäre!«, rief Ännlin.

Warum dem nicht so war, obwohl Magdeburg alles versucht hatte, die Fehde zu vermeiden, erklärte wenig später der Erzbischof: »Otto IV. will nicht davon ablassen, seinen unseligen Bruder Erich in Magdeburg auf den Bischofsstuhl zu setzen, und missachtet alle Absprachen. Mit Waffengewalt will er die Einsetzung Erichs erzwingen, was mehr als unchristlich ist.«

Pfuirufe wurden laut, und man wünschte den Askanier zur Hölle.

»Otto IV. ist des Teufels!«, rief der Erzbischof. »Er beschlagnahmt unsere Handelswaren wider jedes Recht und lässt seine Soldaten unsere Dörfer und Städte verwüsten. Und überall verkündet er, dass er eines Tages seine Pferde in unseren Dom stellen wird. Ihr Bürger von Magdeburg, das dürft ihr euch nicht gefallen lassen! Ich bitte euch, mich in der Verteidigung unseres Landes zu unterstützen, und werde euch als Dank dafür – das schwöre ich bei Gott – neue Rechte und Freiheiten gewähren!«

Das wurde mit großem Jubel aufgenommen, und die Bürger ließen die Sturmglocken läuten. In den nächsten Tagen rüsteten sie sich für die bevorstehende Schlacht mit den Brandenburgern.

Die einfachen Leute beschafften sich Keulen und Spieße, die wohlhabenden Bürger Harnische und Streitrösser.

Ännlin nahm ihren Mann beiseite, um ein ernstes Wörtchen mit ihm zu reden. »Du machst doch hoffentlich diesen Unsinn nicht mit?«

»Ich bin Ratsherr, und es ist meine Pflicht, für Magdeburgs Rechte zu streiten. Außerdem gebietet es mir mein Stolz.«

Sie versuchte es mit leichter Ironie. »Du hast dir doch neulich schon mit dem Brotmesser den halben Finger abgeschnitten – wie willst du da mit einem Schwert zu Rande kommen?«

»Das lass nur meine Sache sein!«

Die askanischen Markgrafen Brandenburgs hatten mit der Erbfolge ihre liebe Not, als Johann I. und Otto III. 1266 respektive 1267 starben und zusammen ein Dutzend Söhne hinterließen. Fünf von ihnen übernahmen die Regentschaft. Die größte Durchsetzungskraft von ihnen besaß Johanns Sohn Otto IV., der von stattlicher Figur war und als kühn und kämpferisch beschrieben wurde. Er wurde der eigentliche Lenker der brandenburgischen Politik.

Vor dem Waffengang mit den Magdeburgern hatte Otto IV. alle seine Mitregenten der Johanneischen und der Ottonischen Linie noch einmal zu einer Lagebesprechung nach Stendal ins Franziskanerkloster gebeten. Das waren Johann II., Konrad I., Otto V., genannt Otto der Lange, und Albrecht III. Hinzu kam noch Otto VI., gern als Otto der Kleine bezeichnet, der zwar noch nicht Mitregent war, aber auch schon mitreden wollte.

Zunächst lästerten die Ottonen, die Söhne Ottos III., gegen Johanns Sohn Erich.

»Erich …« Otto der Lange stöhnte auf. »Meines Wissens bedeutet der Name ›reich an Ehre‹. Aber das trifft auf meinen Cousin wohl nicht zu.«

»Du bist in Prag weit weg von allem und kannst gar nicht ermessen, was es hier seinetwegen an Intrigen gegeben hat.«

»Bestimmt nicht so viele wie gegen mich!«, rief Otto der Lange. Der böhmische König, der gerade auf dem Schlachtfeld verstorben war, hatte ihn zum Vormund seines minderjährigen Sohnes Wenzel eingesetzt – sehr zum Leidwesen der Königswitwe. »Diese fürchterliche Kunigunde von Halitsch hetzt gewaltig gegen mich.«

»Zurück zu Erich!«, rief Albrecht III., der die an Brandenburg gefallene Herrschaft Stargard verwaltete und damit von vornherein etwas abseits stand.

»Warum sollte Erich Erzbischof von Magdeburg werden und nicht bleiben, was er ist, nämlich Propst des Stifts Sankt Bonifacius in Halberstadt?«, fragte Konrad I.

Da schlug Otto IV. mit der Faust auf den Tisch. »Mein Gott, weil ich Magdeburg brauche, damit zwischen unseren Besitzungen in der Altmark und dem Gebiet zwischen der Brandenburg und der Oder kein fremdes Territorium liegt! Ein Staat, der aus zwei Teilen besteht, zwischen denen Feindesland ist, wird auf Dauer nicht bestehen können. Und da wir Magdeburg mit unseren Truppen nicht erobern können, weil die anderen Fürsten, der Kaiser und der Papst – die ganze Welt also – das nicht zulassen würden, bleibt mir nur, Erich zum Erzbischof zu machen. Versteht denn das keiner?«

»Und fromm, wie er ist, und mit seiner Erfahrung in kirchlichen Ämtern wäre er ein guter Erzbischof«, fügte Otto der Kleine hinzu.

»Du als potentieller Mönch musst das ja wissen«, höhnte Konrad I.

»Schön und gut«, sagte Johann II. »Aber wenn ich die Lage richtig einschätze, sind wir zu schwach, um die Magdeburger in offener Schlacht zu besiegen, denn zum Heer des Erzbischofs würden in Kürze die Männer der Thüringer Herren und des Grafen Otto von Anhalt stoßen, der bekanntermaßen ein Vasall des Erzstifts ist.«

»Furchtbar, wenn man lauter Bedenkenträger zur Seite hat!«, rief Otto IV. »Aber wenn ihr den Mumm nicht habt: Ich schaff es auch alleine!«

Damit stürmte er aus dem Kloster, um sich mit seinen engsten Vertrauten zu beraten, das waren vor allem die Ritter Thomo von Gore und Lux von Güssen und der Rat Johann von Buch.

»Dass wir keine Verbündeten haben, ist nicht wahr«, erklärte Johann von Buch und zählte alle auf: »Graf Ulrich von Regenstein, Herr Werner von Hadmersleben, die von Mansfeld und der Graf von Arnstein.«

Otto IV. nickte. »Gut, dann auf nach Magdeburg! Der Boden ist überall gefroren, wir werden gut vorankommen und nirgendwo im Schlamm versinken.«

Am 10. Januar 1278 trafen dann die Brandenburger und die Magdeburger auf einem Feld am Fluss Sülze aufeinander, und es entwickelte sich die Schlacht von Frohse. Über sie wird in der *Magdeburger Schöppenchronik* wie folgt berichtet:

Das Kriegsvolk war nun wohlgeschaart und zum Streite geschickt, ein jeder, wie er es konnte und so zogen sie fröhlich unter der Fahne des heiligen Mauritius gegen den Feind. Der Markgraf kam ihnen entgegen mit drei großen Heerhaufen. Es war am Tage S. Pauli, des ersten Einsiedlers, an einem Montage, und es entstand ein so heftiger Kampf, wie Niemand gedacht, noch jemals erzählen gehört hatte von einem ähnlichen gewaltigen Streite. Markgraf Otto wurde gefangen genommen und mit ihm 300 Ritter und Knechte, die man »Wapenture« nennt, und viele wurden erschlagen.

Um Otto IV., den so stolzen und selbstbewussten Mann, weiter zu demütigen, sperrten ihn die Magdeburger in einen Käfig.

Furchtbar durchgefroren und halb verhungert erreichten Giovanni da Cacciola, Barnabas von Brokstedt und Giovanni da Procida die am Kirchplatz gelegene Herberge in Barby. Ein Knecht versorgte ihre Pferde, und eine Magd brachte ihnen eine heiße Mehlsuppe in die Gaststube.

»Ich wünsche einen guten Appetit, die Herren!«

Giovanni lachte. »Danke, meine Süße!«

Sie wurde feuerrot, denn eine solche Galanterie war man in Barby nicht gewohnt.

Nachdem man ihnen noch einen annehmbaren Schweinebraten aufgetischt hatte, kehrten ihre Lebensgeister langsam zurück, und wenn der Weißwein in der Kanne auch sauer war wie Essig, so waren sie doch bald wieder bei bester Laune.

Nach dem Mahl zogen sie los, sich das Haus anzusehen, in dem Barnabas das Licht der Welt erblickt hatte. Er zeigte auf ein kleines Fenster im ersten Stockwerk. »In dieser Kammer hat das Wochenbett meiner

Mutter gestanden.« Mit einem Mal wurde er wehmütig. »Ob mich einer vermissen würde, wenn ich nicht … »

»Ich!«, rief der Medicus.

»Danke, o Freund!«

Giovanni da Procida war nachdenklich geworden. »Ich vermisse alle meine Söhne und Töchter, die ich nicht gezeugt habe, und manchmal stelle ich mir vor, wie sie wohl geworden wären …«

Giovanni da Cacciola winkte ab. »Vielleicht hätten sie dich umgebracht – wie Ödipus.«

Giovanni da Procida lachte. »Darum sollte jeder Vater seinem Sohn misstrauen, der geschwollene Füße hat.«

»Wie meinst du das?«

»Weil Ödipus auf Deutsch Schwellfuß bedeutet.« Nun sprach der Arzt in ihm: »Bei geschwollenen Füßen empfehle ich Kniegüsse oder Wassertreten. Auch lauwarme Fußbäder, die mit speziellen Badesalzen angereichert sind, stellen eine hilfreiche Methode dar.«

Giovanni da Cacciola grinste. »Manchmal können Schwellkörper auch außerordentlich nützlich sein …«

»Dir geht wohl die Magd in der Herberge nicht mehr aus dem Kopf!«

»Ja, aber nur wegen ihres Muttermals an der Wange. Es hat eine so schön zerklüftete Oberfläche und ist fast schwarz gefärbt. Im Allgemeinen entwickeln solche Muttermale übermäßigen Haarwuchs, nicht jedoch bei ihr – warum wohl?«

»Sie wird die Haare mit einer Schere abgeschnitten haben«, sagte Barnabas von Brokstedt. »Oder sie wachsen ihr auf den Zähnen.«

Es wurde noch ein sehr gemütlicher Abend, und am nächsten Morgen brachen sie nach dem Frühstück in fröhlicher Stimmung nach Magdeburg auf. Für eine Bootsfahrt auf der Elbe war es noch zu kalt, und so setzten sie sich auf ihre gemieteten Pferde und ritten in Richtung Schönebeck davon.

Als sie die Türme Magdeburgs vor sich sahen, sprachen sie über ihre Pläne. Giovanni da Procida wollte so schnell wie möglich mit dem Erzbischof reden und Barnabas von Brokstedt seine Eltern besuchen, nur Giovanni da Cacciola hatte noch nichts Konkretes im Sinn.

»Was könnte ich in Magdeburg nur anstellen?«

Barnabas von Brokstedt lachte. »Du streifst einfach durch die Straßen und wartest, bis irgendwo einer tot umfällt. Wenn du den dann wiederbelebst, wirst du Leibarzt des Erzbischofs und darfst für immer in Magdeburg bleiben.«

»Dann lasse ich ihn lieber tot sein«, entgegnete der Medicus.

Als sie am Stadttor angekommen waren, wurden sie von den Wachhabenden eingehend nach ihrer Herkunft und nach dem Zweck ihrer Reise befragt. Als sich Giovanni da Cacciola nach dem Grund für so viel Neugier erkundigte, erfuhren sie von der Fehde mit den Brandenburgern und der Schlacht von Frohse.

»Einen der beiden Spitzbuben, Otto IV., haben wir gefangen genommen und in einen Käfig gesteckt, der andere jedoch, sein Bruder Johann II., läuft noch frei herum und wird ihn sicher herausholen wollen. Deshalb schauen wir uns jeden, der die Stadt betreten will, ganz genau an.«

»Io sono quel Giovanni«, entgegnete der Medicus keck. *»Per favore, arrestate me!«*

Diese beiden italienischen Sätze – die eigentlich »Ich bin dieser Johannes. Bitte nehmt mich fest!« bedeuteten – reichten aus, sie passieren zu lassen. Barnabas von Brokstedts Eltern wohnten am anderen Ende der Stadt, und sie hatten noch ein Stückchen zu reiten.

»Irgendwie ist mir bange um meinen Vater«, sagte Barnabas von Brokstedt. »Er ist sicherlich mit in den Krieg gezogen, denn er brennt darauf, Heldentaten zu begehen. In Wahrheit aber ist er für das Militärische herzlich ungeeignet. Jedes Pferd bricht unter seiner Last zusammen, und sein Arm ist zu schwach, ein Schwert zu führen.«

So klopfte er, als sie ihr Ziel erreicht hatten, bangen Herzens gegen die Tür, und brach dann in Jubel aus, als er seinen Vater höchst lebendig in der Diele stehen sah. »Du warst also bei der Schlacht von Frohse nicht dabei?«

»Nein, leider nicht. Ein schweres Leiden hat mich aufs Krankenbett geworfen.«

»Um sein Leben zu schonen«, flüsterte Ännlin ihrem Sohn ins Ohr, »habe ich ihm etwas ins Essen getan.«

»Aber sie haben ja auch ohne mich gesiegt«, fuhr Bartholomäus von Brokstedt fort und erging sich nun in längeren Ausführungen über die Fehde mit den Brandenburgern. Das dauerte eine Weile, und inzwischen kam der Pferdeknecht herbei, um zu fragen, ob er die Tiere versorgen solle.

»Ja, selbstverständlich, Hanncz. Bring sie auf den Hof!«

Der Hausherr fuhr fort, über die politischen Verhältnisse in den Ländern zwischen Elbe und Oder zu berichten, was Giovanni da Procida in höchstem Maße interessierte. Giovanni da Cacciola hingegen ging lieber ein wenig auf dem Hof spazieren. Als er zurückkam, hörte er aus dem Pferdestall ein heftiges Stöhnen. Als Arzt wusste er, dass sofort zu handeln war. Doch was er vorfand, als er die Tür aufgerissen hatte, war kein Sterbender, sondern Hanncz mit geöffnetem Hosenlatz.

»Entschuldige!«, rief der Medicus. »Aber ich dachte … Du hast so laut gestöhnt.«

Ungerührt knöpfte sich Hanncz die Hose zu. »Was soll ich anderes machen?«, erklärte er Giovanni. »Heiraten kann ich nicht, denn wer nimmt schon einen Pferdeknecht? In ein Freudenhaus gehen ist nicht möglich, denn dazu fehlt mir das Geld. Über eine Frau herfallen mag ich nicht, denn so einer bin ich nicht. Und in den Kerker will ich auch nicht kommen. Dann halt wie eben, der Priester muss es ja nicht wissen.«

»Ich verrate es ihm bestimmt nicht!«, beeilte sich Giovanni zu versichern. Er selbst hatte oft genug gegen die kirchlichen Vorschriften Front gemacht und als Arzt darauf hingewiesen, dass ohne ausreichende Betätigung die Körpersäfte eines Mannes verderben würden und womöglich zum Tode führen könnten.

Der Medicus kehrte zu den anderen zurück, man setzte sich an die Tafel und redete bei Speis und Trank über dies und jenes.

»Wie komme ich an den Erzbischof heran, um mit ihm über mein Anliegen zu reden?«, wollte Giovanni da Procida wissen.

»Durch mich!«, rief Bartholomäus von Brokstedt und strahlte über das ganze Gesicht. »Ich als Dom- und Ratsherr darf mit Freuden als Euer Türöffner fungieren.«

»Wunderbar!«

Gleich nach dem Essen zogen die beiden los. Giovanni da Cacciola hatte keine Lust, den Erzbischof kennenzulernen, und zog es vor, allein durch die Stadt zu schlendern. Vom Markt her drang großes Geschrei zu ihm, und so strebte er, ohne zu zögern, in dessen Richtung. Was er vorfand, ließ ihn staunen. Leute, die er befragte, erzählten ihm, dass die Magdeburger Kaufleute für ihre Handelspartner aus anderen Städten ein Turnier veranstaltet hatten. »Und nun bekommt der Sieger seinen Preis überreicht.«

Dieser Preis war Brid, eine junge Dirne, ein wirklich schönes Mädchen. Und gewonnen hatte sie ein alter und ziemlich hässlicher Mann aus Goslar. Giovanni dauerte das junge Ding, das im Fenster eines angrenzenden Hauses stand und zu bewundern war. Doch was konnte er tun, sie zu retten? Während er noch überlegte, fiel sein Blick auf Hanncz, den Pferdeknecht.

Giovanni drängelte sich so weit nach vorn, dass er dicht neben dem Mann aus Goslar zu stehen kam und ihm, unhörbar für andere, etwas ins Ohr flüstern konnte. »Ich bin Arzt, und gestattet mir den Hinweis, dass das Euer Tod sein könnte, wenn Ihr dieses Mädchen besteigt. Es saugt Euch die Lebenssäfte aus dem Körper, glaubt mir! Ich habe viele Männer sterben sehen, nachdem sie … Lasst die Hände davon, habt Mitleid mit dem Geschöpf und tut etwas Gottgefälliges: Verheiratet es mit einem ehrbaren Burschen, und gebt ihr so viel Mitgift mit auf den Weg, dass beide ein anständiges Leben führen können!«

Der Mann aus Goslar war nicht abgeneigt, Giovanni da Cacciola Gehör zu schenken, aber schließlich war es ihm in Fleisch und Blut übergegangen, um jeden Preis zu feilschen und auf keine noch so kleine Münze zu verzichten. »Gut, mein Herr, aber ich will nicht mit Schulden aus Magdeburg nach Hause reisen.«

»Ich verstehe …« Der Medicus fasste in seine Taschen und förderte eine Anzahl Silbermünzen zu Tage, die er in die Hände des anderen gleiten ließ. »Das müsste genügen.«

»Ja, danke.«

Giovanni sprang auf einen Hocker, damit man ihn besser hörte und sah. »Ihr Bürger Magdeburgs, bejubelt diesen Kaufmann aus Goslar wegen seines christlichen Tuns! Er hat soeben beschlossen, mit dem Preis, den er beim Turnier gewonnen hat, einen anderen glücklich zu machen. Er will die vortreffliche Brid, die ihr dort oben am Fenster seht, mit einem Burschen aus Magdeburg verheiraten und sie dazu mit einer reichen Mitgift ausstatten. Der Bräutigam ist auch schon gefunden, und ich hoffe, er wird auch zustimmen – es ist Hanncz, der in Diensten das Dom- und Ratsherrn Bartholomäus von Brokstedt steht. Hanncz, bist du willens, Brid zur Frau zu nehmen?«

»Ja, von Herzen gern!«, rief der Knecht, und ganz Magdeburg brach in lauten Jubel aus.

Giovanni da Cacciola war zufrieden, und er verließ den Marktplatz, um weiter durch die Stadt zu wandern. Schließlich gab er als seinen Beruf meist nicht Arzt an, sondern Abenteurer, und etwas Besonderes erleben konnte man nur, wenn man umherstreifte. Nach ein paar Schritten kam er an dem teils eisernen, teils hölzernen Käfig vorbei, in den man den Brandenburger Markgrafen gesperrt hatte. Im Augenblick standen nur wenige Bürger vor dem Käfig, um Otto IV. zu begaffen, denn die meisten hatten sich um den Goslarer Kaufmann versammelt und mit offenen Mündern verfolgt, wie der arme Pferdeknecht zu einer Frau gekommen war.

In dicken Decken eingewickelt, hockte der brandenburgische Markgraf auf einem Hauklotz und starrte in den bleigrauen Magdeburger Himmel. Neben ihm stand der Fressnapf eines Hundes, gefüllt mit unappetitlich aussehendem Hirsebrei. Wollte er nicht verhungern, blieb Otto IV. nichts weiter übrig, als davon zu essen. Auch einen Krug mit Elbwasser hatte man ihm serviert. Der Mann tat Giovanni leid, obwohl er streng genommen noch Glück gehabt hatte, denn so mancher Fürst war nach verlorener Schlacht zerstückelt worden. Da sie es mit dem Urenkel von Albrecht dem Bär zu tun hatten, waren sie wohl auf die Idee gekommen, ihn in einen Käfig zu sperren. Gut, dass die Magdeburger keine Ahnung davon hatten, wie es in Indien zuging. Da führte man an Seilen, die durch die Nasen der Tiere gezogen waren, Tanzbären durch die Städte.

»Darf man mit dem Markgrafen sprechen?«, fragte der Medicus einen der Posten.

»Nein!«

Giovanni drängte es, den Markgrafen zu befreien, und er verfluchte seinen Schöpfer, dass er ihn nicht mit ganz besonderen Gaben ausgestattet hatte. Er hätte sich gern unsichtbar gemacht oder ein Schwert besessen, aus dem ein tödlicher Feuerstrahl schoss. Feuer … Das brachte ihn auf den Gedanken, dass Roger Bacon 1268 im *Opus tertium* beschrieben hatte, wie man ganz einfach Schwarzpulver herstellen konnte: *Sed tamen 7 Partes Salpetrae, 5 Partes Coruli et 5 Partes Sulfuris.* Nimm 7 Teile Salpeter, 5 Teile Haselholz-Kohle und 5 Teile Schwefel.

Wenn man es geschickt anstellte, konnte man mit diesem Schwarzpulver, das eine erhebliche Sprengwirkung haben sollte, die beiden Posten zu Boden schleudern und die Vorderseite des Käfigs zerstören, so dass der Markgraf Gelegenheit bekam, den Magdeburgern zu entkommen.

Gnädig hatte Günther von Schwalenberg dem brandenburgischen Rat Johann von Buch und seinen Begleitern, den Rittern Thomo von Gore und Lux von Güssen, freies Geleit garantiert. Die beiden mussten sich gedulden, während Johann von Buch im erzbischöflichen Palais empfangen wurde.

»Der Kaiser wird wenig amüsiert sein, wenn er erfährt, dass einer seiner Fürsten im Käfig steckt und wie ein Tier gehalten wird«, begann Johann von Buch, vom Zorn gesteuert und wenig diplomatisch.

Der Erzbischof winkte ab. »Was können wir uns von Rudolf I. von Habsburg schon erhoffen?« Er meinte damit, dass dessen Tochter Hedwig vor einem Jahr Otto den Kleinen von Brandenburg geheiratet hatte. »Euer Markgraf hat den Frieden gebrochen und mein Magdeburger Land verwüstet, und wenn er jetzt in seinem Käfig sitzt und die Leute ihn anspucken, dann ist das noch eine viel zu milde Strafe für ihn.«

»Und das sagt ein Mann der Kirche!«

»Ich brauche keinen Beichtvater!«, herrschte ihn der Magdeburger an.

»Wenn Ihr Otto nicht freilasst, wird sein Bruder Johann mit seinem Heer von Brandenburg in euer Land einfallen und Rache nehmen«, drohte Johann von Buch. »Ihr habt bei Frohse zu viele Leute verloren, als dass Ihr eine zweite Schlacht wollen könntet.«

»Wenn Johann mich reizt, dann kann ich Otto und seine dreihundert Ritter, die wir mit ihm gefangen haben, köpfen lassen!«, konterte der Erzbischof.

»Was wollt ihr eigentlich?«, fragte Johann von Buch.

Günther von Schwalenberg erhob sich und ging zu seiner farbenfrohen Landkarte. Da lag die Mark Brandenburg, rot eingefärbt, wie ein Adler in der norddeutschen Tiefebene, noch immer ohne Zugang zur Ostsee und umschlossen von vielen Marken, Herzogtümern und Königreichen, als da waren Braunschweig-Lüneburg, Anhalt, Meißen, Böhmen, Schlesien, Polen, Pommern und Mecklenburg. »Was ich will?« Der Erzbischof ging die einzelnen brandenburgischen Landesteile durch. »Die Mittelmark will ich nicht, auch die Ucker- und die Neumark nicht, auch die Lausitz interessiert mich nicht – aber die Altmark direkt vor meiner Tür. Einen Steinwurf von Magdeburg entfernt, in Wolmirstedt, geht es los und zieht sich hinauf bis Wittenberge. Und dazu noch die Prignitz – zur Abrundung sozusagen. Das ist es, was ich will. Und der Papst wird begeistert davon sein.«

»Niemals!«, rief Johann von Buch, sprang auf und stürzte aus dem Raum.

Draußen warteten seine beiden Ritter, und man beschloss, erst einmal eine stille Ecke zu suchen und sich dort zu beraten.

»Bei Günther von Schwalenberg beißen wir auf Granit«, sagte Johann von Buch.

Thomo von Gore grinste. »An einem Erzbischof, einem Bischof aus Erz, kann man sich natürlich die Zähne ausbeißen.«

»Mir ist nicht zum Lachen zumute!«, knurrte Johann von Buch.

Lux von Güssen sprang dem anderen Ritter bei. »*Seid fröhlich in Hoffnung, geduldig in Trübsal, beharrlich im Gebet.* Römer 12, Vers 12. Wer vom Erzbischof kommt, sollte das wohl beherzigen!«

Doch Johann von Buch war nicht zu besänftigen. »Unser Land will er, dieser verfluchte Magdeburger! Und besonders auf die Altmark hat er es abgesehen.« Er berichtete von seiner missglückten Mission.

»Dann bleibt uns nur, Otto zu befreien«, sagte Thomo von Gore. »Wir machen die beiden Posten nieder, hieben den Käfig in Stücke und ...«

»... und werden in den nächsten Minuten von den Lanzen der Magdeburger durchbohrt«, ergänzte Johann von Buch. »Denn wir müssen noch durch die ganze Stadt, und es ist ein weiter Weg bis zu einem ihrer Tore.«

»Und wenn Johann draußen gleichzeitig einen Scheinangriff startet?«, fragte Lux von Güssen.

Johann von Buch winkte ab. »Das Risiko ist mir zu groß.«

Inzwischen neigte sich der Tag seinem Ende zu, und sie mussten sich beeilen, um vor Einbruch der Dunkelheit wieder draußen im Lager von Johann II. zu sein.

»Reiten wir schnell noch an Ottos Käfig vorbei, um ihm einen stillen Gruß zu senden«, schlug Thomo von Gore vor. »So weiß er, dass wir alles tun, damit er bald wieder freikommt.«

Sie hatten gerade den Marktplatz erreicht, da geschah an der gegenüberliegenden Seite, wo Ottos Käfig stand, etwas Außergewöhnliches: Ein feuriger Komet stürzte vom Himmel und fuhr in die Erde.

Giovanni da Cacciola saß mit seinen beiden Begleitern bei Bartholomäus von Brokstedt an der Tafel und lauschte den Deutungsversuchen der anderen.

»Der Teufel hat Feuer gespien, um unseren Feind zu vernichten«, meinte Ännlin.

Giovanni da Procida lächelte. »Es wird eher eine Feuerkugel sein, die vom Himmel gefallen ist.«

Barnabas von Brokstedt nahm das dankbar auf. »Der Herr hat uns ein Zeichen gegeben, damit wir innehalten in unserem sündigen Tun«, verkündete er und kam auch gleich mit einem passenden Bibelzitat aus dem fünften Buch Mose: »*Vom Himmel hat er dich seine Stimme hören lassen, dass er dich züchtigte; und auf Erden hat er dir gezeigt sein großes Feuer, und seine Worte hast du aus dem Feuer gehört.*«

»Ich habe nur die Schreie der Wachposten gehört«, sagte Giovanni da Procida. »Ich hatte Angst, dass Otto etwas passiert ist.«

Bartholomäus von Brokstedt lachte. »Passiert ist ihm nichts, auch den beiden Wachposten nicht, sie sehen nur alle drei aus wie verkohlt und haben für eine Weile ihr Gehör verloren.«

Giovanni da Cacciola hatte ein schlechtes Gewissen. Obwohl er als Arzt über einige Erfahrung im Vermischen chemischer Stoffe verfügte, war ihm die Entwicklung einer Art Sprengbombe – und damit die Befreiung Ottos IV. – gründlich misslungen. Nun, wenigstens hatte niemand ernsthaft Schaden genommen, so dass er auch keinen Grund sah, sich zu seiner Tat zu bekennen. Möglicherweise aber hatte ihn doch jemand vor Ottos Käfig hantieren sehen, und so hielt er es für angebracht, in den nächsten Tagen lieber in der kleinen Kammer zu verweilen, die Ännlin von Brokstedt ihm zugewiesen hatte. Als Grund gab er Kopf- und Gliederschmerzen an, das Magdeburger Klima scheine ihm nicht zu bekommen. Aber natürlich hielt er Augen und Ohren offen, um zu sehen, wie es mit Otto IV. weiterging …

Und so bemerkte er, wie sich am frühen Abend ein Mann ins Haus der Brokstedts schlich.

Er sei der brandenburgische Rat Johann von Buch, hörte Giovanni ihn sagen, als er sich der Frau des Hauses vorstellte, und sei gekommen, um geheime Gespräche mit ihrem Manne zu führen, der ihm als der einflussreichste aller Dom- und Ratsherren geschildert worden sei. Schnell schlüpfte der Medicus aus seiner Kammer und lief in das Zimmer, das Bartholomäus von Brokstedt für seine Dienstgeschäfte reserviert hatte. Da stand ein großer Schrank aus Eichenholz, in dem er sich verstecken konnte. Gerade hatte er sich darin eingerichtet, da traten die beiden Männer ins Zimmer und nahmen Platz. Beide sprachen nur mit gedämpfter Stimme, aber dennoch konnte Giovanni beinahe alles verstehen.

»Ich komme zu Euch, weil Ihr mir als praktisch denkender Mensch geschildert worden seid«, begann Johann von Buch. »Euer Erzbischof hingegen erscheint mir hart und starrsinnig.«

Bartholomäus von Brokstedt wand sich ein wenig. »Nun, er hat schließlich Euren Markgrafen besiegt, und auch in Magdeburg gilt: *Vae victis!*«

»Wehe den Besiegten ... Meinetwegen, aber wir Brandenburger sind ja in Wirklichkeit nicht besiegt, denn Otto IV. hat ein halbes Dutzend Mitregenten, die ihn jederzeit ersetzen können, und Johann II. ist auch schon dabei, die Gegend um Magdeburg ... sagen wir es offen ... heimzusuchen. Also wäre es doch das Klügste für Magdeburg, Otto wieder laufenzulassen.«

»Das zu entscheiden ist Sache des Erzbischofs«, entgegnete Bartholomäus von Brokstedt mit einiger Kühle.

»Aber seine Entscheidung hängt von seinen Beratern ab, mit Euch an der Spitze!«, rief Johann von Buch. »Ihr könnt ihn überzeugen, diesem schändlichen Schauspiel – ein Reichsfürst in einem Käfig! – ein Ende zu bereiten.«

Bartholomäus von Brokstedt schien sich geschmeichelt zu fühlen. »Das könnte ich wohl, von mir hängt es ab ... Aber was habe ich davon?«

»Ihr hättet Euch um Magdeburg verdient gemacht, und Brandenburg würde auch ein beachtliches Lösegeld zahlen, damit Otto die Freiheit geschenkt wird.«

Bartholomäus von Brokstedt lachte. »Das Geld verschwände schnell in den Schatullen der Kirche.«

Johann von Buch senkte die Stimme. »Wir würden uns Eure Vermittlerdienste auch einiges kosten lassen ...«

»Soll das heißen, Ihr wollt mich bestechen?«

Eine Antwort konnte Giovanni da Cacciola nicht mehr vernehmen, er hörte nur Bartholomäus von Brokstedt empört aufschreien: »Raus hier!« Dann knallten die Türen, und Totenstille trat ein.

Giovanni wartete noch ein Weilchen, bis er sein Versteck verließ, und schlich dann in seine Kammer zurück. Als er nach einiger Zeit heftigen Durst verspürte und in die Küche gehen wollte, um sich einen Krug frischen Wassers zu holen, kam er am Dienstzimmer des Hausherrn vorbei und sah Bartholomäus von Brokstedt in seinem Lehnstuhl, wo er gerade eingeschlafen war. Das war eine Chance, die sich der Medicus nicht entgehen lassen wollte. Er kannte seine hypnotischen Kräfte, und es war ihm in Salerno schon öfter gelungen, mit deren Hilfe schlafende Patienten dahin zu bringen, nach dem Erwachen ihr Verhalten zu ändern. Und das hatte er nun auch bei Bartholomäus von Brokstedt vor. Er stellte sich vor ihn hin, fixierte die Stirn des Dom- und Ratsherrn und versuchte, die Kraft seiner Gedanken wie mit Sonnenstrahlen in das Gehirn des anderen zu übertragen. Dabei murmelte er minutenlang immer dieselbe Formel: »Ich nehme das Geld, Otto soll wieder hinaus in die Welt … Ich nehme das Geld, Otto soll wieder hinaus in die Welt … Ich nehme das Geld, Otto soll wieder hinaus in die Welt …«

Auf dem Großen Hausberg – etwa hundertfünfzig Meter über dem Selketal und von Mägdesprung rund fünf Kilometer flussabwärts – lag die Burg Anhalt. Sie war zu Beginn des 12. Jahrhunderts von Graf Otto von Ballenstedt errichtet, aber schon wenige Jahre später nach heftigen Kämpfen wieder zerstört worden. Albrecht der Bär hatte sie dann größer und schöner wiederaufbauen lassen, und zwar aus einem Baumaterial, das man in diesem Teil Deutschlands bis dahin nicht gekannt hatte, aus Backstein nämlich. So war eine der prächtigsten Burgen der damaligen Zeit entstanden.

Es war ein fröhlicher Zug, der sich da durch das Selketal in Richtung der Burg Anhalt bewegte. An der Spitze ritten Thomo von Gore, Lux von Güssen und der Rat Johann von Buch, dahinter Otto IV. und Johann II. sowie etliche Ritter und Hofleute. In Magdeburg hatten die erzbischöflichen Räte Günther von Schwalenberg mit Nachdruck empfohlen, Otto gegen ein Lösegeld von viertausend Pfund in Silber wieder freizulassen, und der war ihrem Rat gefolgt.

Auf der Burg gab es an diesem Abend ein großes Fest, und Otto IV., glücklich über den Ausgang des Magdeburger Abenteuers, konnte endlich wieder seiner großen Leidenschaft frönen, der Dichtkunst und dem Minnesang. Und so lauschten denn alle seinem Lied *Wintertrost.*

Winter, was hat dir gethan
Sommers bunte Blüthenwonne
Und der Vöglein süßes Singen?

Doch ich weiß wohl ohne Wahn,
Lacht mir nur der Minne Sonne,
Dann kannst du mich nicht bezwingen:

Lieber ist mir eine Nacht,
Als die tausendfache Blüthe
Und als aller Vöglein Singen.
Ja, ich hab' es wohl bedacht:
Besser tröstet Weibes Güte,
Als der Mai kann Freude bringen.

Giovanni da Procida hatte darauf gedrungen, ins Kloster Helfta zu reiten, um dort die berühmte Mystikerin Mechthild von Magdeburg zu treffen, deren umfassendes Werk *Das fließende Licht der Gottheit* weithin bekannt war.

Giovanni da Cacciola hatte, als ihm dieser Wunsch vorgetragen worden war, nur aufstöhnend mit den Augen rollen können. »Wenn ich als Arzt das lese – *mystische Vermählung der Seele mit Christus oder über die Wonnen und Qualen der mystischen Erfahrungen mit Gott* –, dann kann ich nicht umhin zu konstatieren, dass da jemand nicht recht bei Verstand ist.«

Barnabas von Brokstedt war sofort dazwischengegangen: »Nur rational kann man die Welt nicht erklären, mein Lieber, und wer nur die Ratio gelten lässt, der versäumt des Lebens ganze Fülle und Tiefe. Erst in der *unio mystica*, der mystischen Vereinigung mit Gott, können wir das höchste und letzte Ziel des menschlichen Lebens sehen.«

»Es ist zu eng gedacht, Helfta nur als Hort der Mystikerinnen zu sehen«, hatte Giovanni da Procida hinzugefügt. »Die Äbtissin hat das Kloster auch zu einem Zentrum des theologischen Studiums gemacht.«

Giovanni da Cacciola fügte sich also dem Wunsch und folgte den beiden Freunden in Richtung Eisleben. Es sollte für ihn ein unvergesslicher Ausflug werden …

Während des Ritts zitierte ihm Barnabas von Brokstedt einige Verse eines Gedichts von Mechthild von Magdeburg:

Da sprach der liebende Mund
Der meine Seele küßte wund
In seinen erhabenen Worten
Die ich niemals würdiger hörte:
Du bist meiner Sehnsucht Liebesfühlen.
Du bist meiner Brust ein süßes Kühlen …
Ich bin in dir, du bist in Mir …

Dies brachte Giovanni da Cacciola zum Schwärmen, doch er verzog bald darauf das Gesicht, als er erfuhr, dass die große Mystikerin bereits im achten Lebensjahrzehnt stand und es ihr zudem schlechtging, da eine eiternde Wunde am Mittelfinger der rechten Hand ihr sehr zu schaffen machte. Die Äbtissin Gertrud und deren Schwester Mechthild von Hackeborn, die man als die »Nachtigall Christi« bezeichnete, machten sich große Sorgen um sie.

»Da kommen wir ja gerade zur rechten Zeit!«, rief Barnabas von Brokstedt, der Gertrud schon des Längeren kannte. »Denn ich habe zwei große Ärzte aus Salerno mitgebracht, beide mit dem Vornamen Johannes: Giovanni da Procida und Giovanni da Cacciola.«

Dies wurde mit großer Freude aufgenommen, und die beiden machten sich auch sofort daran, die Wunde zu untersuchen.

»Wir haben unsere Künste von Teodorico Borgognoni, einem dominikanischen Mönch und Bischof von Cervia und zugleich Arzt des Papstes Innozenz III., vermittelt bekommen«, erklärte Giovanni da Cacciola der Mystikerin. »Dies vorangeschickt, um Euch zu beruhigen, denn unsere Untersuchung könnte ein wenig weh tun.«

»Danke, meine Kinder, der Herr wird schon wissen, was gut für mich ist.« Und sie fügte den 6. Vers des 107. Psalms hinzu: »*Die zum Herren riefen in ihrer Not, und er errette sie aus ihren Ängsten.*«

Giovanni da Cacciola und Giovanni da Procida waren sich schnell im Klaren darüber, dass Mechthilds Wunde eine Blutvergiftung auslösen konnte, und die hätte in ihrem Alter schnell den Tod zur Folge gehabt. Also säuberten sie die Wunde und tränkten dann den Verband mit Messwein, da sich in der Eile keine passenden Heilkräuter finden ließen.

Inzwischen war es Abend geworden, und der Medicus trat in den Klostergarten hinaus, um ein wenig frische Luft zu schöpfen, aber auch um zu sehen, ob zu dieser Jahreszeit möglicherweise noch Kräuter zu finden waren, die eine Wunde besser heilen ließen. Auch in den Rinden mancher Bäume steckten Säfte, denen man eine solche Wirkung zusprechen konnte. So trat er an den Stamm einer Weide und ritzte ihre Rinde mit dem Nagel seines rechten Daumens ein wenig.

In diesem Augenblick hörte er hinter sich ein gefährliches Sirren, und ehe er reagieren konnte, fuhr so dicht neben seinem Kopf ein Pfeil in die Weide, dass ihm ein Teil seines Ohrläppchens abgerissen wurde. Er ließ sich fallen, gewahr, dass ein zweiter Pfeil angeflogen kam – doch es passierte nichts weiter. Als er dann aufsprang und den Schützen zu erkennen suchte, war der schon längst im angrenzenden Gebüsch verschwunden.

Ohne Zweifel, da hatte ihm jemand nach dem Leben getrachtet. Aber warum in aller Welt?

ZWEI

Berlin, auf der nördlichen und größeren der beiden Inseln in der Spree gelegen, war durch die markgräfliche Förderung schnell zur bedeutendsten Stadt der Mark Brandenburg geworden, während das benachbarte Cölln, wo die Ufer viel sumpfiger waren, längst nicht so schnell gedieh und man dort zu einer Zeit, da in Berlin schon Häuser und Speicher zu finden waren, noch Feldbau betrieb.

Die Berliner Kaufleute hatten es durch den Fernhandel nach Hamburg und weiter nach den Niederlanden und nach Flandern zu einem bescheidenen Wohlstand gebracht. Ausfuhrprodukte waren vor allem Roggen und Eichenholz. Es blühte auch der Handel mit Textilien, Gewürzen, Fisch, Bier und Wein. Durch das »Privileg der Niederlage« waren fremde Händler gezwungen, ihre Waren in der Stadt anzubieten – oder aber eine Gebühr zu entrichten.

Es war Geld genug in den Kassen, um mit dem Bau der Marienkirche zu beginnen und in ihrer Nähe den Neuen Markt anzulegen. Auch neue Straßen entstanden, so die Klosterstraße, die als Belag mächtige Holzbohlen erhielt.

Über die schritt nun stolz der Ratsherr Conrad Bettkober. Der höchste Verwaltungsbeamte, der Schulze, wurde vom Markgrafen eingesetzt, aber über ihren städtischen Rat, der aus zwei Bürgermeistern und zehn weiteren Mitgliedern bestand, konnten die Berliner selbst bestimmen. In der Praxis wurden die Ratsherren aber nicht von der Bürgergemeinde gewählt, sondern von ihren Vorgängern, so dass sich ein regelrechtes Patriziat herausgebildet hatte.

Conrad Bettkober erwartete von allen Bürgern den ihm gebührenden Respekt, doch gerade den ließ der Tuchmacher Welper missen, als der ihn jetzt »aus Versehen« fast über den Haufen rannte.

»Oh, das tut mir aber leid!«, rief Welper, und das war nicht einmal gelogen, denn es tat ihm wirklich leid, dass der Ratsherr nach seinem Rempler nicht zu Boden gegangen war.

»Seht euch nur vor!«, knurrte Conrad Bettkober. Was er fürchtete, war ein Aufstand der Weber und Tuchmacher, denn die kochten vor Wut, weil ihnen der Rat verboten hatte, ihre Tuche selbst zu verkaufen. Das einträgliche Monopol des Tuchverkaufs lag bei den Gewandschneidern, da diese den Rat beherrschten. Außerdem presste der Rat den Handwerkern den größten Teil der Abgaben ab, die an den Markgrafen zu zahlen waren, während das kaufmännische Patriziat geschont wurde.

Conrad Bettkober war also ohnehin schon schlecht gelaunt, und da musste ihm auch noch der Vogt Eukarius von Kraatz über den Weg laufen. »Dummkopf!«, murmelte er, als er ihn vom Mühlendamm her kommen sah. Seine Hassgefühle rührten daher, dass Kraatz gerade einen seiner Vettern wegen eines läppischen Viehdiebstahls hatte hinrichten lassen. Kraatz war ein Stadtfremder und hatte sich wegen seiner überharten Urteile bei den Berlinern höchst unbeliebt gemacht. Kleinere Kriminalfälle durfte das städtische Gericht selbst verhandeln, die Entscheidung über Blut und Leben sowie über Grundeigentumsfragen war jedoch dem Vogtgericht vorbehalten. In der Altmark hatten es die Städte schon geschafft, diese Vogtgerichte loszuwerden, Berlin aber musste sie noch immer ertragen.

»Ich habe Neuigkeiten für Euch«, sagte der Vogt, als sie sich begrüßt hatten.

Conrad Bettkober verneigte sich mit leichter Ironie. »Da bin ich ganz Ohr.«

»Im nächsten Jahr wird der brandenburgische Landtag bei uns in Berlin abgehalten werden.«

Das war in der Tat eine frohe Botschaft, denn wenn sich die Markgrafen mit ihren Vasallen hier in Berlin trafen, gab es eine Menge zu verdienen. Und so kam es, dass der Rat doch noch mit halbwegs guter Laune sein Haus erreichte. Seine Stimmung schlug aber auf der Stelle um, als er seine Frau kreidebleich in der Diele stehen sah. »Duretta, mein Gott, was ist denn?«

»Berblin liegt im Sterben!«

In Tangermünde hatten Giovanni da Cacciola und Barnabas von Brokstedt Abschied von Giovanni da Procida genommen, der nach Braunschweig an den Welfenhof wollte. Sie selbst hatten sich einem Zug von Kaufleuten angeschlossen, die über Brandenburg an der Havel, Potsdam und Berlin nach Frankfurt an der Oder zogen. Dort, so war ihr Plan, wollten sie ihre Reise auf einem Boot fortsetzen und nach Stettin gelangen. Barnabas von Brokstedt hatte den Wunsch, die Ostsee kennenzulernen.

Der Medicus hatte sich wenig begeistert gezeigt. »Das ist doch mehr ein See als eine See.«

»Sagen wir eben Baltisches Meer zu ihr.«

Was sie noch immer beschäftigte, war der Pfeil aus dem Dunkel, der Giovanni im Klostergarten nur um Haaresbreite verfehlt hatte.

»Da ist einer, der mich töten will ...« Diese Feststellung hatte der Medicus bereits so oft wiederholt, dass der Freund schon leicht verärgert das Gesicht verzog.

»Wirklich? Das hätte ich nie gedacht! Da wird einer nach einer Eule gezielt haben, aber doch nicht nach dir.« Barnabas von Brokstedt konnte mit seiner Ironie gar nicht mehr an sich halten. »Du tust doch pausenlos Gutes, wie soll dich denn da einer hassen?«

»Das ist es ja!«

Barnabas von Brokstedt wurde etwas ernsthafter. »Ist dir einmal ein Patient gestorben, dessen Nachkommen dir einen ärztlichen Fehler vorwerfen könnten und nun Rache nehmen wollen?«

»Nicht, dass ich wüsste«, brummte Giovanni.

»Was bleibt uns da?«

»Nichts anderes, als auf den nächsten Pfeil zu warten!«, rief Giovanni.

»So ist es, und darum werde ich, wenn es dunkel wird, lieber deine Nähe meiden.«

»Was, du weigerst dich, gemeinsam mit mir in den Tod zu gehen?«, fragte der Medicus und versuchte, subtilen Schmerz zu zeigen.

»Nein, das tue ich nicht! Es möge ein so mächtiger Pfeil herangekommen, dass er uns beide nacheinander durchbohrt!«

Derart plaudernd erreichten sie schließlich Berlin und betraten die Stadt durch das Spandauer Tor. Das erste größere Gebäude, das sie erblickten, war das Heilig-Geist-Spital.

Barnabas von Brokstedt stichelte schon wieder. »Klopf doch einmal an und frag nach, ob du hier Arbeit finden kannst!«

Sein Freund winkte ab. »Eher nehmen sie wohl dich. Ich bin doch nur eines, ein Medicus, du aber bist dreierlei in einer Person: Philosoph, Theologe und Advokat.«

Dass Giovanni da Cacciola Arzt war, hatte ein Mann gehört, der gerade aus dem Heilig-Geist-Spital gekommen war. »Wenn Ihr Arzt seid, ich flehe Euch an, dann kommt schnell! Meine Tochter Berblin liegt im Sterben, denn sie bekommt keine Luft mehr, und hier kann ihr keiner mehr helfen.«

»Aber natürlich, los!«

Giovanni folgte dem Mann und fand eine Siebzehnjährige, die in der Tat jeden Augenblick zu ersticken drohte. Ihre Pfeifgeräusche beim Atmen waren fürchterlich. Neben ihr stand ihre Mutter und war in Tränen aufgelöst, rechnete sie doch damit, auch dieses Kind zu verlieren.

»Bleib ganz ruhig!«, sagte der Medicus und strich dem Mädchen übers Haar. »Wir öffnen jetzt das Fenster und lassen frische Luft herein ... Und lockert ihr die Kleidung, damit der Brustkorb nicht so eingeengt wird. So, sehr gut ... Dann erleichtern wir dir mal das Atmen: Du stützt dich mit den Armen auf den Oberschenkeln ab, damit der ganze Brustkorb das Ausatmen unterstützen kann. Ja, gut so ... Und dann, Berblin, schließt du deine Lippen, bevor du ausatmest, so dass sich die Wangen dabei aufblähen. So wird der Atemstrom abgebremst, und die Bronchien bleiben geöffnet.«

All das wollte jedoch wenig helfen, und Giovanni konnte verstehen, dass die Leute im Spital gemeint hatten, mit ihrem Latein am Ende zu sein. Blieb ihm nur noch, Barnabas von Brokstedt herbeizurufen und ihn zu bitten, ein kleines Fläschchen aus seiner Reisetasche zu holen.

»Was ist denn darin?«

»Frag nicht lange, lauf!«

Was sich in dem Fläschchen befand, war ein Kräuterextrakt, der zu einer lang andauernden Entspannung der glatten Muskulatur in den Bronchien führte. Giovanni wusste jedoch auch aus Erfahrung, dass seine Essenz bei Menschen mit schwachem Herzen zum Tode führen konnte. Sollte er es wagen oder nicht? Der Vater musste entscheiden.

Auch Conrad Bettkober rang mit sich und blickte, als er keinen Rat wusste, hilfesuchend zu seiner Frau hinüber. »Duretta, was sagst du als Mutter dazu?«

»Wir müssen es versuchen.«

Und so ließ Giovanni das Mädchen einen Löffel seines Extraktes schlucken. »Es ist ein Wundermittel, Berblin, dessen Rezept mir Gott verraten hat, es wird dir helfen.«

Und in der Tat, das Mittel half. Nach einer halben Stunde konnte Berblin wieder ruhig atmen, und in geradezu euphorischer Stimmung verließ sie mit ihren Eltern das Heilig-Geist-Spital.

»Wie kann ich Euch danken?«, wurde der Medicus von der glücklichen Mutter gefragt.

Er verbeugte sich. »Den Dank, Dame, begehr ich nicht.«

Von den Schrecken der Schlacht bei Frohse und dem Magdeburger Käfig mussten sich die Regenten der Mark Brandenburg erst einmal eine Weile erholen, und das gelang ihnen am besten bei der Jagd. So zogen Otto IV. und Johann II., sobald es Frühling geworden war, in das ausgedehnte Gebiet, das nach den vielen Schafen, die in dieser Gegend weideten, Schorp Weide genannt wurde, später dann Schorff Heyde oder Schorfheide. Die Markgrafen hatten dort mehrere Stützpunkte, vor allem das Kloster Chorin.

»Ist das nicht das ehemalige Kloster Margaretensee?«, wollte Thomo von Gore wissen.

Der Truchsess Ludwig von Langeleben, der neben ihm ritt, nickte. »Im Prinzip hast du recht, auch wenn es richtig Marien- und nicht Margaretensee heißen muss.«

»Aber warum sind die Zisterzienser umgezogen?«

»Weil das Kloster auf einer Halbinsel gelegen war, ungefähr da, wo vorher eine slawische Burg gestanden hatte. Doch der Wasserspiegel ist immer weiter angestiegen, und bis zu den Knöcheln im Wasser stehen wollten die Mönche auf Dauer nicht.«

»Nun also Kloster Chorin ...« Thomo von Gore liebte es zu kalauern. »Hat es womöglich diesen Namen, weil der Chor dort so schön gesungen hat?«

Ludwig von Langeleben freute sich, dass er den anderen weiter belehren konnte. »Chorin soll vom slawischen *chory* kommen, was krank bedeutet, wie mir die Mönche erzählt haben. Die Slawen, die hier gesiedelt haben, meinten damit angeblich, dass der Choriner See ein fischarmes, also krankes Gewässer ist.«

»So ein Pech, wenn man gezwungen ist, freitags immer Fisch zu essen! Gut, dass wir noch andere Tiere jagen und verspeisen dürfen.«

Das stimmte zwar, die hohe Jagd diente aber nicht primär der Fleischversorgung, sondern der Unterhaltung. Außerdem sollte sie allen die elitäre Rolle des Adels vor Augen führen, war sie doch sein Privileg. Den Bauern war die Jagd streng verboten.

»Ich bin ja gespannt, ob die Jagd mit meinem Habicht glücken wird«, sagte Ludwig von Langeleben. Er hatte ein Buch gelesen, das Kaiser

Friedrich II. geschrieben hatte, *De arte venandi cum avibus*, und dabei seine Liebe zur Falknerei entdeckt. Da aber die Wahl des Beizvogels dem sozialen Rang des Jägers zu entsprechen hatte und Adler, Ger- und Wanderfalken Kaisern, Königen und Prinzen vorbehalten waren, hatte er sich mit einem Habicht begnügen müssen.

»Wenn wir von Friedrich II. sprechen, denke ich eher an die Geparden, die er zur Hetzjagd benutzt hat. So etwas wäre hier in der Mark eine Attraktion.«

»Unsere Windhunde sind auch nicht schlecht«, beschied ihm der Truchsess.

In Chorin angekommen, bezog man Quartier in einem Nebengebäude des Klosters und traf sich anschließend zum Essen, Trinken und Plaudern. Hauptthema war noch immer die Fehde mit den Magdeburgern.

»Für die Sache mit dem Käfig werden sie noch bitter büßen müssen«, erklärte Otto IV. »Und wir werden nicht eher ruhen, bis wir Erzbischof Günther von Schwalenberg zum Teufel gejagt und durch unseren Bruder Erich ersetzt haben!«

Daraufhin brachen alle in Jubel aus, und man trank auf das Wohl Brandenburgs und seiner Markgrafen.

Am nächsten Morgen wurde nur kurz gefrühstückt und gleich nach Sonnenaufgang zur Jagd geblasen. Die Bauern und Knechte aus der Umgebung, die man als Treiber verpflichtet hatte, standen schon bereit, ebenso murrend wie frierend. Kein Wunder, denn wer früher ein freier Mann gewesen war, durfte sich nun als Sklave fühlen und musste es hinnehmen, dass ihm die Jagdgesellschaft die Felder zertrampelte.

»Lasst euch am Sonntag vom Abt erklären, was im dreizehnten Kapitel des Römerbriefes steht!«, knurrte der Truchsess Ludwig von Langeleben, als er die feindseligen Blicke der Einheimischen bemerkte. »*Jedermann sei untertan der Obrigkeit, die Gewalt über ihn hat. Denn es ist keine Obrigkeit ohne von Gott; wo aber Obrigkeit ist, die ist von Gott verordnet. Wer sich nun der Obrigkeit widersetzt, der widerstrebt Gottes Ordnung; die aber widerstreben, werden über sich ein Urteil empfangen.*«

»Wozu die Bibel nicht alles gut ist«, murmelte Thomo von Gore.

»Wie schön, dass unsere Vorfahren schon in grauer Vorzeit so klug waren, Gott zu erfinden!«

»Das ist Gotteslästerung!«, rief Ludwig von Langeleben.

Und er sollte sich bestätigt fühlen, denn kaum waren sie eine halbe Stunde gen Osten geritten, da brach aus dem Unterholz ein Bär hervor, worauf Thomo von Gores Brauner in Panik geriet und mit seinem Reiter durchging. Da war keine Zeit mehr zum Durchparieren, das Pferd schoss davon. Nun wäre das in einer Savanne kein Problem für Thomo von Gore gewesen, hier aber, wo ein Baum neben dem anderen stand, wurde er schon vom ersten Ast abgestreift und stürzte in hohem Bogen zu Boden. Das wäre an sich nicht so tragisch gewesen, und seine Kameraden lachten anfangs auch, doch er prallte mit dem Kopf auf einen Findling von erheblichen Ausmaßen und blieb bewusstlos liegen.

Otto IV. kam herangesprengt. »Was ist mit ihm, ist er tot?«

»Es scheint so …«

Giovanni da Cacciola hatte bislang wenig Gefallen an Berlin gefunden, und an Cölln noch viel weniger, für ihn war die Doppelstadt schlichtweg ein langweiliges Nest. Gerne wäre er weitergezogen, doch Barnabas von Brokstedt litt unter einem derart schmerzvollen Furunkel am Gesäß, dass an ein längeres Sitzen im Sattel gar nicht zu denken war. Giovanni hielt es für das Beste, wenn der Freund den ganzen Tag über auf dem Bauch lag und die von ihm zubereitete Salbe in Ruhe auf den Quälgeist einwirken konnte, aber dazu war Barnabas von Brokstedt zu unruhig, und er bat inständig, doch immer wieder einmal ein Stündchen spazieren gehen zu dürfen.

Giovanni lachte. »Aber nur, wenn du keine Hose anhast.«

»Wie?«, fragte Barnabas von Brokstedt. »Ich soll mit nacktem Hintern durch Berlin marschieren? Dann lässt mich die Obrigkeit doch sofort ins Verlies werfen.«

»Gut, dann zieh dir etwas an, was locker sitzt und meine Salbe nicht aufsaugt.« An manchen Stellen des Körpers ließ sich nun einmal kein Verband anlegen.

Auch beim Gehen schmerzte sein Furunkel nicht wenig, aber das nahm Barnabas von Brokstedt gern in Kauf, wenn er nur aus seiner muffigen Kammer herauskam und ein wenig frische Luft schnappen konnte.

»Wenn man bedenkt, dass die Römer auf der Via Appia schon steinernes Pflaster hatten und die Berliner rund anderthalb tausend Jahre später nur glitschige Bohlen, dann muss irgendetwas mit der Ausbreitung der höheren Kultur nicht geklappt haben«, merkte Giovanni an. »Und in Rom gab es schon vierstöckige Häuser, und hier sind sie froh, wenn ihnen ihre Fachwerkhäuser nicht schon beim zweiten Stockwerk zusammenfallen.«

Die Häuser waren mit ihrem Giebel zur Straße hin ausgerichtet, und neugierig lugte der Medicus in die Fenster. Im Erdgeschoss befanden sich offenbar Küche und Wohnraum, und dazwischen lagen der Flur und die Treppe zum Obergeschoss, wo man sich wahrscheinlich zur Ruhe bettete. Geheizt und gekocht wurde an offenen Feuerstellen.

»Die Patrizier sollen schon Kamine haben«, sagte Barnabas von Brokstedt.

Das Interessanteste an Berlin war der Betrieb auf dem Mühlendamm. Man hatte die Spree mit Hilfe eingeschlagener Eichenpfähle bis auf einen kleinen Durchlass ober- und unterhalb der Stadt für alle Schiffe unpassierbar gemacht. Die Durchlässe waren mit einem schwimmenden und gut angeketteten Baumstamm leicht zu verschließen, dem Ober- und dem Unterbaum, und so kam nur hindurch, wer zahlte.

Sie hatten vor, vom Spandauer Tor, wo sie in der Nähe des Heilig-Geist-Spitals eine Herberge gefunden hatten, an der Marienkirche vorbei zum Franziskanerkloster zu laufen, in dem ein Vetter der von Brokstedts lebte, mussten aber am Oderberger Tor anhalten, um einen merkwürdigen Zug vorbeizulassen. Da liefen in der Mitte einer Schar von Rittern, Knappen und Ministerialen zwei Pferde nebeneinander, die durch zwei Stangen auf immer demselben Abstand gehalten wurden, und zwischen diesen beiden Stangen war, gleich einer Hängematte, ein Zelttuch gespannt, auf dem ein Mann lag, der heftig stöhnte und offenbar ständig etwas rufen wollte, aber nur lallende Worte von sich gab, die kein Mensch verstehen konnte.

Es traf sich gut, dass Giovanni da Cacciola in diesem Augenblick in der gaffenden Menge auch den Ratsherrn Conrad Bettkober entdeckte, der konnte ihm sicherlich Auskunft geben.

»Das ist der Ritter Thomo von Gore, einer der engsten Vertrauten Ottos IV. Es war ein Jagdunfall in der Nähe des Klosters Chorin. Er ist abgeworfen worden und mit dem Kopf auf einen Felsblock geknallt. Seitdem kann er seine Beine nicht mehr bewegen und nur noch tierische Laute von sich geben.«

»Ich verstehe«, murmelte Giovanni.

Jetzt erst kam dem Ratsherrn die Erleuchtung. »Gott, Ihr seid ja Arzt, Signore da Cacciola! Ihr habt meiner Tochter so trefflich geholfen, vielleicht könnt Ihr auch den wackeren Thomo retten.«

Der Medicus überlegte nicht lange. »Es wäre mir am liebsten, man brächte ihn ins Heilig-Geist-Spital. Wenn Ihr das in die Wege leiten könntet …«

»Gut, das machen wir.«

Die Diagnose war einfach, da brauchte Giovanni nicht lange zu überlegen: Durch den Aufprall des Kopfes auf den Felsblock war es zu einer Schwellung im Gehirn gekommen, und das wurde im engen Schädelraum so zusammengepresst, dass es nicht mehr richtig funktionieren konnte. Unternahm man nichts, starb der Mann mit hoher Wahrscheinlichkeit oder blieb zumindest zeitlebens gelähmt. Es gab nur ein Mittel, ihn zu retten: Der Schädel musste geöffnet werden. Das hatten bereits die alten Ägypter durchgeführt, doch die Kirche hatte solche Kopfoperationen an lebenden Menschen bis vor kurzem verboten, und auch in Salerno hatte man sie wenig geübt. Giovanni da Cacciola hatte nur einmal zugesehen, noch nie aber selbst einem Menschen den Schädel geöffnet. Wenn er wenigstens Giovanni da Procida an seiner Seite gehabt hätte, aber so ganz allein …

Er nahm Barnabas von Brokstedt beiseite und erzählte ihm von dem, was er plante. »Meinst du, dass du stark genug bist, mir dabei zu helfen?«

»Nein, aber ich will es trotzdem probieren. Aber bitte fang mich auf, wenn ich in Ohnmacht falle.«

»Gut. Mit den Schwestern zusammen werden wir es schon schaffen. Hol mir bitte einen der Schlafschwämme aus meinem Gepäck.«

Der Schlafschwamm war in Salerno entwickelt worden, nachdem man arabische Schriften studiert hatte und dabei auf diese frühe Form der Anästhesie gestoßen war. Ein Schwamm wurde in eine Lösung von Opium, Alraune, geflecktem Schierling und anderen Substanzen getränkt und anschließend getrocknet und gelagert.

Während Barnabas von Brokstedt in die Herberge eilte, um den Schlafschwamm zu holen, ging Giovanni erst zum Hausmeister und dann in die Küche des Hospitals, um sich alles zusammenzusuchen, was er für eine Schädelöffnung brauchte: Hammer, Meißel, Messer und Bohrer. Zur Säuberung kam alles in einen Bottich mit kochendem Wasser.

Die Küche schien ihm auch der geeignete Operationssaal zu sein. Thomo von Gore wurde hereingetragen und auf den Küchentisch gelegt.

»Er ist schon gestorben!«, schrie einer.

Giovanni da Cacciola beruhigte die Leute: »Nein, er ist nur ins Koma gefallen.«

Als Barnabas von Brokstedt zurück war, konnte der Medicus mit der Schädelöffnung beginnen.

Ringsum begann man zu beten. »*O Herr, hilf! O Herr, lass wohl gelingen!*«

Giovanni da Procida war nach seinem Besuch in Braunschweig nicht nur wegen seiner Mission nach Meißen gekommen, sondern auch, um jene Wettiner kennenzulernen, deren Beinamen interessante Menschen versprachen. Da waren vor allem Albrecht der Entartete, Sohn von Heinrich dem Erlauchten, und Friedrich der Gebissene. Steffan von Hartha, seines Zeichen »Camerarius« am Meißener Hof, erklärte ihm die Zusammenhänge.

»Albrecht II., geboren 1240, ist der älteste Sohn Heinrichs und hat 1254 Margaretha von Staufen geheiratet.«

»Ah ja!«, rief Giovanni da Procida. »Die Tochter von Kaiser Friedrich II. und dessen vierter Gemahlin Isabella von England. Eine Traumhochzeit ist das gewesen!«

Steffan von Hartha lächelte. »In der Tat. Die Minne ist etwas Herrliches – und manchmal ist sie ebenso frucht- wie furchtbar. Bei Albrecht und Margaretha war sie zuerst durchaus fruchtbar: In den ersten zehn Jahren ihrer Ehe gab es vier Kinder: Heinrich, Friedrich, Dietrich und Agnes.«

»Und wo haben wir nun das Furchtbare?« Giovanni da Procida war gespannt.

»Das Furchtbare hat eigentlich nur Margaretha erlitten – ausgelöst durch Kunne.«

»Einen Mann also?«

Steffan von Hartha grinste. »Nein, ganz im Gegenteil, sondern durch Kunigunde, Kunigunde von Eisenberg, ein Hoffräulein im Gefolge Margarethas. Sie hat es wunderbar verstanden, den Markgrafen auf sich aufmerksam zu machen – und eines Tages geschah es dann auf der Wartburg: Er stand lichterloh in Flammen und wohnte ihr bei. Als Margaretha dies bemerkte, packte sie ihre Sachen und reiste ab. Am 24. Juni 1270 ist das gewesen. Vorher aber biss sie ihren Sohn Friedrich, der seinem Vater sehr ähnlich sah, in rasendem Zorn noch in die Wange.«

»Ah, daher also Friedrich der Gebissene.«

»So ist es. Und natürlich leidet er unter seiner Narbe«, führte der Meißener Ritter weiter aus. »Margaretha ist 1270 in der Frankfurter Stauferpfalz gestorben, wahrscheinlich an gebrochenem Herzen, und Albrecht, der Entartete oder Unartige, hat postwendend seine Kunigunde geheiratet und einen Sohn, auch einen Albrecht, sowie eine Tochter gezeugt. Da wären wir wieder beim Fruchtbaren. Aber mit ihm ist wiederum das Furchtbare verbunden, denn als Albrecht seinen Sohn Albrecht – zur besseren Unterscheidung Apitz genannt – nun zum Haupterben einsetzte und die beiden Söhne aus der ersten Ehe mit wenigem abfinden wollte, sind die beiden, Friedrich und Dietrich, gegen ihren eigenen Vater in den Krieg gezogen.«

»Das sind ja herrliche Geschichten und wunderbare Stoffe!«, rief Giovanni da Procida. »Gott, hätten wir doch die Dichter und Theater, wie die Griechen sie hatten!«

Steffan von Hartha musterte den Italiener. »Signore da Procida, habt Ihr nicht gesagt, Ihr seid von Hause aus Arzt?«

»Ja, das bin ich wirklich.«

»Könnt ihr nicht etwas tun, dass diese schreckliche Narbe aus Friedrichs Gesicht verschwindet? Sie belastet ihn fürchterlich und macht ihn regelrecht krank.«

Giovanni da Procida überlegte einen Augenblick. »Ich selbst habe mich an dieser Art von Chirurgie noch nicht versucht. Aber mein junger Freund Giovanni da Cacciola, der beste Absolvent, den die Medizinische Schule von Salerno bis heute hatte, wird das können.«

»Dann ruft ihn bitte auf die Käfernburg, wo Friedrich beim dortigen Grafen Zuflucht gefunden hat!«

In Berlin und Cölln, wo Giovanni da Cacciola dem Ritter Thomo von Gore mit der gewagten, aber geglückten Schädelöffnung das Leben gerettet hatte, bedauerte man seinen Weggang und ließ ihn nur ziehen, nachdem er hoch und heilig versichert hatte, so bald wie möglich an die Spree zurückzukehren.

Die Käfernburg war südöstlich von Arnstadt gelegen, und da zwischen den Askaniern und den Wettinern seit der Schlacht bei Mittenwalde 1245 Friede herrschte, ging die Reise angenehm vonstatten.

Barnabas von Brokstedt, nun endlich genesen, begleitete ihn gern, denn er kannte einige Männer aus dem Gefolge der Käfernburger Grafen aus seiner Zeit in Barby.

»Willbrand von Käfernburg ist schließlich Erzbischof von Magdeburg gewesen.«

Giovanni da Cacciola nickte. »Ich weiß, bei den Brandenburgern fluchen sie noch heute über ihn.«

Sie kamen durch eine Ortschaft mit dem Namen Angelhausen, und Barnabas von Brokstedt fragte den Ortspfarrer, der ihnen zufällig über den Weg lief, ob die Angeln hier gehaust hätten.

»Ob sie hier gehaust haben, entzieht sich meiner Kenntnis, aber gesiedelt haben sie hier – bevor sie nach Angelsachsen gezogen sind, nach England.«

»Ich denke, die wollten sich verbessern …«

Als sie die Käfernburg vor sich liegen sahen, kam ihnen Giovanni da

Procida entgegen, und es gab ein freudiges Wiedersehen. Endlich wieder vereint, legten sie die letzte Strecke des Weges im Zuckeltrab zurück, um kurz noch über alles zu reden, was sie bewegte.

Im Burghof wartete Friedrich der Gebissene schon auf den »Wunderheiler« aus Salerno. Giovanni da Cacciola bekam weiche Knie, denn da stand ein Mann, der ihn wahrhaft schwach werden ließ: imposant, hübsch und kraftvoll. Giovanni da Procida hatte ihm bereits von der Verletzung erzählt, die Friedrich I. erlitten hatte. Die Narbe an der rechten Wange entstellte ihn jedoch keineswegs, aber sie stand wohl symbolisch für die Narben an seiner Seele.

»Ich sage Euch herzlichen Dank, dass Ihr mich in meinem Asyl aufgesucht habt«, begann Friedrich das Gespräch. »Euer Freund Giovanni da Procida wird Euch bereits über alles in Kenntnis gesetzt haben. Wenn Ihr Euch meine Narbe einmal genauer ansehen wollt?«

»Selbstverständlich, wenn Ihr bitte in die hellste Sonne kommen wollt …« Giovanni da Cacciola holte seine Lupe hervor und studierte die Narbe. »Hm … Ich will Euch gleich die Wahrheit sagen: Narben können nur korrigiert werden, aber niemand kann sie zum Verschwinden bringen.«

Da brach es aus Friedrich heraus: »Gott, ich will mich nicht ein jedes Mal, wenn ich in den Spiegel sehe, daran erinnern, dass diese Narbe von den Zähnen meiner armen und betrogenen Mutter stammt – egal, ob sie mich nun aus Verzweiflung gebissen hat oder weil ich meinem Vater so ähnlich sehe.«

Der Medicus legte ihm die Hand auf die Schulter. »Ich verstehe … Wenn Ihr einwilligt, dann nehme ich eine kleine Operation an Euch vor, und später wird es dann so aussehen, als handele es sich um die Folgen einer Kriegsverletzung, als hätte Euch ein Schwert geritzt. Ich werde alles störende Gewebe beseitigen, insbesondere die verdickten Wundränder, wie ich sie jetzt erkenne, und eine spezielle Salbe wird dafür sorgen, dass die neue Narbe flacher, heller, weicher und deutlich weniger sichtbar sein wird. Das vernarbte Gewebe wird sich vom umliegenden kaum noch unterscheiden.«

»Wunderbar!« Friedrich I. klopfte dem Medicus freundschaftlich auf die Schulter. »Lasst uns gleich morgen in der Früh mit der Prozedur beginnen!«

Die drei Freunde wurden nun ins Gästehaus geführt, und vor dem Abendessen machte Giovanni noch einen kleinen Spaziergang.

Auf diesen Moment hatte der Schütze, der ihn aus einem dichten Gebüsch heraus schon lange beobachtet hatte, nur gewartet. Er spannte seinen Bogen, zielte auf Giovannis Halswirbel und löste den Pfeil.

DREI

In den Staub mit allen Feinden Brandenburgs! Markgraf Otto IV. wollte in der Fehde mit den Magdeburgern nicht klein beigeben. Zum einen hielt er es für unabdingbar, den Gegner im Westen seines Landes ein für alle Mal auszuschalten, zum anderen schrie alles in ihm nach Rache, seit er im Käfig gesteckt hatte und Johann von Buch gezwungen gewesen war, den Staatsschatz seines Vaters zu plündern, um ihn freizukaufen. Im Jahre 1280 nun hatte man auf askanischer Seite neue Kraft geschöpft, um einen weiteren Waffengang zu wagen. Allen Vorausberechnungen nach würde man bei Staßfurt auf das Heer der Magdeburger treffen.

»Ausgerechnet Staßfurt!«, rief Johann von Buch.

»Warum denn nicht?«, fragte Hartmann von Carpin, ein junger Ritter aus Pommern, der den trefflichen Thomo von Gore ersetzen sollte, der nach seiner schweren Schädeloperation noch nicht wieder kriegstauglich war.

»Nun ja«, stöhnte Johann von Buch, »Staßfurt ist einiges wert. Es liegt an der alten Salzstraße von Lüneburg nach Halle an der Saale, und hier führte schon früh eine Furt durch die Bode. Seit langem war es askanischer Besitz, bis dann einige Nachkommen von Albrecht dem Bär bei der Feier ihres Ritterschlages so viele Schulden machten und nicht zurückzahlen konnten, dass sie die Stadt Staßfurt an den Erzbischof von Magdeburg verpfänden mussten.«

Otto IV. wollte mit seinem kleinen Heer gerade ein Lager auf den

Feldern östlich von Staßfurt aufschlagen, als ein Kundschafter meldete, dass sich die Magdeburger von der Saale her näherten.

»Das ist sehr unerfreulich«, befand der Markgraf. »Ich hatte sie eher von Norden her erwartet, und nun haben wir sie sowohl vor uns als auch hinter uns.«

»Pfeile von vorne, Pfeile von hinten …«, murmelte Lux von Güssen.

»Ich halte es für das Beste, wir greifen die Ankommenden an, bevor sie sich mit ihren Verbündeten auf der Burg absprechen können.« Otto IV. sah seine engsten Gefolgsleute an. »Was meint ihr dazu?«

»Angriff soll ja die beste Verteidigung sein«, sagte Hartmann von Carpin. »Ich bin dafür!«

Da auch die anderen dem Plan des Markgrafen zustimmten, zog man sofort los und stürmte auf die anrückenden Magdeburger zu. Die wollten sich, vom langen Anmarsch ermüdet, gerade zur Ruhe betten, als sie das Kriegsgeschrei der Brandenburger hörten. Die meisten ergriffen die Flucht, und die wenigen Ritter, die noch rechtzeitig zu den Waffen greifen konnten, hatten Mühe, den Rückzug der Ihrigen zu decken. Ehe die Magdeburger so richtig begriffen hatten, wie ihnen geschah, war die Schlacht von Staßfurt schon entschieden. Befeuert von diesem schnellen Sieg, gab Otto IV. den Befehl, erst die Stadt und dann die Burg zu erobern.

»Sie sind uns von der Zahl her weit überlegen. Aber wenn wir es schaffen, uns in Staßfurt festzusetzen, und warten, bis Johann zu uns stößt und sie attackiert, beherrschen wir den Schlachtplatz.«

»Aber Staßfurt ist gut befestigt«, wandte Ludwig von Langeleben ein. »Die Askanier haben vormals gute Arbeit geleistet.«

Mit Ausnahme der Nordseite war die Stadt von einem Wall, dem Wallgraben, der äußeren und der inneren Stadtmauer umgeben. An den Knickpunkten hatte man die äußere Stadtmauer durch Rondelle verstärkt, und an der inneren Stadtmauer waren Warttürme errichtet worden. Die drei Stadttore waren ebenfalls gut geschützt. Im Norden bot der Flusslauf einen natürlichen Schutz, im Westen kamen die Burg und im Süden das ausgedehnte Sumpfgelände hinzu.

Das alles wusste Otto IV. »Aber von der Ostseite her sind sie zu packen.«

»Da sind jedoch die Befestigungsanlagen besonders gut, groß und massiv gebaut«, kam der Einwand von Lux von Güssen, der Staßfurt von früheren Aufenthalten ebenfalls kannte.

»Ich frage meine Männer!«, rief Otto IV. »Seid ihr nicht alle auch besonders gut, groß und massiv gebaut?«

Ein hundertfaches Ja scholl ihm entgegen. Und da seine Truppen kaum erschöpft waren, gelang es Otto IV. schon im ersten Anlauf, die Wehrmauern Staßfurts zu überwinden und die bewaffneten Bürger auf dem Geländestreifen zwischen äußerer und innerer Stadtmauer niederzuringen. Innerhalb einer Stunde war Staßfurt eingenommen.

»Nun die Burg!«, rief Otto IV.

Sie zu stürmen schien ebenfalls keine unüberwindbare Aufgabe zu sein, wohl eher ein Kinderspiel, denn es handelte sich um keine steinerne Burg auf einem hohen Felsen, sondern um eine sogenannte Niederungsburg mit Wassergräben und Wällen.

So gab Otto IV. seinem Pferd bedenkenlos die Sporen, um es durch den ersten Wassergraben zu treiben.

Da traf ihn ein Pfeil der Verteidiger, und der war mit einer solchen Wucht abgeschossen, dass er seinen Helm durchschlug und ihm oben im Kopf steckenblieb. Er prallte zwar zurück, stürzte aber nicht aus dem Sattel und blieb zudem bei vollem Bewusstsein. In sicherer Entfernung parierte er sein Tier und ließ sich von Lux von Güssen aus dem Sattel helfen.

»Zieh mir das Ding aus dem Kopf!«, schrie er.

Lux von Güssen brach den Pfeil erst einmal ab und versuchte, dem Markgrafen den Helm vom Kopf zu ziehen. Das gelang ihm auch, aber das restliche Geschoss steckte so tief im Schädelknochen, dass er es nicht herausziehen konnte.

»Lass den Pfeil da stecken, wo er steckt!«, rief Johann von Buch, der inzwischen herbeigeeilt war. »Wenn du ihn herausziehst, spritzt uns nur das Gehirn entgegen.«

In Berlin und Cölln ahnte man nicht, was an diesem Tage in Staßfurt geschah, und die Bürger gingen ihren Geschäften nach, ohne zu ahnen, dass ihr verehrter Landesherr von nun an bis in alle Ewigkeit den Namen Otto mit dem Pfeil tragen würde.

Giovanni da Cacciola und Barnabas von Brokstedt waren nach Berlin zurückgekehrt, nachdem die Narbenkorrektur im Gesicht des Wettiner Markgrafen gelungen war. Dafür hatte Giovanni als Andenken an seinen Ausflug auf die Käfernburg nun selbst eine Narbe im Gesicht, denn der Pfeil des Heckenschützen hatte seinen rechten Wangenknochen gestreift.

»Wie nennen wir dich nun am besten?«, fragte Barnabas von Brokstedt. »Giovanni der Beschossene?«

»Lieber Giovanni der Verfehlte. Aber wenn der Mann, der mich im Visier hat, weiter übt, wird er mich beim dritten Versuch ganz sicher treffen.«

»Wäre es da nicht angebracht, ihn vorher auszuschalten?«, fragte Barnabas von Brokstedt.

Giovanni schlug sich mit der flachen Hand gegen die Stirn. »Auf diese Idee wäre ich von selbst nie gekommen! Schick ihm doch bitte einen Brief und bitte ihn, dem nächsten Pfeil einen kleinen Zettel mit seinem Namen anzuheften oder aber nach dem Schuss so lange zu warten, bis wir ihn packen können.«

So heiter er die Sache zu nehmen schien, so sehr fürchtete der Medicus den nächsten Schuss aus dem Dunkel. Das ging so weit, dass er mit Beginn der Abenddämmerung alle Stellen mied, wo er, wenn er sich umdrehte, kein freies Blickfeld hatte. Aus jedem Gebüsch konnte der nächste, der tödliche Pfeil geflogen kommen. Und so war es zu erklären, dass er in diesen Tagen wesentlich öfter als sonst auf dem Mühlendamm zu finden war, wo ihm nichts entgehen konnte.

Heute kam ihnen Thomo von Gore entgegen, der auf den ersten Blick wieder ganz der Alte war. Sogar auf einen Kopfverband konnte schon verzichtet werden. Er umarmte Giovanni. »Ich muss meinem Lebensretter immer wieder danken!«

»Wie geht es denn so?«, fragte der Medicus.

»In den Krieg werde ich wohl nicht mehr ziehen dürfen«, antwortete der Ritter. »Aber Otto hat mir, wenn ich wieder voll genesen bin, einen Posten an seinem Hofe versprochen, als Mundschenk vielleicht. Vom Wein verstehe ich einiges.«

Barnabas von Brokstedt grinste. »Da merkt man gleich, dass der Mann doch nicht auf den Kopf gefallen ist.«

Thomo von Gore nickte. »Manchmal wird mir noch schwindlig, und ich kann eine Weile nicht mehr richtig sehen. Das geht und kommt so schnell wie ein Wadenkrampf.«

Giovanni versuchte, ihm Mut zu machen. »Ich hoffe, das wird sich im Laufe der Zeit auch noch geben.«

Sie gingen noch ein Weilchen nebeneinanderher, plauderten und wechselten dabei nach Cölln hinüber, gingen am dortigen Rathaus vorbei und umrundeten die Petrikirche.

Dort traf Thomo von Gore auf einen italienischen Kaufmann, den er freudig begrüßte und Giovanni und Barnabas als den Lieferanten der Weine vorstellte, den die Markgrafen Otto IV. und Johann II. ganz besonders mochten. »Das ist Signore Edgaro Rotolo aus der Oltrepo Pavese, der Weinregion der Lombardei.«

Der Medicus freute sich. *»Finalmente ho incontrato una persona con ciu posso parlare nella mia lingua madre!«*

Der Kaufmann lachte. »Ganz meinerseits!«

Zu viert saßen sie dann noch für ein Stündchen in einer Schenke am Teltower Tor und redeten über dieses und jenes. Sie waren gerade dabei, ihre Zeche zu bezahlen, als der Ratsherr Conrad Bettkober zu ihnen trat und Giovanni da Cacciola zum Abendessen in sein Haus einlud.

»Meine Frau und ich, wir wollen uns noch einmal ganz herzlich für das bedanken, was Ihr für unsere Tochter getan habt.«

Giovanni freute sich. »Das war meine Pflicht. Aber danke für die Einladung, da komme ich gern. Darf ich meinen Freund mitbringen?«

Bettkober zögerte ein wenig. »Gut, meinetwegen auch zu zweit.«

Barnabas von Brokstedt war diese Reaktion nicht entgangen, und er erklärte, dass er sowieso schon anderweitig verabredet sei und Giovanni ruhig ohne ihn gehen möge.

So tappte er also allein in die Falle. Denn kaum hatte er das Bettkober'sche Haus an der Spandauer Straße betreten, da wusste er auch schon, wer dies alles eingefädelt hatte – die schöne Berblin nämlich. Sie hatte sich ganz offensichtlich in ihn verliebt und erhoffte sich von diesem Abend, dass auch er Feuer fing. Panik ergriff ihn, denn in den Gesichtern ihrer Eltern stand zu lesen, wie gern sie den Medicus als Schwiegersohn gesehen hätten. Giovanni da Cacciola schüttelte sich. Für ihn wäre Berlin einer Verbannung gleichgekommen, und er hätte sich schlimmer gefühlt als Ovid in Tomi am Schwarzen Meer.

Bevor das Hauptgericht aufgetragen wurde, hielt der Ratsherr eine kurze Rede, bei der er sich nochmals für Giovannis ärztliche Hilfe bedankte. »Und damit Ihr immer an Berblin denkt, möchten wir Euch diesen kleinen vergoldeten Handspiegel schenken, den Ihr hier seht. Auf der Rückseite findet Ihr die Initialen unserer geliebten Tochter: BB.«

Der Medicus fand das Geschenk ein wenig merkwürdig, bedankte sich aber höflich.

Berblin war befangen und trug nur wenig zur Unterhaltung bei, auch Conrad Bettkober war alles andere als aufgekratzt, dafür aber redete seine Frau Duretta umso mehr.

»Ich bin anders als die Leute hier, wisst Ihr, Signore, ich komme nämlich aus dem anderen Cöln, der Stadt am Rhein. Und die Spree ist nun mal kein Rhein. Zu uns haben die Römer die Kultur gebracht, doch bis hierher haben es Eure Vorfahren bedauerlicherweise nicht geschafft …«

Es war die Blutrache, die Edgaro Rotolo umtrieb. Giovannis Bruder hatte nämlich seinen Bruder mit einem Pfeil in den Rücken getötet, und die Familie Rotolo hatte daraufhin beschlossen, dass beide Brüder da Cacciola auf dieselbe Art und Weise aus dem Leben gerissen werden sollten. Edgaro hatte in dieser Hinsicht keinen freien Willen und sah sich selbst als einen Pfeil, den sein Vater abgeschossen hatte und dessen Flugbahn nicht mehr zu verändern war. Seine Rolle als Kaufmann bot ihm Gelegenheit, immer dort aufzutauchen, wo sich Giovanni da Cacciola gerade aufhielt, ohne dass dies irgendeinen Verdacht erregt hätte. Und Pfeil und Bogen mit sich zu führen war bei seinen vielen Gepäckstücken ein Leichtes. Sicher, zu Hause hatte er hinreichend geübt, aber auf einen menschlichen Kopf zu zielen war doch etwas schwieriger als auf eine Wassermelone, und so hatte er sein Ziel zweimal um Haaresbreite verfehlt – womöglich weil er den Wind jeweils falsch berechnet hatte. Ein drittes Mal würde ihm das nicht passieren, dessen war er sich ganz sicher, da würde der Pfeil in den Schädel fahren und absolut tödlich sein.

Eine Landeshauptstadt der Mark Brandenburg gab es um 1280 noch nicht, und da das Reisen ungeheuer beschwerlich und vielen Untertanen auch nicht möglich war, kam die Obrigkeit in regelmäßigen Abständen zu ihnen. So zog der Hof durch das Land, damit die Markgrafen ihre Rechte und ihre Regierungsgewalt ausüben konnten, denn ihnen oblag die Hohe Gerichtsbarkeit, die Steuererhebung, der Heerbann, das Befestigungsrecht sowie das Hoheitsrecht über Zoll, Markt, Münze, Mühlen und Juden. Die Städte und markgräflichen Burgen waren in der Regel so über das Land verteilt, dass man die Distanz zwischen ihnen an einem Tag bewältigen konnte, also etwa zwanzig bis dreißig Kilometer zu reiten hatte. Otto IV., jetzt gern Otto mit dem Pfeil genannt, und Johann II. hielten sich bevorzugt in Brandenburg an der Havel, Spandow und Tangermünde auf, hatten aber auch eine Reihe von Burgen zur Auswahl, so Freyenstein, Goldbeck, Grimnitz und Stolpe.

Im Sommer 1280 gab es ein Familientreffen der Askanier auf der Burg Grimnitz, die auf einer sandigen Erhebung zwischen dem Werbellin- und dem Grimnitzsee gelegen war und die zwischen den beiden Seen verlaufende Straße in Richtung Uckermark und Pommern sichern sollte. Angelegt worden war sie von den askanischen Markgrafen Johann I. und Otto III., die von hier aus gern zur Jagd in die nahe Schorfheide zogen. Es handelte sich um eine sogenannte Höhenburg, und Bergfriede wie Palas waren schon aus Quadergesteinen gemauert. Grimnitz war der Lieblingsaufenthalt Ottos IV., und gern rief er die Ritter zu Turnieren hierher.

In ruhigen Stunden saß er oft mit seiner Frau Heilwig am Schachbrett, umgeben von Sängern und Spielleuten. Heilwig von Schauenburg war die Tochter des Grafen Johann I. von Holstein-Kiel und half, die Herrschaft der Askanier nach Norden hin abzusichern. Außerdem war sie hübsch, intelligent und kunstliebend.

»Otto, ich würde mir diesen Zug noch einmal überlegen.« So einfühlsam wie möglich versuchte sie, ihrem Gatten zu vermitteln, dass er in zwei Zügen matt sein würde, wenn er ihren König wirklich mit seinem verbliebenen Springer angreifen würde.

»Gott, ja!« Der Markgraf wollte sich mit der flachen Hand gegen die Stirn schlagen, um sein Gehirn auf Touren zu bringen, zuckte aber im letzten Moment zurück: Der Pfeil! Er hatte sich aber auch angewöhnt, bei falschen Entscheidungen oder wenn er nicht sofort das richtige Wort zu finden vermochte, auf seine Behinderung zu verweisen. »Du weißt doch, seitdem das Ding in meinem Kopf steckt, spiele ich nur noch halb so gut wie früher.«

Heilwig lachte. »Nein, du spielst besser als früher – aber ich noch viel, viel besser!«

Otto murrte. »Es reicht schon, wenn ich auf dem Schlachtfeld verliere – bitte nicht auch noch am Schachbrett!«

Heilwig ließ Otto die Partie gewinnen, ohne dass er es merkte.

Als es nun auf den Turnierplatz ging, fürchtete Otto IV., nicht mehr alles auseinanderhalten zu können, was sein Vater Johann I. und dessen Bruder, also sein Onkel Otto III. an Nachkommen gezeugt hatten. »Man sollte ihnen große Nummern auf den Rücken kleben«, murmelte er, »oder besser gleich die Namen darauf schreiben.«

Außer seinen Verwandten hatte sich auf dem großen Platz zum Grimnitzsee hin auch alles versammelt, was am Hofe Rang und Namen hatte, so der Hofmarschall, der Truchsess, der Mundschenk, der Kämmerer und der Kanzler.

Otto IV. begrüßte alle, die da gekommen waren. Während seiner Rede wurde überall geflüstert, natürlich über den Rest des Pfeils, der in seinem Schädel steckte. Einige stöhnten auf bei dessen Anblick, andere wiederum lästerten: »Wenn ihn noch ein zweiter Pfeil getroffen hätte, auf der anderen Seite des Kopfes, würde er als Otto der Stier in die Annalen eingehen.«

»Auch so ist er ein Pfeiler des Hauses Askanien.«

»Also Otto der Pfeiler!«

»Schlimm für ihn, dass es keinen gibt, der ihm das Ding wieder rausholen kann, ohne dass er dabei das Zeitliche segnet.«

»Wozu haben wir eigentlich eine ganze Hand voller Mitregenten?«

»In Berlin soll es einen Wunderheiler geben, der Thomo von Gore den Schädel geöffnet hat.«

»Und womit hat er ihn wieder verschlossen? Mit einem Pfeil?«

»Hört auf damit! Wir können uns keinen anderen Markgrafen denken als Otto IV. Stirbt er an seinem Pfeil, ist es aus mit dem Hause Askanien!«

Giovanni da Cacciola hätte Berlin schon wieder verlassen und wäre mit Barnabas von Brokstedt weiter Richtung Dänemark gezogen, vielleicht auch nach England, wenn man ihn im Hospital zum Heiligen Geist nicht so dringend gebraucht hätte. Die beiden Freunde wohnten dort in einer der Kammern, die Reisenden, Pilgern und hilfsbedürftigen Personen zur Verfügung standen. Wie jeden Morgen frühstückten sie auch diesmal zu zweit und nicht mit den anderen im großen Saal.

»Was ist denn das?« Barnabas von Brokstedt hätte den Bissen, an dem er gerade kaute, am liebsten ausgespuckt. »Das ist doch kein Brot, das ist Schweinefutter!«

Giovanni lachte. »Das haben wir dem Rat zu verdanken. Der hat nämlich beschlossen, dass die Bäcker, wenn sie beim Verkauf schlechten Brotes erwischt werden, dieses an die beiden Armenhäuser zu liefern haben – und in einem der beiden sind wir nun mal. Das andere ist das Georgen-Hospital vor dem Oderberger Tor, wo sie die Aussätzigen unterbringen.«

Ihr Zimmernachbar, ein Franzose, kam sie besuchen und schwärmte ihnen von einem Dichter namens Rutebeuf vor.

Giovanni musste bedauern. »Rutebeuf? Den Namen habe ich noch nie gehört. Wenn mein Französisch mich nicht täuscht, dann bedeutet *rude bœuf* rüder Ochse.«

Der Franzose nickte. »Er hat diesen Spitznamen, weil er insbesondere die Bettelmönche, die sich in alles einmischen und dem Volke alle Belustigungen austreiben möchten, rüde attackiert.«

Der Medicus klatschte in die Hände. »Bravo, ein guter Mann!«

»Aber er hat es schwer, denn er trinkt viel, ist der Spielsucht verfallen und lebt verbittert und in Armut. Als Spielmann muss er sein Leben fristen, und es ist einsam um ihn herum.« Daraufhin zitierte der Franzose den Anfang eines Gedichtes von Rutebeuf: »*Was ist aus meinen Freunden geworden, / die ich für so nahe hielt und so sehr liebte? / Wie der Wind Bäume entblättert, / so ist auch mir kein einziges Blatt geblieben.*«

In diesem Augenblick erhob sich draußen auf den Gängen des Spitals gewaltiger Lärm, und Giovanni da Cacciola stürzte hinaus, als jemand seinen Namen rief.

»Da haben sie jemanden aus der Spree gezogen, und vielleicht könnt Ihr ihn wieder zum Leben erwecken.«

Als Giovanni das Gesicht des Mannes erblickte, den sie da hereingetragen hatten, schrie er auf, denn es handelte sich um keinen anderen als Thomo von Gore.

»Auf dem Mühlendamm ist er ins Taumeln geraten und dann ins Wasser gefallen«, wurde dem Medicus weiter berichtet.

Er beugte sich über Thomo und versuchte alles, um ihn ins Leben zurückzuholen – doch es war zu spät.

Der Truchsess Ludwig von Langeleben stürzte herein, brach vor dem Leichnam des Freundes in die Knie und verharrte in stiller Trauer. Als er sich wieder etwas gefangen hatte, sprang er auf und begann, Giovanni da Cacciola zu beschimpfen.

»Ihr tragt die Schuld an seinem Tod!«

»Wie kommt Ihr denn darauf?«

»Ihr habt in seinem Kopf etwas zerstört, deswegen ist er ins Wasser gefallen und ertrunken!«, schrie Ludwig von Langeleben.

Jetzt ging Barnabas von Brokstedt dazwischen. »Ohne Schädelöffnung wäre er doch damals schon gestorben.«

»Das wisst Ihr doch nicht!«

Giovanni zog sich zurück, ohne sich zu verteidigen. Schuldig an

Thomo von Gores Tod fühlte er sich nicht, er war nur furchtbar traurig, dass es so gekommen war. Er hatte alle Möglichkeiten der medizinischen Kunst auszuschöpfen versucht, alles andere war Sache der höheren Mächte.

VIER

Erich von Brandenburg war von seiner Familie früh für den geistigen Stand bestimmt worden, und so war ihm das regelmäßige Gebet in Fleisch und Blut übergegangen. An diesem Vormittag kniete er vor dem Altar der Marienkirche und sprach halblaut: »*Gelobet sei der Herr täglich. Gott legt uns eine Last auf; aber er hilft uns auch.*«

Als er sich wieder erhoben hatte, wollte er weiter in der Bibel lesen, doch im Kirchenschiff war es für seine schwachen Augen zu dunkel. Seine schlechte Sehkraft war für ihn eine große Belastung, und das wurde ihm auch am Sonntag wieder schmerzlich bewusst, da er als hoher Gast auf der Kanzel der Marienkirche stand. Er verhaspelte sich so oft, dass es für alle Gläubigen recht beschämend wurde, als er seine Predigt auf ein Kapitel des Buches Jesaja aufzubauen gedachte. »Der Herr hat mir eine geleckte Zunge gegeben, dass ich wisse, mit dem Mürben zu recht zu zweit zu reden. Ich hielt meinen Rüden dar denen, die mich schlugen, und meine Wogen denen, die mich ranften; mein Angedicht verbarg ich nicht vor Schmauch und Speichel.«

Diejenigen unter seinen Zuhörern, die bibelfest waren, schüttelten nur mitleidig den Kopf, die anderen rätselten, was er wohl meinte.

»Das verstehe ich nicht«, sagte Barnabas von Brokstedt, der Theologie studiert hatte und das prophetische Buch des Jesaja sehr gut kannte. »Der Mann war doch lange Zeit Domherr und Propst des Stiftes St. Bonifatius zu Halberstadt.«

Giovanni da Cacciola grinste. »Mit Brille wäre das nicht passiert.«

»Womit?«

»Mit einer Brille. Das kommt von Beryll, dem Halbedelstein.« Der

Medicus holte aus zu einer längeren Erklärung: »Schleift man einen Bergkristall zu einer dünnen Linse und hält ihn vor ein schwaches Auge, so werden die kleinsten Buchstaben zu großen Lettern. Die Ägypter und die Araber kannten das schon, und bei Alhazen ist von einem Lesestein die Rede. Weißt du, was Albrecht von Scharfenberg über den *berillus* gedichtet hat?«

»Nein, ich kenne gar keinen Albrecht von Scharfenberg.«

Giovanni begann, nach Art eines großen Schauspielers die Verse vorzutragen: »*Sam der berillus grozet di schrift in im ze lesene, din herze dem genozet, dar inne alle tugende mit wesene wahsent hoch, breit, wit und ouch di lenge.*«

»Ah ja: So wie der Beril die in ihm zu lesende Schrift vergrößert, gleicht ihm dein Herz, darin alle Tugenden in ihrem Wesen hoch, breit, weit und auch in die Länge wachsen. Danke für das Kompliment!«

Nach der Predigt wollte es der Zufall, dass ihnen Erich von Brandenburg über den Weg lief. Giovanni da Cacciola wollte sich vorstellen, doch Erich winkte ab. »Ich habe Euch bei der Beerdigung von Thomo von Gore gesehen und weiß, dass Ihr alles getan habt, was in Euren Kräften stand. Aber der Herr hat es anders gewollt.«

»So, wie er es nicht gewollt hat, dass Ihr Erzbischof von Magdeburg werdet«, sagte der Medicus mit einer gewissen Keckheit, aber auch, weil es ihn gehörig verärgerte, wenn man annahm, Gott würde sich um jede Kleinigkeit auf Erden höchstpersönlich kümmern.

Erich von Brandenburg fuhr nun keineswegs auf, sondern begann, dem Medicus sein Herz auszuschütten. »Wenn Ihr wüsstet, wie sehr ich unter allem leide! Ich bin ein Mann des Friedens und hasse jede Fehde, und ausgerechnet meinetwegen wird nun Krieg geführt. Aber diese Magdeburger! Über fünfzehn Jahre ist es nun her, dass Papst Urban IV. die Domherren dort gebeten hat, mir ein Kanonikat einzuräumen – doch sie weigern sich! Da haben sich nun meine Brüder herausgefordert gefühlt. Mich belastet das alles so sehr, dass mein Augenlicht zusehends schwächer wird.«

»Dagegen lässt sich etwas tun«, sagte Giovanni. »Wenn es Euch nichts ausmacht, uns zum Heilig-Geist-Spital zu begleiten …«

Wenig später hielt sich Erich einen geschliffenen Beryll vor die Augen und konnte plötzlich auch die kleinsten Buchstaben lesen, die von den Mönchen gemalt worden waren.

Erich war entzückt, und zum Dank wurde Giovanni da Cacciola wenig später zu einer festlichen »Tafeley« ins Hohe Haus der Markgrafen am Oderberger Tor geladen.

Bei dieser Gelegenheit lernte der Medicus Otto IV. kennen und betrachtete mit unverhohlenem Interesse den abgebrochenen Pfeil, der ihm im Schädel steckte.

Der Markgraf verfolgte Giovannis Blicke ebenso skeptisch wie ängstlich. »Da juckt es Euch wohl in den Fingern?«

Der Medicus seufzte. »Allerdings ...«

Der Truchsess Ludwig von Langeleben mischte sich nun ungefragt ein. »Bloß keine Operation! Das endet nur wie bei Thomo von Gore.«

Otto IV. sah den Medicus hilfesuchend an. »Was wird denn geschehen, wenn der Pfeil über lange Zeit dort bleibt, wo er steckt?«

Giovanni dachte nach. »Ein solcher Fall ist mir nicht bekannt. Die Metallspitze wird sicher keinen Schaden anrichten. Aus welchem Holz besteht der Pfeilschaft?«

»Aus Esche.«

»Nun, das ist ein hartes Holz, aber auch das fängt irgendwann zu faulen an, und dann werden sich in Eurem Blut Stoffe ansammeln, die Giften ähnlich sind ...«

Otto IV. war bleich geworden. »Mein Todesurteil ist also schon gefällt?«

»Nicht, wenn es mir gelingt, den Pfeil zu entfernen.«

»Und das ist dann der sichere Tod!«, rief Ludwig von Langeleben. »Genau wie bei Thomo von Gore.«

1280 war für Berlin und Cölln ein wichtiges Jahr. Die Markgrafen und Mitregenten Otto der Lange, Albrecht III. und Otto der Kleine, denen die Doppelstadt gehörte, hielten hier ihren Landtag mit allen Vasallen ab – und das waren über hundert Männer aus der Altmark, der Prignitz und der Mittelmark. Es kam viel Geld in die Kassen, was Gastwirte und

Händler gleichermaßen erfreute. Manche Adlige äußerten aber auch ihren Unmut.

»Nicht einmal eine richtige Burg oder ein Schloss gibt es hier in Berlin!«, schimpfte einer aus der Familie Gans Edle Herren zu Putlitz. »Die Askanier haben zwar auch nur ihr kümmerliches Haus am Oderberger Tor – wir aber müssen uns in den engen Kammern irgendwelcher Bürgersleute einquartieren.«

»In Brandenburg an der Havel sieht es noch schlechter aus«, fand einer aus der Gruppe der Quitzows. »Wir brauchen endlich eine richtige Hauptstadt!«

»Die wünsch dir mal nicht!«, lachte Arnold von Bredow. »Wenn wir die haben, verkümmern wir nur in ihrem Schatten.«

Giovanni da Cacciola verfolgte dies alles zwar nur am Rande, aber mit einigem Interesse, denn es war immer gut, ängstliche Patienten bei der Behandlung mit Gesprächen abzulenken. Dies war auch beim Ratsherrn Conrad Bettkober vonnöten, der ihn wegen eines vereiterten Fingernagels im Hospital zum Heiligen Geist aufgesucht hatte, wo man ihm eine kleine, aber helle Kammer als Ordination zur Verfügung gestellt hatte.

»Es schmerzt höllisch und sieht böse aus. Ich muss mich an einem verrosteten Nagel verletzt haben ...«

Der Medicus besah sich die Verletzung. »Hm ... Und dann ist es auch noch der Zeigefinger der rechten Hand, mit dem man immer auf andere Menschen zeigt«, meinte er amüsiert.

»Ihr zögert!«, rief der Ratsherr voller Schrecken. »Heißt das, Ihr müsst mir den Finger abnehmen?«

»Eine Amputation? Nein, um eine kleine Operation werden wir jedoch nicht herumkommen. Aber erzählt doch einmal, was Ihr den Markgrafen Gutes für Berlin abgerungen habt!«

»Die Bede wird abgeschafft«, berichtete ihm Bettkober. »Und dann haben sie uns Rechte verkauft, mit denen wir unsere Einkünfte erhöhen können. Außerdem will Otto IV. in Berlin eine Münze einrichten ... Au!«

Sein Schmerzensschrei hallte durch das ganze Hospital. Aber damit war das Schlimmste überstanden, und Giovanni da Cacciola konnte sich daranmachen, die Wunde zu verbinden.

Nach vierzehn Tagen war alles verheilt, und Conrad Bettkober war derart begeistert von dem italienischen Neuberliner, dass er davon sprach, Giovanni für immer an die Stadt zu binden – und zwar dadurch, dass man ihn zum Bürgermeister machte. Von den einfachen Bürgern, insbesondere den Handwerkern und Dienstleuten, wurde dieser Vorschlag mit Beifall aufgenommen, das Patriziat aber war strikt dagegen, denn allzu viele Männer dieses Standes machten sich selbst Hoffnung auf das hohe Amt und gönnten es keinem Zuwanderer. Bestärkt darin wurden sie auch durch den Truchsess Ludwig von Langeleben, der dem Medicus gegenüber einen immer stärkeren Hass entwickelte.

Giovanni verfolgte dies alles außerordentlich amüsiert.

Barnabas von Brokstedt aber hielt es für nötig, ihn zu trösten: »Warte nur ab, wenn du Otto IV. erst einmal den Pfeil aus dem Kopf herausoperiert hast, wird er dir aus Dankbarkeit noch ganz andere Ämter anbieten!«

Otto IV. konnte sich auch nach Wochen an den Fremdkörper in seinem Schädel nicht gewöhnen, und manchmal musste er mit beiden Händen die Tischplatte umklammern, um sich selbst daran zu hindern, das Ding herauszureißen.

»Tu es nicht!«, schrie seine Frau, denn auch sie wusste, dass Pfeilspitzen mit Widerhaken versehen waren und beim Herausreißen Schreckliches passieren konnte.

Einem alten Haudegen und vierschrötigen Menschen hätte ein abgebrochener Pfeil im Kopf vielleicht nicht sonderlich zusetzen können, aber Otto IV. war erst 42 Jahre alt und ein sehr sensibler Mensch, ein Minnesänger und Dichter. Was ihn quälte, war vor allem die Angst, dass das Geschoss doch Teile seines Gehirns verletzt haben könnte, und diese Gefahr sah er ein jedes Mal wachsen, wenn er mit dem Kopf, die abgebrochene Pfeilspitze wie ein Horn voran, gegen etwas Hartes stieß, gegen einen zu niedrigen Türrahmen oder eine zu tief hängende Öllampe. Manchmal wollte er seine Bediensteten schon bitten, ihn auf der Bettstelle festzubinden, damit er nur auf dem Rücken liegen konnte. Wälzte er sich im Bett herum, konnte es geschehen, dass er im Schlaf mit dem Pfeil gegen den Bettpfosten kam und es höllisch schmerzte. Dann sprang er regelmäßig auf und lief im Haus herum, was jedoch auch keine Lösung war, denn da er mit seinem Hof ständig auf Reisen war, konnte er sich keine Räumlichkeit so gut einprägen, dass er im Dunkel nicht ständig gegen Schränke oder Truhen gekracht wäre.

»Bisweilen wünschte ich mir, das verdammte Ding hätte sich mir direkt ins Gehirn gebohrt, dann läge ich jetzt in Chorin im Grab und bräuchte mich nicht mehr zu quälen«, erklärte er gegenüber Johann von Buch des Öfteren.

»Dann geh doch endlich zu Giovanni da Cacciola, und lass dich operieren!«

»Und wenn das schiefgeht?«

Johann von Buch seufzte. »Tiefer als in die Hand Gottes kann man nicht fallen.«

Giovanni da Cacciola und Lux von Güssen ritten am frühen Morgen aus dem Oderberger Tor. Ihr Ziel war das Dorf Buchholz, wo es eine Reihe von Bauern gab, die Berlin mit Schweinefleisch belieferten.

»Muss es wirklich ein Schweinekopf sein?«, fragte Lux von Güssen.

Giovanni lächelte. »Nein, Eurer wäre mir lieber. Wenn Ihr also so freundlich wärt …«

»Gern!«, gab der Ritter zurück. »Aber was soll's, wo Ihr nicht mit Pfeil und Bogen umgehen könnt und mich niemals treffen würdet …«

Es ging um ein Experiment, das vielen überaus skurril erschien, das Giovanni aber für unabdingbar hielt, wollte er wirklich darangehen, Otto IV. den Pfeil aus dem Schädel zu entfernen. Er wollte einen Schweinekopf beschießen lassen und dann sehen, wie sich die metallene Pfeilspitze mit ihren beiden Widerhaken aus einem Schädelknochen entfernen ließ, ohne dass er dabei übermäßig viel Knochensubstanz und Gewebe zerstören musste.

»Gut, es bleibt also bei einem Schweinekopf.«

Lux von Güssen ließ nicht locker. »Kann es nicht auch ein Hirsch sein? Das wäre für einen Landesherrn etwas edler …«

»Nein«, entschied der Medicus. »Ich habe in Salerno gelernt, dass das

Schwein von allen Tieren, die es in unseren Breiten gibt, anatomisch die meisten Ähnlichkeiten mit einem Menschen aufweist.«

»Jetzt verstehe ich auch, warum sich so viele von uns wie Schweine benehmen.«

Derart munter plaudernd erreichten sie Buchholz und fanden den Bauern Jochen tatsächlich da, wo Lux von Güssen ihn vermutet hatte: im Schweinestall.

»Wir haben eine Bitte …«, begann Giovanni da Cacciola.

Als Jochen seinen Wunsch vernommen hatte, schüttelte er nur den Kopf und erklärte ihnen in einer Sprache, die sie kaum verstanden, warum das nicht ginge: »Ick hab nix slachten tan wat.«

»Gut, dann verkaufe uns ein Tier, und ich töte es hier an Ort und Stelle mit Pfeil und Bogen.«

»Nee, ick tu liebers nehm miene Axt un det Messa.«

Es entspann sich eine längere Diskussion, die Giovanni dadurch beendete, dass er dem Bauern erklärte, für ihn habe alles nur Sinn, wenn Lux von Güssen einem toten Schwein einen Pfeil in den Kopf jagte. »Und es muss dieselbe Stelle sein wie beim Markgrafen.«

Zu Tode erschrocken, riss Jochen die Augen auf. »Je wulln de Otto umbt Leben bringen?«

Erst nach einer ganzen Weile konnten sie Jochen überzeugen und mit dem Procedere beginnen. Zwei Tiere mussten geschlachtet werden, bis der Pfeil endlich an der richtigen Stelle saß und Giovanni mit dem Schweinekopf nach Berlin zurückkehren konnte, um sich im Spital zum Heiligen Geist alles genau ansehen zu können.

Zwei weitere Tage vergingen, dann hatte man im Spital einen großen und lichtdurchfluteten Raum als eine Art Operationssaal hergerichtet. Dem Medicus war es auch gelungen, zwei Mönche so zu schulen, dass sie ihm zur Hand gehen konnten. Barnabas von Brokstedt wurde zum Askanierhof geschickt, Otto IV. zu holen.

»Nun denn …« Kreidebleich war der Markgraf in den Operationssaal getreten. »Lasset uns vorher noch beten.«

Als man dies getan hatte, legte er sich auf den Operationstisch und schloss die Augen, um alles gottergeben über sich ergehen zu lassen.

Doch als er es in seiner Nähe klirren und klappern hörte, schlug er die Augen noch einmal auf, und als sein Blick auf die Instrumente fiel, die Giovanni da Cacciola einsetzen wollte, schnellte er hoch, sprang auf den Boden hinunter und floh in wilder Panik aus dem Heilig-Geist-Spital.

fünf

Bartholomäus von Brokstedt hätte seinen Fuß nie freiwillig auf Berliner Boden gesetzt, wenn ihn nicht der neue Magdeburger Erzbischof Bernhard III. von Wölpe darum gebeten hätte, mit den askanischen Markgrafen über einen dauerhaften Frieden zu verhandeln. Zermürbt von allen Fehden und Querelen, hatte sein Vorgänger Günther I. von Schwalenberg auf das Amt verzichtet.

»Bringt die Brandenburger dahin, dass sie endlich davon ablassen, ihren unsäglichen Erich uns Magdeburgern einzupflanzen, und bietet ihnen als Gegenleistung an, dass wir unsererseits den Fehdehandschuh beiseite legen und auf jegliche Entschädigung für die Verwüstungen verzichten, die sie bei uns angerichtet haben.«

Ehe sich Bartholomäus von Brokstedt nun in die Verhandlungen mit Otto IV. stürzte, wollte er sich erst einmal umhören, was man am askanischen Hofe so fühlte und dachte, und da kam ihm seine alte Bekanntschaft mit dem Ratsherrn Conrad Bettkober gerade recht. Als er dessen Haus betrat, herrschte dort eine außerordentlich gedrückte Stimmung, und weder Bettkobers Frau noch seine Tochter wollten aus ihren Kammern kommen, ihn zu begrüßen.

»Was ist denn passiert? Ist jemand krank?«

Conrad Bettkober winkte ab. »Berblin hat Liebeskummer …«

»Oh, soll sie mit jemandem verheiratet werden, den sie nicht mag?«

»Ja, mit einem wohlhabenden und gutaussehenden Kürschnermeister, der vor zwei Jahren Witwer geworden ist. Aber sie schreit Zeter und Mordio und will von ihrem Giovanni nicht lassen.«

Bartholomäus von Brokstedt wurde hellhörig. »Meint Ihr etwa Giovanni da Cacciola, den Medicus aus Salerno?«

»Erraten! Er hat sie einmal bei einem schlimmen Anfall gerettet, und nun ist er ihr Märchenprinz. Er aber zeigt kein Interesse an ihr.«

»Nun, Giovanni da Cacciola ist ein guter Bekannter meines Sohnes, und ich werde ihn nachher einmal auszuforschen versuchen. Man hört, die beiden sollen im Spital zum Heiligen Geist Quartier genommen haben …«

Conrad Bettkober nickte. »In der Tat.«

Danach setzten sie sich zusammen, um die politische Lage zu beraten. Der Berliner Ratsherr sprach sich entschieden für ein harmonisches Verhältnis zu den Magdeburgern aus, weil er sich davon einen weiteren Aufschwung des Handels und der Gewerbe versprach, glaubte aber nicht, dass Otto IV. mit dem Pfeil und Johann II. auf die Inthronisation ihres Bruders verzichten würden.

»Was könnte sie denn dazu bewegen, von Erich von Brandenburg als Erzbischof abzusehen?«, fragte Bartholomäus von Brokstedt.

Der Ratsherr lachte. »Nur der Anschluss Magdeburgs an die Mark Brandenburg.«

Als Bartholomäus von Brokstedt klargeworden war, dass sich ein neuer Waffengang kaum vermeiden ließ, machte er sich auf den Weg, um seinen Sohn zu besuchen. Berlin und Cölln gefielen ihm gar nicht. Gemessen an Magdeburg – von Cöln, Mailand, Paris und London gar nicht zu reden –, war es ein langweiliges Nest. Welch Fortschritt, dass sie inzwischen schon mit Steinen bauten! Wenn auch nur mit selbstgebackenen, wie er immer lästerte, mit Backsteinen und keinen, wie sie die Natur so wunderbar geschaffen hatte. Immerhin hausten sie nicht mehr in Holz- und Lehmhütten.

Als er das Heilig-Geist-Spital erreicht hatte, wurde ihm sofort der Weg zur Kammer seines Sohnes gewiesen, und freudig wollte er an die Tür klopfen, als er von drinnen ein so heftiges Stöhnen vernahm, dass er erschrak und an einen Anfall dachte. Ohne sich zu besinnen, riss er die Tür auf. Was er sah, ließ ihn erstarren. Da lag nämlich dieser Giovanni auf seinem Sohn Barnabas.

»Auseinander!«, schrie Bartholomäus von Brokstedt.

Die beiden Liebenden fuhren hoch und bedeckten flugs ihre Blöße.

»Was treibt ihr denn da?«

Giovanni da Cacciola lächelte. »Halten zu Gnaden: Wir spielen Achilles und Patroklos, wie sie sich bei Aischylos nahekommen. Euer Sohn und ich, wir sind ein Paar – und Paare paaren sich nun mal.«

»Nein, dieses Berlin!«

Gedanke die sint ledic frî,
daz in der werlte nieman kan erwenden.
dâ ist ouch dicke senen bî,
die ich von dem herzen ofte unsanfte sende.
ein rehtiu liebe mich betwanc,
daz ich ir gap daz herze mîn,
des werdent mir diu jâre sô lanc.

Berblin Bettkober ging das Lied des Minnesängers Dietmar von Eist nicht mehr aus dem Kopf.

Ihr Fühlen und Denken war derart auf Giovanni da Cacciola gerichtet, dass sie sich ein Leben ohne ihn nicht vorstellen konnte. Es musste etwas geschehen!

Giovanni da Cacciola konnte sich nun manches erklären. So zum Beispiel, warum sich bei ihm nichts geregt hatte, als ihn Berblin Bettkober angehimmelt hatte. Bereits seit langem war es so, dass er attraktive Frauen geradezu fürchtete – oder gelangweilt war von ihrem Anblick. Es war nur zu hoffen, dass Bartholomäus von Brokstedt keinen Skandal aus der Liebesgeschichte machte, sonst blieb ihm wohl nichts anderes übrig, als mit Barnabas ins Kloster zu gehen.

Gedankenverloren ging er am Ufer der Spree spazieren und kam zum Oberbaum, wo es immer amüsant zuging, denn die Schiffer fluchten so schön. Zum einen über die Abgaben, die sie zu zahlen hatten, zum anderen über den Umstand, dass sie am Mühlendamm anlegen und ihre Waren über ihn hinweg zur anderen Seite tragen und auf einen zweiten

Kahn verladen mussten. Als er an der Stelle angekommen war, wo die Berliner Stadtmauer ihren Anfang nahm, hörte er Leute schreien: »Da ist eine Frau ins Wasser gegangen! Rettet sie!«

Und da kein anderer die Kunst des Schwimmens beherrschte, war es an Giovanni, ins Wasser zu springen und die Frau, die schon in den trüben Fluten der Spree versunken war, zu packen und an Land zu ziehen. Gott, das war ja Conrad Bettkobers Tochter! Schnell hatte er sie wiederbelebt.

»Ich danke dir, o Giovanni«, hauchte sie.

Der Medicus lachte. »Das wird langsam zur Gewohnheit, dass ich dich rette.«

»Jeden Morgen möchte ich von dir gerettet werden.«

O weh, dachte Giovanni, und wer rettet mich vor dir? Berblin Bettkober war ein wunderbares Wesen, doch er fühlte nun mal anders. Wie konnte er ihr das nur beibringen? Er versuchte es mit einer Notlüge: »Ich bedaure, aber ich bin zum Leibarzt des Papstes berufen worden, und Nikolaus III. verlangt, dass man in dieser Funktion streng im Zölibat lebt. Der Herr behüte dich.«

Damit küsste er Berblin auf die Stirn, übergab sie der Obhut zweier herbeigeeilter Frauen und floh in Richtung Stralower Tor. Nur raus aus der Stadt!

So wanderte er am nördlichen Ufer der Spree entlang Richtung Cöpenick, bis er einen umgestürzten Baumstamm fand, auf den er sich setzen und nachdenken konnte. Als er nach einer Mücke schlug, die sich auf seinem Arm mit Blut versorgen wollte, geriet er mit seiner Hand auf etwas Hartes, das in den Taschen seines Gewandes steckte. Als er nachsah, fand er den kleinen Handspiegel, den ihm Berblins Vater geschenkt hatte, nachdem er seine Tochter vor dem Erstickungstod gerettet hatte. Auch das noch! Er litt, wusste er doch, wie sehr Berblin in diesen Stunden leiden würde. Jede gute Tat rächte sich einmal ... Das Leben schrieb jede Menge trauriger Geschichten, und er blickte in den kleinen Spiegel, um zu lesen, was in seinem Gesicht geschrieben stand.

Genau dies rettete ihm das Leben, denn im Spiegel sah er, wie hinter ihm ein Mann aus dem Gebüsch trat, lautlos seinen Bogen spannte und auf ihn anlegte. Giovanni warf sich reaktionsschnell ins Gras. Der Pfeil zischte über ihn hinweg. Diesmal kriege ich dich aber! Giovanni schnellte wieder hoch und sprang ins Gebüsch, ehe der Schütze einen zweiten Pfeil einlegen konnte. So blieb diesem nur die Flucht. Aber schon war Giovanni hinter ihm und hatte ihn mit einem Faustschlag gegen den Hinterkopf niedergestreckt. Ohne sich weiter zu besinnen, zog er ihm das Hemd vom Körper und zerriss es, um ihn mit den einzelnen Streifen an Händen und Füßen zu fesseln. Als der Mann wieder zu sich kam, setzte er ihm sein Messer an die Kehle.

»Wer bist du? Sprich – oder …«

»Edgaro Rotolo«, stieß der Mann hervor, und da erkannte ihn der Medicus. Edgaro erzählte Giovanni, dass ihn die Blutrache von Salerno nach Berlin getrieben habe.

Giovanni schüttelte sich. »Das ist doch alles barbarisch! Ich könnte dich jetzt töten und hier verscharren, aber zum einen bin ich Arzt, und zum anderen verbietet uns Gott zu töten. Also soll das Berliner Stadtgericht entscheiden, was mit dir geschieht.«

Der Operationssaal im Spital zum Heiligen Geist war aufs Beste hergerichtet, und Giovanni da Cacciola war voller Hoffnung, denn gestern war Giovanni da Procida nach Berlin gekommen, und in ihm hatte er einen Assistenten, wie es auf der ganzen Welt keinen besseren gab. Nicht zuletzt diese Tatsache mochte Otto IV. bewogen haben, den Eingriff trotz aller Ängste und Bedenken doch noch vornehmen zu lassen.

Gleich nach dem Morgengebet hatte er erscheinen wollen, und vom Hohen Haus der Markgrafen am Oderberger Tor bis zum Standort des Spitals am Spandauer Tor war es nun wahrlich kein weiter Weg, doch Minute um Minute verging, ohne dass der Landesherr sich blicken ließ.

Dafür trat der Truchsess Ludwig von Langeleben in den Operationssaal und informierte die beiden Ärzte dahingehend, dass Otto IV. mit seiner Frau zusammen im Gebet verharren würde und sie sich noch etwas gedulden mögen.

Der Medicus lächelte. »Selbstverständlich, wir müssen nur aufpassen, dass das Eschenholz in seinem Kopf nicht anfängt, Wurzeln zu schlagen und er eines Tages einen ganzen Baum mit sich herumtragen muss.«

Giovanni da Procida konnte darüber herzlich lachen, der Truchsess hingegen verstand den Scherz nicht.

»Signore Cacciola«, fauchte er den Medicus an, »ich warne Euch: Stirbt der Markgraf unter Euren Händen, dann lasse ich Euch zum Henker schleppen!«

Wiederum lächelte Giovanni. »Wenn das keine Motivation ist!«

Endlich erschien Otto, begleitet von seiner Frau Heilwig und seinen Brüdern Johann II., Konrad I., Albrecht III. und Erich von Brandenburg.

Giovanni da Cacciola begrüßte sämtliche Familienmitglieder mit dem gebotenen Ernst und betonte, dass er sich über ihr Erscheinen freue, es aber im Hinblick auf die Ruhe, die beim Eingriff herrschen müsse, vorziehen würde, wenn sie in einem entfernten Raum warten würden.

»Gut«, sagte Erich, »wir werden die Zeit im Gebet verbringen.« Und er begann auch gleich mit dem 138. Psalm: »*Wenn ich dich anrufe, so erhörst du mich und gibst meiner Seele große Kraft.* Herr, erbarme dich unseres Bruders Otto, und gebe diesem Medicus hier eine ruhige Hand und die Fähigkeit, das Rechte zur rechten Zeit zu tun. Amen.«

Otto IV. dankte ihm und legte sich auf den Operationstisch. »Lieber würde ich jetzt in die Schlacht ziehen!«

Giovanni lachte. »Und noch einen zweiten Pfeil abbekommen!«

Damit drängte er alle anderen aus dem Operationssaal und bat Giovanni da Procida, mit dem Schlafschwamm zu kommen und den Markgrafen ruhigzustellen. Danach sah er sich noch einmal die Zeichnung an, die er bei seinem Experiment mit dem Schweinekopf angefertigt hatte. Er wartete, bis die Kräuter ihre Wirkung getan hatten und der Markgraf eingeschlafen war, dann erläuterte er Giovanni da Procida seinen Plan. »Die Widerhaken an der Pfeilspitze werden auch bei Otto so tief im Schädelknochen stecken, dass ich diesen an beiden Seiten ein Stück entfernen muss. Wie weit die Spitze noch von der Gehirnmasse entfernt ist, wissen wir nicht, ich schätze aber, dass es nicht mehr als eine Haaresbreite sein wird. Um das Gehirn nicht zu verletzen, müssen wir alles vermeiden, was die Pfeilspitze weiter in den Kopf hineintreiben könnte.«

Giovanni da Procida nickte. »Ja, ich würde das Gebiet um den Pfeil auch so weit freilegen, dass sich ein Krater ergibt, und dann hoffen, dass wir ihn lockern können, ohne Verletzungen hervorzurufen, die irreparabel sein könnten.«

Giovanni überlegte noch einen Augenblick. »Ob es nicht besser ist, den Kopf mit Lederriemen zu fixieren, damit er nicht auffahren kann, wenn der Schmerz doch so stark wird, dass kein Opium mehr hilft?«

»Eine gute Idee!« Giovanni da Procida lief hinaus, um das Gewünschte zu besorgen, und nachdem sie Ottos Kopf festgebunden hatten, konnte der Medicus beginnen.

Sein erster Schnitt in die Haut ließ das Blut in Strömen fließen, und als Bohrer und Meißel in den Schädelknochen drangen, schrie Otto so fürchterlich, dass Ludwig von Langeleben herbeigeeilt kam, um Giovanni da Cacciola am weiteren Tun zu hindern. Giovanni da Procida konnte ihn nur mit Mühe zurückdrängen, bis … bis der Medicus den Pfeil aus dem Kopf des Markgrafen herausgezogen hatte und ihn triumphierend in die Höhe hielt.

Die Operation war ein voller Erfolg, und Otto IV. sollte noch fast drei Jahrzehnte die Geschicke der Mark Brandenburg lenken, ehe er 1309 im Alter von siebzig Jahren verstarb und im Kloster Chorin seine letzte Ruhestätte fand.

Wahrheit und Dichtung

Wahr an dieser Geschichte – und in jedem Geschichtsbuch nachzulesen – ist die Schlacht bei Staßfurt 1280, bei der Otto IV., Markgraf von Brandenburg, von einem Pfeil getroffen wurde, den er »einige Zeit« im Kopf herumgetragen hat, was seinen Beinamen begründete: Otto mit dem Pfeil.

Historisches Personal

Otto IV., genannt Otto mit dem Pfeil (um 1238–1309), Markgraf von Brandenburg aus dem Hause Askanien

Johann II. (um 1237–1281), Markgraf von Brandenburg aus dem Hause Askanien

Konrad I. († 1304), Otto V., genannt Otto der Lange († 1298), Albrecht III. († 1300) und Otto VI., genannt Otto der Kleine († 1303), Brüder bzw. Vettern und Mitregenten von Otto IV. und Johann II.

Erich von Brandenburg (um 1245–1295), Bruder bzw. Vetter der Vorgenannten, von 1283 bis 1295 Erzbischof von Magdeburg

Heilwig von Schauenburg, Ehefrau Ottos IV.

Albrecht II., genannt Albrecht der Entartete (1240–1314), Markgraf von Meißen

Friedrich I., genannt Friedrich der Gebissene (1257–1323), Markgraf von Meißen

Dietrich III. (Diezmann) (1260–1307), Markgraf von Meißen

Günther I. von Schwalenberg, von 1277 bis 1278 Erzbischof von Magdeburg

Bernhard III. von Wölpe (um 1230/40–1310), von 1279 bis 1282 Erzbischof von Magdeburg

Friedrich II. (1194–1250), deutsch-römischer Kaiser

Peter III. von Aragón (1240–1285), König von Sizilien

Manfred (1231–1266), König von Sizilien

Johann von Buch, Rat Ottos IV.

Giovanni da Procida (1210–1298), Arzt und Gesandter

Teodorico Borgognoni (um 1205–1298), Mönch, Bischof von Cervia, Arzt und Chirurg

Mechthild von Magdeburg (um 1207–1282), bedeutende Mystikerin

Margaretha von Staufen (1237–1270), erste Ehefrau Albrechts II.

Kunigunde von Eisenberg, genannt Kunne (um 1245–1286), zweite Ehefrau Albrechts II.

Fiktives Personal

Giovanni da Cacciola, Medicus aus Salerno
Barnabas von Brokstedt, sein enger Freund
Lucius da Cacciola, sein Bruder

Im Umfeld von Otto IV. und Johann II.
Thomo von Gore, Ritter
Lux von Güssen, Ritter
Ludwig von Langeleben, Truchsess
Hartmann von Carpin, Ritter

Im Umfeld des Erzbischofs von Magdeburg
Bartholomäus von Brokstedt, Ratsherr, Vater von Barnabas von Brokstedt
Ännlin, seine Frau
Hanncz, Pferdeknecht
Brid, seine Zukünftige

In Berlin und Cölln
Conrad Bettkober, Ratsherr
Duretta, seine Frau
Berblin, seine Tochter
Welper, Tuchmacher
Eukarius von Kraatz, Vogt
Edgaro Rotolo, lombardischer Kaufmann in Berlin

Sonstige
Steffan von Hartha, Wettiner Ritter

Anno 1325

Als die Berliner den Propst erschlugen

Als im Jahre 1319 der Markgraf Waldemar stirbt, der in seiner Regierungszeit zahlreiche Kriege und Eroberungszüge geführt hat, ist das für das Land Brandenburg ein schwerer Schlag. Und es kommt noch schlimmer: Nur ein Jahr später stirbt sein Vetter – und somit der letzte brandenburgische Askanier. Sofort beginnt der Kampf um das Erbe. Von allen Seiten erheben die Nachbarmächte Ansprüche, bis der deutsche König, Ludwig der Bayer, dem Streit ein Ende bereitet, indem er die Mark kurzerhand als erledigtes Lehen einzieht und sie seinem achtjährigen Sohn Ludwig übergibt.

Viele sind mit dieser Entscheidung des Königs nicht zufrieden, der Bernauer Propst Nikolaus wettert gar in der Berliner Marienkirche als Gastprediger gegen den neuen Markgrafen. Die Berliner aber halten zu Ludwig und sind empört über Nikolaus' Beleidigungen. Bald kommt es zu einem Aufruhr, und als der Propst hochmütig die Kirche verlässt, geschieht das Schreckliche: Nikolaus wird vor der Kirche erschlagen und auf dem Neuen Markt verbrannt.

Papst Johannes XXII. in Avignon ist außer sich und belegt die Städte Berlin und Cölln mit dem Kirchenbann. Und das bedeutet nichts Gutes für die Doppelstadt: Das normale kirchliche Leben ist untersagt, es dürfen also weder Messen noch Hochzeiten noch Beerdigungen stattfinden.

Um die Einhaltung des Banns zu überwachen, schickt der Papst den französischen Kurialbeamten Romain Cadignac nach Berlin. Mit heimlicher Freude macht der sich auf den Weg zur Spree, hofft er doch, die schöne Elisabeth, die er bei seinem letzten Besuch kennen- und lieben gelernt hat, wiederzusehen. Doch nicht alles läuft nach Plan: Kurz vor Berlin wird er von einer brutalen Räuberbande angegriffen und gefangen genommen. Als jedoch die Bande ihrerseits angegriffen wird und die Angreifer nur dank seiner Hilfe in die Flucht geschlagen werden können, wird er mit offenen Armen in die Gruppe aufgenommen. Eine geraume Zeit lang genießt er das Räuberleben, eines Tages aber schleicht er sich heimlich davon, um endlich nach Berlin zu kommen und die schöne Elisabeth zu treffen. Er bemüht sich um deren Gunst – dafür immer weniger um die Einhaltung des Kirchenbanns …

eins

Romain Cadignac, der aus Paris stammte, hatte seine Versetzung nach Avignon nicht gerade mit Jubel aufgenommen. Avignon war eine beschauliche Provinzstadt gewesen, bis der französische Papst Clemens V. es 1309 zu seiner Residenz gemacht hatte – ganz im Sinne von Frankreichs König Philipp IV., der das Papsttum nutzen wollte, um die Rolle seines Landes als europäische Großmacht zu sichern. Zu seiner liturgischen Weihe, der Konsekration, war Clemens V. gar nicht erst nach Rom gereist, denn Avignon sollte fortan der Nabel der katholischen Kirche sein. Anfangs fehlte es an geeigneten Baulichkeiten für die Kurie, und Clemens V. hatte im Kloster der Dominikaner wohnen müssen. Papst Johannes XXII. indes, sein Nachfolger, hatte sich im bischöflichen Palais einquartiert, und man war dabei, dieses zu einem mächtigen Palast auszubauen.

Romain Cadignac kam von der Île de la Barthelasse, schlenderte über die Brücke Saint-Bénézet und schaute gedankenverloren auf die Wasser der Rhône hinunter. Wohin ihn der Strom der Zeit wohl noch tragen würde? Eine Antwort darauf bekam er womöglich schon in der nächsten Stunde, denn er war vom Papst einbestellt worden – einem Landsmann.

Johannes XXII. war als Jacques Arnaud Duèze zur Welt gekommen und hatte, beachtlich für den Sohn eines Schuhmachers, in Montpellier Medizin und in Paris Rechtswissenschaften studiert. Er hatte seine Karriere als Kanzler des Königs von Neapel begonnen und sie in der Kirche fortgesetzt, erst als Bischof, dann als Kardinal. 1316 hatte man ihn zum Papst gewählt.

»Ich will mich stärker dem Kampf gegen Ludwig den Bayern widmen!«, rief er, kaum dass er Romain Cadignac begrüßt hatte. »Und Ihr, Cadignac, kennt Euch doch im Heiligen Römischen Reich bestens aus und beherrscht die seltsame Sprache der Leute jenseits der Alpen.«

Romain Cadignac deutete eine leichte Verbeugung an. »In aller Bescheidenheit darf ich mir den Hinweis erlauben, dass ich vor sechs Jahren Brandenburg an der Havel, Havelberg und Lebus aufgesucht habe und daher Land und Leute ganz gut kenne.« Dass er in Berlin eine Frau getroffen hatte, derentwegen er – wäre sie nicht zu jung gewesen – ohne große Skrupel gegen das Zölibat verstoßen hätte, verschwieg er lieber. »Es hat sich seitdem in der Mark Brandenburg viel verändert, denn die Wittelsbacher sind auf den Plan getreten …«

»Der Teufel hole die Bayern!«, murmelte Johannes XXII.

Romain Cadignac wusste, dass der Papst den bayerischen König Ludwig IV. mit einer Verbissenheit verfolgte, die man beinahe krankhaft hätte nennen können, wäre sie nicht machtpolitisch begründet gewesen. Ein starker Kaiser im Heiligen Römischen Reich war für Papst Johannes ein Greuel, und so überzog er Ludwig immer wieder mit Ketzerprozessen und suchte, ihn zu schwächen, wo und wann immer es ging. 1324 hatte er den Kirchenbann über ihn verhängt.

»Mein Bannfluch scheint König Ludwig nicht sonderlich getroffen zu haben«, stellte der Papst fest. »Und dass er sich nun auch in der Mark Brandenburg breitmacht, ärgert mich gewaltig. Was genau, Cadignac, geht denn da eigentlich vor?«

Romain Cadignac bemühte sich um eine kurze Zusammenfassung des Geschehens. »Markgraf Waldemar ist im August 1319 plötzlich an den Folgen eines Fiebers verstorben und hat keinen Sohn hinterlassen. Alle Fürsten ringsum haben nun versucht, Ansprüche geltend zu machen und die Mark an sich zu bringen. Sieger war …«

»Ludwig von Wittelsbach!«, rief der Papst. »Der Bayer hat gewonnen, ich weiß.«

Romain Cadignac nickte. Nachdem Ludwig 1322 im Kampf um den deutschen Thron den Habsburger Friedrich der Schöne in der Schlacht bei Mühldorf besiegt hatte, war er so dreist gewesen, alle rivalisierenden Fürsten zu übergehen und im April 1323 seinen Sohn Ludwig auf dem Reichstag zu Nürnberg mit der Mark Brandenburg zu belehnen. »Da Ludwig bei der Schenkung der Mark erst acht Jahre alt war, hat der Graf von Henneberg-Schleusingen, Berthold VII., die Regentschaft übernommen.«

Papst Johannes runzelte die Stirn. »Welche Chancen haben wir gegen ihn?«

»Die brandenburgischen Städte können wir wohl auf unsere Seite ziehen.«

»Das reicht mir nicht, Cadignac. Wir müssen zusehen, dass wir die Litauer und die Polen gegen ihn in Marsch setzen können.«

Romain Cadignac erschrak zutiefst und hatte Mühe, sich sein Entsetzen nicht anmerken zu lassen. »Davon rate ich ab, Heiliger Vater, denn es würde nur die Menschen gegen unsere Kirche und ihre Vertreter aufbringen.«

»Gut, ich werde mir alles noch einmal durch den Kopf gehen lassen.«

Damit war Romain Cadignac entlassen, und er verfiel wieder in Melancholie und Langeweile, als er erneut durch Avignon spazierte. Er sah auf die Rhône hinunter und fragte sich, ob sich deren Wasser wohl irgendwo mit dem der Spree vereinen würde. Vermutlich eher nicht, denn der eine Fluss mündete ins Mittelmeer, der andere in die Nordsee. Und so würde er seine Elisabeth wohl nie wiedersehen.

Unter den Askaniern hatte die Mark Brandenburg langsam, aber sicher Gestalt angenommen – und zwar die eines Adlers. Dabei bildeten die Mittelmark, die Altmark und die Prignitz den linken, die Neumark den rechten Flügel und die Uckermark den Kopf. Auch die Städte, teilweise Gründungen der askanischen Markgrafen, entwickelten sich von Jahr zu Jahr und gewannen stetig an Bedeutung. Ihre Bürgermeister und Ratsherren versuchten in ihrer Mehrheit, die Gunst der Stunde zu nutzen und das Machtvakuum zu füllen, das nach dem Tod des letzten Askaniers entstanden war. Die Wittelsbacher, die Bayern also, hatten noch immer nicht recht Fuß fassen können, und dem einheimischen Adel fehlte es durchweg am Willen zur Macht.

Peter von Lietzen, einer der maßgebenden Männer des Berliner Patriziats, war in letzter Zeit viel unterwegs, um Verbindung zu den anderen Städten des märkischen Städtebundes zu halten, der 1308 in Berlin geschlossen wurde. Diesmal kam er aus Eberswalde und hatte sich einem Zug von Kaufleuten angeschlossen, die von Stettin kamen und nach Berlin und Cölln wollten. Neben ihm ritt Benedikt Falcke, aus dem Gewerk der Maurer und Steinmetze, der in den letzten Jahren zu einigem Wohlstand gekommen war, weil Spandow wie auch Berlin sich nun endlich entschlossen hatten, Wälle mit Mauern aus Ziegeln und Feldsteinen wirksam zu schützen.

»In Berlin müssen mindestens vier Mann aufeinander stehen, damit einer oben an den Rand der neuen Stadtmauer herankommt«, sagte Falcke stolz.

Peter von Lietzen lachte. »Damit ist Berlin uneinnehmbar geworden – es sei denn, die Griechen kommen mit ihren Schiffen die Spree herauf, mit jener Flotte, die damals bei der Seeschlacht vor Salamis die Perser besiegt hat.«

»Die kommen allenfalls, um Eure schöne Tochter zu entführen.«

»Ach, Elisabeth ist nicht Helena«, wehrte Peter von Lietzen ab.

Falcke war neugierig. »Hat sich denn schon jemand bei Euch gemeldet, der sie freien möchte?«

»Nein, aber sie scheint ihr Herz sowieso schon verschenkt zu haben – ausgerechnet an einen Mann der Kirche, der sie nicht anrühren darf und den sie außerdem wohl kaum wiedersehen wird.«

»Da bleibt ihr nur, ins Kloster zu gehen«, stellte Falcke fest. »Sollte sie noch zur Vernunft kommen, biete ich mich gern als Ehemann an.«

Nachdem sie Bysdal, das heutige Biesenthal, passiert hatten, ritten sie auf der Straße nach Rüdnitz in Richtung Berlin. Es ging im steten Wechsel durch Wald und Feld, der Ritt war wenig aufregend und machte sie schläfrig.

Plötzlich aber brach vom nahen Streesee her eine Schar von Buschräubern aus dem Unterholz und stürzte sich mit wildem Geschrei auf sie. Zwar waren die Gesetzlosen weder mit Schwertern noch mit Pfeil und Bogen bewaffnet, sondern nur mit Beilen, Lanzen und Knüppeln, doch auch damit waren sie den Reisigen, welche die Kaufleute zum Schutze von Leib und Leben wie der mitgeführten Waren angeheuert hatten, deutlich überlegen. Was blieb den Angegriffenen da anderes, als schnellstmöglich das Weite zu suchen? Die Buschräuber hatten jedoch die Straße mit mehreren gefällten Bäumen gesperrt, und so staute sich bald alles und verhedderte sich zu einem dichten Knäuel. Wer sich zur

Wehr setzte, lag schnell im Straßengraben, und als das erste Blut geflossen war, hatten die Überfallenen keine andere Wahl, als sich zu ergeben und um Gnade zu flehen.

»Nehmt alles, was ihr wegschleppen könnt, schont aber unser Leben!«

Die Buschräuber hatten es jedoch nicht nur auf die Packwagen der Händler abgesehen, sondern auch auf Männer der höheren Stände, für die sie ein hohes Lösegeld fordern konnten.

»Den da und den da!«, schrie dann auch ihr Anführer und zeigte auf Peter von Lietzen und Benedikt Falcke.

Die konnten nur noch mit ihren Pferden über die aufgetürmten Hindernisse setzen und dabei ihr Leben riskieren – oder aber sie mussten sich ins Unvermeidliche fügen. Benedikt Falcke war kein guter Reiter, hob deshalb die Hände und ergab sich. Peter von Lietzen hingegen drückte seinem Pferd die Sporen in die Seite und setzte zum Sprung an. Und es glückte: Pferd und Reiter flogen über die umgestürzten Bäume hinweg, ohne sich in Geäst und Blattwerk zu verfangen, und der Patrizier sprengte den Buschräubern davon. Unbehelligt erreichte er Bernau, um dann nach Berlin zu reiten.

Zu Hause umarmten ihn Frau und Kinder, und er war von allem so erschöpft, dass er einen ganzen Krug Wein trank und dann sofort ins Bett fiel. Am nächsten Morgen lief er zum Berliner Bürgermeister, um ihm von dem Vorgefallenen zu berichten. Bei Johann von Rathenow saß gerade Nikolaus von Asperstedt, ein anderer Ratsherr, und auch er war entsetzt über das, was sich auf der Straße zwischen Eberswalde und Bernau zugetragen hatte.

»Was sind das nur für Zeiten!«, rief Nikolaus von Asperstedt.

Johann von Rathenow seufzte. »Ja, seit Waldemar der Große uns verlassen hat, steht es schlimm um die Mark. Die Bayern schaffen es einfach nicht, für Ruhe und Ordnung zu sorgen.«

Peter von Lietzen lachte. »Kein Wunder, ist unser neuer Markgraf doch gerade einmal zehn Jahre alt!«

»Er hat schließlich einen Pfleger und Vormund!«, rief Nikolaus von Asperstedt.

»Dem werde ich nachher die Leviten lesen«, sagte Peter von Lietzen. »Mal sehen, ob Berthold wirklich so weise ist, wie ihm nachgesagt wird …«

Berthold VII., auch bekannt als Berthold der Weise, Graf von Henneberg-Schleusingen, war 1272 zur Welt gekommen und 1310 von Kaiser Heinrich VII. im Fürstenstand bestätigt worden. Alle dachten, der Mann komme aus Bayern, Peter von Lietzen aber hatte gehört, dass die Stadt Schleusingen im Henneberger Land gelegen war, also in Thüringen. Die Bertholdsburg in Schleusingen war nicht etwa von einem Berthold errichtet worden, sondern vom Grafen Poppo VII.

»Ich werde mein nächstes Pferd Poppo nennen«, hatte Peter von Lietzen gespöttelt. Auch als er jetzt Berthold dem Weisen im Hohen Haus der Markgrafen am Oderberger Tor gegenübersaß, war er nicht gerade von Ehrfurcht erfüllt. Niemand konnte in die Zukunft sehen, aber es erschien ihm mehr als unwahrscheinlich, dass sich die Bayern auf Dauer in Brandenburg behaupten konnten.

Berthold der Weise lächelte freundlich, aber wenig interessiert. »Was führt Euch zu mir?«

»Die Klage darüber, dass man seines Lebens nicht mehr sicher ist, sobald man die Mauern seiner Stadt verlässt«, antwortete Peter von Lietzen. Und dann berichtete er ausführlich, was ihm am Vortage widerfahren war. »Es ist die Pflicht und Schuldigkeit des Landesherrn, uns von dieser Plage zu befreien. Würde Waldemar der Große noch leben, dann …«

»Das tut er aber nicht«, schnitt der Graf von Henneberg-Schleusingen ihm das Wort ab. Und um seine schroffe Bemerkung etwas abzuschwächen, fügte er hinzu: »Nun, wenn Ihr mich fragt, dann war es keine kluge Entscheidung von König Ludwig, Rudolf I. aus der Position zu verdrängen und seinem eigenen Sohn Brandenburg zu übergeben …«

Peter von Lietzen kannte die Zusammenhänge. Eigentlich hätte Rudolf I. von Sachsen-Wittenberg nach dem Tode Waldemars und seines Neffen Heinrich mit der Mark Brandenburg belehnt werden müssen, denn er entstammte dem Geschlecht der Askanier. König Ludwig IV.

hatte dies aber nicht über sich gebracht, weil Rudolf bei der Königswahl gegen ihn gestimmt hatte.

»Und was geschieht nun?«, fragte Peter von Lietzen und machte eine hilflose Geste. »Ludwig bündelt alle seine Kräfte, um sich mit den Habsburgern auszusöhnen und den Papst in die Schranken zu weisen. Die Mark Brandenburg aber ist ihm gleichgültig – sehr zur Freude der Buschräuber!«

»Mein Schützling wird bald erwachsen sein und seinem Namen Ludwig der Brandenburger voll und ganz gerecht werden«, sagte Berthold der Weise.

Peter von Lietzen ereiferte sich: »Ja, in zehn Jahren, da ist er dann zwanzig – und die Buschräuber haben sich unterdessen in Berlin eingenistet und die Herrschaft übernommen.«

Der Graf lächelte. »Vergangenheit ist Geschichte, Zukunft ist Geheimnis, aber jeder Augenblick ist ein Geschenk. Also freut Euch, mein Lieber, dass Ihr Euch nicht wie dieser Benedikt Falcke in der Gewalt der Buschräuber befindet, sondern hier als freier Bürger Berlins vor mir sitzt!«

Peter von Lietzen sprang auf. »Ihr wollt nichts unternehmen, ihn zu befreien?«

Berthold der Weise hob entschuldigend die Arme. »Ich habe nicht die Männer dazu – Ihr aber habt das geforderte Lösegeld …«

Romain Cadignac saß am Ufer der Rhône und versuchte, flache Steine so geschickt zu werfen, dass sie über das Wasser hüpften – eine für einen Mann seiner Bildung und seines Standes sicherlich etwas kindische Beschäftigung. Er war derart in sein Spiel vertieft, dass er gehörig zusammenzuckte, als er von hinten in einem seltsamen Gemisch aus Englisch und Französisch angesprochen wurde.

»Versucht ihr herauszufinden, wie es Jesus schaffen konnte, übers Wasser zu laufen?«

Romain Cadignac fuhr herum und erkannte den Franziskaner William von Ockham, einen der berühmtesten Philosophen und Theologen dieser Jahre. »Ich bin gerade dabei, bestimmte Aussagen im

Neuen Testament einer empirischen Prüfung zu unterziehen. *Aber in der vierten Nachtwache kam Jesus zu ihnen und ging auf dem Meer*«, entgegnete er.

William von Ockham machte ein entsetztes Gesicht. »Dann werdet Ihr der Nächste sein, der vor der Kommission zu erscheinen hat.«

»So viele häretische Thesen wie Ihr werde ich aber so schnell nicht zusammenbekommen.« Romain Cadignac lachte, obwohl die Umstände keineswegs zum Lachen waren. William von Ockham hatte im Studienhaus der Franziskaner in London Unterricht erteilt und war in einen Konflikt mit John Lutterell, dem Kanzler der Universität Oxford, hineingezogen worden. Der war nach Avignon gereist und hatte Ockham der Häresie bezichtigt. 1324 war der Franziskaner dann nach Avignon gerufen worden, um sich vor einer päpstlichen Kommission zu rechtfertigen. Und das forderte ihm viel Geduld ab. Aber wenigstens war er nicht inhaftiert worden, sondern konnte sich frei bewegen.

William von Ockham setzte sich neben Romain Cadignac ins Gras und zeigte zur Baustelle des Bischofspalastes hinüber. »Was haltet Ihr vom geplanten Palais?«

Romain Cadignac lächelte. »Es entspricht nicht gerade der Forderung nach Armut, wie sie von den Franziskanern vertreten wird …«

William von Ockham machte eine abwehrende Handbewegung. »Der Armutsstreit hat nichts zu tun mit der Anklage, die gegen mich erhoben worden ist, obwohl wir Franziskaner verpflichtet sind, in vollkommener Armut zu leben.«

»Der Papst ist ein entschiedener Gegner der Armutsthese und verurteilt sie als ketzerisch«, sagte Romain Cadignac.

»Das muss er ja wohl, ist sie doch ein ständiger Angriff auf den Reichtum des höheren Klerus und den Glanz des päpstlichen Hofes.«

»Wenn man Euch so reden hört, William, wird man Euch wohl exkommunizieren.«

William von Ockham zuckte mit den Schultern. »Johannes XXII. ist vom wahren Glauben abgefallen, nicht ich.« Damit richtete er sich wieder auf, um seinen Weg am Ufer der Rhône fortzusetzen. »Ich muss noch über etwas nachdenken, und zwar über die *contingentia* …«

Romain Cadignac hatte während seiner Studienjahre bereits davon gehört. »Kontingenz ist die innere Endlichkeit einer Existenz, die sich darin äußert, dass ebendiese Existenz auch anders oder überhaupt nicht sein könnte«, trug er stolz vor.

»Nicht schlecht, mein Lieber! Es ist die Vorstellung, dass alles in der Welt Seiende als solches nicht unbedingt notwendig ist, sondern auch anders sein könnte.«

Das war eine Sicht der Welt, die Romain Cadignac überaus beeindruckend fand. So, wie die Welt war, musste sie nicht für immer sein, andere gesellschaftliche Ordnungen waren durchaus denkbar. Er erschrak, als in dieser Sekunde der Kardinal Giacomo da Carsoli auf ihn zukam, einer derjenigen, die am Hofe von Papst Johannes einen harten Kurs verfolgten – und ein unglaubliches Gespür für jede Art von Ketzerei hatten.

»Wir sind gar nicht amüsiert darüber, Euch in der Nähe dieses englischen Häretikers zu sehen!«, herrschte der Kardinal ihn an.

Romain Cadignac hatte dieses Avignon langsam satt. Wenn er den Kardinal jetzt provozierte, konnte er damit vielleicht sogar erreichen, endlich woandershin geschickt zu werden. Und das war ganz einfach zu bewerkstelligen: Er brauchte nur ein paar Worte Englisch zu sprechen. *»I apologise, but William wanted to know whether it is blasphemy to pee in this river«*, gab er mit ernstem Gesicht zurück.

Der Sage nach war Albrecht dem Bär bei einer Jagd mitten in der Heide ein Krug Bier serviert worden, und er hatte angesichts des köstlichen Gebräus ausgerufen: »Just an dieser Stelle soll eine Stadt gegründet und nach mir benannt werden: Bärnau!«

In Wirklichkeit war der Begründer der Mark Brandenburg nie in diese Gegend gekommen, und der Name Bernau leitete sich wohl von dem slawischen Vornamen Barnem ab. Für sein Bier allerdings war die Stadt bekannt, und sogar der Bernauer Propst Nikolaus genoss es gern. So auch an diesem Tage, als er seinen Freund Gerwin und seinen Bruder Heinrich, auch sie Diener Gottes, in seinem Haus zu Gast hatte. Wie immer bei ihren Gesprächen ging es um die große Politik und die Frage, wie man sich am besten verhielte, ohne zwischen die Mühlsteine zu geraten und zermalmt zu werden.

»Meiner Ansicht nach, lieber Nikolaus, hast du dich, was Rudolf betrifft, zu weit aus dem Fenster gelehnt«, fand Gerwin.

Das wollte der Propst nicht auf sich sitzen lassen. »Das habe ich nicht, denn erstens ist Rudolf der rechtmäßige Markgraf von Brandenburg, und zweitens ist er ein Erzfeind Ludwigs – und Ludwig ist von Papst Johannes gebannt worden, also ist er auch unser Feind.«

»Nun«, wandte Heinrich ein, »die Leute hier stehen eher auf Seiten der Bayern und sind dem Papst, aber auch den Sachsen und vor allem Rudolf nicht gut gesinnt – und das wohl nicht ohne Grund.«

Rudolf I., Herzog von Sachsen-Wittenberg, war dadurch aufgefallen, dass er einerseits allen Landeskindern, die slawische Wurzeln aufwiesen, ihre alte Sprache verbieten wollte und andererseits mit der Vertreibung der Juden aus Wittenberg begonnen hatte. Bei der Königswahl vom Oktober 1314 hatte er gegen Ludwig gestimmt. Das waren die Fakten, und Nikolaus und seine Gäste beratschlagten lange darüber, was dabei rechtens und richtig war und was nicht.

Nikolaus beendete die Diskussion mit der Ankündigung, am Sonntag darauf in der Berliner Marienkirche predigen zu wollen. »Ich werde den Leuten die Augen öffnen!«

Wentzel Natusch war Schneider in Berlin und ein ebenso friedlicher wie fröhlicher Mensch. Nach Feierabend ging er gern noch in eine Schenke, um zu hören, was die Leute so sprachen und ob sich vielleicht ein neuer Kunde finden ließ. Heute brannte die Luft an seinem Stammtisch, und je später es wurde, desto mehr redeten sich die Leute in Rage.

»Habt ihr schon gehört, dass am Sonntag dieser Dreckskerl aus Bernau bei uns in der Marienkirche sein Maul aufreißen wird?«, fragte Jost Bollinger.

»Schlagt dem Nikolaus / alle Zähne einzeln aus!«, reimte Caspar Born. »Schließlich hat dieser Nichtsnutz im Priestergewand ganz laut ja geschrien, als der Papst, dieser Verbrecher da in Avignon, die Litauer und die Polen aufgefordert hat, in unsere Neumark einzufallen und dort alles zu erschlagen, was zwei Beine hat. Auge und Auge, Zahn um Zahn, das ist es, was meine ich.«

»Recht hat er!«, rief Eberhard Broebes. »Es ist schon schlimm genug, dass wir einen Landesherrn haben und dazu einen König und Kaiser, da brauchen wir nicht auch noch einen Pfaffen, der uns Vorschriften macht. Gott ja – Pfaffen nein! Zum Teufel mit all dem kirchlichen Gesocks!«

Wentzel Natusch fand es an der Zeit, die Leute am Stammtisch mit den ersten Zeilen des Paulus-Briefes zu warnen. »*Jedermann sei untertan der Obrigkeit, die Gewalt über ihn hat. Wer sich nun der Obrigkeit widersetzt, der widerstrebet Gottes Ordnung.*«

»Wentzel, ich warne dich!« Jost Bollinger sah ihn böse an. »Noch ein Wort, und ich lasse mein nächstes Gewand bei einem andern schneidern!«

Peter von Lietzen saß abermals mit Johann von Rathenow und Nikolaus von Asperstedt zusammen, um zu beraten, wie man den wackeren Benedikt Falcke aus den Fängen der Buschräuber befreien konnte, nachdem sich Berthold VII. von Henneberg-Schleusingen außerstande gesehen hatte, Soldaten gegen diese in Marsch zu setzen.

»Das geht doch nicht an, dass wir das Lösegeld aufbringen!«, rief Johann von Rathenow. »Die Berliner Kassen sind leer, und von den anderen Landesfürsten schenkt oder leiht uns keiner etwas. Jedem ist das Hemd näher als der Rock.«

»Gut«, meinte Peter von Lietzen, »dann bringe ich das Lösegeld selbst auf. Vielleicht kann es mir Benedikt Falcke irgendwann einmal zurückzahlen.«

Nikolaus von Asperstedt klatschte in die Hände. »Das nenne ich edel! Aber wie soll der Austausch vonstattengehen? Können wir den Buschräubern trauen, dass sie Falcke tatsächlich herausgeben, wenn sie das Lösegeld erst einmal eingesackt haben? Vielleicht lebt er schon gar nicht mehr …«

»Das müsste man als Erstes in Erfahrung bringen«, fand Johann von Rathenow.

Peter von Lietzen verdrehte die Augen. »Selbstverständlich müssen wir das – aber wie? Ich möchte mich nicht in deren Lager begeben, nachdem ich den Buschräubern nur um Haaresbreite entkommen bin.«

Nikolaus von Asperstedt nickte. »Das ist verständlich. Wir brauchen einen Mann, dem wir vertrauen können, den aber auch die Buschräuber akzeptieren.«

Nach einigem Nachdenken kamen die drei Männer auf Marcellus, einen Franziskanermönch, der es auf sich genommen hatte, um die Seelen der Gesetzlosen und Vogelfreien zu kämpfen.

Man ließ Marcellus kommen, und der erklärte sich bereit, die Mission zu übernehmen, so heikel sie auch sein mochte. Nachdem man ihn ausreichend mit Proviant versehen hatte, zog er los.

Zwei Tage später war er zurück in Berlin und trat ins Rathaus, um seinen drei Auftraggebern Bericht zu erstatten. »Mathÿs Böhme, der Anführer der Gruppe, ist bereit, mit Benedikt Falcke zum Kloster Chorin zu kommen und ihn freizulassen, wenn ich ihm vorher das Geld aushändige. Sollten wir ihn in einen Hinterhalt locken, würde er Falcke umbringen.«

»Und wenn er das Geld nimmt und Benedikt Falcke nicht freilässt?«

Peter von Lietzen lachte. »Dann bin ich ein armer Mann, und die Stadt muss mich bis zu meinem Lebensende im Armenhaus durchfüttern.«

Nun, Peter von Lietzen besorgte das Lösegeld, und Marcellus marschierte los, um zu erledigen, was ihm aufgetragen worden war.

Als Elisabeth von Lietzen erfuhr, was ihr Vater in die Wege geleitet hatte, lobte sie ihn als wahren Christenmenschen.

Er seufzte. »Heutzutage ist es schwer, ein Christ zu sein. Schau nur, was dieser unsägliche Papst anrichtet! Die Litauer und Polen ruft er auf, in der Neumark zu rauben und zu morden. Die Pest hole ihn und seine ganze verbrecherische, gotteslästerliche Bande!«

Elisabeth war entsetzt über den Ausbruch ihres Vaters, der sonst immer so abwägend und gelassen war. Dass er sich derart vergessen konnte!

»Bitte, rede nicht in dieser Art und Weise, denn zu denen, die du als Bande bezeichnest, gehört auch der Mann, den ich …« Sie erschrak über ihre Offenheit und brachte das Wort Liebe nicht über die Lippen, weil sie Angst hatte, alles dadurch zu entweihen, dass sie es aussprach.

»Ich vermute, du meinst Romain Cadignac …« Peter von Lietzen erinnerte sich nur dunkel an den Abgesandten des Papstes, der zur Visitation in die Mark gekommen war und den er nie als potentiellen Schwiegersohn gesehen hatte, da Männer wie er bekanntlich keine Ehe eingehen konnten. Darum tat ihm seine Tochter leid. Andererseits wusste man ja von den Minnesängern, dass keine Liebe so groß war wie die unerfüllte. Wenn man es so betrachtete, konnte sich Elisabeth ja doch irgendwie glücklich schätzen …

Es kam der 16. August 1325, und Peter von Lietzen eilte mit Frau und Kindern, darunter auch Elisabeth, in die Marienkirche, um den berühmten Propst Nikolaus von Bernau zu sehen und zu hören. Es war Markttag und viel los in der Stadt. In den Schenken saßen die Handelsleute, und auf den Straßen und Plätzen drängte sich das Volk. Auch in der Kirche war es rappelvoll, denn Nikolaus liebte es, seine Gegner zu beleidigen und ausgiebig zu beschimpfen – und das wollte sich kein Berliner entgehen lassen, denn man lernte gerne noch dazu. Peter von Lietzen und die Seinen konnten froh sein, wenigstens noch Plätze ganz am Rande zu finden.

Der Propst aus Bernau, in Ansehen und Macht kaum hinter den Bischöfen stehend, wurde den Erwartungen des Publikums auch bald gerecht. »Ihr Verblendeten!«, donnerte er, »seht ihr denn nicht, wie der Satan bei eurem Anblick frohlockt? Unser Heiliger Vater, der Statthalter Gottes auf Erden, hat König Ludwig in Acht und Bann getan – und was macht ihr, gottlos, wie ihr seid? Ihr huldigt ihm! *Alle Welt fürchte den Herrn; und vor ihm scheue sich alles, was auf dem Erdboden wohnt.* Das schreibt euch einmal hinter die Ohren, und ergreift endlich Partei für die Sache des Papstes! *Auf, Herr, und hilf mir, mein Gott! denn du schlägst alle meine Feinde auf den Backen und zerschmetterst der Gottlosen Zähne.* So steht es in der Heiligen Schrift, aber in der lest ihr

Gottlosen ja nicht mehr, ihr Frevler, die ihr zu geizig seid, der Geistlichkeit den Peterspfennig zu spenden! *Der Herr prüft den Gerechten; seine Seele hasst den Gottlosen und die gerne freveln. Er wird regnen lassen über die Gottlosen Blitze, Feuer und Schwefel.* Noch könnt ihr umkehren, sonst …«

»Sonst lässt dein geliebter Papst die Litauer und die Polen auch noch Berlin und Cölln verwüsten!«, schrie einer aus der Mitte des Kirchenschiffes.

»Nicht, wenn ihr endlich auf den rechten Weg gelangt! *Dienet dem Herrn mit Furcht und freuet euch mit Zittern!*«

So ging es noch eine ganze Weile, und als Nikolaus mit seiner Predigt am Ende war, kam sein Berliner Amtsbruder auf ihn zu und flüsterte ihm ins Ohr, er möge sich um seiner selbst willen unauffällig durch den Hinterausgang entfernen, weil ihm sonst Schläge der aufgebrachten Menge drohten.

Doch Nikolaus war zu selbstsicher und zu sehr Eiferer, um dem Folge zu leisten. »Den möchte ich sehen, der mich aufhalten könnte!«

Auch Peter von Lietzen schaffte es nicht, Nikolaus davon zu überzeugen, obwohl er mit Engelszungen auf ihn einredete. »Ich kenne doch meine Berliner. Geht ihnen besser aus dem Wege!«

»Der Rat hat sie wohl alle gegen mich aufgehetzt, wie?«

»Nein, im Gegenteil …« Peter von Lietzen stellte sich dem Propst in den Weg und versuchte, ihn zum Hinterausgang zu drängen, doch Nikolaus stieß ihn zur Seite und strebte zum Hauptausgang, um sich der empörten Menschenmenge zu stellen.

»Nehmt zurück, was Ihr eben gesagt habt!«, schrie man ihn an und riss am Ärmel seiner Soutane.

Doch Propst Nikolaus ließ sich davon nicht beeindrucken und brüllte: »*Wer nicht mit mir ist, der ist wider mich!* Und ihr Berliner, glaubt nur nicht, dass ihr was Besseres seid und gegen Gott und den Papst ankommen könnt!«

»Aber gegen dich, du Schurke!«

Da geschah, was geschehen musste, und Peter von Lietzen, Wentzel Natusch und andere besonnene Bürger kamen zu spät, um es noch zu verhindern: Erst schlug man mit Fäusten auf Nikolaus ein, dann, als er zu Boden stürzte, auch mit Knüppeln – so lange, bis er tot war. Danach verbrannte man seinen Leichnam unter großem Geschrei auf einem Scheiterhaufen.

ZWEI

Es ist leichter, dass ein Kamel durch ein Nadelöhr gehe, als dass ein Reicher ins Reich Gottes komme.

Romain Cadignac stand auf der Brücke über der Rhône und dachte darüber nach, was dieser Vers aus dem Markus-Evangelium für die Oberen seiner Kirche eigentlich bedeutete, nämlich den Verzicht auf das ewige Leben, häuften diese doch ohne Unterlass Reichtümer an und bauten sich prunkvolle Paläste wie das bischöfliche Palais hier in Avignon. Von seinem Gefühl her stand er voll und ganz auf Seiten der Franziskaner und ihrer Forderung nach Armut.

Man schrieb den 21. Oktober 1325, und Romain Cadignac dachte mit Grausen an einen weiteren langweiligen Winter in Avignon, als ein Bote auf ihn zukam und ihn aufforderte, so schnell wie möglich vor dem Papst zu erscheinen.

Johannes XXII. war kraft seines Amtes gezwungen, Gleichmut an den Tag zu legen, doch die Nachricht, die ihn am Morgen aus dem Brandenburgischen erreicht hatte, ließ die Adern an seinen Schläfen vor Zorn noch immer gewaltig anschwellen.

»Cadignac, habt Ihr schon gehört, was in diesem gottlosen Berlin im August geschehen ist?«

»Nein, Heiliger Vater, woher sollte ich?«

»Der Pöbel hat unseren Bruder Nikolaus erschlagen! Der Propst von Bernau war zu Gast in Berlin und hat dort in der Marienkirche gepredigt, ganz in unserem Sinne, wie man mir berichtet hat. Und dafür ist er von den Berlinern erschlagen worden.«

»Ein Märtyrer also …«, murmelte Romain Cadignac.

»Ja, aber das hilft uns im Augenblick nicht sonderlich. Wir haben uns für ein hartes Durchgreifen entschieden.« Papst Johannes XXII. griff nach einem Pergament und schrieb:

Ich befehle aufgrund einer Eingabe der Brüder des in Berlin ermordeten Propstes Nikolaus von Bernau den Bischöfen Wilhelm II. von Kamin, Nikolaus von Verden und Marquard von Ratzeburg, falls die erhobenen Vorwürfe zutreffen, bis zur Wiedergutmachung die Ratsherren von Berlin und Cölln, ihre Komplizen sowie beide Städte feierlich zu exkommunizieren und notfalls die Hilfe des weltlichen Arms in Anspruch zu nehmen.

Romain Cadignac war keineswegs überzeugt davon, dass es richtig war, alle für die Tat einiger zu bestrafen, doch das behielt er lieber für sich. Eine kleine Kritik an der päpstlichen Entscheidung allerdings mochte er nicht zurückhalten, und so merkte er in aller Demut an, dass andere Bischofssitze den Städten Berlin und Cölln geographisch näher waren als Kamin, Verden und Ratzeburg. »Ich denke zum Beispiel an Magdeburg, Havelberg, Brandenburg und auch Lebus«, fügte er hinzu.

»Meinetwegen zieht auch die zur Durchsetzung meines Willens heran!«

Romain Cadignac verbeugte sich. »Eure Heiligkeit beglückt mich mit diesem Auftrag! Darf ich mir die Frage erlauben, wo im neuen Palast ich einen Raum für meine Tätigkeit zugewiesen bekomme?«

Papst Johannes XXII. lächelte. »Den werdet Ihr nicht brauchen.«

»Heiliger Vater, soll ich im Freien …«

»Vorerst eventuell schon einige Male, wenn Ihr auf Reisen seid, denn ich entsende Euch hiermit als meinen Sonderbeauftragten nach Berlin und Cölln, um an Ort und Stelle darüber zu wachen, dass die von mir verhängten Strafen auch eingehalten werden.«

Wäre Mathÿs Böhme als Sohn eines Markgrafen oder gar Kaisers auf die Welt gekommen, hätte er – stark, intelligent und schön, wie er war – sicherlich Geschichte geschrieben, so aber waren es nur Geschichten, die man sich von ihm erzählte. Wie er sich in allen möglichen Verkleidungen bei den Reichen einschlich und ihnen dann stahl, was sie in ihren Truhen versteckt hatten. Wie er einen Weg, der an einem Sumpfgebiet vorbeiführte, von seinen Leuten so hatte verlegen lassen, dass ein Zug von Händlern genau in diesen Sumpf geriet und man die steckengebliebenen Wagen in aller Ruhe plündern konnte. Seine Spezialität aber war es, reiche Händler oder Kirchenmänner zu entführen und nur gegen hohes Lösegeld wieder freizugeben. Zuletzt hatte ihnen Benedikt Falcke eine Menge Geld eingebracht, und das brauchten sie auch, um über den nahenden Winter zu kommen, ohne dass sie erfroren oder verhungerten, je nachdem.

Sie hätten also zufrieden sein können, wenn sie nicht bei einem Überfall auf den Stadtkämmerer von Strausberg einen ihrer Kameraden eingebüßt hätten. Hydde Bieberstein war bei der Flucht gestürzt, und der Axthieb eines Wachtpostens hatte ihn am Fuß verletzt.

»Morgen soll Hydde gehenkt werden«, murmelte Dietz Striepe, sein engster Freund. »Wir hätten ihn nicht zurücklassen dürfen.«

»Hätten wir versucht, ihn wegzutragen«, sagte Mathÿs Böhme, »dann hätten sie uns alle vier gehabt, und wir würden neben ihm am Galgen baumeln.«

»Einer für alle, alle für einen!«, rief Dietz Striepe. »Eine echte Freundschaft hört selbst im Tod nicht auf.«

»Dann lauf doch nach Strausberg, und lass dich neben ihm aufhängen!«, rief Jecklin Schopp, der mit Mathÿs Böhme, Hydde Bieberstein und Dietz Striepe beim Überfall dabei gewesen war.

Dietz Striepe sprang auf. »Wir sollten alle anrücken und ihn befreien!«

Jecklin Schopp winkte ab. »Die Strausberger sind in der Überzahl, das hat doch keinen Sinn.«

Nicht anders schätzte der gefangene Hydde Bieberstein selbst die Lage ein, und so machte er die ganze Nacht über kein Auge zu, um jede verbliebene Sekunde seines Lebens auszukosten. Noch zehn Stunden, neun, acht, sieben, sechs … Mal ging er in seiner Zelle auf und ab, mal lag er auf dem Strohsack, aber immer suchte er Bilder zurückzuholen, die sich in sein Gedächtnis eingebrannt hatten: Szenen seiner Kindheit, seiner Jugend und der frühen Mannesjahre in Braunschweig. Wie er seinem Vater in der Backstube geholfen hatte, Brote zu formen. Wie er immer Angst gehabt hatte, dass sie ihn aus Versehen in den heißen Backofen schieben würden. Alles war gut gewesen, bis er Fronicka begegnet war, der Tochter eines Sattlers. Mit keiner anderen wollte er durchs Leben gehen. Doch da war ein anderer auf den Plan getreten, ein Gerbergeselle, und hatte versucht, ihm Fronicka abspenstig zu machen. Es war zum Streit gekommen, und er hatte den anderen erstochen. So war ihm nichts anderes übriggeblieben, als aus seiner Stadt zu fliehen und zu den Buschräubern zu gehen. Fast sieben Jahre hatte er bei ihnen zugebracht und das wilde Leben genossen, immer in der Gewissheit, dass ihn der Henker doch eines Tages holen würde. Das war ein schaurig-schöner Gedanke gewesen, nun aber war es die elende Wirklichkeit. Hydde Bieberstein hatte dem Tod oftmals ins Auge geblickt, es war jedoch etwas anderes, ob der einen im Kampf ereilte – oder ob man Tag und Stunde kannte. Alles, was er jetzt tat, tat er zum letzten Mal. Bald würde er seinen letzten Bissen zu sich nehmen, seinen letzten Atemzug tun … Das Warten auf den sicheren Tod war die schlimmste Folter, und er sah sich um, ob es keine Gelegenheit gab, sich noch in dieser Minute aufzuhängen oder die Adern zu öffnen. Aber seine Wächter hatten darauf geachtet, alles aus seiner Zelle zu entfernen, was eine Selbsttötung erlaubt hätte, denn die Menge sollte ihr großes Schauspiel haben. Noch fünf Stunden, vier, drei, zwei … Die Stunden vergingen plötzlich so schnell wie Minuten. Schon flog die Tür auf, und der Henker kam.

»Guten Morgen, Hydde!«

»Zum Teufel mit diesem Morgen!«

»Meint Ihr, mir bereitet das Freude?«, erwiderte der Henker. »Ich würde auch lieber etwas anderes tun. Für die Leute bin ich der letzte Dreck, und wenn ich mich in eine Schenke setze, dann bekomme ich nur einen Platz hinten am Abtritt, und sogar die Katzen fauchen mich an.«

Hydde Bieberstein hatte eine Idee. »Kommt doch zu uns!«, schlug er lachend vor.

»Dann werde ich doch selber gehenkt, und zwar von meinem Nachfolger!« Jetzt erst setzte der Henker Krug und Teller ab, die er mitgebracht hatte. »Hier, iss und trink noch einmal tüchtig! Das Bier und der Wildschweinbraten stärken dich für deine lange Reise ins Jenseits.«

»In die Hölle mit dem Braten!«, brummte Hydde Bieberstein. Die Sitte der Henkersmahlzeit war zwar gut gemeint, doch ihm schmeckte das Fleisch wie Aas und das Bier wie Jauche. Schließlich schob er alles beiseite.

»Gut«, sagte der Henker, »dann will ich den Priester holen.«

Als der eintrat, hätte Hydde Bieberstein fast aufgeschrien, denn es war kein anderer als Mathÿs Böhme. Und kaum war der eingetreten, hatte er den Henker auch schon mit einem Fausthieb an die Schläfe niedergestreckt.

»Los!«, flüsterte er Hydde Bieberstein zu. »Zieh dessen Kleidung an – und dann wagen wir die Flucht.«

Das war in Windeseile geschehen, und Priester und Henker verließen die Zelle. Krachend fiel die Tür zu.

»Der Bieberstein will noch in aller Ruhe essen«, sagte Mathÿs Böhme zu den Wachen. »Wir gehen noch ein wenig spazieren, bis wir ihn aufs Schafott schleppen.«

Damit verließen sie die Stadtvogtei und gingen zum Marktplatz, wo Dietz Striepe auf sie wartete, getarnt als Pferdehändler. Einer der Gäule war sein eigenes Tier, die anderen, so schien es, hielt er zum Verkauf bereit.

Mathÿs Böhme und Hydde Bieberstein schwangen sich auf die beiden freien Pferde und sprengten davon. Die Wachen am Stadttor wurden niedergeritten, und ihre Lanzen flogen weit an den Fliehenden vorbei.

Der Bannfluch, der Berlin und Cölln getroffen hatte, brachte für die Bürger viel Verdruss mit sich und ließ das öffentliche Leben erlahmen – von den Kosten, die auf alle zukommen sollten, ganz zu schweigen. Die Glocken verstummten, und die Kirchen blieben geschlossen, keine Messe wurde gelesen, und niemand konnte mehr getauft werden oder eine Ehe schließen. Schlimmer noch, den Sterbenden blieb die Letzte Ölung versagt, und Beerdigungen mussten ohne Priester stattfinden, was fromme Menschen ebenso wie Alte und Kranke mit Entsetzen erfüllte. Da allen Auswärtigen der Umgang mit den gebannten Berlinern und Cöllnern untersagt war, mieden viele Kaufleute die Stadt, und Handel und Gewerbe begannen zu stocken.

Das alles ließ die Ratsherren der Doppelstadt Berlin und Cölln zunehmend unruhig werden, und man trat immer öfter zusammen, um zu beratschlagen und nach einem Ausweg zu suchen. Im Jahre 1307 hatten sich Berlin und Cölln zusammengeschlossen, dem Magistrat gehörten zwölf Berliner und sechs Cöllner Ratsmannen an. Getagt wurde im gemeinsamen Rathaus, das man auf der Langen Brücke über der Spree errichtet hatte. Das Volk spottete: »Wir haben achtzehn Ratsherren und neunzehn Meinungen!«

»Ich bin dafür, dass wir Avignon eine größere Summe Geldes anbieten, um den Papst milde zu stimmen«, schlug Johann von Rathenow vor.

»Geh doch selbst nach Avignon, und wirf dich vor Johannes in den Staub!«, scholl es ihm aus dem Saal entgegen.

»Ich finde, wir sollten abwarten«, meinte Nikolaus von Asperstedt. »Alle paar Jahre haben wir einen neuen Papst, und vielleicht hebt der nächste den Bann in dem Augenblick wieder auf, da er auf dem Heiligen Stuhl Platz genommen hat.«

»Ganz meine Meinung!«, rief einer der Cöllner. »Ich habe flüstern gehört, dass sie in Rom einen Gegenpapst einsetzen wollen. Auf dessen Seite schlagen wir uns, sobald er verspricht, uns vom Bann zu befreien.«

Otto von Buch klatschte Beifall. »Das ist keine schlechte Idee! Und bis dahin sichern wir uns die Dienste der Franziskaner, die bekanntlich mit Papst Johannes auf Kriegsfuß stehen. Die können bei Taufen, Eheschließungen und Beerdigungen alle kirchlichen Handlungen vornehmen.«

»Und wenn wir ganz auf Papst und Kirche verzichten?«, kam es leise aus den hinteren Reihen.

Johann Lange sprang auf. »Dann würde Avignon alle Bischöfe ringsum – und das sind etliche – anweisen, ein Heer gegen uns in Bewegung zu setzen. Und die Litauer und Polen wären auch zur Stelle, uns in die Knie zu zwingen.«

»Ludwig, unser Markgraf, ist ja auch noch da!«, rief jemand – und erntete damit schallendes Gelächter.

Nun schaltete sich Peter von Lietzen ein. »Betrachten wir die Lage doch etwas sachlicher! Gegen die Macht der Kirche kommen wir nicht an, wir müssen uns mit dem Papst irgendwie arrangieren. Und das geht meiner Meinung nach am besten, wenn wir uns mit kühlem Kopf gegen das zur Wehr setzen, was höchst ungerecht ist: dass alle Bürger von Berlin und Cölln für das bestraft werden, was nur einige wenige getan haben.«

Sofort kam ein älterer Ratsherr mit einem Einwand, der nicht ganz unberechtigt war. »Die wenigen, die Nikolaus von Bernau erschlagen und verbrannt haben, haben es im Namen aller getan.«

»Und genau deshalb bitte ich um Zustimmung zu folgender Entschließung …« Peter von Lietzen las nun ab, was er vorformuliert hatte:

Der gemeinsame Rat der Doppelstadt Berlin und Cölln bekundet dem Heiligen Vater gegenüber tiefe Reue, was den gewaltsamen Tod des Propstes Nikolaus von Bernau betrifft, und bittet demütig, den über uns verhängten Bann wiederaufzuheben, da die Bürger insgesamt unschuldig sind. Die drei Männer, die die Tat begangen haben, sind von uns festgesetzt worden, und wir werden sie ihrer gerechten Strafe zuführen. Es sind dies Jost Bollinger, Caspar Born und Eberhard Broebes.

Für diesen Vorschlag gab es reichlich Beifall, es wurde aber auch eine Reihe von Bedenken vorgetragen.

»Sollen die drei nun tatsächlich als Sündenböcke herhalten?«, fragte einer.

Peter von Lietzen wehrte sich. »Meine Nachforschungen haben ergeben, dass sie die tödlichen Hiebe ausgeführt und den Scheiterhaufen mit Nikolaus in Brand gesteckt haben.«

»Und tausend andere haben sie dabei unterstützt!«

Ein anderer Ratsherr war derselben Meinung und rief empört: »Wir wollen doch kein Bauernopfer!«

Peter von Lietzen aber blieb bei seinem Vorschlag. »Mörder sind Mörder, und wenn sich Berlin und Cölln auf Dauer solcher Menschen wie Bollinger, Born und Broebes entledigen können, ist das nur gut für unser Gemeinwesen. Lebten sie weiterhin in unseren Mauern, würden sie nur noch mehr Unheil anrichten. Mit ihrer Auslieferung an den Papst aber könnten wir eine schwere Last von den Bürgern beider Städte nehmen. Ich bitte also um Zustimmung!«

Es wurde noch bis zum Abend heftig diskutiert, und als sich draußen vor dem Rathaus eine so große Menge angesammelt hatte, dass die Brücke unter ihrem Gewicht zusammenzustürzen drohte, kam man endlich zur Abstimmung.

Johann von Rathenow verkündete schließlich das Ergebnis. »Achtzehn Stimmen sind abgegeben worden. Bei drei Enthaltungen entfallen zehn Stimmen auf Ja und fünf auf Nein. Damit ist der Antrag von Peter von Lietzen angenommen.«

Sofort wurden Männer der Stadtwache ausgesandt, die drei Genannten in Gewahrsam zu nehmen, doch die hatten mitbekommen, was ihnen blühte, und schon lange das Weite gesucht.

Romain Cadignac hatte sich vom ersten Tag an auf seine bevorstehende Reise nach Berlin gefreut. Sie versprach die Abenteuer, die er in Avignon so vermisst hatte. Die Mark Brandenburg war für ihn das, was man sechshundert Jahre später als Entwicklungsland bezeichnen sollte, vielleicht noch weniger: eine Wildnis mit Menschen, die eigentlich Barbaren waren. Weder Griechen und Römer noch Araber hatten hier die Völker veredelt. So hatte er es gelernt. Dennoch, das Bild vom unkultivierten Deutschland schreckte ihn nicht sonderlich, wusste er doch, dass auch dort, wo man sich parfümierte, modische Kleider trug und hochgebildet miteinander plauderte, Menschen sehr unkultiviert miteinander umgehen konnten.

Der Weg von Avignon nach Berlin war beschwerlich und lang, die Stationen hießen Lyon, Besançon, Straßburg, Nürnberg und Leipzig.

Der Papst hatte ihm zwar zwei Begleiter mitgegeben, doch die hatten sich bald mit schweren Infektionskrankheiten von ihm verabschiedet. So hatte sich Romain Cadignac in Leipzig einer Schar von Zisterziensern angeschlossen, die auf dem Markt einiges an Hausrat und Mobiliar für das Kloster Lehnin eingekauft hatten und nun nach Hause wollten.

»Ihr wisst ja, warum der Heilige Vater mich nach Berlin geschickt hat«, sagte Romain Cadignac zu Bruder Silverius, der neben ihm ritt. »Wie schätzt denn Ihr die Lage dort ein?«

»Die Leute sind rauh und schwer zu bändigen. *Hoffärtige Augen und stolzer Mut, die Leuchte der Gottlosen, ist Sünde.* Der Herr möge es einrichten, dass Berlin nie eine Stadt von Bedeutung werden wird!«

»Nun ja, einen Propst zu erschlagen ist sicherlich keine gute Tat«, musste ihm Romain Cadignac zugestehen, wurde aber sogleich mit Schrecken gewahr, dass er sich insgeheim freute, wie sich Menschen gegen die auflehnten, die sie unterdrückten – auch wenn diese das Volk nicht mit dem Schwert unterdrückten, sondern mit der Drohung, in die Hölle zu kommen, wenn sie sich den Herrschenden widersetzten. Er erinnerte sich an eine philosophische Vorlesung, in der von der Anarchie, der Herrschaftslosigkeit, die Rede gewesen war. Homer und Herodot hatten eine Gruppe Menschen ohne Anführer *anarchia* genannt, und Aristoteles hatte Anarchie als Situation von *Sklaven ohne Herren* beschrieben. Dann war also das, was sich in Berlin und Cölln zugetragen hatte, ein Stück echter Anarchie.

Grübelnd ritt Romain Cadignac mit den Zisterziensern Richtung Mark Brandenburg. Kaum hatten sie den Höhenzug des Flämings erklommen und sich zur Rast auf einer Lichtung niedergelassen, da brach aus dem Unterholz urplötzlich eine Schar Straßenräuber hervor und fiel über sie her. Noch bevor die Überfallenen reagieren konnten, warfen die Männer ein grobes Netz über sie und befestigten es am Boden, indem sie mit Feldsteinen Pflöcke in die Erde trieben. Völlig wehrlos mussten sich Romain Cadignac und die Zisterzienser in ihr Schicksal ergeben und abwarten, was mit ihnen geschehen sollte.

»Na, Mathÿs, hat meine Idee mit der Falle nun funktioniert oder nicht?«, fragte einer der Buschräuber.

»Hydde, du bist ein Genie!«

Der winkte ab. »Ich habe mir erzählen lassen, wie die Gladiatoren im alten Rom gegeneinander gekämpft haben: einer mit Schwert und Schild gegen einen mit Dreizack und Netz.«

Romain Cadignac war so zu Fall gekommen, dass sein Kopf dicht neben dem von Bruder Silverius lag, und der kannte offenbar den Anführer der Vogelfreien.

»Das ist Mathÿs Böhme«, flüsterte der Zisterzienser. »Der versetzt um Spandow, Cöpenick und Berlin herum alles in Angst und Schrecken.«

»Na, es können ja nicht immer die Päpste und die Kaiser sein, die so etwas tun …«, brummte Romain Cadignac.

Mathÿs Böhme musste das gehört haben, denn er beugte sich interessiert zu ihm und lachte. »Was ist uns denn da für 'n Fisch ins Netz gegangen?«

»Quasi ein päpstlicher Nuntius!«, rief Bruder Silverius, der hoffte, die Buschräuber dadurch einschüchtern zu können. »Es ist Monsieur Cadignac aus Avignon.«

»Ein was?«, fragte Mathÿs Böhme stirnrunzelnd.

»Ein Gesandter! Er ist geschickt worden, um zu sehen, wie sehr die Berliner unter ihrem Bann zu leiden haben.«

Der Räuberhauptmann lachte. »Ein Gesandter also! Aber ein Geschickter scheint er nicht zu sein, sonst würde er nicht so zappeln in unserem Netz.«

Romain Cadignac konnte sich vorstellen, dass es wirklich ziemlich albern aussah, wie er sich zu befreien suchte. Eine echte Chance hatte er nicht.

Mathÿs Böhme wandte sich den Mönchen zu. »Nach dem zu urteilen, womit ihr eure unansehnlichen Körper umhüllt habt, dürftet ihr Zisterzienser sein …«

»Ja, wir sind aus dem Kloster Lehnin.«

Der Anführer der Buschräuber überlegte einen Augenblick. »Nun, als Mönche seid ihr gestraft genug – die strenge Zucht und Ordnung, das stetige Arbeiten und Beten und nichts anderes im Kopf als Gott … Welch armseliges Leben! Da sind wir voller Mitleid und wollen euch kein weiteres Leid zufügen. Eure Möbel und was ihr an Hausrat mit euch führt, könnt ihr mitnehmen … Dietz, guck doch mal nach, was wir davon gebrauchen können! Ansonsten könnt ihr weiterziehen – mit einem schönen Gruß an euren Abt!«

»Und was machen wir mit Müssjöh Karl Dienjack?«, fragte Jecklin Schopp. »Der Nunte müsste doch ein schönes Lösegeld einbringen.«

Mathÿs Böhme nickte eifrig. »Du sagst es! Holt ihn aus dem Netz, fesselt seine Hände und bindet ihn aufs Pferd!«

Romain Cadignac blieb nichts anderes, als sich zu fügen. Verschnürt wie ein Paket, wurde er auf sein Pferd gehoben und mit in den Wald genommen, während die Zisterzienser mit ihrem Packwagen und ihren Möbeln die Reise nach Lehnin fortsetzen konnten. Im Lager angekommen, wurde Romain Cadignac auf die Erde gesetzt, und Jecklin Schopp machte sich daran, ihn mit dem Rücken an einen Eichenstamm zu fesseln.

»Dürfte ich vorher noch einmal meine Notdurft verrichten?«, fragte Romain Cadignac.

Jecklin Schopp lachte sich scheckig über diese Ausdrucksweise. »Nein, wozu hast du deine Hose an!«

Mathÿs Böhme kam herbei und rief ihn zur Räson. »Er ist zwar unser Gefangener, aber auch unser Gast – und mit Gästen geht man anders um. Hopp, binde ihn los und lass ihn für eine Weile im Gebüsch verschwinden!«

»Und wenn er flieht?«

»Das wird er nicht, denn allein und zu Fuß kommt er nicht weit. Einen Steinwurf darf er sich entfernen.«

Romain Cadignac wurde also losgebunden und lief ein Stück in den Wald hinein. Bald fand er einen Busch, der ihm genügend Sichtschutz bot. Trotz der Worte des Hauptmanns überlegte er, ob er nicht doch flüchten sollte. Aber ohne jede Waffe und ohne Ortskenntnis? Außerdem würde man sofort Alarm schlagen, sollte er versuchen sich davonzumachen. Es war also sinnlos. Allerdings hinderte ihn noch etwas anderes an einem Fluchtversuch: die Neugier auf das Räuberleben. Darum ging er zurück zum Lager und fügte sich ins Unvermeidliche.

An seine Eiche gelehnt, konnte er bequem verfolgen, was im Lager vorging. Wie auf einer großen Bühne lief alles vor ihm ab, und ein wenig fühlte er sich an ein griechisches Theater erinnert. Hoffentlich führten sie etwas auf, das ihn an Aischylos oder Euripides erinnerte! Doch was er da hörte, ließ ihn eher an den Raub der Sabinerinnen denken.

»Wir sind rund fünfzig Männer und haben nur zwei Frauen«, sagte Jecklin Schopp, als abends alle am Lagerfeuer saßen. »Und die sind auch nicht jedem von uns verfügbar, sondern gehören Dietz und Hydde. So kann das doch nicht weitergehen! Warum überfallen wir nicht Brandenburg oder Potsdam und holen uns welche?«

Mathÿs Böhme stöhnte auf. »Ich habe dir doch oft genug erklärt, warum das nicht geht! Wir würden damit an Schnelligkeit und Kampfkraft verlieren und die ganze Mark auf uns hetzen. Den Verlust von ein paar Säcken Mehl und einer Schatulle voller Gold und Silber können die braven Bürger noch verschmerzen, nicht aber den ihrer Frauen und Töchter. Da würden sie Tausende von Männern aufbieten und alle Wälder durchkämmen, um uns zur Strecke zu bringen.«

Romain Cadignac bekam das zu essen, was auch die Räuber aßen – Hirsebrei und Wildschweinbraten –, und wurde danach zum Schlafen in ein Zelt gebracht. Um seine Flucht zu verhindern, ließen ihn die Räuber an Händen und Füßen gefesselt und bestimmten außerdem einen Posten, der den Gefangenen bewachen sollte.

Am nächsten Morgen wurde Romain Cadignac von Mathÿs Böhme aufgefordert, einen Brief an den Brandenburger Bischof Heinrich II., Graf von Barby, zu schreiben und ihm mitzuteilen, dass er gesund und munter sei und im Namen des Heiligen Vaters um die Zahlung eines angemessenen Lösegeldes nachsuchen würde. Mit diesem Schreiben wurde dann Dietz Striepe in Marsch gesetzt. Man wusste, ehe die Verhandlungen in Gang kamen und alles abgewickelt war, konnte es Advent werden – wenn nicht gar Weihnachten.

Romain hatte also genug Zeit, genauestens zu beobachten, wie das Zusammenleben der Gesetzlosen funktionierte. Wenn er sich auf irgendetwas keinen Reim machen konnte, erkundigte er sich bei Mathÿs Böhme, und der gab ihm auch gerne Auskunft.

»Was bei euch der Papst ist, das bin ich in meiner Bande: derjenige, der allein das Sagen hat und unfehlbar ist. Jeder, der dabei sein will, schwört einen Eid, dass er mir in allen meinen Befehlen gehorsam ist und uns gegenüber unter allen Umständen treu sein wird. Der Eid lautet: Ich schwöre, dass ich meine Kameraden niemals in einer Gefahr verlassen, sondern bis auf den letzten Blutstropfen bei ihnen ausharren will, dass ich, wenn ich gefangen genommen werden sollte, nichts bekennen und auch nicht den Aufenthalt meiner Gefährten verraten werde. Wenn ich diesen Eid breche, so sollen mich die größten Plagen, ja die grausamsten Strafen in dieser Welt treffen.«

»Und dieser Schwur hält euch tatsächlich zusammen und lässt euch so erfolgreich sein?«, fragte Romain verblüfft.

Mathÿs Böhme lächelte. »Dazu kommt, dass viele Leute glauben, wir hätten einen Bund mit dem Teufel – und das erweist sich als außerordentlich wirksam.«

Romain staunte, wie gescheit dieser Mathÿs Böhme reden konnte, und fand ihn und etliche der Ausgestoßenen und Vogelfreien, die sich um ihn gescharrt hatten, angenehmer als viele der Männer, die sich in der Nähe des Papstes aufhielten. Im Laufe der nächsten Tage erfuhr er einiges von ihren Schicksalen. Da waren Bauern, die durch Missernten ihre Höfe verloren hatten, sesshafte Bürger, die sich mit gewagten Geldgeschäften ruiniert hatten, und Männer, die unter ihren »unehrlichen Berufen« gelitten hatten, wie Henker, Totengräber oder Abdecker. Auch ein Jude gehörte zur Bande. Man hatte seine gesamte Familie erschlagen, nur er hatte entkommen können. Schließlich hatte er bei Mathÿs Böhme Zuflucht gefunden.

Von den beiden Frauen, die Jecklin Schopp erwähnt hatte, fand Romain Cadignac diejenige, die mit Dietz Striepe verbandelt war, außerordentlich reizvoll. Man rief sie Ennlin, und schon bei ihrem ersten Anblick fühlte sich Romain Cadignac zu ihr hingezogen. Nun, Avignon war weit weg, und einen Beichtvater aufzusuchen, konnte im Augenblick kein Papst von ihm verlangen.

Doch von wegen abenteuerliches Räuberleben! Die Tage hier im Wald irgendwo im Süden der Mark Brandenburg waren kaum erlebnisreicher als die in Avignon … bis zu jener Stunde, als sich am Rande ihrer Lichtung ein gewaltiger Lärm erhob und eine Schar von Männern mit Äxten, Lanzen und Knüppeln auf sie eindrang. Eine rivalisierende Räuberbande war gekommen, Mathÿs Böhme und die Seinen aus ihrem Territorium zu vertreiben. Und noch bevor Hydde Bieberstein, Dietz Striepe, Jecklin Schopp und die anderen Haudegen ihre Waffen in den Händen hielten, lagen schon etliche ihrer Freunde blutend oder gar sterbend am Boden. Mathÿs Böhme mähte zwar Gegner um Gegner mit seinem Dreschflegel nieder, doch es waren ihrer zu viele, und bald setzte auch ihn ein Lanzenstich in die rechte Schulter außer Gefecht.

Romain Cadignac verfolgte das Geschehen mit Schrecken. Er fürchtete um sein Leben, dachten die anderen doch sicherlich, dass er ebenfalls zur Bande gehörte. Gleichzeitig aber fühlte er sich den Angegriffenen irgendwie verbunden – so abwegig das scheinen mochte. Es galt also zu handeln. »Los, schneide mir die Fesseln durch!«, rief er seinem Wächter zu. »Ich kämpfe mit an eurer Seite!«

Der Mann zögerte keine Sekunde und befreite den Gefangenen.

Romain wollte aufspringen, doch vom langen Sitzen waren seine Glieder steif geworden, und er musste sich erst dehnen und strecken, ehe er sich ins Kampfgetümmel stürzen konnte. Da kam auch schon eine Lanze auf ihn zugeflogen. Er konnte ihr gerade noch ausweichen, dann bohrte sie sich in den Stamm der Eiche, an dem er die ganze Zeit über gefesselt gesessen hatte. Ein Glück, jetzt hatte er sogar eine Waffe! Mit aller Kraft riss er an der Lanze und konnte sie schließlich aus dem Baumstamm ziehen. Als er sich umdrehte, sah er gerade noch, wie der Anführer der gegnerischen Bande mit einer Axt auf ihn zugelaufen kam. Zum Zielen blieb Romain Cadignac keine Zeit, er konnte nur noch den Arm nach hinten reißen und werfen. Seine Lanze traf den Gegner zwar nur in den rechten Oberschenkel, aber das reichte, um ihn außer Gefecht zu setzen. Sofort war Romain zur Stelle, entriss ihm die Streitaxt, stürzte sich auf die anderen Angreifer und sprang den Überfallenen beherzt bei, so dass die Eindringlinge schlussendlich in die Flucht geschlagen werden konnten. Jubelnd umringte ihn die Schar.

»Ihr habt uns gerettet!«, rief Ennlin. »Wie können wir Euch nur danken?«

»Indem ihr mich laufenlasst!«, erwiderte Romain Cadignac erschöpft. Das sagte er mehr aus Höflichkeit, denn jetzt hätte ihn sowieso niemand mehr aufhalten können.

»Wir können dich nicht laufenlassen«, entgegnete jedoch Mathÿs Böhme, »denn wenn ich an meiner Wunde sterbe, brauchen wir einen neuen Hauptmann.«

»Und dann wählen wir Euch!«, schrien alle, die am Leben geblieben waren. »Ihr gehört für immer zu uns!«

Etwa zehn Kilometer nordwestlich von Landsberg an der Warthe lag Crevetsdorp, später Krebsdorf, in dessen Nähe die Zisterzienser seit Jahren dabei waren, die Abtei Himmelstädt zu errichten. Von 1324 an lebten Mönche hier, im Jahre 1326 aber war Himmelstädt noch immer eine große Baustelle.

Die Nonne Anna war vom Kloster Jüterbog in die Neumark geschickt worden, um den Mönchen und Laienbrüdern, die in Himmelstädt am Werke waren, bei der Hausarbeit zu helfen. Da man im Mutterkloster sehr unzufrieden war über den schleppenden Fortgang der Bauarbeiten, hatte man nichts dagegen, auch gelernte Handwerker einzusetzen. Anna war das gar nicht recht. Wie konnte eine Abtei, die zur Ehre und zum Ruhme Gottes gedacht war, von Männern hochgezogen werden, die ihr Leben nicht dem Herrn geweiht hatten! Mit Abscheu und Entsetzen belauschte sie eines Nachmittags zufällig ein Gespräch zwischen drei Maurern. Sie jätete, auf den Knien über den Boden rutschend, vor einer Schenke das Unkraut, als die drei drinnen hockten und zechten.

»Ich habe so ein dummes Gefühl, Jost. Lass uns morgen nach Osten weiterziehen!«, sagte der Erste.

»Ganz meine Meinung, Caspar!«, fügte der Zweite hinzu. »Wie wäre es mit Litauen? Da sind die Christen weit weg, und es kümmert niemanden, was wir getan haben. Was meinst du dazu, Eberhard?«

»Ich bin einverstanden. Die Litauer freuen sich vielleicht sogar darüber, dass wir diesen Dreckskerl von Propst erschlagen haben.«

Anna blieb das Herz stehen, denn auch sie hatte davon erfahren, was im August letzten Jahres in Berlin geschehen war. Und jetzt saßen die Mörder des Propstes Nikolaus von Bernau ausgerechnet hier in Himmelstädt und ließen sich kühles Bier durch die Kehle rinnen! Mit klopfendem Herzen kroch sie davon und lief zum Abt, der im fertiggestellten Teil des Klosterbaus zu finden war, um ihm Bericht zu erstatten.

Der Abt dankte ihr und holte einen Brief hervor, den er aus Berlin erhalten hatte und in dem die Namen der Propstmörder verzeichnet waren. »*Es handelt sich um Jost Bollinger, Caspar Born und Eberhard Broebes*«, las er vor.

»Ja, das sind sie!«, rief Anna aufgeregt.

Der Abt überlegte einen Augenblick, dann zog er los, um die kräftigsten seiner Mönche zusammenzurufen und die Mörder dingfest zu machen. Anna folgte ihm in einigem Abstand, so dass sie aus sicherer Entfernung beobachten konnte, was nun geschehen würde. Sie rechnete mit heftigem Widerstand der Berliner. Vorerst noch bot sich ihr ein Bild tiefsten Friedens. Mönche kamen von der Arbeit auf der Baustelle und den Feldern, um gemeinsam zu beten. Vom nahen Dorf brachte eine tüchtige Bauersfrau das Essen, begleitet von ihrer Tochter und zwei Mägden.

Da aber brach Schreckliches über Crevetsdorp und Himmelstädt herein: Eine Horde Litauer fiel über alles her, was sich bewegte, plünderte die Häuser, um sie anschließend in Brand zu setzen, und schändete Christusbilder ebenso wie die Frauen. Als die Bäuerin, die Anna eben beobachtet hatte, ihre Tochter schützen wollte, schlug man ihr den Kopf vom Rumpf.

»*Herr, siehe mein Elend und errette mich; hilf mir aus, denn ich vergesse deines Gesetzes nicht!*«, betete Anna voller Angst und Verzweiflung.

Romain Cadignac hatte Winter und Frühjahr bei der Räuberbande um Mathÿs Böhme verbracht, nun aber sehnte er sich wieder zurück ins normale Leben. Der Räuberhauptmann war vollends genesen, und eigentlich bedurfte man Romain Cadignacs Hilfe und Führung nicht mehr, doch er fühlte, dass man ihn nicht freiwillig ziehen lassen würde. Einmal glaubte man, mit ihm als Bandenmitglied unüberwindbar zu sein, und zum anderen hatten sie ihn zum Hauptmann auf Zeit gewählt. Wenn er sich jetzt davonmachte, war das Fahnenflucht für sie – und darauf stand der Tod. Vielleicht kam auch noch hinzu, dass man ihn immer noch ein wenig als Gefangenen sah, trotz all seiner Verdienste und seiner überzeugenden Rolle als guter Kamerad.

Mathÿs Böhme hatte eines Tages beschlossen, sich mit seiner Schar Richtung Oder aufzumachen, womöglich auch noch in die Neumark hinüber. Romain Cadignac hatte keine andere Wahl, als mitzugehen und auf eine Gelegenheit zu warten, bei der er sich mit Anstand aus der Affäre ziehen konnte. Und die ergab sich, als der Räuberhauptmann zwischen Lebus und Frankfurt eine Furt entdeckte.

»Hier können wir die Oder überqueren. Los, das Glück liegt am anderen Ufer! Erst die Pferde und die Wagen, dann alle, die zu Fuß sind.«

Hydde Bieberstein lachte. »Wie schön, wenn einem das Wasser mal nicht bis zum Hals steht!«

Irgendwo am Oberlauf der Oder hatte das Hochwasser die Wurzeln einer Erle unterspült und den mächtigen Stamm in den Strom stürzen lassen. Nun trieb er mit allem Geäst der Ostsee entgegen. Romain schätzte die Geschwindigkeit des Baumstamms ab und lenkte sein Pferd in den Fluss.

Das Wasser reichte ihm zwar nur bis an die Knie, aber die Strömung war so stark, dass sein Plan durchaus gelingen konnte. Keiner bemerkte, wie er dem Tier mit aller Kraft die Hacken in den Unterbauch trieb. Es stieg wiehernd in die Höhe, und Romain konnte sich mühelos abwerfen lassen. Er schrie noch gellend um Hilfe, ehe er unterging. Dann musste er eine schier endlose Strecke tauchen, bevor er sich schließlich erschöpft an die Äste des Erlenstamms klammerte, der inzwischen in seiner Nähe angekommen war. Sein Plan war aufgegangen: Mathÿs Böhme und seine Leute mussten annehmen, er sei ertrunken.

Eine geraume Weile trieb Romain Cadignac nun die Oder hinunter und schwamm erst an Land, als er sicher sein konnte, dass die Buschräuber es aufgegeben hatten, ihn noch lebend aus dem Wasser zu ziehen. Er stieg ans Ufer und zog sich aus, um seine Kleidungsstücke an den Ästen aufzuhängen und trocknen zu lassen. Nun hatte er alle Zeit der Welt, denn wenn er sich richtig erinnerte, brauchte man zu Fuß nach Lebus nicht länger als eine Stunde, und nach dem Stand der Sonne war es wohl gerade Mittag geworden. Er legte sich, geschützt vom Schilfgürtel, in den Sand, um sich aufzuwärmen und ein wenig zu schlafen.

Kurze Zeit später schreckte er hoch, als sich dicht vor ihm der Bug eines Ruderbootes knirschend auf den feuchten Sand des Strandes schob. Hatte ihn die Räuberbande doch noch gefunden? Er sprang auf und stand plötzlich – splitterfasernackt, wie er war – vor einer Nonne.

Beide starrten sich wortlos an. Schnell versuchte die Frau, ihren Kahn vom Ufer abzustoßen, aber der saß fest, und die Ruder bewegten sich nutzlos in der Luft.

Romain riss schnell sein Hemd vom Baum, um seine Blöße zu bedecken. »Keine Angst, ich tue Euch nichts! Ich würde ja gern beide Hände heben, um zu zeigen, wie harmlos ich bin …« Frech grinste er die entsetzte Nonne an.

»Mir ist nicht zum Lachen zumute!«

»Und warum nicht?«

»Zieht Euch gefälligst an!«

Romain wandte ihr beim Ankleiden den Rücken zu. Dann drehte er sich um und verbeugte sich. »Darf ich mich vorstellen: Romain Cadignac aus Avignon, Sondergesandter des Papstes. Von Johannes XXII. nach Deutschland geschickt, um in Berlin und Cölln aufzupassen, dass niemand gegen seinen Bann verstößt.«

»Und das soll ich Euch glauben?«

Romain lächelte. »Ich bitte darum!« Dann erzählte er ihr, wie er von Räubern gefangen genommen worden war und dass er sich bis vor wenigen Stunden in ihrer Gewalt befunden habe.

Die Nonne stellte sich als Anna vor und berichtete ihm, was sie in Himmelstädt Schreckliches erlebt hatte und wie sie den barbarischen Litauern nur um Haaresbreite entkommen war. Dabei brach sie in Tränen aus, und Romain nahm sie fürsorglich in die Arme, um sie zu trösten.

Danach berieten sie, wie sie wohl am besten nach Berlin oder zumindest an einen Ort gelangten, wo sie etwas zu essen bekamen und ein Nachtlager finden konnten.

»Ich halte es für das Beste, wir setzen uns in Euren Kahn und treiben die Oder hinab bis nach Lebus«, schlug Romain Cadignac vor. »Dort versuchen wir, Kontakt zum Schulzen oder zu einem Priester aufzunehmen, auf dass sie uns mit Pferd und Wagen nach Berlin bringen.«

Anna war davon wenig begeistert. »Können wir nicht sehen, dass wir zu Fuß vorankommen? Wenn mich nicht alles täuscht, kann es bis Steinhöfel und Fürstenwalde nicht allzu weit sein.«

Romain hatte, bevor er aus Avignon abgereist war, die Karte dieser Gegend genauestens studiert. »Fürstenwalde ist zwar nicht fern, doch wir müssten bis zum Winter warten.«

»Wie meint Ihr das?«

»Wir hätten einen Streifen Moor und Sumpf zu überwinden – und das schaffen wir nur, wenn alles zugefroren ist.«

Die Nonne seufzte. »Also bleibt uns nur die Flussfahrt?«

»Es scheint so. Aber keine Angst, wir müssen nicht wie die Argonauten übers weite Meer! Ihr könnt also ruhig einsteigen.« Er half Anna in den Kahn, dann packte er diesen am Bug und schob ihn ein Stückchen weit über den Sand, bis Wasser unterm Kiel war. Geschickt schwang er sich hinein, setzte sich auf das Brett in der Mitte und packte die Ruder, um das Gefährt in die Mitte des Stromes zu lenken. Der war in diesem Sommer ziemlich träge, und sie kamen längst nicht so schnell voran, wie sie gedacht hatten. Anna saß am Bug und starrte ins Wasser. Romain zog nach ein paar Minuten die Ruderblätter ein, denn die Strömung hielt sie nun umfangen und ließ sie in der Mitte des Flusses bleiben. Bald waren sie beide in einen wohligen Schlummer gefallen.

Das ging eine Weile gut, dann aber gerieten sie wegen eines Strudels doch ein wenig aus dem Fahrwasser, und ihr Kahn prallte mit einiger Wucht gegen einen Baumstamm, der sich am Ufer verfangen hatte. Anna wurde lediglich auf den Boden des Schiffleins geworfen, Romain aber ging über Bord.

Die Nonne schrie auf, denn allein glaubte sie sich verloren. In ihrer

Not beugte sie sich weit hinaus und streckte ihrem Begleiter beide Hände entgegen. Tatsächlich gelang es Romain, diese zu packen.

Er lachte, als er sich bäuchlings wieder ins Innere des Kahns gewunden hatte. »Dieses Bad kann nur gut für mich sein. *Wer schmutzig ist, der soll seine Kleider waschen und sein Fleisch mit fließendem Wasser baden, so ist er rein*, sagt doch das dritte Buch Mose.«

Die Sonne trocknete die nassen Kleider in kürzester Zeit, und Romain Cadignac und Anna waren wieder frohgemut. Doch bald begann sie der Hunger zu quälen.

»Wir sollten uns in guter Christenmanier ans Fischen machen«, sagte Romain. »Petrus und sein Bruder Andreas waren Fischer, Jakobus und sein Bruder Johannes immerhin Söhne des Fischers Zebedäus und hatten sehr wahrscheinlich denselben Beruf. Wir sollten es ihnen gleichtun.« Doch all seine Versuche, mit den Händen oder einem von Annas Tüchern einen Fisch zu fangen, schlugen fehl. Durst mussten sie keinen erleiden, hatte die Oder doch auch bei Niedrigwasser mehr als genug an Flüssigkeit zu bieten. Aber es hungerte sie von Stunde zu Stunde immer stärker, und Romain schrie erfreut auf, als er am Ufer ein Pferdefuhrwerk entdeckte, auf dessen Ladefläche weithin sichtbar ein geflochtener Korb stand. »In dem Korb dürfte ganz sicher etwas Essbares stecken«, mutmaßte er. »Ich würde dem Bauern gern etwas abkaufen, nur haben wir kein Geld. Sollte ich also Mundraub begehen?« Er sah die Nonne an. »Was sagt Euer Gewissen dazu?«

»Ihr solltet es lassen, an dem bisschen Hunger werden wir nicht gleich sterben.«

Ohne Annas Einwände zu beachten, lenkte Romain den Kahn ans Ufer und sprang an Land. Es waren nicht mehr als fünfzig Schritte, dann war er am Ziel. Ein schneller Blick in den Korb zeigte ihm, dass der Äpfel und mit Wurst belegte Brote enthielt. Ein Geschenk des Himmels! Der vorgespannte Braune wieherte zwar, doch niemand schien den Raub zu bemerken. Seine Hand fuhr zum Griff des Korbes, dann lief Romain mit seiner Beute eilends zu Anna zurück.

Doch plötzlich folgte ihm lautes Geschrei. »He, lass mein Essen stehen! Der Teufel hole euch, ihr Diebespack!« Der Bauer hatte im Schatten eines Busches gelegen und war kurz eingeschlafen. Das Wiehern seines Gaules hatte ihn aufgeweckt und aufspringen lassen. Nun jagte er dem Dieb hinterher. »Ich bring dich um, wenn ich dich kriege!«

Das gelang ihm aber nicht, denn Romain stieß den Kahn schnell mit Kraft und Gewandtheit ins Wasser zurück und sprang hinein. Dem Bauern blieb nur noch, die Fäuste zu ballen und finstere Drohungen auszustoßen.

Während sie auf Lebus zuhielten, konnten sie endlich ihren Hunger stillen, und ihr frugales Mahl kam ihnen fürstlich vor. Sie genossen es und dankten dem Herrn. Mit sich und der Welt zufrieden, glitten sie wohlig dahin.

Dass sich der Bauer, dessen Vesperbrot sie geraubt hatten, zur selben Zeit aufmachte, den Raub zu rächen, konnten sie nicht erahnen. Er war auf sein Fuhrwerk gesprungen und Richtung Lebus gejagt, um vor ihnen an einem Steg zu sein, sie dann dort abzufangen und der Obrigkeit zu übergeben.

Romain Cadignac und die Nonne Anna jubelten arglos, als die Türme und Dächer von Lebus am linken Oderufer auftauchten. Als sie aber in der Nähe des ersten möglichen Landeplatzes angelangt waren, löste sich von dort unverhofft ein Kahn, in dem zwei Männer saßen. Der eine ruderte, der andere hielt einen Dreschflegel in der Hand.

»Jetzt hab ich dich, du Drecksdieb!«, schrie der Mann mit dem Prügel.

Als Romain genauer hinsah, erkannte er, dass es kein anderer war als der Bauer, dem sie ihre rettende Mahlzeit zu verdanken hatten. »Haltet ein«, rief er, »ich will Euch alles erklären! Ich bin ein Abgesandter des Heiligen Vaters, und der Bischof wird Euch alles ersetzen, was ich …«

Doch der Bauer schenkte seinen Worten keinen Glauben und sah sich auch noch verhöhnt, was seinen Zorn um einiges steigerte. Schon war sein Kahn so nahe heran, dass er mit seinem Prügel ausholen konnte.

Romain wusste, dass es ihm das Leben kosten konnte, wenn er mit dem scharfkantigen Holz einen Schlag auf den Kopf bekam, und so riss er reaktionsschnell sein Ruder hoch, gebrauchte es wie ein Lanze und beförderte den Angreifer mit einem kräftigen Stoß vor die Brust ins Wasser.

Damit hatten sie den Wüterich zwar unschädlich gemacht, doch nun konnten sie es nicht mehr wagen, in Lebus an Land zu gehen.

»Es ist besser, wir bleiben weiter auf der Oder und versuchen Göritz zu erreichen, wo der Herr Bischof sitzt«, überlegte Romain.

Das hörte sich gut an, und so waren sie bald wieder frohen Mutes. Doch das währte abermals nicht lange, denn ungefähr eine halbe Stunde hinter Lebus sahen sie von Westen her ein gewaltiges Gewitter heranziehen. Pechschwarz waren die Wolken, grell die Blitze und furchtbar das Grollen des Donners.

Da erschrak selbst Romain. Er wusste, dass sie weit und breit der höchste Punkt waren, der aus dem Wasser hervorragte, und dass Blitze immer dort einschlugen. »Los, ans Ufer!«, schrie er der Nonne zu. »Wir müssen uns flach in den Kahn legen, vielleicht überleben wir dann.«

Anna kauerte sich verzweifelt hin und begann, laut vor sich hin zu beten.

drei

Wenn man in Avignon lebte, lagen Berlin und Cölln am Ende der Welt. Dennoch kreisten die Gedanken des Papstes in diesen Jahren oft um »diese kleinen Drecknester an der Spree«, wie viele in der Kurie sie nannten. Johannes XXII. ging es um den Gehorsam, das höchste Gut der katholischen Kirche. Und die Kinder Gottes an der Spree, aber auch die Bayern in der Mark Brandenburg hatten sich höchst ungehorsam gezeigt. »Ich habe Berlin und Cölln zu Recht mit dem Bann und der Expedition der Litauer zu strafen gesucht«, sagte Papst Johannes XXII. eines Tages zu Kardinal da Carsoli. »Haben wir denn nun endlich Nachricht aus Berlin, ob man dort unter diesen Strafen auch gehörig leidet und bereit ist, Buße zu tun?«

Kardinal Giacomo da Carsoli musste bedauern. »Der Mann, den wir nach Berlin geschickt haben, ist dort nie angekommen, Heiliger Vater. Romain Cadignac scheint wie vom Erdboden verschluckt.«

»Der Teufel wird ihn geholt haben«, meinte der Papst bitter.

»Damit dürfte Eure Heiligkeit, soweit ich den Mann kennen und missachten gelernt habe, wohl recht haben.«

Papst Johannes XXII. war nicht zum Spaßen aufgelegt. »Mir ist die Sache außerordentlich wichtig, denn was die Menschheit im Innersten zusammenhält, ist nun einmal der Gehorsam gegenüber Gott und den staatlichen Gewalten. Deswegen habe ich beschlossen, jetzt den Mann nach Berlin zu schicken, der mir die größte Gewähr dafür bietet, dass der Wille Gottes auch geschieht.«

»Und wer wäre dieser Mann?«

»Das wäret Ihr!«

Giacomo da Carsoli erstarrte. »Ich?«, stammelte er. Es war ihm deutlich anzusehen, wie sehr ihm die päpstliche Entscheidung contre cœur ging.

Der Papst lächelte. »Ja, Ihr, mein Lieber!«

Der Kardinal verbeugte sich. »Heiliger Vater, ich danke euch für das Vertrauen, das Ihr in mich setzt.«

»Aber das ist doch selbstverständlich!« Papst Johannes XXII. freute sich. »Seht, der Gehorsam ist das Beste, was wir haben!«

Romain Cadignac erwachte, als er jemanden aufschreien hörte. Wurde da etwa einer überfallen? Doch es waren nur die Kutscher zweier Fuhrwerke, die sich mit unflätigen Ausdrücken beschimpften. Da wusste er sofort, wo er war: in Berlin. Dass er es doch noch bis hierher geschafft hatte, konnte er noch immer nicht richtig fassen. Hatte er tatsächlich mehr als ein halbes Jahr im Schoße einer Räuberbande zugebracht – oder war das alles nur geträumt? Nein, sein schmerzender Rücken war Beweis genug. Die vielen Nächte auf harter Erde hatten ihre Spuren hinterlassen. Er setzte sich auf die Bettkante und reckte sich.

Am Vorabend hatte er gemeinsam mit der Nonne Anna endlich die Stadt an der Spree erreicht. Das Gewitter über der Oder hatten sie überlebt, ebenso wie die Strapazen des Fußmarsches Richtung Westen.

Nachdem er Anna zum Haus der Beginen gebracht hatte, war er durch die Stadt gezogen, um sich ein Quartier zu suchen. In der Straße, die den Namen »Neben dem Rathause« trug, hatte man ihn schließlich aufgenommen. Es wäre wohl einfacher gewesen, er wäre direkt zum Berliner Propst oder Schulzen gegangen und hätte sich als einflussreichen Sondergesandten des Papstes vorgestellt, aber nach der langen Zeit bei den Vogelfreien scheute er sich, den Vertretern der weltlichen Macht unter die Augen zu treten – wohl aus Angst, man könne ihm ansehen, dass er eine Zeitlang aus freiem Willen und mit heißem Herzen Buschräuber gewesen war.

So wagte er sich erst am nächsten Morgen ins Rathaus und fragte in der Eingangshalle nach Peter von Lietzen. An den konnte er sich von seinem ersten Besuch her noch gut erinnern – und außerdem war er Elisabeths Vater. Doch die Wachen ließen Romain Cadignac nicht passieren.

»Der sieht ja aus wie 'n Irrer!«, spöttelte der eine.

Romain Cadignac lachte. *»Qui ne sait être fou n'est pas sage.«*

»Nu werd mal nich kiebig!« Der Vordermann der Rathauswächter rieb sich herausfordernd die Faust am Wams.

Romain sah an sich herunter. Seine Kleidung war dreckig und zerrissen. Wie sollte er die Wachen nur überzeugen können, dass er tatsächlich der Sondergesandte des Papstes war?

Der Zufall wollte es, dass gerade in diesem Moment der Ratsherr Peter von Lietzen die Treppe herunterkam. Erschrocken hob er die Arme und lief auf den Eingang zu. »Monsieur Cadignac! Mein Gott, wie seht Ihr denn aus!«

Romain lachte. »Wie man eben aussieht, wenn man unter die Räuber gefallen ist.«

»Kommt und erzählt!« Damit führte Peter von Lietzen den Abgesandten in sein Amtszimmer und bat ihn höflichst, ihn vom Vorgefallenen in Kenntnis zu setzen.

Romain tat es, verschwieg allerdings, dass er zumindest eine Zeitlang freiwillig bei den Buschräubern gelebt hatte. »Da keiner das Lösegeld für mich aufgebracht hatte, musste ich warten, bis sich eine günstige Gelegenheit zur Flucht ergeben hat – und die kam dann an der Oder.«

Er schilderte die Einzelheiten seiner Flucht und berichtete auch davon, dass er die Nonne Anna getroffen hatte. »Und nun bin ich hier als …«

» … als Sondergesandter des Papstes zur Überwachung des über uns ausgesprochenen Banns«, vollendete Peter von Lietzen den Satz. »Und trotz ihrer weithin bekannten Armut erlauben sich die Städte Berlin und Cölln, Euch mit einer angemessenen Summe Geldes auszustatten, damit Ihr Euch neu einkleiden könnt.«

Romain Cadignac verbeugte sich. »Ich danke Euch herzlich und versichere Euch, bei meiner Amtsausübung größtmögliche Milde walten zu lassen, denn durch den Einfall der Litauer in die Neumark – ich habe das Schreckliche von der Nonne erfahren – sind Markgraf Ludwig und die Menschen hier schon gestraft genug. Mir ist auch zu Ohren gekommen, dass die Berliner die drei Haupttäter von sich aus strafen wollten. Für deren Flucht können sie natürlich nichts. Des Weiteren hat mir Anna erzählt, dass die drei Übeltäter in Himmelstädt von den Litauern erschlagen worden sind. Der Gerechtigkeit ist also Genüge getan.«

Peter von Lietzen seufzte. »Aber die Bischöfe ringsum wollen, dass wir, um den Tod des Propstes Nikolaus zu sühnen, Unmengen Geldes an sie zahlen. Das wird die Bürger, auch die Unschuldigen und vor allem die Armen, schwer treffen, denn unsere Stadtkassen sind leer. Ihr seht, wir leiden fürchterlich unter dem Bannfluch des Heiligen Vaters.«

»Darüber müssen wir einmal in Ruhe reden«, meinte Romain Cadignac.

»Meine Frau und ich würden Euch gerne zum Abendessen einladen.«

Romain bedankte sich höflich für die Einladung. »Ich würde mich freuen, Eure gesamte Familie kennenlernen zu dürfen.«

Zwei weitere Jahre gingen nach diesem köstlichen Abendessen, bei dem sich Romain Cadignac prächtig mit der schönen Elisabeth unterhalten hatte, ins Land, und noch immer lastete der Fluch des päpstlichen Banns auf Berlin und Cölln. Der alte Bischof von Brandenburg hätte vielleicht noch mit sich reden lassen, der neue aber, Ludwig Schenk von Reindorf, forderte von den Städten für die Aufhebung des Bannfluchs sage und schreibe 1 355 750 Mark Silber.

»So viel Geld können wir nie und nimmer aufbringen, Monsieur Cadignac!«, rief Peter von Lietzen, als er ein weiteres Mal mit dem päpstlichen Abgesandten verhandelte. »Wir müssten schlichtweg Berlin aufgeben und mit dem bisschen Hab und Gut, das uns noch bleiben würde, in ein Land ziehen, in dem man gewillt ist, uns eine Zukunft zu geben. Nach Bayern vielleicht oder weiter ins Ungarische.«

Romain Cadignac hätte Peter von Lietzen gerne geholfen – um dessen Tochter für sich zu gewinnen, hätte er womöglich alles getan –, doch er wusste genau, dass sein Einfluss nicht ausreichte, Papst Johannes zu dieser Entscheidung zu bringen. Er hatte es während der letzten zwei Jahre bereits erfolglos versucht. »Ich werde mich umgehend mit dem Bischof in Verbindung setzen und ihn um Milde bitten«, versprach er dennoch.

»Wen kann ich Euch mit auf den Weg geben?«, fragte Peter von Lietzen.

»Eure Tochter!«, rief Romain Cadignac, ohne zu zögern.

Der Ratsherr sah ihn ungläubig an. »Um einen Mann der Kirche zu becircen?«

»Nun«, überlegte Romain, »dann nehme ich Euch.« Er grinste, denn ihm war eine listige Idee gekommen, wie er den Berlinern vielleicht doch noch helfen konnte.

Peter von Lietzen fuhr zusammen. »Mich?«

»Ihr liebt Eure Stadt … und ich traue Euch zu, ein guter Schauspieler zu sein.«

»Wozu sollte das nötig sein?«

Romain lachte. »Wartet ab! Bevor wir aufbrechen, üben wir ausreichend für Eure Rolle.« Und er erzählte dem Ratsherrn, was er mit ihm vorhatte.

Peter von Lietzen war entsetzt. »Nein, dazu gebe ich mich nicht her. Ich entblöde mich doch nicht in dieser Art und Weise!«

»Ihr tut es doch für Berlin! Um den als hartherzig verschrienen Bischof umzustimmen, bleibt Euch kein anderes Mittel. Ihr müsst Euch opfern!« Romain Cadignac redete noch eine Weile auf den Ratsherrn ein, bis der endlich zustimmte.

Sie mussten, um mit dem Bischof zu sprechen, nach Ziesar reiten, das noch ein erhebliches Stück hinter Brandenburg an der Havel lag. Ludwig Schenk von Reindorf hatte die Burg Ziesar zur zweiten Residenz und zum Verwaltungszentrum seines Bistums gemacht. Sie besorgten sich eine Landkarte und beschlossen, dass der Weg über Potsdam, Werder und das Kloster Lehnin am günstigsten war.

»Am liebsten würde ich das Heer mitnehmen, mit dem Euer König Ludwig IX. von Frankreich zum Kreuzzug aufgebrochen ist«, sagte Peter von Lietzen.

Romain Cadignac staunte. »Wie meint Ihr das?«

»So würden wir nicht Gefahr laufen, unter die Buschräuber zu fallen. Dieser Mathÿs Böhme soll ja wieder in der Gegend sein.«

»Ach, der wird mich schon nicht …«, Romain brach ab und hatte Mühe, den Satz so zu vollenden, dass der Ratsherr keinen Verdacht schöpfte, »… ein zweites Mal mit sich herumschleppen, ohne dass ihm einer ein Lösegeld zahlt. Und ein Heer, wie Ludwig IX. es hatte, brauchen wir auch nicht – sind seine Unternehmungen doch trotzdem allesamt gescheitert, die letzte 1270, weil unter den Kreuzfahrern die Beulenpest ausgebrochen war. Da wandere ich lieber mit Euch alleine durch die Mark Brandenburg.«

Sie kamen in der Tat nach Ziesar, ohne dass ihnen ein Haar gekrümmt worden wäre, und der Name Romain Cadignac reichte, dass sie sofort zum Bischof vorgelassen wurden.

»Herzlich willkommen!«, rief Ludwig Schenk von Reindorf und kam auf Romain Cadignac zu, um ihn freudig zu umarmen. »Dem Herrn sei auch heute noch einmal gedankt, dass Ihr Euch aus den Fängen dieser Unmenschen befreien konntet!«

Romain hütete sich, das auszusprechen, was ihm auf der Zunge lag: War es denn nicht um einiges unmenschlicher, Neumärker durch die heidnischen Litauer abschlachten zu lassen oder die in der Mehrzahl unschuldigen Bürger Berlins ins Unglück zu stürzen? Stattdessen sagte er: »Durch diesen Zwischenfall konnte ich den Auftrag, mit dem mich der Heilige Vater nach Berlin geschickt hat, erst spät ausführen, aber ich kann Euch hier und heute versichern, dass die Menschen in Berlin und Cölln von tiefer Reue erfüllt sind und Euch anflehen, vom Sühnepfennig und noch viel höheren Geldstrafen abzusehen.«

»Der Wahn ist kurz, die Reu' ist lang – und mir sind zwei oder drei Jahre der Reue viel zu kurz«, entgegnete der Bischof äußerst kühl. »Man kann die Leute am besten zu einem anderen Verhalten bewegen, indem man sie am Geldbeutel packt.«

»Christ sein heißt verzeihen können.«

»Natürlich vergeben wir, aber erst dann, wenn ein ausreichend Maß an Bußleistung erbracht worden ist.«

Romain Cadignac erwiderte nichts, sondern blickte unauffällig zu Peter von Lietzen hinüber – als Zeichen für dessen großen Auftritt, den sie in Berlin lange geprobt hatten.

»Ich als Bürgermeister Berlins«, begann Peter von Lietzen, »schwöre bei Gott, dass alle Männer und Frauen in meiner Stadt von tiefer Reue erfüllt sind und Tag für Tag im Gebet verharren. Sie leiden unermesslich unter dem Bann, der alles Leben erstickt. Die Tränen, die wir täglich vergießen, werden zu Bächen. Wir alle werden krank, so wie ich, weil wir die Qual nicht mehr ertragen können. Viele bekommen Anfälle und … Mein Gott!« Plötzlich schrie der Ratsherr auf, zuckte mit Armen und Beinen, und als er schließlich zu Boden stürzte, quoll ihm grünlicher Schaum zwischen den Lippen hervor. Diesen Trick mit einem Stück Seife im Mund hatte Romain Cadignac bei Mathÿs Böhme gelernt.

Der Bischof verfolgte die Szene ungerührt. »So geht es eben denen, die einen Mann Gottes erschlagen.«

Mathÿs Böhme und seine Leute lagerten in einem Waldstück nördlich Berlins. Es regnete seit Tagen, und der Räuberhauptmann hatte dieses unstete Leben mehr als satt. Doch es gab kein Zurück – weder für ihn noch für die Mitglieder seiner Bande. Wo immer man ihrer habhaft würde, schleppte man sie zum Galgen. Da sowohl der Markgraf als auch die Städte Ritter ausschickten, sie zu jagen und gefangen zu nehmen, waren sie gezwungen umherzuziehen. Kaufleute zu überfallen wurde zunehmend schwieriger, weil die ihre Transporte von immer mehr bewaffneten Männern begleiten ließen – und da gab es auch regelmäßig Tote auf Mathÿs' Seite.

»Wenn das so weitergeht, dann hängen wir uns am besten selber auf«, sagte Dietz Striepe.

»Unsere Frauen müssen eben viele Kinder kriegen!«, rief Jecklin Schopp.

»Unsinn«, wendete Mathÿs Böhme ein, »wie sollen wir denn mit der Brut so schnell von einem Ort zum anderen kommen!«

»Aber irgendetwas müssen wir uns einfallen lassen«, sagte Hydde Bieberstein bestimmt. »Unsere Kasse ist leer, und wir haben nichts mehr zu essen und zu trinken.«

Mathÿs Böhme überlegte. »Wir sind nur einen Tagesmarsch von Berlin entfernt …«

Dietz Striepe lachte. »Wollen wir etwa mit unseren dreißig Mann die Stadt überfallen und ausplündern?«

»Genau das tun wir – allerdings anders, als du denkst!« Und dann teilte der Hauptmann den Seinen mit, was er sich überlegt hatte. »Wenn wir den Kaufleuten ihr Geld nicht mehr unterwegs abnehmen können, dann müssen wir eben sehen, dass wir es uns in ihren Häusern holen, aus ihren Truhen und Schatullen.«

Hydde Bieberstein hatte Bedenken. »In Berlin nehmen sie uns hopp, sobald sie uns sehen.«

»Nicht, wenn wir als Bettler kommen und um Almosen bitten. Du, Hydde, bemalst dir so deine Arme, dass es aussieht, als seien sie voller Narben und Wunden, und erzählst den Leuten, dass du beim letzten Kreuzzug in die Hände der Heiden geraten bist und jahrelang als Galeerensklave geschmachtet hast. Du, Jecklin, gibst den Schwachsinnigen und stammelst etwas, und Dietz, du rasselst mit einer Klapper und spielst den Aussätzigen, dem keiner zu nahe kommen soll. Ich selbst lasse mir von Ennlin eine Tonsur schneiden und komme als Priester daher, und während ihr die Leute ablenkt, dringe ich in die Häuser ein und nehme mit, was ich an Geld und Gold alles finden kann.«

Romain Cadignac und Peter von Lietzen waren nach dem missglückten Besuch in Ziesar nach Berlin zurückgekehrt.

»Dass ich mich derart erniedrigt habe!« Peter von Lietzen konnte noch immer nicht glauben, was vorgefallen war.

Romain Cadignac suchte ihn zu trösten. »*Denn wer sich selbst erhöht, der wird erniedrigt; und wer sich selbst erniedrigt, der wird erhöht.*«

»Was Ihr vor den Augen des Bischofs mit mir angestellt habt, ist mit der Würde meines Amtes nicht zu vereinbaren!«

»Ihr habt dieses Opfer für Eure Stadt gebracht, und der Zweck heiligt nun mal das Mittel.«

»Wenn es wenigstens etwas gebracht hätte!«, klagte Peter von Lietzen.

Romain Cadignac fiel es zunehmend schwerer, das Verhalten des Heiligen Vaters wie des Brandenburger Bischofs innerlich gutzuheißen. So schwer die Schuld auch war, die einige Berliner mit der Tötung des Bernauer Propstes auf sich geladen hatten – er hielt es doch für außerordentlich unchristlich, alle Bürger zu demütigen und ins Elend zu treiben. Und was der Bischof Ludwig Schenk von den Berlinern nun verlangte, war geradezu hanebüchen: Jeder sollte einzeln bei ihm erscheinen und für seine Absolution bezahlen.

Voller Wut im Bauch ging Romain Cadignac durch Berlin und suchte nach einer Lösung. Doch sosehr er sich auch den Kopf zermarterte, er fand keine. Um besser nachdenken zu können, schloss er beim Weitergehen die Augen … und stieß mit einem Franziskaner zusammen, der gerade aus dem Kloster kam, das gleich neben dem Hohen Haus der Landesherren an der Stadtmauer lag.

»Oh, der Herr Nuntius!«, rief der Mönch. »Gott zum Gruße!«

»Ihr kennt mich?«, fragte Romain verblüfft.

»Man muss schließlich auf der Hut sein.« Die Franziskaner lagen mit dem Papst über Kreuz und verurteilten den über Berlin verhängten Bannfluch.

Romain stöhnte. »*Wo ist solch ein Gott, wie du bist, der die Sünde vergibt! denn er ist barmherzig.* Das ist meine Meinung zur Causa Nikolaus von Bernau.«

Der Mönch war verwundert. »Und das sagt Ihr so offen?«

»Das sage ich nur zu Euch, Bruder …«

»Marcellus.«

Romain lächelte. »Und seit wann seid ihr Franziskaner hier in Berlin?«

»Wir leben hier seit mehr als 75 Jahren. Damals haben wir mit dem Bau unseres Grauen Klosters begonnen und …« Weiter kam er nicht, denn da wurde er von einem Priester über den Haufen gerannt, der gerade aus einem Haus am Neuen Markt gestürzt kam und von zwei Knechten verfolgt wurde.

Auch wenn alles sehr schnell ging, konnte Romain Cadignac den Flüchtenden erkennen: Es war kein anderer als Mathÿs Böhme. Offenbar war der bei einem Einbruch erwischt worden, und nun versuchten die Knechte, den falschen Gottesmann zu fassen. Mit Hilfe der Stadtwache gelang dies auch prompt. Der Räuberhauptmann wurde zu Boden geworfen und gefesselt.

Romain Cadignac hatte die Szene interessiert verfolgt. Vorsichtig sah er sich nun um, denn er glaubte nicht, dass Mathÿs Böhme allein nach Berlin gekommen war. Und tatsächlich hatte er dessen Komplizen im Umkreis der Marienkirche auch bald ausgemacht: Der so schrecklich misshandelt aussehende Sklave war kein anderer als Hydde Bieberstein, und in der Nähe entdeckte er Jecklin Schopp und auch Dietz Striepe, der einem Aussätzigen glich. Schnell verabschiedete sich Romain von Marcellus und machte, dass er davonkam.

Von seinem Wirt erfuhr er später, dass man den berühmten Räuberhauptmann Mathÿs Böhme in das Verlies gebracht hatte, das sich unten im Rathaus befand. Man wollte ihm schnell den Prozess machen und ihn im Morgengrauen an den Galgen bringen. Romain Cadignac musste sich also beeilen, wenn er ihn noch retten wollte. Schließlich war Mathÿs ein Mann von Charakter und ihm doch ein wenig ans Herz gewachsen.

Als es Abend wurde, lief Romain zum Rathaus, wo man ihn gut kannte, und teilte der Wache mit, dass er den Gesetzlosen sprechen müsse, der Papst wolle es in solchen Fällen so. »Ich werde versuchen, ihn dazu zu bringen, seine Missetaten zu bereuen und Buße zu tun, indem er uns den Ort nennt, wo wir seine ganze Bande gefangen nehmen können.«

Das leuchtete den Wachleuten ein, und sie ließen ihn zu Mathÿs Böhme.

Der erkannte ihn sofort, konnte aber im letzten Moment einen Aufschrei unterdrücken. »Ein Toter!«, flüsterte er schließlich, als die Tür hinter Romain Cadignac zugefallen war.

»Ich habe mich schwimmend ans Ufer retten können und bin nun wieder in Amt und Würden«, erklärte der.

»Und du kommst nun wegen der Letzten Ölung zu mir?«

»Nein, du schlägst mich jetzt nieder, streifst dir mein Gewand über und spazierst dann als Romain Cadignac aus der Stadt!«

Das ließ sich Mathÿs Böhme nicht zweimal sagen – und das Vorhaben glückte. Die Berliner spotteten zwar in den nächsten Tagen kräftig über den törichten Gesandten des Papstes, aber niemand hegte einen Verdacht gegen Romain Cadignac.

Niemand … außer Kardinal Giacomo da Carsoli in Avignon, als der Wochen später erfuhr, was sich in Berlin zugetragen hatte. Sein Instinkt hatte ihm schon lange gesagt, dass mit Romain Cadignac irgendetwas nicht stimmte, und einer seiner Beobachter in Berlin und Cölln wollte ihn sogar inmitten einer Räuberschar gesehen haben. Und jetzt sollte sich deren Anführer auch noch selbst befreit haben!

Die Geschichte nährte nur seinen Verdacht gegenüber Romain Cadignac. Beweise hatte er zwar nicht, aber es wurde Zeit, dass er selbst sich der Angelegenheit annahm. Allerdings grauste es ihm vor einer Reise in dieses zurückgebliebene Land der Sueben und Slawen. So hatte er seine Abreise in die Mark Brandenburg immer wieder aufzuschieben versucht, teils durch vorgetäuschte Krankheiten, aber auch dadurch, dass er es verstanden hatte, sich in Avignon unentbehrlich zu machen.

Der Papst war zornig über den neuesten Vorfall in Berlin und traf schnell eine Entscheidung. »Ihr reist jetzt endlich nach Berlin und sorgt dort für Ordnung!«

Kaum war Giacomo da Carsoli nach ermüdender Reise an der Spree angekommen, ließ er Romain Cadignac zu sich rufen und forderte ihn auf, ausführlich Bericht zu erstatten.

»Insgesamt«, schloss Romain seinen Vortrag nach gut einer halben Stunde, »glaube ich, dass der Bannfluch seine Wirkung tut und die Bürger Berlins und Cöllns so stark büßen, wie es der Schwere ihrer Tat angemessen ist.«

Der Kardinal lächelte. »Euer Mitleid, Cadignac, haben die Berliner und Cöllner ja auf alle Fälle ... Wie man mir berichtet hat, seid Ihr äußerst kordial mit allen, die wider uns sind. Mir ist aus vertraulicher Quelle auch zu Ohren gekommen, dass Ihr Euer Herz gar für eine gewisse Räuberbande entdeckt habt.«

»Ich muss doch bitten, Eure Eminenz!«, rief Romain Cadignac.

»Hört auf zu lügen!«, warnte ihn Giacomo da Carsoli. »Ich bleibe hier in Berlin und sehe nach dem Rechten – Ihr aber macht Euch sofort auf den Weg zurück nach Avignon!«

VIER

Wer von Leipzig nach Brandenburg an der Havel wollte, musste den Fläming überqueren und den Weg nehmen, der durch Niemegk führte. Um die Burg herum war in den letzten hundert Jahren eine kleine Stadt gewachsen, und über deren Marktplatz schlenderte nun ein reisender Bader, der alle Leute ansprach, ob sie nicht etwa unter Zahnschmerzen litten, denn er könne ihnen problemlos alle kranken Zähne ziehen.

Bader waren angesehene Leute. Zumeist betrieben sie eine Badestube und fungierten zudem als Ärzte der kleinen Leute. Sie zogen kranke Zähne, operierten und heilten kleinere Wunden und konnten auch gewisse Augenleiden kurieren.

»Gebt Euch keine Mühe, ein anderer war schon schneller als Ihr!«, erwiderte ein Mann mit schlechten Zähnen dem Bader auf dessen Frage.

»Ich gehe lieber zu Martin Bartsch, der da unter der Linde sitzt, den kenne ich, und er versteht sein Handwerk wie kein Zweiter.«

Der Bader besah sich den Kollegen aus der Nähe und staunte, wie sehr sie sich ähnelten. Und tatsächlich schienen alle mit ihren Leiden zu diesem Martin Bartsch zu laufen. Dass er selbst keinen einzigen Patienten fand, wurmte ihn wenig, denn immerhin kam er mit diesem und jenem ins Gespräch. »Erwartet Ihr denn in den nächsten Tagen den Durchzug von Kaufleuten?«, fragte er scheinbar beiläufig einen älteren Mann, der gerade vorbeikam.

»Warum fragt Ihr?«

»Ich bin Bader und hoffe auf Menschen, die Zahnschmerzen oder sonstige Gebrechen haben, welche ich heilen kann.«

»Ich habe gehört, dass morgen eine Reihe von Gespannen aus Leipzig kommt. Die sollen Silber und anderes für den Bischof von Brandenburg geladen haben.«

Das war es, was Romain Cadignac – denn kein anderer als er war dieser Bader – hatte in Erfahrung bringen wollen, und nachdem er noch gut gegessen und getrunken hatte, verließ er Niemegk wieder und schlug sich in die Wälder.

Auf dem Weg nach Avignon war er im Kloster Lehnin auf Mathÿs Böhme gestoßen, der dort nach möglicher Beute Ausschau gehalten hatte.

»So ein Zufall!«, hatte der Buschräuber erfreut gerufen, als sie sich so unverhofft begegnet waren.

»Das ist kein Zufall, sondern ein Fingerzeig Gottes!«, hatte Romain erwidert.

Allmählich verabscheute er alles, wofür er ehedem gelebt und gearbeitet hatte, und konnte sich ein Leben im Umfeld des Papstes nicht mehr vorstellen. Gründe für diesen Wandel gab es etliche: Er war es leid, Erfüllungsgehilfe für solch hartherzige Männer wie den Papst oder den Brandenburger Bischof zu spielen. Außerdem war er in die schöne Elisabeth, die Tochter des Ratsherrn Peter von Lietzen, verliebt und wünschte sich mit ihr ein gemeinsames Leben mit Kindern. Und nicht zuletzt hatte es ihm auch die Stadt Berlin angetan, und er wollte nicht, dass sie unterging, bevor sie überhaupt aufgestiegen war. So schmiedete er einen Plan zur Rettung Berlins: Gemeinsam mit der Räubergruppe um Mathÿs Böhme wollte er dem Bischof von Brandenburg und allen seinen Amtsbrüdern bergeweise Gold und Geld stehlen und es an die ärmeren Bürger von Berlin und Cölln verteilen – so konnten die ihr Sühnegeld beim Bischof mit dessen eigenem Geld bezahlen.

Als er im Lager der Räuberbande eintraf und die Nachricht vom baldigen Eintreffen des ertragreichen bischöflichen Transportes überbrachte, wurde er mit großem Jubel empfangen.

Dietz Striepe umarmte ihn. »Seit du wieder bei uns bist, geht es aufwärts!«

Romain fielen zwei neue Bandenmitglieder auf, die ihm als Eckart Föhr und Konrad Kauke vorgestellt wurden und ihm höchst unangenehm erschienen.

Der Überfall auf den Transport des Brandenburger Bischofs sah anfangs nach reiner Routine aus. Mathÿs Böhme gab, als der Zug in Reichweite gekommen war, das Kommando, und seine Schar brach aus dem Unterholz hervor. Sie mussten mit einigen Reisigen rechnen, allerdings riskierten die in der Regel nicht ihr Leben, sondern suchten möglichst schnell das Weite. Ludwig Schenk von Reindorf aber hatte den Gespannen wohlweislich Frytz von Heinitz, einen seiner wackersten Ritter, mitgegeben. Der fuhr nun auch wie ein Orkan zwischen die Buschräuber und fegte sie mit seinem Schwert auseinander wie dürres Laub. Dietz Striepe fiel mit einer klaffenden Schädelwunde sterbend vom Pferd.

Erst Romain Cadignac konnte den wütenden Ritter bremsen. Nur mit einer Lanze bewaffnet, ritt er auf Frytz von Heinitz zu. Der lachte bloß und hob schon sein Schwert. Romain aber stieß genau in diesem Augenblick seine Lanze geschickt in die rechte Achselhöhle seines Gegners, die nicht vom Panzer geschützt war. Aufschreiend ließ der Ritter seine Waffe fallen und entfernte sich fluchtartig.

»Der Sieg ist unser!«, schrie Mathÿs Böhme.

Die Räuberbande erbeutete eine Menge, und Mathÿs Böhme und Romain Cadignac wurden ausgeschickt, den Schatz in der Neuendorfer

Rummel bei Garrey zu verstecken. Ausschließlich die beiden sollten die genaue Stelle kennen, damit niemand aus der Bande in Versuchung geriet.

Ennlin weinte viel um Dietz Striepe, den sie im Wald bei Niemegk begruben. Romain Cadignac hielt die Totenrede und schloss mit Worten des Paulus an die Römer. »*Denn ich bin gewiss, dass weder Tod noch Leben, weder Hohes noch Tiefes noch keine andere Kreatur kann uns scheiden von der Liebe Gottes, die in Jesus Christus ist, unserm Herrn.*«

Ennlin schloss für sich daraus, dass auch Dietz in den Himmel kam. Verdient hatte er es allemal, denn er hatte sie aus dem Magdeburger Hurenhaus geholt und sie geliebt und in Ehren gehalten bis zum letzten Tag. Nun musste sie einen anderen finden, der sie beschützte. Und tatsächlich gab es einen, der ihr ganz gut gefiel: den Mann aus Avignon. Oft träumte sie, er möge sie mitnehmen in ein neues, wunderbares Leben bei den vornehmen Leuten. Täuschte sie sich, oder warf auch Romain ihr ab und an heimlich begehrliche Blicke zu?

Die Räuberbande machte sich bald auf und zog in die Prignitz, wo in einem der Dörfer der Ritter Martin von Mankmuß das Sagen hatte. Der schurigelte seine Leute und ließ sie verhungern, nahm sich jede Frau, nach der es ihm gelüstete, und erschlug deren Männer und Bräutigame, wenn die sich zur Wehr setzen wollten. Einer der Bauern, den Mankmuß halbtot geprügelt hatte, war zu Mathÿs Böhmes Bande gestoßen. Daraufhin hatte Romain den Räuberhauptmann überzeugen können, um der Gerechtigkeit willen ein Exempel zu statuieren und den brutalen Ritter zu bestrafen. Ennlin blieb mit den anderen Frauen im Lager zurück, während die Männer loszogen. Nach nur einer Stunde waren sie zurück und erzählten stolz, wie sie Martin von Mankmuß verprügelt, ihm sein Herrenhaus in Brand gesteckt und seine Vorräte an Wein und Geld an die Bauern verteilt hatten. Einiges hatten sie auch mitgehen lassen, und nun wurde natürlich gefeiert.

Ennlin sah nicht gern, wenn sich die Männer betranken. Und wie sie befürchtet hatte, kam auch bald Konrad Kauke lallend auf sie zugelaufen und bedrängte sie.

»Hau bloß ab, ich will dich nicht!«, schrie sie ihn an.

Er aber ließ sich davon nicht abschrecken und warf sie grob ins Gras. Ennlin schrie noch lauter, doch der Einzige, der sich um die Frau zu kümmern schien, war Romain Cadignac. Er riss Konrad Kauke von ihr weg und sorgte mit einem gezielten Faustschlag dafür, dass der Betrunkene an einen Baumstamm knallte und bewusstlos zu Boden sank.

Ennlin umarmte ihren Retter und warnte ihn zugleich vor Konrad Kauke und dessen Freund Eckart Föhr. »Nimm dich bloß in Acht vor ihnen! Sie sind zwei ganz gemeine Meuchelmörder und haben in Hamburg, Bremen und Braunschweig ein Dutzend Menschen umgebracht – auch Frauen und Kinder.«

Romain Cadignac erwachte, weil sein Rücken höllisch schmerzte. Auf Dauer waren der harte Boden und die Kälte einfach nichts für ihn. Doch es gab kein Zurück mehr ins Leben eines Kirchenmannes. Seine Oberen würden ihn auslachen, wenn er ihnen weismachen wollte, die Buschräuber hätten ihn ein zweites Mal entführt. Da würde er bald neben Mathÿs Böhme am Galgen baumeln. Er hatte schlechte Laune an diesem Morgen, und zu alledem geriet er sich mit Mathÿs Böhme auch noch in die Haare, kaum dass sie gefrühstückt hatten. Es ging um Eckart Föhr und Konrad Kauke.

»Ich habe gehört, die beiden Neuen seien verabscheuungswürdige Mörder«, begann Romain.

Mathÿs Böhme lachte. »Gibt es auch bewundernswerte Mörder?«

»Zumindest gibt es Unterschiede in den Motiven. Wer tötet, weil er jahrelang gepeinigt wird, der mag unter uns leben, wer aber aus reiner Mordlust handelt, der hat hier nichts zu suchen, denn der gehört vor ein Gericht. Und bei Eckart Föhr und Konrad Kauke sehe ich das so.«

»Wir brauchen jeden Mann«, erwiderte Mathÿs Böhme.

»Aber keinen, der mehr Tier ist als Mensch!«, rief Romain.

Der Hauptmann richtete sich auf. »Und das bestimmst du?«

»Das bestimmt die Ratio. Je mehr wir von deren Sorte Unterschlupf gewähren, desto unnachgiebiger werden uns die Markgrafen, Bischöfe und die Städte verfolgen.«

Mathÿs Böhme ärgerte sich. »Da spricht der Pfaffe aus dir!«

Romain lachte. »Besser Pfaffe als Abschaum!«

Der Räuberhauptmann bezog das irrtümlich auf sich, sprang deshalb empört auf und riss sein Messer aus dem Gürtel. »Hier hat nur einer was zu sagen – und das bin ich!«, schrie er.

Romain konnte sich nicht bremsen und schnellte ebenfalls hoch. »Das wollen wir doch mal sehen!«

Sofort kam die ganze Schar angelaufen und bildete einen Kreis um die beiden, um genau zu verfolgen, wie dieser Zweikampf ausgehen würde.

»Ich habe es kommen sehen!«, rief Hydde Bieberstein. »Einer kann nur Kaiser sein, und zweie wollen's. Das ist überall auf der Welt so, nicht nur bei uns.«

Auch Romain war nicht überrascht von dieser Entwicklung. Von seiner Stärke, seinem Wissen und seinen Fähigkeiten her war er der geborene Führer, das lag auf der Hand. Mathÿs Böhme aber hatte die älteren Rechte. Und die Kraft, von sich aus ins zweite Glied zurückzutreten, die hatte er nicht.

»Steckt das Messer weg!«, rief Ennlin, die voller Angst um Romain war.

»Hier wird nur mit Fäusten gekämpft!«, stimmten andere ihr zu.

»Der Meinung bin ich auch!«, rief Romain und trat im selben Augenblick mit seiner rechten Fußspitze so kräftig gegen den Unterarm des Hauptmannes, dass dessen Waffe in hohem Bogen ins Gras flog.

»Dich kriege ich auch so!«, schrie Mathÿs Böhme und stürzte sich auf seinen Gegner, um ihn mit kräftigen Hieben niederzuschlagen.

Romain versuchte, den Räuberhauptmann am Rumpf zu packen, doch Mathÿs Böhme war schwerer, als er geschätzt hatte. Minutenlang standen sie mit umschlungenen Armen da und rangen keuchend um die Vorherrschaft. Alle verfolgten gebannt das Schauspiel, und so bemerkten sie nicht, wie eine Gruppe von Rittern und Fußsoldaten – aufgeboten von den Bischöfen aus Magdeburg, Havelberg und Brandenburg – sie umzingelte und zum Angriff blies.

»Wer sich nicht ergibt, wird niedergemacht!«, brüllte Frytz von Heinitz, der das Kommando hatte.

fünf

Peter von Lietzen stand am Oberbaum und beobachtete den Schiffsverkehr auf der Spree, der nicht so rege war, wie er es sich gewünscht hätte. Der Bannfluch des Papstes, der noch immer nicht aufgehoben worden war, lähmte das Leben in Berlin und Cölln zwar nicht vollständig, war aber der Entwicklung der Doppelstadt sehr abträglich.

Peter von Lietzen quälten allerdings auch persönliche Sorgen: Seine Tochter Elisabeth wollte lieber ins Kloster gehen, als dass sie einen der Männer geheiratet hätte, die er als potentielle Schwiegersöhne ins Haus brachte. »Entweder den Franzosen – oder ich gehe ins Wasser!«, hatte sie ihm versichert, und es war ihr ernst damit. Romain Cadignac aber hatte seit Jahren nichts mehr von sich hören lassen, und da er nicht in Avignon eingetroffen war, musste man davon ausgehen, dass der Herr ihn inzwischen heimgeholt hatte in die Ewigkeit.

Plaudernd kamen Peter von Lietzen zwei Ratsherren entgegen: Peter Moskow und Jacob von Rathenow. Letzterer entstammte einer alten und begüterten Patrizierfamilie, schon sein Vater und sein Bruder hatten an der Spitze Berlins gestanden. Sie hatten sich gerade über die Versuche der Handwerkerzünfte, mehr Einfluss auf die Geschicke der Stadt zu nehmen, unterhalten und fragten nun Peter von Lietzen nach seiner Meinung.

»Die neuen Kräfte werden sich nicht aufhalten lassen«, erwiderte Peter von Lietzen.

Jacob von Rathenow schüttelte den Kopf. »Hinter den neuen Ansprüchen der Handwerker steckt doch nur der Markgraf. Indem er sie stärkt, will er uns Patrizier schwächen und die Städte fester in die Hand bekommen. So kann er uns mehr Geld aus der Tasche ziehen.«

»Geld, das wir ohnehin nicht haben«, fügte Peter Moskow an. »Und was uns übrig geblieben ist, müssen wir wohl dem Brandenburger Bischof in den Kasten werfen, sonst wird der Papst uns nie von diesem fürchterlichen Bannfluch befreien.«

Romain Cadignac stand an der Spree und überlegte, wie er seine Rückkehr nach Berlin begründen sollte. Dass er sich der Räuberbande aus freien Stücken angeschlossen hatte, nachdem ihn Kardinal da Carsoli aus Berlin gejagt hatte, konnte er keinem erzählen. Es schien, als habe er als Einziger den Angriff der bischöflichen Soldaten auf das Räuberlager überlebt. Mathÿs Böhme, Hydde Bieberstein, Jecklin Schopp – alle hatte er tödlich getroffen ins Gras sinken sehen, ohne dass er ihnen hätte helfen können. Die Angreifer waren zu zahlreich und äußerst geübt im Waffenhandwerk gewesen. Mit letzter Kraft war es Romain gerade noch gelungen, sich in Sicherheit zu bringen. Nach Avignon zurückzukehren erschien ihm zu gewagt, deswegen hatte er eine Weile als Eremit in den Wäldern Brandenburgs gelebt. Doch jetzt hatte ihn die Liebe zu der schönen Elisabeth erneut nach Berlin zurückgeführt.

In diesem Augenblick kam Peter von Lietzen mit zwei anderen Herren auf ihn zu und begrüßte ihn freudig. Verblüfft fragte ihn der Ratsherr, wie es denn anginge, dass er wieder in Berlin sei.

Schnell musste sich Romain Cadignac etwas einfallen lassen. »Wir haben jetzt einen neuen Papst, Benedikt XII., und das ist ein alter Freund von mir. Da lag es nahe für ihn, mich wieder nach Berlin zu schicken, um die leidige Sache mit dem Propst von Bernau nun endlich zu einem guten Ende zu bringen.«

»Das dürfte sehr schwer sein!« Peter von Lietzen stöhnte auf und berichtete Romain Cadignac von den neuesten Entwicklungen. »Der Brandenburger Bischof will, dass Berlin ausblutet und die gottlose Stadt für immer und ewig von der Landkarte verschwindet.«

»Um Himmels willen!«, rief Romain. »Ich will mein Bestes versuchen, das zu verhindern. Und wie geht es Eurer Tochter?«

»Ach meine Elisabeth! Es ist ein Elend mit ihr – und schuld daran seid Ihr, Monsieur Cadignac!«

Der hörte das mit Freude, hatte sich jedoch vorerst um anderes zu kümmern. Er verabschiedete sich von den Herren und machte sich auf den Weg zu Marcellus, dem befreundeten Franziskaner.

»Hör zu, Marcellus«, sagte Romain Cadignac später vertrauensvoll zu dem Mönch, »es ist höchst ungerecht, dass die Berliner bluten müssen, weil der Brandenburger Bischof krank ist vor Geldgier. Aber ich weiß, wie wir ihm ein Schnippchen schlagen können. Ich kenne das Versteck im Fläming, wo das Geld liegt, das die Buschräuber ihm abgenommen haben. Wir sollten es holen und unauffällig an die Berliner verteilen. Damit können sie dann ihren Sühnepfennig zahlen.«

Der Schneider Wentzel Natusch trat vor den Bischof Ludwig Schenk von Reindorf, warf das Geld, das ihm abverlangt wurde, in einen bereitstehenden Kasten, verneigte sich in Demut und sagte das auf, was vorgeschrieben war. »Ich trage tiefe Schuld daran, dass der ehrwürdige Propst Nikolaus von Bernau von uns erschlagen und auf einem Scheiterhaufen verbrannt wurde, und bitte hiermit um Vergebung dieser meiner Sünde.«

»Te absolvo!«, kam es feierlich vom Bischof, und der Nächste wurde herangewinkt.

Peter von Lietzen verfolgte das Schauspiel ebenso zornig wie amüsiert. Das Verhalten des Bischofs fand er anmaßend und abscheulich, doch ihm war natürlich nicht entgangen, dass allen Bürgern, die nicht mit irdischen Gütern gesegnet waren, das Geld, das sie hier und heute abzuliefern hatten, vorher von Romain Cadignac und dem Franziskanermönch Marcellus zugesteckt worden war. Über die Herkunft dieses Geldes brauchte er nicht lange zu rätseln.

Es kamen am Ende 1335750 Mark Silber von den Städten Berlin und Cölln in die Kasse des Bischofs.

Daraufhin hatten die Berliner noch den Propst Gerwin von Bernau und den Bruder des Erschlagenen, den Priester Heinrich zu Neustadt-Eberswalde, mit einer beträchtlichen Summe abzufinden und vor der Marienkirche ein Sühnekreuz aufzustellen. Dann endlich fand sich der Papst in Avignon bereit, den über Berlin und Cölln verhängten Bann aufzuheben.

Romain Cadignac war froh und glücklich darüber, dass er seinen Auftrag in Berlin nun doch erfolgreich zu Ende gebracht hatte. Dennoch lief er recht bekümmert durch die Stadt. Liebend gern wollte er ein ganz normales Leben als Ehemann und Familienvater führen, doch er fühlte sich seiner Kirche zu sehr verbunden und war von der Furcht erfüllt, Gott würde ihn für seine Abkehr strafen. Er beschloss, sich Marcellus anzuvertrauen. Ihm konnte er sein Herz öffnen, ohne Indiskretionen befürchten zu müssen.

Der Franziskaner zögerte mit einer Antwort, als Romain ihm seinen Kummer geschildert hatte. »Die katholische Kirche gibt es seit weit über tausend Jahren, und es wird sie weitere tausend Jahre geben – auch ohne einen Romain Cadignac in ihren Reihen.«

»Aber Renegaten werden doch bestraft.«

Marcellus stöhnte auf. »Das ist wohl wahr.«

»Ich kann es aber niemals über mich bringen, nach Avignon zurückzukehren und ohne Elisabeth zu leben.« Und mit Trotz in der Stimme fügte Romain hinzu: »Eher würde ich sterben wollen!«

»Womit du deine Elisabeth für immer unglücklich machen würdest«, entgegnete Marcellus mit Bestimmtheit. »Und du selbst würdest in der Hölle landen.«

Romain war verzweifelt. »Was soll ich bloß machen?«

»Geh zu ihr, lustwandle mit ihr am Ufer der Spree und vertraue auf den Herrn! Er wird es schon richten.«

So zögerte Romain Cadignac seine Abreise nach Avignon weiter hinaus und besuchte seinen Freund Peter von Lietzen, sooft es nur ging, um dann mit Elisabeth Hand in Hand in einer lauschigen Laube zu sitzen und zu träumen. Oft schauten sie sich stundenlang in die Augen, ab und an plauderten sie und amüsierten sich – zum Beispiel über Könige, die vom Volk einen charakteristischen Beinamen erhalten hatten.

»Ich kenne Karl den Kahlen und Ludwig den Stammler«, sagte Romain Cadignac grinsend. »Außergewöhnlich sind auch Karl der Einfältige, Ludwig der Nichtstuer, Ludwig der Zänker oder Johann der Posthume.«

»In Brandenburg haben wir nur Otto mit dem Pfeil«, erklärte Elisabeth. »Aber nebenan in Meißen bei den Wettinern gab es Heinrich den Erlauchten, Friedrich den Gebissenen und Albrecht den Entarteten.«

Romain Cadignac lachte auf. »Das übertrifft unsere französischen Könige noch um einiges!«

»Wie würdest du dich denn nennen lassen, wenn du König wärst?«, fragte Elisabeth.

»Hm ... vielleicht Romain der Unsterbliche?«

»Warum das?«

»Weil ich wirklich unsterblich bin – unsterblich verliebt!«

Frytz von Heinitz war Generalvikar beim Bischof von Brandenburg geworden und hatte in dieser Funktion in Berlin zu tun. Die Beziehungen zum Rat der Städte Berlin und Cölln hatten nach der Ermordung des Propstes Nikolaus und dem Bannfluch des Papstes sehr gelitten und sollten nun nach Erteilung der Absolution wieder in erfreulichere Bahnen gelenkt werden. Man saß einige Stunden im Rathaus auf der Langen Brücke zusammen, konnte aber zu keinem greifbaren Ergebnis kommen und vertagte sich auf den nächsten Morgen. Peter von Lietzen hoffte, die stockenden Verhandlungen dadurch zu einem guten Ende zu bringen, dass er Frytz von Heinitz zum Abendessen zu sich nach Hause einlud.

»Meine Frau und ein guter Freund von mir, Monsieur Cadignac, den der neue Papst als Sondergesandten nach Berlin geschickt hat, würden sich freuen, mit Euch zu plaudern.«

Frytz von Heinitz deutete eine leichte Verbeugung an. »Ich sage herzlichen Dank und komme gern.« Was hätte er in diesem langweiligen Berlin auch anderes anfangen sollen!

Es wurde durchaus ein gemütlicher Abend für ihn – bis ihn das Gefühl beschlich, diesen Romain Cadignac aus Avignon schon einmal gesehen zu haben. Doch wo nur? Er verwickelte ihn in ein längeres Gespräch, ohne dass es ihm die Augen geöffnet hätte.

Erst im Bett seiner Herberge erinnerte er sich mit Schrecken: Es war derselbe Mann, der Seite an Seite mit dem Räuberhauptmann Mathÿs Böhme gegen ihn und die Bischofstruppen gekämpft hatte und ihnen als Einziger entkommen war! Frytz von Heinitz setzte sich auf. Am liebsten wäre er auf die Straße gelaufen und hätte Cadignac auf der Stelle entlarvt. Doch wer würde ihm schon glauben? Er musste sich an den

Bischof von Brandenburg, den Papst und den Kardinal da Carsoli in Avignon wenden. Romain Cadignac angemessen zu bestrafen war deren Sache.

Am nächsten Vormittag ritt er hurtig zurück nach Brandenburg, um alles Nötige in die Wege zu leiten.

Romain Cadignac war nicht entgangen, dass Frytz von Heinitz ihn merkwürdig angeschaut – und wohl auch durchschaut – hatte. Nun schien ihm zweierlei sicher: der Ausschluss aus der Kirche und die Hinrichtung als Buschräuber. Er überlegte fieberhaft. Ehe die Nachricht von seinem Doppelleben in Avignon angekommen war und die Weisungen des Papstes im Bistum Brandenburg umgesetzt werden konnten, verging einige Zeit – und die musste er nutzen, um seinen Kopf aus der Schlinge zu ziehen.

Und schon bald sollte sich eine Gelegenheit ergeben, alles zu einem guten Ende zu bringen. Denn als er eines Abends Berlin durch das Stralauer Tor verlassen hatte, um ein wenig am grünen Strand der Spree spazieren zu gehen, fand er den grässlich zugerichteten Leichnam des reisenden Baders Martin Bartsch, den er von Niemegk her kannte und der wohl erst vor kurzem nach Berlin gekommen war. Er schaute den Bader, der ihm so sehr ähnlich sah, nachdenklich an … und da kam ihm plötzlich eine Idee. Die Angelegenheit war zwar brenzlig – doch hatte er eine andere Wahl? Schnell zog er dem Toten seine eigenen Sachen an und nahm dafür dessen Kleider. Glücklicherweise glichen sie sich auch vom Körperbau her außerordentlich und waren ungefähr gleichen Alters. Außerdem hatten die Mörder das Gesicht des Baders so grausam zugerichtet, dass er nicht mehr sofort erkennbar war. Der Coup konnte also gelingen.

Elisabeth von Lietzen erschrak, als ein fremder Mann sie im Garten ihres Vaters überraschte. Sie wollte aufschreien, doch im letzten Augenblick erkannte sie ihren Liebsten.

Behutsam erklärte Romain Cadignac ihr, was er vorhatte. »Bald wird man meine Leiche finden und mich zu Grabe tragen. Du weinst viel um mich. Wenn aber etwas Gras über die Sache gewachsen ist, verliebst du dich in den Bader Martin Bartsch und wirst seine Gattin.«

Und so kam es dann auch: Elisabeth von Lietzen heiratete den Mann, den der Herr für sie bestimmt hatte, und beide lebten glücklich und zufrieden in Frankfurt an der Oder. Der Herr schenkte ihnen sage und schreibe zwölf Kinder.

Wahrheit und Dichtung

Wahr an dieser Geschichte – und in jedem Geschichtsbuch nachzulesen – ist die Ermordung des Propstes Nikolaus von Bernau vor der Berliner Marienkirche im Jahre 1325. Ein altes Sühnekreuz an der Kirche kündet noch heute von diesem Vorkommnis und seinen Folgen.

Historisches Personal

Nikolaus Cyriacus († 1325), Propst von Bernau

Johannes XXII. (1245/1249–1334), Papst in Avignon

Rudolf I. von Sachsen-Wittenberg (um 1284–1356), Herzog aus dem Hause Askanien

Ludwig V. von Bayern (1315–1361), als Ludwig I. Markgraf von Brandenburg

Ludwig IV., bekannt als der Bayer (1281/82–1347), römisch-deutscher König und umstrittener Kaiser

Berthold VII., genannt Berthold der Weise (1272–1340), Graf von Henneberg-Schleusingen

William von Ockham (um 1285–1347), Philosoph und Theologe

Heinrich II. Graf von Barby, († 1351) von 1323 bis 1327 Bischof von Brandenburg

Ludwig Schenk von Reindorf, von 1327 bis 1347 Bischof von Brandenburg

Gerwin, Propst von Bernau, Amtsbruder von Nikolaus Cyriacus

Heinrich, Priester in Neustadt-Eberswalde, Bruder von Nikolaus Cyriacus

Johann von Rathenow, 1312 Berliner Ratsherr

Peter von Lietzen, von 1326 bis 1328 Berliner Ratsherr

Nikolaus von Asperstedt, von 1326 bis 1328 Berliner Ratsherr

Johann Lange, 1327/28 Berliner Ratsherr

Otto von Buch, 1328/29 und 1331/32 Berliner Ratsherr

Peter Moskow, 1340 Berliner Ratsherr

Jacob von Rathenow, Sohn von Johann von Rathenow, 1340/41 Berliner Ratsherr

Fiktives Personal

Im Umfeld der Kirche

Romain Cadignac, Gesandter des Papstes in Berlin

Kardinal Giacomo da Carsoli

Marcellus, Franziskanermönch

Silverius, Zisterziensermönch

Anna, Nonne

Berliner Bürgerinnen und Bürger

Elisabeth von Lietzen, Tochter von Peter von Lietzen

Jost Bollinger, Mörder von Propst Nikolaus

Caspar Born, Mörder von Propst Nikolaus

Eberhard Broebes, Mörder von Propst Nikolaus

Benedikt Falcke, Steinmetz

Wentzel Natusch, Schneider

Buschräuber

Mathÿs Böhme, Räuberhauptmann

Hydde Bieberstein

Dietz Striepe

Jecklin Schopp
Eckart Föhr, Mörder
Konrad Kauke, Mörder
Fronicka
Ennlin

Sonstige
Frytz von Heinitz, Ritter beim Erzbischof von Magdeburg
Martin von Mankmuß, Ritter in der Prignitz
Martin Bartsch, Bader

Anno 1348

Der falsche Waldemar

Der brandenburgische Markgraf Waldemar erfreut sich ob seiner erfolgreichen Eroberungszüge und seiner Willensstärke besonderer Beliebtheit. Er setzt alles daran, die brandenburgische Macht bis zur Weichsel hin auszuweiten. Die bevorstehende Schlacht bei Gransee im Jahre 1316 wäre ein entscheidender Schritt zum Erfolg. Doch das Glück steht nicht auf Waldemars Seite: Er verliert die Schlacht und muss seinen Traum vom Zugang zur Ostsee begraben. Zunehmend versinkt er in Melancholie, und nicht einmal der bildhübschen Nonne Katharina glückt es, ihn aufzuheitern.

Als der Markgraf drei Jahre später stirbt, verbreitet sich die Kunde wie ein Lauffeuer. Mit seinem Tod – und dem seines Vetters nur ein Jahr später – erlischt die Linie der Askanier als Markgrafen der Brandenburg, und ein Kampf um das Erbe beginnt.

Kaiser Ludwig IV., herabsetzend Ludwig der Bayer genannt, beendet den Erbstreit, indem er die Mark seinem Sohn übergibt. Doch Markgraf Ludwig I. – der sich mehr in Bayern und Tirol denn in Brandenburg aufhält – kann sich in der Mark nicht durchsetzen.

Fast dreißig Jahre später, im Sommer 1348, geschieht etwas, das in der Mark für gehörigen Trubel sorgt: Ein Pilger hält Einzug und behauptet, der echte Waldemar zu sein. Derjenige, den man 1319 unter seinem Namen ins Grab gelegt habe, sei ein anderer gewesen, und er habe seinen Tod nur vorgetäuscht, um ins Heilige Land zu ziehen.

Viele Bürger verspotten den gebrechlichen Mann. Doch die Nonne Katharina meint, ihren einstigen Geliebten wiederzuerkennen. Dank ihrer Hilfe gelingt es dem Mann, den Magdeburger Erzbischof Otto davon zu überzeugen, dass er tatsächlich der letzte askanische Herrscher der Mark sei. Daraufhin scharen sich immer mehr Anhänger um den alten Mann, der in einem wahren Siegeszug durch Brandenburg reist. Die abenteuerlustige Katharina zieht mit Waldemars Schar Richtung Norden …

eins

Dieser Waldemar war an Gestalt klein, aber von großen Kräften, von der Herrschaft der anderen Mächtigen mehr Gebrauch machend, als von der eigenen. Ferner begünstigte er sehr die Würdenträger, Edlen und Mächtigen, welche aus den verschiedensten Theilen der Welt an seinem Hof zusammenströmten. Er war überdies der Begierigste nach eitler Ehre und sehr prachtliebend. Denn als er vom Könige von Dänemark in Rostock mit der Ritterwürde bekleidet wurde, wandte er unermeßliche Kosten auf, und machte den Rittern und Possenreißern so viele und verschwenderische Geschenke, dass ihm daraus große Schulden erwuchsen. Ueberdies liebte er sehr den Krieg.

So steht es bei Pulkawa geschrieben, dem legendären Chronisten aus Böhmen, und besagter Waldemar I., später auch als Waldemar der Große in der Genealogie der Askanier zu finden, saß Mitte des Jahres 1312 missmutig in seinem Zelt bei Hayn und dachte darüber nach, wie er den Krieg gegen die Wettiner siegreich zu Ende bringen konnte. Hayn, heute Großenhain, lag nördlich von Meißen an der Großen Röder, einem linken Nebenfluss der Schwarzen Elster. 1291 war die Stadt auf Geheiß des Meißener Markgrafen Friedrich I., genannt Friedrich der Gebissene, befestigt und mit einer Stadtmauer umgeben worden. Und an der hatten sich ein Jahr später die Brandenburger die Zähne ausgebissen. Nun wollte Waldemar die Scharte auswetzen und suchte auf der morgendlichen Lagebesprechung mit seinen Gefolgsleuten nach der besten Strategie. Friedrich der Gebissene steckte währenddessen mit seinen Leuten in Hayn und wartete, bis sein Bruder – ebenfalls Markgraf von Meißen – zur Stelle war und sie die Brandenburger in die Zange nehmen konnten.

Sander von Dünfus, der größte Spötter unter den Brandenburgern, brachte mit seiner Idee alle zum Lachen. »Schaffen wir doch seine Mutter herbei!«, rief er grinsend. »Dann fällt er in Ohnmacht, und der Sieg ist augenblicklich unser.«

Margaretha von Staufen, die Mutter Friedrichs I., hatte ihren Sohn kräftig in die Wange gebissen, als sie 1270 vor ihrem ehebrecherischen Manne von der Wartburg geflohen war. Vielleicht war es der Abschiedsschmerz, der sie zu dieser Tat hinriss, vielleicht aber auch die quälende Ähnlichkeit ihres geliebten Sohnes mit seinem Vater.

Clas von Zepkow, Waldemars Kämmerer, schüttelte den Kopf. »Friedrichs Mutter ist schon in den ersten Augusttagen nach ihrer Flucht in der Frankfurter Stauferpfalz verstorben.«

Der Ritter Thomo von Wokuhl bat darum, die Lage ernsthafter zu besprechen. »Ich war schon vor zwanzig Jahren dabei, als unsere brandenburgischen Markgrafen die Stadt erfolglos belagerten. Wir sollten auf keinen Fall zweimal denselben Fehler begehen. Versuchen wir also nicht, die Stadt zu stürmen!«

»Aushungern können wir die Bürger Hayns auch nicht«, hielt Reynnhardt von Telz dagegen. »Das dauert zu lange, und Friedrichs Bruder wäre flugs zur Stelle, um ihm beizuspringen. Wir müssen Friedrich packen, solange er allein gegen uns steht.«

Waldemar nickte. »Ganz recht! Aber wie wollt Ihr ihn aus Hayn herauslocken?«

»Indem wir die Stadt in Brand schießen«, entgegnete Thomo von Wokuhl entschieden.

Der Markgraf verzog das Gesicht. »Das ist nicht meine Art.«

Sander von Dünfus lachte. »Dann bauen wir eben schnell ein Pferd, verstecken uns alle in seinem Bauch und warten, bis die Meißener es in die Stadt geholt haben.«

Waldemar klatschte in die Hände. »Glückwunsch, was sind meine Ritter doch gebildet! Ach Sander, du bist besser als alle Possenreißer, die wir bisher am Hofe hatten.«

»Vielleicht reicht auch eine Insel aus Baumstämmen und Geäst, unter der sich einige von uns verbergen«, sagte Clas von Zepkow. »Die treibt dann den Fluss hinunter bis in die Stadt hinein – und unsere Krieger können herausspringen, um uns anderen die Stadttore zu öffnen.«

»Zugegeben, das ist keine schlechte Idee.« Waldemar stieß die Luft aus den Lungen. »Nur fließt die Große Röder nicht durch die Stadt, sondern im Süden an ihr vorbei …«

»Also bauen wir doch ein Trojanisches Pferd!«, beharrte Sander von Dünfus.

Seine Ritter winkten ab, doch Waldemar gefiel die Idee allmählich. »Es muss ja kein hölzernes Pferd sein, aber vielleicht ein Bauernwagen mit aufgetürmtem Heu oder der Planwagen eines Kaufmanns.«

»Wir könnten versuchen, kurz bevor sie abends die Stadttore schließen, noch zu passieren. Anschließend warten wir die Dunkelheit ab und schlagen dann zu«, ergänzte Thomo von Wokuhl.

Der Beschluss war schnell gefasst, und zwei Waffenmeister der Brandenburger machten sich sofort auf den Weg. Mit Clas von Zepkow ritten sie kurz nach Norden, bis sie wieder auf brandenburgischem Gebiet waren, und besorgten sich in Elsterwerda nicht nur einen passenden Kaufmannswagen, sondern auch Kleidungsstücke, wie sie für Händler typisch waren.

Am Nachmittag waren die drei wieder zurück in Waldemars Lager, und man besprach alles Weitere.

»Höchstens vier Leute können sich im Wagen hinter den Kisten verstecken«, erklärten die Waffenmeister.

Waldemar entschied sich aber, lediglich Sander von Dünfus und Reynnhardt von Telz mit der Aufgabe zu betrauen.

Sander von Dünfus grinste. »Wenn ich schon als Possenreißer verschrien bin, dann setze ich gleich noch einen drauf: Ohne meinen geliebten Markgrafen gehe ich nirgendwo hin!«

Waldemar stutzte. »Ihr meint, ich selbst soll …«

»Aber ja, Ihr sollt dabei sein, wenn wir von innen die Stadttore Hayns nach Elsterwerda hin öffnen!«

Waldemar wusste, dass er auch über die Grenzen der Mark Brandenburg hinweg als kampfeslustig und kühn galt. Schmunzelnd gab er seinen Rittern kund, er werde mitmachen, schließlich habe er seinem Ruf gerecht zu werden. »Thomo von Wokuhl soll derweil an meiner statt den Befehl über die Truppen haben«, ordnete er an.

Dieser Entschluss wurde mit großem Beifall aufgenommen, und der trojanische Wagen setzte sich in Bewegung. Vorn auf dem Kutscherbock hockten die beiden Waffenmeister, verkleidet als Händler, drinnen steckten der Markgraf und seine beiden tüchtigsten Ritter. Obwohl sie nur in gemäßigtem Tempo auf das Stadttor zufuhren, wurden sie gehörig durchgeschüttelt.

Sander von Dünfus stöhnte. »Verflucht noch mal, der Teufel muss mir die Idee hierzu eingegeben haben!«

Waldemar lachte. »Ich fluche erst, wenn sie uns gefangen genommen haben und man mich in Fesseln zu Friedrich schleppt.«

Die Spannung stieg ins Unerträgliche, als sie vor dem Stadttor hielten und die Wachen auf ihren Wagen zukamen.

»Woher des Wegs? Was führt Euch nach Hayn?«

»Wir sind friedliche Kaufleute aus Stettin mit Waren für Euren Markt und für Meißen.«

Die beiden Männer von der Stadtwache machten sich daran, die Plane anzuheben und nachzuschauen, was die Ankömmlinge geladen hatten. Sie mochten schlecht bezahlt werden oder gedanklich schon im Feierabend sein, jedenfalls kontrollierten sie nur ein paar wenige Kisten, die ganz vorne standen.

Nun brauchten die drei Verborgenen im Wagen nur noch geduldig zu warten, bis es dunkel geworden war. Was dann kam, war ein Kinderspiel. Waldemar gab das Zeichen, dann sprang er mit Sander und Reynnhardt vom Wagen, der in unmittelbarer Nähe des Stadttors im Hofe einer Herberge abgestellt war. Es war Halbmond und damit gerade hell genug, um sich durch die Gassen bis zum Stadttor Richtung Elsterwerda zu schleichen, vor dem die brandenburgischen Truppen in sicherer Deckung warteten. Ein paar kräftige Hiebe, dann waren die Leute von der Nachtwache niedergestreckt. Die Tore wurden geöffnet, und die brandenburgischen Krieger stürmten in die Stadt. Den fassungslosen Wettinern blieb nichts weiter übrig, als sich kampflos zu ergeben.

Friedrich den Gebissenen fand man in einer Schenke und nahm ihn gefangen. Es war ein guter Fang, denn der Meißner Markgraf musste sich später im Vertrag von Tangermünde seine Freiheit mit 32 000 Mark Silber und der Abtretung der Mark Lausitz erkaufen.

Das Nonnenkloster Marienfließ der Zisterzienser war in der Prignitz gelegen, und zwar einen halben Tagesritt nördlich von Pritzwalk. Gestiftet worden war es im Jahre 1230 durch den Ritter und edlen Herrn Johann Gans zu Putlitz. Dies geschah weniger aus religiösen Gründen als zur Sicherung der Grenze nach Mecklenburg hin, denn um Klostergebiete machte man bei kriegerischen Auseinandersetzungen meist einen weiten Bogen, um möglichen Sanktionen des Papstes zu entgehen. Männerklöster wurden gemeinhin vom Landesherrn in unbesiedelten und schwer zugänglichen Gebieten errichtet, während Nonnenklöster von den örtlichen Adelsgeschlechtern gegründet wurden, um alle Töchter, die sich nicht verheiraten ließen, ganz in der Nähe unterzubringen und ihnen ein ihrem Stand angemessenes Leben zu ermöglichen. Bei dem Versuch, die Mark Brandenburg zu erweitern, hatten sich die askanischen Fürsten schon immer der Zisterzienser bedient, und so waren vor Marienfließ bereits die Mönchsklöster Zinna, Lehnin und Dobrilugk entstanden. Auch für die Nonnen galt die strenge Regel *ora et labora*, wenngleich sie keine Kirchen bauen und keine Heiden missionieren mussten. Die Nonnen waren einfach gekleidet, ernährten sich nur von den Früchten des Feldes und schliefen auf Stroh.

Es war ein Leben, das der Nonne Katharina gar nicht behagte. Blutjung war sie nach Marienfließ gebracht worden, denn ihre kecke Art, ihr oft anstößiges Verhalten und nicht zuletzt ihr ausgeprägtes Interesse an Männern hatten ihre beunruhigten Eltern dazu gebracht, sie ins Kloster zu schicken.

So ging Katharina auch an diesem Tage sittsam am Ufer der Stepenitz spazieren. Als eine Schar von Elstern über ihr kreiste, rief sie lachend aus: »Ich bin keine von euch, ich sehe nur so aus!« Ihre Tracht bestand aus schwarzem und weißem Stoff: Weiß war der Ärmelrock, der bis eine Handbreit über den Boden reichte, schwarz der etwas kürzere Skapulier, der schürzenartig über Brust und Rücken lag und eine Kapuze hatte, und wiederum weiß war die Kukulle, die glockenförmig bis zu den Knöcheln reichte. Dazu kamen noch das weiße Kopftuch und der schwarze Schleier.

Mit vierzehn Jahren war Katharina zur Nonne geweiht worden,

und dabei hatte sie ein Gehorsams- und Keuschheitsgelübde ablegen müssen. Die ganze Zeremonie hatte einer Hochzeit geähnelt, denn man hatte ihr einen Ring an den Finger gesteckt und eine Brautkrone aufs Haupt gesetzt.

»Was ist nun das Wichtigste für dich?«, war sie damals von der Äbtissin Appolonia gefragt worden.

»Ich liebe Christus, in dessen Bett ich eingestiegen bin«, hatte die junge Nonne leise erwidert. So lautete die formelhafte Wendung. Katharina hatte gezittert bei diesen Worten, denn sie hatte sich daran erinnert, wie sie zuvor schon in das Bett einiger Männer gestiegen war, und der Gedanke, dass sie von nun an nur noch Jesus Christus dienen würde, war ihr so qualvoll erschienen, dass sie schließlich in ihrer Not in Ohnmacht gefallen war.

Als sie kurz danach mit einem Riechfläschchen wieder ins Leben zurückgeholt worden war, hatte sie den Friedenskuss erhalten und war ermahnt worden, sich und die Welt gänzlich zu vergessen.

»Du sollst in glühender Liebe ständig Jesus Christus umarmen, der vom Himmel hernieder in deine Brust gekommen ist, und ihn so lange festhalten, bis er dir gegeben hat, was du dir wünschst«, hatte die Äbtissin feierlich gesprochen.

Katharina hatte sich Freiheit gewünscht, Abenteuer und aufregende Liebeleien mit schönen Rittern. Doch damit würde sie der Herr wohl kaum beglücken.

In Erinnerungen versunken, blieb Katharina an der Stepenitz stehen. Unwillkürlich, um sich von ihren quälenden Gedanken zu erlösen, betete sie leise einen Psalm. »*Erforsche mich, Gott, und erfahre mein Herz. Und siehe, ob ich auf bösem Wege bin, und leite mich auf ewigem Wege.*« Dann kehrte sie ins Klostergebäude zurück.

Dort ritt gerade der Markgraf Waldemar mit seinem Gefolge in den Hof. Er kam von einer Jagd, zu der die Familie Gans zu Putlitz geladen hatte, und bat die Äbtissin um einen kühlen Trunk. »Wenn ich schon hier bin, möchte ich auch in Erfahrung bringen, ob hier im Kloster alles zum Besten steht«, fügte er an.

Während der Markgraf mit Appolonia sprach, stand Katharina im

Schatten einer Eiche und starrte Waldemar heimlich an. Was für ein beeindruckender Mann! Mit seinem stolzen Blick und seiner ehrwürdigen Haltung hatte er etwas Göttliches. Kein Wunder, dass sie ihn »den Glorreichen« nannten!

Seit den Zeiten von Albrecht dem Bär hatten die Askanier eine beachtliche Menge Land dazugewonnen, so dass die Mark Brandenburg auf den Karten durchaus Eindruck machte. Da waren die Altmark mit Salzwedel, Tangermünde und Wolmirstedt, die Prignitz mit Putlitz, Wittenberge und Havelberg, die Mittelmark mit Rathenow, Brandenburg an der Havel, Ruppin, Spandow, Berlin/Cölln, Cöpenick, Liebenwalde, Strausberg, Fürstenwalde und Frankfurt an der Oder, die Uckermark mit Pasewalk, Prenzlau, Schwedt und Angermünde, die Neumark mit Schivelbein, Tempelberg und Dramburg, das Ländchen Sternberg, die Niederlausitz mit Guben, Luckau, Cottbus und Spremberg und schließlich die Oberlausitz mit Bautzen und Görlitz. Waldemar wollte Brandenburg immer weiter wachsen sehen, und so traf es ihn hart, dass ihm die Mecklenburger 1316 die Herrschaft Stargard wieder entreißen wollten.

Das war so gekommen: Heinrich II., Markgraf von Mecklenburg, hatte Beatrix geheiratet, die Tochter des brandenburgischen Markgrafen Albrecht III., und so war auch Stargard in seinen Besitz geraten. Beatrix war 1314 ohne männlichen Nachkommen verstorben. Die Brandenburger verlangten daraufhin die Rückgabe der Herrschaft. Die Mecklenburger aber meinten, Stargard sei bei der Hochzeit nichts anderes als die Mitgift der Markgrafentochter gewesen. Derartige juristische Winkelzüge ließ Waldemar jedoch nicht gelten, und so begann schließlich der sogenannte Norddeutsche Markgrafenkrieg.

»Wenn wir Heinrich von Mecklenburg ärgern wollen, müssen wir uns mit den Hansestädten verbünden«, riet Thomo von Wokuhl.

Waldemar lächelte schmerzlich. »Da bleibt uns ja nur noch Stralsund.« Heinrich hatte nämlich das aufsässige Rostock bereits eingenommen.

Man zog also, verstärkt durch eine Reihe von Adligen, im Juni 1316 nach Stralsund. Doch kaum waren die brandenburgischen Ritter am Strelasund angekommen, mussten sie miterleben, wie ein gewaltiges Heer unter Führung des Herzogs Erich I. von Sachsen-Lauenburg Vorbereitungen traf, die Stadt zu belagern. Auch kleinere Fürsten – Dänen, Polen, Sachsen und die Mecklenburger mit Heinrich an der Spitze – waren im Anmarsch.

Reynnhardt von Telz war von Waldemar als Kundschafter ausgeschickt worden und kam mit der Neuigkeit zurück, dass die Vorhut der Fürstenkoalition ihr Lager im Hainholz aufgeschlagen habe, einem Gelände zwischen Stralsund und dem Dorfe Parow.

Sander von Dünfus lachte. »Stürzen wir uns auf Erichs Vorhaut!«

»Vorhut!«, korrigierte ihn mit rotem Kopf der Stralsunder Bürgermeister, mit dem man sich gemeinsam beriet.

»Meinetwegen auch auf die«, murmelte Sander von Dünfus immer noch grinsend.

Markgraf Waldemar hatte sich derweil bei einem Stadtrundgang mit einem Hutmacher unterhalten und gesehen, dass bei dem eine Menge Filzlappen herumlagen. Das brachte ihn auf eine geniale Idee: Würden sie ihren Pferden solche Filzlappen um die Hufe wickeln, dann könnte sie keiner hören.

Und so kam es dann auch. Die Brandenburger und die Stralsunder konnten die Belagerer im Hainholz überraschen und besiegen. Doch nicht nur das: Es gelang ihnen auch, dreißig Ritter, elf Knappen und Herzog Erich gefangen zu nehmen.

»Los, schnappt mir auch noch diesen Rügener!«, rief Thomo von Wokuhl und zeigte auf den slawischen Fürsten von Rügen. Aber der konnte sich in die angrenzenden Sümpfe retten und ungeschoren seine Burg in Prohn erreichen.

Die Siegreichen zogen sich nun wieder nach Stralsund zurück, und die Stadt strich später bei den Verhandlungen 16 000 Mark Silber Lösegeld für Erich und die Mitgefangenen ein.

Heinrich von Mecklenburg erschien nun vor Stralsund und begann die eigentliche Belagerung. Doch vergeblich: Nach knapp zwei Monaten musste er unverrichteter Dinge wieder abziehen.

Waldemar war zum Handeln gezwungen. »Heinrich wird mit seinen Mecklenburgern und wahrscheinlich auch den verbündeten Dänen in die Mark Brandenburg einfallen und alles verwüsten. Darum müssen wir so schnell wie möglich zurück, um ihn aufzuhalten.«

Im August 1316 kam es vor den Toren Gransees zur Entscheidungsschlacht.

»Wir werden siegen!«, spornte Waldemar seine Ritter an. »Wir haben eine große Zahl schwer gerüsteter Reiter zur Verfügung – die anderen aber haben nur Fußtruppen.«

Doch dann beging er jenen verhängnisvollen strategischen Fehler, den er sich nie wieder verzeihen sollte: Er nutzte seinen Vorteil nicht aus, indem er sofort zur Attacke blies, sondern bezog in aller Ruhe sein Lager und hieß seine Leute absitzen und sich ausruhen. Kaum war dies geschehen, da starteten die Mecklenburger einen Überraschungsangriff. Zwar stürzte sich Waldemar sofort auf Heinrich und verletzte ihn erheblich, doch das konnte die Mecklenburger nicht aufhalten. Viele Adlige, die unterstützend mit den Brandenburgern geritten waren, waren schnell in Gefangenschaft geraten.

»Jetzt fehlt uns nur noch Waldemar selbst!«, rief der mecklenburgische Ritter, der nach der Verletzung Heinrichs das Kommando übernommen hatte.

»Den bekommt ihr nur über meine Leiche!«, rief Reynnhardt von Telz.

Der Mecklenburger lachte. »Das kannst du gerne haben!«

Und schon flog Reynnhardt von Telz mit gespaltenem Schädel vom Pferd.

Das lenkte die Mecklenburger so sehr ab, dass sie nicht bemerkten, dass Waldemar eine Gasse fand und davonsprengen konnte.

Das Siegesgeschrei, das Heinrichs Leute nun ausstießen, klang dem fliehenden Markgrafen noch lange in den Ohren.

Gransee wurde für Waldemar ein folgenschweres Erlebnis. Im Februar 1318 war er erneut in Berlin und hatte im Hohen Haus der Askanier in der Nähe des Oderberger Tores Quartier genommen. An manchem Tage verließ er sein Zimmer bloß zu den wichtigsten Verrichtungen und lag sonst nur sinnend auf dem Bett. Er hatte in seinem Leben Beachtliches erreicht, und dennoch verfiel er während dieser Jahre in Schwermut und Traurigkeit.

Er hatte 1312 den Krieg mit den Wettinern gewonnen, aber mit der Schlacht bei Gransee im August 1316 den Norddeutschen Markgrafenkrieg und damit das Land Stargard verloren. Es hatte auch andere Verluste im Norden und Nordosten gegeben, und sein Traum vom Zugang zur Ostsee war damit ein für alle Mal ausgeträumt. Wie oft hatte er vor den Landkarten gesessen und Wismar und Stralsund als brandenburgische Häfen gesehen – vielleicht auch Stettin! Und es hatte auch Tage und Nächte gegeben, da war er vom Wunsche und Willen erfüllt gewesen, sich zum deutschen König und Kaiser wählen zu lassen. Die anderen Fürsten hatten jedoch ihm, dem Askanier, die Wittelsbacher und die Habsburger vorgezogen, namentlich Ludwig den Bayern und Friedrich den Schönen.

Waldemar war so gar nicht zufrieden mit seinem Leben. Und auch dieser Tag schien nichts Gutes zu bringen, denn der Ritter Thomo von Wokuhl erhob schwere Beschuldigungen gegen Clas von Zepkow, den Kämmerer am Hofe des Markgrafen. Der habe des Öfteren erhebliche Gelder unterschlagen und sich damit auf seinem Gut im Havelland ein prächtiges Herrenhaus errichtet. Die Beweise, die der Ritter vorlegen konnte, waren so eindeutig, dass Waldemar sofort nach dem Kämmerer rufen ließ.

Der erschien auch nach einer Weile und hörte sich die Anklage wortlos an.

Der Markgraf starrte ihn verärgert an. »Nun, was habt Ihr mir zu alledem zu sagen?«

»Ich versichere Euch, dass ich mir nur das genommen habe, was mir zusteht«, antwortete Clas von Zepkow.

»Und Ihr allein entscheidet, was Euch zusteht?«

»Ich weiß genau, was andere bekommen!«

Das war zu viel für Waldemar. Er schrie seinen Kämmerer an: »Ich könnte Euch aburteilen und hängen lassen, aber an Euch will ich mir nicht die Hände schmutzig machen. Ihr seid aus Eurem Amt entlassen! Raus hier, du Lump!«

»Wie habt Ihr mich genannt?«, schrie Clas von Zepkow aufgebracht.

»Einen Lumpen!«

Da drang der Kämmerer auf den Markgrafen ein und war derart voller Zorn, dass er drauf und dran war, Waldemar zu erschlagen. Doch der war schneller und empfing Clas von Zepkow mit seiner rechten Faust – und dem scharf geschliffenen Edelstein, den er an einem Ring am Mittelfinger trug. Schreiend stürzte der Getroffene zu Boden und hielt sich die Hände vor sein blutendes Gesicht.

Thomo von Wokuhl hatte das Geschehene verblüfft und zugleich schadenfroh beobachtet, packte nun den Kämmerer grob an den Schultern und schleifte ihn aus dem Zimmer.

Waldemar brauchte lange, um sich nach diesem Vorfall zu beruhigen. Er war es leid, Markgraf zu sein. Ringsum lauerten die anderen Fürsten, ihm sein Land zu entreißen, und offensichtlich konnte er nicht einmal mehr seinem eigenen Gefolge trauen. Da gab es Nutznießer, die ihn auch noch umbringen wollten, wenn man sie ertappte. Es war ein einziges Elend!

Agnes kam herein, und auch das vermochte Waldemar nicht aufzuheitern. Sie war 21 Jahre alt, und obwohl beide seit 1309 verheiratet waren, hatte sie noch kein Kind von ihm empfangen. Ob es nun an ihm oder an ihr lag – sie wussten es nicht. Viele aber sagten hinter vorgehaltener Hand, dass es nie gutgehen würde, wenn Cousin und Cousine die Ehe miteinander eingingen, und dass beide froh sein sollten, keine Kinder zu haben, denn die würden schwachsinnig zur Welt kommen.

Und als wäre Waldemar nicht schon bedrückt genug gewesen, überbrachte ihm seine Frau eine traurige Nachricht. »Dein Neffe Heinrich ist gestorben.«

Dieser Tod belastete Waldemar ganz besonders, denn Heinrich gegenüber hatte er sich sein Leben lang schuldig gefühlt. Formal war er genauso Markgraf von Brandenburg wie er selbst, doch man hatte Heinrich I. immer für ein Dummerchen gehalten und mit einem Flecken Land abgespeist, der Mark Landsberg, einem Landstrich zwischen der unteren Saale und der Elbe, den Waldemar den Wettinern abgekauft hatte.

Waldemar hatte Heinrich sogar für den deutschen Königsthron vorgeschlagen, aber man empfand das eher als Lachnummer und verpasste dem Neffen sogar den Spotttitel »Heinrich ohne Land«. Was Waldemar entlastete, war der Umstand, dass schon Heinrichs drei Brüder – Johann II., Otto IV. und Konrad I., Waldemars Vater – angefangen hatten, ihn zu schikanieren, weil er fünfzehn Jahre jünger war als sie. Waldemar aber hätte Heinrich gleichberechtigt an seine Seite stellen müssen. Nun war es jedoch zu spät.

Heinrichs Beerdigung fand bei bitterer Kälte statt, und Waldemar war nur mit einem kleinen Tross nach Landsberg gekommen. Ein Junge von zehn Jahren begrüßte ihn am Eingang der Burg. Es war Heinrich II., der Sohn des Verstorbenen.

»Seid freundlich zu ihm!«, flüsterte Sander von Dünfus Waldemar ins Ohr. »Wenn Ihr einmal das Zeitliche segnet, wird er Euer Nachfolger sein.«

Was betrübst du mich, meine Seele, und bist so unruhig in mir? Harre auf Gott! Denn ich werde ihm noch danken, dass er meines Angesichts Hilfe und mein Gott ist. Oft sprach Katharina diesen Vers halblaut vor sich hin, wenn sie sich in Marienfließ wieder einmal besonders einsam fühlte. Ein Tag war wie der andere, und sie liebte weder das Arbeiten noch das Beten. Im Gegenteil, sie wollte die Welt sehen, Abenteuer erleben und tüchtige Ritter kennenlernen.

Es war ein heißer Sommertag im Jahre 1318. Katharina saß am Ufer der Stepenitz und kühlte sich die Füße. Plötzlich biss ihr ein Krebs in den Zeh. Sie erschrak und hatte Mühe, das Tierchen wieder abzuschütteln. Fangen, sieden und essen mochte sie es nicht, denn vielleicht gab es auch in der Stepenitz einen Flussgott, der diese Tat rächen konnte. In der Oder wohnte der Viadrus, das wusste sie. Sie sah sich um. Weit und breit war niemand zu sehen. Hastig zog sie sich aus und stieg in den Fluss. Nachdem sie ein paar Schritte gelaufen war, fand sie eine flache Stelle, wo ihr, wenn sie sich hinsetzte, das Wasser gerade bis zum Kinn reichte. Einige Sonnenstrahlen fanden ihren Weg durchs Blätterdach und wärmten sie. Es war herrlich. Sie schloss die Augen und genoss die Ruhe.

Nur ein paar Minuten mochten vergangen sein, da wurde sie von einem lauten Geräusch aus den Träumen gerissen – dem Lachen eines Mannes.

»Da schwimmt ja ein Kopf auf dem Wasser!«, rief er.

Katharina fuhr hoch, erschrak – schließlich war sie völlig nackt – und tauchte schnellstmöglich wieder unter. Doch sie war neugierig und reckte ihren Hals, um genauer zu sehen, wer dort auf einem Rappen saß. Sie erblasste, als sie Waldemar, den Markgrafen von Brandenburg, erkannte. »Wo kommt Ihr denn her?«, fragte sie forsch.

Waldemar lachte. »Soll ich sagen, dass ich vom Himmel gefallen bin?«

»Meint Ihr, dass Ihr jemals dorthin kommen werdet?«

Waldemar wich dieser Frage aus und sagte stattdessen: »Ich komme aus Putlitz, wo ich bei den Edlen gespeist habe. Und nach der Mahlzeit wollte ich mich ein bisschen in der Gegend umsehen.«

»So allein?«

»Nun bin ich ja nicht mehr allein.«

»Reitet jetzt bitte weiter! Ich bin eine Nonne aus dem Kloster Marienfließ gleich hier in der Nähe und würde jetzt gern wieder aus dem Wasser kommen …«

Waldemar sprang aus dem Sattel. »Eine Nonne? Sagt, ich bin da ganz ahnungslos, sind Nonnen eigentlich auch Frauen mit allem, was eine Frau so ausmacht?«

»Ja selbstverständlich, was denkt Ihr!«

»Man soll ja nichts glauben, bevor man es nicht gesehen hat …«, sagte der Markgraf mit betont unschuldiger Miene.

»Bitte!«, entgegnete Katharina zu Waldemars großer Überraschung, richtete sich auf und stieg ans Ufer. »Wenn Ihr mir jetzt meine Kleider reichen würdet, edler Herr …«

»Aber gern«, stotterte Waldemar verdutzt. »Ich drehe mich um, dann könnt Ihr Euch in Ruhe anziehen.« So eine wunderschöne junge Frau habe ich noch nie zu Gesicht bekommen, dachte Waldemar, als er, während Katharina wieder in die Tracht der Zisterzienser schlüpfte, sie aus den Augenwinkeln beobachtete. Als die Nonne fertig angezogen war, half er ihr, das Kopftuch und den Schleier festzubinden.

Als Dank hauchte Katharina dem Markgrafen einen Kuss auf die Wange, und es wäre vielleicht auch zu einem zweiten gekommen, wenn nicht in diesem Augenblick die strenge Äbtissin Appolonia am anderen Ufer erschienen wäre.

Der Markgraf schwang sich geschickt in den Sattel und ritt eilends davon.

Die junge Nonne bückte sich und tat so, als würde sie Kräuter für die Klosterküche sammeln. Glücklicherweise litt Appolonia an einer Sehschwäche und konnte weit Entferntes kaum richtig erkennen. Katharina war sich im Klaren darüber, dass sie Waldemar vermutlich nie wiedersehen würde, denn ein Markgraf war ständig unterwegs, um in allen Teilen seines Landes Recht zu sprechen und Verwaltungsdinge zu erledigen.

Es war schon Herbst geworden, als Katharina zur Äbtissin gerufen wurde. Nichts Gutes ahnend, trat sie vor die strenge Dame und neigte ihr Haupt in Demut. Doch an diesem Morgen erwartete sie keine Strafe, sondern eine durchaus ehrenvolle Aufgabe.

»Bei der Familie Gans liegt eine Schwester des Markgrafen schwer krank im Bett und bedarf kundiger Pflege«, erklärte Appolonia. »Man hat mich gebeten, dich als barmherzige Samariterin für einige Zeit auf die Burg zu schicken. Ich habe zugestimmt und hoffe, du wirst dich bei deiner Arbeit unseres Klosters würdig erweisen.«

Katharina versprach es und machte sich alsbald auf den Weg von Marienfließ nach Putlitz, immer an der Stepenitz entlang. Im Schloss zu Putlitz wurde sie freudig begrüßt und sogleich zur Kammer der kranken Adelhaid geführt. Die befand sich aber keineswegs in dem jämmerlichen Zustand, den die Äbtissin angedeutet hatte, sondern hatte sich lediglich den Knöchel gebrochen und litt an schrecklicher Langeweile. Katharina bemühte sich, ihr eine gute Gesellschafterin zu sein. Sie holte ihr das Essen, versorgte sie und leistete ihr geistigen Beistand.

Es vergingen keine drei Tage, da kam Waldemar nach Putlitz, und Katharina durchschaute schnell, wer dieses Zusammentreffen eingefädelt hatte: der Markgraf selbst. Wie es schien, hatte sie an der Stepenitz sein Interesse geweckt.

Waldemar aber hatte die junge Nonne nicht nur wegen ihres unglaublich verführerischen Anblicks nach Putlitz gelockt, sondern auch, um mit einem gebildeten, vertrauenerweckenden Menschen über seine bedrückende Lage sprechen zu können. Diese zu verstehen überstieg das Vermögen seiner Ritter wie auch seiner Frau bei weitem.

So kam es, dass Waldemar und Katharina in der Putlitzer Burg stundenlang nebeneinanderlagen und redeten.

Danach geschah etwas, von dem Katharina später nicht mehr sagen konnte, ob es wirklich so gewesen war oder ob sie alles nur geträumt hatte.

Waldemar schloss die Augen und stöhnte auf. »Ich kann und will die Rolle des Markgrafen von Brandenburg nicht länger spielen.«

Katharina küsste ihn herzlich. »Aber alle lieben dich doch in dieser Rolle.«

»Was nutzt mir das, wenn ich mich selbst nicht lieben kann?«

»Und wieso kannst du das nicht?«

Waldemar zögerte mit einer Antwort. »Wenn ich das nur wüsste! Es ist wie eine Krankheit, die in mir steckt. Manchmal habe ich gar das Gefühl, dass Gott mich für meine vielen Sünden straft.«

»Das glaube ich nicht«, entgegnete Katharina und streichelte Waldemars Brust.

»Ich habe Kriege vom Zaun gebrochen, viele Menschen töten lassen und selbst getötet. Ich habe den Befehl gegeben, Dörfer und Städte meiner Feinde zu verwüsten. Außerdem habe ich meine Cousine geheiratet, was unsere Kirche auch verbietet.«

»Dennoch bist du ein guter, edler Mensch.«

»Du täuschst dich, liebe Katharina«, erwiderte Waldemar sinnend. »Mich drängt es, auf Pilgerfahrt ins Heilige Land zu gehen und Buße zu tun.«

»Nur das nicht!« Katharina war furchtbar erschrocken und schmiegte sich eng an ihn, als würden ihre Wärme und ihre Glut seine Pläne verbrennen können.

»Heinrich I. von Mecklenburg hat es auch getan«, sagte Waldemar. »Nur wurde er, als er 1271 ins Heilige Land reisen wollte, auf dem Weg dorthin nach Kairo verschleppt und verbrachte 27 Jahre in arabischer Gefangenschaft.«

»Der Herr hindere dich daran, es diesem Dummkopf gleichzutun!«, rief Katharina.

»Wieso Dummkopf? Glücklich ist er gewesen, als er 1298 über Rom zurückgekehrt ist und bis zu seinem Tod weiterregiert hat – jedenfalls aus dem Hintergrund.«

Katharina setzte weiterhin alles daran, Waldemar an seiner Pilgerfahrt zu hindern, doch der ließ sich nicht mehr umstimmen.

»Wenn ich von der Bühne Brandenburg abtrete, dann mit einem Paukenschlag – mit meinem Tod!«

Katharina war entsetzt und stammelte: »Du willst dich doch nicht …«

»Ich will ins Heilige Land reisen – und zwar sogleich nach meiner Beisetzung im Kloster Chorin.«

Besorgt legte die junge Nonne ihre Hand auf Waldemars Stirn. »Wie hoch ist das Fieber, das dich befallen hat?«

Der Markgraf lachte. »Es ist alles kühl überlegt, und ich werde es mit zwei guten alten Freunden, die absolut verschwiegen sind, in Bärwalde so perfekt inszenieren, dass niemand es merkt. Ich habe nachforschen lassen und erfahren, dass in Bärwalde ein Mann meines Alters lebt, ein alleinstehender Korbmacher, der mir zum Verwechseln ähnlich sieht und so todkrank ist, dass er jede Woche sterben kann. Wenn er entschlafen ist, werden wir ihm meine Kleider anziehen, und er wird als Markgraf Waldemar in meinem Sarg liegen und mit allen Ehren beigesetzt werden, während ich mich unauffällig auf die Reise begebe.«

Katharina begann zu schluchzen. Waldemar tröstete sie und schenkte ihr zum Beweis, dass sie etwas ganz Besonderes für ihn war, seinen goldenen Ring.

Im Spätsommer des Jahres 1319 verbreitete sich in Europa folgende Nachricht in Windeseile: In der Nacht des 14. August war Markgraf Waldemar I. von Brandenburg in Bärwalde, das jenseits der Oder gelegen war, plötzlich verstorben, nachdem ihn in Wismar heftiges Fieber gepackt hatte. Anschließend war er zu Chorin mit großem Pomp im Beisein vieler edler Herren und Frauen begraben worden. Sein Tod erregte große Bestürzung und Trauer.

Waldemars junge Frau Agnes war aus Tangermünde herbeigeeilt und wusste, dass schwere Zeiten auf sie und Brandenburg zukommen würden, denn der Markgraf war kinderlos gestorben. Gleich nach der Beisetzung hatte sie sich im Refektorium des Klosters Chorin mit ihrem Hofstaat zur Beratung zusammengesetzt.

Thomo von Wokuhl umriss die Lage bildhaft und mit großen Gesten. »Stürzt ein gewaltiger Felsbrocken in einen ehedem ruhigen See, so gerät das ganze Gewässer in eine unruhig wallende Bewegung, die sich in immer weiteren Kreisen selbst auf bedeutende Entfernung hin fortsetzt und sich erst allmählich besänftigt. Genau so wird auch die Politik rings um die Mark in Bewegung geraten. In manchen Fürsten, die Waldemar gefürchtet haben, wird nun der Mut zum Losschlagen erwachen. Schließlich treffen sie nur ein unmündiges Kind als Widerpart an. Sie sehen die Mark als herrenloses Gut und als lockende Beute für ihren plötzlich so kecken Unternehmungsgeist, und es scheint leichter Lohn für den zu winken, dem es gelingt, sich ihrer zu bemächtigen.«

»Wir haben doch einen Markgrafen – Heinrich, Waldemars Großneffen!«, widersprach ihm Agnes.

»Ja, aber er ist noch ein Kind, gerade einmal elf Jahre alt und zudem von schwächlicher Konstitution«, gab Thomo von Wokuhl zu bedenken.

Rudolf I., Herzog von Sachsen-Wittenberg aus dem Geschlecht der Askanier, richtete sich zu voller Größe auf. »Ich bin schließlich auch noch da! Ich habe die brandenburgische Verwaltung fünf Jahre lang geleitet, und wenn Heinrich sterben sollte, habe ich Anspruch auf das brandenburgische Lehen. Dass es hier nach Waldemars Tod keine politische Kraft aus dem Hause der Askanier mehr geben soll, bestreite ich entschieden.«

»Ich bin ja mal gespannt, ob auch andere ein Schmusekätzchen für einen Löwen halten werden«, murmelte Sander von Dünfus.

ZWEI

Man schrieb das Jahr 1332 – ein Jahr, das für die Geschichte der Menschheit wenig bedeutsam war. Doch Berlin und Brandenburg erlebten turbulente Zeiten.

»Wenn dein Vater doch nur noch leben würde!«, seufzte Katharina, als sie auf dem Gottesacker hinter der Marienkirche stand, wo man dicht an der Mauer ihren Sohn begraben hatte, Waldemars Kind. Es war kurz nach der Geburt gestorben. Katharina hatte es in Berlin geboren, denn sie war von der Äbtissin Appolonia mit Schimpf und Schande aus dem Kloster Marienfließ gejagt worden und hatte bei den Beginen Aufnahme gefunden.

Nach Waldemars Abgang war es in der Mark Brandenburg in der Tat höchst turbulent zugegangen. Die rechtlichen Verhältnisse waren, was das Erbe Waldemars betraf, ziemlich unklar. Sicher war nur, dass derjenige die größten Aussichten auf die Beute Brandenburg hatte, der den brandenburgischen Markgrafen Heinrich II., genannt Heinrich das Kind, fest im Griff hatte. So kämpfte Rudolf I. von Sachsen-Wittenberg mit anderen Herzögen erbittert um die Vormundschaft. Rudolf erklärte sich auch noch zum Vormund der Witwe Waldemars, Agnes, um sich deren Besitz anzueignen, und besetzte Teile der märkischen Kerngebiete. Um zu retten, was noch zu retten war, heiratete Agnes den Herzog Otto von Braunschweig.

Und obwohl ihm der Coup mit Agnes misslungen war, schien Herzog Rudolf I. von Sachsen-Wittenberg der große Gewinner des Spiels um die Mark Brandenburg zu sein, zog er doch noch eine schöne Trumpfkarte aus dem Ärmel: Er behauptete, er sei Gatte einer Tochter des ehemaligen Brandenburger Markgrafen Otto V. aus dem Geschlecht der Askanier, und daraus ließe sich die Anwartschaft seiner Söhne auf die Mark ableiten. Insgesamt 22 märkische Städte schlossen sich dieser Auffassung an, und Rudolfs endgültige Machtübernahme schien nur noch eine Frage der Zeit zu sein …

Doch da siegte am 28. September 1322 in der Schlacht bei Mühldorf der Wittelsbacher Ludwig der Bayer über den Habsburger Friedrich den Schönen und konnte nach fast zehn Jahren heftiger Streiterei endlich das Amt als römisch-deutscher König antreten. Nun hatte er Zeit und Kraft, die brandenburgische Frage zu regeln. Das tat er dann auch – allerdings auf nicht ganz rechtmäßige Art und Weise: Er überging alle rivalisierenden Fürsten und belehnte im April 1323 auf dem Reichstag zu Nürnberg seinen achtjährigen Sohn Ludwig mit der Mark.

Ludwig V., später auch Ludwig der Brandenburger genannt, stocherte übel gelaunt in seinem Frühstück herum. Mit seinen siebzehn Jahren hätte er sich lieber in Frankreich oder Italien vergnügt, als im Alten Hof zu München zu sitzen und zu frieren. Aber sein Vater hatte beschlossen, ihn nach seiner Rückkehr aus Italien für drei Jahre an seinen Hof zu nehmen, um ihn auf die künftige Rolle als Markgraf von Brandenburg angemessen vorzubereiten.

»Diese verfluchte Mark Brandenburg!« Der junge Ludwig verwünschte immerzu das Land, in das es ihn verschlagen sollte, und sehnte sich nach seinem Tirol. Wenn er hörte, dass die Berliner ihre kläglichen Hügel ringsum Berge nannten, konnte er nur müde lächeln.

Seinem Vater, der sich 1328 zum Kaiser wählen ließ, waren Ludwigs Befindlichkeiten jedoch gleichgültig, der hatte nur seine Auseinandersetzungen mit dem Papst im Kopf. »Ich muss unbedingt von dem Kirchenbann loskommen«, sagte Ludwig der Bayer dann auch, als er aus Italien zurückgekehrt war. »Ich überlege ernsthaft, ob ich dem Papst einen Thronverzicht zugunsten von Heinrich anbieten sollte.« Er meinte Heinrich XIV., Herzog von Niederbayern.

Ludwig V. sah seinen Vater böse an. »Warum denkst du dabei nicht an mich?«

»Papst Johannes würde dich nicht akzeptieren, mein Sohn. Außerdem sitzt du mir in Berlin zu weit weg von Avignon.«

»Warum bist du nur so begierig auf dieses öde Brandenburg?«

»Wenn wir Wittelsbacher unseren Anspruch auf das römisch-deutsche Kaisertum auf Dauer erhalten und gegen unsere Freunde, Feinde und Neider durchsetzen wollen, müssen wir auch im Norden des Reiches vertreten sein.«

Als aus dem Nebenraum Kindergeschrei zu ihnen herüberdrang, zeigte der Sohn zur Tür und grinste. »Warum kann der nicht nach Brandenburg?« Er meinte den dritten Ludwig in der Münchner Residenz, den Sohn aus der zweiten Ehe des Kaisers mit Margarethe von Holland.

»Ludwig ist doch erst vier Jahre alt!«

»Dann muss ich also tatsächlich in dieses trostlose Berlin?«

»Ja, das musst du!« Ludwig der Bayer lächelte seinen Sohn an. »Ich werde noch heute mit dem Kaiser reden und dich vom ihm offiziell für mündig erklären lassen.«

Eine Jede möge sich durch ihrer eigenen Hände Arbeit ernähren können. Dies war einer der wesentlichen Grundsätze der Beginen, und so verdiente sich Katharina ihr Geld, indem sie im Berliner Heilig-Geist-Spital Kranke pflegte und Sterbende auf ihrem letzten Weg begleitete. Sie kümmerte sich unter anderem um die Hökerin Ännlin Ziegnitz, die auf dem Neuen Markt für ihre Kodderschnauze bekannt war und große Angst vor dem Jüngsten Gericht hatte.

Tröstend strich Katharina ihr über die Haare und sprach ihr Mut zu. »Mutter Ziegnitz, wenn Tausende von Menschen das Sterben vor Euch geschafft haben, dann werdet Ihr das doch auch zuwege bringen.«

Die Ziegnitz winkte ab. »Bei meine viele Sünden, da tu ick doch jleich ärschlings inne Hölle fahrn!«

»Nicht doch, Mutter Ziegnitz, der Herr freut sich schon lange darauf, Euch im Himmel zu sehen. So steht es im Paulus-Brief: *Freuet euch mit den Fröhlichen.*«

»Na, denn kann ick ja hoffen!«

Auch der Schneidermeister Peter Kuhtz wurde von der jungen Nonne umsorgt, denn er litt unter heftigen Schwindelanfällen und glaubte, das Antoniusfeuer habe ihn erwischt. Mit jammernder Stimme sagte er: »*Mein Odem ist schwach, und meine Tage sind abgekürzt; das Grab ist da.*«

Katharina wischte ihm den Schweiß von der Stirn. »Ach Kuhtz, Ihr werdet doch hundert Jahre alt! Der Herr wird noch auf Euch warten müssen.«

Da lachte Peter Kuhtz nach langer Zeit wieder einmal aus vollem Herzen, und nach einer Woche konnte er das Krankenhaus verlassen. Er war seiner Pflegerin so dankbar, dass er dem Beginenhof eine ansehnliche Spende zukommen ließ.

Katharina war glücklich, dass die Beginen sie in ihrem Berliner Hof aufgenommen hatten, war sie doch ohne Hab und Gut von der Stepenitz an die Spree gekommen – und dazu noch schwanger. Auch hier war sie nur von Frauen umgeben und hatte sich den geltenden Regeln zu unterwerfen, aber es ging bei den Beginen viel freier zu als im Nonnenkloster. Sie unterstanden keinem Orden und keiner kirchlichen Hierarchie, hatten nicht ohne Unterlass zu beten und mussten keine Angst haben, von Gott wegen eines unfrommen Gedankens fürchterlich bestraft zu werden. Nur Männer waren nicht erlaubt, denn die Frauen sollten selbstbestimmt leben und arbeiten. Viele waren gebildet und schrieben selbst Gedichte oder gelehrte Texte, wie etwa Mechthild von Magdeburg, von der Jonata, ebenfalls Begine und zudem Katharinas Freundin, viel zu berichten wusste.

»Sie schreibt, dass es keinem Mann gestattet sein kann, sich über die Frau zu stellen, und dass es nicht angeht, Gott immer nur als Mann darzustellen. Das Gottesbild, meint sie, haben sich die Männer ausgedacht, um Macht über uns Frauen auszuüben.«

Katharina schwieg zu diesem Thema lieber, denn dass sie es durchaus als lustvoll empfunden hatte, mit einem der mächtigsten Männer zu schlafen, passte nicht ins Weltbild der Beginen. Sie sollte, auch ihrer Freundin gegenüber, nicht zu viel verraten, sonst hätte sie sich womöglich noch in Widersprüche verstrickt, sich am Ende verplappert und Jonata verraten, wer der Vater ihres verstorbenen Kindes war. Nur noch selten kamen die Erinnerungen an die Nacht in der Putlitzer Burg hoch.

Doch ab und an dachte sie vor dem Einschlafen wehmütig an ihren Waldemar.

»Meine Töchter, wir versammeln uns zum Beten und zum Abendessen!«, pflegte die Mutter des Konvents jeden Tag aufs Neue zu rufen. Diesmal berichtete sie beim Essen, dass die Berliner und die Cöllner dringend Bürger suchten, die bereit waren, zu den Waffen zu greifen und sich den Pommern entgegenzustellen. Es war zu hören, dass die einen Einfall in die Mark Brandenburg planten.

Das ließ Katharina keine Ruhe, und so fragte sie vor dem Einschlafen ihre Freundin Jonata, ob sie nicht Lust habe, mit ihr, als Mann verkleidet, in den Krieg gegen die Pommern zu ziehen.

Jonata, die mindestens so abenteuerlustig und eigensinnig war wie Katharina, war von der kühnen Idee sofort angetan. »Wir werden kämpfen wie die Amazonen bei den alten Griechen! Der Legende nach sollen sie am Schwarzen Meer gelebt haben und besonders gut im Bogenschießen gewesen sein. Ich habe gelesen, dass eine der Amazonenköniginnen den mächtigen Alexander den Großen besucht hat, um ein Kind von ihm zu empfangen.«

Katharina erwiderte nichts und staunte nicht schlecht über diese Parallele. Obwohl Waldemar der Große nicht Alexander der Große war und sie selbst alles andere als eine Königin …

»Ein Kind hat es nicht gegeben«, fuhr Jonata fort, »obwohl sie es dreizehn Nächte lang probiert haben.«

Katharina versuchte, das Gespräch von dem heiklen Thema wegzulenken. »Und was weißt du sonst noch über die Amazonen?«

»Auf der Insel Tamnos gab es eine Gemeinschaft von Frauen, die Männer für rituelle Zwecke geopfert haben sollen.«

»Na wunderbar«, rief Katharina erheitert, »dann fangen wir diesen widerlichen Pommernherzog, der Berlin verwüsten will, und opfern ihn auf dem Mühlendamm der Flussgöttin der Spree!«

Barnim III., Herzog von Pommern-Stettin, war seit 1320 Mitregent seines Vaters Otto I. und hatte sich im Pommersch-Brandenburgischen Krieg von 1329 als Heerführer bewährt. Da hatte er die Brandenburger vernichtend geschlagen, so dass diese um einen Waffenstillstand nachgesucht hatten.

»Im Grunde hat uns der Waffenstillstand gar nichts gebracht«, fand Barnim, als er sich mit seinem Vater und einigen Gefolgsleuten zur Beratung zusammengefunden hatte.

Herzog Otto war eigentlich um einen tragfähigen Frieden mit den Brandenburgern bemüht gewesen, doch hatte er nach Waldemars Abgang der Versuchung nicht widerstehen können, sich einige von dessen Territorien anzueignen.

»Wir sollten mehr wagen, Vater!«, rief der Sohn eroberungslustig. »Berlin ist geschwächt, und der brandenburgische Markgraf Ludwig ist nur ein Popanz. Jetzt ist genau der richtige Zeitpunkt, um auf Berlin vorzustoßen.«

Otto winkte ab. »Die Stadt ist tot, seit die Berliner den Propst von Bernau erschlagen haben und der Papst sie daraufhin mit seinem Bannfluch belegt hat.«

Barnim widersprach ihm. »Ich habe mit unseren Händlern gesprochen. Berlin ist nicht aufzuhalten. Es wird den Bannfluch das Papstes aussitzen und bald zur mächtigsten Stadt zwischen Oder und Elbe und zwischen Ostsee und den Mittelgebirgen werden. Wer sich den Besitz Berlins sichern kann, wird irgendwann auch den deutschen Kaiser stellen.«

»Nun gut, mein Sohn, du hast mich überzeugt. Auf nach Berlin!«

Cremmene, später Kremmen, war im dreizehnten Jahrhundert an einem Damm entstanden, den man angelegt hatte, um das angrenzende Luch zu überwinden. Südlich der Stadt erstreckte sich der Krämer Wald, und in dem lagerten im Jahre 1332 die Truppen der Brandenburger, um die Pommern abzufangen, wenn sie den Cremmener Damm passieren wollten. Der war das Einfallstor nach Spandow und Berlin, wenn man von Norden durch die brandenburgischen Wälder kam, und ermöglichte es den Pommern, Städte wie Neuruppin und Löwenberg ohne Verluste zu umgehen.

Katharina und Jonata war es gelungen, sich in der Kleiderkammer des

Heilig-Geist-Spitals Männersachen zu beschaffen und sich im Arsenal mit Spießen auszustatten. Sie hatten mit den Männern geübt, ohne aufzufallen. Die herrschende Mode mit der weiten Oberbekleidung machte es den beiden leicht.

Ludwig der Brandenburger war aus München herbeigeeilt, um die Pommern zurückzuschlagen. Mit seinen siebzehn Jahren war er nicht gerade ein erfahrener Feldherr und konnte deshalb auch nicht verhindern, dass Barnim, der Herzog von Pommern-Stettin, ihn gehörig an der Nase herumführte. Immer wenn Ludwig angreifen wollte, wich Barnim aus, ohne sich mit seinem Heer auf ein Gefecht einzulassen. Ludwig war erbost über diese hinterlistige Taktik. So konnte es nicht ewig weitergehen. Irgendwann musste Barnim über den Cremmener Damm, wenn er bis an die Spree vordringen wollte.

Am 1. August 1332 stand Barnim dann am nördlichen Ende des Dammes und hatte die Brandenburger auf der anderen Seite ausgemacht. Noch zögerte er anzugreifen. »Was meint Ihr«, fragte er einen seiner Berater, »wäre es nicht doch sinnvoller, weiter wie bisher zu verfahren und nicht zu riskieren, dass unsere besten Ritter im Cremmener Luch versinken, wenn Ludwigs Männer sie vom Damm hinunterfegen?«

»Ihr habt recht, graben wir uns erst einmal ein und warten ab!«, stimmte ihm sein Berater zu.

Ludwig hingegen brannte darauf, Barnim zu zeigen, wer der Herr im Lande war. Und so befahl er seinem Trompeter, zum Angriff zu blasen. Darauf blieb den Pommern nichts übrig, als die Schlacht anzunehmen, obwohl sie strategisch deutlich im Nachteil waren, denn die Märker standen oben auf dem Damm und sie unten im Graben. Doch sie machten dies dadurch wieder wett, dass sie ihre Schwerter, Lanzen, Streitkolben und Bogen besser zu gebrauchen wussten und ihr inneres Feuer stärker brannte. Besonders im Kampf Mann gegen Mann zogen die Brandenburger stets den Kürzeren. Die einen stürzten mit klaffenden Wunden und blutüberströmt zu Boden, die anderen wurden vom Damm gedrängt und versanken in Sumpf und Moor.

An Katharina war es, die Sache für die Brandenburger zu retten, denn schnell hatte sie erkannt, dass es nur noch eine Möglichkeit gab, mit dem Leben davonzukommen. Mit kräftiger und energischer Stimme schrie sie: »Los, zurück nach Cremmene! Wir müssen uns in der Stadt verschanzen!«

Es war ein Glück für alle, dass die vom Kampf ermatteten Brandenburger nun nicht mehr auf Ludwig und seine Unterführer hörten, sondern nur noch auf den charismatischen Ritter mit der sanften Stimme.

Unter Katharinas Kommando zogen Ritter, Knappen und das Fußvolk halbwegs geordnet Richtung Süden. Sie gewannen einen leichten Vorsprung, da die Pommern damit beschäftigt waren, ihren Sieg zu feiern. Und so gelang es einem Großteil der Märker, in der Stadt Cremmene Turm und Tor zu besetzen und von dort aus die Pommern mit Lanzen und Bogen unter Beschuss zu nehmen. Die standen so dicht gedrängt, dass auch der schlechteste Schütze blind jemanden hätte treffen können. Dass die Pommern von Minute zu Minute mehr Tote zu beklagen hatten, machte den Brandenburgern Mut, ihrerseits anzugreifen.

Der Pommernherzog Otto I. drängte sich an die Seite seines Sohnes Barnim. »Es hat keinen Sinn weiterzukämpfen, mein Sohn, denn der Blutzoll wird langsam zu hoch«, rief er. »Wir müssen zurück über den Cremmener Damm.«

Barnim zögerte einen Augenblick. Doch weil er die Schlacht nicht verloren, sondern zumindest ein Unentschieden errungen hatte, gab er nach und ließ zum Rückzug blasen.

Katharina und Jonata überlebten das Abenteuer am Cremmener Damm und dankten Gott, dass sie, kaum waren sie nach Berlin heimgekehrt, mit heilen Gliedern wieder in ihre Beginentracht schlüpfen konnten.

Man schrieb das Jahr 1346, und Karl IV. aus dem Geschlecht der Luxemburger begann, sich langsam an seine neue Rolle als römisch-deutscher König zu gewöhnen. Die Spannungen zwischen den Luxemburgern, zu deren Territorien auch das Königreich Böhmen zählte, und den Wittelsbachern waren immens, und das sollte auch für die Mark Brandenburg nicht ohne Folgen bleiben. König Karl lebte am liebsten in Prag, wo er auch zur Welt gekommen war, und da hatte er die Mark Brandenburg ja beinahe vor der Haustür liegen.

In Europa spürte man, dass Karls Stern im Aufgehen war, und viele soldlose Ritter, zu denen auch Sander von Dünfus, ein ehemaliger enger Vertrauter des Markgrafen Waldemar, gehörte, beeilten sich, nach Böhmen zu gelangen und in seine Dienste zu treten.

Prag war einzigartig. Um 1070 war die Burg auf dem Vyšehrad Sitz der böhmischen Könige geworden und seither stetig ausgebaut worden. 1303 aber hatte ein verheerender Großbrand alles zerstört, und erst Karl IV. hatte den Wiederaufbau vorangetrieben. Wer auf ihren Mauern stand und auf die Stadt hinunterblickte, sah mehr als drei Dutzend Kirchturmspitzen golden in der Sonne funkeln. Nicht ohne Grund begann Karl IV., von Prag als der »Goldenen Stadt« zu sprechen. Prag sollte seine Stadt werden. Am 7. April 1348 hatte er hier die erste Universität in Mitteleuropa gegründet, und auch der Bau der St.-Veits-Kathedrale war auf ihn zurückzuführen. In den engen Straßen drängten sich die Menschen. Keiner wusste es genau, aber man schätzte, dass Prag fast 50 000 Einwohner zählte – Altstadt, Kleinseite, Neustadt und Hradschin zusammengenommen. Ein Herrschersitz sorgte immerzu für Arbeit und Brot. Da waren die Wachposten für Burg und König, die Stallknechte und die Futtermeister, die eine große Zahl von Pferden zu versorgen hatten. Zu den hohen Hofbeamten gesellten sich Kammerdiener und -zofen, Musikanten, Kellermeister und Köche. Viele Adlige und Geistliche wurden nach Prag gerufen oder kamen her, um von sich aus die Nähe des Hofes zu suchen. Die erste Gruppe brachte Geld an die Moldau, die zweite Bildung, denn die Geistlichen verfügten über ein breites Wissen, und sie konnten lesen und schreiben. Prag zog aber auch die Gestrandeten und die Außenseiter aus den umliegenden Ländern an: Bettler und Prostituierte, kleine Gauner und Betrüger.

Sander von Dünfus liebte es, am Ufer der Moldau spazieren zu gehen. Es kam dabei öfter vor, dass er gedankenverloren ein Stück Holz in den Fluss warf und sich vorstellte, dass es eines Tages in Tangermünde angespült wurde, der Stadt an der Elbe, in der er oft mit Waldemar wichtige Dinge der Mark besprochen hatte. Es war ein Jammer, wie Brandenburg unter den Bayern zugrunde ging. Der kämpferische Geist und der Siegeswille Waldemars fehlte allerorten. Wenn der Markgraf doch nur noch leben würde! Sinnend lief Sander von Dünfus weiter am Fluss entlang … bis es ihm wie Schuppen von den Augen fiel: Sie brauchten einfach einen zweiten Waldemar. Welch glänzender Einfall! Mit großen Schritten eilte er sofort zu König Karl, um ihm von dem zu berichten, was ihm in den Sinn gekommen war.

Endlich wurde Sander von Dünfus vorgelassen, und es sprudelte nur so aus ihm heraus. »Wisst Ihr, wie wir die Wittelsbacher am meisten erbosen können?«, fragte er den König. »Es ist ganz einfach: Markgraf Waldemar soll wieder zurückkommen.«

Karl stöhnte auf. »Ihr meint wohl aus dem Jenseits?«

»Nein, nein, ich dachte an einen Waldemar-Imitator, den wir in die Mark schicken.«

Der Luxemburger war ein kluger Kopf und erkannte die außergewöhnliche Chance sofort. »Das ist zugegebenermaßen ein genialer Einfall, lieber Sander! Die einen werden unseren Waldemar als Erlöser feiern, die anderen werden ihn mit aller Macht bekriegen. Es wird daraufhin eine derart heillose Verwirrung geben, dass Ludwig die Mark gewiss bald sattbekommen wird – oder aber es wird alles so turbulent zugehen, dass ich einen triftigen Grund habe, in die Mark Brandenburg einzumarschieren und einen von meinen Söhnen zum Markgrafen zu machen.« Er stockte. »Aber wird uns einer diese Rückkehr abnehmen?«

Sander von Dünfus suchte die Bedenken des Königs zu zerstreuen. »Heinrich dem Pilger haben auch alle geglaubt, obwohl er 27 Jahre weg war.«

König Karl schien nicht restlos überzeugt. »Es leben doch noch genügend Menschen, die Waldemar gekannt haben, und die werden sich ganz genau an ihn erinnern.«

»Drei Jahrzehnte verändern einen Menschen stark. Er wird Krankheiten, Schicksalsschläge und Verletzungen zu überwinden gehabt haben …«

»Aber wie soll unser Imitator Waldemars Sprache und das höfische Verhalten lernen? Ein Bauernlümmel kommt auf jeden Fall nicht in Frage!«

Sander von Dünfus nickte. »Da habt Ihr natürlich recht. Ich behaupte aber, dass ein guter Schauspieler das lernen kann.«

»Ihr unterschätzt die Lage! Der Mann muss sich an alle erinnern können, die in seiner Umgebung eine wichtige Rolle gespielt haben.«

Sander von Dünfus ließ sich nicht aus der Ruhe bringen. »Bitte vergesst nicht, dass ich jahrelang in Waldemars Nähe gelebt habe! Mir sind alle, die damals dabei waren, gut in Erinnerung geblieben. Ich werde alle Namen aufschreiben und Bildnisse von ihnen anfertigen lassen. Unser Schauspieler wird es auswendig lernen und sogar die nötigen Dialoge einüben. Glaubt mir, es wird so ablaufen wie in einem Theaterstück! Ich werde stets an seiner Seite bleiben und einer der Ersten sein, die ihn wiedererkennen und begrüßen, wenn er seinen Fuß wieder auf den Boden Brandenburgs setzt.«

Karl IV. war so begeistert, dass er aufsprang und Sander von Dünfus umarmte. »Wenn das gelingt, mein Lieber, sollt Ihr mit einer wunderschönen Grafschaft belehnt werden. Geht hin zum Kämmerer und lasst Euch auszahlen, was Ihr braucht!«

Sander von Dünfus verabschiedete sich froh und glücklich vom König und machte sich am Tag danach auf, um durch die deutschsprachigen Lande zu ziehen und einen Mann zu finden, der allen Anforderungen entsprach, glaubwürdig den ehemaligen Markgrafen zu spielen.

Drei

Das Jahr 1348 war angebrochen, und den Menschen in Berlin und Cölln ging es nicht sonderlich gut, obwohl der Kirchenbann, der sie nach der Ermordung des Propstes Nikolaus von Bernau getroffen hatte, aufgehoben worden war. Einen großen Stadtbrand hatte es gegeben, und die Pest war nun auch in der Mark Brandenburg angekommen. Das

Ansehen des Markgrafen Ludwig war bei den Patriziern immer weiter gesunken, zumal diesmal nicht sein Vater, sondern Karl IV. von Luxemburg zum römisch-deutschen König gewählt worden war. Das Volk sang gar Spottlieder auf den Feldhauptmann des Markgrafen.

Friedrich von Lochen, Friedrich von Lochen,
's ist heuer gar teuer,
Das Fleisch frisst der Bayer,
Uns lässt er die Knochen,
Friedrich von Lochen.

»Wenn wir im alten Rom wären, würde es jetzt gewiss einen Sklavenaufstand geben«, sagte Jonata. »Die ganze Mark Brandenburg fühlt sich unfrei und elend.«

»Es scheinen alle auf den Erlöser zu warten«, entgegnete Katharina.

Die beiden Freundinnen schlenderten über den Mühlendamm und plauderten über dies und jenes.

»Ich habe gehört, dass in einem Haus am Neuen Markt Eltern einen Säugling im Bett erdrückt haben«, erzählte Jonata. »Und nun unterstellt man ihnen, es mit Absicht getan zu haben.«

Katharina seufzte hörbar. »Es wäre ja auch nicht das erste Mal, dass ein Kind getötet wird. Besonders in Familien mit vielen Mädchen kommt das häufiger vor.«

»Der Rat will die Eltern vor Gericht bringen«, fuhr Jonata fort, »weil sowohl der Vater als auch die Mutter außerordentlich fettleibig sind. Da nimmt man kein kleines Kind zu sich ins Bett, hat wohl der Schöffe gemeint.«

»Vielleicht hatten die Eltern kein Geld für eine Wiege«, erwiderte Katharina verärgert. »Oder sie hatten kein Feuerholz mehr, so dass sie sich aneinander wärmen mussten. Und was soll man bitte schön anderes machen, als die Kinder zu sich ins Bett zu holen, wenn sie sich vor wilden Tieren fürchten?«

»Womöglich wird es auch in diesem Falle so ausgehen wie immer: Die Eltern werden zur Beichte gehen und ein wenig Buße tun.«

Katharina nickte und schaute gedankenverloren auf die Spree hinunter.

»Und weißt du, worüber gestern auf dem Markt sonst noch geplaudert wurde? In Wien soll ein Mann seine Frau beim Ehebruch ertappt haben, worauf beide gemeinsam gepfählt worden sind, seine Frau und ihr Liebhaber.«

»Hör auf!«, rief Katharina erschrocken.

Aber Jonata war nicht mehr aufzuhalten. »Sie lag unten, er auf ihr, und dann haben der Henker und sein Gehilfe einen Pfahl durch beide getrieben.«

Katharina verzog angewidert den Mund und hielt sich die Ohren zu. Als sie sich wieder gefasst hatte, sagte sie: »Bei den Männern ist es doch oft die Angst, dass ihnen ein fremdes Kind untergeschoben wird, die sie zu so einem brutalen Tun verleitet. Die Eifersucht und das Recht, allein über den Körper einer Frau zu verfügen, scheint ihnen den Verstand zu rauben. Andererseits gibt es Männer, die so weit gehen, ihre Frau verkuppeln zu lassen. Mein Gott, was ist das für eine Welt, die du geschaffen hast!«

Da konnte Jonata ihr nur beipflichten. »Und besonders schlimm ist es, wenn eine Frau mit Gewalt genommen wird.«

»Ja, wird die Untat von niemandem bemerkt und verschweigt die Frau aus Scham die Notzucht bis zum dritten Tag, dann kann sie den nicht verklagen, der ihr alles angetan hat. Und sollte sie schwanger werden, gilt sie als mitschuldig, weil im Rechtsbuch steht, dass wir nur Kinder empfangen dürfen, wenn wir Lust dabei empfinden. Na wunderbar!«

Jonata lächelte bitter. »Stell dir vor, wenn der Mann die Schändung abstreitet, versuchen sie in manchen Gegenden, die Wahrheit herauszufinden, indem sie Mann und Frau im Zweikampf gegeneinander antreten lassen.«

»Wie soll denn das gelingen, wo uns die Kerle doch körperlich unbestreitbar überlegen sind!«, rief Katharina empört.

»Der Mann steckt bis zur Hüfte in einer Grube, so dass er sich kaum bewegen kann, die Frau hingegen kann frei herumlaufen. Ihm steht ein

Knüppel zur Verfügung, ihr jedoch eine Art Schleuder – ein Stein, um den ein Tuch gewickelt ist.«

Katharina und Jonata hätten wohl noch eine ganze Weile weiter geplaudert, wenn ihnen in diesem Augenblick nicht vom Cöpenicker Tor ein Zug von Flagellanten entgegengekommen wäre. Mit dem Aufkommen der Pest hatten die auch in Brandenburg wieder Zulauf gefunden. Wie bei einer kirchlichen Prozession gingen die Männer in Zweierreihen. Ihre Köpfe waren von einer Kapuze verhüllt, darüber trugen sie einen Hut, der, ebenso wie ihr Mantel, mit einem roten Kreuz verziert war. Ein jeder hielt in der rechten Hand eine Geißel, deren Riemen mit Knoten und eisernen Spitzen versehen war. Sie verschwanden in der Kirche, wo sie sich, das wussten Katharina und Jonata, zur Beichte und zur Absolution zu Boden warfen. Wenn sich alle wieder erhoben hatten, verlas einer den sogenannten Himmelsbrief, in dem zur Selbstgeißelung aufgerufen wurde, weil nur so die Welt vor Gottes Zorn gerettet werden könne. Danach entblößten alle ihren Oberkörper und peitschten sich beim Zug durch die Stadt so lange, bis das Blut ihren Rücken hinunterrann.

»Ich kann mir beim besten Willen nicht vorstellen, dass das dem Herrn gefällt«, murmelte Jonata.

»Schöne Männerrücken können immer entzücken«, meinte Katharina grinsend.

»Aber doch nicht, wenn sie so blutig sind wie rohes Fleisch!«

Schnell machten sich die beiden Nonnen auf den Weg zurück zum Beginenhof, denn die Mutter des Konvents sah es nicht gern, wenn sie zu spät zur Mittagsmahlzeit kamen. Im Vorraum wurde unter den Schwestern eifrig diskutiert.

»Wisst ihr schon das Neueste? Markgraf Waldemar soll wiederaufgetaucht sein! Es heißt, er habe seinen Tod damals nur vorgetäuscht ...«

Katharina fiel in Ohnmacht, als sie das hörte.

Magdeburg war den märkischen Städten weit voraus, was Geschichte, Macht und Reichtum betraf. Das in seinen Mauern entwickelte Magdeburger Recht galt als so pragmatisch, modern und vorbildlich, dass es in vielen Gebieten Mitteleuropas und Osteuropas übernommen wurde.

Auch in der Verwaltung war man den anderen Städten weit voraus und konnte sich zunehmend aus der Abhängigkeit der Erzbischöfe lösen. Die genossen in ihrer Mehrzahl einen guten Ruf im Reich und hatten in politischen Fragen ein gewichtiges Wort mitzureden, so auch Otto von Hessen, der das Amt seit 1327 innehatte. Und genau in Magdeburg sollte der Mann, der behauptete, Waldemar zu sein, im Jahre 1348 Einzug halten.

Katharina hatte sich von der Mutter ihres Beginenhofes die Reise an die Elbe genehmigen lassen und stand nun am Straßenrand, als der vorgebliche Waldemar mit einer kleinen Schar Getreuer in Magdeburg einzog. Sie fühlte sich dabei an ein Gemälde erinnert, das im Kloster Marienfließ gehangen hatte und auf dem dargestellt war, wie Jesus, auf einem jungen Esel reitend, Einzug in Jerusalem gehalten hatte, während ihm die Pilgermenge zujubelte.

Der Vergleich war natürlich reichlich übertrieben, denn übermäßig liebten die Magdeburger die brandenburgischen Nachbarn und ihre Markgrafen nun wahrlich nicht, da es zwischen beiden Lagern immer wieder blutige Fehden und Kriege gegeben hatte. Aber dass nun einer unterwegs war, in der Mark Unruhe zu stiften, erfreute so manchen. Viele glaubten an Waldemars unverhoffte Rückkehr aus dem Heiligen Land, andere wiederum hielten das Ganze für ein Narrenfest und spotteten über den alten Mann, der sich für den wiederauferstandenen Markgrafen Waldemar ausgab.

Katharina rechnete nach. 1319 hatte sie Waldemar zuletzt gesehen, jetzt schrieb man das Jahr 1348. Es waren also beinahe dreißig Jahre vergangen – fast ein Menschenalter. War Waldemar damals 39 Jahre alt gewesen und hatte vor Kraft gestrotzt, so ging er jetzt auf die siebzig zu und war fast schon ein Greis. Als Katharina den betagten Mann in der Ferne kommen sah, hoch zu Ross, wurde ihr plötzlich schwindlig, und sie musste sich an eine Hauswand lehnen. Wenn es nun wirklich *ihr* Waldemar war? Sie fasste in die Innentasche ihres Beginengewandes. Dort steckte der Ring, den Waldemar ihr damals auf dem Beilager in der Putlitzer Burg geschenkt hatte, unter tausend Küssen und als Unterpfand seiner Liebe.

Der Pilger ritt nun ein Stückchen weiter in Richtung des erzbischöflichen Palastes, und als er fast auf Katharinas Höhe angelangt war, drängte die sich durch die Menge ganz nach vorn in die erste Reihe.

Er muss es sein!, jubelte sie innerlich. Doch im nächsten Moment war sie felsenfest überzeugt davon, dass die Augen, die Nase oder der Mund doch etwas anders waren und dass da ein Schwindler am Werke war. War er es oder war er es nicht? Katharina war hin und her gerissen, fasste dann aber kurzerhand in ihre Innentasche und brachte den goldenen Markgrafenring zutage. Mutig trat sie ein paar Schritte vor und drängte sich an Waldemars Seite. »Edler Herr, wisst Ihr, woher ich den habe?«

Der Pilger aus Jerusalem nahm den Ring und betrachtete ihn sinnend von allen Seiten. »Das ist meiner ...«

»Und erinnert Ihr Euch, wie er in meine Hände gelangt ist?«

»Den habe ich dir geschenkt, Katharina, als Zeichen meiner Liebe.«

Der Nonne raubte es den Atem, hatte sie im Stillen doch gehofft und gebetet, er würde sie wiedererkennen. Oder hatte da einer alles auswendig gelernt und führte nun alle an der Nase herum?

Zu weiteren Betrachtungen blieb allerdings nun keine Zeit mehr, denn der Pilger war mit seiner Schar und den vielen Anhängern, unter die sich auch Katharina gemischt hatte, inzwischen vor dem Palast von Erzbischof Otto angelangt und hatte sich mit der Wache auseinanderzusetzen.

»Hier kommt ein alter Pilger aus Jerusalem«, sagte der Ritter, der dem vermeintlichen Waldemar zur Seite stand. »Er bittet um den Segen Seiner Exzellenz des Hochwürdigsten Herrn Erzbischofs und hat ihm außerdem eine wichtige Botschaft zu überbringen.«

»Heute wird hier im Palast ein großes Fest gefeiert, da wird nicht gebettelt«, entgegnete einer der Wachposten schroff und wollte Waldemar fortjagen.

Da kam zufällig der Oberkämmerer des Erzbischofs vorbei und fragte die Wache, was es hier an Besonderem gäbe.

»Der Bettler mit dem langen weißen Bart will ein Pilger aus Jerusalem sein. Aber schüttle diesen Bart – und das Mehl wird aus ihm herausstauben!«

»Nun, sehen wir mal …« Der Oberkämmerer wollte sich den kleinen Spaß gern gönnen und riss tatsächlich am Bart. »Mein Gott, der ist echt!«, rief er erschrocken.

Otto von Hessen, geboren im Jahre 1301, war ein Enkel der Heiligen Elisabeth von Thüringen und von Papst Johannes XXII. schon in früher Jugend zum Erzbischof von Magdeburg bestimmt worden. Nachdem er als Kanoniker in Münster, Paderborn und Köln gewesen war, hatte er am 8. August 1327 das Pallium erhalten. Das Amt, das er angetreten hatte, war kein leichtes, denn nachdem 1325 erzürnte Magdeburger Bürger den Erzbischof Burchard III. ermordet hatten, waren über die Stadt die Reichsacht und der Bann verhängt worden. Otto konnte die Aufhebung dieser Strafen erreichen, und die Magdeburger leisteten im April 1333 erstmals einen Huldigungseid gegenüber einem Erzbischof.

Man feierte am heutigen 24. Juni das Fest Johanni, den Geburtstag Johannes des Täufers, und der Erzbischof zitierte viel aus dem Evangelium des Johannes, wo Jesus spricht: *Meine Schafe hören meine Stimme, und ich kenne sie, und sie folgen mir, und ich gebe ihnen das ewige Leben, und sie werden nimmermehr umkommen, und niemand wird sie aus meiner Hand reißen. Der Vater, der mir sie gegeben hat, ist größer als alles, und niemand kann sie aus meines Vaters Hand reißen.*

Im erzbischöflichen Palast saßen neben Otto von Hessen unter anderem Rudolf I. von Sachsen-Wittenberg und Bernhard IV., Graf von Anhalt-Bernburg. Die hohen Herren diskutierten ausgiebig über die allerorten stattfindenden Geißlerumzüge und über eine Schrift der Pariser Universität über die Ursachen der Pest.

»Gestützt auf die Schriften von Aristoteles und Albertus Magnus, sehen die französischen Gelehrten als Hauptursache der Krankheit die Konjunktion von Saturn, Jupiter und Mars am fünften Tage vor Mariä Verkündung im Jahre 1345«, erklärte Herzog Rudolf.

»Und sie empfehlen zur Bekämpfung der Pest saure Speisen, Duftmittel und Edelsteinamulette«, fügte Graf Bernhard hinzu.

Der Erzbischof wischte diese Behauptungen hinweg. »Die Pest ist nichts anderes als die Strafe Gottes.« Und er fügte einen Vers des neunten

Psalms hinzu. »*Du schiltst die Heiden und bringst die Gottlosen um; ihren Namen vertilgst du immer und ewiglich.*« Er wollte noch weiter ausholen, da kam sein Oberkämmerer in den Festsaal geeilt und hielt auf ihn zu.

»Verzeihung, edle Herren, aber draußen steht ein Pilger, der den erzbischöflichen Segen erbittet.«

Otto war sichtlich ungehalten über diese Störung, besann sich aber darauf, dass heute ein Feiertag war. Also reichte er dem Oberkämmerer seinen vollen Becher und sprach so laut zu ihm, dass es auch alle im Saal hören konnten: »Martin, reicht dem Mann diesen Labetrank und sagt ihm, Erzbischof Otto habe vorher aus diesem Becher getrunken. Er soll ihn leeren bis auf den Grund – auf mein Wohl!«

Der Oberkämmerer verschwand, kam aber nach ein paar Minuten wieder, kniete vor dem Erzbischof nieder und hielt ihm den Becher hin. »Hoher Herr, ich tat, wie Ihr geheißen. Der Pilger trank aus dem Becher und bat mich, Euch den Pokal zurückzureichen.«

Otto warf seinem Oberkämmerer einen ungnädigen Blick zu. Was sollte er mit dem leeren Gefäß? Wollte man ihn zum Narren halten? »Gebt das Ding dem Mundschenk, das ist sein Amt!«, entgegnete er knapp, aber entschieden.

Der Oberkämmerer aber trat immer noch nicht ab, sondern meinte, in dem Becher stecke ein Ring, den der Pilger dort hineingeworfen habe.

»Dann holt ihn gefälligst heraus!«, knurrte der Erzbischof. Der Oberkämmerer tat es, und kaum hatte Otto den Ring erblickt, sprang er auf. »Hilf mir, Heiliger Moritz«, rief er entgeistert aus, »der Markgraf von Brandenburg lebt! Das ist Waldemars Siegelring, den er nimmer vom Finger nahm.« Er wandte sich an die beiden Fürsten, die ebenfalls fassungslos auf den Ring starrten. »Ihr als seine Vettern müsst es mir bezeugen!«

Rudolf nickte sofort, und auch Bernhard ließ, nachdem er das Schmuckstück von allen Seiten ausgiebig betrachtet hatte, keinerlei Zweifel an seinem Urteil zu. »So wahr mir Gott helfe, dies ist Waldemars Ring. Den hat er von seinem Vater, dem Markgrafen Konrad, geschenkt bekommen.«

Otto von Hessen war nicht nur ein Mann der Kirche, sondern auch ein gerissener Politiker, der mit seiner argwöhnischen Art alles und jeden kritisch hinterfragte. Deshalb hielt er es auch für möglich, dass der Ring gefälscht war und ein falscher Waldemar sein Unwesen trieb. Dessen Auftauchen würde den Bayern die brandenburgische Suppe tüchtig versalzen und sie womöglich gar zum Rückzug bewegen. Diese Hinterlist konnten die beiden Männer neben ihm in Szene gesetzt haben, aber auch Karl IV. von Luxemburg oder die pommerschen Herzöge. Die entscheidende Frage war nun, wie er sich verhalten sollte. War es besser, den falschen Waldemar auf der Stelle zu entlarven, oder aber, ihn gewähren zu lassen und dabei zu hoffen, dass das auch für ihn und Magdeburg von Vorteil war? Er konnte sich nicht sofort entscheiden. Und wenn der alte Mann, der draußen vor dem Palast stand, tatsächlich Waldemar war? Das Beispiel von Heinrich dem Pilger zeigte ja, dass in diesen Zeiten alles möglich war.

»Soll ich den Pilger hereinführen?«, wollte der Oberkämmerer wissen.

»Ja«, erwiderte Otto, obwohl er sich über die Situation noch nicht im Klaren war. »Wer ist denn mit ihm nach Magdeburg gekommen?«

»Eine große Schar von Leuten umringt ihn, hoher Herr.«

»Dann soll er zwei seiner Anhänger mitbringen – mehr nicht.« Um Zeit zu gewinnen, beschloss der Erzbischof, dem Mann erst einmal tüchtig auf den Zahn zu fühlen. Als der Pilger vor ihn hintrat, war er durchaus geneigt, dem Mann zu glauben. Sein Gang, sein ganzes Gebaren hatten etwas Fürstliches an sich, auch wenn er insgesamt schon etwas gebrechlich wirkte. Auch der Ritter an seiner Seite machte einen guten Eindruck, die Begine noch viel mehr. »Wir sind von allem außerordentlich überrascht«, begann Otto. »Wir erinnern uns noch gut daran, dass Markgraf Waldemar im Jahre 1319 in Bärwalde verstorben und anschließend im Kloster Chorin beigesetzt worden ist. Und nun steht er leibhaftig wieder vor uns – können wir das glauben?«

Waldemar setzte an, ihm und den anderen alles ausführlich zu erklären. »Ich wäre im Heiligen Land geblieben«, schloss er seinen Bericht, »wenn nicht sogar bis dorthin die Kunde gedrungen wäre, dass es in der Mark Brandenburg elend zugehe und einer kommen müsse, das Land zu erretten. Aus diesem Grunde bin ich wieder heimgekehrt.«

»Erzählt uns doch von Eurem Aufenthalt im Heiligen Land!«

Während der Erzbischof gespannt zuhörte, trat der Oberkämmerer von hinten an ihn heran und flüsterte ihm ins Ohr: »Draußen stehen Leute, die bekräftigen, dass Ihr einen falschen Waldemar vor Euch habt. Sie wollen einen Müller aus Niemegk wiedererkannt haben.«

Otto ärgerte sich über dieses Wechselspiel und wollte ihm ein Ende bereiten, indem er den mutmaßlichen Hochstapler auf die Straße setzte.

Doch in diesem Augenblick sank die Begine, die mit dem Pilger in den Palast gekommen war, vor ihm auf die Knie. »Hoher Herr«, sagte Katharina, die den Markgrafen hatte überzeugen können, sie mitzunehmen, »ich habe mein Leben unserem Herrn Jesus Christus geweiht und würde nie die Sünde der Lüge begehen. Bei Gott dem Allmächtigen bezeuge ich, dass dieser Mann kein anderer ist als der Markgraf Waldemar von Brandenburg. Ich erkenne ihn, denn ich bin ihm mehrfach begegnet, als er uns im Nonnenkloster Marienfließ besucht hat. Die Narbe an seiner Stirn, die immer noch schwach zu erkennen ist, war damals ganz frisch. Ich will in diesem Augenblick tot zu Boden sinken, wenn dieser Mann ein anderer ist als Waldemar.«

Das tat seine Wirkung, und Otto änderte abermals seine Meinung. Feierlich rief er in den Saal: »Bringt diesem Manne hier die Kleider, die ihm geziemen! Er ist wahrhaftig der Markgraf Waldemar. Lobet den Herrn, ihr Gläubigen, dass er uns das Geschenk seiner Wiederkehr gemacht hat!«

Die Kunde, dass der Magdeburger Erzbischof Otto die Echtheit Waldemars bestätigt habe, verbreitete sich in Windeseile. Überall strömten die Menschen herbei, um sich von der Wiederkehr des geliebten Fürsten zu überzeugen. Jede Stadt war einzeln zu erobern, schließlich gab es auch noch den Markgrafen Ludwig, und nicht wenige schwankten noch, auf welche Seite sie sich schlagen sollten. Einige hielten treu zu den Bayern, was dazu führte, dass die Wittelsbacher später der Stadt Britzen den Ehrennamen Treuenbrietzen verleihen sollten.

Katharina zog mit Waldemar durch die Lande und war tief enttäuscht, dass er nicht nach einer Gelegenheit suchte, mit ihr allein zu sein. Zwar hatte er ihr dafür gedankt, dass durch ihr beherztes Eingreifen im erzbischöflichen Palast die Sache letztendlich zu seinen Gunsten entschieden worden war. Aber dies hatte er auch nur in knappen Worten und ohne jede Umarmung getan. Wie gern hätte sie den Zauber der Putlitzer Nächte wiederaufleben lassen und ihm gesagt, dass sie ein Kind von ihm empfangen hatte! Doch sie hatte das Gefühl, dass er ihr ständig aus dem Wege ging, ja gar Angst vor ihr hatte. War er also doch nicht echt? Diese Unsicherheit trieb sie dazu, nicht länger seine Nähe zu suchen, sondern in seinem immer größer werdenden Tross gleichsam unterzutauchen. Außerdem versprach dieses Unterfangen einiges an Abenteuern.

Tangermünde, die alte Residenz der Askanier, an der Mündung der Tanger in die Elbe gelegen, sollte zur ersten Probe werden. Zwar hatte Waldemar von den sächsisch-anhaltinischen Fürsten und dem Magdeburger Erzbischof ein kleines Heer mit auf den Weg bekommen, doch um eine so mächtige Stadt wie Tangermünde zu erobern, bedurfte es wohl mehr.

Katharina lief inmitten des Fußvolks auf der schmalen Straße an der Elbe entlang und verfluchte allmählich ihren Entschluss, sich Waldemar anzuschließen, denn die langen Märsche kosteten viel Kraft. Die Reiter vor ihr wirbelten so viel Staub auf, dass sie anhaltend husten musste. Als sich Katharina auf einen Findling setzte, um sich etwas auszuruhen, kam die Nachhut an ihr vorbeigeritten, und der Ritter Benedict von Tannenreuth fragte sie, ob er ihr behilflich sein könne.

Katharina lachte. »Ihr könnt mir helfen, indem Ihr mir Euer Pferd überlasst und selber lauft.«

»Das tue ich gern, aber Ihr werdet Euch bestimmt den Hals brechen.«

»Ach was, Beginen können mehr als beten!«

»Bitte, probiert es!« Damit sprang der Ritter aus dem Sattel.

Ihrer Tracht, aber auch der allgemeinen Schicklichkeit wegen konnte Katharina nur im Damensitz reiten, was für das Tier recht ungewohnt war. Sie machte aber trotzdem eine so gute Figur, dass Benedict von Tannenreuth ihr Beifall zollte.

»Wenn es zur Schlacht um Tangermünde kommt, möchte ich Euch aber bitten, wieder abzusteigen.«

Doch die Bürger von Tangermünde dachten nicht im Entferntesten daran, sich Waldemar in den Weg zu stellen. Ganz im Gegenteil, man öffnete ihm und seinem Anhang nicht nur bereitwillig die Tore, sondern Rat, Geistlichkeit und Bürger holten ihn mit Fahnen, Kreuzen und Glockengeläut in die Stadt. Die Freude über seine Wiederkehr war riesig.

Waldemar bedankte sich bei den Bürgern Tangermündes, und er lobte Gott mit den Worten des Propheten Haggai. »*Es soll die Herrlichkeit dieses letzten Hauses größer werden, denn des ersten gewesen ist; und ich will Frieden geben an diesem Ort.*«

Markgraf Waldemar hatte zwischen Elbe und Oder viele Freunde gehabt, und die jubelten nun alle, als sie von seiner wundersamen Wiederkehr erfuhren. Es freute sich aber auch einer seiner ärgsten Feinde: Clas von Zepkow, sein ehemaliger Kämmerer, dem Waldemar im Kampf mit seinem spitzen Ring die eine Gesichtshälfte zerschmettert und ein Auge ausgeschlagen hatte. Clas von Zepkow hatte daraufhin keinen anderen Ausweg gesehen, als sich einer Horde Raubritter anzuschließen. Derer gab es in diesen Zeiten viele, und die Städte der Mittelmark und der Niederlausitz hatten im August 1321 sogar einen Bund gegen das anwachsende Raubrittertum gegründet. Der Stern der Ritter war stetig im Sinken begriffen, denn zum einen wurden die Landesherren immer mächtiger, und zum anderen machte das aufstrebende Bürgertum den Rittern ihre Privilegien streitig. Fehden waren an der Tagesordnung, und um den Gegner zur Aufgabe zu zwingen, wurden Dörfer und Städte überfallen und Reisende ausgeraubt oder gar verschleppt, mit dem Ziel, Lösegelder zu erpressen.

Fehden zu verlieren war eine kostspielige Sache. Clas von Zepkow war dadurch in den Ruin getrieben worden und hatte nach seiner Stellung am Hofe auch noch seine Güter in der Prignitz verloren. So zog er nun mit einer Schar von Landsknechten durch die Lande und suchte zu überleben. Doch er war seines Lebens überdrüssig und hoffte insgeheim, dass ihn beim nächsten Raubzug der Pfeil eines Gegners treffen und ins Jenseits schicken würde. Als er jedoch von Waldemars Wiederkehr hörte, erwachten seine Lebensgeister, und er war fest entschlossen, sein Schicksal in die Hand zu nehmen. Die Aussicht, nun endlich Rache nehmen zu können, gab ihm Kraft. »Wie er mein Leben zerstört hat, so werde ich seines zerstören«, schwor er sich.

Henn, sein engster Vertrauter, versprach ihm sofort, dass er mit von der Partie sei. »Ich werde dir helfen, seine böse Tat zu vergelten. Wo aber können wir Waldemar finden?«

Clas von Zepkow überlegte. »Er wird gewiss irgendwann nach Berlin kommen, denn Berlin und Cölln sind wohl die wichtigsten Städte in der Mark. Die muss er unbedingt auf seine Seite bringen, wenn er die Wittelsbacher zurück nach Bayern jagen will.«

»Die Berliner werden uns hängen lassen, wenn sie unserer habhaft werden«, gab Henn zu bedenken.

»Wir werden uns als Geißler verkleiden, so fallen wir am wenigsten auf.«

Henn verzog das Gesicht. »Oh, mein armer Rücken tut mir schon jetzt weh!«

Clas von Zepkow lachte. »Was meinst du, wie weh es erst tut, wenn sie dich aufs Rad flechten und vierteilen!«

Die Raubritterschar steckte in dem ausgedehnten Waldgebiet zwischen Cremmene im Süden und Herzberg und Löwenberg im Norden, so dass es bis Berlin und Cölln nicht allzu weit war. Mit ihren Rössern wagten sich Clas von Zepkow und Henn allerdings nicht bis in die Stadt. Lieber banden sie die Pferde bei Hermanstorp, heute Hermsdorf, im Wald fest und legten den Rest des Weges bis zum Spandower Tor zu Fuß zurück. Die Stadtwache ließ sie ohne weiteres passieren.

Als sie endlich in einer Schenke saßen, wollten sie als Erstes wissen, ob der aus dem Heiligen Land heimgekehrte Markgraf Waldemar auch schon in Berlin gewesen sei.

Der Wirt schüttelte den Kopf. »Das will ich ihm auch nicht geraten haben!«

»Wie meint Ihr das?«

»Wir stehen treu und fest zum Markgrafen Ludwig«, entgegnete der Wirt entschieden.

»Wisst Ihr denn zufällig, wo sich der auferstandene Markgraf zurzeit aufhält?«

»Gestern waren Gäste hier, die gemunkelt haben, er wolle von der Altmark nach Cremmene ziehen und dann weiter hoch nach Gransee«, erinnerte sich der Wirt.

»Dann muss er ja vor unserer Haustür vorbei«, murmelte Henn.

»Pst!«, mahnte Clas von Zepkow seinen Vertrauten und stieß ihm unauffällig in die Seite.

VIER

Benedict von Tannenreuth stieß, als er mit Katharina und einigen Hofleuten Waldemars in einer Schenke auf der Brandenburger Dominsel saß, aus Versehen seinen noch halbvollen Becher mit Weißwein um. Gebannt sah er zu, wie sich die gelbgrüne Flüssigkeit unaufhaltsam über den blank gescheuerten runden Tisch ausbreitete. »Genauso schnell erobert Waldemar eine Stadt nach der anderen und ist dabei, von der ganzen Mark Besitz zu ergreifen«, sagte er zu Katharina.

Innerhalb weniger Tage hatten sich nach Tangermünde auch Stendal, Salzwedel, Gardelegen und andere altmärkische Städte zu ihm bekannt. Nur bei einzelnen Schlössern waren ein wenig List und Gewalt vonnöten gewesen, die Herren Grafen von den Wittelsbachern abzubringen. Auch ein beachtlicher Hofstaat war Waldemar schon zugewachsen. Dem gehörten ein Kanzler, ein Hofnotarius, ein Oberkämmerer, ein Kammermeister und ein Schreiber an. Dazu kamen noch etliche Ritter und Grafen.

Für den 12. August hatten die Städte einen Landtag in Brandenburg an der Havel einberufen, damit sich ihre Bürgermeister, Altmannen und Ratsherren selbst ein Bild von dem Manne machen konnten, der den Magdeburger Erzbischof davon überzeugt hatte, wirklich der alte Markgraf Waldemar zu sein. Man unterzog ihn einem regelrechten Verhör.

»Was fällt Euch zur Stadt Soldin ein?«

Der vorgebliche Markgraf überlegte einen Augenblick. »Im Vertrag von Soldin vom … vom …«

Katharina lief es kalt über den Rücken. Sie zitterte um den Mann.

Sein neuer Kanzler versuchte, Zeit zu gewinnen und die Situation zu retten, indem er mit lauter Stimme dazwischenging. »Markgraf Waldemar ist vor fast dreißig Jahren außer Landes gegangen und hat während seiner Pilgerreise einige Zeit in finsteren Verliesen geschmachtet. Wie soll er sich da noch an alle Kleinigkeiten erinnern!«

Dem Markgrafen aber war wieder eingefallen, was sich damals in Soldin ereignet hatte.

»Im Jahre 1309, genau gesagt, am Tag des heiligen Johannes Chrysostomos, also am 24. Juli, hat der Deutsche Orden das Herzogtum Pommerellen einschließlich Danzig für 10 000 Silbermark brandenburgischen Gewichts von mir erworben.«

Waldemars Anhänger waren sichtlich erleichtert. Katharina aber schien es von Zeit zu Zeit, als habe er seine Sätze auswendig gelernt. Doch sie konnte sich auch täuschen. Jedenfalls ließen sich auch die hier Anwesenden von Waldemars Echtheit überzeugen, und so konnte dieser weiter nach Cremmene ziehen. Auf dem Gelände der alten Askanierburg wollte eine Reihe machtvoller Männer, die alle Gegner der Wittelsbacher waren, zusammenkommen, um die weiteren Schritte zu beraten. So traf Waldemar auf die Herzöge von Mecklenburg, den Herzog Barnim von Pommern-Stettin, die Gesandten des Königs von Schweden und verschiedene Grafen aus Holstein und der Ostseeregion. Und auch Cremmene wurde ein voller Erfolg, denn Waldemar strömte mittlerweile so viel Kraft und Selbstbewusstsein aus, dass jeder in ihm den früheren Markgrafen wiederzuerkennen meinte. Selbst die Mecklenburger, die vordem Waldemars Feinde gewesen waren, ließen sich nun um den Finger wickeln und diktierten ihrem Schreiber das Nachfolgende:

Wir bekennen offenbar in dieser Schrift, dass wir uns mit dem edlen Fürsten Waldemar zu Brandenburg, zu Lausitz und zu Landsberg, Markgrafen, unserm lieben Oheim, gänzlich verbunden haben, also: dass wir und unsere Erben ihm und seinen Erben mit aller Macht, wenn er uns bittet und heischet, in all seinen Nöten stets beholfen sein wollen.

Noch aber widerstrebten ihm Berlin und Cölln, wie auch viele Städte des Teltow, des Barnim, des Landes Lebus, der Uckermark und der Terra Transoderana.

»Mein nächstes Ziel ist Gransee«, verkündete Waldemar feierlich seinen Anhängern. »Da, wo ich einmal meine schmerzlichste Niederlage erlitten habe, will ich nun meinen größten Triumph feiern.«

Sander von Dünfus saß in einer Schenke des Städtchens Bochzowe, später Bötzow und heute Oranienburg, und wollte sich ein wenig von den anstrengenden Ritten der letzten Tage erholen. In Berlin hatte ihn die Schreckensnachricht erreicht, dass schon ein anderer als Markgraf Waldemar auf den Plan getreten war und sich auf einem Siegeszug durch die Altmark befand. Wer konnte ihm seine glänzende Idee bloß gestohlen haben? An den echten Waldemar vermochte Sander von Dünfus nicht zu glauben, schließlich war der schon lange tot. Oder war es dem Markgrafen tatsächlich zuzutrauen, dass er seinen Tod vorgegaukelt hatte, um fast dreißig Jahre später noch einmal einen großen Auftritt auf der Bühne Brandenburg zu haben? Eines war Sander von Dünfus jedenfalls klar: Wenn er mit seinem Waldemar-Imitator noch Erfolg haben wollte, musste er nach Gransee ziehen und unbedingt vor dem anderen dort auftauchen. Diese Stadt stand für die große Wende im Leben des echten Waldemar. Hier hatte er die Niederlage erlitten, die ihn in den Abgrund, in seine Schwermut gestürzt hatte. Sander von Dünfus musste trotz der misslichen Lage grinsen. Wie erheiternd war doch die Vorstellung, dass sich vor den Toren Gransees zwei Waldemars gegenüberstanden und darum stritten, wer denn wohl der echte sei! Und der größte Witz wäre gewesen, wenn der falsche über den echten triumphiert hätte.

Schnell machte sich Sander von Dünfus auf zu seinem Waldemar-Imitator, der sich im Wald nördlich der alten Burg versteckt hatte. Der Mann war der ehemalige Kammerdiener eines brandenburgischen Grafen, womit er nicht nur über profunde Kenntnisse des Hauses Askanien verfügte, sondern auch wusste, wie man sich bei Hofe zu benehmen hatte. Er sah dem echten Waldemar zum Verwechseln ähnlich. Außerdem war er ein glänzender Schauspieler und hatte Freude an seiner Rolle, zumal ihm Karl IV. eine hohe Belohnung versprochen hatte, sollte der Coup gelingen.

»Habt Ihr Neues zu berichten?«, fragte der Mann, als er Sander von Dünfus auftauchen sah.

»Nichts von Belang«, antwortete der lakonisch. Dass es bereits einen anderen Waldemar gab, ob nun echt oder ein zweiter Nachahmer, verschwieg er vorerst lieber. »Auf jeden Fall müssen wir so schnell wie möglich in Gransee sein.«

Clas von Zepkow konnte sich in etwa ausrechnen, wie er zu reiten hatte, damit sich sein Weg zwischen Cremmene und Gransee mit dem des wiedergekehrten Markgrafen kreuzte. Er hatte sich bei einem Bauern eine Axt besorgt, um damit Waldemar den Schädel zu spalten.

Henn, sein engster Vertrauter, der ihn begleitete, hatte große Zweifel, dass das Vorhaben gelingen würde. »Wie willst du denn an Waldemar herankommen? Er wird inmitten seines Trosses reiten.«

Clas von Zepkow lächelte zuversichtlich. »Irgendwann wird auch einem Markgrafen mal die Blase drücken. Und wenn er sich dann in die Büsche schlägt, wird er gewiss nicht den ganzen Hofstaat bei sich haben. Wir müssen also nur geduldig abwarten.«

Henn schien noch nicht überzeugt. »Aber wenn du dich von hinten anschleichst und Waldemar nicht erkennt, wer ihn tötet, ist die Rache doch nur halb so süß.«

Clas von Zepkow kratzte sich am Kopf. »Du hast recht, er soll sehen, wer ihn ins Jenseits befördert … Ich werde mich ihm also von vorn nähern.«

»Aber wird er dann nicht aufspringen und erheblich schwerer zu treffen sein?«, gab Henn zu bedenken.

»Hör auf, mich zu ärgern!«, entgegnete Clas von Zepkow unwirsch. »Ich kann ja mal bei dir ausprobieren, ob es mir gelingt, auch einen Mann zu treffen, der mit dem Gesicht zu mir gewandt auf dem Boden hockt.«

»Ich sage dir, Sander, er wird bestimmt die Arme hochreißen, um seinen Kopf zu schützen.«

»Noch ein Wort, und …«

Waldemar und die Seinen waren zwar wie vorgesehen in Cremmene aufgebrochen, kamen aber auf dem Weg nach Gransee nicht so richtig voran, denn der Markgraf litt unter Schwindel und starkem Übelbefinden und musste immer wieder absteigen, um im Unterholz zu verschwinden.

»Wenn diese Sitzungen im Grünen nur nicht so lange dauern würden!«, murrte der Kammermeister. Selbst er war barsch angewiesen worden, doch bitte zurückzubleiben.

Während die anderen auf einer Lichtung lagerten und die Sonnenstrahlen genossen, stahl sich Katharina davon, um im angrenzenden Wald nach Pilzen und Beeren zu suchen. Vom Kloster Marienfließ her kannte sie sich aus, was Pilze betraf, und hatte also keine Angst, einen Knollenblätterpilz mit einer Marone zu verwechseln. Sie ging durch den Wald und hatte endlich Muße, über die unverhoffte Wiederkehr Waldemars nachzudenken. Ihr einstiger Liebhaber ging ihr, wie es schien, Tag um Tag mit Absicht aus dem Wege. Zumindest machte er keinerlei Versuche, alleine mit ihr zu sein. Hatte für ihn das, was damals in Putlitz geschehen war, keine Bedeutung mehr? Oder ritten sie, wie manche behaupteten, tatsächlich mit einem falschen Waldemar? Katharina seufzte. Es war ein Rätsel, das sich möglicherweise niemals lösen ließ. Und obwohl dieser Mann auf die siebzig zuging, hegte sie durchaus noch Gefühle für ihn. Sie hatte Mitleid mit ihm, weil er wohl bald schon der Hilfe eines barmherzigen Menschen bedurfte. Doch sie fühlte sich noch viel zu jung, um allem zu entsagen und sich ganz dem Wohle eines alten Mannes hinzugeben.

Während ihr all dies durch den Kopf ging und sie ihre Gefühle richtig zu bewerten suchte, sammelte sie fleißig Blaubeeren und Pilze. Ihr Korb hatte sich schon zu gut einem Drittel gefüllt, als sie plötzlich wie angewurzelt stehenblieb und einen fürchterlichen Schrei ausstieß. Vor ihr lag ein Mann mit gespaltenem Schädel in den Blaubeerbüschen. Als sie sich mit klopfendem Herzen niederbeugte, erkannte sie den Markgrafen. »Zu Hilfe«, schrie sie, so laut sie konnte, »unser Waldemar ist erschlagen worden!« Verzweifelt warf sie sich zu Boden, bettete ihren Kopf auf seine Brust und brach in lautes Schluchzen aus. »Waldemar, mein Geliebter!«

In derselben Sekunde, in der Katharina den Toten im Wald zwischen Cremmene und Löwenberg entdeckt hatte, saß der amtierende und rechtmäßige Markgraf Ludwig V. in der Stadt Britzen mit seinen Getreuen beisammen und beriet die Lage. Mitte September 1348 war er endlich in Brandenburg eingetroffen und wollte Flagge zeigen. Britzen, unweit des Flämings an der Nieplitz gelegen, war ein wichtiger Platz, denn hier kreuzten sich die Handelswege von Berlin nach Leipzig und von Magdeburg über Jüterbog nach Osten und Südosten. Die Wachen hatten Waldemar nicht in die Stadt gelassen, denn Britzens Bürger waren überzeugt, dass sich hinter dem angeblichen Waldemar ein Lügner verbarg. Die Stadt stehe treu zu den Bayern, hatte man ihm über die Mauern hinweg zugerufen.

Ludwig der Brandenburger war der ganzen Welt überdrüssig. Im Oktober 1347 war sein Vater gestorben, und er selbst hatte sich nicht um die Kaiserkrone bewerben können, weil der Bannfluch des Papstes auf den Wittelsbachern lastete. Und auch das Auftauchen dieses angeblichen einstigen Markgrafen würde ihm erheblich schaden. Er hatte zwar auf einigen Kriegszügen gegen die heidnischen Litauer einige Erfahrungen als Feldherr sammeln können, doch er fühlte sich nicht imstande, diesem Waldemar und Karl IV. Paroli zu bieten. Ludwig seufzte. »Ich möchte zurück nach Tirol und mit meinen Söhnen auf die Berge klettern. Dieser Waldemar – ob nun echt oder nicht – ist wie eine Flutwelle, die wir mit unseren geringen Kräften nicht aufhalten können. Eine Stadt nach der anderen läuft ja zu ihm über.«

»Schließlich räumt er allen unendlich viele Privilegien ein«, rief Feldhauptmann Friedrich von Lochen.

Ludwig der Brandenburger lachte bitter. »Ja, fremdes Gut kann man auch leicht verschenken. Wenn sich das alles nur wieder einrenken lässt! Was schlagt Ihr vor, was ich tun soll?«

»Am besten wäre es, wir würden uns in Berlin und Cölln festsetzen und diesen Waldemar kommen lassen«, antwortete Friedrich von Lochen. »Noch halten uns die Berliner die Treue.«

Ludwig winkte ab. »Die Berliner werden sich bestimmt auch bald für diesen sonderbaren Waldemar entscheiden und sich von ihm, gerissen, wie sie sind, eine Menge Rechte übertragen lassen – Rechte und Privilegien, die sie von uns nie bekommen würden.« Er warf einen Blick auf die Karte der Mark Brandenburg. »Die Linie von Gransee nach Berlin beherrscht er bereits. Es bleibt uns also nur, östlich davon einen festen Standpunkt zu suchen. Wir brauchen eine Stadt, die nicht so leicht zu erobern ist und wo wir abwarten können, bis die Winde wieder günstiger wehen. Hinter die Oder möchte ich aber auf keinen Fall zurückweichen.«

»Da bleibt uns ja nur Frankfurt an der Oder«, sagte der Rat.

Ludwig der Brandenburger nickte.

Benedict von Tannenreuth hatte Katharinas Schrei gehört und war sofort in den Wald gestürzt, ihr zu helfen und sie notfalls zu retten. Er hatte auf dem Schlachtfeld schon viele grausam zugerichtete Männer gesehen, doch der Anblick des ermordeten Markgrafen ließ auch ihm das Blut in den Adern gefrieren. Ganz offensichtlich hatte ein Axthieb Waldemar den Schädel gespalten.

Waldemar war tot, und neben ihm lag Katharina, den Kopf auf seine Brust gebettet. Auch sie war voller Blut. Doch sie schien nur in Ohnmacht gefallen zu sein. Schnell kniete er sich neben sie und legte sein rechtes Ohr auf ihren Mund. Gott sei Dank, sie atmete noch! Er zog sie vom Leichnam weg, nahm sie in die Arme und sprach leise auf sie ein.

Katharina blinzelte und hauchte: »Wo bin ich?«

»Wir müssen weg von hier!«, drängte Benedict von Tannenreuth und half ihr hoch.

Katharina kam nun wieder vollends zu sich, sah den Leichnam neben sich und erkannte, was geschehen war. »Wer kann das getan haben?«, flüsterte sie mit schwacher Stimme.

»Ich habe keine Ahnung. Kommt, wir müssen zurück ins Lager!«

Sie liefen zurück und riefen den anderen, kaum dass sie den Rand der Lichtung erreicht hatten, zu, was im Wald Schreckliches passiert sei.

Waldemars Kammermeister machte ein verdutztes Gesicht. »Waldemar soll ermordet worden sein?« Dann fing er jedoch laut an zu lachen und rief: »Aber der kommt doch gerade aus seinem Zelt!«

Katharina erschrak. War sie etwa verrückt geworden?

Auch Benedict von Tannenreuth stand fassungslos da. »Ich versichere Euch, wir haben ihn eben mit gespaltenem Schädel im Wald liegen sehen.«

»Habt ihr von giftigen Beeren gegessen und seid nicht mehr richtig im Kopfe?«

»Unsinn, kommt mit und seht selbst!«

Da waren einige, die sich das Vergnügen nicht entgehen lassen wollten und Benedict von Tannenreuth in den Wald folgten. Als der den Platz, an dem Katharina den Toten entdeckt hatte, nicht sofort zu finden vermochte, wurde wieder kräftig gespottet.

»Dem einen erscheint die Jungfrau Maria im Traum, dem anderen der tote Waldemar!«

Aufgeregt suchte Benedict von Tannenreuth weiter. Vielleicht hatten sie recht, und es war wirklich nur ein Hirngespinst. Doch Gott sei Dank, da waren Fußspuren im Gras! Die konnten nur von ihm und Katharina stammen.

»Da liegt tatsächlich einer!«, schrie plötzlich ein Ritter.

»Und es ist Waldemar!« Der Kammermeister schlug die Hand vors Gesicht.

»Wie ist das denn möglich?«, riefen die Ritter unruhig durcheinander.

»Einer gaukelt uns vor, Waldemar zu sein«, stellte der Oberkämmerer fest.

»Aber welcher ist nun echt?«, murmelte Benedict von Tannenreuth. »Der hier oder unsrer? Oder womöglich gar keiner?«

»Im Zweifelsfalle der, der noch lebt«, entschied der Hofnotarius. »Ihn hat der Herr auserwählt.«

Gegen diese Logik war nichts einzuwenden, und man beschloss, sich Beile und Spaten zu beschaffen und den zweiten Waldemar an Ort und Stelle zu bestatten – wer auch immer der Mann in Wirklichkeit war.

So wurde dann auch verfahren, und da sich der noch lebende Waldemar inzwischen von seinen Schwindelanfällen erholt hatte, konnte man am nächsten Morgen nach Gransee weiterziehen.

Katharina wusste, welche Rolle diese Stadt in Waldemars Leben gespielt hatte, und sah dem Tag, da sie vor ihren Toren stehen würden, mit einigem Bangen entgegen. Doch als es so weit war, konnten sie wortwörtlich offene Türen einrennen, denn Trompeter aus Gransee begrüßten sie schon weit vor der Stadtmauer. Die Trommler schlugen so kräftig auf ihre Instrumente, dass die Felle zu platzen drohten, und die Bürger warfen ihre Hüte und Mützen jubelnd in die Luft.

»Hoch lebe Markgraf Waldemar!«, rief die begeisterte Menge.

Der begrüßte die Leute und dankte ihnen. Dann begannen alle Glocken zu läuten, und ein Chor sang *Gloria in excelsis deo*. So hielt man Einzug in Gransee.

Nun blieben noch Berlin und Cölln zu erobern, bevor man gegen Frankfurt an der Oder zog, der letzten Bastion von Ludwig dem Brandenburger.

Waldemar schickte einige Emissäre an die Spree, um vorab in Verhandlungen einzutreten. Die Schwesterstädte hatten sich am 12. Juni zu den Wittelsbachern bekannt und von Markgraf Ludwig einen Gnadenerweis erhalten. Nun waren sie raffiniert genug, sich ihr Umschwenken zu Waldemar mit einigen Vorteilen bezahlen zu lassen.

Einer der Berliner Ratsherren verkündete: »Waldemar möge alle unsere Rechte in verbindlicher Form bestätigen, die Raubritter, die uns Ungemach bereiten, verfolgen und uns von der Belegung mit Soldaten befreien. Ferner möge er uns die Abgabe an die markgräflichen Getreidemühlen erlassen und uns die Brandschäden ersetzen, die uns entstanden sind, als es in unseren Mauern zu Auseinandersetzungen zwischen seinen Anhängern und denen Ludwigs gekommen ist.«

Dies alles wurde den Bürgermeistern und Räten der Spreestädte zugesagt, und so erschien Waldemar am 20. September 1348 in Berlin und Cölln. Katharina konnte im Beginenhof ein freudiges Wiedersehen mit ihren Schwestern feiern.

fünf

Die Bayern hatten sich in der festen Stadt Frankfurt an der Oder verschanzt, um dort den Angriff der Heere von Waldemar und Karl IV. abzuwarten, die sich knapp südlich von Müncheberg vereinigt hatten. Bei Tempelberg lagerte Waldemar mit seinem engsten Gefolge und den anhaltinischen und magdeburgischen Truppen, während Karl IV. nicht weit entfernt bei Heinersdorf zu finden war. Zum Rekognoszieren wollte man nun einen kleinen Trupp unter der Führung von Benedict von Tannenreuth an die Oder schicken. Katharina äußerte die Bitte, mitreiten zu dürfen.

»Ihr als Frau könnt doch unmöglich mitkommen!«, rief Benedict von Tannenreuth.

Katharina lächelte so verführerisch, wie sie es vermochte. »Ich könnte mich als Mann verkleiden. Und hoch zu Ross sind es nur knapp drei Stunden bis Frankfurt.«

Da blieb Benedict von Tannenreuth nichts weiter übrig, als der wunderschönen Frau nachzugeben. Er hatte längst Feuer gefangen, und wäre Katharina keine Nonne gewesen, er hätte nicht gezögert, sich ihr zu nähern.

Katharina überlegte einen Augenblick. »Wenn wir uns in der Stadt umsehen, ist es doch bestimmt am unauffälligsten, wenn ich als Begine herumlaufe. Ich sollte also meine Tracht mitnehmen.«

Der Spähtrupp setzte sich sogleich in Bewegung. Außer Benedict von Tannenreuth und Katharina waren es noch fünf Berittene. Ohne jeden Zwischenfall kamen sie in die Nähe Frankfurts und sprangen von den Pferden, um sich kurz zu beraten.

»Am geschicktesten ist es, ich gebe mich als Kirchenmann aus und Katharina geht als Nonne an meiner Seite«, schlug Benedict von Tannenreuth vor.

Das fand allgemeine Zustimmung, und so verwandelte sich Katharina in einem Gebüsch am Ufer der Oder wieder von einem Knappen in eine Begine. Die Gefährten blieben zurück, und beide gelangten durch das Tor an der Gubener Vorstadt nach Frankfurt hinein. Die Wachen bedachten sie nur mit einem kurzen Blick und ließen sie ohne weiteres passieren. Auf den Wällen liefen Bürger und Ritter umher und übten sich in der Verteidigung der Stadt. Hellebarden und Morgensterne blitzten in der Sonne. Der Wind wehte kräftig von Osten her, und die Stadtbanner knatterten neben den blau-weißen Fahnen der Bayern. Ein Trupp von Soldaten kam Benedict und Katharina entgegen. Eisenhauben, Büffelwämser, Harnische und Leibschienen bestimmten die Szene. Niemand nahm Notiz von ihnen. Sie kamen ohne Zwischenfall in die Nähe des Rathauses, wo Ludwig der Brandenburger, wie man wusste, sein Hauptquartier aufgeschlagen hatte. Zusätzliche Wachen hatte man nicht aufgestellt, der Wittelsbacher schien sich in seiner letzten Bastion sehr sicher zu fühlen.

»Lasst uns ins Rathaus hineingehen, um Ludwig zu belauschen!«, sagte Katharina unternehmungslustig.

Benedict von Tannenreuth aber hielt das für zu gewagt. »Ich schaue lieber erst nach, ob auf der Rückseite ein Fenster offen steht. Ihr bleibt hier an der Ecke und wartet erst mal ab.«

Obwohl Katharina damit mehr als unzufrieden war, tat sie, wie ihr geheißen. Da wurde schräg über ihr plötzlich ein Fenster geöffnet, und Ludwigs Stimme war zu hören. Er redete offenbar mit einem Vertrauten und klang sehr missgestimmt.

»Ich will raus aus diesem märkischen Morast, ich will zurück in meine Berge. Frankfurt an der Oder ist kein Rettungsboot für mich, sondern eine Rattenfalle.«

Katharina wollte Benedict von Tannenreuth zuwinken, er solle wieder umkehren, denn auch so erfuhren sie möglicherweise alles, was sie herausbekommen wollten – doch zu spät …

Aus einer Nebentür, die sie vorher nicht bemerkt hatten, quoll eine Schar von Soldaten. Und die hatten Benedict von Tannenreuth schon umringt und festgenommen, ehe Katharina auch nur einen Gedanken fassen konnte. Irgendwer musste ihn erkannt haben. Die Nonne hätte der Kriegsgott Ares selbst sein müssen, um den Gefährten noch befreien zu können. Schnell stahl sie sich davon und tauchte in der Schar der

Bürger und Soldaten unter, die Frankfurts Straßen füllten. Gedankenverloren lief sie in Richtung des Gubener Tores. Den Verlust eines Kameraden hätte sie noch verschmerzen können, aber in dem Augenblick, da Ludwigs Männer Benedict von Tannenreuth gepackt hatten, war ihr bewusst geworden, dass er mehr war als ein Kamerad: Sie liebte ihn.

Nun, eine Nonne mit einem leidvollen Antlitz hielt keiner auf, und so konnte sie die Stadt unbehelligt verlassen und sich auf den Rückweg zu ihren Leuten machen. Doch sie verlief sich und fand die Gefährten nicht mehr. Vielleicht hatte sich der Trupp auch schon ohne sie auf den Rückweg gemacht. Als sie die Oder vor sich sah, beschloss sie, erst einmal zu rasten und darüber nachzudenken, was jetzt wohl das Beste sein würde.

Da hörte sie ganz in ihrer Nähe zwei Männer lachen und ins Wasser springen, um ein kühles Bad zu nehmen. Interessiert schlich sie sich näher heran. Die beiden standen bis zur Brust im Strom und erfrischten sich. Ihre Kleidung und ihre Waffen hatten sie am Ufer abgelegt. Als Katharina genauer hinsah, erkannte sie in dem einen der beiden einen engen Vertrauten des bayerischen Markgrafen, dem sie in Berlin schon mehrmals begegnet war. Diese Gelegenheit ließ sich Katharina nicht entgehen. Sie sprang aus dem Gebüsch, griff sich Pfeil und Bogen und zielte auf Ludwigs Vertrauten, der, mit seinem Knappen an der Seite, gerade aus dem Wasser stieg.

»Macht keinen Schritt weiter, sonst fährt Euch mein Pfeil ins Herz! Ihr bleibt da stehen, wo Ihr gerade steht, und Euer Knappe rennt ins Rathaus und …«

Er unterbrach sie lachend. »Eine Nonne sollte nicht solche Scherze machen!«

»Ihr könnt mit meinem Pfeil nicht mal den Himmel treffen«, rief der Knappe.

»Aber den toten Fisch da zu Euren Füßen!«

Schon fuhr der Pfeil in den silbernen Kadaver. Die beiden Männer wichen erschrocken zurück und starrten die Nonne verblüfft an.

Derweil hatte Katharina bereits einen zweiten Pfeil eingelegt. »So, jetzt wird gemacht, was ich sage, werter Herr. Euer Knappe läuft ins Rathaus und meldet dem Markgrafen Ludwig, dass sein lieber und unentbehrlicher Weggefährte ein toter Mann sein wird, wenn man ihn nicht binnen einer Stunde gegen den Ritter Benedict von Tannenreuth ausgetauscht hat. Den bringt Ihr hierher. Und keine Finten, sonst ergeht es Euch wie dem toten Fisch!«

»Hanns, tu, was uns befohlen wird!«, rief Ludwigs Vertrauter seinem Knappen zu.

Der Streich glückte, und Benedict von Tannenreuth kehrte an der Seite von Katharina unversehrt in das Lager zurück.

Sander von Dünfus war ein Mensch, der über ein hohes Maß an Gelassenheit verfügte, und so brachte ihn auch nicht aus der Ruhe, dass der Ritter Clas von Zepkow seinen Waldemar-Imitator erschlagen hatte. Zehn Schritte nur war er von den beiden entfernt gewesen, ohne es verhindern zu können. Den Angreifer hatte er sofort erkannt, denn mit Clas von Zepkow hatte er in früheren Zeiten manche Stunde am Hofe Waldemars verbracht.

Zwar bedauerte Sander von Dünfus den Tod seines Mannes, aber schuldig fühlte er sich keinesfalls. Schließlich war es Gottes Wille gewesen. König Karl IV. hatte erfreulicherweise kein großes Gewese um die Sache gemacht, immerhin gab es ja noch einen anderen Waldemar, den er gegen die Bayern ausspielen konnte. Die Ereignisse verliefen also auch so in seinem Sinne.

Sander von Dünfus stand unterdessen abwechselnd in den Diensten von Markgraf Waldemar und König Karl. Nun hatte ihn der Luxemburger rufen lassen. Als Sander von Dünfus in das königliche Zelt trat, saß Karl, gekleidet in einen prachtvoll wallenden Mantel und mit goldenen Schnallen an den Stiefeln, auf einem Ratsherrenstuhl, den ihm die Stadt Müncheberg mit huldvollen Grüßen hatte schicken lassen. Er sprach gerade mit seinem engsten Vertrauten über seine Pläne.

»Europa ist bloß ein Flickenteppich von Ländern und hat viel zu viele Herren! Jetzt gilt es, daraus ein einheitliches Gebilde zu formen, so dass sich von Polen und Böhmen bis Portugal alles in einer Hand befindet.«

Karls Rat lächelte. »Möglichst in Eurer, nicht wahr? Dann sollten wir die Bayern bald aus Frankfurt an der Oder hinauswerfen.«

»Ich hasse den Krieg!«, rief Karl. »Das diplomatische Schachspiel ist mir lieber … Ah, da ist ja Sander von Dünfus! Ich habe Euch rufen lassen, damit Ihr Eurem Waldemar eine frohe Botschaft überbringt.«

»Verzeihung, mein Waldemar ist leider tot. Der andere ist entweder der echte – oder es gibt einen zweiten Schwindler.«

»Wie auch immer … Richtet ihm aus, dass ich von ihm einen kleinen Preis dafür verlange, dass ich die Bayern nach Hause schicke und ihn von neuem mit der Mark Brandenburg belehne.«

»Und dieser Preis wäre?«, fragte Sander von Dünfus gespannt.

»Ich will die Lausitz, und zwar für die böhmische Krone.«

Sander von Dünfus verbeugte sich vor dem König und machte sich auf zu Waldemar. Obwohl nur ein kurzes Stück zu laufen war, machte er einen weiten Bogen nach Süden, nach Steinhöfel hin, um sich ein wenig Bewegung zu verschaffen. Wie immer war er guter Dinge, und als nach einiger Zeit seine Beine etwas müde wurden, legte er sich ins Gras, um sich ein wenig auszuruhen und den Vögeln zu lauschen. Bald war er eingenickt.

Er schreckte hoch, als er ganz in der Nähe Stimmen hörte. Es schienen zwei Männer zu sein. Wie eine Schlange kroch er auf sie zu und lauschte. Sofort erkannte er einen der beiden: Es war kein anderer als Clas von Zepkow, der Mann, der seinem Waldemar-Imitator den Schädel gespalten hatte.

»Und wenn ich noch hundert Männer töten muss, bis ich den richtigen erwische!«, schrie Clas von Zepkow außer sich. »Mein Leben hat nur noch einen Sinn: Ich muss Waldemar töten!«

Der ist verrückt geworden!, schoss es Sander von Dünfus durch den Kopf. Aber wie sollte er ihn von seinem Vorhaben abbringen – ganz ohne Waffen?

Waldemar war allein in seinem Zelt und wollte niemanden sehen. Abermals versank er in Trübsinn und Verzweiflung. Oft wusste er nicht mehr, wo er war und wer er war. Da sah er sich bald als der alte Markgraf

Waldemar, der aus Jerusalem in seine Mark zurückgekommen war, bald als ein Heuchler, der alle zum Narren hielt. Er hatte sein Land retten wollen, doch in Wirklichkeit noch weiter ins Elend gestürzt. Etliche Menschen waren schon gestorben, und in der bevorstehenden Schlacht mit den Bayern würden wieder Hunderte ihr Leben lassen. Siegten die Wittelsbacher, so würden sie ihn wohl gleich als falschen Waldemar köpfen lassen, und siegte Karl IV., so würde der bestimmt einen Teil der Mark als Lohn für seine Hilfe fordern.

Alles erschien Waldemar sinnlos, und so sah er in seinem tristen Dasein nur noch einen Ausweg: den Giftbecher. Seit längerem trug er stets einen kleinen Beutel mit einem tödlichen Pulver bei sich. Und nun war die Zeit gekommen, es in einen Becher voll Wasser zu schütten und den in einem Zug zu leeren.

Katharina spazierte durch Waldemars Lager und suchte nach Benedict von Tannenreuth. Aber der war wohl mit Freunden ausgeritten, um Hirsch und Reh zu jagen und den Speisezettel zu bereichern. Vorher hatten die Männer in der Nähe von Waldemars Zelt das Werfen mit der Lanze geübt – und hinterher alle Übungsgeräte wild durcheinander auf einen Haufen geworfen. Katharina wollte Ordnung schaffen und alle Lanzen schön nebeneinander aufgereiht in den Boden stecken. Sie griff sich gerade die zweite Lanze, da hörte sie aus Waldemars Zelt einen Laut, der sie zusammenfahren ließ. Es hörte sich an wie ein Stöhnen. Neugierig schob sie die Zeltbahn zur Seite und blickte hinein.

Waldemar hatte offensichtlich am Boden gekniet und gebetet, nun stand er auf und ging zu einem kleinen Tisch, auf dem ein Becher stand.

Den ergriff er, zögerte aber noch, ihn an die Lippen zu setzen. »Herr, vergib mir meine Schuld, mir selbst das Leben zu entreißen, dass du mir geschenkt hast!«

Da begriff Katharina, dass Waldemar einen Becher voller Gift in der Hand hielt. Sie wollte schreien, doch bevor sie einen Laut hervorbrachte, kam ein Mann ins Zelt gestürzt, der eine Axt in der Hand hielt und sie gerade hob, um Waldemar den Schädel zu spalten.

»Wie du mein Leben zerstört hast, so zerstöre ich deines!«, schrie er.

Doch Katharina war schneller, und ihre Lanze, die sie noch immer in den Händen hielt, fuhr dem Mann in die Schulter, worauf der seine Waffe fallen ließ und mit schmerzverzerrtem Gesicht aus dem Zelt stürzte. Dabei stieß er mit Waldemar zusammen und riss ihm versehentlich den Becher aus der Hand. Die giftige Flüssigkeit versickerte augenblicklich im märkischen Sand.

Der Rest der Geschichte ist schnell erzählt: Am 2. Oktober 1348 belehnte König Karl IV. im Lager zu Heinersdorf Waldemar mit dem brandenburgischen Lande. Katharina und Benedict von Tannenreuth feierten den großen Sieg Waldemars auf ganz besondere Art und Weise: Sie liebten sich bis zum frühen Morgen, und dann entsagte Katharina dem Beginenleben und zog mit Benedict von Tannenreuth nach Franken, um dort seine Frau zu werden.

Doch Waldemars Schicksal verfolgte sie weiterhin mit großem Interesse, und als er 1356 in Dessau verstarb und in der Fürstengruft der Askanier beigesetzt wurde, war sie zur Stelle.

Wahrheit und Dichtung

Wahr an dieser Geschichte – und in jedem Geschichtsbuch nachzulesen – sind der Tod des Markgrafen Waldemar im Jahre 1319 und das Auftauchen eines Mannes im Jahre 1348, der sich als Waldemar ausgab. Angeblich hatte er sich auf einer Pilgerfahrt ins Heilige Land befunden. Er setzte sich gegen die in Brandenburg herrschenden Bayern durch, wurde von Karl IV. in seinen Rechten bestätigt und von den meisten brandenburgischen Städten als Landesherr anerkannt. 1350 wurde er jedoch als Hochstapler entlarvt und vom Reichstag wieder abgesetzt. Er ging als »der falsche Waldemar« in die Geschichte ein.

Historisches Personal

Waldemar von Brandenburg, genannt Waldemar der Große (um 1280–1319), Markgraf von Brandenburg

Agnes von Brandenburg (1297–1334), Ehefrau Waldemars

Friedrich I., genannt Friedrich der Gebissene (1257–1323), Markgraf von Meißen

Heinrich I. von Brandenburg, genannt Heinrich ohne Land (1256–1318), Markgraf von Brandenburg und Landsberg

Heinrich II. von Brandenburg, genannt Heinrich das Kind (um 1308–1320), Markgraf von Brandenburg und Sohn von Heinrich I.

Waldemar von Brandenburg, »der falsche Waldemar« († 1356), Markgraf von Brandenburg

Heinrich II., genannt Heinrich der Löwe (1266–1329), Fürst zu Mecklenburg

Rudolf I. von Sachsen-Wittenberg (um 1284–1356), Herzog aus dem Hause Askanien

Bernhard IV. († 1354), Graf von Anhalt-Bernburg

Ludwig IV., genannt Ludwig der Bayer (1281/1282–1347), römisch-deutscher König und umstrittener Kaiser des Heiligen Römischen Reiches

Ludwig V. von Bayern (1315–1361), Sohn von Ludwig IV., als Ludwig I. Markgraf von Brandenburg

Karl IV. von Luxemburg (1316–1378), König von Böhmen und römisch-deutscher Kaiser

Otto I. (1279–1344), Herzog von Pommern-Stettin

Barnim III. (um 1303–1368), Sohn von Otto I., Herzog von Pommern-Stettin

Mechthild von Magdeburg (um 1207–1282), bedeutende christliche Mystikerin

Otto von Hessen (1301–1361), Erzbischof von Magdeburg

Fiktives Personal

Im Umfeld der Kirche

Katharina, Nonne in Zisterzienserkloster Marienfließ und Begine im Beginenkloster Berlin

Appolonia, Äbtissin des Klosters Marienfließ

Jonata, Begine und Freundin von Katharina

Ännlin Ziegnitz, Hökerin und Kranke im Berliner Heilig-Geist-Spital

Peter Kuhtz, Schneidermeister und Kranker im Heilig-Geist-Spital

Im Umfeld des Markgrafen Waldemar bzw. des »falschen Waldemar«

Sander von Dünfus, Ritter

Reynnhardt von Telz, Ritter

Thomo von Wokuhl, Ritter

Benedict von Tannenreuth, Ritter

Clas von Zepkow, Ritter und Kämmerer

Henn, engster Vertrauter von Clas von Zepkow

ANNO 1415

TRIUMPH DER HOHENZOLLERN

Der Ritter Lentz von Störpke rettet dem Nürnberger Burggrafen Friedrich VI. aus dem Hause Hohenzollern 1396 während der Schlacht bei Nikopolis, bei der burgundische Kreuzritter Osmanen und Serben gegenüberstehen, das Leben. Ein Jahr darauf treffen Lentz von Störpke zwei schwere Schicksalsschläge: Sein Sohn Claß wird von Unbekannten geraubt, und kurz darauf stirbt seine Frau Adelhaid. Verzweifelt begibt er sich mit seinem Knappen Köne auf die Suche nach seinem Kind.

Unterdessen treiben die Raubritter Dietrich und Johann von Quitzow in Brandenburg ihr Unwesen: Sie ziehen durch die Mark und überfallen ein Dorf nach dem anderen. Niemand scheint sie aufhalten zu können. Als Lentz von Störpke auf sie trifft, schließt er sich den Quitzows an, in der Hoffnung, seinen Sohn zu finden. Doch seine Hoffnung erfüllt sich nicht.

Als Lentz nun hört, dass es in Nürnberg einen Jungen geben soll, der sein geraubter Sohn Claß sein könnte, fragt er Friedrich VI., ob er in dessen Dienste treten kann. Der empfängt ihn freudig in Nürnberg, und Lentz gehört fortan zu seiner Gefolgschaft. Aber seinen Sohn kann er auch hier nicht finden. Da schenkt sein Dienstherr auch noch einer üblen Verleumdung Glauben: Der Ritter Lentz von Störpke soll versucht haben, den Kurfürsten zu vergiften. Es beginnt eine Jagd auf den angeblichen Giftmischer, und Lentz kehrt grollend in seine Heimat, die Mark Brandenburg, zurück.

Doch wie der Zufall so spielt: Im Jahre 1415 wird Friedrich VI., der sich um das Reich verdient gemacht hat, neuer Kurfürst der Mark – die fünfhundert Jahre währende Herrschaft der Hohenzollern über Brandenburg beginnt. Voller Rachsucht kämpft Lentz von Störpke an der Seite der märkischen Ritter, an ihrer Spitze die Quitzows, die mittlerweile einen Schutzvertrag mit dem Berliner Bürgermeister Henning Strohband ausgehandelt haben, gegen den Nürnberger – und verliert. Gefangen im Verlies, muss er sich eingestehen, dass die Hohenzollern wohl doch das Beste für Berlin und die Mark Brandenburg sind. Wird er sich mit dem Kurfürsten aussöhnen und endlich auch seinen Sohn finden?

eins

In der Nacht vom 23. auf den 24. September 1396 wälzte sich Lentz von Störpke auf seinem harten Lager hin und her, ohne einschlafen zu können. Seinem Zeltnachbarn, dem blutjungen Bayern Johannes Schiltberger, erging es nicht anders.

»Ein Königreich für eine Stunde Schlaf!«, stöhnte der. »Aber was soll's! Bald wird zur Schlacht geblasen – und danach gibt es für die meisten von uns den ewigen Schlaf.«

Lentz war zu lebenshungrig, um diesen Gedanken zu teilen. Er zitierte aus der *Ilias* des großen Homer: »*Besser, wer fliehend entrann der Gefahr, als wen sie ereilet!*«

Johannes Schiltberger fuhr auf. »Feige sein, von der Fahne gehen – nein und abermals nein! Auch wenn wir noch so tief in der Scheiße stecken.«

Lentz gab ihm recht, obwohl er es nicht ganz so derb formuliert hätte. Wieder einmal verfluchte er seinen Entschluss, der langweiligen Mark Brandenburg entflohen und an den ungarischen Hof gegangen zu sein, wo König Sigismund im Kampf gegen die Osmanen jeden Ritter freudig begrüßte, der auch nur einigermaßen mit dem Schwert umzugehen wusste. Im Spätsommer 1396 hatte er ein Heer aus Burgundern und Ungarn zusammengebracht und war nach Bulgarien marschiert, um die Türken aus der Festung Nikopolis zu werfen.

Seit fast vierzehn Tagen lagen sie nun vor Nikopolis und berannten die Festung von Sonnenauf- bis Sonnenuntergang, ohne dass die gefallen wäre. Auch die Johanniter, die ihnen zur Hilfe gekommen waren, konnten das Blatt nicht wenden. Und nun spitzte sich die Sache zu, denn inzwischen war das osmanische Heer unter Führung des Sultans Bâyezîd I. herangerückt, verstärkt von den als unbesiegbar geltenden Panzerreitern seines serbischen Vasallen Stefan Lazarević.

Nach dem Morgengebet schickte Sigismund einen Boten durch das Lager, um nach mutigen Männern zu suchen, die man als Kundschafter ins Lager des Feindes schicken konnte. »Bedingung ist, dass einer von ihnen etwas Serbisch spricht und verstehen kann, was da gesprochen wird.«

Lentz von Störpke hob den Arm. *»Ево, ја се, ја сам јединствена!«*

Der Bote sah ihn böse an. »Was soll das?«

»Das war Serbisch, du …«

»Und was heißt das?«

Lentz lachte. »Nehmt mich, ich bin einzigartig!«

»Und ich will mit ihm mit!«, rief Johannes Schiltberger.

»Gut, meldet euch nachher beim König!«

Sie frühstückten erst einmal in aller Ruhe, dann machten sie sich auf zum Zelt des Königs. Auf dem Weg dorthin kam ihnen der Nürnberger Burggraf mit seinem Knappen Veit von Pruppach entgegen. Lentz von Störpke hatte Friedrich VI. in einigen Gesprächen kennengelernt und schätzte den Hohenzollern als überaus fähigen Mann, wohingegen er seinen aufgeblasenen Knappen für einen ausgemachten Armleuchter hielt.

Friedrich VI. sah Lentz staunend an. »So früh schon auf den Beinen?«

»Zum König. Er sucht Leute, die ins Lager des Sultans reiten, um sich dort ein wenig umzusehen und zu hören, was man so plant.«

»Fasst man Euch, so hängt man Euch auf der Stelle!«

Lentz winkte ab. »Wir haben keine Furcht. Wir wären so kostbare Gefangene, dass man uns gegen Lösegeld freigeben würde.«

»Ich bewundere Euren Mut«, sagte der Burggraf.

Veit von Pruppach machte eine abschätzige Handbewegung. »Es treibt die beiden ganz etwas anderes, ich habe sie in der Nacht doch flüstern hören: Sie haben Angst vor den Türken und wollen zu ihnen überlaufen, um mit dem Leben davonzukommen.«

Lentz juckte es in den Fingern, sein Schwert zu ziehen und mit dessen Spitze den Adamsapfel des anderen ein wenig zu kitzeln, doch es gelang ihm, sich zu beherrschen und allein mit der Waffe der Ironie zu reagieren. »Gott, du hast uns durchschaut! Und wenn wir dann mit Bâyezîd I. und Stefan Lazarević reden, dann werden wir ihnen sagen, dass sie gegen das Heer von König Sigismund nur eine Siegeschance haben, wenn sie vorher dessen mutigsten und grimmigsten Ritter gefangen nehmen können: Veit von Pruppach.«

Sie gingen weiter und wurden von den Wachen auch sofort zum König vorgelassen.

Sigismund von Luxemburg, ein Sohn Karls IV., war ein hochgebildeter Mann, der mehrere Sprachen beherrschte – neben Deutsch und Französisch auch Italienisch und Latein und ein wenig Ungarisch, schließlich war er seit einiger Zeit auch König der Ungarn. Um genügend Mittel für den Kampf gegen den ungarischen Adel zur Verfügung zu haben, hatte er 1388 die Mark Brandenburg an seinen Vetter Jobst von Mähren verpfändet. Lentz von Störpke hatte Sigismund bereits kennengelernt, als der selbst noch brandenburgischer Kurfürst gewesen war.

Der König lächelte, als Lentz ihm erklärte, dass er sich mit Johannes Schiltberger zusammen ins Lager der vereinigten Serben und Osmanen wagen würde. »Von keinem anderen hätte ich es mehr erwartet als von Euch.« Dann erklärte er den beiden, was er sich von ihrer Mission erhoffte. »Erstens: Wie stark sind die Truppen der Türken und der Serben? Zweitens: Sind die Leute von Stefan Lazarević, diese Serben, wirklich bereit, gegen ihre christlichen Glaubensbrüder in die Schlacht zu ziehen? Drittens: Würde das osmanische Heer auseinanderfallen, wenn es uns gelingt, den Sultan zu töten oder gefangen zu nehmen? Und viertens: Für welche Strategie wird sich Bâyezîd I. entscheiden?«

Lentz von Störpke und sein Begleiter merkten sich alles ganz genau und ließen sich dann vom Waffenmeister als serbische Panzerreiter verkleiden. Ein Priester kam und gab ihnen Gottes Segen mit auf den Weg.

Los ging es. Geographisch war die Sache ganz einfach. Die mächtige Festung Nikopolis erhob sich am südlichen Ufer der Donau auf einem Hang, und das Heer der Kreuzritter lagerte westlich von ihr am Ufer der Donau, während die Osmanen ihr Lager in einiger Entfernung am südlichen Ende eines Plateaus aufgeschlagen hatten. Die Serben waren unter sich geblieben und hatten ihre Zelte zwischen den anderen Lagern aufgeschlagen, wenn auch ein bisschen nach Westen versetzt. Die beiden Kundschafter Sigismunds hatten also einen weiten Bogen zu schlagen, um das Lager des Sultans von Südosten her zu erreichen, wie es von Serben zu erwarten war.

Lentz von Störpke hatte sich während der letzten Tage kundig gemacht und wusste einiges über Nikopolis zu erzählen. »Während der Zeit des Römischen Reiches hat die Siedlung zur Provinz Mösien gehört.«

»Oh!« Johannes Schiltberger hätte sich vor Lachen ausschütten können. »Da muss es aber unheimlich viele begehrenswerte Frauen gegeben haben!«

»Das weiß ich nicht … Jedenfalls war Nikopolis die zweite Residenz des bulgarischen Zaren – bis die Osmanen gekommen sind.«

Als sie die ersten Wachposten des feindlichen Lagers vor sich hatten, lachten sie immer noch, weil Lentz das für das beste Mittel hielt, die beiden Türken von ihrer Harmlosigkeit zu überzeugen. Allerdings war es ein recht verkrampftes Lachen.

»Halt!«, rief der ältere der beiden Posten.

Lentz tat empört und donnerte ihn an: *»Sen Sultanlý derte girmek için ister?«* Ob er wohl Ärger mit dem Sultan bekommen wolle?

Das wirkte, und sie wurden durchgewinkt.

»Jetzt können wir uns frei im Lager bewegen«, sagte Lentz. »Wunderbar!«

Johannes Schiltberger verzog das Gesicht. »Was heißt frei? Wenn uns einer in ein Gespräch verwickelt, ist es aus mit uns.«

»Ja, aber nur, wenn du ihm was auf Bayerisch erzählst: Des Pfeàdl, des wo do rend, des is mià wuàschd.«

»Gut, gebe ich also den Taubstummen.«

Lentz von Störpkes Puls raste, weil er das Gefühl hatte, ein jeder müsse ihm sofort ansehen, dass er einer von Sigismunds Leuten war, aber er schaffte es, äußerlich ganz ruhig zu erscheinen und sogar mit Tešman, einem serbischen Ritter, dem er geholfen hatte, sein Pferd zu bändigen, ein wenig zu plaudern. Der kam gerade von einer Besprechung bei Bâyezîd.

»Morgen geht's ja los, und der Sultan will, dass wir da, wo die beiden Heere wahrscheinlich aufeinandertreffen werden, eine Falle für die Pferde der Ungarn und der Burgunder bauen. Macht ihr mit?«

»Aber natürlich! Wir haben nur noch schnell etwas mit Orhan zu besprechen.« Lentz konnte sicher sein, dass einer der vielen Janitscharen diesen Namen trug.

Sie ritten also weiter durch das Lager der Osmanen, sahen und hörten einiges und machten sich dann auf den Rückweg, ohne sich auch noch bei Stefan Lazarević und den Seinen umzusehen. Doch sie hatten die Rechnung ohne Tešman gemacht. Der sah sie, als sie nun auf direkter Linie ins Lager der Kreuzfahrer zurückritten. Denn sie hatten nicht bedacht, dass sie an jener Stelle vorüberkamen, an der gerade die Pferdefalle angelegt wurde.

»Da seid ihr ja!«, schrie Tešman, als er sie entdeckt hatte. »Los, packt mit an – oder seid ihr euch zu schade für diese Drecksarbeit?«

Lentz von Störpke zögerte einen Augenblick und erwog das Für und Wider, dann entschloss er sich, mit Johannes Schiltberger das Weite zu suchen. Ohne auf die Worte des Serben zu reagieren, sprengten sie davon. Sie hörten noch seine Flüche, er sah aber davon ab, sie zu verfolgen.

»Nachher wird er in seinem Lager nach uns suchen, um uns den Marsch zu blasen«, sagte Lentz, als sie außer Reichweite waren. »Und dann wird er sich wundern, dass wir unauffindbar sind ...«

Im eigenen Lager wurden sie mit Spannung erwartet, und Lentz von Störpke hatte sich kaum stärken können, da wurde er schon zum König gerufen. Sigismund hatte seine wichtigsten Berater um sich geschart, allen voran Johann von Nevers aus Burgund, den Sohn Philipps des Kühnen, Fra Philibert de Naillac, den Großmeister des Johanniterordens, Jean II. Le Maingre, genannt Boucicaut, seines Zeichens Marschall von Frankreich, und Graf Hermann II. von Cilli.

Sigismund hieß Lentz Platz zu nehmen. »Unser wackerer Brandenburger wird uns nun von seinen Beobachtungen und Einschätzungen Mitteilung machen.«

»Es wird Euch wenig erfreuen, was ich zu berichten habe«, begann Lentz. »Selbstverständlich habe ich die Männer nicht alle zählen können, die der Sultan und dieser unsägliche Stefan Lazarević zur Verfügung haben, aber es scheinen wesentlich mehr zu sein, als wir aufbieten können. Zudem habe ich den Eindruck gewonnen, dass die serbischen Panzerreiter, die leichte Reiterei der Türken, ihre Akıncý, die schwere Reiterei, ihre Sipahi-Abteilungen, die Janitscharen und die Bogenschützen, dass sie alle von ihrer Ausbildung und Ausstattung her unseren Leuten weit überlegen sind. Vor allem von unseren Hilfstruppen aus Siebenbürgen und der Walachei habe ich nicht den besten Eindruck. Kurzum, ich denke, wir haben in einer Schlacht hier vor der Festung von Nikopolis keine Chance gegen die Osmanen.«

»Das ist ja unerhört!«, rief einer aus dem Hintergrund. Es war, wie Lentz ausmachen konnte, Mircea cel Bătrân, einer der wichtigsten Woiwoden der Walachei. »Öffnet ihnen doch gleich alle Türen und Tore, dass sie bis nach Wien oder gar an den Rhein gelangen!«

Auch Sigismund schwollen die Zornesadern an, aber noch blieb er äußerlich ruhig. »Was schlagt Ihr also vor?«

Lentz ließ sich nicht einschüchtern. »Wenn wir die Schlacht annehmen, werden wir sie verlieren – und es wird Tausende von Toten geben. Wir sollten uns zurückziehen, uns verstärken und uns für die Schlacht einen Ort aussuchen, der geographisch unseren Möglichkeiten entgegenkommt.«

»Unmöglich!«, rief Philibert de Naillac. »Nie dürfen wir den Osmanen auch nur das kleinste Stück unseres Bodens freiwillig überlassen!«

Johann von Nevers zögerte nicht, ihm beizupflichten. »Zu weichen wäre feige, und Feigheit ist eine Todsünde.«

Auch Jean II. Le Maingre wurde pathetisch. »Lieber sterbe ich, als dass ich für einen Rückzug eintrete.«

Lentz von Störpke beschwor die Anwesenden: »In Gottes Namen, nehmt doch Vernunft an, und lauft nicht sehenden Auges in eure Niederlage und euren Tod!«

»Der Mann ist vom Sultan gekauft!«, schrie Mircea cel Bătrân. »Verräter!« Und er hielt eine derart wirkungsvolle Hetzrede gegen den Warner, dass Sigismund nicht anders konnte, als Lentz von Störpke abführen zu lassen.

Als der wieder zur Besinnung kam, fand er sich im Keller eines Gehöftes am Ufer der Donau wieder. »Weil mich der Herr verließ, schmachte ich nun im Verlies«, murmelte Lentz.

Dort befand er sich auch noch, als die Schlacht von Nikopolis begann. Sein Wächter war Köne von Kablow, ein Knappe des Nürnberger Burggrafen, der wegen seiner vereiterten rechten Hand nicht an den

Kämpfen teilnehmen konnte. Mit ihm hatte Lentz schnell Freundschaft geschlossen, und Köne brachte ihm nicht nur Wasser und trocken Brot, sondern informierte ihn auch über den Verlauf der Schlacht.

»Anfangs hat es auf unserer Seiten Streit gegeben, denn Sigismund wollte unsere Hilfskontingente aus Siebenbürgen und der Walachei in der Vorhut einsetzen«, berichtete Köne.

Lentz staunte. »Warum denn das? Deren Kampfmoral lässt doch sehr zu wünschen übrig.«

Köne lachte. »Eben darum – Sigismund wollte sie besser beobachten können. Aber die französischen Ritter wehrten sich dagegen und bestanden auf ihrem Vorkampfrecht. Gut, Sigismund lässt sie also lospreschen und versucht, ihnen mit unseren Bogenschützen zu folgen. Darauf aber hat Bâyezîd nur gewartet. Er lässt seine Akıncý zur Seite hin ausweichen, so dass seine Bogenschützen freies Schussfeld haben und unsere Pferde eines nach dem anderen abschießen. Unsere Reiter müssen also zu Fuß weiterkämpfen, kommen aber wegen der Pferdefallen nicht recht vorwärts. Als sie erschöpft sind, lässt Bâyezîd seine Sipahi auf sie los. Die Unsrigen fallen Mann für Mann oder geraten in Gefangenschaft. Tote überall …« Köne seufzte und brach ab. »Es sieht also sehr schlecht für uns aus.«

»Wenn die Lage so ist, dann ist es doch widersinnig, mich hier festzuhalten und nicht kämpfen zu lassen!«, rief Lentz. »Los, schneide mir meine Fesseln durch!«

Köne zögerte. »Und wenn du nun unseren Männern in den Rücken fällst?«

»Ich schwöre dir bei unserem Christengott, dass ich bis zum letzten Blutstropfen für König Sigismunds Sache kämpfen werde!«

»Und was wird aus mir?«, fragte Köne.

»Du folgst mir, weil du mich angeblich wiedereinfangen willst«, schlug ihm Lentz vor. »Und wenn wir beide dieser Hölle von Nikopolis lebend entrinnen sollten, nehme ich dich mit nach Brandenburg und mache dich zu einem glücklichen Menschen.«

Diesen Worten konnte Köne nicht widerstehen, und er befreite Lentz von Störpke von seinen Fesseln. Der sprang aus dem Verlies und eilte auf das Schlachtfeld. Dort lagen so viele tote Ritter, dass es für ihn ein Leichtes war, sich eine Rüstung zu verschaffen und sie anzulegen. Auch Schwert und Streitaxt waren schnell gefunden.

»Das ist doch eine türkische Rüstung!«, rief Köne.

»Egal!«

Lentz rannte nun den Hügel hinauf, auf der die Festung stand, um sich von hier aus einen Überblick zu verschaffen. Von den burgundischen Rittern war nichts mehr zu sehen, und die Reihen der Ungarn waren schon so stark gelichtet, dass auch sie den Osmanen nicht mehr lange standhalten würden. Die Einheiten aus Siebenbürgen und der Walachei liefen scharenweise zu den Türken über. Johann von Nevers kämpfte todesmutig gegen die Übermacht und fällte manch gegnerischen Reiter, doch dann wurde er vom Pferd gerissen und gefangen genommen. Wenig später erlitt Jean Le Maingre dasselbe Schicksal.

»Wo steckt Sigismund?«, fragte Köne, der inzwischen herangekommen war.

Lentz zeigte nach links. »Den sehe ich dort drüben mit Philibert de Naillac, Hermann von Cilli und deinem Burggrafen im dichtesten Getümmel …« Es waren an die dreißig Türken um sie herum, und es wurden immer mehr.

»Die sind verloren!«, rief Köne.

»Ich werde sie retten!«, rief Lentz und lief los, um sich ein herumirrendes Pferd zu greifen und aufzusitzen.

»Das ist doch Selbstmord!«, schrie Köne und suchte ihn aufzuhalten. Vergebens.

Lentz wusste, dass er es bei aller Kraft und allem Geschick nicht mit fünfzig osmanischen Sipahi auf einmal aufnehmen konnte – eine List musste her. Und die war schnell gefunden. Er ritt auf die kämpfenden Osmanen zu und schrie auf Türkisch, dass sie zurück zum Lager reiten sollten, Bâyezîd sei in Gefahr. *»Sultan olur tehlike! Ata binen los ve onun saklar!«*

Sofort ließen die Reiter von den Kreuzfahrern ab und sprengten in die angegebene Richtung.

»Schnell zur Donau runter!«, rief Lentz der Gruppe um Sigismund zu. »Da schnappen wir uns ein Boot und fliehen Richtung Schwarzes Meer.«

Ohne Widerworte folgten sie ihm, denn auch dem Letzten war klar, dass die Schlacht verloren war. Rasch hob Lentz noch Köne zu sich aufs Pferd.

Schon sahen sie die Wasser der Donau in der Herbstsonne blitzen, da waren die ersten osmanischen Reiter heran. Sie hatten Lentz von Störpkes List durchschaut und wollten nun nachholen, was sie eben versäumt hatten. »Ergebt euch – oder wir machen euch nieder!«, schrien sie.

Lentz hob Köne hoch und setzte ihn vorn auf Sigismunds Pferd, dann riss er sein Tier herum und stellte sich den anstürmenden osmanischen Reitern entgegen. Wegen seiner Rüstung erkannten sie ihn nicht als Feind, und ehe die Ersten ihren Irrtum bemerkt hatten, lagen sie auch schon blutüberströmt im Gras. Die Nachrückenden wichen erst einmal zurück, um Verstärkung anzufordern.

Inzwischen war Hermann von Cilli das gelungen, was ihm später in den Geschichtsbüchern als Rettung des Königs zugeschrieben wurde: Er hatte ein Boot losgebunden und Sigismund hineingestoßen. Fra Philibert de Naillac und der Nürnberger Burggraf Friedrich sprangen hinterher. Köne wartete noch.

Mit einem schnellen Blick stellte Lentz fest, dass das schmale Boot unmöglich auch noch sie beide aufnehmen konnte, ohne vollzulaufen oder umzuschlagen. Was tun? Ganz in der Nähe lag kieloben ein Fischerboot. Er stürzte hin, um es umzudrehen und ins Wasser zu stoßen. Doch er schaffte es nicht, das Boot anzuheben, sosehr er sich auch mühte. Lentz stutzte – so lange jedenfalls, bis er begriff, dass sich unter dem Boot jemand versteckt hatte und mit aller Kraft zu verhindern suchte, dass man ihn entdeckte. Na warte! Lentz fuhr mit seinem Schwert unter den Rand des Bootes und benutzte es als Hebel. Ein Mann kam zum Vorschein: Veit von Pruppach, dieses Großmaul.

»Ich bin gekommen, den Helden der Schlacht von Nikopolis heimzuführen!«, rief Lentz. »Los, schleifen wir das Boot zum Ufer – und dann schnellstens die Donau hinunter!«

Nach dem Tode von Kaiser Karl IV. am 29. November 1378 zerfiel die politische Ordnung in der Mark Brandenburg mehr und mehr. Die Luxemburger Herrscher – Sigismund, sein Bruder Johann wie auch ihr Vetter Jobst von Mähren – vernachlässigten das Land spürbar, und ihre Landeshauptleute waren weder in der Lage, Brandenburg gegen Einfälle von außen zu schützen, noch, die Auseinandersetzungen im Innern zu unterbinden. Das Machtvakuum suchten märkische Adlige für ihre eigenen Ziele zu nutzen – allen voran die Quitzows, denen in ihren Glanzzeiten vierzehn Dörfer, Städte, Schlösser und Burgen gehörten, darunter Bötzow, das spätere Oranienburg, Strausberg, Saarmund und Köpenick. In den Urkunden erscheinen sie zuerst im Zusammenhang mit dem Geschlecht der Edlen Gans zu Putlitz, die mit als Erste aus dem Westen Deutschlands in die Mark Brandenburg gekommen waren.

Im Sommer 1397 hatte Kuno von Quitzow die Seinen auf der Burg Kletzke versammelt, gelegen an der Straße Hamburg–Berlin und seit 1375 Stammsitz der Familie. Er fühlte sein Ende nahen und war nur noch ein schwacher Patriarch. Das große Wort führten Dietrich, sein ältester Sohn, schon Mitte dreißig, und Johann, vier Jahre jünger und verehelicht mit Anna von Bredow. Ihre beiden Brüder, Conrad und Henning, waren mit ihren zwölf und fünf Jahren noch nicht ernst zu nehmen.

Kuno von Quitzow sagte seinen Söhnen das, was er schon seit Jahren wiederholte. »Kinder, nutzt die Stunde und werdet, da wir recht eigentlich keinen Landesherren mehr haben, selbst zu den Herren der Mark! Die Menschen müssen euch so sehr fürchten, dass sie euch bitten, an ihre Spitze zu treten, weil sie dann unter eurem Schutze stehen. So einfach ist das. Die Kirche hat es uns vorgemacht.«

»Also sollen wir über alle Dörfer und Städte herfallen, die ringsum gelegen sind?«, fragte Johann.

Sein Vater lachte. »Nicht nur über das, was ringsum gelegen ist, sondern über alles in der Mark, was sich nicht freiwillig unterwirft und an uns die Tribute entrichtet, die wir verlangen.«

»Das kann aber auch mal schiefgehen«, murmelte Dietrich und dachte dabei an den Ort Milow bei Rathenow, den er vor sechs Jahren belagert hatte, wobei er in die Gefangenschaft des Magdeburger Erzbischofs geraten war. »Vier Jahre lang habe ich in der Arrestzelle zugebracht …«

Kuno von Quitzow winkte ab. »Solche Erlebnisse härten nur ab.«

Die Stepenitz ist ein 84 Kilometer langer rechter Nebenfluss der Elbe. An ihrem Oberlauf, nicht weit entfernt vom Nonnenkloster Marienfließ, lag das bescheidene Schloss derer von Störpke. Ein bisschen feudaler hätte sich Lentz von Störpke sein Leben schon gewünscht. Aber die Wege des Herrn waren halt unergründlich …

Ende September des Jahres 1398 saß er mit seinem Knappen Köne am Ufer der Stepenitz und genoss den Altweibersommer.

»Zwei Jahre sind es nun schon her …«, murmelte Lentz.

»Was?«, fragte Köne.

»Na, dass wir nach der Schlacht von Nikopolis den Türken entkommen sind!«, rief Lentz.

Köne seufzte. »Ich will's vergessen! Wir haben uns noch retten können, aber die anderen … Mein Gott!«

»Ja, *vae victis!*«

»Wie?«

»Wehe den Besiegten!«

Bâyezîd I. hatte viele Hundert der gefangenen Kreuzritter töten lassen. Nur die Jüngeren waren verschont worden, etwa Johannes Schiltberger. Auch hatte man die am Leben gelassen, von denen ein hohes Lösegeld zu erhoffen war, an ihrer Spitze Jean Le Maingre und Johann von Nevers, den sie nun in deutschen Landen Johann Ohnefurcht nannten.

Lentz lachte. »Was ist nun besser: ein Sieger, der sich in der Schlacht vor Angst in die Hosen gemacht hat, oder ein Verlierer, der furchtlos agiert hat?«

»Am besten ist ein furchtloser Sieger …«, stellte Köne fest.

»… und zwar einer, der auch noch großmütig und edel genug ist, die Verlierer am Leben zu lassen«, fügte Lentz hinzu.

Er hatte gleich nach seiner Heimkehr Adelhaid von Triglitz geheiratet, und im August 1397 war ihr Sohn Claß zur Welt gekommen.

Adelhaid trat jetzt zu ihnen, um ihnen einen kühlen Trunk zu reichen. »Hier, für die wackeren Krieger. Es ist ja unheimlich schwül heute.«

Lentz von Störpke sah zum Himmel hinauf, nachdem er sich mit einem Kuss bei ihr bedankt hatte. »Von der Elbe her zieht ein Gewitter herauf, da müssen wir nachher mit einigem rechnen. Wir müssen aufpassen, dass wir Claß nicht im Regen stehen … ich meine, liegen lassen.« Aus der Ferne war das erste Donnergrollen zu vernehmen.

Sie hatten das Bettchen des Kleinen zum Mittagsschlaf auf den schattigen Platz hinter das Schloss getragen, wo er sich am wohlsten fühlte.

»Ich war eben noch bei ihm, jetzt passt Bonifatius auf ihn auf.« Das war ihre Dogge.

In ebendieser Sekunde schlug Bonifatius an. Sein Gebell erstarb aber urplötzlich. Dafür schrie Claß nun überaus heftig. Alle drei sprangen auf und liefen den Hang hinauf. Hinter dem Schloss angekommen, sahen sie zwei Reiter in Richtung Meyenburg davonsprengen.

»Sie haben Claß geraubt!«

Fassungslos starrten sie den Männern hinterher. Adelhaid sank zu Boden, Lentz konnte sie gerade noch auffangen. Köne stürzte zu den Stallungen, um die Pferde zu holen, damit sie die Kindesräuber so schnell wie möglich verfolgen konnten.

»Danke!« Lentz übergab seine Frau der Obhut einer inzwischen herbeigeeilten Magd und schwang sich auf seinen Rappen. Wenn das Unwetter losbrach und die anderen irgendwo Unterschlupf suchen mussten, hatten sie vielleicht eine Chance, sie noch einzuholen und Claß wieder an sich zu bringen.

Aber der Vorsprung der Entführer war groß. Bis Marienfließ hatten sie von den beiden Kindesräubern noch immer keine Spur. Sie befragten einen Knecht, der ihnen mit einer Sense über der Schulter entgegenkam.

»Ja, die sind an mir vorbeigeritten, Richtung Meyenburg.« Der Mann zeigte nach Osten.

»Und – hatten sie ein Kind bei sich?«

»Der eine hatte vor sich im Sattel so'n Bündel liegen.«

»Und da hast du dir nichts dabei gedacht?«, rief Köne.

»Nein. Sollte ich das, Herr?«

»Los, weiter!«, rief Lentz.

Die nächste Ortschaft war Krempendorf, und auch da waren die beiden Schurken gesehen worden, nicht aber im Städtchen Meyenburg.

»Sie sind also vorher nach Norden oder Süden abgebogen«, sagte Lentz.

»Warum tut ein Mensch das?« Köne war fassungslos.

Lentz schnauzte ihn an: »Das weiß ich nicht! Das interessiert mich auch nicht! Ich will meinen Sohn wiederhaben!«

»Wenn wir die Beweggründe der Leute kennen, kommen wir vielleicht darauf, wohin sie sich gewandt haben«, gab Köne von Kablow zu bedenken.

»Da magst du recht haben, aber …« Jedes Nachdenken verstärkte Lentz von Störpkes Schmerz. »Vielleicht ist es ein Racheakt?«

Der Knappe winkte ab. »Du hast doch keiner Fliege was zuleide getan.«

»Außer in der Schlacht bei Nikopolis«, murmelte Lentz. »Aber das ist doch undenkbar, dass Bâyezîd seine Männer bis an die Stepenitz schickt. Vielleicht sind es Leute, die mit Kindern handeln …«

»Gott verdamme sie!«, rief Köne.

Lentz sah ein, dass ihnen die beiden Kindesräuber entkommen waren, und entschloss sich vor der Kirche von Meyenburg schweren Herzens zur Umkehr. »Ich muss Adelhaid trösten.«

Doch als sie ihre Pferde gerade antreiben wollten, begann das Unwetter, und sie mussten sich vor den überall einschlagenden Blitzen in Sicherheit bringen.

»Los, hin zum Schloss!«

Otto von Rohr sah sie kommen und ließ ihnen das Tor öffnen. In der Prignitz kannte man sich unter den Adligen.

Der Meyenburger hatte Tränen in den Augen, als er hörte, was seinem Nachbarn Lentz von Störpke widerfahren war, und als ein frommer Mensch begann er sofort zu beten. »*Meine Augen fließen mit Wasser, dass man dein Gesetz nicht hält … Siehe mein Elend und errette mich! Führe meine Sache und erlöse mich!* Herr, hilf diesem armen Vater, dass er seinen Sohn wieder in die Arme schließen kann!«

Lentz war noch immer wie betäubt und hörte die Worte des Mannes, der in den nächsten Jahren Bischof von Havelberg werden sollte, wie aus weiter Ferne. Er fragte sich immer wieder, womit er Gott so erzürnt hatte, dass der ihm diesen Tort antun musste.

»Wir werden überall in Brandenburg und auch nebenan bei den Pommern nach deinem Sohne suchen lassen«, versprach ihm Otto von Rohr. »Hat er etwas Besonderes an sich, das ihn von anderen Kindern seines Alters unterscheidet?«

»Ein Feuermal im Nacken.«

»Gut.«

Als das Unwetter vorüber war, ritten Lentz von Störpke und Köne schweigend zurück. Lentz versuchte sich an Fälle von Kindesraub zu erinnern, die es in der Geschichte gegeben hatte. Oft hatte man Kinder geraubt, um sie in religiösen Ritualen zu opfern. Zuerst fiel ihm die Opferung des Dionysoskindes bei den Griechen ein. Die Titanen hatten dieses Kind getötet, zerstückelt, sein Fleisch in einem Kessel gesiedet und auf einem Spieß geröstet. Und Abraham war von Gott angewiesen worden, seinen Sohn Isaak zu schlachten. Lentz konnte sich auch noch daran erinnern, als Junge mit Schaudern eine Stelle im Alten Testament gelesen zu haben, wo es um Kinderopfer ging: *Ein großes Feuer wird entzündet, ein Kind wird von denen, die um das Feuer herumsitzen, von Hand zu Hand durch die Flammen geworfen, bis das Feuer ausgelöscht ist. Darauf wird das Kind zu Asche gemacht, aus der Asche Brot zubereitet; wem davon ein Teil als Eucharistie ausgeteilt wird, der kommt nach solchem Genuß fast niemals mehr von dieser Häresie weg.* Er kannte auch jene Geschichte, nach der im Jahre 1275 in Toulouse eine gewisse Angela, Herrin von Laberethe, lebendig verbrannt worden war, nachdem sie gestanden hatte, *allnächtlich fleischlichen Umgang mit dem Satan gepflogen zu haben; seine Frucht sei ein Ungeheuer mit Wolfskopf und Schlangenschwanz gewesen, zu dessen Ernährung sie in jeder Nacht kleine Kinder habe stehlen müssen.* Weiter kam ihm in den Sinn, dass rund sechzig Jahre zuvor Dutzende von Männern und Frauen bei Inquisitionsprozessen gestanden hatten, den Teufel angebetet, mit ihm Unzucht getrieben und das Fleisch getöteter Kinder verzehrt zu haben. Und zu guter Letzt erinnerte er sich eines Berichts, im Berner Raum sei kürzlich eine Zaubersekte entdeckt worden, die dem Teufel huldigte und eigene sowie fremde Kinder tötete, kochte und verspeiste.

Sollte sein Sohn also von solchen Menschen geraubt worden sein? Der Gedanke war so entsetzlich, dass Lentz nicht einmal mit Köne darüber sprechen konnte – und Adelhaid gegenüber wollte er erst recht kein Wort darüber verlieren.

Als sie das Schloss Störpke schon vor Augen hatten, kamen ihnen Bauern und Bedienstete aufgeregt entgegengelaufen. »Die Herrin liegt im Sterben!«

Adelhaid war wie von Sinnen umhergeirrt, um ihren Sohn zu finden, und hatte Schutz unter einer Buche gesucht, wo sie vom Blitz getroffen worden war.

Als Lentz von Störpke neben ihr niederkniete, tat sie gerade ihren letzten Atemzug.

Nürnberg war 1050 in der sogenannten Sigena-Urkunde von Kaiser Heinrich III. erstmals als *nuorenberc* erwähnt worden, und seine Burg sollte bald ein wichtiger Stützpunkt der römisch-deutschen Kaiser werden. 1190/91 kamen Stadt und Umland an die Hohenzollern, und 1219 machte Kaiser Friedrich II. Nürnberg zur Freien Reichsstadt. 1356 schließlich schrieb Nürnberg Geschichte, als Karl IV. hier die Goldene Bulle erließ.

Burggraf Friedrich V. war 1398 auf der Plassenburg verstorben, hatte aber schon 1385 in der sogenannten *Dispositio Fridericiana* seine Nachfolge und die Aufteilung seines Erbes unter seinen beiden Söhnen geregelt: Die ersten zehn Jahre sollten sie gemeinsam herrschen, dann sollte Johann III. das Gebiet um Kulmbach und Friedrich VI. das Land um Ansbach zufallen. Die Burg Nürnberg, einige Schlösser und die Bergwerke sollten sie gemeinsam verwalten.

Johann III. saß nun auf der Plassenburg, die oberhalb Kulmbachs gelegen war, und freute sich seines Lebens. Verheiratet war er mit Marghareta, einer Tochter Karls IV., und so war sein Blick nach Prag gerichtet, wo sein Freund Wenzel König war. Ihn spornte er gern zu großen Taten an, während er selbst ohne jeden Ehrgeiz war.

Friedrich VI. dagegen war ein vergleichsweise unruhiger Geist und hätte gern in der großen Politik eine wichtige Rolle gespielt. Im September 1399 hatte er seine wichtigsten Berater zusammengerufen, um die Lage zu erörtern.

»Wenn wir doch im Hause Hohenzollern schon die Primogenitur gehabt hätten!«, rief er aus. »Dann hätte ich so viel Land, dass mir im Reich genügend Gewicht zukommen würde.«

Graf Gunther von Tannenreuth lachte. »Irrtum! Johann ist älter als du und hätte dann alles bekommen.«

Hans von Sparneck, Hofmeister und Marschall der Nürnberger Burggrafen, gab ihm recht. »Die Primogenitur ist das Erbfolgeprinzip, nach dem nur der Erstgeborene das Erbe antritt und alle anderen Geschwister ausgeschlossen bleiben.«

»Dann hätte unser Vater eben den Zweitgeborenen bevorzugen müssen!«, rief Friedrich VI.

»Du bist der Bessere«, erklärte Veit von Pruppach. »Und wenn einer das Haus Hohenzollern groß machen kann, dann bist du es und nicht Johann, diese Schlafmütze.«

Friedrich VI. tat wohl, derlei zu hören. »An Einfluss kann ich aber nur gewinnen, wenn ich jetzt auf das richtige Pferd setze – entweder auf Wenzel oder auf Ruprecht.«

Bis jetzt hatte er in den Reichswirren immer versucht, zwischen König Wenzel von Böhmen und Ruprecht von der Pfalz zu vermitteln, doch das hatte ihm nichts eingebracht.

»Ich würde mich auf die Seite Ruprechts schlagen«, sagte Hans von Sparneck.

Gunther von Tannenreuth war da anderer Meinung. »Das mag im Augenblick sinnvoll erscheinen, aber langfristig, Friedrich, solltest du dich an Sigismund binden.«

»Den Ungarn?« Friedrich VI. sah ihn ungläubig an. »Nur, weil er auch in Nürnberg geboren ist?«

»Nein, weil der Stern des Hauses Luxemburg hell strahlt und Sigismund eines Tages Kaiser werden könnte. Und dann hat er viel Land zu vergeben – zum Beispiel die Mark Brandenburg …«

Für Lentz von Störpke war eine Welt zusammengebrochen. Das Schloss an der Stepenitz war für ihn nicht mehr traute Heimat, sondern nur noch ein Ort des Schreckens. Jeden Tag an den Tod seiner Frau und den Raub seines Sohnes erinnert zu werden brachte Höllenqualen mit sich.

»Nur fort von hier!«, hatte er Köne zugerufen, nachdem sie Adelhaid begraben hatten. »Weit weg, am liebsten bis nach Indien oder China. Wenn ich nur nicht nach Claß zu suchen hätte!«

So zog er denn mit seinem Knappen durch die Mark, und wo man in Brandenburg den Ritter Lentz von Störpke auch erblickte – alle wussten, dass er zuerst nach seinem Sohne fragen würde.

»Versuchen wir's doch mal in Wilsnack«, schlug Köne vor. »Da kommen viele Pilger hin, um das Wunderblut zu sehen, und bei denen kann man sich umhören. Vielleicht heilt dich das Wunderblut auch von deinen schlimmsten Schmerzen.«

»Zum Teufel mit diesem Firlefanz!«, rief Lentz.

Köne erschrak. »Gott, sag so etwas nicht! Ein Ritter, der über die Wunderhostie von Wilsnack gespottet hat, ist erblindet.«

Lentz lachte. »Mein Augenlicht ist besser denn je.«

Wahrheit war, dass im Jahre 1383 der Ritter Heinrich von Bülow in einer Fehde die alte Dorfkirche von Wilsnack in Brand gesteckt hatte. Legende war, dass Johannes, der Pfarrer von Wilsnack, in der Nacht nach dem Feuer im Schlaf von einer Stimme geweckt wurde, die ihm zurief: »Stehe auf, Johannes, und mache dich fertig, an dem Altar der verbrannten Kirche die Messe zu lesen.« Anfangs dachte er, ein böser Bube würde ihn foppen, und blieb im Bett, als er aber die Stimme zum zweiten und zum dritten Mal vernahm, stand er auf und ging in die zerstörte Kirche. Und was sah er da mit großem Staunen? Inmitten aller Verwüstung stand unversehrt der Altar. An den Seiten brannten Wachskerzen, und in ihrem Scheine konnte er auf einer weißen Leinwand drei Hostien erblicken, die auf wunderbare Weise ganz mit Blut besprengt waren. Es wurde nun behauptet, dieses sei das Blut Christi, und viele pilgerten zum Wunderblut nach Wilsnack, um dort auf ein neues Wunder zu hoffen, vor allem auf Heilung.

Wen Lentz von Störpke auch traf, immer stellte er ihm dieselbe Frage: »Habt Ihr irgendwo einen Knaben von etwa zwei Jahren gesehen, der ein auffälliges Feuermal im Nacken hat?«

Doch jedes Mal wurde diese Frage verneint.

Von Pilgern, die aus Berlin und Cölln gekommen waren, bekamen er und Köne den Rat, sich dort einmal umzuhören, denn die Schwesterstädte an der Spree seien doch der Nabel der märkischen Welt.

»Das sollten wir in der Tat machen.«

Also ritten sie Richtung Berlin. Gegen Mittag erreichten sie das Dorf Dreetz und hofften, dort im Krug etwas zu essen und zu trinken zu bekommen. Doch zu ihrer großen Enttäuschung waren alle Männer einschließlich des Wirtes damit beschäftigt, sich mit Hellebarden, Dreschflegeln, Äxten und Sensen zu bewaffnen.

»Wozu denn das?«, fragte Lentz. »Meint ihr, die Hunnen oder die Osmanen rücken an?«

»Nein, aber die Quitzows – und die sind genauso schlimm.«

Es kam ihnen ein Mann zu Pferde entgegen, den Lentz gut kannte. Es war Graf Ulrich IV. von Lindow-Ruppin, zu dessen Landesherrschaft Dreetz seit rund fünfzig Jahren gehörte.

»Ah, der Lentz von Störpke!«, rief Ulrich. »Gott, du Ärmster! Du suchst sicherlich deinen Sohn?«

»Du sagst es.«

»Ich wünschte, ich hätte ihn im Ruppinischen gesehen. Das habe ich aber leider nicht.«

Lentz suchte sich zu sammeln. »Nun … Und was treibt dich nach Dreetz?«

»Die Quitzows, Dietrich und Johann. Sie wollen angreifen, wenn die Sonne im Westen hinter den Bäumen versunken ist, und alles niederbrennen, wenn ich ihnen Dreetz nicht überschreibe oder aber ihnen einen Kasten voller Silber übergebe.«

»Und – wirst du es tun?«

»Nein. Jedenfalls nicht, wenn du an meiner Seite kämpfen wirst.«

Lentz reichte ihm die Hand. »Das werde ich. Doch da wir viel weniger erfahrene Kämpfer haben als sie, glaube ich, dass wir nur eine Chance haben: den Überraschungsangriff. Wir fallen über sie her, wenn sie noch ihren Mittagsschlaf halten, und machen sie nieder, bevor sie überhaupt zu ihren Waffen greifen können.«

Ulrich IV. wie auch Köne hielten das für einen ausgezeichneten Plan. Einer der Bauern fügte hinzu: »Die Quitzow-Brüder und ihre Leute lagern unten am See, da können wir uns von hinten anschleichen, durch den Wald nach Fehrbellin hin.«

»Wunderbar!«, rief Lentz.

»Ihr müsst nur Obacht geben, dass eure Pferde nicht wiehern.«

Lentz lächelte. »Das wird sich einrichten lassen. Und ihr müsst ein paar Männer im Dorf zurücklassen und auch die Frauen bitten, möglichst viel Lärm zu machen, damit die Quitzows nicht merken, was wir im Schilde führen.«

So wurde dann auch verfahren. Die drei Berittenen, nämlich Lentz von Störpke, Ulrich von Lindow-Ruppin und Köne von Kablow, sowie die rund fünfzig Bauern, die ihnen zu Fuß folgten, gelangten unbemerkt in den Rücken der Raubritter, wie die Quitzow-Brüder allgemein genannt wurden.

»Jetzt!«, rief Lentz – und mit gewaltigem Kriegsgeschrei stürmten sie ins Lager der Gegner. Der Überraschungseffekt war groß, und schnell hatten sich bis auf Dietrich und Johann von Quitzow alle ergeben.

»Das wirst du mir büßen!«, schrie Johann und drang mit einer Streitaxt auf Lentz ein. Der nutzte einen alten Trick und stieß dem anderen die Spitze seines Schwerts in die ungeschützte Achselhöhle. Johann riss sich schreiend den Panzer vom Körper, um ein Tuch auf die Wunde zu pressen. »Hilfe, ich verblute!«

Dietrich hatte Lentz von Störpke inzwischen erkannt. »Warum bist du gegen uns?«

»Weil ich mit Räubern und Mördern nichts zu tun haben will!«

Da hob Dietrich von Quitzow sein Schwert, um Lentz den Schädel zu spalten. Doch der unterlief es, packte Dietrich bei den Hüften, hob ihn hoch und warf ihn auf den Boden. Bevor sich Dietrichs Freunde auf ihn stürzen konnten, stand er schon vor dem Raubritter und hielt ihm die Schwertspitze an den Adamsapfel.

»Halt!«, rief er den Anstürmenden zu. »Noch einen Schritt – und ich durchbohre ihm die Kehle. Ihr werft jetzt eure Waffen auf einen Haufen, packt eure Siebensachen zusammen und macht euch davon. Aber eure Pferde lasst ihr zurück. Und wenn ich euch am Horizont nicht mehr sehe, lasse ich Dietrich laufen.«

ZWEI

Nachdem Kaiser Karl IV. am 29. November 1379 in Prag verstorben war, kämpften aufgrund ungenauer Nachfolgeregelungen seine Söhne und Neffen erbittert um Macht und Pfründe, wobei sie keine Rücksicht auf familiäre Bindungen nahmen, beständig die Bündnisse wechselten und Probleme auch durch Auftragsmorde zu lösen versuchten. Das alles hätte die Brandenburger nicht groß kümmern müssen, wenn nicht im Jahre 1397 Jobst von Mähren mit der Markgrafenschaft Brandenburg belehnt worden wäre.

So kam es, dass die Städte Berlin und Cölln im Jahre 1400 Lentz von Störpke nach Prag schickten, um Jobst zu bitten, endlich für geordnete Verhältnisse zu sorgen. Lentz war einerseits begeistert von dieser Mission, denn Prag war unter Karl IV. und seinem Sohn Wenzel IV. zur Hauptstadt des Heiligen Römischen Reiches und zum politischen wie kulturellen Zentrum Mitteleuropas geworden, andererseits aber war er nicht eben erpicht darauf, einem so sinisteren Menschen wie Jobst von Mähren gegenüberzutreten. Es hatte sich bis in die Mark Brandenburg herumgesprochen, dass König Wenzel Jobst beschuldigte, seine Günstlinge ermordet zu haben. Kenner des Hauses Luxemburg und der böhmisch-mährischen Verhältnisse hatten Jobst nicht nur als gebildet, sondern auch als »äußerst pfiffig, gewinnsüchtig, geizig und landhungrig« beschrieben.

Als Lentz von Störpke zu Jobst vorgelassen worden war, erschrak er beim Anblick dieses Mannes. Ein stechender Blick und ein langer schwarzer Bart, der in zwei Spitzen auslief, verliehen dem Markgrafen etwas Dämonisches.

Der fühlte sich durch den Boten der Brandenburger sichtlich gestört, und es war ihm anzusehen, dass er ihn am liebsten wie eine lästige Fliege verscheucht hätte. »Was wollt Ihr von mir?«

Lentz blieb ruhig und trug ihm vor, was ihm die Brandenburger und speziell die Berliner an Wünschen und Bitten mit auf den Weg gegeben hatten.

Jobst von Mähren lachte. »Sagt das doch dem König Wenzel!«

Das war Zynismus pur, denn vor wenigen Tagen, am 20. August 1400, hatten mehrere Erzbischöfe und der Pfalzgraf Ruprecht aus dem Hause Wittelsbach Wenzel IV. als *eynen unnüczen, versümelichen, unachtbaren entgleder und unwerdigen hanthaber des heiligen Romischen richs* für abgesetzt erklärt.

Lentz schluckte, dann antwortete er energisch: »Aber verdammt noch mal, so kann es doch in der Mark Brandenburg nicht weitergehen!« Und er verwies darauf, dass überall Chaos herrschte und sich die Quitzows und ihr Gesindel alles nahmen, was sie begehrten.

Jobst von Mähren horchte auf und hatte sofort eine Lösung des Problems parat. »Gut, dann mache ich Johann von Quitzow zu meinem Statthalter.«

nû sehet, wie genæme
er ê der werlte wære,
und wart nû als unmære.
ze hewe wart sîn grüenez gras,
der ê der werlte venre was,
daz in niemen gerne sach …

Lentz von Störpke lag mit geschlossenen Augen am Ufer der Stepenitz und hatte die Verse im Sinn, die ihn im Augenblick am meisten berührten: Hartmann von der Aue, *Der arme Heinrich.*

Nun seht, wie angenehm
er vorher der Welt gewesen war,
jetzt wurde er ihr ebenso zuwider,
zu Heu verdorrte die grasgrüne Frische dessen,
der vorher Fahnenträger der Welt gewesen war,
so dass niemand mehr gern mit ihm zusammenkam.

Der Besungene war vom Aussatz befallen worden, und der Dichter verglich ihn mit Hiob. Ebenso elend und von Gott verlassen fühlte sich auch Lentz. Am besten, er schlief jetzt ein, um nie wieder zu erwachen …

Eine knappe Stunde mochte er geschlafen haben, da quälte ihn ein Alptraum. Die Quitzow-Brüder standen vor ihm. Dietrich hob sein Schwert und ließ ein teuflisches Lachen hören. »Aufwachen! Du sollst mitkriegen, wie ich dir die Kehle durchtrenne.«

Lentz fuhr hoch. Es war kein Alptraum, die beiden hatten sich wirklich vor ihm aufgebaut, breitbeinig und zu allem fähig.

Johann trat ihm in den Hintern. »Wirst du wohl aufstehen, Freundchen! Du hast den Statthalter des Markgrafen vor dir, verstanden!«

Lentz erhob sich, jeden Augenblick den Todesstoß erwartend. Aber er hatte keine Angst vor dem Tod und zeigte es.

Das machte sogar auf so hartgesottene Männer wie die Quitzow-Brüder Eindruck, und sie gerieten für einen Augenblick aus der Fassung.

»Den könnten wir eigentlich in Zukunft ganz gut gebrauchen«, sagte Dietrich von Quitzow. »Durch uns könnte er seinen Sohn wiederbekommen …«

Lentz starrte Dietrich an. »Ihr wisst, wo Claß steckt?«

»Wenn du dich in unseren Reihen bewährst, könnte es uns einfallen …«

Nacheinander streckten ihm beide die Rechte hin.

Was blieb Lentz übrig, als einzuschlagen? »Ich gehe nur schnell zum Schloss hinauf, gebe dort meine Weisungen und hole mein Pferd und meine Waffen.«

Als er Köne erzählte, was geschehen war, verzog der das Gesicht. »Was? Mit diesen Mordbrüdern willst du dich gemein machen?«

»Nur schweren Herzens. Aber vielleicht kann ich Schlimmeres verhindern, wenn ich an ihrer Seite bin. Und vielleicht wissen sie wirklich, wer Claß …«

Wenn er ehrlich zu sich selber war, dann musste Lentz von Störpke zugeben, dass ihn noch etwas anderes dazu trieb, sich den Quitzows anzuschließen. Vielleicht war es eine Sehnsucht nach dem Tod, denn seit man ihm den Sohn geraubt und ein Blitz seine Frau getötet hatte, war etwas in ihm zerbrochen. Zum anderen verspürte er eine ungeheure Wut auf eine Welt, die so etwas zuließ, und es trieb ihn, alles zu vernichten, was lebendig war. Andere sollten so leiden wie er und nicht lachen, während er litt!

Also zog er mit Dietrich und Johann von Quitzow durch die Mark, Köne an seiner Seite. Zuerst ging es nach Putlitz, wo Kaspar Gans abzuholen war. Er und Johann von Quitzow kannten sich seit Kindertagen, und entsprechend herzlich fiel die Begrüßung aus.

Die Familie Gans Edle Herren zu Putlitz war mit Albrecht dem Bär in die Mark gekommen und gehörte folglich zum märkischen Uradel. Nach dem Wendenkreuzzug von 1147 hatte ein Johannes Gans am Flusslauf der Stepenitz die Adelsdynastie Gans zu Putlitz begründet. In seinem Wappen führte er auf rotem Schild eine auffliegende silberne Gans auf grünem Dreihügel. Die Familie Gans verzweigte sich im Laufe der Jahrzehnte, und an verschiedenen Orten entstanden nun »Gänseburgen«, am einflussreichsten aber wurden die Putlitzer.

Nachdem auch die Herren von Rochow und von Bredow eingetroffen waren, ritt man nach Friesack, wo Dietrich von Quitzow zu Hause war. Auf der Burg angekommen, setzte man sich zur Beratung zusammen.

»Um gegen die großen Städte anzukommen, haben wir nicht genügend Männer zur Verfügung«, begann Dietrich.

»Erst wenn wir alles in der Hand haben, wird der Kaiser bereit sein, einen von uns zum Kurfürsten zu machen«, ergänzte Johann.

Lentz von Störpke musste schmunzeln. Vielleicht konnte sich der Kaiser nicht zwischen den Quitzow-Brüdern und Kaspar Gans zu Putlitz entscheiden – und er war dann der lachende Vierte. Gleichsam um seine Ansprüche anzumelden, ergriff er das Wort. »Wer selbst zu schwach ist sich durchzusetzen, der muss sich Verbündete suchen. Dafür scheinen mir derzeit nur die Herzöge von Pommern geeignet.«

Dies wurde mit Beifall aufgenommen, aber Johann von Quitzow rief: »Wer soll denn die alle auseinanderhalten?« Und er begann, sie aufzuzählen. »Barth, Pommern-Demmin, Pommern-Stettin, Pommern-Wolgast, Pommern-Stolp – mein Gott!«

»Und neuerdings noch Pommern-Malchin«, fügte Kaspar Gans zu Putlitz hinzu.

»Am besten kenne ich Wartislaw III.«, sagte Dietrich von Quitzow. »Der ist von ...«, er musste einen Augenblick überlegen, » ... von Pommern-Wolgast.«

»Er regiert zusammen mit seinem Bruder Barnim VI.«, fügte Lentz hinzu. »Mal kämpft er mit der Hanse gegen die Seeräuber, mal ist er selber einer.«

»Das ist unser Mann!«, rief Johann. »Auf zu den Pommern! Mit Barnim den Barnim erobern!«

Dietrich von Quitzow stürzte in Richtung Trinkstube. »Darauf heben wir erst mal einen. Auf unseren Sieg!«

Es begann ein Saufgelage, das mit wüst noch unzureichend beschrieben wäre. Lentz rettete sich dadurch, dass er den Mundschenk mit einer Handvoll Silber bestach und statt Wein und Bier nur Wasser im Becher hatten.

So konnte der Zug zu den Pommernherzögen erst am nächsten Mittag beginnen, als auch die letzten ihren Rausch ausgeschlafen hatten.

»O Gott, so einen Brummschädel hatte ich noch nie!« Köne kam nur mit Mühe auf sein Pferd. Er sah erstaunt zu Lentz von Störpke hinüber. »Ich hätte nie gedacht, dass du so trinkfest bist.«

»Dietrich und Johann auch nicht. Was meinst du, wie ich in ihrer Achtung gestiegen bin!«

Einige Zeit später ritt die neue Allianz über Meyenburg nach Plau am See, wo sich einige der Greifenherzöge auf der Burg der Herren zu Werle-Güstrow eingefunden hatten. Gemeinsam wurde ein Schlachtplan entworfen. Zuerst sollte der Ort Bötzow eingenommen werden, dann die nahe gelegene kleine Burg Neumühl und anschließend die Stadt Strausberg. Formal korrekt wurde den Feinden die Fehde erklärt.

Bötzow, das heutige Oranienburg, war 1216 als Bochzowe zum ersten Mal urkundlich erwähnt worden und sollte mit seiner Burg den Übergang über die Havel sichern. Die wenigen Einwohner nährten sich vom Fischfang sowie dem Handel mit Fischen und Getreide. Viel war da für die Quitzow-Brüder und die Pommern nicht zu holen.

Als man sich der Ortschaft bis auf Sichtweite genähert hatte, kam ihnen der Bürgermeister mit zwei Ratsherren entgegen und erklärte, dass man den anrückenden Truppen bereitwillig die Tore öffnen werde und darum bitte, die Einwohner Bötzows als Verbündete zu betrachten. Gegen Zahlung einer angemessenen Summe in Silber wurde ihnen diese Bitte auch gewährt.

Da war Strausberg schon von anderem Kaliber. Mit der dreischiffigen Pfarrkiche St. Marien und dem Dominikanerkloster machte es einiges her, und die Stadtmauer aus Feldsteinen mit ihrer Länge von gut anderthalb Kilometern ließ es auf den ersten Blick uneinnehmbar erscheinen.

»Ach was!«, rief Dietrich von Quitzow. »Vor nicht allzu langer Zeit hat der Schwarze Tod hier gewütet, und viele Männer werden nicht mehr da sein, um uns Widerstand zu leisten.«

Am 21. September 1402 begann man mit dem Angriff. Doch die Strausberger Bürger wussten ihre Mauern mit Lanzen und Wurfgeschossen aller Art geschickt zu verteidigen, sie wagten, als es Mittag wurde, sogar einen Versuch, aus der Belagerung auszubrechen.

Das sah Herzog Erich III. von Pommern-Malchin als große Chance. »Ein Tor steht offen, da stoßen wir hinein!« Er sprengte davon.

Doch nur wenige folgten ihm, darunter Lentz von Störpke. Weit kam Erich nicht, denn in seinem Eifer hatte er einen Abzugsgraben übersehen. Sein Pferd stürzte, brach sich die Vorderbeine und wälzte sich am Boden, den Herzog unter sich begrabend. Der bekam, da ihm mehrere Rippen brachen, keine Luft mehr, er schrie vor Schmerzen und war dem Tode nahe. Lentz hielt neben ihm und sprang aus dem Sattel, um ihn unter dem sich wälzenden Tier hervorzuziehen. Doch da waren schon die Strausberger heran. Erich ließen sie liegen, Lentz aber nahmen sie gefangen, schlangen ihm schnell Stricke um Arme und Beine und schleiften ihn durch das offenstehende Stadttor, ehe die Quitzow-Brüder nahten.

»Wir bringen euch einen dieser verdammten Raubritter!«, hallte es durch die Stadt, und Lentz von Störpke wurde von den Strausberger Frauen und Kindern bespuckt und mit Fäkalien beworfen.

»Da habt Ihr den Ritter von der traurigen Gestalt!«, hieß es, als man ihn ins Amtszimmer des Bürgermeisters brachte.

Der musterte ihn lange. »Seid Ihr einer von den Quitzow-Brüdern?«

»Nein, ich bin Lentz von Störpke und mache eigentlich nur gemeinsame Sache mit ihnen, weil ich mir erhoffe, durch sie meinen Sohn zu finden.« Er erzählte dem Strausberger seine Geschichte, und der hatte Mitleid mit ihm.

»Säubert ihn und behandelt ihn anständig«, befahl er seinen Gehilfen.

Lentz bedankte sich und nutzte die Gelegenheit, um mit dem Bürgermeister über die Lage zu reden. »Ihr seid ein verständiger Mann«, begann er. »Ich bin zwar Euer Gefangener, sehe mich aber auch als Parlamentär. Kämpft Strausberg weiter, heizt es den Zorn der Quitzows und der Pommern derart an, dass man, wenn die Stadt erstürmt ist, jeden Mann, der sich blicken lässt, erschlagen, alle Häuser ausplündern und dann niederbrennen wird.«

»Wir sind stark genug, über Wochen hinweg Widerstand zu leisten – bis der Markgraf mit seinen Truppen kommt und uns befreit.«

Lentz schüttelte den Kopf. »Jobst von Mähren kümmert sich einen Dreck um Strausberg, und die Belagerung wird keine zwei Tage dauern, dann ist Eure Stadt verloren. Draußen stehen zu viele kampferprobte Männer.«

»Die werden schon abziehen, wenn wir drohen, Euch zu köpfen.«

Lentz lachte. »Das wird einen Dietrich von Quitzow nicht groß kümmern.«

Der Bürgermeister wirkte ratlos. »Was soll ich denn nun machen?«

»Diktiert Eurem Schreiber ein paar Bedingungen für die Kapitulation Strausbergs in die Feder, und lasst mich dann mit den Quitzow-Brüdern und den Pommern von der Stadtmauer herab verhandeln.«

»Dazu muss ich erst den Rat konsultieren.«

Der stimmte Lentz von Störpkes Vorschlag schließlich zu – nachdem ein wütender Angriff der Belagerer einem Dutzend Strausberger Männern das Leben gekostet hatte.

Lentz schwenkte eine weiße Fahne und trat auf die Krone der Stadtmauer. Unten sah er seinen Knappen stehen. »Köne, hol mir Dietrich oder Johann und einen der Pommern herbei. Wir sichern ihnen ihre Unversehrtheit zu. Ich bin vom Bürgermeister beauftragt, über die Kapitulation Strausbergs zu verhandeln.«

Bis zum Einbruch der Dämmerung war alles geregelt, und in der Tat verlief die Einnahme Strausbergs beinahe friedlich.

»Was nun?«, fragte Lentz, als es Nacht geworden war.

Dietrich von Quitzow leerte einen weiteren Humpen des in ganz Brandenburg beliebten Bernauischen Bieres, dann sprang er auf einen Furagewagen und begann zu singen: »Berlin, Berlin – wir reiten nach Berlin!«

Sein Bruder fügte hinzu: »Und jeder, der nicht mit uns ist, dem schlagen wir den Schädel ein!«

Seit sich Berlin und Cölln im Jahre 1307 zu einer Union zusammengeschlossen hatten, war die Doppelstadt unaufhaltsam zum märkischen Zentrum aufgestiegen. Die Handelsgeschäfte waren so profitabel, dass sich der Rat 1334 genötigt gesehen hatte, eine Kleider- und Luxusverordnung zu erlassen, die gegen allzu prächtige Kleidung, zu große Ausgaben für Festlichkeiten und das Glücksspiel gerichtet war. Sogar in die Wirtschaftsmacht der Hanse war man aufgenommen worden, und auch der Erwerb der Gerichtsbarkeit, die mit erheblichen Einnahmen verbunden war, konnte auf der Habenseite verbucht werden. Aber auch einige Rückschritte hatte es gegeben, so durch die Großfeuer von 1376 und 1380. Nach dem letzten Unglück hatte man den Ritter Erich von Falke als Brandstifter ausgemacht, ihn umgebracht und seinen Kopf am Oderberger Tor aufgespießt.

Daran erinnerte der Bürgermeister Henning Stroband, als man im Rathaus auf der Langen Brücke beisammensaß. Man beriet, wie man der Aggression der Quitzow-Brüder und ihrer Verbündeten aus Pommern, die von Strausberg her immer näher kamen, am besten begegnen konnte.

»Sie haben uns schon das Vieh von den Weiden getrieben!«, rief einer der Ratsherren.

»Und am Spandauer Tor hat ein Brandbrief gehangen«, meldete ein anderer. »Darin wird uns angedroht, Berlin und Cölln in Schutt und Asche zu legen, wenn wir ihnen nicht freiwillig die Stadttore öffnen.«

»Wozu haben wir die Landwehr?«, kam es aus den hinteren Reihen der Ratsherren. Die hatte man 1393 gegründet, um dem Raubrittertum Herr zu werden.

»Unsere Landwehr …« Henning Stroband konnte sich ein ironisches Lächeln nicht verkneifen. »Berlin hat fünf Gewappnete und zwei Schützen auf die Beine gebracht, Cölln drei Gewappnete und zwei Schützen. Wenn wir auf deren Schutz angewiesen sind, bleibt uns nichts, als die Flucht zu ergreifen.«

Henning Stroband konnte sich diese Deutlichkeit erlauben, denn er galt als der hellste Kopf der Doppelstadt und als geborenes Oberhaupt. Zudem brachten ihm seine Lehnsgüter eine Menge ein, und er verfügte über ein beträchtliches Vermögen. Die Familie hatte ihre Wurzeln in Frankfurt an der Oder und war über Spandau, wo man schon im Rat gesessen hatte, nach Berlin gekommen.

»Wir haben doch Jobst von Mähren um Hilfe gegen die Quitzows gebeten – er wird sie uns zuteilwerden lassen!«, kam es von mehreren Seiten.

Henning Stroband lachte. »Am Sankt-Nimmerleins-Tag. Der schickt uns keine Hilfe, dem müssten *wir* welche schicken.«

»Bewaffnen wir alles, was in Berlin und Cölln noch nicht im Siechenhaus angekommen ist, und machen den Quitzows und ihren Helfershelfern den Garaus!«, rief ein Ratsherr, der aus Köln gekommen war und temperamentvoller war als alle anderen zusammen.

»Suizid ist nicht meine Sache«, entgegnete Henning Stroband.

»Wollt Ihr etwa zu den Quitzows überlaufen?«

»Ja.«

Diese Antwort löste im Ratssaal heftige Tumulte und sogar handgreifliche Auseinandersetzungen aus, und besonnene und einflussreiche Männer wie Paul Blankenfelde, Henning Perwenitz und Albert Rathenow mussten alles daransetzen, die Gemüter wieder zu beruhigen. Nun wurde weiter diskutiert, und bei der abschließenden Abstimmung ergab sich eine klare Mehrheit für die, die eine friedliche Lösung bevorzugten.

Henning Stroband hatte auch bereits einen Vorschlag parat. »Ich habe gehört, dass Lentz von Störpke in Strausberg zwischen der Stadt und den Belagerern vermittelt hat und es weder ein großes Blutvergießen noch eine nennenswerte Brandschatzung gegeben hat. Wenn alle Anwesenden einverstanden sind, würde ich einen Boten zu den Quitzows und den Pommern schicken und anregen, in unserem Falle genauso zu verfahren.«

Dies wurde mehrheitlich gebilligt, und zwei Tage später saßen sich Henning Stroband und Lentz von Störpke gegenüber. Sie hatten sich vor Jahren bei einer Taufe in der Spandauer Nikolaikirche kennengelernt.

Henning Stroband war immer noch erstaunt. »Du in der Gesellschaft dieser …« Das Wort Mörderbande wollten ihm nicht über die Lippen kommen, es wäre nicht gerade diplomatisch gewesen.

Lentz blickte zu Boden, ein wenig schuldbewusst, wie dem Bürgermeister schien, und suchte ihm die Sache zu erklären, beginnend mit dem Raub seines Sohnes und dem Tod seiner Frau. »Und seitdem fühle ich mich entwurzelt. Ich bin mit Dietrich und Johann losgezogen, weil mir mein Gefühl sagt, dass ich nur durch sie Claß wiederfinden kann.«

Henning Stroband hatte Verständnis für seine Entscheidung und sah es als eine Fügung des Himmels an, dass Lentz von Störpke die Verhandlungen übernehmen konnte. Und tatsächlich, wenige Tage später war ein Schutzvertrag mit Johann von Quitzow ausgehandelt, und Berlin und Cölln konnten aufatmen.

Der Mühlendamm war die Keimzelle der Doppelstadt Berlin und Cölln. Am Anfang, wohl noch vor der askanischen Zeit, hatte es hier eine Furt durch die Spree gegeben, und als man sich bei der Überquerung keine nassen Füße mehr holen wollte, war ein Knüppeldamm entstanden. Durch ihn hatte sich ein Staugefälle gebildet, mit dessen Hilfe man etliche Mühlen betreiben konnte. An den beiden Enden dieses Dammes waren kleine Stützpunkte des Fernhandels entstanden, die sich bald zu bedeutenden Märkten entwickelten. Auf der Berliner Seite war das der Alte Markt, der spätere Molkenmarkt, auf der Cöllnischen der Fischmarkt. Um sie herum entstanden dann die beiden Städte mit ihren Rathäusern und den Kirchen St. Nikolai und St. Petri.

Auf dem Mühlendamm nun ging Lentz von Störpke am liebsten spazieren. Hier war immer etwas los, und vielleicht traf er jemanden, der ihm Auskunft über Claß geben konnte. Darüber hinaus liebte er Flüsse, und man erzählte sich, dass er gezeugt worden sei, nachdem seine Eltern in der Stepenitz ein Bad genommen hatten.

Er weilte nun schon über zwei Jahre in Berlin. Als Statthalter der Quitzows, der er gewissermaßen war, hatte er ein kleines Zimmer im Hohen Haus des Landesherrn am Oderberger Tor zugewiesen bekommen. Glücklich aber war er beileibe nicht. Nichts hatte ihn von seiner Düsternis erlöst, und manchmal wusste er nicht mehr, wer er war und wo er war, und fürchtete, man würde ihn aufgreifen und in ein Irrenhaus stecken. Nach außen hin sah man ihm das Unglück nicht an, nur Köne verstand ansatzweise, wie jämmerlich es ihm ging.

Das Jahr 1404 brachte einige Überraschungen. So hatten sich die Quitzow-Brüder mit den pommerschen Herzögen überworfen und sie aus Strausberg verjagt. Das löste bei den Berlinern Jubelstürme aus, und Dietrich von Quitzow wurde begeistert gefeiert.

Henning Stroband zögerte nicht, ihn und seinen Bruder in sein Haus einzuladen, und auch Lentz von Störpke wurde zu Tisch gebeten.

»Wer von euch wird denn nun neuer Markgraf von Brandenburg?«, kam die Frage eines Ratsherrn. »Dietrich oder Johann?«

Dietrich von Quitzow lachte. »Wenn schon, dann wir beide gemeinsam.« Und er verwies auf askanische Zeiten, in denen es oft zwei Herrscher nebeneinander gegeben hatte. »Zum Beispiel Johann I. und Otto III. Und Otto mit dem Pfeil hatte sogar drei oder vier Mitregenten.«

Henning Stroband lachte. »Dann hat Lentz von Störpke ja auch noch Chancen.«

»Den machen wir doch zum römisch-deutschen König!«, rief Johann von Quitzow.

Musiker und Tänzer traten auf und erfreuten die Gäste, und danach wurden die Quitzows von den Berlinern mit Laternen und Fackeln in ihre Herberge geleitet. Auf den Straßen führten die Einwohner Freudentänze auf.

Lentz verstand das alles nicht und murmelte nur, als er mit Köne allein war, dass jedes Volk wohl seinen Gott brauche. »Und sei es, dass der Erlöser so ein dreister, versoffener Einfaltspinsel wie unser Dietrich ist.«

»Das mag sein«, entgegnete ihm Köne. »Aber wo gar keine Macht in einem Lande ist, da geht es schlimm zu, und die Leute wünschen sich nichts mehr als eine Kraft, die das Leben regelt. Und dass Dietrich ein kraftvoller Mann ist, das wirst auch du nicht abstreiten können. Dass er einfach gestrickt ist, macht ihn für die Leute nur noch vertrauenswürdiger, und dass er mehr Humpen leeren kann als sie und des Öfteren besoffen ist, imponiert ihnen.«

Lentz musste ihm beistimmen und fiel danach noch um einige Grade schwermütiger auf sein Lager. Am nächsten Morgen aber sollte es ein Fünkchen Hoffnung für ihn geben.

Er lief wie jeden Tag zum Molkenmarkt, um im Koop-Hus, dem Kaufmannshaus, jeden der reisenden Händler anzusprechen und nach seinem Sohn zu fragen. »Kennen Sie zufällig einen Jungen, sieben Jahre muss er jetzt sein, der unter merkwürdigen Umständen zu seinen Eltern gekommen ist und ein Feuermal im Nacken hat?«

»Nein. Wieso?«

Wie so oft erzählte er auch heute die Geschichte vom Raub seines Sohnes und wurde heftig bemitleidet.

Doch heute geschah das Wunder, auf das er so lange gehofft hatte: Der Kaufmann Hans Lampert aus Nürnberg horchte auf. »Ich kenne einen bei uns, der plötzlich einen Sohn hatte, obwohl ich bei seiner Frau nie einen dicken Bauch bemerkt hatte. Und ein Feuermal hat der Knabe wohl auch.«

Drei

Nürnberg war zwischen 1000 und 1040 gegründet worden, um das Grenzgebiet zwischen Sachsen, Bayern, Ostfranken und Böhmen zu sichern. Die Burg wurde bald ein wichtiger Stützpunkt der römisch-deutschen Kaiser, und Friedrich II. machte Nürnberg 1219 zur Freien Reichsstadt. Die Macht teilten sich der Burggraf und der Rat. Neben dem eigentlichen Rat bestand zudem der »Rat der Genannten«, auch »Großer Rat« genannt. Ihm gehörten die von den Ratsherren »genannten«, also ernannten Herren an, meist einflussreiche Zunftvertreter, so auch Ulman Schedel, ein Großhändler und Tuchfabrikant. In Nürnberg besaß er ein Haus in der Nähe des Heilig-Geist-Spitals, und wie andere Patrizierfamilien auch hatte er sich zusätzlich ein Anwesen in Regelsbach gekauft, einer Ortschaft südwestlich von Nürnberg.

Auf dem dortigen Hof nun spielte sein siebenjähriger Sohn Steffann mit seinen Freunden »Kreuzzug von Nikopolis«.

»Ich will Burggraf Friedrich sein!«, rief einer.

»Und ich Johann Ohnefurcht!«, meldete sich ein anderer, der Cunlin, ein Bauernsohn.

»Nein, das bin ich!«, protestierte Steffann Schedel. »Du und ohne Furcht, dass ich nicht lache! Du machst dir schon in die Hosen, wenn du eine große Ratte siehst!«

»Das lasse ich nicht auf mir sitzen!«

Und schon lagen sich die christlichen Kreuzritter in den Haaren, und es war an Ännlin Schedel, Frieden zu stiften und das Spiel in geordnete Bahnen zu lenken. »Kinder, ihr dürft euch doch nicht gegenseitig bekämpfen, ihr müsst zusammen gegen den gemeinsamen Feind zu Felde ziehen, gegen die Osmanen!«

Das sahen die Jungen ein, nur wollte niemand ein Osmane sein. Man war ratlos, bis Steffann meinte, der solle ein Türke sein, der schwarze Haare habe und eine braune Hautfarbe. Alle sahen nun Cunlin an.

»Nein, ich will kein Osmane sein, ich will bei denen kämpfen, die gesiegt haben!«

Ännlin Schedel lachte. »Das waren doch bei Nikopolis die Osmanen.«

Um zu verhindern, dass ihr Spiel abgebrochen wurde, erklärte sich schließlich Steffann Schedel bereit, als Sultan Bâyezîd I. in die Schlacht zu ziehen. Als solcher hätte er nun als Sieger dastehen müssen, doch Cunlin scherte sich nicht um die historischen Fakten, sondern zog Steffann mit seinem hölzernen Schwert so kräftig eins über den Schädel, dass der mit einer blutenden Wunde schreiend zu Boden ging.

Seine Mutter kam herbeigeeilt, um ihm die Wunde zu verbinden. Als sie ihm dabei das Wams aufknöpfte, kam ein Teil seines Nackens zum Vorschein, und alle sahen das, was er bis dato immer sorgsam vor ihnen verborgen hatte: sein Feuermal.

Friedrich VI. von Nürnberg liebte Ansbach, weil es so lieblich und beschaulich war, und er hasste Ansbach, weil es so klein und unbedeutend war. Andere Herrscher saßen in Prag oder Paris, er in Nürnberg und Ansbach. Immerhin hatte das Städtchen mit der großen Gotischen Halle und ihrem sehr ansehnlichen Kreuzrippengewölbe wenigstens etwas Vorzeigbares erhalten. Und es wurde von einem Flüsschen mit dem merkwürdigen Namen Fränkische Rezat durchzogen, an dem Friedrich gern spazieren ging, an diesem Vormittag mit Hans von Sparneck, seinem früheren Hofmeister, der ihm noch immer regelmäßig Besuche abstattete.

»Was gibt es draußen in der Welt?«, wollte Friedrich VI. wissen.

Hans von Sparneck lachte. »Viel ist im neuen Jahrhundert noch nicht passiert. Die Vitalienbrüder sind hingerichtet worden, Godeke Michel und Klaus Störtebeker. Timur und Ibn Chaldun sind gestorben. Und was steht uns noch bevor? Mit dem Aufkommen der Arkebuse werden die Ritter aussterben. In Florenz werden die Medici immer mehr an Macht gewinnen …«

»Du hast vergessen, dass ich noch immer auf einen Sohn warte.«

»Ich weiß, ich weiß.«

Friedrich VI. stöhnte. »Keinen männlichen Erben zu haben ist furchtbar.«

»Zu viele zu haben, aber auch.«

»Du hast recht. Denn dann würde mein kleines Reich in noch kleinere Teile zerfallen: in Ansbach-Neuendettelsau, Ansbach-Herrieden und Ansbach-Lichtenau – und in Nürnberg-Schwaig, Nürnberg-Feucht und Nürnberg-Fischbach.«

»Das wäre dann wie bei den Pommern.«

»Hoffentlich bleibt mir wenigstens die Cadolzburg.«

»Was wäre ein Burggraf ohne Burg …«

Während sie so redeten, kam ihnen ein Mann entgegen, den Friedrich auf den ersten Blick nicht erkannte, dann aber als Lentz von Störpke identifizierte und freudig umarmte.

»Mein Freund und Lebensretter, was treibt dich in unsere fränkische Einöde?«

»Dich zu sehen, edler Hohenzollernfürst, aber auch noch anderes …« Und Lentz von Störpke erzählte dem Nürnberger Burggrafen und seinem Begleiter die Geschichte seines Elends.

Friedrich von Nürnberg war zwar voll des Mitgefühls, zugleich aber der Ansicht, dass man sich wegen eines verlorenen Kindes nicht gleich als zweiter Hiob zu fühlen brauche. In vielen Familien starben vier von zehn Kindern, und wenn man so jung war wie Lentz von Störpke, konnte man noch immer ein Dutzend Söhne zeugen. Es war schon erstaunlich – da hatte er den märkischen Ritter vor Nikopolis als harten Mann und großen Helden erlebt, und nun zeigte der sich so empfindsam und weinerlich wie kaum ein Weib an seinem Hofe. War das etwa eine neue Art von Männern, die da heranwuchs? »Und nun?«, fragte der Burggraf.

»Ein Kaufmann hat erzählt, dass ein Junge, der seiner Beschreibung nach mein Sohn sein könnte, in Nürnberg leben soll.« Lentz zögerte, ehe er fortfuhr. »Ist es möglich, in deine Dienste zu treten?«

»Ich nehme dich mit Freuden!«, rief Friedrich.

Einen Tag später, als er wieder auf der Burg weilte, sollte er diese Entscheidung fast bereuen: Als Veit von Pruppach erfuhr, dass Lentz von Störpke nun zum Hofe Friedrichs gehörte, bekam er einen Wutanfall. »Es weiß doch ein jeder, wie sehr ich diesen Menschen hasse. Für uns beide ist hier kein Platz!«

Friedrich VI. sah seinen Kämmerer tadelnd an. »Du wirst dich bitte beherrschen!«

Veit von Pruppach versprach es. Als er aber allein war, murmelte er, dass er diesen widerlichen Brandenburger eines Tages umbringen werde.

Lentz von Störpke hatte sich am Nassauer Haus mit dem Kaufmann Hans Lampert verabredet, um sich mit ihm zusammen auf die Suche nach seinem Sohn zu machen. Zuerst wurde er natürlich gefragt, wie ihm denn Nürnberg gefalle.

»Großartig. Berlin und Cölln erscheinen mir gegen Nürnberg nur größere Dörfer zu sein. Das mag auch daran liegen, dass sie an der Spree keine Burg haben. Wenn die Leute eine sehen wollen, müssen sie immer erst nach Spandau oder Köpenick laufen, aber die Burgen dort können keinem Vergleich mit Eurer hier standhalten.«

Lampert bedankte sich für das Kompliment, dann machten sie sich auf zum Wohnhaus des Kaufmanns und Tuchherstellers Ulman Schedel. Lentz von Störpkes Aufregung wuchs von Schritt zu Schritt. Sollte er seinen Sohn in wenigen Minuten in die Arme schließen dürfen? Doch neben der übergroßen Freude erfasste ihn auch ein banges Gefühl, denn als man ihm Claß geraubt hatte, war der gerade ein Jahr alt gewesen – wie sollte er ihn da wiedererkennen? Vielleicht würde der Knabe bei seinem Anblick schreiend davonlaufen. Und was würde Ulman Schedel alles anstellen, um das Kind behalten zu können? Bei dem Einfluss, den er in Nürnberg hatte, war es sicherlich ein Leichtes für ihn, den Ritter Lentz von Störpke auszuschalten. Als Lampert an die Tür des Schedel'schen Hauses klopfte, hatte Lentz Mühe, Selbstbewusstsein auszustrahlen.

Doch von drinnen war kein Laut wahrzunehmen. Auch als Lampert mit der Faust gegen die Tür hämmerte und rief, man möge doch bitte öffnen, Freunde seien da, rührte sich nichts. Dafür erschien eine Nachbarin, um nach dem Rechten zu sehen. Was die Herren denn von Schedel wollten?

Lampert zeigte auf Lentz von Störpke. »Ich bin ein Freund von Ulman und weiß, dass es seinem Sohn, dem Steffann, nicht gutgehen soll. Da habe ich für ihn einen Arzt aus Salerno besorgt …«

Lentz nickte zustimmend. »Das Feuermal des Jungen soll sich entzündet haben und ein Geschwür bilden, das sich langsam in den Körper frisst.«

Die Frau schüttelte sich. »Mein Gott! Aber mit diesem Kind ist es von Anfang an seltsam gewesen …«

»Wieso denn das?«

»Jahrelang hat die Ännlin keine Kinder bekommen, und die weisen Frauen ringsum haben alle gesagt, dass sie nie welche bekommen wird – und plötzlich hatte sie einen Sohn. Keiner hier in Nürnberg hatte gewusst, dass sie gesegneten Leibes war, und da kamen sie vor Einbruch des Winters zurück aus Regelsbach in ihre Stadtwohnung und brachten einen Sohn in der Wiege mit, den Steffann. Im Jahre des Herrn 1397 muss das gewesen sein.«

»Ulman Schedel ist offenbar nicht zu Hause, und seine Familie auch nicht«, sagte Lampert. »Wo könnten sie denn stecken?«

»In Regelsbach, wo sonst?«

Lentz bedankte sich bei der alten Frau und drängte Lampert, sofort mit ihm nach Regelsbach zu reiten.

»Selbstverständlich. Das klingt wirklich alles so, als ob die Schedels auf unredlichem Weg zu Eurem Claß gekommen sind.«

Knapp zwei Stunden später zügelten sie ihre Pferde vor dem Anwesen der Schedels in Regelsbach und machten sich durch laute Rufe bemerkbar. Nachdem sich eine Weile nichts gerührt hatte, kam ihnen ein kräftiger Mann von etwa vierzig Jahren entgegen.

»Ist das Ulman Schedel?«, fragte Lentz mit leiser Stimme.

»Nein. Der da kommt, den habe ich nie zuvor gesehen.«

Als der Mann herangekommen war, stellten sie sich vor und sagten, dass sie Ulman Schedel zu sprechen wünschten. »… oder seine Frau, falls er nicht zugegen ist.«

Der Mann breitete die Arme aus und bat um Entschuldigung. »Es tut mir leid, ich bin nur der Pächter hier, Ulman Schedel ist mit Weib und Kind nach Osten gezogen, um dort Handelsniederlassungen zu gründen.«

»Und wohin genau?«

»Keine Ahnung …«

Lentz fixierte ihn und versuchte drohend zu klingen. »Wenn Ihr es wisst und es uns verschweigt …«

»Prag, Wien, Ofen – viele Städte hat er erwähnt, auch welche im Osmanischen Reich.«

Lentz sah Hans Lampert an. »Zufall oder Flucht, das ist hier die Frage.«

Sigismund von Luxemburg, ein Sohn Karls IV., war am 15. Februar 1368 in Nürnberg geboren worden, residierte aber, seit er 1387 König von Ungarn und Kroatien geworden war, in Buda, in deutschen Landen als Ofen bekannt. Nachdem die Stadt, ebenso wie Pest auf der anderen Seite der Donau, im »Mongolensturm« von 1241 fast völlig zerstört und die königliche Residenz nach Visegrád verlegt worden war, hatte man Ofen im 14. Jahrhundert neu aufgebaut, seit 1361 war es wieder die Hauptstadt des Königreichs.

Als Friedrich VI. von Nürnberg im Frühjahr des Jahres 1408 Lentz von Störpke zu sich rufen ließ, ahnte der nicht, worum es dem Burggrafen ging.

»Weißt du, was der Drachenorden ist?«, fragte ihn Friedrich VI.

Lentz von Störpke sah ihn verständnislos an.

Der Burggraf wiederholte den Begriff nun auf Lateinisch, Italienisch, Ungarisch und Rumänisch. »Der *Societas Draconistarum*, *L'Ordine del Dragone*, *Sárkány Lovagrend* oder *Ordinul Dragonului* …«

Lentz wurde langsam ungeduldig. »Ich bin nicht erpicht darauf, einen Orden verliehen zu bekommen.«

»Es ist ein Orden, den Sigismund gründen will, um seine Macht zu festigen. Hauptsächlich will er den ungarischen Adel an sich binden, es sollen aber auch vereinzelt Deutsche aufgenommen werden. Und da ich großes Interesse habe, dort Mitglied zu werden, möchte ich dich bitten, nach Ofen zu gehen und herauszufinden, was da wirklich gespielt wird.«

»Aber gern!«, rief Lentz, auch in der Hoffnung, in Ungarn eine Spur von Ulman Schedel zu finden.

Lentz ließ Köne kommen, der ihm noch immer treu zur Seite stand. »Wir gehen nach Ungarn.«

»Ungern.«

»Wieso?«

»Na, Ofen klingt nicht gut – und Pest noch viel weniger.«

»Wir werden's schon überstehen«, sagte Lentz. »Zumal uns Sigismund seit der Schlacht von Nikopolis sicherlich sehr gewogen ist.«

Sie machten sich auf den Weg nach Ofen, wissend, dass sie unter Umständen nahezu einen Monat unterwegs sein würden. Zwischenstationen waren Regensburg, Linz, Wien und Györ.

In Wien trafen sie den Ritter und Dichter Oswald von Wolkenstein, einen Südtiroler, der Diplomat im Dienste Kaiser Sigismunds war. Um 1387, als Zehnjähriger schon, hatte er begonnen, die Welt zu bereisen, und davon in Handschriften und Liedern berichtet: *Es fügt sich, do ich was von zehen jaren alt, / ich wolt besehen, wie die werlt wer gestalt* … Im Jahr 1399, nach dem Tod seines Vaters, war er nach Österreich zurückgekehrt.

Auf den ersten Blick sah Oswald von Wolkenstein etwas zum Fürchten aus, da sein rechtes Auge ständig geschlossen war.

»Ein Bogenschuss ins Auge?«, fragte Lentz.

»Nein, sondern eine angeborene Missbildung. Die Augenhöhle ist zu klein, der Lidmuskel gelähmt.«

»Ihr Ärmster!«

»Ach was! Mit dem zweiten sieht man besser.«

Das gefiel Lentz. »Wollt Ihr nicht ein Glas Wein mit mir trinken?«

»Gern, aber es muss Malvasier sein.«

»Warum das?«

Oswald von Wolkenstein lachte. »Ich habe einmal auf dem Schwarzen Meer Schiffbruch erlitten – und wie habe ich mich retten können? Auf einem schwimmenden Fass Malvasier-Wein. Seitdem trinke ich aus Dankbarkeit nichts anderes mehr.«

Er gab noch mehr Geschichten zum Besten und sang schließlich für Lentz und Köne sein liebstes Lied:

Durch Barbarei, Arabia,
durch Hermani in Persia,
durch Tartari in Suria,
durch Romani in Türggia,
Ibernia,
der sprüng han ich vergessen.
Durch Reussen, Preussen, Eiffenlant,
gen Litto, Liffen, übern strant,
gen Tennmarckh, Sweden, in Prabant,
durch Flandern, Franckreich, Engelant
und Schottenland
hab ich lang nicht gemessen,
Durch Arragon, Kastilie,
Granaten und Afferen,
auss Portugal, Ispanie
bis gen dem vinstern steren,
von Profenz gen Marsilie.
In Races vor Saleren,
daselbs belaib ich an der e,
mein ellend da zu meren
vast ungeren.
Auff ainem runden kofel smal,
mit dickem wald umbfangen,
vil hoher berg und tieffe tal,
stain, stauden, stöck, snee stangen,
der seh ich teglich ane zal.
noch aines tüt mich pangen,
das mir der klainen kindlin schal
mein oren dick bedrangen,
hand durchgangen.

Es wurde reichlich Beifall gespendet. Beim Wein schloss man Freundschaft, und Lentz von Störpke nutzte die Gelegenheit, um vom Raub seines Sohnes Claß und dem Verschwinden der Familie Schedel zu erzählen. Vielleicht habe er Beobachtungen gemacht, fragte er den weitgereisten Mann, die ihm bei der Suche weiterhelfen könnten.

»Nein, leider. Was für eine schreckliche Geschichte!«

Ob er sie nicht nach Ungarn begleiten wolle, fragten sie ihn weiter.

»Ich streite gerade mit meinem Bruder Michael um mein Erbe, die Burg Hauenstein. Zudem will ich dieses Jahr noch nach Palästina reisen.«

»Schade.«

»Aber wo ich auch bin«, versicherte der Dichter, »ich werde die Augen nach deinem Sohn und diesem Ulman Schedel aufhalten.«

Mit der Gewissheit, sein Möglichstes getan zu haben, ritt Lentz weiter nach Ofen. Bevor er um eine Audienz bei Sigismund nachsuchte, traf er mit Hermann II. von Cilli zusammen. Die Erinnerungen an die Schlacht von Nikopolis verbanden beide.

»Wie geht's dir?«, war Lentz' erste Frage.

»Gut.«

Lentz lachte. »Das kann ich mir vorstellen, deine Tochter Barbara ist Sigismunds zweite Frau geworden ist.«

Hermann von Cilli verzog das Gesicht und winkte ab. » Das bereitet mir eher Verdruss, denn …« Er brach ab und fuhr erst fort, als Köne mit seinem Grinsen deutlich machte, dass er die Sorgen des Ritters erahnte. »Der Kaiser ist zwanzig Jahre älter als sie – und zudem oft auf Reisen, wie auch jetzt.«

Lentz grinste. »Ich verstehe.«

Und als er sich am nachfolgenden Tag am ungarischen Hof vorstellte, hörte er die Leute über Barbara als ausgemachte Nymphomanin lästern.

Köne stieß Lentz den Ellenbogen in die Rippen. »Wäre die Dame nicht auch etwas für dich? Du kannst dir doch nicht alles durch die Rippen schwitzen. Adelhaid ist seit zehn Jahren tot.«

So fieberte Lentz in den nächsten Tagen der ersten Begegnung mit Barbara von Cilli entgegen. Zu der sollte es bei der Geburtstagsfeier ihres Vaters kommen, zu der auch er geladen war.

Sie kamen spät, und Lentz von Störpke wurde sogleich von Barbaras

Vater in Beschlag genommen, der ihm die neueste Meldung aus der Mark Brandenburg nicht vorenthalten wollte.

»Weißt du, was Johann von Quitzow widerfahren ist?«

Lentz zuckte mit den Schultern. »Nein, woher?«

»Er hat den Ort Trechwitz niedergebrannt und völlig ausgeraubt.«

»Typisch!«

»Und beim anschließenden Versuch, das Schloss Grabow einzunehmen, ist ihm ein Auge ausgeschlagen worden.«

Lentz wollte gerade sagen, dass sich sein Mitleid in Grenzen hielte, da betrat Barbara von Cilli den Raum. Er konnte nichts anderes denken als: Und wenn es mein Leben kosten soll – die muss ich haben!

Die Königin zu erobern war nicht schwerer, als einen Becher Wein zu leeren. Ehe zwei Stunden vergangen waren, lagen sie im Bett ihres Vaters und vergnügten sich. Sie war unersättlich, und da Lentz furchtbar ausgehungert war, trafen sich ihre Wünsche in idealer Weise.

Am Morgen danach fühlte sich Lentz von Störpke wie neugeboren.

Das Jahr 1410 sollte recht ereignisreich werden. Der Kaffee kam nach Europa, Jan Hus wurde vom Prager Erzbischof gebannt, weil er gegen diesen und das gesamte Papsttum aufbegehrt hatte, und der Deutsche Orden wurde bei Tannenberg von den Polen besiegt. Lentz von Störpke wusste dies nur vom Hörensagen. Bei anderen historischen Ereignissen hingegen war er, inzwischen gewissermaßen ein offizieller Gesandter des Nürnberger Burggrafen, dabei, mit Köne an seiner Seite, weiterhin auf der Suche nach seinem geraubten Sohn und jetzt auch – die Liebesnacht mit Barbara von Cilli war unvergessen – nach einer neuen Frau fürs Leben.

Zuerst rückte Ruprecht von der Pfalz, aus der Dynastie der Wittelsbacher und seit 1400 römisch-deutscher König, in den Mittelpunkt. 1352 in Amberg vor den Toren Nürnbergs geboren und verheiratet mit Elisabeth von Hohenzollern-Nürnberg, stand er Friedrich VI. nahe. Nach seinem gescheiterten Italienzug von 1401 und 1402 war seine finanzielle Lage katastrophal gewesen, aber nachdem er seinen 26-jährigen Sohn Ludwig mit der 10-jährigen Prinzessin Blanca von England verheiratet hatte, ging es ihm besser. Auch hatte er die Macht der Luxemburger brechen können, nachdem es ihm 1403 gelungen war, Wenzel gefangen zu nehmen. Am 18. Mai 1410 starb Ruprecht auf der Burg Landskron bei Oppenheim. Begraben wurde er in der Heidelberger Heiliggeistkirche. Zu den Trauerfeierlichkeiten hatten alle deutschen Fürstenhäuser ihre Vertreter entsandt, und zum Tross des Nürnberger Burggrafen gehörte auch Lentz von Störpke.

Der Zufall – oder der Herr, wie Köne meinte – wollte es, dass Lentz in derselben Herberge untergebracht war wie die Delegation der Habsburger. Und so lernte er beim abendlichen Umtrunk einen Wiener Höfling kennen, der ihm vom ersten Augenblick an höchst sympathisch war: Stephan von Sulz.

»Was gibt es in Wien an Sensationen?«, fragte Lentz wissbegierig.

Stephan von Sulz lachte. »Wir hatten lange Zeit den blutigen Streit zwischen Herzog Ernst dem Eisernen und seinem Bruder Leopold IV. um das Erbe der Habsburger, und da hat sich unser Bürgermeister Konrad Vorlauf nach Ansicht der Handwerkerzünfte auf die falsche Seite geschlagen. Schließlich haben sie ihn verhaften und zusammen mit zwei Ratsherren auf dem Schweinemarkt enthaupten lassen.«

»Da können weder Nürnberg noch Berlin und Cölln mithalten«, musste Lentz zugeben.

Am Abend dieses Tages tranken sie Brüderschaft und gaben ihrem Wunsch Ausdruck, sich so schnell wie möglich wiederzusehen.

Schon im Herbst 1410 war es so weit: Die Krönung des neuen Königs stand an. In der Goldenen Bulle von 1356 war festgelegt worden, dass die Krönungen stets in Aachen stattfinden mussten, damit die Traditionslinie zu Karl dem Großen erhalten und erkennbar bliebe.

Lentz von Störpke und Stephan von Sulz waren ein paar Tage früher angereist, um Zeit für ausgedehnte Ritte und Spaziergänge zu haben. Unter der alten Barbarossa-Mauer gab es viel zu bereden. Diesmal hatte Lentz mit Nachrichten aufzuwarten, die aufregender waren als die des Freundes.

»Stell dir vor, in der Mark Brandenburg hat es ein Erdbeben gegeben!«

»Was?«, rief der Wiener. »Und die Hügel um Berlin und Cölln herum, von euch hochtrabend Berge genannt, haben sich als Vulkane erwiesen und Feuer und Lava ausgespien?«

»Das nun nicht, aber das Erdbeben war so stark, dass der Turm von Wittstock einen gewaltigen Riss davongetragen hat.«

»Unfassbar!«, kommentierte Stephan. »Das sind Tage, an denen die Erde aufhört sich zu drehen.«

Lentz zögerte, auch von dem anderen Ereignis zu berichten, dass die Mark Brandenburg stark beschäftigte: Conrad von Quitzow, einer der jüngeren Brüder von Dietrich und Johann, war bei seiner Hochzeitsfeier ertrunken, als die Fähre, mit der er über die Elbe hatte setzen wollen, kenterte.

Stephan von Sulz winkte ab. »Wer weiß, was ihm – und der Menschheit – dadurch erspart geblieben ist. Vorausgesetzt, er war so ein Galgenstrick wie seine Brüder.« Er musterte Lentz. »Aber etwas anderes interessiert mich viel mehr …«

»Was denn bitte?«

»Nun, sie haben Sigismund zum neuen König gewählt. Bald wird er hier in Aachen gekrönt. Wie steht es mit den Gefühlen eines Mannes, der mit seiner Frau im Bett gewesen ist?«

Lentz lachte, war aber doch ein wenig erschrocken. »Meinst du, er lässt alle Männer enthaupten, die es mit Barbara getrieben haben?«

»Vielleicht zumindest kastrieren?«

Weiter konnte Stephan von Sulz diesen Gedanken nicht spinnen, denn in diesem Augenblick kam Köne auf sie zugestürzt. »Die Wahl von Sigismund ist für nichtig erklärt worden! Der Burggraf von Nürnberg, der ihn gewählt hat, ist mit der Behauptung aufgetreten, im Namen Kurbrandenburgs zu handeln. Doch jetzt hat sich herausgestellt, dass ihn Jobst, der amtierende Markgraf, gar nicht dazu befugt hat.«

»Ungeheuerlich! Und nun?«

»Die meisten Kurfürsten wollen, dass die Wahl innerhalb der nächsten zehn Tage wiederholt wird.«

So geschah es: Am 1. Oktober 1410 wählte man … Jobst von Mähren zum neuen deutsch-römischen König.

»Gratuliere!«, rief Stephan von Sulz und schüttelte Lentz die Hand.

»Der Kurfürst von Brandenburg ist deutsch-römischer König – welch Ehre für deine Heimat!«

Lentz brummte: »Nur kennt Jobst die Mark Brandenburg so gut, wie ich und du die Mongolei kennen.«

Es war Zeit für die Heimkehr, und Lentz von Störpke erhielt von seinem Dienstherrn die Erlaubnis, einen kleinen Abstecher ins Habsburgische zu machen und Stephan von Sulz auf seine Burg zu begleiten.

Als nur noch eine Stunde zu reiten war, zügelte Stephan sein Pferd und sah Lentz ernst an. »Ich habe dir verschwiegen, dass ich eine Schwester habe, die in meinem Hause lebt.«

»Das ist wunderbar!« rief Lentz.

Stephan von Sulz schloss die Augen. »Nein, das ist es nicht … Denn Keth – so heißt sie – ist nicht …«, er zögerte, es auszusprechen, »… nicht richtig im Kopf.«

»Oh, das tut mir leid.«

»Sieh dich bitte vor, wenn sie dich anspricht. Sie möchte jeden Mann verlocken, um ihn dann in einen tiefen Brunnen zu stürzen oder mit einem Kräutertrank zu vergiften.«

Lentz runzelte die Stirn. »Und – ist ihr das bereits gelungen?«

»Komm, reiten wir weiter!«

Als Lentz von Störpke Keth aber zu Gesicht bekam, war er augenblicklich hingerissen. Schnell hatte er alle Warnungen des Freundes vergessen. Seit der Nacht mit Barbara von Cilli war er verrückt nach Frauen. Köne formulierte es so: »Der lechzt nach Vereinigung.«

Keth von Sulz schien Lentz ebenfalls zu mögen. Kaum hatte er sich ein wenig vom langen Ritt erholt, passte sie einen Augenblick ab, da er allein war, und fragte, ob sie ihm ihren Kräutergarten zeigen dürfe.

»Gern!«

Als er einen Zweig Rosmarin gepflückt hatte, sah sie ihn an, und ihre Augen leuchteten, als er aber ihre Hand nahm, da biss sie in die seine.

Anfang Januar 1411 hatte Lentz von Störpke in Brünn zu tun, wo Jobst von Mähren auf der Festung Špilberk residierte, nun auf dem Höhepunkt seiner Macht, war er doch zugleich Markgraf von Mähren, Herzog von Luxemburg, Kurfürst von Brandenburg und deutsch-römischer König.

Lentz war mit Köne im Gästeflügel der Festung einquartiert und verbrachte die meiste Zeit damit, Liebesbriefe an Keth zu schreiben. Sie war ein völlig normaler Mensch – sie als geistig verwirrt und männermordend zu beschreiben war nur ein Scherz ihres Bruders gewesen. Und mit ihrem Biss hatte sie diesen Spaß mitgemacht. Auf seinen Schrei hin war Stephan hinter einem Busch hervorgekommen, und die beiden Geschwister hatten sich ausgeschüttet vor Lachen.

Lentz war nicht unbedingt der geborene Dichter. Aber das brauchte Keth nicht zu wissen, und so hatte er keine Skrupel, Verse des Schweizer Minnesängers Johannes Hadlaub, von dem Köne ihm eine Abschrift besorgt hatte, als seine eigenen auszugeben.

Do hâte ich ir hant so lieblîch vaste, gotte weiz,
davon si beiz mich in mîn hant.
Si wânde, daz ez mir wê taet, do froete ez mich:
So gar suozze ich ir mundes bevant.
Ir bîzzen was so zartlich, wîblich, fîn,
des mir wê tet, daz so schiere zergangen was.
Mir wart nie baz, daz muoz wâr sîn!

Dann hielt ich ihre Hand sehr liebevoll fest, Gott weiß es,
weshalb sie mich in meine Hand biss.
Sie glaubte, dass es mir weh tat, doch es freute mich hingegen:
Sogar als süß empfand ich ihren Mund.
Ihr Biss war so zärtlich, weiblich, fein,
weshalb es mir weh tat, dass es so rasch geendet hat.
Mir ging es nie besser, das ist gewiss wahr.

Seinen Liebesbrief wollte er natürlich so schnell wie möglich der Adressatin zukommen lassen. So streifte er durch die Festung, um nach Männern zu suchen, die in den nächsten Tagen Richtung Wien reiten wollten. Schnell hatte er sich im Labyrinth der Festung verirrt. Schließlich geriet er in einen langen Gang und sah in ein offenstehendes Zimmer hinein. Da lag der König auf seinem Bett. Zunächst schien es Lentz, Jobst würde fest schlafen. Dann aber merkte er, dass er nicht atmete. Auf dem Fußboden lag ein Becher aus Zinn. Es roch nach einer merkwürdigen Essenz. Man schien Jobst vergiftet zu haben. Lentz sprang hin, um zu sehen, ob sein Puls noch ginge. Nur sehr schwach fühlte er ihn schlagen. Er wollte um Hilfe rufen, da standen schon mehrere Männer in der Tür.

»Jemand muss den König vergiftet haben!«, stieß Lentz von Störpke hervor.

»Ganz offensichtlich warst du es selbst!«

Schon hatte man ihn gepackt und aus dem Zimmer gezerrt. Er beteuerte seine Unschuld und wiederholte, dass er zufällig in das Zimmer des Königs gekommen sei, doch man glaubte ihm nicht und sperrte ihn in einen vergitterten Raum. Lentz wartete, bis seine Häscher verschwunden waren, dann trat er ans Fenster und packte zwei Gitterstäbe mit den Fäusten. Obwohl ihm fast die Adern an den Schläfen platzten, gelang es ihm, die beiden so weit auseinanderzubiegen, dass er ins Freie schlüpfen konnte. Er schlich um das Gebäude herum, um Köne zu suchen. Wahrscheinlich hielt der sich in der Nähe der Küche auf, weil er es mit einer der Beiköchinnen trieb.

Tatsächlich fand er ihn vor der Tür zur Küche. »Los, Köne, wir müssen fliehen! Sie denken, ich hätte Jobst vergiftet.«

Sein Knappe lachte. »Das ist ein Irrtum gewesen. Der ist gar nicht vergiftet worden, dem haben sie nur einen Schlaftrunk mit etwas zu viel Baldrian bereitet. Er ist schon wieder putzmunter.«

Am nächsten Morgen ritten sie durch die wunderschöne Winterlandschaft nach Nürnberg zurück. Kaum hatten sie sich auf der Burg wieder häuslich eingerichtet, kam aus Brünn die Nachricht, dass Jobst von Mähren am 18. Januar daselbst verstorben sei. Man habe ihn ganz offenbar vergiftet, ein Täter sei aber nicht gefunden worden.

»Es wird jemand aus seiner Umgebung gewesen sein«, sagte Lentz. »Und im Nachhinein dürfte feststehen, dass es sich doch um einen ersten Mordversuch gehandelt hatte, als ich Jobst fand.«

Die Dinge nahmen ihren Lauf: Sigismund ging als großer Sieger aus den Geschehnissen hervor, und Brandenburg fiel an ihn. Er beschloss, den Nürnberger Burggrafen als Landeshauptmann in die Mark zu senden. Sämtliche Abgeordnete der märkischen Städte wurden nach Ofen gerufen, wo ihnen am 8. Juli 1411 die Neuigkeit bekanntgemacht wurde.

Friedrich VI. freute sich über die Entscheidung. Sein Herrschaftsgebiet um Ansbach und Nürnberg war ihm zu klein gewesen, nun konnte er sich richtig entfalten. Aber Probleme musste er auch gewärtigen.

»Wenn mir Brandenburg zufällt, dann wird das Rudolf auf den Plan rufen.« Mit dem sächsischen Kurfürsten lag er seit langem im Zwist. Auch in Nürnberg wusste man, dass es zwischen Brandenburgern und Sachsen regelmäßig krachte und die Askanier und die Wettiner schon oft Krieg gegeneinander geführt hatten. »Ich muss Rudolf irgendwie ruhigstellen. Aber wie?« Er sah Lentz von Störpke an.

Der lachte. »Es gibt ein altbewährtes Mittel: Du hast einen Sohn, er hat eine Tochter …«

Friedrich VI. schaute ihn böse an. »Johann ist fünf Jahre alt, Barbara sechs.«

»Na und? Den Ehevertrag schließt ihr jetzt, geheiratet wird später.«

Tatsächlich kam es nach einigem Hin und Her zu einer entsprechenden Vereinbarung. Sigismund freute sich und schenkte den Brautleuten eine Menge Geld.

Und mit der neuen Königswahl am 21. Juli 1411 wurde Sigismund endgültig deutsch-römischer König.

Für Nürnberg schien sich also alles bestens zu entwickeln, und schon rüstete man zum ersten Zug nach Brandenburg. Friedrich VI. war beseelt von dem Gedanken, der Mark die langersehnte Ruhe und Ordnung wiederzugeben.

Fröhlich saß man am Mittagstisch und löffelte Pilzsuppe, da presste der Burggraf plötzlich die Hände auf den Bauch und rief, ihm sei furchtbar übel.

»Wie bei Jobst!«, kam es aus der Tafelrunde. »Jemand will ihn vergiften.«

»Der da war es!«, rief Veit von Pruppach und zeigte auf Lentz von Störpke. »Der hat es bei Jobst schon probiert. Er handelt im Auftrage der Habsburger, er steckt mit diesem Stephan von Sulz unter einer Decke.«

Lentz sprang auf und sah den Burggrafen an. »Friedrich, traust du mir das zu?«

Friedrich ächzte: »Wer kann einem anderen Menschen schon ins Herz sehen?«

»Also ja?«

»Die Tatsachen sprechen gegen dich.«

Während der Burggraf zusammensackte, gab Veit von Pruppach den Befehl, das Zimmer des Ritters Lentz von Störpke zu durchsuchen – und prompt kam einer der Leute mit einem kleinen Leinenbeutel zurück, dessen Inhalt er auf den Tisch entleerte.

»Der Beweis. Getrocknete Pilze – und zwar giftige.«

»Packt den Störpke und steckt ihn ins Verlies!«, rief Veit von Pruppach.

Doch als die Nürnberger Hand an Lentz legen wollten, stürzte dieser zu Boden und wand sich in heftigen Krämpfen.

»Er stirbt!«, schrie Veit von Pruppach. »Er hat sich versehentlich auch selbst vergiftet.«

Die anderen wichen zurück und kümmerten sich vorerst um Friedrich, dem es deutlich schlechtzugehen schien.

Köne beugte sich zu Lentz hinunter, um die letzten Worte seines Herrn zu vernehmen. Die lauteten allerdings gänzlich anders als erwartet.

»Ich tue nur so, als ob ich sterbe«, flüsterte Lentz. »Geh raus und halte die Pferde bereit. Aber erst mal hauche ich mein Leben aus.«

»Er ist von uns gegangen!«, rief Köne.

Veit von Pruppach konnte seinen Triumph kaum verbergen. »Schafft den Leichnam beiseite!«

VIER

Blühende Landschaften waren es nicht, die Friedrich VI. vorfand, als er im Juni 1412 durch die Mark Brandenburg ritt. Wälder, Sumpf und Sand prägten die Szenerie, und die Dörfer und Städte erschienen ihm höchst ärmlich.

»Das Land ist durchaus nicht ohne Reiz«, fand Gunther von Tannenreuth. »Auch wenn der sich dem Betrachter erst auf den zweiten Blick erschließen mag.«

Friedrich VI. von Nürnberg, der neue Landeshauptmann der Mark, hatte vorrangig die Landkarte des Heiligen Römischen Reiches vor Augen. »Seht euch doch an, wie groß die Mark Brandenburg ist und wie klein dagegen die Burggrafschaft Nürnberg! Wenn man noch die Herrschaft Ruppin und einige Gebiete des Erzbistums Magdeburg erwerben und ein geschlossenes Gebilde schaffen könnte, dann würde das dem brandenburgischen Kurfürsten eine beachtenswerte Größe verleihen und ihn gar zum möglichen Kaiser machen.«

»Das wird nicht von heute auf morgen zu bewerkstelligen sein«, murmelte Gunther von Tannenreuth. »Derzeit lieben uns wirklich nicht alle.«

Das war eine Anspielung auf die Quitzows und ihren Anhang, die abwertend vom »Nürnberger Tand« gesprochen hatten und sich Friedrich nicht unterwerfen wollten. Auch Berlin und Cölln hatten sich aufsässig gezeigt und Wend von Ileburg, dem Unterhauptmann Friedrichs, die Huldigung verweigert.

»Dass uns die Berliner morgen herzlich und mit offenen Armen empfangen werden, erscheint mir höchst unwahrscheinlich«, kam es von Kraft von Lentersheim, einem der fränkischen Ritter im Gefolge des Burggrafen.

»Warten wir's ab!«

Der Burggraf wusste, dass noch ein weiter und steiniger Weg zurückzulegen war, bis aus Friedrich VI. von Nürnberg Friedrich I. von Brandenburg geworden war, doch er vertraute seiner fränkischen Streitmacht, in der neben dem wackeren Kraft von Lentersheim auch so ausgezeichnete Männer wie Philipp von Utenhoven und der Graf Johannes von Hohenlohe zu finden waren.

Man schrieb den 4. Juli 1412, als man Berlin und Cölln am Horizont auftauchen sah und auf das Teltower Tor zuhielt.

»Sollen wir uns bereitmachen zum Gefecht?«, fragte Kraft von Lentersheim.

Friedrich VI. verneinte das. »Reizen wir die Leute nicht! Ich glaube, es wird heute einen Tag des offenen Tores geben. Berlin ist eine Stadt von Händlern, und Händler fragen sich immer, was ihnen den größeren Vorteil bringt – und den werden sie sich eher von mir und einer festen Ordnung erhoffen als von Wirrköpfen, wie sie die Quitzows sind.«

Und er sollte recht behalten. Die Berliner und die Cöllner öffneten ihm bereitwillig das Tor und hießen ihn und sein Gefolge mit einer Tonne Bernauer Bieres willkommen. Drei Tage später erfolgte die Huldigung der Doppelstadt.

»Der erste Schritt ist getan.« Friedrich VI. konnte sich freuen.

Gunther von Tannenreuth formulierte es philosophisch. »Der Anfang ist die Hälfte des Ganzen.«

Aber das Ganze war noch längst nicht gewonnen. Zwar rangen sich nacheinander wichtige Städte wie Spandau, Nauen, Alt- und Neu-Brandenburg, Beelitz, Treuenbrietzen und Mittenwalde zur Huldigung durch, doch es gab eine Reihe von märkischen Adligen, die sich von Friedrich nicht regieren lassen wollten und ihm die Huldigung verweigerten oder sie widerriefen.

Veit von Pruppach zählte sie auf. »An der Spitze natürlich die Quitzows, dann die Bredows und Rochows. Auch Kaspar Gans zu Putlitz ist dabei und dein ganz besonderer Freund, der Giftmischer Lentz von Störpke, der uns nach seinem angeblichen Tod entwischt ist.«

Friedrich VI. winkte ab. »Sie sind zu schwach, um gegen uns anzukommen.«

Kraft von Lentersheim teilte diese Ansicht nicht. »Sie werden sich mit den Pommern verbünden, die seit den Zeiten von Albrecht dem Bär immer zur Stelle sind, wenn es gegen die Brandenburger Markgrafen und Kurfürsten geht. Bestimmt wollen sie jetzt die Uckermark an sich reißen.«

Er sollte sich als guter Prophet erweisen. Ein Vierteljahr später war es so weit: Wie schon im Jahre 1334 prallten die beiden Heere auf dem Kremmener Damm aufeinander. Das war, als würde man sich auf einer Brücke gegenüberstehen.

»Die Mark gehört uns – verzieht euch, ihr Hohenzollern!«, scholl es den Nürnbergern entgegen, und Lentz von Störpke gehörte zu denen, die am lautesten schrien.

»Bringt mir den Kerl!«, rief Friedrich VI. »Tot oder lebendig!«

Die Pommern und die märkischen Frondeure stürzten sich aber mit größtem Eifer in die Schlacht, und der Wucht ihres Angriffs konnten die Männer Friedrichs nicht standhalten.

»Wir müssen sie an der Flanke packen!«, schrie Kraft von Lentersheim und lenkte sein Pferd vom Damm hinunter – um gleich darauf im Luch zu versinken.

Das lähmte die Nürnberger, und nachdem auch die beiden Ritter Philipp von Utenhoven und Graf Johannes von Hohenlohe im Kampfe gefallen waren, wichen sie zurück. Als aber die Pommernherzöge und die Mannen Quitzows auf das Kremmener Schloss zuhielten und es stürmen wollten, sahen auch sie ihre Kräfte geschwächt, und sie beschlossen den einstweiligen Rückzug.

Ein halbes Jahr verging, ohne dass sich die eine oder die andere Seite entscheidend durchsetzen konnte. Die Waage schien sich jedoch zugunsten Friedrichs VI. zu neigen, die märkischen Städte wie auch die Geistlichkeit und ein Großteil des Adels ergriffen Partei für ihn, und der Deutsche Orden erklärte sich bereit, ihm seine Geschütze zur Verfügung zu stellen. Darüber hinaus war es gelungen, Bündnisse mit verschiedenen Nachbarn zu schließen.

Als die Frondeure auf der Burg Friesack zur Beratung beisammensaßen, geriet selbst Dietrich von Quitzow ins Zweifeln. »Langsam wird es wohl Zeit, dass wir retten, was noch zu retten ist.«

»Was?«, fuhr Lentz auf. »Du willst zu Kreuze kriechen?«

Johann unterstützte seinen Bruder. »Nur zum Schein. Wir huldigen ihm, wiegen ihn damit in Sicherheit und schlagen wieder zu, wenn er nicht damit rechnet.«

Wichard von Rochow der Jüngere stimmte Dietrich zu. »Auf nach Berlin zur Huldigung! Was bleibt uns im Augenblick anderes übrig …«

Lentz wurde immer wütender. »Aufgeben wollt ihr? Das ist nicht nur feige, das kostet mich auch den Kopf. Friedrich wird mich enthaupten lassen!«

»Dann bleibst du eben hier«, sagte Dietrich von Quitzow.

»Er hat die Reichsacht über mich verhängt«, hielt Lentz fest. »Irgendwann werden mich seine Häscher erwischen, ich bin vogelfrei.«

Wichard von Rochow sah keinen anderen Ausweg für Lentz, als das Land zu verlassen. »Die Wettiner werden dich gern aufnehmen. Besser noch, du machst dich auf zu den Habsburgern, zu denen hast du gute Kontakte, etwa zu Stephan von Sulz.«

»Ich bin mit Leib und Seele Brandenburger!«, rief Lentz nicht ohne Pathos.

»Dann geh vorerst nach Trebbin«, riet ihm Kaspar Gans zu Putlitz. »Dort sitzen die Herren von Maltitz – und die haben mit den Nürnbergern bestimmt nichts am Hut.«

Lentz hielt das für eine gute Idee und machte sich schon eine Stunde später auf den Weg nach Trebbin. Er war ein Gejagter, und es war unmöglich, länger als zwei Tage am selben Ort zu verweilen, schon gar nicht durfte er sich in den Städten und auf den Burgen sehen lassen, wo man fest zu den Nürnbergern hielt.

Die Teltowburg Trebbin, die auf einem kleinen Hügel östlich der Nuthe errichtet worden war, um den Flussübergang zwischen Zauche und Teltow zu sichern, war erst einige Jahre zuvor in den Pfandbesitz der Herren von Maltitz gelangt. Johann Heinrich und Friedrich Christoph von Maltitz hatten Friedrich nicht nur die Pfandrücklösung der Burg verweigert, sondern auch die Bewohner mehrerer Teltowdörfer und die Hintersassen des Klosters Lehnin ausgeraubt.

»Wie anders hätten wir die Mittel zum Kampf gegen die Nürnberger zusammenbekommen?«, rechtfertigten sie Lentz von Störpke gegenüber ihr Tun. »Jede Fremdherrschaft ist von Übel. Warum macht der König nicht einen von uns zum Kurfürsten, sondern einen Fremden?«

Auch Lentz hatte keine Antwort auf diese Frage, dachte aber ans alte Griechenland und an die italienischen Stadtrepubliken. »Warum schließen der Adel und die Städte in Brandenburg nicht einen Bund und sagen: ›Wir kommen ohne Fürsten aus und regieren uns selbst‹?«

»Weil wir uns nicht einig sind«, antwortete Friedrich Christoph von Maltitz.

»So ist es.«

Und als bedurfte diese Einschätzung noch einer Bestätigung, kam in den nächsten Tagen die Kunde aus Berlin und Cölln, dass am 4. April 1413 bei einer Ständeversammlung nahezu der gesamte Adel – die Quitzow-Brüder und ihre engsten Freunde eingeschlossen – dem Statthalter Friedrich VI. von Nürnberg gehuldigt hatten. Damit nicht genug: Wenig später tauchte ein Belagerungsheer vor der Teltowburg auf. Vom Turm aus erkannte Lentz auch Dietrich und Johann von Quitzow, Kaspar Gans zu Putlitz und Wichard von Rochow.

»Das darf nicht wahr sein!« Lentz' Flüche waren herzhaft.

Sobald es dunkelte, verließ er auf einer Strickleiter die Burg und schlich zum Zelt der Quitzows, wo er flüsternd auf die Anwesenden einredete. »Wenn euch eure Ehre noch etwas bedeutet, dann hört auf, gemeinsame Sache mit diesem hergelaufenen Hohenzollern zu machen! Wer ihm vertraut, ist verloren. Mich hat er zu seinen besten Freunden gezählt, ich habe ihm vor Nikopolis das Leben gerettet – und was macht er? Aufgrund einer üblen Verleumdung hält er mich für einen Mordbuben und jagt mich, um mich enthaupten zu lassen. Das wird auch euer Schicksal sein, sobald er hier in Brandenburg fest im Sattel sitzt. Traue keinem Friedrich nich!«

Das wirkte. Im Dunkel der Nacht schlichen sich die Mannen um Dietrich von Quitzow davon und stürmten im Westen die Abtei Zinna. Sie gehörte zum magdeburgischen Territorium, man konnte sich dort bestens verproviantieren. Danach wandten sie sich nach Plaue an der Havel, um von der dortigen Quitzowburg aus, dem Stammsitz Johanns, den Widerstand gegen Friedrich VI. zu organisieren und fortzuführen.

Die Quitzows verkündeten es im Laufe des Jahres 1413 überall: »Die Herren wechseln rasch in der Mark, sie finden sich ein, wie kaiserliche Not oder kaiserliche Laune sie schickt, es gibt aber nur einen bleibenden Herrn in der Mark – und das sind wir!«

Bald aber mussten sie zur Kenntnis nehmen, dass dieser Burggraf Friedrich aus anderem Holz geschnitzt war als die bisherigen Fürsten, die in die Mark gekommen waren. Offenbar wollte er sich für immer in Brandenburg einnisten und von hier aus Deutschland erobern. Lentz von Störpke wusste das, es war ihm auch klar, dass es vergeblich war, ins Rad der Geschichte greifen zu wollen. Doch wenn es in seinem Leben noch einen Sinn gab, dann war es die Auflehnung gegen das vermeintliche Schicksal.

Im Februar 1414 hatte Friedrich VI. so viele kampfstarke Ritter, Lehnsleute und Bürger beisammen, dass er vier Heerhaufen bilden konnte. Drei zogen vor die wichtigsten Burgen der Quitzows und der Rochows – Plaue, Friesack und Golzow –, während sich der vierte dem Schloss Beuthen zuwandte.

Hierher hatte sich Lentz von Störpke geflüchtet. Vom Turmfenster aus konnte er beobachten, wie die kurfürstliche Truppe anrückte, geführt vom Vogt Hans von Torgau.

»Ergebt euch!«, schrie der, als er nahe genug heran war.

Goswin von Brederlow, der die Burg im Auftrag der Quitzows hielt, lachte nur. »Ich will mir die Sache ein paar Jahre lang überlegen!«

Lentz sah keine Chance und entschied, Schloss und Burg Beuthen zu verlassen, bevor sich der Belagerungsring geschlossen hatte. Am sichersten schien ihm noch Plaue an der Havel zu sein, wohin Dietrich und Johann von Quitzow gezogen waren. Die Plauer Quitzowburg galt als uneinnehmbar. Sie war von zwei Rundtürmen flankiert und von einem Graben umgeben. Die Ringmauer war mit vierzehn Fuß so dick, dass ein Wagen auf ihr fahren konnte, sie zu erstürmen war schier unmöglich.

»An der Mauer beißt sich auch ein Friedrich die Zähne aus«, sagte Dietrich von Quitzow, als Lentz eingetroffen war. »Und unsere Vorräte reichen bis weit in den Sommer hinein.«

So lachten sie auch, als Mitte des Monats die Truppen des Nürnbergers vor der Burg erschienen. Doch das Lachen sollte ihnen vergehen: Die Belagerer karrten ein Riesengeschütz heran, eine von 36 Pferden gezogene, aus Bronze gegossene sogenannte Steinbüchse, in die Steine mit einem Gewicht von 170 Kilogramm und einem Durchmesser von 50 Zentimetern passten. Mit diesem Geschütz konnten pro Tag drei Steine verschossen werden, danach musste es anhaltend gekühlt werden. Diesem Umstand verdankte es auch seinen Namen »Faule Grete«.

Jeder Schuss riss ein so großes Loch in die Mauer, dass es den Männern der Quitzows bald nicht mehr möglich war, die Breschen mit den Materialien zu schließen, die auf der Burg zu finden waren. »So ein verdammter Mist!« Mit allem hatte Dietrich von Quitzow gerechnet, nicht aber mit dem Einsatz dieser Wunderwaffe.

Am 25. Februar 1414 war Plaue sturmreif geschossen, und den Quitzows – zu Dietrich und Johann hatte sich noch ihr jüngerer Bruder Henning gesellt – wie auch Lentz blieb nur die Flucht.

»Zum Wasser hin, wir schwimmen über die Havel!«, rief Johann von Quitzow, der hier zu Hause war und jeden Quadratfuß Boden bestens kannte.

Doch ihn und Henning bekamen die heranjagenden Belagerer zu fassen, während sich Dietrich und Lentz noch schnell ihrer schweren Kleidung und ihrer Panzerungen entledigen und in die Havel springen konnten. Man zielte mit Lanzen auf sie, aber sie entgingen ihnen durch geschicktes Abtauchen. Ehe die Bogenschützen sichs versahen, hatten die beiden das gegenüberliegende Ufer erreicht und sich in Sicherheit gebracht.

Während der nächsten Tage sammelten sie Gefolgsleute in den Dörfern und Städten, in denen Friedrich VI. noch nicht Fuß gefasst hatte. Es kamen zwar nicht viele zusammen, aber sie reichten aus, um es Dietrich von Quitzow zu erlauben, einige Ortschaften anzugreifen.

»Beginnen wir mit Nauen«, sagte er mit Blick auf seine Landkarte. »Dann nehmen wir uns Vieritz, Niemegk, Wittbrietzen, Schönefeld und Beelitz vor.«

In Niemegk geschah dann ein Unglück. Als Lentz an der Seite Dietrichs ins Rathaus stürmen wollte, um die Stadtkasse zu rauben, stellte sich ihnen die Wache in den Weg. In dem Handgemenge traf Dietrich von Quitzow versehentlich seinen Mitstreiter mit seiner Streitaxt. Lentz von Störpke versank in einem schwarzen Nichts.

fünf

Friedrich VI. konnte mehr als zufrieden sein. Angesichts der Entwicklung durfte er sich als Sieger im Kampf um die Vorherrschaft in der Mark Brandenburg betrachten. Zwar gab es noch einzelne kleine Brandnester, aber das große Feuer war gelöscht. Folglich entschied König Sigismund, dem Nürnberger Burggrafen am 30. April 1415 die erbliche Würde des Markgrafen und Kurfürsten von Brandenburg zu verleihen. Da von seinen fünfzehn Vorgängern niemand den Namen Friedrich getragen hatte, wurde er zu Friedrich I.

Lentz von Störpke bekam das alles in seinem Verlies in der Burg Calbe zusammen mit einer mageren Mehlsuppe von seinem Wächter aufgetischt. Er dachte über sein Testament nach. Vielleicht erfuhr sein Sohn Claß, falls er denn noch lebte, eines Tages von seiner Herkunft, und Friedrich oder sein Nachfolger war möglicherweise so gnädig, keine Sippenhaft walten zu lassen und ihm Gut und Schloss Stepenitz wieder als Lehen zu überlassen.

Er konnte sich nicht an das erinnern, was im Rathaus von Nauen passiert war. Man hatte ihm erzählt, dass ihn Dietrich von Quitzow, nachdem er ihn versehentlich verletzt hatte, beim Abzug schmählich im Stich gelassen hatte.

Jeden Tag konnten jetzt die Schergen kommen und ihn zur Richtstätte führen. Der neue brandenburgische Kurfürst verfügte über alle rechtlichen Mittel, ihn köpfen zu lassen. Mit den Quitzows gemeinsame Sache gemacht zu haben, hätte Friedrich I. ihm nach seinen Verdiensten von Nikopolis vielleicht noch verziehen – aber ganz sicher nicht den angeblichen Giftmordanschlag. Diese Intrige hatte Veit von Pruppach eingefädelt, da war sich Lentz absolut sicher, und diese Canaille war es auch, die auf seine Hinrichtung drängen würde.

Die Burg Calbe war eine Wasserburg zwischen zwei Armen der Milde, eines westlichen Nebenflusses der Elbe. Sie gehörte der Familie von Alvensleben, zu der Lentz von Störpke in keinerlei Beziehung stand und von der er also auch keinerlei Hilfe zu erwarten hatte. Und seine Wächter zeigten sich verschlossen gegenüber allen Bestechungsversuchen. Ihm blieb nur die alte Devise »Hilf dir selbst, dann hilft dir Gott!«. Aber die Gitterstäbe vor seinem kleinen Fenster waren so stark, dass selbst er sie nicht auseinanderzubiegen vermochte. So begann er, den Mörtel aus den Mauerfugen in seiner Zelle zu kratzen. Natürlich musste er davon ausgehen, dass er sich mit dem Löffelstiel, den er zur Verfügung hatte, nie und nimmer einen Fluchtweg schaffen könnte – doch die Kratzerei war allemal besser als bloßes Nichtstun.

Man hatte ihn nicht in Ketten gelegt, und so konnte er sich in seinem Verlies frei bewegen. Er nutzte das auch, um alle Steine abzuklopfen. Vielleicht konnte er am Klang erkennen, wo die Mauer dünner war? In der Tat fand er eine Stelle, an der die Mauer wie hohl klang. Fieberhaft begann er zu kratzen und bemerkte alsbald, dass um den Feldstein herum der Mörtel recht locker war und sich sogar mit dem Fingernagel entfernen ließ. Dann stellte er fest, dass die Masse nicht nach Mörtel, sondern nach Brot und Hirsebrei roch. Schnell hatte er den Stein freigelegt und aus dem Mauerwerk herausgezogen. Dahinter lag ein Hohlraum, eine Art Röhre, durch die sich ein nicht allzu dicker Mensch zwängen konnte. Da hatte einer seiner Vorgänger ganze Arbeit geleistet! Nur die beiden letzten äußeren Steine trennten ihn noch von der Freiheit. Aber es konnte nur ein paar Tagen dauern, auch sie zu entfernen.

Zwischen den Besuchen seiner Wächter, die sich gut vorausberechnen ließen, machte er sich daran, diese letzten Brocken zu lockern. Als das geschafft war, musste er erkennen, dass sie zu groß waren, um sie nach innen ins Verlies zu ziehen. So blieb ihm nur, sie nach unten zu stoßen. Das würde nicht unbemerkt bleiben, er musste also versuchen, sofort die Mauer hinabzuklettern oder aber in den Fluss zu springen. Allerdings wusste er nicht, wie dicht die Außenmauer der Burg am Wasser lag.

Lentz wartete, bis es Nacht geworden war, dann wagte er es. Als er die beiden letzten Steine mit den Füßen weggestoßen hatte, lauschte er. Keinen Herzschlag später hörte er es heftig klatschen. Die Brocken mussten ins Wasser gefallen sein. Offenbar gab es zwischen Mauer und Fluss keinen Umgang, auf dem die Wache patrouillierte. Trotzdem war das Risiko groß, von einer Lanze oder einem Pfeil getroffen zu werden, während er die Mauer hinunterkletterte. Eine bessere Zielscheibe war kaum denkbar. Es gab keine einzige Wolke am Himmel, und sie hatten gerade Vollmond. Er streckte die Füße ins Freie und schob sich Handbreit um Handbreit nach vorn. Doch da erhob sich unten auf dem Burghof schon Lärm. Ganz offensichtlich war er entdeckt worden. Was blieb ihm, als sich fallen zu lassen? Wenn nur das Wasser nicht zu flach war und er sich das Genick brach! Egal, er musste es wagen.

Der Sprung glückte. Das Wasser der Milde war tief genug, und ehe sich die Burgbesatzung auf ihn stürzen konnte, war er ans andere Ufer geschwommen. Töricht genug, sich nachts aufs Pferd zu setzen und ihm nachzujagen, war keiner, er konnte aufatmen. Er wrang seine Kleider aus und eilte über die Felder.

Er wollte nach Berlin. Die Landkarte der Mark Brandenburg kannte er gut genug, um nicht lange überlegen zu müssen, welchen Kurs er einzuschlagen hatte: zuerst nach Osten, bei Tangermünde über die Elbe hinweg, dann über Nauen und Spandau zum Oderberger Tor, wo der Kurfürst residierte. Was er brauchte, war die Kleidung eines reisenden Händlers – und ein scharfes Messer. Beides fand er in einem Gehöft bei Tangermünde.

Vierzehn Tage später näherte sich Lentz von Störpke in der Rolle eines Baders dem Hohen Haus in Berlin.

Die Wache verstellte ihm den Weg. »Heh, wohin wollt Ihr?«

»Zum edlen Herrn Veit von Pruppach. Er möchte zur Ader gelassen werden.«

»Dann nur zu!«

Er durfte anstandslos passieren und stand wenig später vor der Kammer seines Erzfeindes. Ohne sich weiter zu besinnen, stieß er die Tür auf. Veit von Pruppach fertigte gerade eine Order aus, und ehe er begriff, wie ihm geschah, und er um Hilfe rufen konnte, war Lentz bei ihm am Stehpult und setzte ihm das Messer an die Kehle.

»So, Bürschchen«, rief er, »jetzt gehen wir zu Friedrich, und du gestehst ihm, dass du in Nürnberg den Beutel mit den Giftpilzen in mein Zimmer geschmuggelt hast!«

Lentz zweifelte keinen Augenblick daran, dass Veit von Pruppach, der »Held« von Nikopolis, ihm ohne jede Gegenwehr Folge leisten würde, und so war es dann auch.

Sie kamen ohne Zwischenfall durch die finsteren Gänge des Hohen Hauses und fanden Friedrich in seinem Gemach, wo er sich für die Jagd präparierte. Er erschrak mächtig, als er die beiden eintreten sah.

»Friedrich, ich war immer dein Freund und wollte nur dein Bestes!«, rief Lentz von Störpke. »Veit hat mich verleumdet, weil er an deiner Seite keinen anderen dulden wollte. Neid und Eifersucht haben ihn dazu getrieben, mir zu unterstellen, ich hätte dich vergiften wollen. Das war eine infame Lüge, und er hat sie auch schon eingestanden.«

Der Kurfürst setzte sich, wohl hoffend, damit die Gemüter zu beruhigen. Er überlegte einen Augenblick, dann sah er Lentz von Störpke an. »Lentz, nimm das Messer von seiner Kehle. Ich will wissen, ob Veit deine Aussage bestätigt, auch wenn er nicht von dir bedroht wird.«

Lentz zögerte. »Das wird er nicht. Er hat Angst, dass du ihn verjagst.«

»Das werde ich auch dann nicht tun, wenn sich deine Behauptung als wahr erweist. Und widerruft er, dann sei dir freier Abzug garantiert. Du hast mein Ehrenwort.«

»Nun gut, Friedrich, ich vertraue dir.« Damit steckte Lentz sein Messer in den Gürtel.

Veit von Pruppach zögerte eine Weile, dann kam er zu dem Schluss, dass er am ehesten rettete, was zu retten war, wenn er sich zu seiner Schuld bekannte. »Friedrich, es war so, wie Lentz gesagt hat. Bitte vergib mir!«

Der Kurfürst sprang auf und eilte zu Lentz von Störpke, um ihn zu umarmen. »Dasselbe rufe ich dir zu, mein ewiger Freund: Verzeihe mir! Mein Gott, Lentz, wie konnte ich nur so blind sein!«

Nachdem am 21. Oktober 1415 die brandenburgischen Stände Friedrich I. auf einem Landtag in Berlin gehuldigt hatten, schickte der Kurfürst Lentz von Störpke als Botschafter nach Wolgast, um mit den pommerschen Herzögen über eine dauerhafte Vereinbarung zu verhandeln. Da die Sache nicht eilte, machte Lentz einen Umweg durch die Prignitz, um die Dinge auf seinem Lehnsgut an der Stepenitz wieder zu ordnen. Als das erledigt war, zog er weiter nach Wolgast, und als er an Malchin vorbeikam, hatte er die Idee, bei Erich III. von Pommern-Malchin vorbeizuschauen und mit ihm zusammen zum gemeinsamen Treffen an der Ostsee zu reiten.

Als er am herzoglichen Schloss angekommen war, sah er im Park einen jungen Mann von etwa achtzehn Jahren lustwandeln. Sein Anblick traf ihn wie ein Blitz: Genau so hatte er selbst als Jüngling ausgesehen! Dieselben Gesichtszüge, dieselbe Figur, dieselben Bewegungen. Gütiger Gott, das konnte nur sein Sohn sein!

»Claß!«, rief er unwillkürlich aus.

Der junge Mann fuhr herum und lachte. »Irrtum, ich bin Wratislaw, der Sohn von Erich III.«

Lentz sprang vom Pferd und lief auf ihn zu. »Nein, du bist Claß von Störpke – jedenfalls dann, wenn du ein großes Feuermal im Nacken hast.«

Der junge Mann wurde blass. »Das habe ich in der Tat.«

»Komm, setz dich zu mir auf die Bank, lass dir alles erklären.«

Während Lentz vom Raub seines Sohnes erzählte, kam Erich von Pommern-Malchin herbei und begrüßte ihn, man kannte sich aus alter Zeit. Und da er kein dummer Mensch war, hatte er die Situation schnell erfasst. Er setzte sich zu den beiden, um ein Geständnis abzulegen.

»Ich habe vor siebzehn Jahren den Auftrag gegeben, einen Knaben zu rauben, da ich keinen Erben hatte. Ich habe Wratislaw aufgezogen und geliebt wie meinen eigenen Sohn. Verzeih mir, Lentz!«

Lentz lachte. »Meinetwegen verzeihe ich auch dir noch.«

Dann lagen sich alle drei in den Armen und schämten sich ihrer Tränen nicht.

Anschließend hatte Lentz eine geradezu geniale Idee. Er blickte seinen so lange vermissten Sohn an. »Am besten ist es wohl, du lebst dein gewohntes Leben einfach weiter. Niemand soll erfahren, wer dein wahrer Vater ist. Und später wirst du als Wratislaw I. von Pommern-Malchin dafür sorgen, dass den Interessen Brandenburgs stets Rechnung getragen wird.«

»Mit Freuden!«

Der Rest der Geschichte ist schnell erzählt. Den Hohenzollern gelang es, sich für Jahrhunderte in der Mark Brandenburg festzusetzen – bis zum November 1918. Dietrich von Quitzow schaffte es nicht, sich mit Friedrich I. von Brandenburg auszusöhnen, fand Unterschlupf bei seiner Schwester Mathilde auf Schloss Harbke und starb dort krank und verarmt am 13. Februar 1417. Sein Bruder Johann dagegen machte seinen Frieden mit Friedrich I., stellte sich in dessen Dienste, nachdem er seine Ländereien zurückerhalten hatte, und unternahm weiterhin seine Beutezüge, jetzt in anderen deutschen Landen.

Lentz von Störpke kehrte an die Stepenitz zurück, heiratete Keth von Weißenbrunn und hatte mit ihr drei Söhne.

»Diesmal wollte er ganz sicher gehen«, kommentierte Herzog Wratislaw I. von Pommern-Malchin diesen Tatbestand mit einer gehörigen Portion schwarzen Humors.

Wahrheit und Dichtung

Wahr an dieser Geschichte – und in jedem Geschichtsbuch nachzulesen – ist, dass mit der Ernennung von Friedrich VI. von Nürnberg zum Kurfürsten Friedrich I. das Haus Hohenzollern 1415 für Jahrhunderte die Macht in Brandenburg und dem später aus ihm entstehenden Königreich Preußen übernahm. Wahr ist auch, dass Friedrich dem Raubrittertum der berüchtigten Quitzow-Brüder, die einem der mächtigsten Adelsgeschlechter der Mark Brandenburg entstammten, ein Ende bereiten konnte.

Historisches Personal

Kaiser, König, Kurfürsten, Markgrafen, Herzöge

Friedrich V. (um 1333–1398) aus dem Hause Hohenzollern, Burggraf von Nürnberg

Friedrich VI. (1371–1440) aus dem Hause Hohenzollern, Sohn Friedrichs V., Burggraf von Nürnberg, ab 1415 als Friedrich I. Markgraf von Brandenburg

Johann III. (um 1369–1420) aus dem Hause Hohenzollern, Sohn Friedrichs V., Burggraf von Nürnberg und Markgraf von Brandenburg-Kulmbach

Sigismund von Luxemburg (1368–1437), Kurfürst von Brandenburg, König von Ungarn, Kroatien und Böhmen

Wenzel IV. (1361–1419), König von Böhmen und römisch-deutscher König

Hermann II. (1365–1435), Graf von Cilli, Ortenburg und im Seger, seit 1406 erblicher Ban von Slavonien

Barbara von Cilli (um 1390–1451), Tochter von Hermann II., zweite Frau Sigismunds

Mircea I. cel Bătrân (1355–1418), Woiwode der Walachei

Jobst von Mähren (1351–1411), Markgraf von Mähren aus der Dynastie der Luxemburger, 1410 zum römisch-deutschen König gewählt

Ruprecht III. von der Pfalz (1352–1410), 1400–1410 römisch-deutscher König aus der Dynastie der Wittelsbacher

Barnim VII. (um 1403–1451), Herzog von Pommern-Wolgast und Barth

Otto II. von Pommern-Stettin (um 1380–1428)

Kasimir V. von Pommern-Stettin (nach 1380–1435)

Bâyezîd I. (1360–1403), 1389–1402 Sultan des Osmanischen Reiches

Stefan Lazarević (1377–1427), serbischer Fürst

Johann von Nevers, auch Johann Ohnefurcht (1371–1419), Herzog von Burgund

Jean II. Le Maingre, genannt Boucicaut (1366–1421), Marschall von Frankreich

Philibert de Naillac, († 1421), von 1396 bis 1421 Großmeister des Johanniterordens auf Rhodos

Oswald von Wolkenstein (um 1377–1445), Tiroler Ritter, Sänger, Dichter und Komponist, Diplomat im Dienste des deutschen Kaisers Sigismund I.

Märkische und andere Adlige

Kuno von Quitzow († 1402), Herr auf Burg Kletzke, Vater von Dietrich und Hans

Dietrich von Quitzow (1366–1417), »Raubritter«, ein Sohn Kuno von Quitzows

Johann (Hans) von Quitzow (1370–1437), »Raubritter«, ein Sohn Kuno von Quitzows

Kaspar Gans zu Putlitz (1360–um 1430), »Raubritter«

Wichard und Hans von Rochow

Familie von Bredow

Die Herren von Maltitz

Graf Johannes von Hohenlohe (1370–1412), fränkischer Ritter

Johannes Schiltberger (1380–nach 1427), bayerischer Ritter

Philipp von Utenhoven, fränkischer Ritter

Kraft von Lentersheim, fränkischer Ritter

Hofbeamte

Wend von Ileburg, Hauptmann der Mark

Hans von Sparneck (um 1350–1417), Ritter, Hofmeister und Marschall bei den Burggrafen von Nürnberg

Berliner Bürgermeister (zwischen 1395 und 1417)

Jacob von Rathenow, Arnd und Hennig Perwenitz, Hans Dannewitz, Hennig Stroband, Paul Blankenfelde, Albert Rathenow, Claus Schultze, Thomas Heidicke, Walsleben, Jacob Abel und Sebastian Welsickendorf

Fiktives Personal

Im brandenburgischen Adel

Lentz von Störpke, brandenburgischer Ritter
Köne von Kablow, sein Knappe
Adelhaid, Gattin des Ritters Lentz von Störpke
Claß, beider Sohn (* 1397)

Im Umfeld von Friedrich VI. bzw. Friedrich I.

Graf Gunther von Tannenreuth
Veit von Pruppach, Kämmerer

Im Fränkischen

Hans Lampert, Kaufmann aus Nürnberg
Ulman Schedel, Großhändler und Tuchfabrikant
Ännlin Schedel, seine Frau
Steffann Schedel, ihr Sohn

Weitere

Herzog Erich III. von Pommern-Malchin
Stephan von Sulz, Ritter am Habsburger Hof
Keth von Weißenbrunn, Dame am Habsburger Hof

ANNO 1448

DER BERLINER UNWILLE

Schon einige Jahre dauert der Machtkampf der Bürger Berlins und Cöllns gegen den Kurfürsten von Brandenburg, Friedrich II., an. Die Städter sehen durch die Maßnahmen des Regenten, der wegen seines strengen Regimes auch Eisenzahn genannt wird, ihre Autonomie bedroht. Sie wehren sich vehement gegen die Errichtung einer Burg auf einer Spreeinsel – würde der Neubau sie doch zwingen, Land abzugeben. Als der Kurfürst tatsächlich zwischen Dominikanerkloster und Stadtmauer den Grundstein für eine Festung legt, kocht die Wut der Bürger über. Im Jahre 1448 wird Wentzel Kollatz, ehemaliger Barbier und nunmehriger Todfeind von Friedrich Eisenzahn, zum Anführer der aufständischen Berliner. Der »Berliner Unwille« – wie die Auseinandersetzungen genannt werden – eskaliert, als die aufgebrachten Bürger die Baustelle unter Wasser setzen …

eins

Wentzel Kollatz kam nur schwer aus dem Bett. Er hatte schlecht geschlafen, denn er quälte sich mit der Entscheidung, ob er am Vormittag zusehen sollte, wie dem Mordbrenner Eberlin Nackel der Kopf abgeschlagen wurde. Er hasste solche Schauspiele. Stand nicht in der Bibel geschrieben: *Du sollst nicht töten*? Allerdings gab es keine bessere Gelegenheit, sich anatomische Kenntnisse anzueignen – und über die musste er verfügen, wollte er sein Gewerbe als Bader vervollkommnen.

Auch beim Frühstück war er noch unschlüssig. Vielleicht kam ihm die richtige Erkenntnis, wenn er sich erst einmal an die Arbeit machte? Er ging in seine Bade- und Barbierstube hinunter, wo schon der erste Kunde wartete. Es war der Scharfrichter Urban Bäke, ein guter Freund, der für seinen Lebensunterhalt auch die Stadt von den Leichen verendeter Tiere befreite und sie außerhalb der Stadt verscharrte. Gelegentlich tötete er auch die in den Gassen streunenden Hunde, kastrierte Pferde oder säuberte das Stadtgefängnis vom Kot der Dahinvegetierenden. Beide, der Henker wie der Bader, standen in der sozialen Schichtung weit unten. Das verband sie auf gewisse Weise. Doch Wentzel Kollatz hatte in Berlin und Cölln aufgrund der Herkunft seiner Ziehmutter und seiner Begabungen eine besondere Stellung inne. Auch war seine Barbier- und Badestube am Neuen Markt ein Ort, an dem man seine gesellschaftlichen Kontake pflegen konnte.

»Hast du fleißig am Kohlkopf geübt?«, spottete Wentzel Kollatz. Er wusste, dass Urban Bäke vor seinen Hinrichtungen stets Angst hatte »zu butzen« – es nicht zu schaffen, den Kopf mit einem einzigen Schlag vom Körper zu trennen.

»Sicher«, antwortete Urban Bäke und betonte, dass er zu den Henkern und Scharfrichtern gehöre, die versuchten, ihren Klienten unnützes Leiden zu ersparen. »Kurze Not, sanfter Tod, Gnade bei Gott. Bei einem Scheiterhaufen kann man den Rauch so lenken, dass der Ärmste, der da elend bei lebendigem Leibe verbrennen soll, vorher schon erstickt.

Und jemanden, der gerädert werden soll, kann ich vorher so geschickt erdrosseln, dass es keiner merkt.«

»Aber einem den Kopf abschlagen …« Wentzel Kollatz schüttelte sich.

»Immerhin noch besser, als würde ich ihn kreuzigen, in einen Sack einnähen und ertränken, bei lebendigem Leibe kochen oder ihm mit der Garotte die Luftröhre zerquetschen.«

Wentzel Kollatz erschauerte. »So erklärt sich, warum der Mensch die Krone der Schöpfung ist. Die Sperlinge vor meiner Tür, die wären zu solchen Taten nicht in der Lage.«

Urban Bäke bedankte sich für die Rasur und machte sich auf, die nötigen Vorbereitungen zu treffen und Eberlin Nackel zur letzten Mahlzeit zu bitten.

Wentzel Kollatz' zweiter Kunde war ein Pferdehändler aus Cölln, der unter der Fallsucht litt und sich daher einen ganz speziellen Rat von ihm erbat.

»Stimmt es eigentlich, dass ich von meiner Krankheit geheilt werde, wenn ich einen Becher mit dem Blut eines frisch Hingerichteten trinke?«

Wentzel Kollatz hielt das für unmöglich. Da er aber die menschliche Psyche kannte, wusste er auch um die heilsame Wirkung des Glaubens und bejahte die Frage.

»Kannst du mir einen Becher diesen Inhalts besorgen? Ich bezahle dich königlich dafür.«

»Gut.«

Nach dem Pferdehändler kam ein älterer Ratsherr in die Babierstube. Der ließ sich nicht nur den Bart stutzen, sondern hatte noch ein besonderes Anliegen.

»Ich möchte nicht, dass es einer hört«, flüsterte er.

»Ihr wollt, dass ich Euch eine willige Dirne ins Haus hole?«

»Etwas ganz anderes. Ihr kennt sicherlich das Sprichwort *Zerlassenes Menschenfett ist gut für lahme Glieder, so man sie damit schmiert, sie werden richtig wieder.* Und Ihr, lieber Wentzel Kollatz, seid doch mit Urban Bäke befreundet …«

Auch in diesem Falle versprach Wentzel Kollatz, sein Bestes zu tun.

Als Bader, manche nannten ihn auch Quacksalber, war er Arzt, Dentist und Apotheker in einer Person.

Sein nächster Kunde an diesem Morgen war Balthasar Boytin, kurz Balzer Boytin. Er war ebenfalls Ratsherr, allerdings in Berlin und Cölln sehr unbeliebt, da er dem allseits verhassten kurfürstlichen Landesherrn in den Arsch kroch, wie man es gern drastisch formulierte. Auch Wentzel Kollatz mochte ihn nicht, und so freute er sich, dass er an diesem Morgen als »Zahnbrecher« in Anspruch genommen werden sollte.

»Mein rechter unterer Backenzahn!«, jammerte Balzer Boytin. »Der Schmerz ist nicht auszuhalten.«

»Keine Angst, der menschliche Organismus hält in solchen Fällen als Rettung die Ohnmacht bereit. Bitte nehmt doch in dem Stuhl Platz!«

Schon beim ersten Blick in den geöffneten Mund erkannte Wentzel Kollatz, dass der betreffende Zahn stark vereitert war. Und obwohl er Balzer Boytin einen schmerzstillenden Kräutertrunk verabreichte, schrie der Ratsherr bei der Extraktion so laut, dass einige Leute zum Richtplatz eilten, weil sie dachten, es ginge bereits Eberlin Nackel an den Kragen.

Nachdem Balzer Boytin von seinem Hausknecht nach Hause abgeholt worden war, hieß Wentzel Kollatz seine Magd die Barbierstube von Blut und Eiter reinigen, holte sich einen Becher aus der Küche und eilte aus dem Haus.

Viel Volks hatte sich auf dem Platz an der Gerichtslaube eingefunden, um der Hinrichtung des Mordbrenners beizuwohnen. Auch wenn er sich innerlich überwinden musste, gelang es Wentzel, den Becher mit dem Blut des Enthaupteten zu füllen, ohne zu kollabieren, und dem Auftraggeber vorbeizubringen. Auf dem Nachhauseweg begegnete er Marghareta Kornmesser, seiner Ziehmutter. Sie hatte ihn im Spätherbst des Jahres 1404 als hilfloses Würmchen gefunden, in jener Badestube, die ihm heute selbst gehörte. Seine leibliche Mutter, die er nicht kannte, hatte ihn dort in einem Wickelkissen abgelegt. Darin habe, so seine Ziehmutter, ein Zettel mit dem Namen *Wentzel Kollatz* gesteckt. Niemandem war es bislang gelungen, einen Kollatz zu finden, der sein Vater hätte sein können – weder im Kurfürstentum Brandenburg noch in einem der angrenzenden Länder.

Marghareta Kornmesser war 59 Jahre alt und die Frau des wohlhabenden Tuchhändlers Martin Kornmesser aus der Heilig-Geist-Straße. Sie war Hebamme und Heilkundige aus Leidenschaft, sammelte Wildkräuter und zog auch einiges an Heilpflanzen bei sich im Garten. Das Vorbild, das sie ihm gegeben hatte, war es gewesen, das in Wentzel Kollatz den Wunsch geweckt hatte, Bader zu werden. Nun berichtete er ihr von dem Spektakel, dem er soeben beigewohnt hatte.

Marghareta Kornmesser richtete ihren Blick zum Himmel empor und sagte resigniert: »*Vater unser, der Du bist im Himmel, geheiligt werde Dein Name; zu uns komme Dein Reich; Dein Wille geschehe, wie im Himmel, also auch auf Erden!*«

»So einfach sollten wir es uns nicht machen«, brummte Wentzel Kollatz. »Wenn wir nur auf Gott bauen, wird die Welt nicht besser werden. Wir Menschen müssen sie verändern!«

Sie rang die Hände. »Wentzel, ich sehe dich schon als Wanderprediger durch die Lande ziehen …«

Wentzel lachte. »Das wird ganz sicher nicht geschehen, ich will nicht auch am Kreuze landen.«

Marghareta Kornmesser lenkte das Gespräch in unverfänglichere Bahnen. »Was hast du heute noch vor?«

»Ich soll ins Hohe Haus kommen.«

Seine Ziehmutter staunte. »Warum das? Der Kurfürst ist doch gar nicht in Berlin.«

»Ich weiß es nicht.«

Sie nahmen mit einer Zärtlichkeit voneinander Abschied, die zwischen einer Mutter und ihrem leiblichen Kind kaum größer hätte sein können. Dann machte sich Wentzel Kollatz auf zum Hohen Haus des Landesherrn, das an der Klosterstraße im Norden Berlins gelegen war. Mit einem Grundriss von nur knapp zwanzig mal siebzehneinhalb Metern war es alles andere als imposant, aber es wies immerhin eine Höhe von zehneinhalb Metern auf. Da es nur zwei Stockwerke gab, waren die einzelnen Räume von beträchtlicher Höhe. Unter dem Gebäude lag zudem ein Kellergeschoss, das über eine Einfahrt für kleinere Wagen verfügte. Hinter dem Haus befand sich ein kleiner Garten.

In diesen Garten wurde Wentzel Kollatz nun geführt, um dort auf Elisabeth von Bayern-Landshut zu treffen, die »Schöne Else«, wie sie von den Berlinern genannt wurde. 1401 hatte sie den Mann aus dem Hause Hohenzollern geheiratet, der seine Laufbahn als Burggraf Friedrich VI. von Nürnberg begonnen hatte und 1415 unter dem Namen Friedrich I. Kurfürst von Brandenburg geworden war. Zehn Kinder hatte sie ihm geschenkt, sechs Mädchen und vier Jungen.

»Wie geht es dir, mein lieber Wentzel?«

»Danke, meine Kurfürstin, bestens, zumal ich meinen Kopf noch da habe, wo der Herrgott ihn bei meiner Geburt, so ungewiss deren Umstände auch sein mögen, hingesetzt hat.« Und er berichtete ihr von der Hinrichtung vor der Gerichtslaube.

Elisabeth schüttelte sich. »Hör bitte auf damit!« Aber sie war nicht so empfindlich, als dass sie nicht sofort zur Tagesordnung hätte übergehen können. »Ich habe dich wegen meines Gemahls rufen lassen. Es geht ihm nicht gut. Und da du ihm mit deinen medizinischen Künsten oft geholfen hast, bittet er dich, auf die Cadolzburg zu kommen.« Dorthin hatte sich der Kurfürst zurückgezogen, weil ihm die Querelen mit dem König wie die ständigen Fehden und Reibereien in der Mark Brandenburg sehr zugesetzt hatten.

»Aber gern!«, antwortete Wentzel Kollatz. »Ich mache mich sofort reisefertig.«

Elisabeth dankte ihm. »Du kannst dich in unseren Zug einreihen. Ich will auch zu ihm und zurück nach Ansbach …«

… um in der Heimaterde begraben zu werden, vollendete Wentzel Kollatz den Satz in Gedanken.

Die Cadolzburg, in der Nähe Fürths gelegen, kam Mitte des 13. Jahrhunderts in den Besitz der hohenzollerschen Burggrafen zu Nürnberg, die sie ausbauten und zum Verwaltungszentrum des Markgrafentums Brandenburg-Ansbach machten. Die Hauptburg lag auf einer steilen Felsnase und war von einer imposanten Ringmauer umschlossen. Das Haupttor und der Saalbau, das sogenannte Neue Schloss, stammten aus dem 13. Jahrhundert, die Wohnbauten zeigten viel Spätgotik. Allem vorgelagert war die Vorburg mit den Höfen der Burgmannen. Auch eine Marktsiedlung gehörte zur Cadolzburg, von den Bewohnern und Bewohnerinnen als »Sporch« bezeichnet.

Wentzel Kollatz war glücklich in Mittelfranken angekommen und freute sich auf das Zusammentreffen mit dem alten Burggrafen, der 1415 brandenburgischer Kurfürst geworden und ihm immer herzlich zugetan gewesen war. Wer ihm aber zunächst auf der Vorburg begegnete, war Friedrichs Sohn, sein designierter Nachfolger, der als Friedrich Eisenzahn in die Geschichte eingehen sollte. Sein Bruder Johann, sieben Jahre älter, hatte auf seine Rechte als Erstgeborener verzichtet.

»Was willst du hier?«, schnauzte der junge Friedrich ihn an.

Wentzel Kollatz überhörte den bösen Unterton und nahm es als Frage. »Eure Mutter hat mich beauftragt, herzukommen und nach Eurem Vater zu sehen.«

»Bist du etwa ein studierter Medicus?« Das klang sehr feindselig.

Wentzel Kollatz lächelte selbstsicher. »Nein, aber ich habe mehr Menschen geheilt als alle Medici der Mark zusammen.«

»Pass gut auf, Wentzel Kollatz! Wenn du meinem Vater einen Schaden zufügen solltest, dann ...« Friedrich machte die Geste des Kopfabschlagens, dann ließ er Wentzel Kollatz wortlos stehen.

»Ein Freund fürs Leben wird er nie«, murmelte Wentzel Kollatz. Schon in Berlin hatte er unter der Abneigung, gar dem Hass des Erbprinzen leiden müssen. Die offensichtlichen Gründe dafür waren Neid und Eifersucht – der Kurfürst hatte ihn, den armen Bader und Barbier, ins Herz geschlossen, während er mit seinem Sohn Friedrich so nüchtern und sachlich umging wie mit einem Gesandten des Kaisers. Wentzel empfand durchaus Mitgefühl für den »Eisernen«. Dem hatte das Leben bereits übel mitgespielt, obwohl er erst 26 Jahre alt war. Bereits achtjährig war er mit der Prinzessin Hedwig von Polen verlobt worden, und man hatte ihn für ein Jahrzehnt zur Erziehung nach Polen gebracht. Doch im Jahre 1431 war seine Braut plötzlich verstorben. Der junge Friedrich zeigte sich in der Folgezeit melancholisch und geradezu verbittert, zog sich aus der großen Reichspolitik zurück und schlug die polnische wie die böhmische Königskrone aus.

Aber nun ging es um dessen Vater, der am 21. September 1371 in Nürnberg auf die Welt gekommen war und seinem 69. Geburtstag entgegensah. Nur wenige Menschen konnten auf ein so langes Leben zurückschauen. Wentzel Kollatz fand Friedrich I. auf dem Krankenlager, kniete sich vor das Bett und küsste ihm die Hand.

»Ich bin aus Berlin gekommen, um Euch zu helfen.«

Der Kurfürst versuchte zu lächeln. »Beim Sterben?«

»Ich hoffe, dass wir dem Tod ein Schnippchen schlagen können«, sagte Wentzel Kollatz.

»Wentzel, was soll's! Einmal muss es vorbei sein. Ich kann stolz sein auf mein langes Leben und bin dankbar dafür.«

»Ihr habt der Mark Brandenburg den Frieden gebracht und den Keim gelegt für ein Land, das einmal das mächtigste in Deutschland werden könnte.«

»Danke, junger Mann!«

»Ich gehe inzwischen auf die vierzig zu«, merkte Wentzel Kollatz an.

»Nun untersuche mich!«

Das Ergebnis war niederschmetternd. Herz und Lunge des Kurfürsten waren sehr schwach, das Blut war zu dick, und es war abzusehen, dass der Tod Friedrich innerhalb der nächsten Woche holen würde. Wentzel Kollatz ließ ihn zur Ader und mischte ihm einen Kräutertrunk, der ihm die ärgsten Schmerzen ersparen sollte. Dann rief er den Pfleger in den Raum zurück und verabschiedete sich. »Ich werde jede Stunde vorbeischauen.«

»Ruf alle an mein Sterbebett, sobald es Abschied zu nehmen gilt!«

»Nicht doch! Ihr werdet so alt, dass man Euch später einmal Friedrich der Unsterbliche nennen wird.«

Doch die Lebensuhr des ersten Hohenzollern in der Mark war abgelaufen. Gegen die Kräfte des Kosmos, dagegen, dass alles, was geschaffen worden war, eines Tages auch verging, ob nun Mensch oder Sonne, kam auch ein Wentzel Kollatz mit seinen Künsten nicht an. Was auch immer er versuchte, schlug fehl, keine Therapie brachte den gewünschten Erfolg.

Die Kinder des Kurfürsten nahmen es gottergeben hin – bis auf den jungen Friedrich. Der schien Wentzel Kollatz wegen seines Misserfolges regelrecht zu hassen. »Ich habe dich aus Berlin holen lassen, um meinen Vater zu heilen – nicht, um ihn schneller ins Grab zu bringen!«

Am 20. September 1440 verstarb Friedrich I. von Brandenburg auf der Cadolzburg bei Nürnberg. Bei seiner Beisetzung erhielt Wentzel Kollatz einen Eindruck davon, wie die Fürstenhäuser ihr Beziehungsgeflecht knüpften. Von den noch lebenden Töchtern des Kurfürsten war nur Margarete derzeit ohne Ehemann. Elisabeth hatte in zweiter Ehe den Herzog Wenzel von Teschen geheiratet. Cäcilie war mit dem Herzog Wilhelm I. von Braunschweig-Wolfenbüttel verehelicht, Magdalena mit dem Herzog Friedrich II. von Braunschweig-Lüneburg und Dorothea mit dem Herzog Heinrich IV. von Mecklenburg. Bei den Söhnen sah es dagegen nicht ganz so gut aus, denn bislang war nur Johann, genannt der Alchemist, Markgraf von Kulmbach-Bayreuth, in den heiligen Stand der Ehe getreten und hatte Barbara von Sachsen-Wittenberg zur Frau genommen, während sowohl der Erbprinz als auch seine Brüder Albrecht, genannt Achilles, und Friedrich der Jüngere noch ledig waren.

Wentzel Kollatz fühlte sich inmitten dieser herausgehobenen Menschen klein und unbedeutend. Tröstlich war nur, dass auch sie einmal sterben mussten.

Wilhelm von Blankenfelde kam aus einer der hervorragendsten Berliner Patrizierfamilien, war Erbherr zu Blankenburg, Pankow und Weißensee und hatte 1436/37 das Bürgermeisteramt innegehabt. Als er vom Ableben Friedrichs I. erfuhr, wollte ihm das Essen nicht mehr schmecken.

»Das ist gar nicht gut für Berlin!«, rief er aus.

Seine Frau legte ihm besänftigend die Hand auf den Arm. »Wilke, du sollst dich nicht aufregen! Wentzel Kollatz hat dich gewarnt. Wenn dein Herz das Blut zu schnell durch die Adern jagt, trifft dich eines Tages der Schlag.«

Wilhelm von Blankenfelde, von seiner Frau und seinen Freunden Wilke genannt, ließ sich aber kaum beruhigen. »Der alte Friedrich war ein milder Friedrich. Der neue Herr wird seinem Beinamen ›Der Eiserne‹ bald alle Ehre machen, ich fühle das, und Berlin und Cölln mit eiserner Hand die Daumenschrauben anlegen.«

»Wart's erst mal ab!«, mahnte seine Frau. »Redet mit ihm, wenn er in Berlin ist!«

»Mit dem kann man schlecht reden, so verbittert, wie er ist.«

Seine Frau lachte. »Wenn du erst den Schwanenorden bekommen hast, mein lieber Wilke, wirst du dem Eisenzahn noch aus der Hand fressen.«

Den »Orden unserer lieben Frauen zum Schwan« oder »Schwanenorden« hatte Kurfürst Friedrich II. am 29. September 1440 gestiftet, um den brandenburgischen Adel enger an sich zu binden. Er sollte an Personen verliehen werden, die sich politisch, religiös und karitativ hervorgetan hatten und der allgemeinen »Entsittlichung« entgegenwirkten, das heißt die Adligen wieder an Gottesfurcht und Ehrbarkeit gewöhnten und vor allem ihre Rauf- und Fehdelust zügelten.

Wilhelm von Blankenfelde war gebildet genug, um die Sage vom Schwanenritter zu kennen: Ein Ritter kommt aus einem unbekannten Lande, in einem von einem Schwan gezogenen Kahn. Er rettet eine Fürstentochter vor dem ihr verhassten Bewerber und vermählt sich mit ihr, muss sie dann aber verlassen, weil sie sich über sein Verbot hinwegsetzt, sich nach seiner Abstammung zu erkundigen. Wolfram von Eschenbach hatte das Thema in seinem *Parzival* aufgegriffen, und Konrad von Würzburg hatte die Geschichte in seiner Dichtung *Der Schwanenritter* nach Nimwegen und in die Zeit Karls des Großen verlegt. Die Franzosen hatten den Kreuzfahrer Gottfried von Bouillon als Schwanenritter gesehen.

Doch warum hatte Eisenzahn diese Sage aufgegriffen? Wilhelm von Blankenfelde wusste es nicht. Vielleicht, weil er sich selbst als weißen Ritter sah, der gekommen war, Brandenburg zu retten? Wilhelm von Blankenfelde hätte am liebsten einen Gegenorden gestiftet, der diejenigen auszeichnete, die sich gegen einen allmächtigen Landesherrn wandten.

Mit einiger Wut im Bauch machte er sich auf zur Ratsherrenversammlung. Auf dem Weg dorthin wurde er von einigen Bürgern heftig beschimpft. Sie warfen ihm vor, die Vertretung der Stadt habe nur das Ziel, die Pfründe der wohlhabenden Bürger zu sichern. Seit 1432 galt das Gesetz, dass Bürgermeister und Ratsherren ihre Nachfolger jährlich aus den eigenen Reihen wählen durften – und diese nicht mehr von der gesamten Bürgerschaft gewählt wurden. So blieben die hohen Ämter dauerhaft von Männern derselben Familien besetzt. Johann Rathenow zum Beispiel war schon von 1438 bis 1439 Bürgermeister gewesen und 1440 wiedergewählt worden, und auch Wilhelms Vater, Paul von Blankenfelde, hatte das Amt bereits innegehabt.

Im Rat ging es hoch her. Als der Hohenzoller Friedrich von König Sigismund zum brandenburgischen Kurfürsten gemacht worden war, hatte er das damals mächtige Berlin mit Nachsicht behandelt. Er hatte sogar hingenommen, dass man ihm das sogenannte Öffnungsrecht abgeschlagen hatte – das Recht, über die Öffnung der Stadttore nach Belieben zu verfügen. Nun hatte sein Sohn Friedrich II. dieses Öffnungsrecht eingefordert – und Berlin und Cölln hatten es erneut verweigert.

»Jetzt zieht er mit sechshundert Reitern heran und wird bald vor dem Spandauer Tor angelangt sein«, berichtete Henning Stroband, mehrfacher Bürgermeister vergangener Jahrzehnte.

»Dann schlagen wir es ihm vor der Nase zu!«, rief Augustin Völker. »Soll er sich eine blutige Nase holen!«

Balzer Boytin aber ergriff Partei für den neuen Kurfürsten und suchte seine Argumente mit Paulus zu untermauern, mit einem Zitat aus dem Brief an die Römer: »*Jedermann sei untertan der Obrigkeit, die Gewalt über ihn hat. Denn es ist keine Obrigkeit ohne von Gott; wo aber Obrigkeit ist, die ist von Gott verordnet. Wer sich nun der Obrigkeit widersetzt, der widerstrebt Gottes Ordnung; die aber widerstreben, werden über sich ein Urteil empfangen.*«

»Hol doch gleich den Papst nach Berlin, um es von der Kanzel in St. Marien verkünden zu lassen!«, rief einer.

Balzer Boytin fand diesen Vorschlag zynisch. »Womöglich wird er erschlagen wie weiland der Propst Nikolaus von Bernau.«

»Pass bloß auf, dass du nicht erschlagen wirst!«, brummte der Ratsherr neben Wilhelm von Blankenfelde.

Wentzel Kollatz war auf dem schnellsten Weg nach Berlin zurückgekehrt und betrieb mit gewohntem Eifer seine Badestube am Neuen Markt. Sie war zum gesellschaftlichen Mittelpunkt der Doppelstadt geworden, hier traf sich alles, was Rang und Namen hatte. Vor allem an den Sonnabenden und den Vorabenden hoher Feiertage kam man, um sich zu reinigen – was in nach Geschlechtern getrennten Räumlichkeiten geschah. Am Ende eines niedrigen Gemaches stand ein Ofen mit einem Kessel heißen Wassers, daneben ein Kübel mit kaltem Wasser, aus denen man das schöpfte und mischte, was man zu haben wünschte. An den Wänden standen Bänke in verschiedener Höhe, auf denen man Platz nehmen konnte, um zu schwitzen. Wer baden wollte, setzte sich allein oder zu zweit in einen hölzernen Bottich. Nur wenige wollten mit sich und ihren Gedanken allein sein, die meisten zogen die muntere Plauderei vor.

Neben der Aufsicht über den Badebetrieb oblag es Wentzel Kollatz, Zähne zu ziehen, Wunden zu versorgen, fiebrige Kranke mit seinen Kräutern zu heilen, triefende Augen zu behandeln, Männer zur Ader zu lassen oder ihnen Blutegel auf den Rücken zu setzen, darüber hinaus aber auch Haare zu schneiden und Bärte zu stutzen oder zu rasieren. Er konnte sich über Mangel an Arbeit nicht beklagen.

Dass Friedrich II., wie Wentzel von seinen Gästen und Patienten erfuhr, sich anschickte, den Einfluss der Bürger zunehmend einzuschränken, löste bei dem Bader keine große Freude aus. Er wusste, dass Hass zu den Todsünden zählte, doch musste er sich selbst eingestehen, dass er genau dies für diesen sauertöpfischen Mann empfand. Hoffentlich ließ der nicht nach ihm schicken, wenn er, wieder in Berlin, sich ein Leiden zuziehen würde. Die Versuchung, ihm etwas Giftiges ins Essen zu mischen, wäre groß gewesen. Natürlich hätte er das als gottesfürchtiger Mann nicht wirklich getan, aber in Gedanken gestattete er sich ab und an, den »Eisernen« in die Hölle zu schicken.

Aber nicht zu Friedrich II. wurde Wentzel Kollatz gerufen, sondern zu seinem jüngeren Bruder, zu Friedrich III., eher bekannt als Friedrich der Fette. Dieser lebte in Tangermünde, Salzwedel und Arneburg, stattete gelegentlich aber auch Berlin einen Besuch ab, da er formal Mitregent war. Bei solchen Gelegenheiten bezog er Quartier im Hohen Haus des Landesherrn.

Auf dem Weg dorthin kam Wentzel Kollatz am Stand des Pferdehändlers Mickel Hinke vorbei, des seiner Ansicht nach gerissensten Rosstäuschers in ganz Brandenburg. Alten Pferden schliff er die Zähne kurz oder scherte ihnen die Ohren aus, damit sie besser hören konnten, anderen färbte er das Fell, wenn sie allzu unauffällig waren. Heute nun erwischte er Mickel Hinke dabei, wie er, als er sich unbeobachtet glaubte, einem Braunen Pfefferkörner in den After schob, damit der Gaul – obwohl von Natur aus ein dösiger Krippensetzer – beim Verkaufsgespräch ordentlich feurig wirkte. Wentzel Kollatz wollte gerade eingreifen, als er sah, dass es Balzer Boytin war, der das Tier kaufen wollte. Da zog er schadenfroh von dannen.

Er sinnierte darüber, wie er Friedrich dem Fetten wohl helfen konnte. Der erlauchte Patient litt unter einer ausgeprägten Fettleibigkeit, obwohl er erst sechzehn Jahre alt war.

Aber nicht wegen seiner Fettwülste hatte Friedrich III. einen Boten zu Wentzel geschickt, sondern …

»Es ist mir peinlich, darüber zu sprechen«, begann er, als Wentzel Kollatz eingetreten war.

»Das muss es nicht«, sagte Wentzel Kollatz begütigend.

»Ich weiß, du warst ein enger Vertrauter meines Vaters.«

Wentzel Kollatz suchte ihm eine Brücke zu bauen. »Ihr Vater begann Gespräche über vertrauliche Themen auch immer auf diese Art und Weise.«

Friedrich III. tastete sich vorsichtig an das Thema heran. »Wenn er Probleme mit seiner Rute hatte?«

Wentzel Kollatz nickte. »So ist es. Und woran hapert es bei Euch?« Die Frage war überflüssig. Wentzel war sicher, dass Friedrichs gewaltiger Leibesumfang ihn daran hinderte, seinen möglicherweise auch noch recht kleinen Penis wie gewünscht zum Einsatz zu bringen.

Der Mitregent lief rot an und begann zu stammeln: »Ich bin ja nicht verehelicht … Und deshalb hatte ich gestern eine … eine … willige Dame bei mir im Gemach, die mich in die … in die Liebeskunst einweisen sollte …« Er brach ab.

»Und da hat sich nichts bei Euch geregt?«

»Doch …«

Wentzel Kollatz gab sich heiter. »Dann ist doch alles bestens.«

»Durchaus, aber …«, druckste Friedrich III. herum, »… aber heute kriege ich die Vorhaut nicht wieder über die Eichel und habe schreckliche Schmerzen.«

»Zeigt das gute Stück mal her!«, rief Wentzel aufmunternd. »Das wird ein spanischer Kragen sein. Wenn man dagegen nichts tut, stirbt Euch die Eichel ab.«

Friedrich III. zögerte, den Hosenlatz zu öffnen. »Soll ich wirklich?«

»Sonst kann ich Euch nicht helfen.« Wentzel Kollatz kannte solche Fälle. Männer mit einer nicht behandelten Phimose hatten die Vorhaut mit Gewalt zurückgezogen, und die hatte die Eichel daraufhin derart eingeklemmt, dass der Blutabfluss gestört war und die eingetretene Schwellung unbeschreiblich schmerzte.

Der Hohenzollernspross hatte Bedenken. »Ich weiß nicht so recht …«

Wentzel Kollatz schlug auf den Tisch. »Unternehmen wir nichts, stirbt Euch die Eichel ab!«

Das wirkte. Nachdem er Friedrich III. eine Kräutersalbe mit betäubender Wirkung auf den angeschwollenen Penis gestrichen hatte, konnte er durch vorsichtige Massagen die eingeklemmte Vorhaut wieder über die Eichel ziehen, ohne dass es blutete.

»Wie kann ich dir danken?«, fragte der fette Friedrich.

»Indem Ihr für mich eintretet, wenn ich mit Eurem Bruder Eisenzahn einmal aneinandergeraten sollte«, antwortete Wentzel in weiser Voraussicht.

Friedrich II. von Brandenburg war im Oktober 1440 erst 26 Jahre alt und im Regierungsgeschäft noch reichlich unerfahren, obwohl ihm sein Vater schon lange vor seinem Ableben einige wichtige Aufgaben überlassen hatte. Eine Frau, die ihm mit ihren Erfahrungen aus anderen Herrscherhäusern hätte helfen können, hatte er noch nicht gefunden. Was er aber besaß, war ein sicherer Instinkt dafür, was nötig war, um ein

Land zu führen. Und so formulierte er im Gespräch mit seinen Brüdern Friedrich und Johann schon rund siebzig Jahre vor Niccolò Machiavelli druckreife Sätze über optimale fürstliche Strategien.

»Die notwendigen Grausamkeiten soll man immer anfangs begehen«, hielt er seinen Brüdern entgegen, die seine Politik kritisierten. »Und wir können uns in Brandenburg nur behaupten, wenn wir verhindern, dass Berlin und Cölln allzu selbständig werden und sich möglicherweise sogar mit anderen Städten zu einem Bund zusammenschließen. Jede Stadt strebt danach, zu einer kleinen unabhängigen Republik zu werden, wie man es aus Italien und Griechenland kennt und auch die Hansestädte es ihnen vormachen. Das muss unbedingt verhindert werden, notfalls auch mit dem Schwert oder der Kanone!«

»Das wird alle gegen dich aufbringen«, wandte Johann ein. »Keiner wird dich lieben.«

»Ist es etwa besser, geliebt als gefürchtet zu werden? Beides ist sicherlich erstrebenswert, lässt sich aber selten vereinbaren. Es scheint mir sicherer, als Fürst gefürchtet zu sein.«

Friedrich III. lachte. »Fürst und Fürchten entstammen schließlich demselben Wortstamm.«

Friedrich Eisenzahn hielt seine beiden Brüder für zu weich und politisch zu unbegabt. Sie legten keinerlei Ehrgeiz an den Tag, die Mark Brandenburg zu einer Großmacht auszubauen. Wenn er Erfolg haben wollte, musste er sie fortschicken – am besten einen in die Altmark und einen nach Kulmbach.

»Was schwebt dir vor?«, wollte Johann wissen.

Friedrich II. musste nicht lange nachdenken, um die Frage zu beantworten. »Das oberste Prinzip heißt ›Teile und herrsche‹. Also sollte alle Kraft aufgewendet werden, um Berlin und Cölln zu entzweien.«

Friedrich III. fragte: »Wie willst du das anstellen?«

»Ich nutze den Umstand, dass sich beide schon jetzt in vielem uneinig sind, und befehle, den gemeinsamen Rat von Berlin und Cölln zu trennen. Außerdem setze ich fest, dass die Wahlen zum Bürgermeister ohne meine Bestätigung ungültig sind.«

»Das wird einen schönen Aufstand geben!«, rief Johann.

»Dann habe ich einen guten Grund, ihnen die oberen und niederen Gerichte zu entziehen – und dazu noch das Recht der Niederlage von Waren an der Spree. Ich kriege sie schon klein, keine Sorge. Und ich kenne einen, der uns treu und beflissen dabei dienen wird: Balzer Boytin.«

Wentzel Kollatz hätte sich gewünscht, dass sein Leben spannender verliefe, und er hatte sich nicht gescheut, diesen Wunsch beim letzten Gottesdienst in St. Marien seinem Herrgott vorzutragen. Und der hatte ihn offenbar erhört und schickte ihm den Kaufmann Wiprecht Weede aus Lübeck in die Badestube. Man hatte sich am Vortag bei den Kornmessers getroffen, sie hatten eine Weile über dies und jenes geplaudert, und der Mann hatte einen durchaus angenehmen Eindruck gemacht. Jetzt aber kam er taumelnd auf ihn zu, starrte ihn an und stammelte: »Wer … bin … ich?«

Wentzel Kollatz lachte. »Das fragt Ihr mich?« Der Lübecker schien einen über den Durst getrunken zu haben.

»Wo … bin … ich?«

Wentzel Kollatz stutzte. Weede schien hohes Fieber zu haben, er wurde von derart heftigem Schüttelfrost erfasst, dass seine Zähne zu klappern begannen.

»Hier!«, stieß Weede hervor und zog sein rechtes Hosenbein hoch. Es kam eine schwärzlich blaue Schwellung zum Vorschein.

»Himmel, wie sieht das aus!«, rief Wentzel Kollatz, und er machte einen Satz rückwärts.

Die Symptome waren typisch für die Beulenpest – den Schwarzen Tod. Mit Schrecken fiel Wentzel Kollatz ein, dass im letzten Jahr in Norwegen und Schweden eine Pestepidemie gewütet hatte, die in diesem Jahr nach Schleswig-Holstein geschwappt war. Und Wiprecht Weede kam aus Lübeck.

Wentzel Kollatz rief seine Knechte herbei. »Schafft ihn ins Hinterzimmer, und haltet alle Menschen von ihm fern!«

Gelinde Panik brach aus, zu frisch war noch die Erinnerung an die Zeit vor hundert Jahren, als die Pest in ganz Europa gewütet hatte.

Wentzel Kollatz fiel ein, was Giovanni Boccaccio in seiner Novellensammlung *Decamerone* über die Pandemie Mitte des 14. Jahrhunderts geschrieben hatte:

So konnte, wer – zumal am Morgen – durch die Stadt gegangen wäre, unzählige Leichen liegen sehen. Dann ließen sie Bahren kommen oder legten, wenn es an diesen fehlte, ihre Toten auf ein bloßes Brett. Auch geschah es, dass auf einer Bahre zwei oder drei davongetragen wurden, und nicht einmal, sondern viele Male hätte man zählen können, wo dieselbe Bahre die Leichen des Mannes und der Frau oder zweier und dreier Brüder und des Vaters und seines Kindes trug.

Nicht nur in Florenz hatten sich solche Szenarien zugetragen, auch in vielen deutschen Städten hatte man Ähnliches erlebt. 20 bis 25 Millionen Menschen, rund ein Drittel der Bevölkerung Europas, hatte der Schwarze Tod hinweggerafft.

»Bitte, Herr, nicht noch einmal!«, rief man im Badehaus und betete.

Wentzel Kollatz wusste wenig über die Beulenpest, er hatte in keiner italienischen oder arabischen Medizinschule studiert. Aber er wusste, dass Weede verloren war, wenn sich das Geschwür am Bein weiterentwickeln und seine Gifte ins Blut abgeben konnte.

Marghareta Kornmesser, die von Wiprecht Weedes Krankheit hörte, kam herbeigelaufen und fragte, was er zu tun gedenke.

Wentzel Kollatz überlegte. »Es gibt meiner Ansicht nach nur eine Möglichkeit, ihn zu retten: Wir schaffen ihn zum Schmied hinüber und brennen dort mit einem glühenden Eisen das Geschwür aus.«

Die Schreie des Lübeckers drangen durch ganz Berlin und über die Spree bis nach Cölln hinüber. Vorübergehend fiel Weede in Ohnmacht, aber er stand die Prozedur recht wacker durch.

Als er wieder im Hinterzimmer des Badehauses lag, schmierte Wentzel Kollatz viel Salbe auf die Wunde und flößte ihm verschiedene Elixiere und Säfte ein, die das Fieber senken sollten. »Jetzt müssen wir abwarten.«

Während sie dies taten, geschah einiges in Berlin, was sie über die Maßen beschäftigte. Am 14. November 1440 entzog Friedrich Eisenzahn

Berlin und Cölln eine Reihe ihrer Privilegien, dennoch huldigten ihm beide Städte am 19. November, seinem 27. Geburtstag.

Im Badehaus von Wentzel Kollatz war man empört, äußerte aber seinen Unmut nur hinter vorgehaltener Hand.

»Er soll es nicht so weit treiben, dass er zum Tyrannen wird«, sagte Martin Kornmesser.

»Denn Tyrannen laufen leicht Gefahr ermordet zu werden«, vollendete Wentzel Kollatz den Gedanken und erinnerte an Harmodios und Aristogeiton. »Die wollten 514 v. Chr. den athenischen Tyrannen Hippias ermorden, haben aber nur dessen Bruder Hipparchos erwischt.«

Balzer Boytin trat ein, und so redete man lieber über unverfängliche Themen, etwa darüber, dass Friedrich Eisenzahn gerade den Rathenows gestattet hatte, gewisse Hebungen aus Lichterfelde auf dem Teltow an einen gewissen Mathens Alard zu verpfänden.

Das war wenig aufregend, Wentzel Kollatz verließ den Raum, um nach dem Pestkranken zu sehen.

An dessen Bett stand gerade Simplicius, ein Bruder aus dem Dominikanerkloster nebenan in Cölln.

»Du bist zur Letzten Ölung gekommen?«, rief Wentzel.

»Gottlob nicht, lieber Wentzel. Ich wollte dir das hier zeigen.« Er zog eine tote Giftschlange aus seiner Kutte. »Die ist in Wiprecht Weedes Packwagen gefunden worden, es ist zu vermuten, dass sie ihn gebissen hat. Was du für eine Pestbeule gehalten hast, könnte eine Schwellung aufgrund ihres Bisses gewesen sein.«

»Was für ein Irrtum!«, rief Wentzel Kollatz. »Und doch habe ich mit dem Ausbrennen genau das Richtige getan.«

Simplicius reagierte darauf mit einem Spruch Salomos: »*Verlass dich auf den Herrn von ganzem Herzen und verlass dich nicht auf deinen Verstand.*«

»Nun wissen wir, dass uns die Pest nicht heimgesucht hat«, sagte Wentzel. »Hoffen wir, dass Wiprecht Weede beides überlebt: den Schlangenbiss und meine barbarische Behandlung.«

Wiprecht Weede überlebte, und Wentzel Kollatz' Ruf als begnadeter Heiler festigte sich weiter.

ZWEI

Die Kurfürsten genossen königliche Ehren. Neben den drei geistlichen Kurfürsten – den Erzbischöfen von Mainz, Köln und Trier – gab es vier weltliche, als da waren der Pfalzgraf bei Rhein, der Herzog von Sachsen, der König von Böhmen und der Markgraf von Brandenburg, zugleich Kämmerer des Reiches. Friedrich II. zählte damit zu den mächtigsten Männern in Deutschland, doch glücklich und zufrieden war »der Eiserne« mitnichten. Es gab vieles, was ihn quälte und nächtelang nicht schlafen ließ. Den Tod seiner Hedwig hatte er noch immer nicht verwunden, und obwohl ihn seine Umwelt drängte, weigerte er sich beharrlich, nach einer Kurfürstin Ausschau zu halten. Auch der dauernde Ärger mit den widerborstigen Berlinern und die ewigen Streitereien zwischen den Gewerken und den Patrizierfamilien im Rat machten ihm sehr zu schaffen. Als gewaltigen Mangel schließlich empfand er, dass es in Berlin und Cölln keinen vorzeigbaren Herrschersitz gab. Alle – ob geistliche oder weltliche – Fürsten bewohnten eine Burg, einen Palast, ein Schloss oder ein Palais, in jedem Fall eine eindrucksvolle Residenz. Er aber hatte nur das jämmerliche Hohe Haus am Oderberger Tor.

»Mein Sitz ist eines Kurfürsten ganz und gar unwürdig!«, rief er, als er Anfang des Jahres mit seinen Brüdern und engsten Beratern zusammensaß. »Das muss anders werden!«

»Wir sind knapp bei Kasse«, kam der Einwand seines Kämmerers.

Den ließ Friedrich Eisenzahn nicht gelten. »Macht muss sich nach außen darstellen, wenn sie Bestand haben will, das Volk muss sie jeden Tag vor Augen haben. So wie die Nürnberger unsere Burg vor Augen haben.«

»Machen wir doch Cöpenick zu unserer Residenz!«, schlug Friedrich der Fette vor. »Dann haben wir eine Burg.«

»Eine gute Idee«, fand Johann. »Und wenn die Berliner gegen uns protestieren wollen, haben sie einen langen Weg zurückzulegen. Bei ihrer Ankunft in Cöpenick sind sie so erschöpft, dass sie ihren Unmut vergessen haben und froh und glücklich sind, wenn sie etwas zu essen und zu trinken von uns bekommen.«

»Ich darf mir den nötigen Ernst ausbitten!«, rief der Kurfürst. »Ich will nicht nach Cöpenick und auch nicht nach Spandau auf die Festung, ich will, dass Berlin das Zentrum ist, denn hier allein steckt die Kraft, die Großes gebiert. Wir werden nur dann wachsen, blühen und gedeihen, wenn Berlin so anziehend wird, dass die Besten aus allen deutschen Landen und ganz Europa an die Spree kommen.«

»Willst du eine Universität gründen? Wie Karl IV. in Prag?«, fragte Johann, der der Alchemie zugetan war und sich deshalb einiges davon versprach.

»Keine Universität, sondern ein Schloss an der Spree!«, rief Friedrich. »Unsere Burg in Berlin.«

»Da werden dir die Berliner und die Cöllner in die Suppe spucken«, gab der jüngere Friedrich zu bedenken.

»Für die werde ich zunächst zwei getrennte Verwaltungen schaffen. Damit haben sie vorerst genug zu tun.«

Die Plassenburg, hoch über Kulmbach gelegen, war vor 1135 vom Grafen Berthold II. von Andechs erbaut worden, dann an die Grafen von Orlamünde und 1340 an die Burggrafen von Nürnberg aus dem Hause Hohenzollern gefallen. Nun residierte hier Johann von Brandenburg, genannt Johann der Alchemist, als Herr des hohenzollernschen Markgrafentums Brandenburg-Kulmbach.

Wentzel Kollatz war in der ersten Märzwoche zu ihm gerufen worden, weil sich der Markgraf seit einiger Zeit schwach und lustlos fühlte, unter Kopfschmerzen, Übelkeit, Schwindel und einem trockenen Mund- und Rachenraum litt.

»Der Medicus, der hier herumläuft, taugt nicht viel«, sagte Johann, als Wentzel Kollatz ihn aufmerksam musterte. »Der sagt nur, ich solle meiner Barbara nicht so oft beiwohnen.«

Wentzel Kollatz lächelte. »Was sagt das Volk? *In der Woche zwier, schadet weder ihm noch ihr.* Vier Kinder habt Ihr schon.«

Johann korrigierte ihn. »Drei, Rudolf ist bei der Geburt gestorben.«

Wentzel Kollatz grinste. »Den Fritz hab ich mitgezählt.«

»Du weißt zu viel.« Über seinen illegitimen Sohn sprach Johann nicht gern.

Sie saßen während ihres Gesprächs in einem niedrigen Raum, einer Art Labor, in dem Johann mit verschiedenen Stoffen experimentierte. Es roch streng, ohne dass Wentzel Kollatz die Ursache dafür erkennen konnte. Er blickte sich um und entdeckte Regale mit Schalen, gläsernen Kolben, Schläuchen und anderen Apparaturen. »Die berühmte Transmutation!«, rief er aus. Die Versuche, unedle Metalle mithilfe chemischer Prozesse in Gold und Silber umzuwandeln, hielten ganz Europa in Atem.

Johann nickte. »Ich suche nach dem Stein der Weisen.« Damit meinte er die Tinktur, die diese Umwandlung bewerkstelligen konnte. »Gold steht für die Sonne und für die Erlösung der Seele.«

»Ich verstehe.« Das war natürlich gelogen.

»Ich suche auch nach dem Panacea, dem Heilmittel für alle Krankheiten.«

Wentzel Kollatz lachte. »Darf ich es als Erster bekommen, wenn Ihr es gefunden habt?«

»Versprochen!«

Während dieses Dialogs war Wentzels Blick auf eine Schale gefallen, in der sich eine silbern schimmernde Masse mit seltsam ausgefransten Rändern befand. Wentzels Augen zogen sich zu schmalen Schlitzen zusammen. »Ist das Quecksilber?«

Johann nickte. »Es steht bei uns für den Gott und Planeten Merkur. Quecksilber und Schwefel haben für uns allergrößte Bedeutung.«

»Mensch!«, rief Wentzel Kollatz. »Zu mir ist einmal ein Hutmacher gekommen, der seine Felle mit Quecksilber behandelte – und unter denselben Symptomen litt wie Ihr. Offenbar sind die Quecksilberdämpfe, die Ihr hier einatmet, an Eurer Vergiftung schuld. Lagert das Teufelszeug anderswo, und verlasst diese verpestete Bude!«

Es wäre Wentzel Kollatz trotz aller guten Argumente wohl nicht gelungen, Johann zu überzeugen, wenn nicht am selben Tage ein Kurier einen Brief Friedrichs II. überbracht hätte. Der bat seinen Bruder, nach

Wittstock zu reisen und dort mit den Mecklenburgern und Pommern über die Zukunft der Uckermark zu verhandeln.

»Worum geht es denn?«, wollte Wentzel Kollatz wissen.

»Vor sechs Jahren ist Wilhelm Werle gestorben. Da er keinen männlichen Erben hatte, ist die Herrschaft Werle an die Mecklenburger zurückgefallen. Seitdem streiten wir uns mit den Mecklenburgern und Pommern um die Besitzungen in der Herrschaft Stargard, bei Anklam und in der Uckermark. Eine Fehde jagt die andere. Friedrich möchte den Streit endlich beenden.«

»Woran er recht täte«, sagte Wentzel Kollatz. »Auf nach Wittstock! Hoffen wir, dass es kein weiteres Erdbeben gibt.« Ein solches hatte die Stadt an der Dosse am 23. August 1410 erschüttert.

»Ich habe nur ein Problem«, brummte Johann. »Ich habe kein Geld.«

»Trotz der Alchemie und Goldmacherei?«, spottete Wentzel.

»Ich darf ja kein Quecksilber mehr anrühren …« Johann überlegte. »Der Einzige, der mir noch etwas leiht, ist Meyer Jacobsohn.«

»Das ist bestimmt ein Jude«, sagte Wentzel Kollatz. Das war nicht schwer zu erraten, selbst die brandenburgischen Markgrafen hatten Kredite bei Juden aufnehmen müssen. Inzwischen waren nicht nur Privatpersonen, sondern ganze Städte zu Schuldnern von Juden geworden. Friedrich I. hatte diese Entwicklung gefördert, indem er immer neue jüdische Menschen in Brandenburg aufnahm und ihnen Schutzbriefe ausstellte. Kritisierte ihn einer deswegen, so sagte er nur: »Jesus Christus war auch Jude.«

Meyer Jacobsohn unterhielt unten in Kulmbach eine Filiale seines Handelshauses. Als sie angeklopft hatten, öffnete ein Bedienter und teilte ihnen mit, die Familie Jacobsohn speise gerade.

»Du weißt nicht, wen du vor dir hast?«, fragte Wentzel Kollatz.

»Doch, aber …«

Johann wandte sich ab. »Lass uns draußen warten.«

»Warum das?«, fragte Wentzel.

Der Markgraf lachte. »Weil sie erst das Essen wegschaffen müssen.«

»Das versteh ich nicht.«

Johann erklärte ihm den jüdischen Witz. »Ein Jude kommt zum

Metzger, zeigt direkt auf einen Schweineschinken und sagt: ›Ich hätte gern diesen Fisch dort.‹ – ›Aber das ist doch ein Schinken!‹ – ›Mich interessiert nicht, wie der Fisch heißt.‹«

Wentzel Kollatz hatte ein gutes Verhältnis zu Johann, er erlaubte sich, angemessen zu kontern. »Worin ähneln sich ein Jude und ein alter Witz?«

»Worin denn?«

»Sie haben beide einen Bart.«

Noch während sie lachten, wurden sie ins Haus gebeten, und es entwickelte sich ein angenehmes Gespräch.

Meyer Jacobsohn lobte Johanns Vater in den höchsten Tönen. »Im Jahre 1400 haben sie in Berlin noch zwei Juden hingerichtet, weil die angeblich Christenkinder aufgekauft hatten. Mit Friedrich I. aber ist alles besser geworden. Alle Ratmannen, Gewerke, Gemeinden und Richter in den Städten Brandenburgs hat er verpflichtet, uns Juden zu beschirmen und darauf zu achten, dass wir an den Toren nicht mehr bezahlen müssen als die Christen.«

Am Ende ihres Besuchs lieh Meyer Jacobsohn Johann so viel, dass dieser nach Wittstock aufbrechen konnte. Da er nun einige Zeit keine Quecksilberdämpfe einatmete, besserte sich auch sein Gesundheitszustand erheblich, und es gelang ihm, sich mit dem »Frieden von Wittstock« selbst ein Denkmal zu setzen: Weite Teile der Uckermark kamen zu Brandenburg, und für viele Jahrzehnte kehrte im Norden Frieden ein.

Laurentz Happerschozz war als Baumeister in ganz Europa herumgekommen. Er hatte an zahlreichen Burgen und Schlössern mitgearbeitet, bevor er zum Schluss in der Kölner Dombauhütte gelandet war. Dort wäre er gern geblieben, doch nach einem heftigen Streit mit dem Dombaumeister Nikolaus van Bueren hatte man ihn an die Luft gesetzt. Er machte sich auf nach Prag, um sich dort nach Arbeit umzuschauen, doch in Magdeburg wurde ihm berichtet, dass der brandenburgische Kurfürst große Pläne für Berlin habe. So war er hierher geeilt. Kaum hatte er im Hohen Haus vorgesprochen, da bat ihn schon Friedrich Eisenzahn zu sich. Nun zogen sie durch Berlin und Cölln, ein paar Hofleute an ihrer Seite, um sich nach einem passenden Bauplatz umzusehen.

Laurentz Happerschozz stimmte dem Kurfürsten zu: In Berlin und Cölln müsse etwas geschehen! »Wenn ich an die Städte denke, wo andere Kurfürsten sitzen – Mainz, Köln, Trier, Heidelberg, Meißen, Prag –, dann ist das, was ich hier sehe, wirklich sehr bescheiden.«

»Zwar bin ich in Tangermünde auf die Welt gekommen, was noch viel bescheidener ist als Berlin«, erzählte Friedrich, »aber unsere Wurzeln liegen in Nürnberg. Da mein Vater Burggraf war, denke ich, dass ich in Berlin auch eine Burg haben sollte.«

Laurentz Happerschozz nickte. »Ich verstehe. Aber eine echte Burg gehört meiner Meinung nach auf einen Berg, einen Kamm, einen Sporn oder einen Hang.«

Amadeus, der Kammerherr des Kurfürsten, mischte sich ein. »Wir haben genügend Berge um Berlin und Cölln herum.«

Laurentz Happerschozz lachte. »Das sind allenfalls Hügel.«

»Die Müggelberge kämen vielleicht in Frage«, sagte Friedrich Eisenzahn. »Aber ich will eine Burg mitten in der Stadt.«

»Eine Zwingburg!«, entfuhr es Amadeus, der sich einiges an Keckheit erlauben durfte.

»Meinetwegen eine Zwingburg.« Friedrich scheute sich nicht, das offen auszusprechen. »Die Berliner sollen sehen, wer Herr im Hause ist. Manche Menschen muss man zu ihrem Glück zwingen.«

»Gut.« Laurentz Happerschozz nickte. »Was haben wir denn im Angebot? Wasserburgen, Inselburgen, Brückenburgen, Sumpfburgen …«

Der Kurfürst nahm das nicht als Ironie, sondern als Anregung und überlegte. »Eine Wasserburg ließe sich machen, denn wir haben die Spree. Auch eine Inselburg, denn wir haben mehrere Inseln in der Spree. Selbst eine Brückenburg ginge, wir haben den Mühlendamm. Nur für eine Sumpfburg müssten wir zu weit aus der Stadt heraus.«

»Das sind Voraussetzungen, aus denen sich etwas machen lässt«, sagte Laurentz Happerschozz. »Wo bekommen wir die Steine her? Ich denke nicht, dass es eine slawische Burg aus Holz und Erdwällen sein soll.«

»Wir haben nur die Steine, die uns vom Herzen fallen«, antwortete Amadeus. »Und die auch erst, wenn die Burg fertig ist.«

Friedrich Eisenzahn war ein zu ernsthafter Mensch, um darauf einzugehen. »Die ganze Mark ist voller Feldsteine. Teilweise sind es riesige Brocken, die die Eiszeit hinterlassen hat. Zusätzlich können wir Steine aus dem Harz herankarren lassen.«

»Gut.« Laurentz Happerschozz war hocherfreut über die Entwicklung. »Ich werde mich in den nächsten Tagen sowohl nach Vorbildern wie nach einem geeigneten Bauplatz umsehen und mich dann ans Zeichnen der Pläne machen.«

Frohgemut kehrte er, nachdem er sich vom Kurfürsten und dessen Gefolge verabschiedet hatte, in seine Herberge in der Breiten Straße zurück. Dort erwartete ihn eine Überraschung: In seinem Bett lag ein totes Schwein, ein Zettel mit einer eindeutigen Botschaft steckte in seiner Schnauze. *Wenn du nicht bald aus Berlin verschwindest, wirst du eines Tages auch so in diesem Bett liegen!*

In einer Schenke am Mühlendamm saßen sie beieinander und freuten sich über den Streich mit dem toten Schwein. Neben Wentzel Kollatz waren dies Frytz, der Schlachter und Knochenhauer, Thomen, der Schmied, und Bart, der Wagner. Die meisten Berliner und Cöllner wussten sie auf ihrer Seite. Deren Wut darüber, dass ihnen der Hohenzollernfürst eine Zwingburg vor die Nase setzen wollte, war groß. Sie hatten von einer Stadt geträumt, die von den Bürgern selbst verwaltet wurde – wie etwa Hamburg oder Bremen, frei von Fürsten- und Pfaffenherrschaft. Und nun das!

»Wir müssen Friedrich das Dasein in Berlin so vergällen, dass er nach Nürnberg zurückgeht«, sagte Wentzel Kollatz, dessen Widerwillen gegen den Kurfürsten täglich wuchs.

Bart winkte ab. »Ich würde ihm dafür meinen schönsten Wagen kostenlos zur Verfügung stellen. Aber der Mann hat nicht umsonst den Beinamen der Eiserne.«

»Auch Eisen schmilzt!«, rief Thomen, der Schmied.

»Wenn wenigstens seine beiden Brüder die Oberhand gewännen!

Mit Johann und dem fetten Friedrich würden wir fertig werden«, sagte Frytz.

»Alles hängt von der Burg ab«, fasste Wentzel Kollatz zusammen. »Nur wenn wir den Bau verhindern, haben wir eine Chance gegen den Eisernen.«

»Darauf trinken wir einen!«, rief Thomen und hob seinen Humpen, um sich nachschenken zu lassen.

»Worauf wollt ihr trinken?«, erklang eine scharfe Stimme vom Eingang.

Sie zuckten zusammen. Dort stand der Hofrichter Balthasar Hake – und mit dem war nicht gut Kirschen essen. Wenn der von ihrem Streich mit dem toten Schwein und ihren aufrührerischen Reden Kenntnis bekam, ließ er sie alle verurteilen und in Spandau in die Festung sperren.

»Auf wen wir trinken?« Wentzel Kollatz gab sich als der harmloseste Mensch der Welt. »Auf unseren geliebten Kurfürsten natürlich. Er ist unsere Zukunft!«

Der Hofrichter wusste, dass Wentzel Kollatz mit Johann dem Alchemisten und Friedrich dem Fetten befreundet war, daher gab er sich mit der Auskunft zufrieden und trat wieder auf die Straße hinaus.

Nun hatten sie noch mehr Grund, dem Bernauer Bier zuzusprechen, und Thomen rief abermals nach der Bedienung. »Kuni, komm bitte!«

Kunigund war die Tochter des Wirtes. Wentzel wollte schnell entweichen, stolperte aber über das Bein, das Frytz ausgestreckt hatte, damit sein Freund in Kunis Armen landete.

»Endlich bist du da, wo du hingehörst!«, rief die Männerrunde.

Wentzel Kollatz wünschte die Freunde zum Teufel. Nicht, dass er es nicht probiert hätte! Doch den Beischlaf mit einem Weibe, mochte es noch so reizvoll sein, hatte er nie als besonders lustvoll empfunden. Beim Anblick eines nackten weiblichen Körper empfand er vielmehr Ekel, besonders wenn die Damen mit üppigen Brüsten gesegnet waren. Kam er mit ihrem weichen Fleisch in Berührung, geriet er regelrecht in Panik. Kuni fürchtete er ganz besonders. Sie war ungemein drall und wollte ihm dringend ihren Dank dafür erweisen, dass er im letzten Jahr ihren gebrochenen Knöchel geheilt hatte. Wie könnte sie ihm besser danken als mit einer heißen Liebesnacht? Wentzel Kollatz wusste, dass er auf Dauer nicht nein sagen konnte, wollte er nicht zum Gespött seiner Freunde werden. Kuni indes würde er zur Feindin haben, die sich ungemein gekränkt fühlen würde, wenn er ihr Angebot nicht endlich annahm.

Bring es endlich hinter dich! Je mehr er trank, desto fordernder wurde seine innere Stimme. Er redete sich selbst zu wie einem Patienten, dem ein chirurgischer Eingriff bevorstand.

Gegen Mitternacht lag er tatsächlich in Kunis Kammer und hoffte, dass sich bei ihm etwas regen würde. Doch nichts tat sich. Und als sich Kuni zu entkleiden begann, geriet er vollends in Panik

»Bitte, Kuni, behalte deine Sachen an! Ich mag es nicht, wenn eine Frau nackt ist.«

»Du bist krank!«

»Ich bekomme nur eine Erektion, wenn die Frauen angezogen zu mir ins Bett kommen.«

Kuni lachte schallend. »Wie willst du ihn dann in mich stecken?«

»Ein bisschen musst du dich frei machen.«

Er schaffte es tatsächlich, in sie einzudringen. Aber Erfüllung war ihm verwehrt, so verzweifelt er sich auch bemühte. Viele Bilder schossen ihm durch den Kopf, nichts half – bis er Amadeus vor Augen hatte. Da explodierte er, und so viel Samen strömte aus ihm heraus, dass Kuni danach lange mit dem Aufwischen zu tun hatte.

Jetzt wusste Wentzel Kollatz endlich, woran er war.

Drei

Der Konvent des Zisterzienserklosters Lehnin hatte in den wirren Zeiten der Wittelsbacher und der luxemburgischen Markgrafen als »verderbte Räuberbande« gegolten. Unter dem Abt Heinrich Stich aber war er zu neuer Blüte gelangt, auch deswegen, weil er sich gegen die Quitzows und ihre Verbündeten gestellt hatte und für die Sache des Nürnberger

Burggrafen Friedrich VI. eingetreten war. Der wiederum hatte, als er Friedrich I. von Brandenburg wurde, den Lehniner Äbten gedankt, indem er sie zu Kurfürstlichen Räten machte.

Anfang März des Jahres 1443 ritt eine Berliner Delegation nach Lehnin, angeführt von Wentzel Kollatz und Wilhelm von Blankenfelde. Ihr Ziel war es, durch eine raffinierte Aktion den Bau der Berliner Burg zu verhindern oder wenigstens hinauszuzögern. Als der Bauplatz von Laurentz Happerschozz abgesteckt worden war, hatte sich herausgestellt, dass auch ein Grundstück benötigt wurde, auf dem ein Haus des Lehniner Abtes stand. Daher wollte man diesen davon überzeugen, seinen Besitz nicht an den Kurfürsten zu verkaufen.

»Bei Heinrich Stich wäre ein solcher Versuch aussichtslos gewesen«, befand Wentzel Kollatz.

»Klar, der ist den Hohenzollern in den Arsch gekrochen!«, rief Frytz, der Schlachter und Knochenhauer.

Wilhelm von Blankenfelde zuckte ob der groben Sprache zusammen. »Bitte! Soweit ich weiß, ist Heinrich Stich nicht mehr Abt in Lehnin, und ein Nachfolger scheint noch nicht gefunden. Die einen sagen, dass ein Prior namens Gallus das Regiment führt, die anderen, dass ein gewisser Arnold van Monnickendam der neue Abt ist – oder werden soll.«

»Ich habe auf alle Fälle etwas Niederländisch gelernt«, sagte Wentzel. Bei der Ankunft begrüßte er Arnold van Monnickendam in seiner Landessprache. *»Wij komen volle overgave, praat met een man en om de naam van ons allemaal met ontzag te leren kennen.«*

»Wie bitte?«, fragte Arnold.

»Wir kommen voll Ergebenheit, einen Mann zu sprechen und zu kennen, den alle uns mit Ehrfurcht nennen.«

Der Abt machte eine abwehrende Geste. »Sagt so etwas nicht. Wir sind der Demut und der Bescheidenheit verpflichtet. Wie es bei Jakobus steht: *Gott widersteht den Hoffärtigen, aber den Demütigen gibt er Gnade.* Doch nun verratet mir bitte, wer Ihr seid und was Euch zu mir führt.«

»Etwas Geschäftliches«, sagte Wentzel Kollatz und stellte ihm seine Begleiter vor.

»Dann folgt mir in den Wandelgang, dort können wir ungestört plaudern.«

Wilhelm von Blankenfelde eröffnete das Gespräch. »Ich möchte meine Präsenz in Berlin und Cölln erhöhen und bin daher sehr daran interessiert, Euer dortiges Haus zu kaufen.«

Arnold van Monnickendam zeigte sich nicht abgeneigt und versprach, sich die Sache durch den Kopf gehen zu lassen. Voller Hoffnung, dem Kurfürsten einen Knüppel zwischen die Beine werfen zu können, machte sich die Berliner Delegation auf den Heimweg.

In Berlin und Cölln brodelte es. Die Fäden des Widerstands gegen Friedrich Eisenzahn liefen in der Badestube von Wentzel Kollatz zusammen. Zu ihm kam ganz Berlin, um zu baden oder sich behandeln zu lassen. Keinem der Besucher konnten die misstrauischen Hofbeamten von vornherein etwas Böses unterstellen. Die Gegner des Kurfürsten kamen mehrheitlich aus den Zünften und dem einfachen Volk, das von je einen großen Freiheitsdrang gezeigt hatte – man denke nur an die Ermordung des Propstes Nikolaus im Jahre 1325. Bei den Patriziern gab es Unterstützer wie Gegner gleichermaßen. So gehörten zu den Fürsprechern des Eisernen unter anderen Nikolaus Schultze, Peter von der Gröben und Balzer Boytin, während Wilhelm von Blankenfelde und sein Bruder Johannes, die Familie von Johann Rathenow und Augustin Völker, beide 1442 vom Kurfürsten zu Berliner Bürgermeistern ernannt, den Kern der Widersacher bildeten.

Wentzel Kollatz war innerlich zerrissen. Zu Friedrich I. hatte er eine tiefe Zuneigung empfunden, Johann und Friedrich III. war er herzlich zugetan, aber mit dem verdammten Eisenzahn konnte er sich nicht anfreunden, den wünschte er zum Teufel. Vielleicht lag die Ursache für diese heftige Abneigung in purer Eifersucht. Wentzel Kollatz fürchtete, dass Friedrich II. Amadeus nicht nur als Kammerdiener, sondern auch als Lustknaben nach Berlin geholt hatte. Der Kurfürst war inzwischen fast dreißig Jahre alt und noch immer ohne Frau an seiner Seite, was in Fürstenhäusern, wo man nicht selten schon Kinder miteinander verheiratete, außergewöhnlich war.

Amadeus von Tulln … Seit Wentzel Kollatz den jungen Österreicher zum ersten Mal gesehen hatte, war er wie besessen von ihm. Die etwas misslungene Liebesnacht mit Kuni hatte ihm gezeigt, worauf sich seine Begierde richtete. Verboten war es nicht, ein »Sodomit« zu sein. Wenn im liberalen Berlin ein Mann mit einem anderen beim Verkehr ertappt wurde, dann scherte sich niemand darum. Aber die Sitten schienen strenger zu werden. In Zürich hatte man schon vor zwölf Jahren zwei Männer »wegen der Ketzerei, die sie miteinander getan hatten«, hingerichtet. Die Priester und Mönche sprachen von einem *vitium contra naturam*, einem Laster wider die Natur.

Wentzel Kollatz ließ nichts unversucht, in Amadeus' Nähe zu gelangen. Das aber brachte mit sich, dass er auch Friedrich II. über den Weg lief – und der Versuchung, diesen zu ohrfeigen, ihm in den Hintern zu treten und »Verschwinde aus Berlin!« zu rufen, war schwer zu widerstehen. So nahm nicht wunder, dass Wentzel Kollatz stillheimlich betete: »Herr, bitte lass Amadeus an einer kleinen Sache erkranken und zu mir in die Badestube kommen!«

Und siehe da, Mitte Juni erschien Amadeus und bat ihn, sich seines vereiterten Fingernagels anzunehmen. »Hier am Mittelfinger.«

Als Wentzel die rechte Hand des anderen ergriff und über den entzündeten Finger strich, durchströmte ihn ein nie gekanntes Kribbeln, er konnte seiner Erektion nicht mehr Herr werden. Wenn Amadeus dies nun als widerlich empfand! Doch der Österreicher schien gern mit diesem Feuer zu spielen. Er fragte Wentzel, ob er schon von der »Behörde der Nacht« in Florenz gehört habe.

»Nein«, antwortete Wentzel Kollatz, obwohl das nicht den Tatsachen entsprach.

»In deren Fänge bin ich letztes Jahr geraten«, erzählte ihm Amadeus. »Nachdem die Pest die Einwohnerzahl gewaltig dezimiert hatte, wollten die Florentiner, dass es die Männer nicht mehr miteinander treiben, sondern nur noch mit Frauen – um die Einwohnerzahl schnell zu erhöhen. Wer bei der Männerliebe erwischt wurde, wurde mit einer Geldstrafe belegt.«

Wentzel Kollatz lachte. »Wenigstens wurde er nicht hingerichtet. Und in Brandenburg haben wir keine ›Behörde der Nacht‹.« Er sah Amadeus tief in die Augen. »Das sollte man ausnutzen.«

Weiter kam er nicht, denn in diesem Augenblick betrat der Kurfürst die Badestube, um Amadeus abzuholen. Man plane eine Reise nach Tangermünde und wolle endlich aufbrechen. Wentzel Kollatz würdigte er keines Blickes.

Laurentz Happerschozz hatte sich in Berlin und Cölln langsam eingewöhnt. In seiner angemieteten Wohnung in der Breiten Straße war er allerdings nicht oft anzutreffen. Meist streifte er durch die Mark Brandenburg, um alles, was an großen Findlingen aufzuspüren war, für den Burgbau des Kurfürsten zu sichern. Auch nach makellos gewachsenen, jungen Eichen war Ausschau zu halten, denn wer im sumpfigen Berlin – und dazu dicht an der Spree – massive Gebäude errichten wollte, musste Unmengen an starken Pfählen in den Boden rammen. Einen dritten Grund hatte seine ausgedehnte Reisetätigkeit: Es war ihm vom Kurfürsten nahegelegt worden, sich die wichtigsten Burgen in Brandenburg genauestens anzusehen, damit die Berliner Residenz mit Gewissheit die anderen weit übertreffen würde. Da Laurentz Happerschozz nach der Warnung mit dem toten Schwein sein Leben bedroht sehen musste, hatte ihm Heinz von Kracht, der »oberste Schreiber« und Kanzler Friedrichs II., zwei Bewaffnete mit auf den Weg gegeben. Bisher hatte er den Barnim, das Havelland, die Niederlausitz und die Prignitz gesehen und vier Burgen in Augenschein genommen: die in Grimnitz, die in Friesack, die Wasserburg in Groß Leuthen und die Plattenburg.

Heute ging es in den Hohen Fläming, und auf dieser Reise begleitete ihn kein Geringerer als Balzer Boytin.

»Zuerst möchte ich mir die Burg Eisenhardt hoch über Belzig ansehen«, sagte Laurentz Happerschozz, als sie Cölln durch das Teltower Tor verließen.

Balzer Boytin zeigte sich wenig begeistert. »Seit 1425 gehört Belzig den sächsischen Kurfürsten, und die Wettiner und die Brandenburger sind sich seit langem nicht grün.«

Laurentz Happerschozz winkte ab. »Ich verstehe mich mit allen hohen Herren.«

»Sehenswert an der Belziger Burg ist nur der Butterturm.«

»Ein Butterturm?«

»Das ist der Bergfried. Ein mächtiger Turm, der sich innen verjüngt und die Belziger wohl an ein Butterfass erinnert.« Balzer Boytin hatte das Bauwerk einmal besichtigen wollen, sich aber nicht getraut, die Leiter zum Umgang hinaufzuklettern, der sich zwölf Meter über dem Boden befand. Drinnen sollte es, so war ihm berichtet worden, einen Wohnraum mit Kamin und Abort geben. »In Belzig wirst du keine Anregungen für Berlin erhalten.«

Sie ritten weiter zur Burg Rabenstein, die auf dem Steilen Hagen hoch über dem Dorf Raben gelegen war und sich bis zum Jahre 1425 im Besitz der Familie von Oppen befunden hatte.

»Schade, dass wir Dietrich von Oppen und seine Tochter Mechthild nicht mehr kennenlernen können«, sagte Balzer Boytin.

»Wieso?«

»Weil sie uns etwas geboten hätten, was man in Berlin nicht erlebt.«

»Und das wäre?« Laurentz Happerschozz war gespannt.

»Nun … Dietrich von Oppeln stirbt die Frau, er lebt allein mit seiner Tochter Mechthild auf der Burg Rabenstein. Das geht gut, bis er in Treuenbrietzen einer schönen Frau begegnet und sie zur Gemahlin nimmt. Vordem hatte man sehr zurückgezogen gelebt, nun werden laute Feste gefeiert. Die neue Burgherrin ist eine hartherzige Frau, und als Dietrich von Oppeln stirbt, quält sie ihre Stieftochter mit Streit und Zank. Mechthild hofft auf die Heirat mit dem Junker von Leipzigk, neben dem sie bei einem Jagdessen gesessen hat. Doch vergebens – ihre Stiefmutter versagt ihr die Einwilligung. Da entdeckt Mechthild auf einem alten Bauplan unterirdische Ausfalltore an Nord- und Südseite der Burg. Als am Abend der Junker von Leipzigk unter ihrem Fenster auftaucht, wirft sie ihm den Bauplan hinunter. Er begreift, was sie von ihm erwartet. In einer mondlosen Nacht dringt er mit seinen Getreuen durch die unterirdischen Tore ins Innere der Burg, überwältigt die Besatzung, sperrt die herzlose Burgherrin ins Verlies und feiert Hochzeit mit seiner Mechthild.«

Laurentz Happerschozz interessierten solche Schicksale herzlich wenig. Sehr wohl aber interessierten ihn die versteckten unterirdischen Ausfalltore. »Ob man so etwas nicht für die Berliner Burg vorsehen sollte? So wie das Volk und die Hohenzollern zueinander stehen, scheint mir das keine schlechte Idee zu sein. Vielleicht sollte man vom Keller der Burg aus einen unterirdischen Gang graben, den man weit vor der Stadt enden lässt?«

Balzer Boytin zuckte mit den Schultern. »Ein Ausfalltor ist zugleich auch ein Einfallstor. Wenn Feinde den Eingang entdecken, stehen sie plötzlich am Bett des Kurfürsten und halten ihm das Messer an die Kehle.«

»Stimmt auch wieder«, murmelte Laurentz Happerschozz.

Auf Burg Rabenstein angekommen, erlebten sie zwar keine Romanze wie die zwischen Mechthild und ihrem Junker, aber immerhin den Beginn eines Dramas von beträchtlichen Ausmaßen: Gerade war der Herzog von Sachsen eingetroffen, Wilhelm III., und dieser hatte sich mit seinem Bruder überworfen, mit dem sächsischen Kurfürsten Friedrich II., genannt der Sanftmütige.

Beim abendlichen Umtrunk erklärte ihnen Wilhelm III. die Sachlage. »Sachsen ist zu klein für uns beide. Darum habe ich meine Erbansprüche auf das Herzogtum Luxemburg sowie Böhmen und Ungarn durchsetzen wollen. Die hatte ich nach meiner Heirat mit Anna von Österreich erworben.«

Laurentz Happerschozz nickte verständnisvoll, er wusste, dass Wilhelm III. den Krieg mit Philipp dem Guten von Burgund verloren hatte und seine Erbansprüche in den Wind schreiben konnte. »Wie soll denn Sachsen nun geteilt werden?«

»Ich soll den thüringischen und fränkischen Teil bekommen, Friedrich den Ostteil des Kurfürstentums. Die Bergwerke bleiben gemeinsamer Besitz. Aber wir werden uns nicht einig, ein Bruderkrieg steht uns wohl ins Haus.«

»Ihr solltet meinen Friedrich als Vermittler nehmen«, sagte Balzer

Boytin. »Von Friedrich zu Friedrich lässt sich vielleicht eine Regelung finden.«

Laurentz Happerschozz lachte. »Als Dank darf ich dann eine eurer sächsischen Burgen nachbauen. Welche wäre denn am geeignetsten für Berlin?«

»Die Albrechtsburg zu Meißen ist empfehlenswert. Auch die Burgen Gnandstein, Hohnstein, Kriebichstein und Mildenstein sind gute Residenzen, eignen sich als Vorbild für Berlin und Cölln aber nicht, da sie alle an einem Fluss liegen. Den habt ihr zwar, aber die Berge und Felsen an seinen Ufern fehlen euch.«

»Gibt es in ganz Sachsen keine Burg ohne Berg?«

Wilhelm musste überlegen. »In Düben liegt sie an einer Furt durch die Freiberger Mulde.«

»Nichts wie hin!«, rief Laurentz Happerschozz.

So nahm er auf seiner Reise eine Menge Neues auf und konnte nach seiner Rückkehr an die Spree dem Kurfürsten bald gutdurchdachte Pläne vorlegen.

»Sehr schön«, sagte Friedrich Eisenzahn. »Und Ihr habt auch daran gedacht, dass meine Nachkommen meine Burg vielleicht zu einem Schloss umgestalten möchten?«

Laurentz Happerschozz nickte. »Selbstredend.«

»Sehr gut! Und da der Anfang die Hälfte des Ganzen ist, sind wir gehörig vorangekommen.«

Laurentz Happerschozz wagte ein spöttisches Lächeln. »Damit es kein Luftschloss wird, bräuchten wir ein wenig Grund und Boden …«

Der Kurfürst war ein zu verbitterter Mensch, um darauf mit einem Scherz zu antworten. »Rede Er keinen Unsinn! Ich habe dem Arnold van Monnickendam längst sein Grundstück abgekauft und den Cöllner Rat gezwungen, mir einen Bauplatz an der nördlichen Stadtmauer abzutreten, an der Langen Brücke. Die Stadtmauer ist an dieser Stelle abzureißen. Bereite Er alles vor für die Grundsteinlegung!«

Sie erfolgte am 31. Juli 1443 mit wehenden Fahnen und unter Trompetenschall.

Mit geballter Faust in der Tasche hatten Wentzel Kollatz und seine Freunde Frytz, Thomen und Bart die Grundsteinlegung der Berliner Hohenzollernburg verfolgt. Seitdem waren drei Jahre vergangen. Die Baugrube war ausgehoben, und Dutzende von Pfählen waren in den Boden gerammt. Auch waren die ersten Findlinge herangekarrt und verbaut worden, und langsam begann sich der Grundriss abzuzeichnen.

»Wenn wir die Burg noch verhindern wollen, bleibt uns nicht mehr viel Zeit!«, rief Frytz. »Wenn sie erst einmal steht, ist es zu spät.«

»Nein«, widersprach Wentzel Kollatz, »erst dann ist es sinnvoll, für ein Erdbeben zu sorgen.«

Thomen staunte. »Ein Erdbeben hier in Berlin?«

Wentzel Kollatz verwies auf Wittstock. »Da hat es im August 1410 eines gegeben. Der hohe Turm der Stadtkirche St. Martin erhielt auf der Nordseite einen gefährlichen Riss.«

Für derlei Ironie war Thomen nicht zugänglich. »Die Erde bebt nur, wenn alle Cöllner und Berliner durch die Straßen marschieren und den Eisernen aus der Stadt jagen.«

Wentzel Kollatz seufzte. »Erst einmal jagt er andere aus der Stadt – die Juden. Ich muss sehen, dass ich meinen Freund Meyer Jacobsohn in Sicherheit bringen kann.«

Es war in Berlin das Gerücht aufgekommen, Friedrich II. habe Order gegeben, alle Juden im Land gefangen zu nehmen, ihren Besitz einzuziehen und sie aus der Mark Brandenburg auszuweisen. Meyer Jacobsohn, der im vergangenen Jahr von Kulmbach nach Berlin gezogen war, hockte nun bei Wentzel Kollatz im Keller und betete. Wentzel blieb einen Augenblick oben an der Kellertreppe stehen, um ihm zuzuhören.

»Gepriesen seist Du, Ewiger, unser Gott und König der Welt, der mich nach seinem Willen erschaffen hat. – Gepriesen seist Du, Ewiger, unser Gott und König der Welt, der die Gefesselten befreit. – Gepriesen seist Du, Ewiger, unser Gott und König der Welt, der die Gebeugten aufrichtet. – Gepriesen seist Du, Ewiger, unser Gott und König der Welt, der dem Erschöpften neue Kraft verleiht. – Herr aller Welten! Nicht in Selbstgerechtigkeit gehen wir dich an mit unserem Flehen, sondern im Vertrauen auf deine große Barmherzigkeit.«

Wentzel Kollatz wartete, bis Meyer Jacobsohn verstummt war, dann ging er hinunter, um mit ihm die Lage zu besprechen.

»Heinz von Kracht sitzt oben in der Badestube und hat sich einiges entlocken lassen«, begann Wentzel Kollatz.

»Nämlich?« Meyer Jacobsohn blickte voller Hoffen und Bangen.

»Es scheint zu stimmen, dass es der Eiserne auf euch abgesehen hat.«

»O weh! Warum will er uns an den Kragen?«

»Die einen sagen, dass ihn der Kaiser oder der Papst dazu angestiftet haben, andere meinen, dass die Landstände Druck auf ihn ausüben. Ich selbst glaube, es geht ihm nur um euer Geld.«

Meyer Jacobsohn schlug die Hände vors Gesicht und zitierte aus dem Buche Hiob: »*Der Herr hat's gegeben, der Herr hat's genommen; der Name des Herrn sei gelobt!*«

Wentzel Kollatz machte eine abwehrende Handbewegung. »Das mag deine Haltung sein. Ich aber rege mich mächtig darüber auf, dass Eisenzahn seine Schatulle mit deinem Geld füllt, um damit den Bau seiner dreimal gottverdammten Zwingburg zu finanzieren!«

»Wie willst du ihn daran hindern, mir alles zu nehmen?«, fragte Meyer Jacobsohn. »Du kannst es nicht.«

»Doch.«

»Wie denn?«

Wentzel lächelte hintergründig. »Überschreibst du mir deinen Besitz, kann ich dir alles wiedergeben, sobald du in Sicherheit bist.«

Meyer Jacobsohn überlegte einen Augenblick, dann umarmte er Wentzel Kollatz. »Ich danke dir von ganzem Herzen, mein ewiger Freund.«

»Reisen wir morgen nach Tangermünde! Ich bringe dich zu Friedrich dem Fetten. Der nimmt gern jeden Juden auf. Außerdem ist er mir einiges schuldig, du wirst dich bei ihm sicher fühlen können.«

Nachdem Wentzel Kollatz nach Berlin zurückgekehrt war, begann der Widerstand gegen den Kurfürsten sein Leben zunehmend zu bestimmen. Daneben gab es nur noch eines in seinem Leben: die tiefe Sehnsucht nach Amadeus von Tulln.

Um Amadeus zu sehen, strich Wentzel Kollatz in jeder freien Minute um das Hohe Haus. Da seine Ziehmutter ihre Augen überall hatte, fiel ihr das schnell auf. Sie stellte ihn zur Rede, als er im Hause Kornmesser einen Beutel abgab, den Martin Kornmesser in der Badestube vergessen hatte.

»Ich weiß, dass du den Eisernen nicht magst«, begann Marghareta Kornmesser. »Und mir wird angst und bange, wenn ich dich um seine Residenz herumschleichen sehe. Willst du ihm ans Leder?«

Er suchte sie zu beruhigen. »Dass ich oft am Oderberger Tor bin, hat andere Gründe.« Er konnte nicht verhindern, dass er heftig errötete.

Marghareta Kornmesser lachte auf. »Eine Frau also!«

Wentzel Kollatz senkte den Kopf. »Keine Frau.«

Sie erschrak. »O Gott! Wer ist es denn?«

»Amadeus, ein Kammerdiener beim Eisernen«, brachte er mit leiser Stimme hervor und erklärte ihr, dass Liebe unter Männern bei den Griechen und den Römern etwas vollkommen Natürliches gewesen sei. »Sogar Caesar soll …«

»Du bist nicht Caesar«, unterbrach ihn Marghareta Kornmesser. »Und wir sind nicht im alten Rom, wir sind in Brandenburg und schreiben das Jahr 1446.«

»Ich weiß.« Selbstverständlich hatte Wentzel Kollatz Angst, wegen »Sodomie« oder »widernatürlicher Wollust« verfolgt und bestraft zu werden.

»Dann sieh dich vor!«

Tatsächlich gelang es ihm eine Weile, gegen seine Begierden anzukämpfen und die Gegend um das Hohe Haus zu meiden. Doch eines Tages hielt er, wie als Belohnung für den Sieg über sich selbst, Amadeus in den Armen.

Der österreichische Kammerdiener des Kurfürsten hatte eine Zeitlang in Venedig gelebt und es geliebt, sich in einer Gondel durch die Lagune und die Kanäle fahren zu lassen. Gern hätte er diesem Vergnügen auch in Berlin gefrönt, doch an der Spree ließen sich weder Gondeln noch Gondoliere finden. Aber es gab Schiffbauer, und Amadeus hatte bei ihnen eine Gondel in Auftrag gegeben. Das Ergebnis war mehr ein

Pram, bestenfalls ein Floß, aber Amadeus freute sich und lud den halben brandenburgischen Hof zu einer Vergnügungsfahrt ein. Viele kamen zu seiner *notte italiana,* da der Kurfürst, dem solch munteres Treiben zutiefst zuwider war, gerade in Tangermünde weilte. Bei Musik und Tanz ging es die Spree hinunter. Alle waren so fasziniert vom Sonnenuntergang, dass niemand bemerkte, wie sich der Kielraum ihres Bootes mit Wasser füllte. Ohne jegliche Vorwarnung legte sich das Gefährt schließlich auf die Seite und sank in wenigen Minuten. Die Feiernden stürzten in die Spree. Da nur die wenigsten von ihnen die Kunst des Schwimmens beherrschten, gellten Schreie ans Berliner und ans Cöllner Ufer. Es dauerte eine Weile, bis die Schiffer und Fischer ihre Boote klargemacht hatten, um den Ertrinkenden zur Hilfe zu eilen, und so kam es, dass Wentzel Kollatz, der gerade am Heilig-Geist-Spital spazieren ging, vor ihnen zur Stelle war. Schnell hatte er die Schuhe ausgezogen und war ins Wasser gesprungen. Amadeus war der Erste, den er retten konnte. Er packte den bereits Bewusstlosen und schwamm mit ihm ans Ufer, wo er ihn mit Mund-zu-Mund-Beatmung ins Leben zurückholte. Dann half er bei der Rettung etlicher anderer Höflinge.

Von nun an stand er hoch in der Gunst der Hofgesellschaft, seine Freunde aber – allen voran Frytz, Thomen und Bart – beschimpften ihn als Verräter. »Hättest du sie absaufen lassen, wäre der Eiserne vielleicht mit seinem Hof nach Spandau oder Tangermünde gezogen – und wir in Berlin wären ihn und seine Burg ein für allemal los gewesen.«

Um sich mit ihnen auszusöhnen, sah sich Wentzel gezwungen, weiteren Widerstand gegen den Eisernen zu planen. Was konnte man anstellen, um dem Kurfürsten wirklich zu schaden? Lange überlegten sie.

»Meine Frau sagt, dass hundert Nadelstiche mehr schmerzen als ein Hieb mit einer Keule«, erklärte Frytz, der Schlachter. »Wir sollten uns viele kleine Nadelstiche ausdenken.«

Thomen hatte eine Idee. »Wir verkleiden uns als Gespenster, schleichen ins Hohe Haus und raunen ihm zu: ›Eisenzahn, verschwinde aus Berlin, sonst zünden wir dich an!‹«

Bart war verärgert. »Scherze bringen uns nicht weiter.«

Wentzel Kollatz hatte genau hingehört. »Das mit dem Anzünden ist vielleicht gar keine so schlechte Idee …«

So kam es, dass in den nächsten Tagen und Wochen nicht nur mehrere Wagen des Kurfürsten lichterloh in Flammen standen, sondern auch viel Bauholz, das man zum Errichten der Zwingburg herbeigeschafft hatte. Überdies verschwanden des Nachts Steine, stürzten Gerüste um und trieben schwere Stützbalken die Spree hinunter.

Friedrich Eisenzahn verfolgte die Vorgänge in Berlin und Cölln mit großer Sorge. Der Bau der Burg verzögerte sich wiederholt, da die Bürger alles taten, um die Arbeiten zu behindern. Man schrieb bereits das Jahr 1447, und Laurentz Happerschozz konnte noch immer nicht sagen, wann alles fertig sein würde. Auch Rom sei nicht an einem Tag erbaut worden, sagte er stattdessen.

»Dieser Armleuchter!«

Wem der Eiserne dies zurief, war Friedrich Sesselmann, sein neuer Kanzler, geboren 1410 in Kulmbach. Schon dessen Vater hatte dem Hause Hohenzollern als markgräflich-brandenburgischer Rat gedient. Friedrich Sesselmann hatte sich anfangs der Theologie zugewandt und sich zum Priester weihen lassen, war 1429 nach Leipzig gegangen, um Philosophie zu studieren und 1435 den Titel eines Magister Artium zu erringen. Danach bewährte er sich als Landschreiber auf der Plassenburg, und Kurfürst Friedrich I. von Brandenburg verschaffte ihm eine Chorherrenpfründe in Würzburg, was ihn in die Lage versetzte, in Bologna zu studieren und 1444 zum Doktor der Rechte zu promovieren. Ein Jahr später übertrug ihm Friedrich II. des Amt des Kanzlers.

»Dass Euch die Berliner ärgern, solltet Ihr hinnehmen wie einen Landregen«, sagte Friedrich Sesselmann, als der Kurfürst zu schimpfen begann. »Er schadet Euch nicht sonderlich, auch wenn Ihr mal nass werden solltet.«

»Ich muss die Burg bauen, um die Stellung der Hohenzollern in Brandenburg zu festigen!«, rief Friedrich Eisenzahn. »Sie ist noch immer schwach.«

»Zugegeben. Wichtiger aber ist, dass das Konkordat zwischen dem

Papst und Kurbrandenburg zustande kommt und Ihr die volle kirchliche Oberhoheit erringt. Keine Pfarrstelle darf ohne Eure Einwilligung besetzt werden, erst recht kein Bischof eingesetzt werden. Die hohen geistlichen Herren in der Stadt Brandenburg, in Havelberg und in Lebus müssen vor Euch kuschen. Es darf nur einen Herrn geben – und das seid Ihr.«

Der Kurfürst nickte. »In der Tat. Darum habe ich gerade Euch nach Berlin geholt. Aber ebenso notwendig ist es, dass die Berliner und Cöllner Bürger und das Patriziat endlich aufhören, so renitent zu sein, und mich als ihren Herrscher anerkennen. Darum brauche ich die Burg, die später ein Schloss werden kann – so prächtig, wie unsere Finanzen es gestatten.«

Friedrich Sesselmann nickte. »Der Bau der Burg muss unbedingt vorangetrieben werden. Ich weiß, die Grundmauern stehen, und ich gebe mir alle Mühe, die Front der Berliner und Cöllner aufzuweichen. Balzer Boytin war immer auf unserer Seite, und Peter von der Gröben können wir auch als unseren Vertrauten ansehen.«

»Er sollte Hofrichter werden«, spann der Kurfürst diesen Faden weiter. »Er wird gewiss nicht zögern, wenn es hart auf hart kommt und wir widerspenstige Patrizier vor Gericht bringen.«

»Ich werde verbreiten lassen, was ihnen blüht, wenn sie uns ernsthaft in den Arm fallen«, erklärte der Kanzler. »Lehensentzug, Geldbußen und Verbannung. Das wird sie abschrecken.«

»Ich danke Euch!«

Damit zog sich der Kurfürst in den privaten Bereich seiner Berliner Residenz zurück. Im Juni letzten Jahres hatte er in Wittenberg Katharina geheiratet, die Tochter des Kurfürsten Friedrich I. von Sachsen, kurz danach war seine Tochter Dorothea geboren. Es schien sich alles zum Guten zu wenden.

Gerade wollte er sich über die Wiege seiner Tochter beugen, da erschien Amadeus in der Tür. Die Meldung seines Kammerdieners brachte ihn augenblicklich in Rage.

»Die Berliner haben Balzer Boytin aus der Stadt gejagt!«

»Wie?«

Amadeus wiederholte seine Worte und fügte Einzelheiten hinzu. »Sie sind in sein Haus eingedrungen, haben ihn auf die Straße gezerrt, mit Kot beschmiert, so dass er ganz braun ausgesehen und fürchterlich gestunken hat. Dabei haben sie geschrien: ›Arschkriecher!‹ Damit wollten sie zum Ausdruck bringen, dass er Euch …«

Der Kurfürst winkte ab. »Ich hab's verstanden!«

»Dann haben sie ihn verprügelt und hinterm Spandauer Tor auf die freie Feldmark gejagt. Sie würden ihn totschlagen, wenn er sich wieder in Berlin sehen ließe.«

Friedrich Eisenzahn kochte vor Wut und ließ nach Sesselmann rufen. »Schafft die Aufrührer nach Spandau ins Verlies!«

Der Kanzler bewahrte die Contenance. »Davon würde ich im Augenblick abraten, Kurfürstliche Durchlaucht, Eure lieben Berliner haben sich ausgetobt und werden erst einmal eine Weile Ruhe geben. Wenn sie uns nun, nachdem sie ihr Mütchen gekühlt haben, unsere Burg weiterbauen lassen, dann war es das Bauernopfer Balzer Boytin wert.«

Der Eiserne schlug mit der Faust auf den Tisch. »Ich kann mir von diesem Pöbel nicht auf der Nase herumtanzen lassen!«

Friedrich Sesselmann lächelte. »Man kann zwar auch mit Waffengewalt gegen aufsässige Bürger vorgehen – doch wir haben nur zu wenige Männer unter Waffen.«

»Was soll ich tun? Was schlagt Ihr vor?«

»Ruft die märkischen Stände nach Spandau und beratet Euch, wie Ihr mit Berlin und Cölln verfahrt. Treibt einen Keil zwischen beide. Und Balzer Boytin sollten die Berliner sicheres Geleit bis Spandau garantieren.«

Der Kurfürst nickte. »Gut, verfahren wir so. Aber es soll alles noch vor Weihnachten über die Bühne gehen.«

Der Kanzler überlegte kurz und schlug vor, die Stände zum 20. Dezember 1447 zusammenzurufen.

VIER

Die Berliner Bürger, die sich am Vormittag des 3. Januar 1448 in der Badestube von Wentzel Kollatz eingefunden hatten, waren außer sich vor Wut.

»Der Eiserne will alles rauben, was wir an Landbesitz erworben haben!«

Nicht nur die Patrizier, auch einfache Bürger hatten in der Umgebung Berlins kleine Lehen oder Lehensanteile erworben, mitunter, ohne die vorgeschriebene Einwilligung des Kurfürsten einzuholen. Der schickte nun seine Beamten durch die Häuser, um alle Besitzverhältnisse aufzulösen.

Die Bürger ärgerten sich auch darüber, dass Friedrich II., der gerade in Spandau weilte, von ihnen verlangte, dem Arschkriecher Balzer Boytin sicheres Geleit dorthin zu geben.

Die Stimmung war außerordentlich gereizt. Möglicherweise wäre es jedoch nicht zu dem Aufruhr gekommen, der als »Berliner Unwille« in die Geschichtsbücher eingehen sollte, wenn die Spree in diesen Tagen nicht über die Ufer getreten und in die Stadt eingedrungen wäre. Um ihre Häuser zu schützen, öffneten die Bewohner eiligst die »churfürstliche Arche«, eine Stauanlage in der Spree, um das Wasser abfließen zu lassen. Als der Kurfürst davon erfuhr, befahl er, die Arche sofort wieder zu schließen, weil er durch die Öffnung Schaden an seiner Burg befürchtete.

Seinem Hofrichter Balthasar von Hake gebot er, mit Ernst und Strenge durchzugreifen, nicht nur die Schließung der Arche zu bewirken, sondern auch die Rädelsführer zu verhaften. »Ergreift mir vor allem Wentzel Kollatz!«

Balthasar von Hake begab sich zum Hohen Haus, rekrutierte eine Schar von wehrhaften Hofbeamten und zog los, den Befehl des Kurfürsten auszuführen. Schnell waren die ersten Stimmführer der Aufsässigen gefasst und eingesperrt.

Wentzel Kollatz war mit dem Heizen seiner diversen Öfen beschäftigt, als der Hofrichter mit seinen Greifern bei ihm erschien.

»Im Namen des Kurfürsten: Ihr seid verhaftet!«

Wentzels Entgegnung war keineswegs nur spöttisch gemeint. »Im Namen des Kurfürsten: Ich warne Euch! Werft Ihr mich in den Kerker, so wird das Feuer, das in Berlin und Cölln schon lange glimmt, im Nu zur hellen Flamme.«

»Fasst ihn!«, rief Balthasar von Hake.

»Helft mir!«, schrie indes Wentzel, um nicht nur Frytz, Thomen und Bart zu alarmieren, sondern auch die Bürger in der Badestube.

Aber er hätte ihrer Hilfe nicht bedurft. Seinen Schürhaken wie ein Schwert schwingend, zog er damit dem ersten Angreifer eins über, was diesen schreiend zu Boden stürzen ließ und noch weitere fürstliche Kameraden mitriss. Wentzel warf den Schürhaken in die Ecke, griff sich das Rasiermesser und sprang auf den Hofrichter zu, um es ihm an die Kehle zu halten. »Ergebt Euch und ruft Eure Leute zurück!«

Balthasar von Hake musste sich in sein Schicksal fügen. Als Wentzel Kollatz mit ihm auf der Straße erschien, brach das ergrimmte Volk in Jubel aus. Man zwang den Hofrichter, die schon gefangengenommenen Mitstreiter freizulassen, und warf ihn anschließend in den Kerker unterm Rathaus.

Die Menge war nicht mehr zu halten. Menschen stürmten entfesselt durch die Straßen, stürzten sich auf alles, was zum kurfürstlichen Hofe gehörte oder mit ihm in Verbindung stand, und jagten es mit Schimpf und Schande zu den Toren hinaus – Richter, Zöllner, Mühlenmeister, sogar die beiden Trompeter Domlin und Schwanenschnabel, allen voran aber den Burgbaumeister Happerschozz.

Wentzel Kollatz' Freude war riesig. Er wusste, dass nun auch der Sturm auf das Hohe Haus bevorstand. Bei aller Freude und emotionalen Aufwallung wurde er von der Angst gepackt, seinem Amadeus, der seines Wissens nicht mit dem Kurfürsten nach Spandau gezogen war, würde ein Leid geschehen. Also löste er sich von seinen Freunden und rannte zum Hohen Haus, um den Mann zu finden und zu schützen, den er mit allen Sinnen liebte. Er fand ihn in seiner Kammer, auf dem Bett liegend und an einem Gedicht feilend.

»Amadeus, fort von hier!«

Der Österreicher fuhr hoch. »Was ist los?«

Wentzel Kollatz setzte ihn mit kurzen Worten in Kenntnis. »Und wenn sie den Eisernen nicht erwischen, kann es sein, dass sie ihr Mütchen an dir kühlen wollen.« Dass er der Anführer der Aufrührer war, verschwieg er lieber.

»Wo kann ich mich verstecken?«

Wentzel Kollatz überlegte nicht lange. »Bei mir in der Badestube wird dich keiner suchen.«

»Warum nicht?«

»Frag nicht lange, folge mir!«

Es gelang ihm, Amadeus in Sicherheit zu bringen. Es war höchste Zeit, überall skandierte das Volk: »Auf zum Hohen Haus! Geschwinde, räumt es aus!«

Wentzel Kollatz kehrte an die Spitze des Zuges zurück und fügte dem Gesang eine weitere Zeile hinzu: »Alle Macht den Räten, brecht dem Eisernen die Gräten!«

Nur der Vorsehung, die ihn in diesen Tagen nach Spandau und in andere märkische Städte geführt hatte, war es zu verdanken, dass Friedrich Eisenzahn den Sturm seines Volkes überlebte. Schnell und mit brachialer Gewalt wurden die Schlösser an den Türen des Hohen Hauses aufgebrochen, schnell war die Kanzlei gestürmt. Wentzel brach die Siegel aller Schriften und las, was ihm wichtig erschien, andere verbrannten, was sie fanden, im Kamin und warfen, als dieser die aus den Regalen gerissenen Akten nicht mehr fassen konnte, alles auf die Straße hinunter. Die Berliner und die Cöllner erlebten 1448 im Kleinen schon das, was die Pariser Bürger 1789 im Großen erleben sollten: den Rausch der Befreiung vom Fürstenjoch.

Als die Residenz des Kurfürsten verwüstet war, rief Wentzel Kollatz die Aufständischen noch einmal zusammen.

»Nun aber zum Eigentlichen!«, rief er. »Reißen wir nieder, was von der Hohenzollernburg schon steht!«

Doch das erwies sich in der Kürze der Zeit als unmöglich. Zu hart war der Mörtel zwischen den aufgeschichteten Feldsteinen, und da sie außer den bloßen Händen und schnell herbeigeholten Hacken keine

Werkzeuge hatten, mussten alle Versuche scheitern, die fertiggestellten Mauern abzubrechen.

Die Enttäuschung der Aufständischen war groß. Wentzel kam die rettende Idee. »Wir öffnen das Cöllnische Stauwehr, heben einen Graben aus und leiten das Wasser zur Baustelle.«

Mit Jubel wurde der Vorschlag begrüßt, sofort machte man sich ans Werk. Wentzel Kollatz hoffte, dass das einströmende Wasser der Spree das Burgfundament unterspülen würde, so dass alsbald alles in sich zusammenkrachte.

Er und Frytz taten gemeinsam den letzten Spatenstich, und beide wurden, da sie die Gewalt des Wassers unterschätzt hatten, mitgerissen wie vom Baum gefallene Blätter und in die Baugrube gespült.

Ringsum erschollen entsetzte Rufe. »Sie ertrinken!«

Friedrich Eisenzahn war fassungslos darüber, was sich in Berlin und Cölln abgespielt hatte. Er wusste, dass die Mark Brandenburg kein einfaches Pflaster für seine Sippe war. Obwohl er, 1413 auf die Welt gekommen, nicht miterlebt hatte, wie die märkischen Ritter Dietrich und Johann von Quitzow seinem Vater das Leben schwergemacht hatten, wusste er doch, dass diese erst nach aufreibenden Kriegsjahren, verlorenen Gefechten und zerschossenen Burgen zu Kreuze gekrochen waren. Nun waren es nicht die Adligen, sondern die Berliner Bürger, die die Hohenzollern verjagen wollten.

»Undankbares Pack!«, schimpfte er, als er sich mit seinem Kanzler beriet.

»Sie werden schon zur Besinnung kommen«, suchte Friedrich Sesselmann ihn zu beruhigen. »Es kann jetzt nur eine Devise geben: Ruhe bewahren!«

»Cöllner Bürger, die mir treu ergeben sind, haben mir eine Liste mit dreihundert Namen zukommen lassen«, sagte der Kurfürst. »Das sollen die Hauptschuldigen sein. Was machen wir mit ihnen?«

Der Kanzler überlegte kurz. »Ich schlage vor, dass Euer Hofrichter Peter von der Gröben sie auf den Sonntag Judica vor Euer Hofgericht in Spandau lädt.«

»Einverstanden.«

Indes – niemand leistete dieser Vorladung Folge, der Kurfürst und seine Beamten saßen am 19. März 1448 allein im Gerichtssaal. Auch um seinen Befehl, den kurfürstlichen Richter Balthasar von Hake freizulassen, kümmerte sich die Bewohnerschaft von Berlin und Cölln einen feuchten Kehricht. Seinen diesbezüglichen Brief vom 27. Februar ignorierten sie ebenso wie den vom 25. März.

»Was nun?« Vorwurfsvoll sah der Kurfürst seinen Kanzler an.

Der lächelte. »Ärgern sie uns, dann ärgern wir sie.«

»Und wie?«

»Indem wir unseren Hund von der Leine lassen, sie ein wenig zu beißen: unseren verbissenen Balzer Boytin.«

Balzer Boytin zögerte nicht, den Bürgermeistern, Ratsherren, dem Viergewerk – den Ständen mit dem höchsten Ansehen –, den Gilden, der gemeinen Bürgerschaft und allen rebellischen Einwohnern von Berlin und Cölln, *welche daselbst Rauch und Brod haben*, die offene Fehde anzusagen.

Als sich die Lage in Berlin und Cölln etwas beruhigt hatte, wagte sich auch Laurentz Happerschozz wieder in die Doppelstadt, um zu sehen, was aus seiner Burg geworden war.

»Da habe ich meine Wasserburg!«, rief er, als er mit Peter Conrad über die aus dem Wasser der Spree ragenden Grundmauern spazierte. Meister Conrad war Zimmermann, zusammen hatten die beiden lange über den Plänen gesessen und mit Leidenschaft alle baulichen Möglichkeiten diskutiert.

Der Zimmerer seufzte. »Ich kann meine schon zurechtgesägten Balken nur noch als Brennholz verwenden.«

Laurentz Happerschozz sah die Sache nicht so düster. »Ach was, Berlin bekommt seine Burg – und aus der Burg wird später ein Schloss. Ich kenne mich aus in der Welt, ich weiß, wo die Bürger und die Gewerke sich erfolgreich gegen Herzog, Kurfürst, König oder Kaiser aufzulehnen vermögen.«

»Und die Berliner gehören nicht dazu?«, wollte Conrad wissen.

»Nein. Sie sind zwar bemüht, dem Kurfürsten das Leben schwerzumachen, aber das reicht nicht.« Laurentz Happerschozz ließ einen Anflug von schwarzem Humor erkennen. »Wenn man sich erhebt, muss man seinen Herrscher wenigstens umbringen. Es reicht nicht, eine Burg unter Wasser zu setzen und darauf zu hoffen, dass einem der Ungehorsam huldvoll verziehen wird.«

Conrad sah ihn prüfend an. »Auf welcher Seite steht Ihr eigentlich?«

»Immer auf Seiten derer, die mich die schönsten Bauwerke errichten lassen. Wenn sich das Berliner Volk durchsetzt, kann es von mir die prachtvollste griechische Agora bekommen, um sich dort jede Woche zu versammeln und Gesetze zu beschließen. Aber es wird sich nicht durchsetzen.«

»Was werdet Ihr nun machen?«

Laurentz Happerschozz überlegte nicht lange. »Weiterziehen. Dorthin, wo es etwas zu bauen gibt.«

»Und die Burg hier?«

»Die werden andere vollenden. Bald wird man sie zu einem schönen Schloss erweitern. Das wird eines Tages zerstört werden, und Jahre später werden sich der Berliner in den Haaren liegen: Soll man es wiederaufbauen oder nicht?«

»Seid Ihr Hellseher?«

Laurentz Happerschozz lächelte. »Man muss kein Hellseher sein, um zu erahnen, was die Geschichte bringt.«

Die Berliner wussten, dass sie in ihrem Kampf gegen den Kurfürsten auf verlorenem Posten standen. Sie schickten kleine Delegationen in die Hansestädte Hamburg, Bremen und Lübeck, die in vielem ihre Vorbilder waren, aber auch in die wichtigen märkischen Städte, um dort Verbündete zu suchen. Die Badestube von Wentzel Kollatz war der Mittelpunkt des Widerstands, im Rathaus trafen sich die Bürgermeister und Ratsherren ungern, weil es in ihren Reihen etliche Männer gab, die zum Kurfürsten hielten.

Einer der eifrigsten Diplomaten war Bernd Ryke. Er war es, der die Botschaft in die Badestube übermittelte, dass Prenzlau und Mittenwalde zugesagt hätten, Berlin und Cölln in dem Streit mit Balzer Boytin und dem Kurfürsten nach Kräften beizustehen. Jubel brandete auf. Bald aber schlug die Stimmung um: Der Rat zu Neustadt-Eberswalde entschuldigte sich, den gewünschten Beistand nicht leisten zu können, und Spandau schlug sich ganz offen auf die Seite des Kurfürsten. Alles hing nun von der Hilfe der Hansestädte Hamburg, Bremen und Lübeck ab.

Wentzel Kollatz – der sich aus den Fluten hatte retten können – war zusammen mit Wilhelm von Blankenfelde in den Norden geschickt worden. In Lübeck und in Hamburg waren sie auf taube Ohren gestoßen, die Kaufleute dort hatten kühl kalkuliert und waren zu dem Schluss gekommen, dass finanzielle wie militärische Hilfeleistungen unterm Strich unrentabel gewesen wären. Nun blieb noch Bremen.

Geradezu andächtig standen Wentzel und Wilhelm vor der kürzlich errichteten riesenhaften Statue des Heerführers Roland, der den Bremern die von Karl dem Großen verliehenen Rechte verkündete. Sie versuchten, die Inschrift zu entziffern.

vryheit do ik ju openbar
d' karl vnd mēnich vorst vorwar
desser stede ghegheuen hat
des danket god' is mī radt

Freiheit tu ich euch öffentlich kund
die Karl und mancher Fürst fürwahr
dieser Stätte gegeben hat
dafür danket Gott, das ist mein Rat

»Wenn wir in Berlin und Cölln nur endlich so weit wären!«, rief Wentzel Kollatz aus. »Frei sein vom Fürstenjoch, das ist das größte Geschenk des Himmels.«

»Wie beneide ich die Bremer, dass sie keine Burg und kein Schloss in ihren Mauern erdulden müssen«, fügte Wilhelm von Blankenfelde hinzu.

»Dafür haben sie ein wunderschönes Rathaus.« Wentzel Kollatz wies auf den gotischen Bau, der Anfang des Jahrhunderts errichtet worden war. Auf der Marktplatzseite waren die Figuren des Kaisers und der sieben Kurfürsten zu bewundern.

»Unserer ist auch darunter«, sagte Wilhelm von Blankenfelde grimmig.

»Am liebsten würde ich hinaufklettern und ihn hinunterstoßen«, murmelte Wentzel Kollatz. »Welch Freude, wenn er dann aufs Pflaster schlagen und in tausend Stücke zerspringen würde!«

Ehrfürchtig traten sie in die untere Halle des Rathauses, stellten sich dem Wachhabenden vor und baten, zum Bürgermeister gebracht zu werden.

Der Bremer lachte. »Tut mir leid, einen Bürgermeister haben wir derzeit nicht. Den letzten, Johann Vasmer, haben sie 1430 auf dem Mühlenberg vor dem Ostertor wegen Hochverrats geköpft.« Er erzählte ihnen so viel vom augenblicklichen Tohuwabohu in Bremen, dass sie sich fast wie zu Hause fühlten.

»Aber einen Mann wird es doch geben, dem wir unser Anliegen vortragen können?«, fragte Wilhelm von Blankenfelde.

»Geht zu Hermann Gröpeling. Der war unser Vertreter auf dem Hansetag in Lübeck und hat von allen Ratsherren noch das meiste Gewicht.«

Gröpeling empfing sie freundlich und ließ sie aufs Trefflichste bewirten. Hilfe gegen den Kurfürsten konnte er ihnen allerdings nicht versprechen. »Wir sind im Augenblick sehr mit uns selbst beschäftigt. Die alten Familien befehden die jüngeren, unsere friesischen Gebiete haben wir verloren, aus der Hanse hat man uns ausgeschlossen, die Handelswege sind unsicher, von der Burg Langwedel gehen immer wieder Überfälle aus …«

So blieb Wentzel Kollatz und Wilhelm von Blankenfelde nichts anderes, als ihr Mitgefühl zu bekunden und an die Spree zurückzukehren.

Wieder in Berlin, versammelte man sich in der Badestube, um über einen Ausweg zu beraten.

Bernd Ryke kam als Letzter und brachte neue Hiobsbotschaften. »Der Eiserne hat Lehnsgüter von einigen Bürgern, die mit uns das Hohe

Haus gestürmt und seine Burg unter Wasser gesetzt haben, bereits neu verliehen. Ratet, an wen!«

Da war nicht viel zu raten. »An Balzer Boytin!«, riefen alle wie aus einem Munde.

»Richtig! Und in den nächsten Tagen wird es noch mehr von uns treffen.«

Wilhelm von Blankenfelde blickte in die Runde. »Was, wenn wir uns bewaffnen und uns zur Freien Reichsstadt erklären?«

»Wir müssten sicher sein, dass der Kaiser auf unserer Seite ist«, sagte Bernd Ryke. »Aber leider haben wir ja derzeit keinen.«

»Also wagen wir den Waffengang!«, riefen einige.

Wentzel Kollatz seufzte. »Wir würden unterliegen.«

fünf

Der Rausch war verflogen. Nach vier Monaten des Aufbegehrens mussten die Bürger der Doppelstadt einsehen, dass ihnen, wenn sie nicht alles verlieren wollten, nichts blieb als die Unterwerfung.

»Das Spiel ist aus«, erklärte Frytz, der Schlachter und Knochenhauer. »So schlimm der Eiserne auch ist, so haben wir doch alle mehr zu verlieren als unsere Ketten.«

Es ging das Gerücht, Friedrich Eisenzahn habe im Fränkischen eine Streitmacht von tausend Mann versammelt, um Berlin und Cölln zu besetzen. Doch sein Kanzler schien ihn zu drängen, den Konflikt von einem Schiedsgericht, das in Spandau zusammentreten sollte, ohne Blutvergießen lösen zu lassen.

»Wen will er denn als Richter einsetzen?«, fragte Wentzel Kollatz, als Wilhelm von Blankenfelde und Bernd Ryke mit der Nachricht in die Badestube traten.

»Bischof Stephan von Brandenburg, Adolph Fürst zu Anhalt, Albrecht Graf zu Lindow und Nikolaus Thierbach, das ist der Johannitermeister«, zählte Wilhelm auf.

»Dazu sollen noch die Bürgermeister und einige Ratmannen der Städte Brandenburg, Frankfurt an der Oder und Prenzlau kommen«, fügte Bernd hinzu.

Wentzel Kollatz lachte, wenn auch bitter. »Wunderbar, wenigstens die Männer aus Prenzlau werden auf unserer Seite sein.«

Das Schiedsgericht zu Spandau gab am Sonnabend nach dem Urbanstag, dem 24. Mai, sein Urteil ab. Es fiel so hart aus, wie der Kurfürst gewünscht hatte. Alle Berlin und Cölln betreffenden Verfügungen Friedrichs II. wurden für rechtens erklärt: Die Städte durften keine Zölle mehr erheben, keine Genehmigungen für die Niederlage von Waren erteilen, keine eigene Gerichtsbarkeit unterhalten und sich nicht zu einer Stadt zusammenschließen. Darüber hinaus verloren sie ihre Mühlen und alle Lehen an Dörfern, Zinsen, Renten, Fischereien und Hölzern. Alle Ansprüche aber, die die Städte, einzelne Bürger oder Familien an den Kurfürsten gehabt hatten, gingen verloren, was alte Patrizierfamilien wie die Rathenows, Wardenbergs und Blankenfeldes besonders traf.

Die Macht der Bürgerschaft war gebrochen, Berlin und Cölln waren wieder getrennt, Bürgermeister und Ratsherren an die Weisungen des Kurfürsten gebunden und die Räte zu kurfürstlichen Unterbehörden degradiert. Die Bürger waren im Kriegsfalle zur Heerfolge verpflichtet und hatten in Friedenszeiten durch Zölle und Abgaben den expandierenden Hofstaat und den Weiterbau der Burg und später des Schlosses zu finanzieren. Das hemmte die Entwicklung Berlins erheblich.

Dennoch war Friedrich Eisenzahn überzeugt, er habe Milde walten lassen und das Volk daher Grund, ihm dankbar zu sein. Er sah es als Selbstverständlichkeit, dass ihm am Tage nach St. Vitus, am 15. Juni, eine »demütige Unterwerfungsurkunde« überreicht wurde.

»Seid Ihr zufrieden?«, fragte Friedrich Sesselmann im September 1448 den Kurfürsten.

Friedrich überlegte einen Augenblick. »Nicht ganz. Man hat die beiden Häupter des Aufstandes geschont, Bernd Ryke und Wentzel Kollatz.«

Auch der Kanzler hatte das vermerkt, aber dazu bislang geschwiegen. »Ich bitte mir meine Offenheit nicht übelzunehmen: Sollte man die Leute nicht zur Ruhe kommen lassen?«

»Nein!«, rief Friedrich Eisenzahn. »Ein wirklicher Fürst ist nur der, der die nötigen Grausamkeiten anfangs begeht.«

Friedrich Sesselmann beugte sich nach vorn. »Was wollt Ihr tun?«

»Bernd Ryke soll mir seine Lehen übergeben. Außerdem muss er unsere vier größten Städte Berlin, Cölln, Frankfurt an der Oder und Spandau meiden, im Lande bleiben kann er meinetwegen.«

»Und Wentzel Kollatz?«

»Der ist der Schlimmste von allen. Den möchte ich am Galgen baumeln sehen!«, rief der Kurfürst.

»Warum habt Ihr Euch auf ihn so kapriziert?«, rutschte es Sesselmann heraus.

»Ich weiß es nicht!«, herrschte ihn der Kurfürst an. »Das sind dunkle Kräfte, die ich selbst nicht recht verstehe. Ich hasse den Kerl! Aber was geht Euch das an?«

Wentzel Kollatz hatte angenommen, mit der Unterwerfungserklärung der Doppelstadt sei die Sache auch für ihn erledigt. Er hatte einige Einnahmequellen verloren und war dadurch genug gestraft. Nun hieß es, sich mit der Niederlage abzufinden und zuzusehen, wie man unter den neuen Bedingungen das Leben genießen konnte. Er schlief schlecht, weil sich viele Gedanken wie ein Mühlrad in seinem Kopf drehten, aber dann konnte er doch für einige Stunden zur Ruhe kommen. Oft träumte er dabei von dem Mann, den er liebte.

Amadeus stand bei ihm am Bett, strich ihm übers Haar und flüsterte seinen Namen. »Wentzel!«

»Ja?«

»Komm mit mir, schnell!«

»Ja, bis nach Wien!«

Amadeus riss ihm das Bettdeck weg. »Beeil dich, du bist in höchster Gefahr!«

Jetzt erst begriff Wentzel, dass er nicht träumte, sondern dass der

Kammerdiener des Kurfürsten wirklich vor ihm stand. Er fuhr hoch. »Was ist?«

»Der Eiserne will dich festnehmen und hängen lassen!«, rief Amadeus. »Die Schergen können jeden Augenblick hier sein. Du musst weg aus Berlin!«

Wentzel Kollatz begriff augenblicklich, in welcher Gefahr er schwebte. Er umarmte Amadeus. »Danke!«

»Vor fünf Jahren hast du mich gerettet – jetzt ist es an mir, dir dies zu vergelten.«

In Windeseile kleidete sich Wentzel an und füllte Taschen mit allem, was in der Hast zu greifen war. Dann hieß es Abschied nehmen. Beide weinten, als sie sich umarmten. Viel Zeit, sich Liebes zu sagen, blieb ihnen nicht, schon klopften die Häscher des Kurfürsten gegen die Tür der Badestube. Wentzel Kollatz schaffte es gerade noch, durch die Hintertür zu entweichen.

»Sag meiner Mutter Bescheid!«, konnte er Amadeus als Letztes zuraunen.

Und nun? Vermutlich hatten die Wachen an den Toren bereits Order erhalten, ihn festzunehmen. Wentzel Kollatz blieb nur, sich am Unterbaum auf einen der Frachtkähne zu schleichen und dort zu verstecken. So kam er glücklich bis in die Nähe von Spandau. Da er sich dort keinesfalls blicken lassen durfte, sprang er ins Wasser und schwamm ans südliche Ufer. Am klügsten war es wohl, so schnell wie möglich auf sächsisches Territorium zu gelangen, das gleich hinter Treuenbrietzen begann. Wer gut zu Fuß war, konnte es in zwei Tagen schaffen. Er machte sich auf den Weg. Wahrscheinlich würde er mehr Zeit brauchen, da er größere Ortschaften meiden musste.

Als er in der Nähe des Seddiner Sees bei einem Bauern etwas Essbares erwerben wollte, traf er auf … Bernd Ryke.

»Wohin des Weges, Herr Bürgermeister?«

»Nach Wittenberg, in Sicherheit.«

Bernd Ryke, in Urkunden von 1443 vom Kurfürsten noch als *unser lieber getruwe Bernde Ryke* bezeichnet, seufzte über die Rachsucht des Eisernen. »Meine Lehen habe ich verloren und dreitausend Schock Böhmische Groschen abgeben müssen«, klagte er. »In den großen Städten Brandenburgs darf ich mich nicht sehen lassen. Nun hoffe ich, dass sich der sächsische Kurfürst für mich beim König verwendet.«

Wentzel Kollatz hatte da keine Bedenken. Schließlich trug Friedrich IV., der römisch-deutsche König aus dem Hause Habsburg, den Beinamen »der Friedfertige«.

Tapfer marschierten sie in Richtung Süden und diskutierten die Frage, ob nach den schlechten Zeiten unter dem Eisernen wieder gute Tage kommen würden.

»Auf Regen folgt Sonne«, sagte Bernd Ryke.

Tatsächlich riss in diesem Augenblick die Wolkendecke auf. So waren sie für die zwei plötzlich heransprengenden Reiter viel besser zu sehen. Einer schwang eine Keule und schlug Bernd Ryke nieder, der zweite setzte mit der Lanze auf Wentzel Kollatz an. Dem gelang es, dem Angreifer die Waffe zu entreißen und gegen ihn zu wenden. Daraufhin suchten die beiden Reiter das Weite.

Wentzel Kollatz beugte sich zu Bernd Ryke hinunter. Der war schwer am Kopf verletzt, lebte aber noch. Auf Wentzel gestützt, schleppte er sich ins nächste Dorf, ein Bauer brachte sie auf seinem Wagen nach Wittenberg.

»Waren das Buschräuber? Oder Männer, die uns im Auftrag des Eisernen ans Leben wollten?«, fragte Bernd Ryke.

Wentzel Kollatz zögerte mit einer Antwort. »Vielleicht wird das ein Rätsel bleiben. Aber mir ist, als hätte ich den mit der Lanze schon in Berlin im Hohen Haus gesehen.«

Bernd Ryke schaffte es bis Wittenberg, dort erlag er seinen Verletzungen. Wentzel Kollatz war dabei, als er auf einem sächsischen Friedhof beerdigt wurde.

Er trauerte um Bernd, noch mehr aber bedrückte ihn die eigene verfahrene Situation. Das Tief hielt bis zum Abend, dann kehrte seine alte Kraft zurück. Er schwor sich, nur noch für ein Ziel zu leben: den Eisernen zu vernichten. Einer der Fürsten, die rings um Brandenburg herrschten, würde sich gewiss als Verbündeter gewinnen lassen.

Vom Rachedurst beherrscht, betrat er ein Gasthaus und bat den Wirt, ihm Bier und Braten zu servieren. Der erste Schluck war eine Wohltat. Das Bier beruhigte ihn, er wurde müde und legte den Kopf auf die blank gescheuerte Tischplatte, um ein kleines Schläfchen zu halten, bis die Speisen kamen. Selig dämmerte er dahin.

Er erwachte erst, als er von einer Bank fiel und auf steinhartem Boden landete. Der Fall war heftig, sofort begriff er, dass er sich in einem Verlies befand. Sie mussten ihn in Wittenberg betäubt und hierher verschleppt haben. Er sprang auf, um aus dem kleinen Fenster zu schauen. Vielleicht ließ sich irgendwo ein bekannter Kirchturm erblicken? Aber nur ein Stück blassblauen Himmels bekam er zu Gesicht.

Wentzel Kollatz vertraute seiner Gabe, im Ernstfall immer den Kopf aus der Schlinge ziehen zu können. Es gab sicherlich eine Möglichkeit zur Flucht. Er blickte sich um. Vielleicht war der Mörtel zwischen den einzelnen Steinen seiner Zelle nicht fest genug? Vielleicht konnte er die Gitterstäbe vor seinem Fenster zur Seite biegen und sich hindurchquetschen? Nein, die Steine saßen fest, und die Stäbe waren viel zu dick. Er konnte nur seinen Wärter überfallen, eine Waffe an sich bringen und mit deren Hilfe die Festung verlassen. Bei dieser Überlegung angekommen, erkannte er, dass er mit einem Bein an die Wand gekettet war und ihm auch die letzte Fluchtmöglickeit verwehrt war.

Der Wärter, der ihm eine Schüssel mit Hirsebrei brachte, verschwieg nicht, wohin man ihn verschleppt hatte. »Du bist in Spandau.«

Wentzel Kollatz erschrak. »Und das ist meine Henkersmahlzeit?«

»Noch nicht. Aber es ist entschieden, dass du nach Berlin gebracht und vor der Stadt gehängt wirst.«

Marghareta Kornmesser nutzte den Einfluss ihres Mannes, um im Hohen Haus zu Friedrich II. vorgelassen zu werden. Der Kurfürst hatte soeben Meister Conrad, der bei den Vorbereitungen zum Bau der Burg durch besonderen Eifer aufgefallen war, zum Hofzimmermann auf Lebenszeit ernannt und ihn mit allen landesherrschaftlichen Bauten beauftragt, bei denen sein Handwerk gebraucht wurde. Nun saß er missmutig am Fenster und verfluchte seinen Entschluss, auf die Königskronen von Polen und Böhmen verzichtet zu haben. Er hatte sich ganz der Stärkung der Kurlande widmen wollen – doch niemand dankte es ihm. Da wurde Marghareta Kornmesser in sein Zimmer geführt.

Sie fühlte, dass der Zeitpunkt, den sie für ihr Anliegen gewählt hatte, nicht der richtige war, aber sie hatte keine Zeit zu verlieren. Man kannte sich von Kirchgängen und Festlichkeiten her und begrüßte sich mit freundlicher Distanz.

Er hieß sie Platz nehmen. »Was führt Euch zu mir?«

Marghareta Kornmesser suchte nach der richtigen Eröffnung. Sie hatte sich alles zurechtgelegt, da sie nun aber dem Kurfürsten gegenübersaß, war ihr Kopf leer. »Wie soll ich beginnen …«

»Geht es um die Lehen Eures Mannes?« Friedrich Eisenzahn überlegte kurz. »Er hat alles behalten, er hat sich nicht gegen mich empört.«

»Es geht um Ännlin …«, brachte Marghareta Kornmesser hervor.

»Wer ist Ännlin?«

»Ännlin ist die Mutter von Wentzel Kollatz, den Ihr aufhängen lassen wollt.« Marghareta Kornmesser hielt den Atem an.

Friedrich Eisenzahn richtete sich auf zu voller Größe. »Ja, den will ich aufhängen lassen. Ohne ihn hätte es den Unwillen der Berliner nicht gegeben. In seiner Badestube haben sich die Verschwörer getroffen, dort hat man die Beschlüsse gefasst.«

Marghareta Kornmesser begann zu weinen, aus echtem Schmerz und aus Kalkül. »Er ist mein Sohn!«

»Euer Ziehsohn«, korrigierte sie der Kurfürst.

»Ich nehme ihn als eigenes Kind!«

Friedrich Eisenzahn blickte an ihr vorbei aus dem Fenster. »Es tut mir leid. Was sein muss, muss sein.«

Der Moment war gekommen, um ihre Trumpfkarte auszuspielen. »Gut, lasst ihn aufhängen. Aber wenn Ihr das tut, werdet Ihr als Mörder Eures Bruders in die Geschichte eingehen. ›Brudermord im Hause Hohenzollern‹, so wird es heißen.«

»Ihr redet wirr, Marghareta!«

»Lasst Euch erzählen, was vor über dreißig Jahren geschehen ist!« Sie holte tief Luft, dann begann sie zu schildern, was dem Kurfürsten den Atem verschlagen musste. »Ännlin Kollatz ist die leibliche Mutter von

Wentzel. Der Mann, der ihn gezeugt hat, aber ist Euer Vater. Sie war Magd in einem Dorf in der Nähe des Werbellinsees, wo sich Euer Vater oft zur Jagd aufgehalten hat. Als sie hochschwanger war, wurde Ännlin von ihren Eltern nach Berlin geschickt, um den Kurfürsten, Euren Vater, um Geld zu bitten. Sie hat es nur bis zur Badestube geschafft und ist gleich nach der Geburt ihres Sohnes gestorben. Bei der Geburt habe ich geholfen – und mir hat sie ihr Geheimnis anvertraut.« Zum Beweis zog sie eine goldene Brosche mit den Initialen Friedrichs I. von Brandenburg hervor. Die hatte Ännlin geschenkt bekommen, auch mehrere Briefe des Kurfürsten an das Mädchen hatte Marghareta in ihrem Besitz.

Friedrich II. prüfte Briefe und Brosche sorgsam und musste zugeben, dass sie die Wahrheit gesagt hatte. »Ihr habt recht, ich muss ihn verschonen. Aber ich habe auch mein Gesicht zu wahren.« Friedrich Eisenzahn grübelte eine Weile. »Ich werde ihm die Flucht aus dem Spandauer Verlies ermöglichen, Wentzel wird dann einige Zeit außerhalb Brandenburgs verbringen müssen.«

Der Rest der Geschichte ist schnell erzählt: Wentzel Kollatz ging zusammen mit Amadeus von Tulln nach Wien und verlebte dort glückliche Jahre. Die Burg an der Spree aber wurde zu Ende gebaut und von Friedrich II. am 12. März 1451 bezogen.

Wahrheit und Dichtung

Wahr an dieser Geschichte – und in jedem Geschichtsbuch nachzulesen – sind das eiserne Regime des Kurfürsten Friedrich II., auch unter dem Namen Friedrich Eisenzahn bekannt, in Brandenburg und sein Wunsch nach einem repräsentativen Gebäude im Zentrum der Doppelstadt Berlin-Cölln. Wahr ist auch die »Berliner Unwille« genannte Rebellion der Berliner und Cöllner Bürger gegen den Kurfürsten, gegen die Beschneidung ihrer Rechte und gegen den Bau einer Wehranlage. Und wahr ist schließlich auch, dass die Burg am Ende fertiggestellt und zum Sitz des kurfürstlichen Hofes in der Stadt wurde. Nach etlichen Erweiterungen wurde die Anlage später zur königlich-preußischen und als »Berliner Stadtschloss« zur kaiserlichen Residenz.

Historisches Personal

Angehörige des Hauses Hohenzollern und andere Fürsten

Friedrich I. von Brandenburg (1371–1440), als Friedrich VI. zunächst Burggraf von Nürnberg, ab 1415 Kurfürst der Mark Brandenburg

Elisabeth von Bayern-Landshut (1383–1442), Gattin Friedrichs I. und Mutter von zehn Kindern, darunter Johann, Friedrich II. und Friedrich III.

Johann von Brandenburg, genannt Johann der Alchemist (1406–1464), ältester Sohn von Friedrich I. von Brandenburg, Markgraf von Kulmbach-Bayreuth

Friedrich II., genannt Friedrich der Eiserne oder Friedrich Eisenzahn (1413–1471), zweiter Sohn Friedrichs I., Markgraf und Kurfürst von Brandenburg

Katharina von Sachsen (1421–1476), Frau Heinrichs II. und Kurfürstin von Brandenburg

Friedrich III. von Brandenburg, genannt Friedrich der Fette (um 1424–1463), jüngster Sohn von Friedrich I. von Brandenburg

Albrecht VIII. Graf von Lindow-Ruppin (um 1405–um 1459/60)

Kirchenobere und Amtspersonen

Friedrich Sesselmann (um 1410–483), Kanzler von Friedrich II.

Heinrich Stich, Abt des Klosters Lehnin

Arnold van Monnickendam, Abt des Klosters Lehnin

Balthasar Hake, Hofrichter

Peter von der Gröben, Hofrichter

Heinz von Kracht, kurfürstlicher Kanzler und Notar

Berliner Bürger und Bürgermeister
Wilhelm von Blankenfelde (um 1400–1474)
Balthasar (Balzer) Boytin († 1484)
Bernhard Reiche, auch Bernd Ryke (um 1380–um 1450)
Johann Rathenow
Henning Stroband
Augustin Völker
Peter Garnkäufer
Nikolaus Schultze
Meister Conrad, Hofzimmermann

Fiktives Personal

In Berlin
Wentzel Kollatz
Marghareta Kornmesser
Martin Kornmesser
Amadeus von Tulln, Kammerdiener
Meyer Jacobsohn, Händler und Bankier
Laurentz Happerschozz, Baumeister
Urban Bäke, Scharfrichter
Mickel Hinke, Rosstäuscher
Frytz, Schlachter und Knochenhauer
Thomen, Schmied
Bart, Wagner
Kunigund, Wirtstochter
Wiprecht Weede, Kaufmann aus Lübeck in Berlin
Simplicius, Dominikanermönch